LES MARINS
NE SAVENT PAS NAGER

ÉDITIONS LA PEUPLADE
339b, rue Racine Est
Saguenay (Québec)
Canada G7H 1S8
www.lapeuplade.com

DISTRIBUTION POUR LE CANADA
Diffusion Dimedia

DIFFUSION ET DISTRIBUTION POUR L'EUROPE
CDE-SODIS

DÉPÔTS LÉGAUX
Bibliothèque et Archives
nationales du Québec, 2022
Bibliothèque et Archives
Canada, 2022

ISBN 978-2-925141-19-8

•

Les Éditions La Peuplade reconnaissent l'aide financière du gouvernement du Canada pour ses activités d'édition et remercient le Conseil des arts du Canada, la Société de développement des entreprises culturelles du Québec (SODEC) et le gouvernement du Québec, par l'entremise du Programme de crédit d'impôt pour l'édition de livres du Québec (gestion SODEC), du soutien accordé à son programme de publication.

Financé par le gouvernement du Canada | Canada

LES MARINS NE SAVENT PAS NAGER

Dominique Scali

LA PEUPLADE **ROMAN**

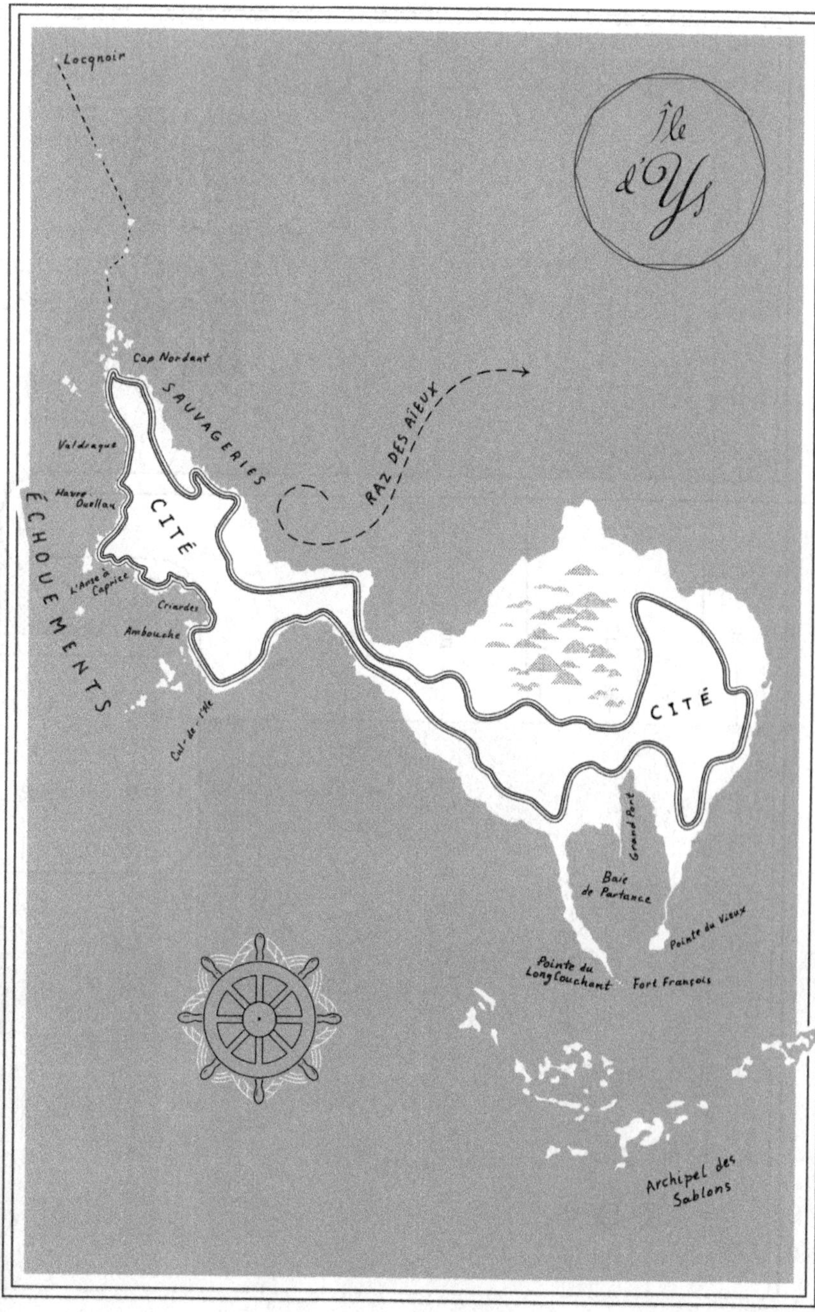
Île d'Ys
Locqnoir
Cap Nordant
SAUVAGERIES
RAZ DES AÏEUX
Valdraque
Havre Ouellax
ÉCHOUEMENTS
CITÉ
L'Anse à Caprice
Criardes
Ambouche
Cul-de-l'Île
CITÉ
Grand Port
Baie de Partance
Pointe du Vieux
Pointe du LongCouchant
Fort François
Archipel des Sablons

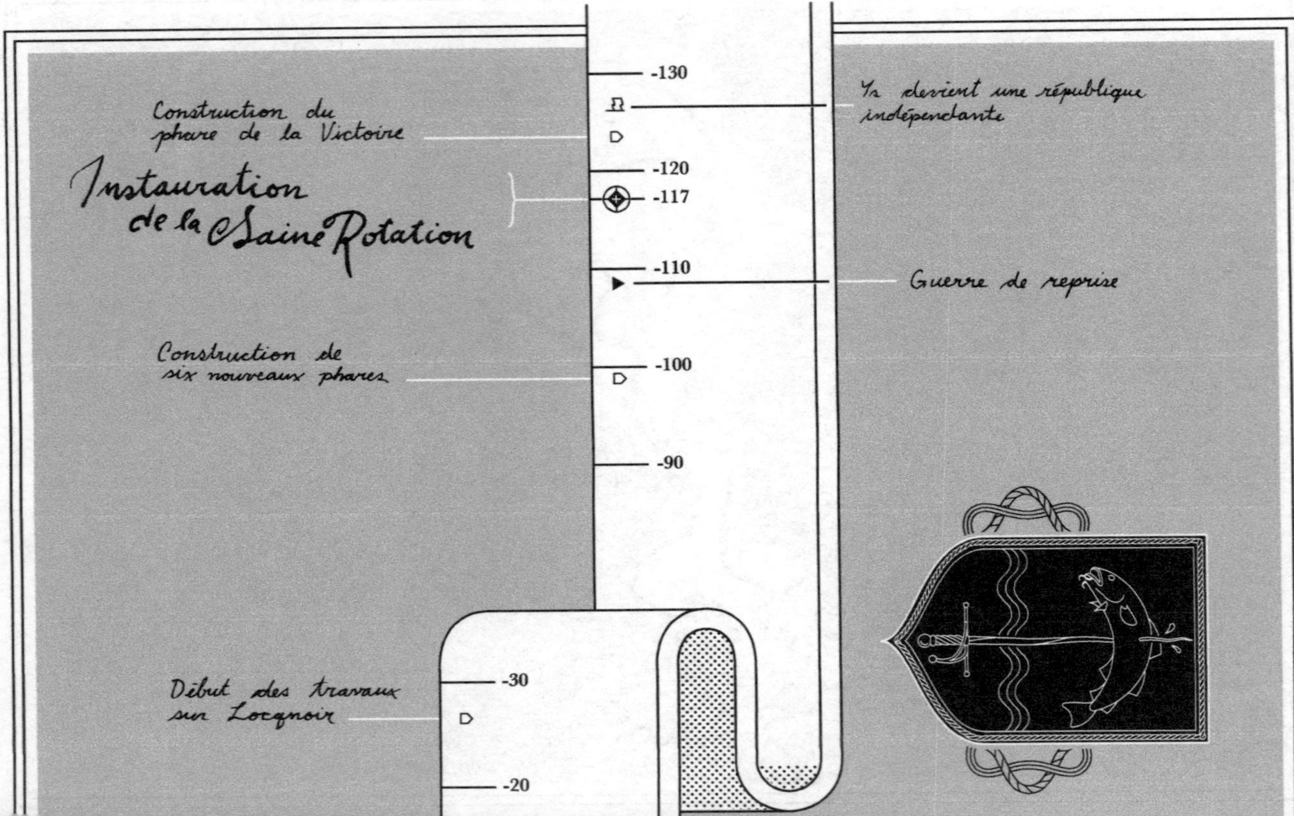
-130
Yz devient une république indépendante
Construction du phare de la Victoire
-120
Instauration de la Sainte Rotation
-117
-110
Guerre de reprise
Construction de six nouveaux phares
-100
-90
-30
Début des travaux sur Locqnoir
-20

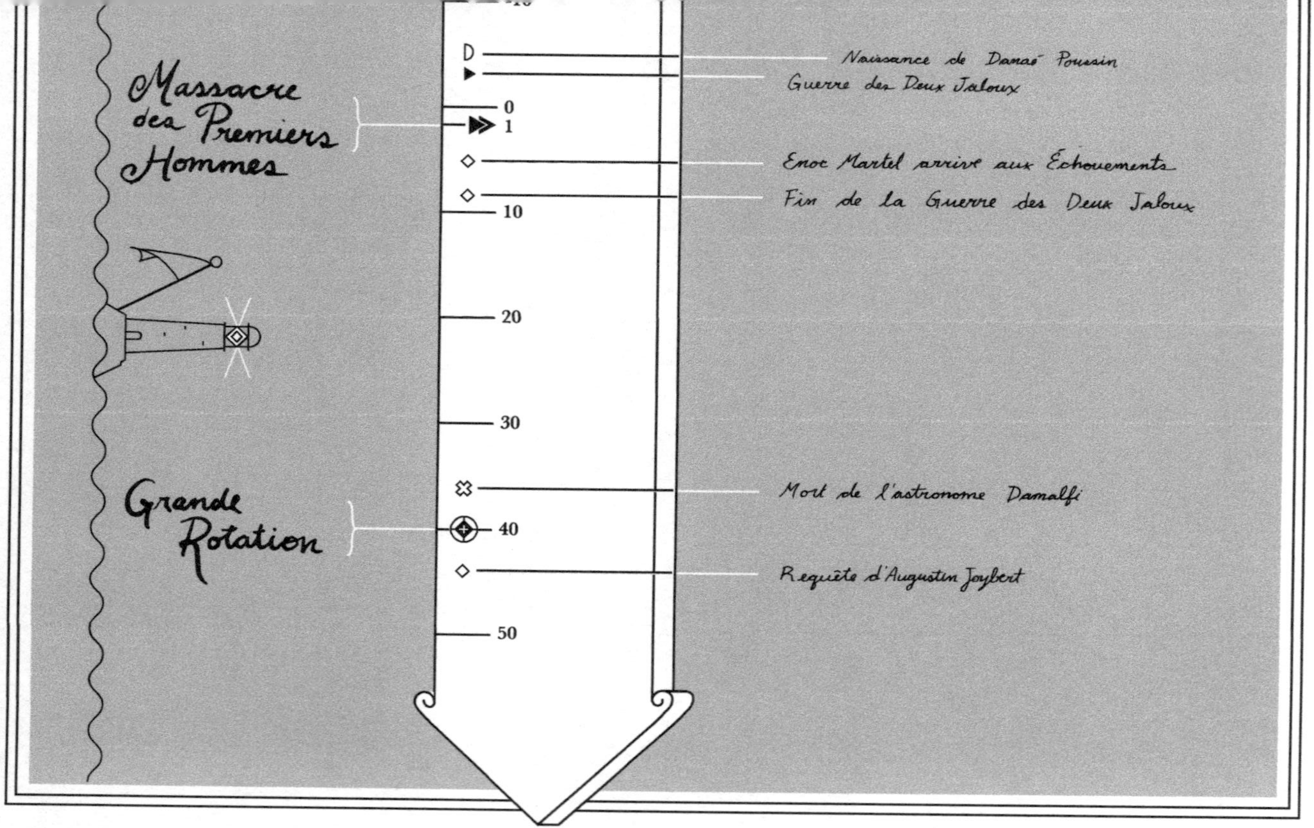

Massacre des Premiers Hommes
Grande Rotation
D
0
1
10
20
30
40
50
Naissance de Danaé Poussin
Guerre des Deux Jaloux
Enoc Martel arrive aux Échouements
Fin de la Guerre des Deux Jaloux
Mort de l'astronome Damalfi
Requête d'Augustin Joybert

Même les sirènes doivent apprendre à nager

Nous vivions sur une île où tous dépendaient de la mer, où même les terriens se vantaient d'être marins. Et pourtant personne ne savait nager.

Pour les Grecs de l'Antiquité, la capacité de nager était une vertu militaire et civique. Les gamins étaient bercés de récits de batailles gagnées ou d'échappées réussies grâce aux talents des guerriers-nageurs de leur cité. Pour les Romains, la natation devait figurer sur tout curriculum au même titre que l'écriture et la lecture. Un citoyen digne de ce nom ne craignait ni de plonger ni de se mettre à nu face à des adversaires perses ou barbares qui refusaient de se démunir de leur plastron et restaient enchaînés à la côte.

À Ys, ceux qu'on appelait les Premiers hommes furent les premiers à renouer avec cette idée. Leurs poupons étaient baignés dans l'eau si jeunes qu'ils n'oubliaient jamais ce qu'ils avaient appris dans le ventre de leur mère. Ils avaient l'instinct de bloquer leur respiration lors de l'immersion. Avec un peu de pratique, ils se retournaient sur le dos ou pataugeaient vers une cible pour l'agripper. Ainsi, leurs petits entraient dans le métier avec une aptitude que peu de gens possédaient.

Ce don, Danaé Berrubé-Portanguen dite Poussin le possédait. Selon nos archives, elle est née cinq ans avant le Massacre des Premiers hommes et décédée quatre ans avant la Grande Rotation. On nous dit qu'elle a été enfant du rivage, naufrageuse sans scrupules, secoureuse sans limites, fille de pilotes, mère d'orphelins, héritière d'une arme dont elle ne sut jamais se servir à temps.

Nous sommes réunis ce jourd'hui à la demande du citoyen Augustin Joybert afin d'examiner la valeur de cette grande nageuse. Qui était Danaé Poussin ? Quel rôle a-t-elle joué dans les événements qui ont permis d'abolir le régime des Saines Rotations, de libérer Ys de la tyrannie du mouvement ? Car il ne suffit pas de savoir se mouiller pour être issois ni d'avoir vu le jour du bon côté de la muraille. Encore faut-il se tenir du bon côté de l'Histoire.

LE DUELLISTE

I.

L'homme aux escarpins avançait sur les battures en poussant devant lui une brouette dont le contenu était couvert d'une toile goudronnée. Les couchants succédaient aux levants, les chaloupes ligotées au poteau de leur maître voisinaient les ossatures de senaus abandonnés. Il aperçut un habitant du coin qui tirait son esquif sur la grève, quelqu'un à qui demander son chemin. Le riverain portait une longue culotte roulée au-dessus des genoux qui avait peut-être déjà été d'un rouge vif, alors délavée par l'usure, rose comme le mélange visqueux de sang de poisson et d'eau qui croupissait au fond des barques. Entre les bancs de nage de l'esquif traînaient un tabouret, des ciseaux et toute une collection de rasoirs. L'homme aux escarpins comprit qu'il avait affaire à un barbier errant qui longeait la côte pour offrir ses services aux sans-miroir.

On disait des riverains qu'ils étaient des sans-miroir car ils n'avaient aucune surface polie dans laquelle capter leur reflet, à l'exception des flaques laissées par le jusant entre les roches. Les riverains peinaient à croire les raconteurs qui parlaient de mers d'ailleurs s'étalant en lacs d'huile où l'on pouvait faire rebondir les cailloux, de terres gorgées de méandres et de méandres gorgés de terre au point de devenir des rivières de boue, de navires encalminés pendant des semaines par manque de brise et de courant. On leur expliquait que toutes les eaux du monde étaient reliées entre elles, mais ils ne pouvaient imaginer que des étendues placides pussent être enchaînées aux turbulences entourant leur île. Sur ce rivage sans glaces, les hommes étaient prêts à céder une partie de leur pêche pour qu'on les débarrassât du taillis qui mangeait leur visage et les femmes, à s'adouer avec des forbans pour enfin se mirer dans quelque chose, ne fût-ce que le clair d'un sabre.

— Combien de temps d'ici à Ambouche ?

— Z'y êtes presque. Un jour de marche par la grève, un peu plus par le Sommet des Amoureux. Faut faire attention avec le cel qui dépasse là-bas. Ça s'effrite, le bord est point fiable.

Il désigna du doigt un appendice rocheux qui s'étirait dans la mer comme tant d'autres saillies, rendant impossibles les trajectoires en ligne droite.

— Mais z'aurez pas le choix de prendre par le Sommet, je crains. C'est l'heure du revif.

L'homme aux escarpins sortit un mouchoir de soie d'une large poche de son justaucorps et s'essuya le front. Le barbier releva la pointe de son tricorne de paille pour l'observer.

— Ce sont vos vrais cheveux ? Sont beaux. Je peux les dénouer pour voir ?

L'homme recula d'un pas et porta une main au pommeau de son épée, une lame fine et longue, faite pour transpercer du courtisan plus que pour assommer du matelot. Il fixa le barbier dans les yeux en replaçant le pan du vêtement d'un geste sec.

— Comme vous dites, c'est l'heure du revif.

Il attrapa les poignées de sa brouette et poursuivit sa route.

•

Le Sommet des Amoureux était un promontoire que l'on gravissait à deux et que l'on redescendait seul. Les premiers chasseurs de baleines avaient choisi cet endroit pour son altitude, idéale pour balayer la mer du regard et débusquer les écumes blanches soufflées par les proies. On disait le Sommet, mais ce n'était qu'une partie de falaise qui culminait en forme de corniche à l'extrémité la plus avancée du Cul-de-l'Île. Il était déconseillé de se promener sur ce terrain escarpé par temps brumeux. À sa base, des pics de granit perçaient les bouillons et les giclées. Un des coins les plus dangereux de la péninsule, tant pour les marcheurs en haut que pour les navires en bas.

Les amants qui habitaient cette côte se rencontraient en général autour d'un feu de plage. Leurs regards se croisaient au-dessus d'un maquereau embroché tard dans la nuit après avoir chanté jusqu'à s'enrouer, jusqu'à enlacer leurs voix. Ils se rejoignaient quelque part dans le répertoire inépuisable de rengaines et de ritournelles qu'ils avaient reçues en héritage des mères de leurs mères et des pères de leurs pères, où se mélangeaient chansons à hisser des gabiers du bout du globe et complaintes des pleureuses du nid originel. Ils se mariaient en musique comme la mémoire de la terre avec celle de l'océan pour former la mémoire du monde. Et ensuite ils se disaient : j'ai aimé chanter avec toi. Ceux qui avaient dépassé l'étape des mots doux se cachaient dans les crevasses sous le Sommet pour s'unir en paix, sachant que le fracas du ressac allait couvrir le bruit de leurs ébats. Le lieu parfait pour un meurtre anonyme. Bon nombre de randonneurs escaladaient l'abrupt, main dans la main, pour ensuite se faire pousser du précipice par l'être aimé. Un cri que personne n'entend, un corps déchiqueté que personne ne retrouve. Les couples continuaient de s'y rendre pour mettre un sceau sur leur passion, pour se lancer un défi au seuil de l'infini.

À cet endroit, l'homme se reposa. Il retira son justaucorps et lutta contre le vent pour s'approcher du gouffre, sa chemise se plaquant sur son poitrail et se gonflant dans son dos. Il fixa le vide rosacé du crépuscule et s'essuya les yeux de sa manche. Une voix le fit sursauter.

— M'sieur.

Une fillette derrière lui. Une jupe rayée à l'ourlet ensablé sortait d'un corsage marbré de taches de sel.

— M'sieur, répéta-t-elle. Je pourrais avoir vos chaussures ?

L'homme se retourna.

— Si vous sautez, je peux avoir vos chaussures avant ? Je pourrais toujours les récupérer après, mais seulement si vous sautez de là-bas, dit-elle en pointant vers le nord-ouest. Ici, le courant est trop fort pour nager.

— J'ai nulle intention de sauter. Quelle idée, pesta-t-il.

Il se détourna vers le large.

— M'sieur. Je pourrais avoir vos chaussures quand même ?

— Va-t'en, grogna-t-il en reniflant.

•

L'homme entra à Ambouche le lendemain alors que le soleil était à cinq doigts d'épaisseur au-dessus de l'horizon. On pouvait s'orienter vers la bourgade rien qu'à l'odeur, comme le faisaient les marins qui sentaient la terre avant qu'elle ne fût en vue. Il aperçut d'abord des femmes sur la plage, certaines portant d'immenses paniers. Elles avaient les pieds nus et le bout de leurs jupes relevé, attaché sur la hanche comme des danseuses maures jouant de la cheville. Elles étaient coiffées de bonnets aux attaches nouées sur la nuque ou d'écharpes enroulées autour du crâne, enturbannées de foulards pour protéger leurs oreilles de la bise, drapées de jaune serin et de jaune safran, de rouge corail et de rouge cerise. Une palette qui tranchait avec la grisaille de la grève et qui perçait la brume comme pour ne pas se fondre dans l'uniformité de la race, pour se distinguer des créatures à branchies et autres proies sauvages se remplaçant les unes les autres.

Il vit un enchevêtrement de chafauds et de passerelles en bois d'épave qui venaient élargir le quai en pierres et qui servaient à décharger les produits de la pêche. Il inclina sa brouette sur une roche et se couvrit le nez du revers de sa manche. Il entra dans une cabane au bout de l'appontement, trouva quatre femmes en train d'ouvrir des morues au couteau.

— Pardonnez-moi, mesdames, émit-il d'une voix plus faible que voulu. On m'a dit qu'il y avait du travail à la journée par ici.

— Les hommes sont en mer. Faudra revenir ce soir.

— Je vois. En fait, je pensais plutôt à un travail comme le cel que vous faites. Une tâche ici même me conviendrait parfaitement. Si par hasard vous aviez besoin d'une paire de mains de plus, bien sûr...

— T'as déjà arrangé le poisson ? demanda une femme qui jetait les foies dans un baquet si dégoulinant de crasse qu'il semblait avoir fusionné avec le quai.

— Non, je regrette. Je présume que cela s'apprend.

La femme leva un regard las vers lui, le détailla de la tête aux pieds, le rangea en un coup d'œil parmi les endettés, ces gens de la ville qui avaient dépensé tous leurs écus et toutes leurs piastres et qui venaient se réfugier aux Échouements pour éviter la bastonnade de leurs créanciers ou se dérober à un duel. Des paladins bien mis qui s'attendaient à trouver de bonnes gens candides pour guider leur éminentissime personne et qui se retrouvaient à mendier leur pain à des besogneux au visage fermé.

— C'est point un boulot pour les débutants. C'te poisson qu'on prépare, c'est du poisson de monarque. La plus haute qualité. Pas la bouillie brûlée qu'on balance dans le Sud.

Il hocha de la tête. Il tentait de maintenir la posture de déférence polie d'un subalterne quémandant une promotion, mais il pliait sous la puanteur. Il porta un doigt sous ses narines et ferma les yeux, le temps de réprimer un haut-le-cœur.

— Il y a longtemps que z'avez quitté la cité ? demanda une saleuse sur un ton plus cordial.

— Un mois bientôt. J'ai tenté de m'installer dans le Barachois, mais il y a trop de tentations là-bas. J'y ai passé presque tous mes deniers.

Les femmes échangèrent un regard. Il avait dit « presque ».

— À c'te temps-ci de l'année, avec la guerre et tout ça, les recruteurs enrôlent n'importe quel hale-bouline. Pourquoi ne pas t'embarquer ? Vous embarquer, je veux dire, se reprit-elle avec l'hésitation typique des riverains qui ne savaient jamais s'il fallait tutoyer ou vouvoyer les citadins déchus.

Il ne semblait pas avoir été prévenu qu'Ambouche était une crique de tutoyeurs. On y tutoyait les aînés, les caboteurs, les gardes-côtes et on eût tutoyé l'amiral s'il eût daigné s'y pointer. On partageait la parlure des débardeurs du Grand Port, où un étranger risquait de se faire rosser pour un « vous » mal placé et où on s'envoyait les « tu » comme une tape amicale dans le dos.

— Oh oui, j'y ai bien pensé. Seulement, je n'ai guère le pied marin, fit-il avec un sourire désolé. Et puis, je n'ai pas le loisir de m'éloigner trop longtemps.

— Ah ! T'es point le premier à croire ça, fit une des saleuses. Y a jamais personne qui aborde c'te côte avec l'intention d'y rester. Et puis dix ans plus tard, z'y sont encore.

— Oui, j'imagine que c'est quelque chose qui arrive, abonda l'homme. Eh bien, je regrette de vous avoir dérangées. Si vous entendez parler de quelqu'un qui cherche un journalier pour de petits ouvrages, dites-leur de trouver Enoc Martel. Je resterai dans les alentours pour la nuit.

— Tu sais coudre, au moins ?

— Non, je ne sais point coudre, malheureusement.

Il sortit du hangar, tomba à genoux et vomit une bile jaune qu'il vit ensuite se disperser entre les lattes du quai parmi un cloaque de tripailles.

S'échouer n'est pas échouer

La péninsule nord-ouest avait de tout temps été la partie de l'île où le plus grand nombre de débris de mer venaient s'échouer. Ils y étaient poussés par les vents dominants, par des forces qui se frôlaient, s'opposaient et s'épousaient, tassant tout ce qui flottait sans gouverne vers ce littoral. Entre les langues de roc, ses criques recueillaient toujours plus de planches de bordage, éclisses de mâts et autres résidus d'épaves.

Cette côte était appelée, jusqu'à récemment, les Échouages. Un nom maladroit, une faute toponymique entretenue par la tradition pendant des siècles. Un échouage est un acte volontaire. Un navigateur peut décider de s'échouer contre un banc de sable pour immobiliser son navire si le vent le drosse vers un récif plus dangereux. Il peut mettre son bateau en échouage sur la plage le temps de son hivernement ou le temps d'en gratter la carène. Ceux qui ont baptisé cette côte voulaient sans doute faire référence aux échouements : ce qui touche terre par erreur. Lorsqu'un capitaine distrait a surestimé l'eau que le navire a sous le ventre et qu'il reste coincé contre un haut-fond, indélogeable jusqu'à la prochaine marée et parfois à jamais. Lorsqu'un veilleur a détecté la mince ligne blanche des brisants trop tard, qu'un timonier se fait prendre par un contre-courant.

Lors de notre dernière révision cartographique, nous avons décidé de renommer la péninsule par sa juste appellation, celle qui évoque l'image de tous ces rebuts rejetés au pied des riverains avant d'être repêchés puis réutilisés. Le moindre grelin pouvait servir, le moindre morceau de bois pouvait brûler et réchauffer. Rien ne se perd, rien ne se crée, tout se sèche. La moindre ferrure, le moindre objet étrange pouvait décorer, comme cette roue de coche posée au-dessus du cadre de porte d'une masure dans une baie inaccessible par la terre. Ou comme cette pierre recueillie par un pêcheur du Cul-de-l'Île et dont on ignore encore la provenance trente ans plus tard. Plate et rectangulaire, elle avait la forme des stèles utilisées pour marquer les tombes des chrétiens sur les continents, mais celle-là n'avait aucune inscription. Sans doute avait-elle été transportée parmi la cargaison d'un marchand d'on ne savait où ni pourquoi.

Il en était ainsi avec la plupart des épaves : la conclusion d'une histoire dont on ne connaissait ni le début ni le milieu. Seulement son aboutissement sur le rivage des Échouements, là où tout se terminait dans la honte.

II.

Cette partie des Échouements ressemblait à un biscuit brisé en deux dont l'autre moitié eût disparu dans l'océan, ne laissant que quelques îlots épars en guise de souvenir. Un littoral déchiqueté de falaises nues, une succession d'échancrures que seuls les oiseaux et les navires de faible tonnage pouvaient approcher. Près d'Ambouche, il y avait peu d'espace entre l'abîme et les fortifications de la cité, construites pour s'élever vers le ciel comme pour prolonger les parois de granit. Le mur de la nature surmonté du mur des hommes.

Ailleurs, les littoraux escarpés comme celui-là avaient peu de plages découvertes à marée haute puisque c'était le travail dévorateur des lames qui en sculptait le roc. Il y avait pourtant aux Échouements de nombreuses grèves sablonneuses ou de gravier, comme si les flots se fussent lassés de tous ces édifices. Les eaux ne revenaient les fouiller que deux fois l'an lors des grandes marées, comblant tout de leur omniprésence d'autrefois comme un vieil admirateur retrouvant son grand amour avec une passion renouvelée, quoiqu'espacée. Vues du large, la plupart des criques étaient semblables.

Il fallait un œil local pour en distinguer les variantes de hauteur et de couleur. Des recoins inchangés depuis des siècles où prévalait la matière temporaire. Au fond vivaient des saleuses et des pêcheurs dans des demeures construites à même la plage ou agrippées comme des berniques aux grosses roches d'un éboulis centenaire. Le toit de leur chaumière n'était pas fait de chaume, mais de couches d'algues séchées maintenues en place par des filets alourdis de galets.

Presque partout, on vivait de pêche côtière. Les hommes partaient au petit matin dans leur chaloupe et revenaient le soir manger à leur table, dormir chaque nuit dans leur lit. Il y avait tout de même plus de femmes que d'hommes, aux Échouements, puisqu'aux femmes et filles de morutiers se mêlaient les femmes et filles de matelots au long cours, partis pour des mois ou des années, et les femmes et filles de marins partis pour toujours. Dans ces hameaux, l'autorité des femmes se logeait dans l'absence des hommes et la vie y était régentée par les patronnes des hangars à salage qui supervisaient l'habillage du poisson et en négociaient le prix. Les autres s'occupaient des tâches jugées secondaires : surveiller les bambins, éplucher les oignons, tresser les paniers et compléter les travaux de petite couture. Les femmes ne touchaient jamais à la grosse couture, la vraie couture, celle qui consistait à ramender des voiles épaisses comme des tapis avec des aiguilles longues comme des griffes. Les matelots à bord des navires les renforçaient en prévision des temps durs, les suturaient après les coups de chien comme un léchage de plaie. Les pêcheurs s'y consacraient quand l'air soufflait ses hurlements et les enfermait à terre. Ils profitaient de cette mer méconnaissable, blanche et révulsée pour rester bien au chaud à assembler et repiquer leur taille-vent. Les mendiants dans le Grand Port y excellaient, louaient leurs doigts crochus pour quelques sous aux mariniers à la veste écorchée et aux affréteurs en manque de main-d'œuvre pour réparer les huniers.

Pour les riveraines, c'était chez un homme une habileté essentielle, une preuve de finesse comme de virilité. Quand elles réalisaient à l'âge de quinze, vingt ou trente ans qu'elles passeraient le restant de leurs jours sur le rivage, que la cité leur paraissait inaccessible, elles se consolaient en disant : « De toute façon, je ne crois pas que j'aurais pu me contenter d'un homme qui sache point rafistoler les tissus qu'il porte ni les toiles qui l'emportent. » Les saleuses d'Ambouche conclurent donc que l'homme, cet Enoc Martel, vêtu en élégant et poussant une charrette de goémonier, était un bon à rien dont les possessions valaient plus que la personne.

— Non mais, j'ai jamais vu de frac avec autant de soieries et de boutons qui luisent au soleil. J'ai failli en être aveuglée, je vous jure.

— Avec un seul bouton comme les cels de c'te pelure-là, on pourrait se faire au moins trois boutons de gardes-côtes.

— Moi, ce que j'ai remarqué, c'est ses souliers. Des godasses de salon. Et il est là à péleriner et à contourner les caps avec.

— Ça en met plein la vue, c'tes citadins-là, mais à vrai dire, c'est vilainement gréé, approuva l'autre.

On spéculait comme à l'approche d'un vaisseau sans pavillon. On donnait à l'homme une quarantaine d'années, mais on n'osait se prononcer avec assurance sur l'âge des bourgeois ayant passé leur vie intramuros, l'épiderme protégé par un film de poudre. Les femmes étaient partagées entre deux options : aider l'homme ou le voler. Ses hardes suggéraient qu'il était nanti, donc lié à un tas de gens influents. « Peut-être que si on devient ses bienfaitrices, il pourra loger un bon mot sur nous auprès des hauts placés de la Saine Rotation », suggéraient certaines. En revanche, la vente de son justaucorps et le mystérieux contenu de sa caisse pouvaient valoir de quoi se payer une place au sec dans l'auberge du cap Nordant lors de la prochaine marée d'équinoxe. Il fallait vite faire main basse sur ses habits avant que le sel ne les usât.

•

L'homme s'était éloigné jusqu'à devenir un point mouvant parmi les roches immobiles, le blanc de ses bas de soie piquait le paysage de pierres et de mollusques comme celui des goélands tournoyant d'un éperon à l'autre. Il somnolait dans un creux de rocaille quand une voix familière retentit devant lui.

— M'sieur.

La fillette tendait une paume dans sa direction.

— Je fais semblant de vous quêter un denier, mais c'est au cas où les saleuses me regardent. Je veux seulement vous dire qu'elles parlent de vous dans le hangar. Elles disent que z'êtes riche et sot et que dès que z'auront terminé leur ouvrage, elles viendront vous détrousser. C'est point une bonne demeurance pour vous, ici.

Il se mit sur pied.

— C'est donc vrai ce qu'on raconte sur les sans-miroir.

— Faut partir, m'sieur.

— Pour aller où ? Je ne connais rien à cette partie de l'île.

— Aux Criardes.

— Aux quoi ?

— Suivez-moi.

L'homme attrapa les brancards de la brouette et la poussa derrière la fillette. Elle se dirigea vers une sorte d'escalier creusé dans le granit depuis des temps si reculés qu'on doutait que ce fût l'œuvre des gens tant elle ressemblait à l'œuvre des flots. Ils longèrent les remparts, redescendirent jusqu'à une batture de sable gris, contournèrent deux promontoires puis la destination apparut. Un immense pan de falaise, grugé de cavités, petites et grandes. Certaines trouaient la paroi au ras de la grève, d'autres étaient si élevées qu'il fallait une échelle pour les atteindre. La majesté poisseuse d'une gigantesque éponge. Ici et là, une fissure était obstruée par des bouts de voiles rapiécées, sortes de rideau signifiant qu'elle était habitée. L'homme s'appuya sur un rocher pour ne pas défaillir.

— Bon sang. Le Mur des Exclus, souffla-t-il.

Au pied de la paroi étaient amoncelées pêle-mêle des cages rondes de brindilles et de petit bois tortueux. Des casiers à homards, ces scorpions marins qui picoraient de leurs pinces les cadavres, tête d'abord. Même les riverains dédaignaient à pêcher ces insectes et seuls les plus gueux d'entre les gueux s'abaissaient à les cuisiner. Une cloison de planches pivota dans les hauteurs, un homme s'avança sur le bord de son ménage caverneux. En contrebas, une femme émergea d'un autre trou, se tenant à la lisière de l'ombre et de la lumière. Tous deux suivaient l'homme à la brouette des yeux. La fillette commença à gravir le mur, à monter sur la pointe des pieds pour fouiller du regard le fond des grottes.

— Y a personne dans la celle ici.

L'excavation était étroite et peu profonde. Il passa sa main sur la pierre à l'intérieur, elle était sèche. L'ouverture pouvait difficilement laisser entrer plus d'une personne à la fois.

— V'là un abri facilement défendable. Je te remercie, petite. Quand je serai de retour dans la cité, je promets de te faire parvenir mes escarpins. Quel est ton nom ?

— Danaé Poussin, dit-elle dans un sourire qui révéla deux incisives et deux canines fraîchement poussées. Et vous, m'sieur ?

— Je m'appelle Enoc Martel, premier du nom.

•

Enoc Martel veilla toute la nuit, tapi au bord de sa crevasse et enveloppé dans sa toile goudronnée, luttant contre le sommeil pour scruter la noirceur. À l'aube, il vit des formes sombres se détacher de la grisaille de la grève. Il bondit dans l'embrasure, l'épée à la main. Il compta neuf femmes, toutes armées de piques à poisson, de fourches à varech ou de pelles à sel. La première de la bande s'arrêta net. Les autres levèrent la tête. L'homme était en chemise, appuyé sur sa lame comme sur une canne. Il soutint le regard de celles qui osaient le lui rendre.

— Allez, avancez. Il est seul, on est trop nombreuses pour lui.

La femme à l'avant du groupe secoua la tête.

— L'a pas l'air nerveux. On dirait qu'il nous attend.

En silence, elles continuèrent leur chemin comme s'il eût été dans leurs habitudes de se balader avec des harpons. Celle qui fermait la marche se retourna et lui envoya un salut courtois du menton. L'homme exagéra une révérence en guise de réponse.

•

Les saleuses d'Ambouche apprendraient bientôt qu'Enoc Martel n'était ni un endetté ni un lâche et que bien qu'il ne sût pas faire grand-chose de ses mains, il savait très bien tenir une épée. Maître d'armes de profession, il avait fondé une des plus prestigieuses écoles d'escrime de la cité. Il était un habitué de l'estran de la pointe du Longcouchant, où les duellistes se donnaient rendez-vous pour s'occire en paix. Un espace vaste et plat. Des balles perdues ne ricochant nulle part qu'entre les cailloux. Du sable vaseux dans lequel s'imprimaient les traces de pas des adversaires. Les éclaboussures du premier sang versé, de grands traits rouges que le retour de la mer venait ensuite effacer.

Enoc Martel avait une longue estafilade qui lui entaillait la lèvre du côté gauche. « Une cicatrice de jeunesse. On a voulu me faire taire en me fendant la bouche. On n'a jamais réussi à faire taire ma lame. »

On disait d'Enoc Martel qu'il était « issois ». Certains objectaient toutefois qu'il n'était qu'un « escrimeur », façon de sous-entendre qu'il gagnait souvent, mais tuait peu. Il ripostait à cette insulte en proposant à son auteur de vérifier lui-même la véracité de ses affirmations, dès le lendemain à l'aube, fer à la main. Mais après des mois d'errance sur le rivage, il en viendrait à l'admettre : il n'était pas un grand duelliste.

« Le plus dur dans un duel, ce n'est pas de frôler la mort, dirait un jour Enoc Martel à ses élèves. Souffrir et mourir ne sont rien. Le plus dur, c'est de blesser l'autre. Derrière les beaux discours qui valorisent l'héroïsme se cache une vérité brutale : ce sont les insensibles qui triomphent. Ils ont ce qu'il faut pour vaincre et multiplier les conquêtes. Quand on hésite à faire du mal, on n'est point un duelliste. On n'est qu'un escrimeur. »

En bon Issois

Ys est une île. On ne dit pas « les îles d'Ys » ou « l'archipel d'Ys », car il n'y a que sur l'île principale, ce gros morceau de terre égaré entre Saint-Jean-de-Terre-Neuve et Ouessant, où l'on peut vivre à l'année. Les rochers qui en gardent les parages et les dunes qui en barrent l'accès par le sud partagent la particularité d'être submergés lors des grandes marées d'équinoxe. Ces écueils n'ont jamais été de vrais îlots et on leur a donné des noms comme on donne des noms humains aux animaux de compagnie. Ys est une île, Ys est unique.

Aux origines, elle ne figurait sur aucun portulan. Elle n'était connue que des chasseurs de baleines prêts à poursuivre le cétacé jusque dans ses lointaines fugues. Ils étaient les marins les plus hardis de leur époque. Ils n'avaient pas intérêt à ce que leurs concurrents pussent situer l'île sur une carte mais tout avantage à ce que les puissants crussent sa route jalonnée de sirènes venimeuses et de chutes abyssales. L'île avait eu plusieurs noms, un dans chaque langue et dans chaque patois. C'est son nom breton qui, marée après marée et décennie après décennie, finit par être adopté de tous, peut-être parce qu'il était le plus court ou parce qu'il frappait l'imaginaire, ressuscitant le souvenir d'une cité mythique et sublime engloutie sous les eaux pour avoir été trop païenne.

C'était avant le temps des découvrances, avant que les galions espagnols revinssent de l'autre côté de l'océan chargés de trésors, avant que les Portugais y construisissent une muraille percée de bouches à feu, avant que l'île devînt le principal relais au cœur des traversées, le repaire de ravitaillement des pirates, le lieu de liquidation clandestine des corsaires qui ne souhaitaient pas voir l'entièreté de leur butin confisquée par des fonctionnaires tatillons. C'était avant que les Anglois et les François se la disputâssent et la ceinturâssent encore davantage de remparts toujours plus nombreux et élevés. Les Portugais avaient érigé un fortin sur la pointe du Vieux. Quand les François s'en saisirent, ils en érigèrent un deuxième en face, sur la pointe du Longcouchant, leurs tirs croisés venant verrouiller l'entrée de la baie de Partance. En s'emparant des deux places fortes, les Anglois purent donc se rendre maîtres d'Ys et construire à leur tour une série de flanquements sur les multiples îlots qui servaient d'avant-postes à l'île.

Qui contrôlait les forts et la muraille contrôlait Ys. Qui contrôlait Ys contrôlait l'Atlantique. Mais personne ne parvint jamais à contrôler les Issois.

En l'an cent-vingt-sept avant le Massacre des Premiers hommes, nos ancêtres fomentèrent ce qu'on appellerait plus tard la Grande Mutinerie : ils se débarrassèrent de tous les officiers anglois qui commandaient les vaisseaux. L'Angleterre envoya d'autres vaisseaux et d'autres officiers. Ils furent repoussés, Ys se mit en république. Plus aucun monarque ne pouvait désormais prétendre dominer l'irréductible caillou au milieu de l'océan. Pas même les François qui tentèrent pendant dix ans de le reconquérir lors de la Guerre de Reprise. Les Issois acquirent alors la réputation des plus intrépides combattants du monde civilisé, explosant leurs propres navires plutôt que de se laisser vaincre, sacrifiant des vieillards volontaires pour conduire les brûlots, recourant aux missions-suicides plutôt que de perdre leur liberté.

Ailleurs, on disait de nous que nous étions fous et on dit maintenant que nous sommes chauvins. Nous préférons dire que nous sommes issois. Est « issois » ce qui est obstiné, audacieux et revanchard. Est « issois » ce qui fait bomber le torse. Le pêcheur qui rapporte plus de quintaux de morues que les autres ou le commandant qui va toujours au bout de ses menaces est considéré comme un « vrai Issois ». Un orateur éloquent se fait complimenter : « V'là qui parle issois. » Quand le temps est clément, avec juste assez de vent pour l'appareillage, on dit : « Le ciel se fait issois. » On ne perdra pas de temps à dire d'une chose qu'elle est digne, brave ou agréable quand on peut dire qu'elle est « issoise ». Certains se risquent même à utiliser les vocables « issoisement » et « issoiseté », mais nous les jugeons de mauvais goût.

III.

Danaé Poussin, neuf ans, n'avait jamais chaussé de souliers qui n'eussent d'abord appartenu à autrui. Toutes les paires dont elle avait hérité provenaient d'enfants qui n'en avaient plus besoin, certains parce qu'ils avaient grandi, souvent parce qu'ils étaient morts. Danaé était un nom antique, celui d'une princesse grecque qui avait connu l'enfermement, vogué sur les flots pour s'évader et accouché d'un demi-dieu. C'était surtout un nom de bateau. On donnait aux navires des noms de femmes et aux femmes, des noms de navires. Il suffisait qu'une galiote fût célébrée en chanson pour qu'elle engendrât une multitude de fillettes qui engendreraient à leur tour d'innombrables galiotes.

Danaé était orpheline. Les orphelins du rivage étaient comme la mousse jaunâtre qui s'accumulait dans les rigoles de roches et sur les alignements de varech : des résidus de gros temps. Une écume qui s'accrochait après le retrait des eaux, des vies plus tenaces que le malheur. Chaque tempête en refoulait, certaines plus mémorables que d'autres, comme celle de l'an vingt-sept avant le Massacre des Premiers hommes. Un vent à arracher les portes, à déloger les dunes, à déchausser les pierres. Une mer qui sort de ses gonds, qui se rebelle d'être contenue dans une cuve trop petite. Des navires en rade qui chassent sur leur ancre, s'éperonnent les uns les autres. De paisibles coques transformées en bêtes indomptables. Six flûtes, quatre goélettes, trois sloops, deux frégates drossées, crevées, les cargaisons perdues et l'équipage décimé. Impossible de tirer un bilan complet tant le balayage fut total, des abris de la baie de Partance aux lointains alluvions de l'archipel des Sablons, en passant par la côte bouillonnante des Échouements. Impossible de connaître le nombre de pêcheurs partis dans leur barque ouverte et jamais revenus. Il eût fallu faire le tour de chaque crique, chaque hameau, chaque recoin de littoral pour additionner chaque grappe de vies fauchées et ainsi mesurer l'ampleur du désastre. Des centaines de pères délaissant malgré eux des centaines de femmes, dont des dizaines qui avaient trop d'enfants pour subvenir seules à leurs besoins. Des dizaines de petits qui n'avaient déjà plus de mère et qui, avec le souffle d'une seule nuit, n'eurent plus personne.

Les grands orphelins se massaient en bandes, formaient des nuées de nuisances ratissant les plages, terrorisant les riverains sans défense, alimentant la chaîne du crime autour du Grand Port. Les plus jeunes étaient recueillis par une tante, un voisin ou rôdaient jusqu'à se trouver un nouvel ancrage. Aux Échouements, chaque crique avait sa progéniture naturelle et ses pupilles recueillis. On les adoptait comme les chiens errants : on les nourrissait, ils restaient. On favorisait les enfants frêles de la place, ils mouraient quand même. On négligeait les orphelins robustes, ils duraient quand même. Chaque tourmente livrait son lot de gamins prêts à combler le vide de ceux décédés. Jamais parfaitement, jamais complètement, mais suffisamment. Les habitants étaient abonnés au marchandage avec l'océan : parfois il emporte, parfois il apporte.

•

Ambouche ne tirait pas son nom de l'embouchure d'un quelconque cours d'eau, mais de l'endroit où, aux temps jadis, des pêcheurs basques avaient tendu une embuscade à des pêcheurs anglois. Ces derniers avaient crié « Ambush! » si fort et si longtemps que tout nom de lieu précédemment usité fut oublié.

Le havre d'Ambouche était un port. Il avait droit à ce titre en raison d'un vieux môle de pierres jaunes et grises formant un goulet à l'entrée de son enclave. Barques et goélettes aux voiles rousses venaient s'amarrer à ses anneaux rouillés. On disait aussi « Petit Port » pour parler d'Ambouche. Il n'y avait qu'un vrai port à Ys, avec une rade pouvant accueillir des mastodontes et un essaim d'arrimeurs, de munitionnaires, de conducteurs d'allèges et mesureurs de blé. C'était celui de la baie de

Partance, qui donnait sur l'entrée de la cité et que les gens du rivage désignaient comme le « Grand Port » et les étrangers, le « Port d'Ys ». Mais ce port-là était de l'autre côté de l'île, à une ou deux journées de navigation par bonne brise.

Ambouche était aussi la seule crique des Échouements avec un corps de garde encore en fonction : un canon de bronze, une cabane spartiate construite avec de la roche rouge tirée d'un autre versant, où les guetteurs de l'Amirauté se relayaient. Érigée en hauteur, la cabane de pierres était épargnée par les grandes marées d'équinoxe, mais fouettée par un vent qui y sifflait plus fort et plus aigu que dans les chaumières en bas. Les uniformes surveillaient distraitement le large et les habitants qui vivaient à l'ombre de l'abrupt. Les jours tranquilles, on entendait le chant des saleuses et le battement des draps qui séchaient sur une corde tendue entre deux restes de mâts. Par temps sec, on pouvait voir les mères les accrocher, l'air absent. Elles pensaient peut-être aux yeux brillants de leurs enfants quand ils revêtiraient ces nouvelles fripes ou aux yeux globuleux des corps de noyés sur lesquels elles les avaient trouvées.

•

La patronne du hangar de salage d'Ambouche se nommait Brunante Coquerane. Une femme de cinquante ans au rire généreux qui partageait tout sauf le pouvoir.

Dans le contrejour, on pouvait la deviner à sa silhouette, à la façon qu'elle avait de se tenir les reins ou encore de garder les jambes écartées quand elle s'asseyait sur une barrique afin que ses jupes occupassent le plus d'espace possible autour de son trône. Elle possédait un éventail au manche d'ivoire pour assécher les perles de sueur coulant dans le détroit de son décolleté.

On racontait qu'elle avait vécu jadis dans la cité pendant quelques années comme l'invitée d'un négociant de laine, ce qui faisait d'elle une initiée et lui conférait une sorte de supériorité. Son lobe d'oreille gauche était déchiré par le port excessif de lourds pendants, ses mains gercées par des années de tranchage et de décollage. Un corps abîmé, une énergie intacte. De cette espèce qui se solidifiait avec les coups, tels le gras se raidissant en muscle et le bout de lame rougissant dans la forge. Elle régnait sur les orphelins, qu'elle recevait à bras ouverts. Elle recueillait également les petits poussés trop tôt hors du nid par des mères pressées de retourner dans la cité. Délestées de ces bouches à nourrir, elles se refaisaient une beauté et partaient vers le Grand Port courtiser du lieutenant de vaisseau, du capitaine. Quand on les questionnait sur leur progéniture abandonnée, elles avaient une réponse toute prête : « Z'ont plus besoin de moi, à leur âge. Regardez-les : z'en font déjà qu'à leur tête. Qu'ils aillent tâter du cordage et goûter de l'embrun. C'est comme ça qu'on devient vaillant. Et les filles, qu'elles apprennent à se défendre avant d'avoir de la chair sur les os. Je serai point toujours là pour leur prémâcher le poisson. » D'autres s'arrachaient à leur enfant avec douleur, promettaient de revenir. Elles leur laissaient un objet, une moitié de ruban ou un bout de tissu à la bigarrure significative pour qu'un jour elles pussent le reconnaître, pour que les deux demis de la paire pussent se compléter. Ainsi, le monde était peuplé de marins errants ne portant qu'un seul anneau à l'oreille, un mince trait d'or qui venait adoucir les visages aux sourcils broussailleux et durcir les mines encore glabres.

Brunante Coquerane régnait aussi sur les adultes, sur les orphelins devenus grands, ces hommes au cœur dur et aux mains rugueuses qui ne se laissaient mener par personne sauf par cette femme, la dernière mère qu'il leur restait. Quand la Brunante les traitait de « feignasseux qui rechignent à sortir parce qu'il y a un petit pet de vent dehors », les hommes, le front bas, regardaient le ciel avec appréhension et partaient pêcher quand même.

Brunante Coquerane accueillait tous les rejetons. Elle les serrait sur sa panse pour les apaiser lorsqu'ils se mettaient à hurler sans raison, la folie de l'absence se levant parfois en eux comme une bourrasque. Elle les envoyait arpenter les plages pour du varech ou des bulots, les félicitait pour chaque bris d'épave, pour chaque bout de bois qui avait été une carène, chaque chiffon qui avait été une voile. Quand un garde-côte remarquait un nouveau fichu sur ses épaules ou une nouvelle tabatière et lui demandait d'où cela provenait, elle répondait avec un geste d'exaspération : « Qu'est-ce j'en sais ? Sont comme ça, les morveux. Peuvent pas s'empêcher de rapporter toutes sortes de choses. »

Elle prenait même les sacripants bannis d'autres criques qui lui crachaient au visage et lui lançaient : « T'es point ma mère. » À ceux-là, elle n'offrait pas de câlins. Elle leur offrait de l'argent. « Faudra pas le dire aux autres, ce sera notre petit secret. » Elle les envoyait faire les boulots ingrats, comme de jouer avec la fille d'une commère qu'elle soupçonnait de médisance pour l'épier, ou encore de fourrer des crabes dans la paillasse d'une saleuse déloyale pour la punir en douce. Elle payait ainsi trois de ses orphelins qui se croyaient uniques tandis qu'elle disait à tous : « Je suis juste, je donne pareil égal à tous mes petits. C'est pour ça qu'ils m'aiment. »

•

Danaé Poussin avait la maigreur honnête des enfants qui n'avaient pas la férocité de jouer du coude pour s'arroger les bouts de pain des autres. Aux yeux des riverains, elle avait un grand défaut : elle savait nager. Elle s'échappait par l'eau dès qu'on tentait de la corriger, sachant que personne n'eût osé l'y suivre. Elle s'éloignait jusqu'à ce qu'on la perdît de vue. Elle finissait par rentrer, mais après une période assez longue pour que Brunante Coquerane se fît un sang d'encre et ne pût se résoudre à la battre, trop occupée à la presser contre elle. « Ne refais plus jamais ça, tu m'entends ? »

Elle le refaisait tout le temps, étirant chaque fois la durée de ses disparitions.

« Bah, on la connaît, elle va revenir. Elle fait exprès. » Les heures passaient, la nuit tombait. « C'est bizarre, tout de même. Où ce qu'elle a bien pu aller ? » La frousse s'emparait de la Brunante comme une gangrène autour du cœur. « Non, elle ne ferait pas ça. Elle oserait point découcher à son âge. Par la peau du diable, il doit lui être arrivé que'que chose. »

Un jour, Danaé revint après un délai d'une semaine. Quand elle reparut, la Brunante la tira par le bras et lui chauffa une fessée équivalente à la somme de toutes les raclées qu'elle avait esquivées jusque-là.

— J'aurais pas dû, se confessa la patronne aux autres saleuses le lendemain.

— Allons donc. Elle le méritait, c'te fuyarde.

— C'est point la question. Y a personne qui obtient ce qu'il mérite, par ici. J'aurais pas dû parce que la prochaine fois, la petite, elle reviendra point.

Danaé rapportait souvent plus de bois flotté que les autres enfants puisqu'elle s'aventurait plus loin dans les vagues pour les attraper. Elle en revenait essoufflée, les cheveux dégoulinants sur ses joues et un sourire tremblant sur ses lèvres bleuies. Les saleuses l'observaient, la suivaient des yeux en crachant entre les lattes du chafaud.

— J'aime pas ça. Une petiote qui nage autant bien... C'est point naturel.

— Allons, tu t'en fais pour rien, lui répliquait la Brunante. Regarde-la, elle est trop jeune pour se souvenir de quoi que soit. C'est rien qu'une gamine qui barbote un peu mieux que les autres.

•

La falaise trouée du Mur des Exclus était l'endroit où se réfugiaient l'essentiel des riverains pendant les grandes marées d'équinoxe, où les sans-miroir d'un bout à l'autre des Échouements convergeaient deux fois l'an. Enoc Martel faisant maintenant lui-même partie des excentriques qui y vivaient en permanence, il cessa d'utiliser l'expression Mur des Exclus et se mit à parler des Criardes, comme tous ceux qui se partageaient plages et marges. Le duelliste avait jadis été de la caste de ceux qui passaient leur vie entre les hôtels particuliers de la cité et les embarquements au long cours, qui pouvaient avoir visité huit comptoirs différents dans l'océan Indien sans avoir jamais posé le pied de l'autre côté de l'île. Il avait cru que tous les exclus demeuraient au Mur des Exclus ou encore que seuls les exclus y résidaient. On eût même pu trouver au fond de son esprit cette vague idée selon laquelle tous ceux qui vivaient aux Échouements étaient des exclus, à peu de chose près.

En aidant les habitants dans leurs menues tâches, il gagnait sa croûte ou plutôt sa pince quotidienne : un bout de chair rose et mouillée, servi dans une carapace de limule renversée en guise d'assiette. Quand on plongea pour la première fois devant lui les crustacés dans l'eau de mer bouillante, ils se mirent à pousser des couinements. « Je comprends maintenant pourquoi on appelle cette falaise les Criardes », remarqua-t-il. La femme au chignon blanc penchée au-dessus du chaudron leva les yeux vers lui, puis les baissa sans rien dire.

Il apprit à piquer les petits crabes se cachant dans le sable gris avec la pointe de son épée, à griller le fretin refoulant sur la laisse, à dévisser les bigorneaux du fond de leur coquille. Il s'habituait au goût des infusions de fenouil de mer et du thé de contrebande dont les feuilles avaient été baignées avant d'être réensachées. Il accompagnait chaque jour un homardier qui se faisait appeler Demi-Noix. Son esquif était un canot mal rabouté et trop longtemps exposé aux dommages du soleil. Il prenait l'eau à la moindre saute. Le rôle du duelliste était d'écoper sans arrêt pendant que le pêcheur descendait ou remontait les casiers. « Je mangerais bien du maquereau, moi itou. Mais où veux-tu que j'aille avec c'te barque ? »

Dès le premier jour, ils furent pris dans un banc de brume. Le duelliste saisit les plats-bords quand il n'y eut plus aucun repère au milieu de l'obscurité blanche et opaque.

— Écoute, fit le pêcheur.

À tribord, on entendait le fracas des brisants.

— Le rivage est par là, dit Martel.

Le pêcheur secoua la tête et pointa la direction opposée.

— Le rivage est par ici. Le brouillard brouille les sons itou.

Bientôt, le duelliste se demanderait comment ces gens faisaient pour ne pas étouffer sur ce littoral embrumé un jour sur trois alors que la seule chose qu'ils possédaient sur cette terre était leur vue sur l'océan. Il comprendrait enfin pourquoi les riverains se pinçaient les uns et les autres. La mère qui pinçait les joues de son fils matelot à son retour. Le galant qui pinçait le bras de sa dulcinée pour lui signifier son intérêt. L'amoureuse qui pinçait le gras du pouce de son amant. Toutes des façons de s'assurer que l'être cher était bien vif et non une apparition traînée par les vapeurs du large.

Une nuit, Enoc Martel crut halluciner le fantôme d'un de ses ancêtres. Un templier, la tête recouverte d'une cotte de mailles, drapé dans une large tunique blanche. Il approcha, la figure se précisa. Ce n'était qu'un homardier fumant sa pipe, encapuchonné dans un long paletot doublé de toile à voile.

« Le ressac sonne fort, ce soir », dit le pêcheur en guise de salut.

•

Le duelliste fut réveillé le lendemain matin par une bruine sur son visage. Il ne pleuvait pas. Les embruns soufflaient jusqu'à lui. Un noroît soulevait la mer et l'aplatissait avec la même force, empêchait les lames de déferler, leur coupait la crête et les disséminait dans l'air avant qu'elles ne pussent culminer. Le soleil n'était qu'un point confus, plus pâle que le reste du ciel. Il n'y aurait pas de levée de casiers ce jour-là.

Dans cette attente humide où l'ennui se mêlait à la faim, Enoc Martel décida de vendre le contenu de sa brouette. Il invita Demi-Noix à visiter sa crevasse pour jeter un coup d'œil à sa marchandise. Le pêcheur entra, une chandelle de suif à la main. Son bras balaya la grotte d'un mouvement ample pour que la flamme en éclairât les racoins.

— C'est ça, ta cargaison ? s'étonna-t-il.

Appuyés contre les parois, il n'y avait que des tableaux encadrés de dorures qui commençaient à verdir. Des visages datant de décennies et de siècles passés, chacun fossilisé dans son huile. Un homme chauve en pourpoint avec un trèfle de perles pendant à son oreille. Un homme portant une perruque de rouleaux noirs tombant en cascade sur ses épaules et vêtu d'un plastron de métal, parchemin à la main.

— Les portraits de mes ancêtres, expliqua le duelliste. Je sais bien que cela n'a aucune utilité sur le rivage, mais jusqu'ici, j'osais point m'en défaire. Maintenant, je vois ma sottise. J'aurais dû les vendre quand j'étais encore en ville. Un collectionneur ou un ancien élève les aurait sans doute achetés en lot et les aurait gardés à l'abri des intempéries.

Le pêcheur acquiesçait, l'air dépassé.

— Peut-être que ça pourrait intéresser l'avitailleur qui fait le cabotage entre le Petit Port et le Grand Port. Lui, il pourrait les revendre là-bas.

— Quand passe-t-il, l'avitailleur ?

— On le sait jamais. Il passe quand le vent le veut bien.

Le vendredi suivant, Enoc Martel descendit sa brouette et la poussa jusqu'à Ambouche. C'était jour de foire. On pouvait échanger une betterave cultivée dans le sable contre un concombre de mer, une poignée de porte en laiton contre une patte de chaise. Il avait mémorisé la hiérarchie des devises qui avaient cours aux Échouements, où on se payait en hameçons, en éclats de faïence et en coquillages. Un fourneau de pipe en terre cuite valait deux fois son embout en os d'albatros.

Le duelliste jouait de la flûte traversière, assis sur les roches et entouré de ses tableaux. Des enfants s'attroupèrent devant lui, se mordaient la lèvre inférieure en l'écoutant. Il déposa la flûte et présenta chacun des portraits.

•

Le premier Martel à avoir foulé le sol d'Ys était un pêcheur, comme tous les pionniers. Ambroise Martel, premier du nom, faisait partie des morutiers qui avaient adopté l'île pour ses bancs côtiers foisonnants. Cet aventurier croyait que l'océan était habité de démons et de créatures mi-humaines, mais cela ne l'empêcha pas de naviguer à l'estime en se fiant aux astres, étant convaincu qu'ils avaient été placés là pour qu'on s'y repérât. « Les monstres existent pour qu'on les affronte. Sinon à quoi bon les avoir faits monstrueux ? » aurait-il un jour déclaré.

Ambroise Martel, cinquième du nom, était lui aussi un pêcheur, mais doublé d'un trafiquant. Il accumulait diverses denrées à petit prix et se rendait ensuite les receler en Amérique. Coupés de leur mère-patrie, les colons n'avaient nulle part où s'approvisionner, les métropoles leur interdisant de commercer avec les navires d'autres royaumes. Ainsi, les défricheurs manquaient de tout. Martel se promenait dans les ports du sud à bord d'une yole, tenait les marchandises au-dessus de sa tête pour que les colons les vissent. Deux fois sur trois, ils se précipitaient dans l'eau pour le couvrir de l'or et de l'argent extraits de leurs mines en échange de barriques de goudron ou de rouleaux de dentelle. Une fois sur trois, des soldats de la garnison lui tiraient dessus avec leurs mousquets et manquaient de couler son embarcation. « Allez-y, tirez. Et quand z'aurez plus de poudre, c'est à moi que z'en achèterez. »

Jean Martel, premier du nom, était un corsaire devenu mercenaire. Il acceptait d'attaquer les ennemis de n'importe quel souverain en échange d'une lettre de marque qui lui donnait le droit de piller les navires d'à peu près toutes les marines. Il avait été fait prisonnier à trois reprises, avait connu les galères de la mer intérieure, les bateaux-prisons des fleuves du nord et les geôles traditionnelles des quatre coins de la terre. À l'âge de soixante-trois ans, il courait encore. « Que voudrais-tu que je fasse ? M'asseoir au bout du môle à regarder les saisons passer ? » avait-il dit à sa femme avant de partir pour sa dernière croisière.

Ambroise Martel, sixième du nom, perdit l'ouïe à bord d'une frégate à l'âge de quatre ans en collant son oreille contre un canon juste avant qu'il fît feu. Il avait appris à lire sur les lèvres comme il lisait les nuages et les voiles lointaines. Dans les batailles, il se lançait à corps perdu, sourd aux menaces comme à tout le reste. Il continuait à trancher et à pourfendre bien après que le maître avait sonné la retraite. Quand le navire se trouvait pris dans un banc de brume et que les autres matelots se mettaient à gigoter d'angoisse, il leur disait : « Servez-vous de vos oreilles, morbleu ! Puisque z'avez la chance d'en avoir. »

Jean Martel, troisième du nom et grand-père du duelliste, était devenu riche en pillant des navires trois fois plus gros que le sien. Son équipage de vingt-six hommes attaquait à partir de bateaux ouverts des vaisseaux qui en comptaient deux-cents. Dans leur pinasse au ras de l'eau, ils frôlaient des forteresses flottantes de cent canons avec des murailles si hautes qu'on y voyait à peine l'azur du ciel. « Il faut aller en mer pour comprendre combien petits nous sommes. Et après, les démesures sont des mesures comme les autres », avait-il l'habitude de répéter.

— Sur ce portrait, mon grand-père n'avait que vingt-huit ans. Treize de moins que moi, dit le duelliste aux enfants qui ne savaient pas compter jusque-là.

— Et toi, t'en as point, de portrait ?

— Non.

— Pourquoi ?

— J'attendais d'être fait citoyen.

•

Enoc Martel échangea sa brouette contre un havresac. Il acheta des souliers plus adéquats pour arpenter la côte. Il garda tout de même les escarpins à talons comme le symbole de son épreuve. Il avait promis à la jeune Danaé de les lui céder et il avait l'intention de tenir parole. S'il venait à s'en départir avant, alors vraiment, il ne serait plus un homme d'honneur, se répétait-il.

Il vendit chacun des portraits contre un bouton

d'uniforme. Des riverains y avaient vu une bonne affaire : les tableaux pouvaient servir de combustible pendant l'hiver. En attendant, ils les laissaient sécher, adossés contre leur masure. Dans plusieurs coins du littoral, on pouvait tomber sur une peinture s'ensablant au pied d'un épaulement ou s'effritant dans le fond d'un coffre. Avec le temps, le vernis se lézardait, la toile irriguée de craquelures formait une peau d'écailles. Même les œuvres d'art prenaient la texture de la poiscaille.

Ce qui est hérité n'est point mérité

Il y avait autrefois plusieurs ruisseaux qui se déversaient sur les flancs de l'île. Ils ont été détournés pour alimenter les fontaines de la cité. Car l'eau, dès qu'elle stagne, se corrompt. Pour être saine, elle doit circuler, se succéder à elle-même dans un constant écoulement. Il en va de même des gens et de la race, disaient les penseurs de l'époque.

Aux origines, les matelots en recherche d'embarquement avaient l'habitude de demander aux recruteurs si l'équipage était assez nombreux pour assurer une « saine rotation », c'est-à-dire que la bordée de bâbord pût se reposer pendant le quart de la bordée de tribord, et vice versa. Dans les années cent-dix avant le Massacre des Premiers hommes, l'espace vint à manquer à l'intérieur des murs de la cité. L'Amirauté instaura donc un système qu'elle nomma la Saine Rotation. Chaque solstice, on faisait le décompte des citoyens trépassés ou disparus et l'on accueillait un nombre égal de nouveaux venus.

Les citoyens de cette période méprisaient l'aristocratie et croyaient que chaque individu devait mériter son droit de cité. On créa donc un comité chargé d'évaluer les candidatures et de choisir ceux qui avaient le plus de courage, de talent ou d'industrie pour vaincre l'ennemi, enrichir ou faire rayonner la nation. On leur décernait le statut de citoyen : le droit de voter à l'Assemblée citoyenne, de se faire élire pour représenter le peuple au Conseil des Septantes, l'organe qui déliait les cordons de la bourse du Trésor et limitait les pouvoirs de l'Amirauté. Mais surtout, la citoyenneté donnait le droit d'entrée et de sortie à l'intérieur de l'enceinte fortifiée et, par le fait même, celui d'être en tout temps à l'abri des grandes marées d'équinoxe.

Le citoyen jouissait de son statut à vie, mais il ne pouvait le transmettre à sa descendance. Ses enfants grandissaient dans le giron de la muraille jusqu'à leurs seize ans, puis devaient voguer de leurs propres voiles, prouver à leur tour leur vaillance pour être admis. De cette rotation émanait la supériorité issoise, disait-on. Les grandes puissances monarchiques étaient dirigées par des imbéciles à l'incompétence de droit divin ou par une gérontocratie au népotisme convenu. À Ys, point de complaisance : l'incessant brassage de l'élite faisait en sorte que la crème restât sur le dessus, se plaisait-on à imager.

Les adeptes de cette mouvance perpétuelle avaient réussi à faire croire à la plèbe que les îliens grandis dans l'eau avaient autant de chances d'être admis citoyens que ceux éduqués au sec. Avec le passage du temps et le renouvellement des générations, tout riverain en vint à entendre au fond de lui-même cette phrase, cette pensée forte comme le battement d'un cœur et la répétition du ressac : « mon tour viendra », qui, un jour, se changeait inévitablement en « assez ! c'est mon tour, maintenant ».

IV.

Le soir de la foire, Enoc Martel s'enivra sur la jetée avec des hommes qui se passaient une futaille de vinasse en chantant et trépignant du talon. Il buvait avec le demi-sourire de ceux qui se disent des choses graves et vite oubliées comme « je suis des vôtres maintenant ». On lui envoyait des tapes dans le dos qui pouvaient signifier « on t'aime bien, amuse-toi », tout autant que « allez, étouffe-toi, le poudré, qu'on puisse enfin s'amuser pour vrai ».

Il leur posa la question qui le taraudait depuis des semaines et qu'il n'osait soulever devant les principaux intéressés : pourquoi certains riverains vivaient-ils dans les Criardes à longueur d'année ? Pourquoi ne se joignaient-ils pas à une communauté de pêcheurs, comme tout le monde ? « Z'ont le mauvais pied, lui expliqua-t-on. La plupart l'ont déjà été, pêcheurs. Mais z'ont une malchance qui leur colle au derrière. Font fuir le poisson. Quand ça fait quatre ou cinq fois que les gens remarquent que ça mord point quand tu es là alors que ça mord fort quand t'es ailleurs, y a qu'une seule explication : tu as le mauvais pied. Par ici, tu peux avoir bien des défauts, mais pas le cel de faire fuir le poisson. »

Le lendemain matin, il reposait, blotti entre deux rochers. Il sentit quelque chose lui remuer les jambes. Il ouvrit les yeux sur la forme imposante de Brunante Coquerane.

« Alors, le citadin. T'en n'as pas assez, de manger de l'insecte ? »

•

Danaé Poussin et Enoc Martel firent en même temps leur entrée comme débutants dans le hangar d'Ambouche. Elle avait atteint l'âge où on initiait les filles au travail de la morue. Quant à l'homme, les saleuses prenaient un malin plaisir à lui donner des ordres, à le voir courbé à quatre pattes au-dessus d'un récipient.

« Le citadin, va donc me chercher la salebarde, là-bas. »

« Le citadin, va me nettoyer ça, c'te tache d'huile-là. Allez, frotte. Plus fort », se gaussait Brunante Coquerane en le toisant de haut, les poings sur les hanches avant d'échanger un clin d'œil avec ses complices qui réprimaient leur fou rire.

La fillette et le duelliste étaient tous deux affectés à la tâche la plus simple, celle du lavage des prises. Ils passaient leurs journées les mains plongées dans une bassine d'eau, les manches roulées au-dessus des coudes. Les femmes besognaient dans leur tablier souillé. Lui, dans sa chemise trempée de sueur estivale et d'éclaboussures. « T'y croiras point au début, mais l'eau est plus chaude en octobre qu'en juillet. » La fillette était supérieure à l'homme en cela qu'elle était certaine de gravir les échelons jusqu'à la station debout, jusqu'aux tâches de précision. « Le citadin, tu dis que tu n'es que de passage, par ici. Alors, on va point perdre notre temps à t'inculquer le métier, si c'est pour te voir disparaître au prochain solstice. »

Parmi les saleuses, certaines avaient l'âge des grandes espérances. La cité était pour elles comme ces régions de l'atlas qui n'étaient ni terre ni océan et sur lesquelles on griffonnait « pays inconnu », faute d'y avoir mis le pied ou baigné la quille.

— Mais dis donc, le citadin, tu nous as jamais raconté ce qui t'est arrivé pour que tu débanques jusqu'ici, s'essaya l'une d'elles. Ta matelote, elle a trépassé ou elle a juste changé de matelot ?

L'homme feignit de ne pas entendre.

— Eh, le citadin, on te parle, intervint Brunante Coquerane.

— C'est une longue histoire, mentit-il.

— Moi ce que je voudrais savoir, c'est comment tu fais pour être certain d'être choisi lors de la prochaine rotation, demanda une autre. La façon que t'en jases, c'est comme si c'était une évidence.

— J'ai de bonnes relations, résuma-t-il en se penchant davantage dans la cuve comme pour y plonger.

— Quel genre de relations ?

— Des élèves, des amis. D'anciens élèves, des personnes d'importance. Bref, un tas d'accointances qui m'ont assuré vouloir pétitionner pour moi.

— Tout de même, objecta la Brunante. Ce n'est pas une garantie, ça. Ils seraient cinquante à pétitionner pour toi, ça reste que c'est le jury de Saine Rotation qui décide.

— Ce n'est pas une garantie, en effet. Il n'y a jamais de garantie.

Il déposa une morue flasque dans un grand baquet en évitant le regard des femmes. Il enchaîna comme s'il se fût parlé à lui-même.

— Il n'y a jamais de garantie, non. Mais je voudrais bien voir le genre de bretteurs qu'ils vont envoyer au front, s'ils ne me prennent point. À la guerre non plus, il n'y a pas de garantie. Ils veulent pourfendre du Hollandois, qu'ils disent. Z'ont les meilleurs bateaux. À la bonne heure ! Ça vaut quoi si les hommes tressaillent au moment de l'abordage, si la vue d'un sabre les fait défaillir ? Mon école d'escrime était la meilleure de la cité, la seule digne de ce nom. Les meilleurs officiers ont tous reçu de mes enseignements. Même les élèves de l'Académie navale passaient par chez moi pour se perfectionner. J'entraînais le vice-amiral personnellement tous les lundis. Il n'y a pas de garantie, mais je peux vous garantir qu'il y a du ferrailleur qui s'ennuie de mes conseils en ce moment.

Les femmes se turent. Elles manipulaient le poisson au milieu des bruits du tranchage. L'une d'elles déposa son hachoir.

— Mais attends. Pourquoi tu ne donnes pas des leçons que'que part en ville au lieu de te terrer ici, à l'autre bout de l'île ?

Le duelliste lui envoya un sourire mesquin.

— Pour me faire désirer. Si j'ouvrais une école en basse-ville, les apprentis n'auraient qu'à y descendre, les choses rouleraient comme avant, tout le monde serait content, sauf moi. L'Amirauté n'aurait aucun incitatif à me faire citoyen. Non, mon absence doit leur causer assez de tracas pour qu'ils me supplient de revenir. Mais cette fois-ci, par la grande porte.

La Brunante approuva de la tête.

— V'là qui parle issois.

Les femmes entonnèrent une turlutaine. Danaé joignit sa petite voix mal affûtée à celle des autres. Elle connaissait toutes les paroles, tous les claquements de talons de ces rengaines qui parlaient de pêches miraculeuses et de galants à enfourcher. Le duelliste, lui, retomba dans son silence. On le surprit une fois, alors qu'il se pensait seul derrière le hangar, à fredonner une chanson qui racontait l'histoire d'un roi de Bohême qui n'était point fou, mais aveugle et qui exigeait qu'on le montât sur son destrier et qu'on l'enchaînât à ses chevaliers pour participer à une bataille malgré sa cécité, passant glorieusement d'une grande noirceur à l'autre.

•

Après sa journée de travail à Ambouche, le duelliste repartait le soir, foulait le gravier et les algues gommeuses, appuyé sur un bâton de pèlerin. Il retrouvait sa crevasse, le seul endroit où on ne pût l'assassiner. « Et dire qu'il fut un temps où je croyais que le Mur des Exclus était le repaire des pires canailles de l'île, le dernier coin où j'aurais voulu nicher, raconterait-il un jour. Quelles drôles d'idées je me faisais du danger ! Je me croyais en sécurité dans les entrailles de la cité, alors que c'est le plus périlleux des lieux. Habiter la cité en tant qu'invité, c'est vivre dans l'insouciance au bord du précipice. »

Matelots un jour, frères toujours

Le matelotage était une tradition navale qui faisait en sorte que tout venait par paires. Comme les marins ne pouvaient s'activer à la manœuvre jour et nuit, ils devaient s'y relayer. Pendant que l'un dormait, l'autre veillait. De toute façon, il n'y avait pas assez de place dans le gaillard d'avant pour que tous les membres d'un équipage y étendissent leur branle en même temps. Deux matelots partageaient donc le même hamac, à tour de rôle. Lorsque l'un se levait pour commencer son quart de travail, l'autre prenait sa place. Quand un marin parlait de « son » matelot, il faisait référence à cet autre, celui qu'il ne faisait que croiser, mais avec qui il partageait le seul espace qui lui appartînt. Si l'un des deux venait à décéder en mer, à l'autre revenait la tâche de vendre le contenu de son coffre ou de le remettre à sa parenté.

La croyance populaire voulait alors que les marins amatelotés formassent une paire liée à jamais par le destin, qu'il fût bon ou mauvais, qu'ils fussent encore réunis dans le même bâtiment ou séparés par un océan. Si l'un des deux était voué à un sort extraordinaire, l'autre aussi. Certaines paires se haïssaient à mort, d'autres s'estimaient comme des frères. On en vint à parler de « frères de matelotage » pour désigner deux amis qui pouvaient toujours compter l'un sur l'autre.

Aux origines, lorsqu'un Issois se construisait une demeure dans la cité, il était de coutume d'y inviter son matelot. Il n'y avait pas encore de Saines Rotations à cette époque. On pouvait héberger qui on voulait : amis, cousins, grand-mère. Le frère de matelotage était considéré comme un invité puisque, contrairement à sa femme et à ses enfants, sa présence n'allait pas de soi.

Ensuite vint le temps des problèmes : manque d'espace, vermine, insalubrité, épidémies. À partir des années cent-dix avant notre ère, un citoyen n'avait plus droit qu'à une surface prédéterminée de terrain sur laquelle ériger son hôtel et il ne pouvait plus y inviter qu'une seule personne. La plupart choisissaient d'y vivre avec une épouse ou une concubine qu'ils pouvaient remplacer à leur guise. Par association d'idées, on en vint à parler de ces invités comme de « matelotes » et de « matelots ». C'est pourquoi le terme « matelotage » est utilisé pour parler des choses de l'amour. On dit d'un couple qui se forme qu'il « s'amatelote », de deux amants en plein ébat qu'ils « matelotinent ». En général, les étrangers comprennent d'instinct de quoi il s'agit, tout en sourcillant devant ce vocabulaire galant qui emprunte à l'univers de la navigation au long cours, où il n'y a point de femmes et peu de fornication.

V.

Avec la mi-septembre venait la fin de la saison. Les chaloupes qui abondaient sur la grève quille en l'air avaient pour lors disparu du paysage. On les avait empilées à bord de la goélette de l'avitailleur en même temps que les derniers quintaux de morue. On démantelait quais et chafauds. On barricadait les lucarnes, les ouvertures. On ne savait jamais dans quel état on allait retrouver les chaumières après l'équinoxe. Elles avaient été construites en pierres pour faire face au vent du large et à l'invasion des flots. Les murs résistaient assez bien. La dévastation venait en général des toitures de varech, arrachées par les rafales ou défoncées par les trombes.

Les habitants d'Ambouche se mirent en marche trois jours avant le soulèvement des eaux. Il ne leur fallait que deux ou trois heures pour s'y rendre, alors que les riverains du Cul-de-l'Île devaient consacrer une journée complète à cette migration et ceux de la pointe des Malcontents, trois. Femmes, hommes et enfants avançaient, suivis des chiens et des chats. Quelques poules faisaient partie du cortège, emmitonnées dans des bandes de tissus comme des poupées contre la poitrine de fillettes. Ceux qui possédaient peu, qui voyageaient léger, étaient les privilégiés de cette marche. Ceux qui possédaient beaucoup devaient se départir de beaucoup ou encore porter leurs avoirs sur leur dos ou sur leur tête. On racontait encore à Ambouche les mésaventures de la mère Boutellier et de ses deux filles qui avaient eu l'idée de traîner un fourgon à roues rempli de leurs meubles et de leurs malles. Elles durent s'arrêter toutes les minutes pour reprendre leur souffle, arrivèrent longtemps après le reste du hameau. Ensuite, elles regardèrent la marée assaillir l'estran, les lames démolir leur belle charrette, planche par planche. Elles n'avaient plus de véhicule pour rapatrier leurs effets vers Ambouche. Leur abri temporaire dans une caverne devint leur installation permanente. « La morale de c't'histoire, elle est assez évidente. Pas besoin de faire de rajoutes », concluaient les raconteurs.

•

Danaé Poussin apparut dans l'embrasure de la fissure et prit un ton de matrone outrée, empruntant les inflexions vocales de Brunante Coquerane.

— Mais qu'est-ce tu fais encore ici, toi ? Elle n'est pas assez haute, ta criarde. Tu aurais dû t'en trouver une meilleure beaucoup plus tôt.

Le duelliste descendit interroger les saleuses qui se préparaient à grimper en haut de la paroi.

— Jusqu'où monte la mer ? Eh ! J'aimerais bien le savoir. Ça varie d'un équinoxe à l'autre. En temps normal, elle ne serait pas trop mauvaise, ta criarde. Mais on ne sait jamais si le temps sera à l'ordinaire ou au désastre. Il y a quatre ans, les eaux se sont engouffrées jusque dans la celle là-bas, pointa-t-elle.

Il suivit le doigt, examina le trou qu'il désignait. Il resta interdit quelques instants avant de balbutier :

— Mais... Les vieillards, les blessés, les éclopés. Comment font-ils pour monter si haut ?

— Z'y montent point. Se choisissent un abri à leur portée et z'espèrent que l'eau ne s'y rendra pas. De toute façon, on n'a pas tout le temps la criarde qu'on voudrait. Les équinoxes aux Échouements, c'est l'inverse des solstices dans le Grand Port : toujours le même nombre de places, mais jamais le même nombre de réfugiés. Il y a des années où on a du choix et d'autres où c'est la cohue, où on se pile sur les pieds et on étouffe à vingt personnes par grotte. Il y en a qui s'amènent ici une semaine, voire un mois à l'avance pour être certains d'avoir les meilleurs trous. Ces gens-là vivent de rien, de laitue de mer et de crabes. Nous, on n'a pas c'te loisir-là. On a du poisson à arranger. C'est bien beau, éviter de périr, mais le reste du temps, on veut vivre, nous autres. On préfère reconstruire ce qui a été détruit encore et encore que de ne rien construire du tout. Il y en a qui arrivent trop tard, qui se risquent plus bas, dans les cavités plus exposées. Pourquoi tu penses qu'on appelle ça les Criardes ? Quand le flux monte, ça se met à crier.

•

D'abord, il y eut le retrait des eaux. Les enfants jouaient sur la plage dans les flaques laissées par la marée précédente, soufflaient des bulles de savon dans de petites pipes d'argile. Les saleuses badinaient au grand air. Un baissant comme il y en avait deux fois par jour tous les jours. L'extraordinaire venait après quelques heures, quand la mer continuait de descendre en silence comme si elle se fût évaporée. Elle découvrait des zones que personne n'eût osé appeler rivage, des fonds marins gênés d'être ainsi dénudés. Elle dévoilait des débris enfouis là où la lumière du soleil ne se rendait pas et qui jaillissaient alors de leur terreau comme un sacrilège, comme des trépassés revenus à la vie. L'absence obscène de la mer révélait des épaves complètes, des figures de proue intactes, des ossements blanchis et mêlés aux membrures de vaisseaux perçant le sable et se courbant vers le ciel. Des ancres à moitié ensablées, des verroteries et plaques de plomb, vergues et agrès éparpillés entre les écueils qui avaient causé leur perte des décennies plus tôt. Des rochers velus d'algues et cariés de berniques. Certains disaient les avoir vus bouger, juraient qu'ils ne se trouvaient pas exactement au même endroit d'un équinoxe à l'autre.

Des monuments qu'on avait toujours crus magistraux et qui se révélaient fragiles, leur base plus mince que leur sommet. Des cailloux qui d'habitude affleuraient à peine et qui là en imposaient avec leur fondement de pachyderme.

Des adolescents aux pieds nus escaladaient la paroi jusqu'au sommet de la falaise, frôlaient la muraille de leur dos. Le duelliste y suivit Demi-Noix, qui arpentait le sentier muni d'une vieille lunette à la vitre fêlée. Il visait l'horizon pour capter les reflets d'océan dans leurs ultimes retranchements. Il tentait d'estimer la distance de l'étale de basse mer et ainsi faire des projections sur l'ampleur du déluge à venir. « Plus ça descend, plus ça monte après », résumait-il avec une pointe d'angoisse. Il la braqua ensuite sur les nuages. « Temps clair. On va peut-être s'en sortir tranquilles. Parce que quand la tempête s'en mêle, alors là... »

Parmi les jouvenceaux arrivés les premiers au sommet, certains s'empressaient déjà de redescendre. « Regarde-les », fit Demi-Noix en secouant la tête. Il lui expliqua que ceux-là grimpaient pour repérer les trésors découverts par la désertion des eaux. Il y avait de quoi faire fortune, sur un estran de grande marée. Il suffisait de courir, de s'emparer des biens que la mer ne pouvait plus défendre avant que d'autres ne le fissent. « C'est tentant, mais c'est dangereux, c'te jeu-là. À cause de la brumasse. Elle te cerne comme un piège et tu ne sais plus dans quelle direction marcher. Par le temps que tu te rendes compte que tu t'es éloigné du rivage au lieu de t'en approcher, il est trop tard : tu es encerclé. Parce que non, les eaux n'avancent pas en ligne droite. Elles te font des zigzags et des marécages et quand tu crois que t'en as jusqu'à la taille, t'en as jusqu'au cou. Personne ne patauge assez vite pour devancer la cavalerie des flots d'équinoxe quand elle se décide à rappliquer au grand galop. »

•

La grotte était étroite, mais profonde. Des chandelles montées sur des bouteilles incrustées de mollusques brûlaient çà et là. L'air était lourd de l'humidité et de la fumée des pipes. Deux hommes en tricorne étaient assis au fond, à peine visibles dans la pénombre. Ils jouaient aux cartes sur un casier de branchailles renversé, échangeaient des propos marmonnés à voix basse. À l'extérieur du trou, la blancheur des nappes d'écume irradiait sous la lune, contrastait avec la noirceur de la mer. Des gerbes venaient éclater en contrebas, aspergeaient l'entrée de la cavité.

« T'en fais pas, c'est rien que des éclaboussures », disait Brunante Coquerane à un garçon qui gémissait, le visage enfoui contre son corsage.

Un groupe de gamins jouaient près du bord. Ils s'avançaient sur la pointe des pieds, s'étiraient vers le dehors, puis se reculaient en poussant de petits cris quand un paquet d'eau leur arrosait les jambes. « Eh, vous autres, pas trop près, gronda la Brunante. Danaé Poussin, ce n'est pas parce que tu sais nageoter que tu vas point te casser la figure si une lame t'attrape ! »

Un des hommes s'approcha de l'ouverture. Il était trop grand pour cette crevasse. Il avançait, voûté comme dans la batterie d'une frégate. Il se tenait à l'orée du froid sans veste, sans manteau, dans sa fine chemise qui laissait deviner un corps taillé par l'effort comme le roc par les lames. Il avait de ces visages qui donnent envie de sortir les poings ou de se cacher, le genre à souffler un baiser d'insolence vers un supérieur menaçant de le punir. L'homme exhala la fumée de sa pipe en direction de la nuit qu'il fouillait des yeux. C'était la troisième fois depuis la tombée du jour qu'il faisait le même parcours de sa chaise au fond du trou à la lisière du vide.

— Il paraît que ça monte plus haut qu'avant.

— Tais-toi, grogna Brunante Coquerane. Tu vas effrayer les enfants.

Il leur jeta un coup d'œil agacé. Il s'en fichait des enfants, sembla-t-il signifier. Il était trop homme pour s'en soucier ou trop enfant lui-même. Enoc Martel était assis sur une roche ronde, la tête appuyée derrière, l'épée posée sur les cuisses. L'homme debout se retourna vers l'intérieur.

— Ton épée, lança-t-il en s'accoudant à la paroi, les bras croisés, le brûle-gueule saillant entre ses lèvres.

— Qu'est-ce qu'elle a, mon épée ?

— Elle a que je vois guère à quoi elle peut servir.

— Elle sert à se battre en duel.

— Je m'en doute bien. Mais même pour les duels... Y a plus personne qui s'affronte à l'épée. Les ceux qui ont de vraies navrances à régler le font au pistolet. Bien plus de chances d'achever l'adversaire.

Une giclée s'écrasa derrière lui. Les gamins s'émurent comme une volée de cris d'oiseaux. L'homme ne bougeait pas.

— Et qu'est-ce que vous connaissez aux duels ?

Le duelliste avait répliqué avec une question qui n'en était pas une. L'homme ignora le défi. Il se plaça de biais, reporta son regard vers l'ouest.

— J'étais matelot dans la Marine issoise y a pas si longtemps.

Il disait cela comme le prélude d'une longue explication, mais il fut de nouveau absorbé par le rythme des vagues, leur fracas sous ses pieds, le spectacle lancinant de leur retour sur elles-mêmes.

— La Marine, c'est l'enfer. Mais ça itou, c'est l'enfer. Être là à patienter en attendant de voir si on est noyés ou si on ne l'est pas.

L'homme se tut et, sur son visage, on put y lire le tiraillement, le va-et-vient de toutes ses abjurations. Il avait dû se jurer, au nom de la peau de son dos scarifiée par le fouet, de ne plus jamais s'embarquer sur un bâtiment dont il ne serait le maître. Il avait dû se jurer de ne plus jamais boire ou de ne plus jamais croire les promesses de fidélité des femmes. Enfant, parqué sur le rebord d'une criarde similaire au milieu d'une marée semblable, il avait dû se jurer de toujours naviguer, de toujours être marin pour ne jamais plus être un riverain sur cette île sans rives.

•

Une puissante odeur d'iode s'infiltra dans la cavité en même temps que les rayons. Le jour se pointait, le littoral se découvrait de nouveau. La mer avait laissé derrière elle ses déchets d'algues, abandonné tout un tas de moules, de coquilles, de crevettes. Des harengs argentés gigotaient parmi les monticules de varech. Les goélands piaillaient à tue-tête, se livraient une chaude lutte pour picorer la chair agonisante. Les enfants bousculèrent les pieds des adultes somnolents. Ils avaient faim, ils avaient besoin de se dégourdir, de retrouver un espace sans limites. « Doucement », gronda Brunante Coquerane.

Enoc Martel s'extirpa en dernier, marcha en tentant de ne pas glisser dans la gluance. Autour, saleuses et gamins mordaient à pleines dents dans les poissons crus, dont le sang dégoulinait sur leur menton, sur leur gorge, rosissait leur corsage. Ils faisaient voir l'éclat d'un sourire carnassier entre deux bouchées.

Officiellement, Ys était catholique. En réalité, les Issois étaient depuis longtemps profanes. On ne se souciait plus trop des saintes écritures et des paroles des quelques curés qui se contentaient de faire communier les équipages étrangers. On savait que l'on avait péché quand on trouvait des dents humaines dans le ventre des morues et on se félicitait quand on en extirpait des doublons espagnols. On priait de moins en moins et on sifflait de plus en plus pour appeler le vent.

L'atrophie de la foi était peut-être due aux racines marines du peuple issois, à l'absence d'aumôniers pour dire la messe sur les navires, au fait que la mer ignorait les dix commandements quand elle se convulsait comme un chrétien atteint du haut mal, forçant les matelots à travailler les dimanches comme n'importe quel jour de la semaine. Cela remontait peut-être à l'époque où catholiques et protestants s'affrontaient à terre dans de sanglantes guerres tandis que les marins s'entassaient dans les mêmes entreponts avec des bordées de toutes confessions. Pour ne point s'entretuer, ils éludaient le sujet. Certains maîtres interdisaient la prière à haute voix ou tout rituel risquant de diviser les troupes. Le seul dieu vénéré à bord était celui du commerce et la seule croyance tolérée, la superstition. Certains affirmaient que la pêche avait remplacé la religion dans le cœur des hommes, qu'elle possédait l'esprit mieux que la crainte de Dieu. Que la poursuite du poisson dictait les moments de labeur et de congé, qu'elle poussait à l'impossible, qu'elle enivrait au point d'occulter toutes les autres quêtes.

Les flèches des églises continuaient d'aiguiser le paysage issois, mais elles servaient surtout d'amers aux pilotes qui eussent manqué de repères côtiers sans elles. On avait conservé les grandes orgues pour se donner des frousses divines entre deux orages. On sonnait encore le tocsin lors des incendies et des invasions, mais il y avait longtemps qu'on avait entendu une vraie volée de cloches. La cathédrale Saint-Elme avait été convertie en corderie. On notait d'ailleurs plusieurs similitudes entre l'étude de la Création et celle du commettage des cordages. On commençait par se demander comment étaient fabriqués les gros câbles : on les désentortillait pour obtenir des torons. Ensuite, on se demandait de quoi étaient faits les torons : on les déliait pour se retrouver avec des filins. Puis venait ce moment où la fibre était trop mince pour être disséquée et qui faisait dire au philosophe que l'essence de tout lien était condamnée au mystère. Pour notre part, nous estimons que Dieu n'existe pas. Si tel était le cas, le Tout-Puissant n'aurait pas laissé une île païenne comme Ys devenir aussi prospère. Mais peut-être est-ce Lui qui dernièrement fait monter les eaux à des niveaux sans précédent. C'est pourquoi nous nous gardons une petite réserve.

VI.

Un objet flottait près de la pointe sud. La forme d'un corps se dessinait, triangle sombre contre le vert des eaux. Il avait le visage tourné vers les fonds, le crâne chauve et brillant sous le soleil comme une tête de loup marin. Le bas du cadavre semblait plus lourd que le haut, les jambes et les bottes s'enfonçaient sous la surface. Sans doute étaient-elles gorgées d'eau ou remplies des pacotilles que l'homme avait pu grappiller au moment du naufrage, si c'était bien un cas de naufrage. Certains corps venaient de loin. Ils avaient eu le temps de perdre leurs traces d'humanité et indices de leur parcours. Celui-là était encore frais.

Le sifflement résonna d'un bout à l'autre de la crique. Brunante Coquerane rameutait ses garnements. « Que je sois maudite si y a point de la pistole ou du louis dans les poches de c'te bonhomme-là. Faites vite, avant que la chose dérive de l'autre côté. » Les enfants se ruèrent dans l'eau, s'emparèrent du corps, le tirèrent par le foulard, l'étalèrent en étoile sur la grève. Les saleuses, debout, formaient un cercle autour du mort tandis que les jeunes le fouillaient. Les bottes partirent en premier. La poitrine blanche à la peau grise apparut dans un déchirement de serge.

Le duelliste écarta les femmes sur son passage. Il resta interdit, fixant les gestes de vautour des gamins, puis les rictus amusés des femmes.

— Mais qu'est-ce qui se passe ? Qu'est-ce que vous faites ?

— Qu'est-ce qu'on a l'air de faire ? Crains pas, il est déjà mort.

— Arrêtez.

Il se pencha et crocha dans le col du garçon le plus proche pour le séparer du cadavre. Une saleuse agrippa l'homme qui agrippait le garçon, puis ils se démenèrent ainsi dans une lutte serrée jusqu'à ce que le garçon se dressât et les forçât tous à lâcher prise. Brunante Coquerane se planta devant le duelliste et le poussa hors du cercle de ses deux mains.

— Qu'est-ce qui te prend, le citadin ? T'es pas d'accord avec notre façon de nettoyer la grève?

— Je sais très bien que vous êtes des pilleurs, par ici. Mais enfin, si vous devez vraiment dérober les morts, faites-le vous-mêmes. Ne refilez pas la sale besogne aux petits.

— Et pourquoi pas ? Z'ont l'air de bien rigoler, je trouve. Et puis, ils savent qu'ils vont tous en profiter.

— C'est ignoble. C'est point une façon d'élever les enfants, dit-il d'une voix grave.

— Ah, parce que tu t'y connais, toi, en élevage

d'enfants ? Je me figure bien que dans ta cité, on ne montre pas aux petits à dépouiller le mort, tout comme on ne leur montre pas à éviscérer le poisson. Mais on est point dans la cité, ici. Ça ne fait pas deux marées que tu es là et tu crois tout savoir. Eh bien, je vais te la faire, moi, la leçon. Y a qu'une seule façon d'élever les enfants, et c'est de les tailler pour qu'ils affrontent le monde tel qu'il est. Vivre sur le rivage, c'est tendre des filets dans les airs pour capturer les oiseaux parce qu'on n'a pas de poudre ni de fusil pour leur tirer dessur. C'est de serrer son corset un peu trop juste le matin dans l'espoir de tromper la faim. C'est regarder les poudrés dans ton genre se débattre dans l'eau et se dire : qu'il crève, ça fera une place de plus à la prochaine rotation. C'est de constater jour après jour qu'y a pas assez de bonheur pour tous et que ce qu'il nous reste, c'est de se nourrir à même le malheur des autres. Alors oui, être riverain, c'est apprendre jeune à se réjouir quand on découvre une plage jonchée de cadavres. Y a personne nulle part du Cul-de-l'Île au cap Nordant qui te dira le contraire.

Danaé Poussin se tenait entre les deux en se tortillant les doigts. La patronne l'attrapa par la main et s'éloigna. Elle se ravisa, revint sur ses pas.

— Tu crois que tu peux changer c'te côte, peut-être ? Mais tu vas voir, c'est elle qui va te changer.

— N'y compte pas trop, femme. Je serai parti avant ça.

•

Enoc Martel n'avait jamais autant marché de sa vie. Il avait retrouvé la physionomie de son jeune temps, un mélange de maigreur qui faisait poindre ses clavicules et de solidité qui semblait le préparer à absorber les chocs. De loin, il avait l'apparence de n'importe quel riverain, emmitouflé dans une longue et sombre redingote. De près, les signes se précisaient. Il portait des gants. Son manteau était taillé d'une seule pièce, les retouches invisibles. Il n'allait pas pieds nus. D'un coup, on se l'imaginait, cravache à la main. Et puis, de dos, on le voyait progresser. Il s'appuyait sur un bâton, il parcourait une distance immense puisqu'il n'y avait rien là d'où il venait ni rien devant. Ce n'est qu'un riverain, se disait-on. Les citadins ne marchent pas, ils naviguent ou ils chevauchent.

Enoc Martel venait d'entamer sa plus importante pérégrination, celle du solstice d'hiver. Dès qu'il atteignit le Sommet des Amoureux, il ne fut plus seul. Deux jeunes hommes se joignirent à lui. Ils avaient des tronches de cadets de famille, avec quelque chose d'éternellement léger dans le visage qui démentait leur âge, quelque chose comme le fait de n'avoir de place à soi nulle part et d'en chercher une ailleurs. Ils furent rattrapés par un groupe de deux hommes et une femme, plus vieux et mieux équipés. Des habitués qui avaient des couvertures roulées sur leur dos et une futaille de cidre attachée en travers du torse. La femme portait une cornemuse, dont le sac semblait avoir été rapiécé de bouts d'une poche de jute. Ils étaient maintenant six. C'était le début de ce qu'on appelait une caravane de Saine Rotation.

L'astre censé les éclairer ne se levait que pour mieux se couvrir. Ils avançaient dans une semi-nuit le long d'un littoral fouetté d'embruns et de grains de sable. Parfois, le vent s'apaisait et un trou perçait les nuages. Une étroite bande de lumière faisait passer un coin de l'immensité du gris fade au gris doré. Les marcheurs s'arrêtaient, contemplaient cette divagation du ciel sur la mer. Le vent se relevait, assombrissait cette révélation, ils se remettaient en route. Le jour, ils se nourrissaient d'escargots et de bigorneaux. Le soir, ils se trouvaient un trou de roche où allumer un feu d'arbustes qui ne durait que le temps de cuire un ou deux poissons. Il fallait dormir sans brûlage. Dormir dans sa propre chaleur, comme les animaux. Le prix à payer pour améliorer son sort.

— Avez-vous reçu une convocation, vous autres ?

Ils firent non de la tête.

— Ça ne veut rien dire.

Ils firent oui de la tête.

En principe, les candidats à la Saine Rotation étaient convoqués par lettre, mais les sommations de l'Amirauté se rendaient rarement aux Échouements, avec ses anses qui changeaient de forme et d'appellation au gré des saisons et des générations, avec ses gens qui habitaient un désert de maërl sans adresse, qui ne savaient pas lire et qui évoluaient bien loin des écrivains publics de la basse-ville. Certaines missives se rendaient à Ambouche ou au cap Nordant. Quand elles aboutissaient entre ces deux pôles, on les examinait comme des curiosités, comme d'étranges bouteilles à la mer.

Un des jeunes hommes effectuait le pèlerinage, car, l'été précédent, il avait travaillé dans la baie de Partance et y avait rattrapé le chapeau envolé d'une dame qui cavalait sur l'estran de la pointe du Longcouchant. Il le lui avait tendu, elle l'avait remercié. Il avait retenu la bride de la monture pour annoncer son nom. « J'espère qu'elle va s'en souvenir. » L'autre jeune homme raconta avoir hébergé une naufragée pendant deux semaines, sans rien demander en retour. Ni denier, ni boulot, ni tendresse. « Je ne sais même pas si elle est vraiment de la cité. Elle était si belle... » Les trois habitués n'avaient pas de justification. Ils faisaient le voyage à chaque solstice, deux fois par an depuis douze ans. « Parce qu'on ne sait jamais. »

Tout le monde avait parlé. Les yeux se tournèrent vers l'homme à la redingote propre. Enoc Martel s'éclaircit la gorge, gêné. Il résuma, mentionna son école d'escrime, leur épargnant détails et hâbleries. Les autres se turent. Il venait de tracer la ligne séparant les attentes raisonnables des espoirs déraisonnables de façon aussi manifeste que le brasier qui crépitait devant eux.

« Enfin, on verra bien, fit-il pour briser le silence. On a tous autant les mêmes chances les uns que les autres », mentit-il.

•

Les marcheurs avançaient depuis huit jours et, chaque jour, leurs rangs grossissaient. Aux optimistes venaient s'ajouter les opportunistes semblables aux mouettes guettant les détritus. Des vivandières qui portaient sur leur tête des bourriches de bière et de poissons, criaient l'inventaire de leurs victuailles. Des adolescents qui proposaient de porter les caisses et les sacs. D'autres se rendaient jusqu'à la baie pour offrir de garder les chaloupes des pèlerins venus par la voie des eaux en échange de quelques piécettes. Et s'ils ne trouvaient preneur, ils adoptaient le rôle inverse et se sauvaient avec une embarcation sans surveillance.

Le matin du dévoilement, la caravane franchit ce tournant où l'on dépassait la base de la pointe du Longcouchant et où apparaissait la baie de Partance dans toute sa splendeur. Vaste à perte de vue, on eût pu l'appeler Mer de Partance si seulement la mer n'eût déjà été partout autour de l'île. Ils longèrent les battures de la baie, entaillées de criques et de havres comme celles des Échouements, mais en plus denses. Il était impossible de poser les yeux quelque part sans tomber sur des cordiers en échouage, des baleinières renversées, des blanchisseuses immergeant des draps, des hommes halant une plateforme. Bientôt, on ne put plus parler de caravane. Il y avait des attroupements partout. Le groupe n'était plus qu'un morceau de foule parmi la foule.

Ils entrèrent par le Barachois, cette zone englobant les quartiers les plus mal famés de la basse-ville. Le Barachois était formé de la partie à faible dénivelé des faubourgs. Pour mériter un tel nom, peut-être y avait-il jadis eu à cet emplacement un véritable étang, à moitié isolé de l'océan. Ce n'était plus le cas, le Barachois était désormais au sec. Il ne redevenait un véritable barachois que deux fois par année, lors des grandes marées. Cette partie de la ville n'était pas pavée. Des tentes et des bicoques démontables occupaient la portion la plus proche du rivage. Plus haut, des cabanes sur pilotis avaient été construites directement sur le sable et les cailloux, puis les unes par-dessus les autres. Aucune rue ne débouchait vraiment nulle part et les rares issues étaient cachées par la boucane des fumoirs à hareng. Il fallait se pencher pour éviter les filets de pêche, toiles et fripes suspendus aux lignes. Les enfants y couraient sans soucis, leurs petits pieds insensibles aux éclats de coquillage et aux morceaux de verre comme ceux des enfants des Échouements aux piqûres des méduses. Les bourgeois qui osaient s'aventurer dans ce labyrinthe finissaient souvent par s'égarer, par prendre peur et demander leur chemin aux gamins contre quelques sous avant de se les faire voler.

Les marcheurs d'Ambouche restèrent prisonniers de ces dédales. Toutes les ouvertures qui donnaient sur le port d'Ys étaient bloquées par une foule compacte. Ils étaient sans cesse repoussés vers les allées anonymes, pestant contre les amas de quidams qui pestaient contre d'autres quidams.

Enoc Martel avait maintes fois assisté à la frénésie des dévoilements de solstice, mais toujours depuis l'intérieur de l'enceinte fortifiée. Il avait accompagné un ami artiste qui se postait sur un talus ou une redoute, chevalet en main, afin de reproduire au pinceau la rade saturée de triangles blancs, les amoncellements de balles dépassant la tête des débardeurs et les pommes de mâts rivalisant de hauteur avec les clochers d'églises. Le bourdonnement de tous ces marins, absents depuis des mois et revenus à temps, impatients de voir leurs accomplissements reconnus. Les officiers de marine en tricornes passementés bondant les yoles, les rameurs s'activant pour les transporter aux quais. Les quelques matelots mauvais nageurs qui se jetaient à l'eau depuis le pont des navires.

Il se trouvait maintenant du mauvais côté du mur, celui des aisselles puantes et des chapeaux obstruant la vue. Il ne vit pas le président du comité de Saine Rotation monter à bord du vaisseau amiral et ne perçut pas le roulement des tambours. Les trois coups de canon envoyés pour clore la cérémonie lui semblèrent moins bruyants que le tumulte de la populace. Il ne vit aucun des crieurs publics perchés sur des bancs, entourés de soldats en uniforme pour les protéger contre les débordements. Malgré la multiplication des « chut » et des « tais-toi donc », il ne les entendit pas débiter le nombre de places vacantes et les noms des finalistes pressentis pour la rotation. Il lui fallut attendre que la cohue se dissipât pour trouver un des endroits où était placardée la liste des nouveaux candidats.

À chaque coup de coude, à chaque bousculade, le duelliste serrait le pommeau de son épée cachée sous sa redingote. « Quand bien même j'aurais voulu dégainer, je n'aurais pas eu la distance nécessaire. Le cel qui voudrait se battre avec honneur au cœur de la foule est vite renvoyé à la réalité : la plèbe vit dans un tel entassement qu'il n'y a d'espace que pour les coups de poignards sournois. »

•

Du jour au lendemain, l'eau devint glaciale. Danaé Poussin ne s'en rendit compte qu'une fois dedans. Elle avait plongé pour récupérer un assemblage de bordages reliés comme un radeau et deux tonnelets d'un liquide que seuls les adultes auraient le droit d'avaler. Au loin, la forme du môle se profilait, tache sombre et diffuse au milieu de la brume. Elle traversa la grève, le cou rentré dans les épaules. Elle monta au hangar, tira sur la manche de Brunante Coquerane.

— Qu'est-ce tu me veux ? Tu ne vois pas que j'ai les deux mains dans le foie ?

La fillette ressortit, puis revint déposer un des deux tonnelets à ses pieds.

— Y en a un autre comme ça, et plein de planches.

La femme écarquilla les yeux, lâcha son couteau, puis s'essuya les mains sur son tablier.

— Crénom, petiote !

Elle s'approcha de la fillette, se mit à lui essorer les cheveux.

— J'ai eu très froid, dit-elle en claquant des dents.

— J'imagine, que tu as très froid, ma pauvre chérie.

— Je peux avoir du bois pour faire un feu ?

— Mais non, Danaé, tu sais bien. Si je te donne du bois, je vais devoir en donner aux autres.

La fillette acquiesça en retenant ses larmes. Elle se réfugia dans la chaumière des orphelins, poussa la porte d'un coup d'épaule. Au fond de la pièce, un garçon se dépêcha de ranger l'objet avec lequel il jouait, une boule argentée qui laissa échapper un éclair de chatoiement dans la pénombre. Danaé resta figée, les cheveux dégoulinant sur ses joues.

— C'est quoi ça ?

— Rien.

— Menteur. C'est un bouton de garde-côte, je l'ai vu. Où tu l'as trouvé ?

Elle marcha sur le garçon, empoigna sa veste, tenta de lui retourner les poches.

— T'as pas le droit de le garder.

— Laisse-moi, fit-il en se débattant.

— Faut que tu le donnes à la Brunante, c'est la règle.

— Y a point de règle, cria le garçon. C'est elle qui me l'a donné. Elle me donne plein de choses, la Brunante, parce que je suis son favori et que z'êtes juste une bande de rejetons rejetés.

Il la repoussa et se sauva par la porte, disparut dans la mélasse blanche du brouillard. La fillette s'enveloppa dans une couverture, secouée de spasmes qui pouvaient être des sanglots comme des grelottements.

•

Brunante Coquerane posa un chaudron fumant sur le sol. Les enfants se servirent des bolées de soupe dans laquelle flottaient des morceaux de carotte et de morue. Ils dévoraient sans parler, occupés à aspirer le bouillon. Danaé retournait sa cuiller dans son écuelle, la mine basse.

— Bientôt, le citadin va m'envoyer ses chaussures, marmonna-t-elle.

La femme pouffa.

— Ah, tu crois à ça, toi ?

— Si, il me l'a promis. Les gens tiennent toujours leurs promesses dans la cité.

— Les gens dans la cité, on n'existe point pour eux, alors perds pas trop de temps à les attendre, les chaussures.

— Il va me les envoyer, tu vas voir.

— Et après ? Tu pourras même pas les porter, ses godasses, avec tes petits pieds de canard.

— C'est pas grave, ce seront mes chaussures quand même.

— Ce seront nos chaussures à tous. Tu connais la règle, Danaé.

— Y a point de règle pour les chaussures d'Enoc Martel. C'est à moi qu'il va les donner, alors seront juste à moi.

— Danaé, menaça la femme en arrondissant les yeux.

— Seront juste à moi et personne n'aura le droit d'y toucher. Surtout pas toi, la Brunante.

La femme bondit pour la gifler. Elle esquiva le coup et s'échappa dehors. Elle courut sur la batture avec la saleuse à ses trousses, puis s'arrêta net sur la laisse comme devant une frontière infranchissable. Ses orteils se tordaient dans le sable, encore échaudés par la morsure du froid.

— Ça parle au diable, s'exclama la femme. Je pensais jamais voir ça, la Danaé qui a peur de nager. Allez, rentre, sinon je refile ta soupe aux autres.

•

Enoc Martel devança les autres marcheurs jusqu'à marcher seul. Il refaisait le chemin inverse de son premier pèlerinage, le trajet qu'il avait parcouru cinq mois plus tôt avec sa brouette, mais il avait troqué la politesse du visiteur pour le mutisme du naufrageur. Sa redingote était ouverte. Sur sa hanche, son épée se balançait. Une lame qui n'avait pas caressé d'autre lame depuis une demi-année, qui s'émoussait dans la salure des embruns, mais qui, au besoin, n'eût pas failli à éventrer avec l'élan tragique d'une fin de dynastie. Sur une des plages de la pointe, le duelliste aperçut un caillou ensablé à l'aspect métallique. Il l'exhuma, le dépoussiéra. Une cloche de navire servant à sonner les quarts. Il la fourra dans son havresac sans savoir pourquoi, sans se retourner, sans vérifier si les autres l'avaient vu. Il réfléchirait plus tard à ce qu'il en ferait, à comment la faire fondre ou combien la vendre. Il marchait vite comme pour ne pas se laisser rattraper par tous ces ratisseurs de grève et ramasseurs de coquilles dont il avait développé malgré lui les réflexes.

Quatre jours, cinq jours passèrent, le soleil blafard défilant au-dessus de sa tête, les paysages marins s'enchaînant à bâbord, la muraille de remparts s'élevant à tribord. Le huitième jour, la côte acérée des Échouements s'étira devant lui. Quand il atteignit de nouveau le Sommet des Amoureux, il se mit à rire d'un rire égaré et sardonique. Il gagna Ambouche. Le port, les chaumières, les chafauds, tout était nimbé de brouillard. Il poussa la porte du hangar, les saleuses levèrent la tête. Leur haleine fumait dans la fraîcheur.

— Eh bien, lâcha Brunante Coquerane avec un enjouement mal caché.

Danaé Poussin se dressa, laissa échapper la morue qu'elle tenait.

— Qu'est-ce tu fais ici ?

Il déposa son bâton, son havresac.

— Bon. Je vois que je ne t'ai point manqué, petite.

— T'es pas censé être ici. T'es censé être dans la cité.

Elle fonça sur lui, puis se sauva en réprimant un sanglot.

•

Pendant des semaines, le duelliste fut pris d'un fort marnage dans ses humeurs. Un moment, il était asséché par le désespoir. L'autre, assailli d'illuminations. Il décida de vendre tout ce qu'il possédait : son épée, ses escarpins, sa cloche, son rasoir, son miroir. Tout ce qui lui rappelait son ancienne vie. Le matin de la foire, il se ravisa. Ce fut la cloche, l'objet auquel il accordait le moins d'importance, qui le fit douter. Que pouvait-on faire de cet instrument qui émettait du bruit mais aucune musique ?

Une école. Avec une cloche, on pouvait faire une école.

•

Il trouva Danaé en train de passer le balai de vieux cordages sur les planches du chafaud. Elle se détourna en le voyant arriver. Elle ne lui adressait plus la parole, comme s'il eût été un camarade de son âge et qu'elle eût décidé de ne plus le compter parmi ses amis. L'homme se planta derrière elle.

— Je me doute bien de ce qui te fâche, petite.

— Je suis point fâchée. Je suis occupée.

— Crois-moi, si j'avais été fait citoyen, je te les aurais envoyées, mes chaussures. Mais c'est point ma faute. Enfin, peut-être que si, je ne sais pas. Toute ma vie, j'ai tenté d'être le plus issois que je pouvais.

Elle lui jeta un coup d'œil à la dérobée.

— Je ne pourrai probablement pas te les donner. Mais il y a peut-être autre chose que je pourrais te donner.

Il lui parla de la cloche, de son projet d'école, de toutes les sciences et de tous les arts qu'il pourrait lui enseigner. Elle l'écoutait en évitant son regard, tournait le manche de la vadrouille entre ses mains.

— Y aura d'autres enfants, dans ton école ?

— Pour sûr. Et avec moi, il n'y aura pas de raclées. Les ceux qui se comporteront mal n'auront qu'à s'en prendre à eux-mêmes et les ceux qui se comporteront bien seront récompensés.

Elle continuait de résister, de dompter son sourire, mais elle commençait à desserrer la mâchoire.

— On commence quand ?

•

C'était jour de foire, la grève d'Ambouche jonchée de chaloupes et de barques. Les femmes déballaient leurs tricots et retenaient leur coiffe dans les sautes de vent. On s'échangeait des peaux et des fourrures en débattant de leur provenance, du nom des animaux qui les avaient fournies et qu'on n'avait jamais vus de ses propres yeux. Brunante Coquerane sur le chafaud semblait présider au-dessus de cette mêlée, assise sur la partie courbe de son tonneau, fumant sa pipe bourrée d'hummus. Le duelliste monta près d'elle, s'adossa au mur du hangar. Il retira son tricorne, elle le jaugea à travers une volute.

— Qu'est-ce tu me veux, le citadin ? fit-elle de ce ton faussement irrité qu'il commençait à décoder.

— Comment vont les enfants ?

Question banale, ton grave.

— Comme d'habitude. Toujours eux-mêmes et jamais pareils. Il y en a qui grandissent pour réaliser combien ils sont mauvais et d'autres pour découvrir combien le monde est mauvais. Sont point faciles, c'tes créatures. Innocentes de tout et coupables de tout. Ils t'obéissent sans juger, seraient prêts à tous les périls pour toi. Les plus forts torturent les plus faibles rien que pour le jeu, z'hésitent point à pousser les souffre-douleurs, à les acculer au bord du gouffre. Un moment, ils te mangent dans la main et l'autre, ils te la mordent. Pourquoi tu me demandes ça ?

Il parla de son projet d'école, elle éclata de son rire le plus gras.

— Eh bien, le citadin. Moi qui pensais qu'en perdant de ta superbe, tu perdrais de ton ridicule.

— Qu'est-ce qu'il y a de ridicule à vouloir éduquer les enfants ?

— On les éduque déjà, les enfants. Grâce à nous, ils savent pêcher. Z'auront jamais besoin de mendier. On aura beau dire, c'est quand même la plus belle chose qu'on puisse leur apprendre, aux garnements.

Elle croisa les bras sur sa poitrine, le regarda de biais.

— Tu te crois peut-être supérieur à nous, le citadin ?

— Je n'ai jamais dit ça.

— Tu ne l'as jamais dit, mais ça paraît rien qu'à ta façon de nous vouvoyer pour que ça paraisse point.

— Si j'étais meilleur que vous, je serais point ici.

— Eh ! C'est ce que je pense itou. Au moins, tu tutoies les enfants, alors je présume qu'avec eux, tu es honnête. Mais dis-toi que si c'était possible, une école sur le rivage, ça se serait déjà fait.

— Je vais la rendre possible. Je suis là, les enfants sont là. Il suffit de leur enseigner.

— Leur enseigner quoi, au juste ? À lire ? Pour faire quoi, pour lire quoi ? Si t'étais capable de leur montrer à lire dans le ciel le temps qu'il fera demain, ça leur serait plus utile. Et puis quand est-ce que tu ferais classe ? Tu le sais comment ça marche ici : si tu pêches point, si tu sales point, si tu procures point, tu manges point.

— Les soirs, après l'ouvrage.

— Hors de question. Le soir, ça veut dire brûler de l'éclairage.

— Les jours de gros temps alors, quand il n'y a pas de poisson à préparer.

— Il y a toujours de l'ouvrage, même par gros temps. Non, tu peux oublier ça, tes histoires d'école. Pas dans ma crique, en tout cas. Je ne te laisserais pas leur montrer des choses que je ne sais pas moi-même pour qu'ils viennent me contredire après. Et puis on serait toujours en train de s'affronter, tous les deux. Toujours à se chamailler pour savoir qui est le vrai maître de la place.

Il secouait la tête dans le vide, un sourire d'incrédulité sur les lèvres.

— J'irai voir ailleurs.

— Pour sûr. L'île est bien assez grande pour nous deux. La seule chose que je me demande, c'est pourquoi tu te donnerais le trouble. Qu'est-ce ça pourrait bien te rapporter, tout ça ?

— Rien. On n'est point issois pour ce que ça rapporte. On l'est parce que c'est la chose issoise à faire.

— Ah, s'exclama la femme. Si tu le dis, le citadin. Si tu le dis.

Rien n'est anodin, pas même l'orthographe

Aux commencements, personne n'habitait sur Ys de façon permanente. Il y avait les pêcheurs de morue sèche et les pêcheurs de morue verte. Les premiers restaient près de la côte et descendaient sur la grève pour piquer, décoller et trancher le poisson. Ils repartaient vers leur contrée d'origine de la vieille Europe avec la chute des feuilles et revenaient avant l'éclosion des bourgeons. Comme il y avait encore des arbres en abondance à cette époque, ils se construisaient des baraquements pour dormir, des chafauds pour saler et des vigneaux pour aérer. On disait pour cela qu'ils étaient « terriens ». Les seconds pêchaient en haute mer, pourchassaient les masses et les mannes du large et ne débanquaient qu'à la fin de la saison. Ils dormaient, mangeaient et salaient à bord de leur vaisseau, n'accostaient qu'en cas de nécessité ou de beuverie. On disait pour cela qu'ils étaient « aventuriers ».

Les hostilités entre terriens et aventuriers étaient fréquentes, surtout lorsque la campagne était mauvaise. Les premiers s'éloignaient du littoral et les seconds s'en approchaient, chacun empiétant toujours plus sur le domaine de l'autre. Les seconds ripostaient par le pillage et les premiers par l'érection de palissades. On disait des premiers qu'ils étaient prévisibles mais ingénieux, des seconds qu'ils étaient fourbes mais audacieux. Un jour, tout ce beau monde en vint à sacrifier les mêmes semaines de pêche pour bâtir ensemble les mêmes murailles et manier les mêmes voiles afin de repousser les mêmes envahisseurs, et leurs descendants vivraient pêle-mêle sur la même batture ou dans la cité. Dans notre sang coulait celui des aventuriers autant que celui des terriens, mais il y avait encore des polémistes pour marteler que la race issoise était plus ceci ou plus cela. Les terriens insistaient sur le fait que la plupart d'entre nous sommes nés à terre puisque les porteuses d'utérus ne naviguent guère. Les aventuriers rappelaient que tous nos ancêtres étaient marins quel que fût leur sexe puisque la seule façon d'aborder l'île était par bateau.

Les parlementaires étaient divisés en deux clans : le Parti aventurier et le Parti terrien, dont les élus alternaient à la tête du Conseil des Septantes et se succédaient au sein de l'Amirauté au gré de cycles décennaux, qui semblaient réglés d'avance comme la course d'une planète autour d'un astre. Même de nos jours, nous pouvons retracer les textes à tendance pro-mer par leur propension à adopter le « Y » pour désigner Ys et les Yssois tandis que les pro-terres utilisent le « I » et écrivent Is et Issois. Afin de ménager les susceptibilités des uns et des autres, nous avons ici choisi l'orthographe aventurière pour parler de l'île et l'orthographe terrienne pour parler de ses habitants.

VII.

Enoc Martel et Danaé Poussin quittèrent le Petit Port un dimanche du mois de février de l'an six après le Massacre des Premiers hommes. Ils dépassèrent les Criardes, cheminèrent par le sentier des promontoires.

— Regarde, un arc-en-ciel.

— Ça veut rien dire, grommela la fillette. Il y a des arcs-en-ciel partout.

— Je n'ai pas dit que ça voulait dire quelque chose. Parfois, les choses sont belles même quand elles ne veulent rien dire. Tiens, ce sera ta première leçon.

Ils arrivèrent en surplomb d'une anse. Les échouages paisibles reposaient au bout des câbles les reliant à de longs pieux plantés dans la vase de basse mer. Ils descendirent, se retrouvèrent encerclés de saleuses et de pêcheurs. Le duelliste exposa son projet, mais il n'avait pas encore trouvé les bons arguments. Il disait : « V'là votre occasion de changer les choses » et ensuite, il lisait l'incompréhension sur les visages burinés. Il voyait dans leurs yeux le reflet de cet océan qui ne laissait jamais savoir à l'avance combien de poissons il allait donner ni combien d'hommes il allait prendre.

« Elles changent bien assez comme ça, les choses », lui répondit-on.

Il disait : « Tout ceci, toute cette côte, ce n'est pas obligé d'être une fatalité pour vos petits. On peut en faire un passage, un tremplin, au lieu d'un échouement. »

Les riverains se regardaient, puis regardaient l'homme.

« Je ne sais pas de quoi tu parles. Surtout que t'as point de bateau avec toi. Mais je sais que quand c'est la centième fois que tu t'échoues par ici, tu es autant bien d'y rester. »

•

Ils en étaient aux balbutiements de leur marche et la fillette assaillait le duelliste de questions. À quoi ressemblait l'intérieur de la cité ? Tout le monde y portait-il des souliers à talon ? Était-il vrai que personne là-bas ne travaillait, que les femmes s'y prélassaient à longueur de journée ? Que de l'autre côté de la muraille, on était si bien protégés de la mer qu'on n'entendait même pas les mouettes crier ? L'homme rit.

— Les mouettes, il y en a encore plus dans la cité que sur le rivage.

Il lui décrivit la beauté des jardins où poussaient des végétaux exotiques rapportés par les botanistes et explorateurs des mers du Sud. Il lui parla des paons au plumage multicolore qui y paradaient en liberté les mois d'été. Il évita de mentionner qu'on enfermait ces élégants oiseaux au-dessus de fourneaux de boulange le reste de l'année, sans quoi ils eussent crevé de froid.

Ils campèrent dans une enclave de rochers. Avant le couchant, Danaé cueillait des coquillages en chantant.

— Ne chante pas comme ça. Tu chantes comme les saleuses.

— Et alors ? Faut chanter comment ?

— Il faut chanter issois ou se taire.

Elle s'assit près de lui.

— Comment on fait pour chanter issois ?

Il se gratta le menton.

— Je ne peux guère te montrer comment, je n'ai moi-même jamais appris. Mais je sais que ta voix doit être claire, cristalline. Tu dois y enlever tout ce qu'elle a de bestial pour qu'on n'entende plus que le divin, vernir ton instrument comme le ferait un luthier. Tu vois, si je jouais de la flûte et que tu chantais en même temps, il faudrait que les deux notes s'harmonisent, se fondent comme le ciel et la mer par gros temps.

Il extirpa sa flûte de son sac et en tira un air volatile, maintint la note finale.

— C'est beau.

— Un jour, si tu veux, tu apprendras. Mais en attendant, cesse de chanter en tapant du pied, comme si tu te gargarisais, dit-il en feignant de la frapper avec sa flûte, ce qui la fit ricaner.

•

Le lendemain, le vent se leva. Ils avancèrent contre un mur de grêle et de neige piquantes, toilant leur tête, puis leur figure, puis encore leur tête comme on tirait des bords au louvoiement. Ils atteignirent une crique de masures fumantes. Un homme engoncé dans un capot de grosse laine clopina jusqu'à eux pour les accueillir.

— Une école ? Y a point d'enfants ici, soupira-t-il. Devriez aller au cap Nordant. Beaucoup de débris là-bas. Beaucoup de bébés. Ça vient toujours ensemble, vous savez, les accidents et les enfants.

— Mais quand vous dites qu'il n'y a pas d'enfants, vous voulez dire qu'il n'y a aucun enfant ?

— Un ou deux seulement.

— Et les orphelins ?

— On ne prend aucun orphelin, ici. Même pas les ceux de la place. Si tes parents meurent, c'est bien dommage, mais tu vas ailleurs.

Les yeux de l'homme s'embuèrent.

— Y en a trois qu'on a dû chasser, pas plus tard que l'année dernière. Trois petiots d'ici.

Sa mâchoire tremblait.

— C'est terrible, n'est-ce pas ? C'est terrible, ce qu'elle nous fait faire, c'te côte.

Une femme s'était approchée. Elle prit l'homme par les épaules.

— Père, allons. Voyez comment sont gelés ? La pauvre petiote, elle a le nez tout rouge, dit-elle en prenant la main de Danaé.

Les deux marcheurs se réchauffèrent devant l'âtre, mangèrent à la table des riverains. Le soir, la femme déroula un tapis devant le feu pour que la fillette s'endormît. « J'y vais », fit le vieil homme avant de s'éclipser. La fille répondit « merci ». Le duelliste était assis sur une malle dans l'obscurité du fond de la chaumière, tournant sa flûte traversière entre ses mains. La femme vint s'asseoir près de lui sur le coffre, épaule contre épaule, l'implora de jouer un air doux. Elle l'écoutait sans le quitter des yeux. Elle caressa sa chevelure du bout des doigts. Elle posa une main sur sa cuisse.

— Dire que que'que part, y a une matelote qui vous a largué comme une bouline. Les gens savent point apprécier ce qu'ils ont.

Il posa sa main sur la sienne.

— C'était un matelot. Un capitaine de vaisseau. Je me souviens encore de notre premier affrontement. Jamais je n'avais vu de duelliste si leste, si fougueux. Malgré mon trouble, j'ai eu le dessur. Je lui ai transpercé le bras. Je suis allé le voir chaque jour de sa convalescence pour m'assurer qu'il reçoive les meilleurs soins. Je suis allé l'embrasser à chacune de ses partances, regrettant de ne pouvoir être témoin de tous ces combats qu'il allait mener loin de moi. C'était un vrai marin. À terre, il se languissait. C'est pour ça qu'il ferraillait autant, pour se distraire. Les vrais marins, vous ne les possédez que lorsqu'ils sont revenus, mais ce n'est qu'en mer qu'ils vous aiment vraiment, quand ils s'ennuient de vous. À terre, il faut les secouer pour les sortir de leur torpeur d'escale, les regarder droit dans les yeux et leur dire : « Oui, c'est bien moi. Je ne suis plus un songe. Je te provoque. Je te veux vivant. » Je lui ai fait voir la beauté de l'escrime, il m'a fait voir la beauté de tant de choses. Pendant quinze ans. Et puis, pouf ! Plus rien. Tout se fane, n'est-ce pas ? Tout se corrode, même au sec.

Elle retira sa main, acquiesça, la mine sombre.

— Oui, j'imagine que c'est pareil au sec.

•

Ils marchaient depuis quatre jours quand Danaé déclara que la Brunante lui manquait. Le duelliste lui tapota le dessus la tête.

— Je sais bien, petite. C'est toute une aventure, ce dans quoi tu es embarquée. Mais il est un peu tôt pour t'ennuyer. Tu n'avais pas déjà fugué pendant une semaine, toi ?

— Si. J'ai boudé pendant une journée. Je me suis éloignée pendant trois jours. Puis au quatrième jour, je me suis ennuyée. Ça m'a pris un autre trois jours revenir.

Elle s'effondra sur un caillou. Il s'accroupit près d'elle.

— Il y aura toujours une moitié de toi qui sera la celle des saleuses et une autre moitié qui sera la celle de tes parents.

— Tu as connu mes parents ?

Il sourit tristement.

— Non. Mais je me doute bien qu'ils faisaient partie des Premiers hommes, à te voir nager comme tu le fais. Te souviens-tu de ton vrai nom, du cel qu'on te donnait avant que les saleuses t'appellent Poussin ?

Elle remua la tête. Son plus vieux souvenir remontait à cet âge où les enfants construisaient des châteaux de sable sur la plage. C'était leur principal jeu, ériger des palais que la mer effaçait. Danaé avait mis tout un après-midi à échafauder le sien, à l'enjoliver de douves et de fenêtres. Une vague, sortie de nulle part et poussée par une marée-surprise, était venue l'engloutir. Elle était restée plantée là à larmoyer devant les ruines de son œuvre tandis que ses camarades repartaient courir et s'amuser, acceptant d'emblée que la puissance du vandale dépassât celle du bâtisseur.

— La Brunante, je ne la reverrai jamais, n'est-ce pas ?

Elle épongea ses larmes et sa morve avec l'intérieur de son poignet, puis releva le menton en reniflant.

— C'est pas grave, se convainquit-elle. C'était point ma mère de toute façon. Je ne veux pas être comme elle, moi. Je veux être comme toi.

•

Ils parcoururent une série d'anses bien tassées, chacune étant séparée des autres par les cloisons naturelles d'un promontoire ou d'une chaîne d'étocs épars rampant vers la mer. Il y avait une crique qu'on nommait La Roche penchée en raison d'un grand bloc de granit gîtant vers la mer à son extrémité. Il y en avait une autre qu'on nommait La Roche perdue, car au centre de son bassin pointait un caillou anguleux, brebis égarée de son troupeau de rochers. Un rocher perdu à la vue de tous, cravaté de vieux anneaux rouillés servant à doubler les amarres des navires quand on savait que les câbles d'ancre allaient casser.

Ils traversèrent la crique des Marneux, la crique des Travades, la crique de Moyenne-Aiguade. Les femmes se retournaient sur leur passage, les enfants couraient dans leur sillage ou marchaient à reculons devant eux pour les observer. Les adultes regardaient le duelliste avec suspicion. Il parlait avec éloquence, mais les soieries de son justaucorps ne brillaient plus et les épaules étaient devenues rêches. Ce morceau de coquetterie ressemblait de plus en plus aux frusques qui avaient été portées dans la cité, puis dans les faubourgs de la basse-ville, qui passaient par le chiffonnier avant d'aboutir aux Échouements dans les barques d'un colporteur. On doutait, car on avait vu des ramancheux vendre du rêve en flacons et promettre que leur élixir brunâtre guérissait tous les maux, que leur pâte d'ambre gris tirée des concrétions de cachalots était si aphrodisiaque qu'elle pouvait ragaillardir les vieillards. On avait vu des fous ambulants prêcher une hérésie côtière, prétendre que les petites gens pouvaient contrôler leur vie, qu'il fallait se révolter contre les négociants de morue, contre les affameurs publics qui asservissaient les pêcheurs en contrôlant le prix du poisson comme celui des denrées.

Le duelliste retroussait un pan de sa tunique et révélait sa lame.

— Regardez, je peux tracer votre nom dans le sable.

Les riverains s'écartaient de quelques pas.

— C'est une belle épée ça, m'sieur. Paraît qu'avec une arme comme la celle que z'avez là, on peut en mettre plein la vue, qu'il suffit de croiser le fer avec les bons méchants pour devenir du quelqu'un. C'est des leçons de ça que devriez donner aux enfants.

•

Il s'entêtait à jouer de sa flûte le soir, même pendant les coups de vent quand leur bivouac était secoué par la colère du large et que les notes les plus aigües ne parvenaient pas à supplanter celles des éléments. Il persistait à souffler des airs gais et des mélopées composés sous les ormes d'un jardinet ou sous un lustre à dix bougies et finissait par déposer l'instrument dans un geste de lasse reddition. La musique de chambre était mal armée pour s'imposer au milieu du champ de bataille qu'était le rivage.

Un matin, ils croisèrent le barbier errant qui capeyait près de la côte. Ils lui firent de grands signes avec leurs bras. Le duelliste lui vendit ses cheveux, son rasoir, son miroir.

— Le miroir, j'en ferai pas grand-chose, dit le barbier. Je peux te donner quatre ou cinq hameçons pour, mais pas plus.

— Prends-le, insista-t-il. Si je dois devenir un crasseux à la figure poilue comme les arrivants de la grande pêche, je préfère ne pas avoir la possibilité de me voir.

•

Ils atteignirent une crique enserrée entre deux langues tuberculeuses et mieux polies qu'ailleurs, moins acérées. Le hameau était gardé par une riveraine qui compensait en zèle le mordant dont manquait le paysage. Ils entrèrent en même temps qu'un coureur de côtes qui traînait son esquif à fond plat sur les galets. La matrone descendit, appuyée sur un harpon dont la pointe dépassait sa tête. Elle planta l'arme, lui parla en gesticulant.

— Je ne crois pas qu'on va rester longtemps ici, dit le duelliste à Danaé d'une voix basse.

Ils approchèrent jusqu'à entendre la discussion.

— Qu'est-ce je vous ai dit la dernière fois ? On n'en veut pas, de vos clous rouillés et de vos rebuts des autres criques. Allez faire votre recel d'épaves ailleurs, tempêtait la femme.

Elle se tourna vers le duelliste.

— Z'êtes qui, vous ?

— On n'est point des colporteurs.

— On n'est point des quêteux non plus, précisa la fillette.

— Z'êtes quoi, alors ?

Le duelliste s'éclaircit la gorge.

— Écoutez, je vous évite les palabres. Je suis maître d'école et voici mon élève.

— Un maître d'école, répéta la femme, pensive.

Elle affichait la toilette outrancière des gagne-petit. Des hardes dépareillées, corsage fleuri sur jupe rayée, des ongles sales mais courts. Un abus de coquillages là où quelques perles eussent suffi, un turban effiloché aux lambeaux tressés comme pour faire croire à une rangée de glands, des hameçons en guise d'anneaux aux oreilles.

— Venez monsieur, venez mademoiselle, dit-elle avec une soudaine déférence.

Ils longèrent la grève, dépourvue de quai, de chafaud, de vigneau. Les morues séchaient au sol, posées à même les galets. Il n'y avait qu'une remise ouverte, un toit en somme, sous lequel travaillaient les saleuses. La matrone les fit entrer dans une chaumière sans fenêtre. Elle leur servit d'une infusion jaune et amère qu'ils goûtèrent du bout des lèvres de peur qu'elle ne fût toxique.

— Alors, monsieur, parlez-moi de votre école.

— Elle n'existe pas encore. Je veux fonder la première école du rivage.

— Une école du rivage, pour les petits riverains ? Ma foi, ce serait fabuleux. Où c'est que vous voudriez l'installer, c't'école ?

— Ici, peut-être.

La femme baissa les yeux, replaça son bandeau.

— Hélas, j'ai bien peur que ce soit point le meilleur endroit, à moins d'attendre que'ques années. Nos petits sont tous trop jeunes, ils ne marchent pas encore. Et nos grands sont trop grands, z'ont tous déjà commencé à pêcher ou à saler.

— Et les orphelins ?

— Oh, on n'en a plus, d'orphelins. On en a déjà eu que'ques-uns qui venaient d'ailleurs, mais ça n'a pas duré. Sont rarement issois, c'tes garnements-là. Et nous, monsieur, on est très issois par ici. On est la plus intègre des criques des Échouements, si j'ose dire.

Le duelliste jeta un coup d'œil vers Danaé dont les yeux s'étaient réfugiés au fond de son bol.

— Certains orphelins sont très issois. J'en connais qui sont plus issois que la moyenne des riverains. Z'ont juste besoin d'un bon maître. Et puis quand on y pense, on devient tous orphelins un jour. On finit toujours par outrepasser le moment des essais, par franchir l'âge où les fautes ne sont plus des erreurs mais des échecs.

La dame faisait oui de la tête d'un air désolé.

— Voyez-vous, poursuivit-il, je crois qu'il n'y a qu'une seule façon d'élever les enfants : c'est de les instruire pour qu'ils construisent le monde tel qu'il devrait être.

La femme se redressa lentement sur son banc, solennelle.

— Eh bien, m'sieur le maître, je peux vous garantir que si vous fondez votre école pas trop loin d'ici, ce sera un honneur de vous envoyer nos petiots quand z'auront l'âge. En attendant, devriez aller au cap Nordant.

— C'est ce que tout le monde dit.

— Ça leur ferait point de tort d'avoir quelqu'un comme vous, là-bas.

— Ah bon, et pourquoi ?

— Oh, je préfère point en parler. Verrez bien par vous-même.

Le lendemain, lorsqu'ils furent assez distancés pour que le ressac couvrît les babillages des saleuses, il posa une main sur l'épaule de Danaé.

— Petite, je sais que tu t'ennuies de la Brunante, mais... S'il m'arrivait quelque chose, c'est ici que je voudrais que tu reviennes. Promets-le-moi.

— Pourquoi ici ? Z'aiment même pas les orphelins, eux autres.

— Parce qu'une crique si bien défendue ne peut être que très riche ou très issoise.

•

Le soir, le baissant emporta ses bourrasques au loin et ils purent allumer un feu d'ajoncs. Il fit rôtir deux gros crabes empalés sur sa lame. Elle mangeait en silence. Il se frappa le front. Il venait de réaliser que, dans son école du rivage, ses élèves allaient le vouvoyer et que lui-même allait vouvoyer ses élèves. Pendant le reste de la soirée et toute la matinée suivante, le duelliste et la fillette se pratiquèrent à se dire « vous », à se donner du « maître Martel » et du « mademoiselle Poussin ».

— Pourquoi tu marches si vite, maître ? ratait Danaé.

Quant à lui, il avait l'impression de sonner comme un acteur de théâtre de marionnettes. Ils décidèrent d'abandonner cette mascarade et en choisirent une autre pour justifier leur familiarité : ils feraient semblant d'être père et fille.

Le courant des adieux

À Ys, on n'enterrait pas les morts, on les inhumait en mer. Pour offrir des obsèques décentes à un proche, il fallait posséder un navire, un canot ou à tout le moins un radeau. On se rendait à l'est du cap Nordant, au large des Sauvageries, à égale distance d'une roche en forme de poing serré et d'une autre en forme de main levée. De cet endroit, on était certain que le corps, s'il venait à se délester de ses pierres plombantes, s'en irait caresser d'autres plages grâce à un puissant courant qui emportait tout vers l'ailleurs. Les riverains appelaient ce courant Raz des Ailleurs ; les citadins, Raz des Aïeux.

Les sources aventurières veulent que cette pratique remonte au temps où les pêcheurs errants vivaient en haute mer et ne pouvaient débarquer sur Ys pour y ensevelir leurs défunts sans affronter les pêcheurs terriens jalousant leurs grèves. Les sources terriennes veulent plutôt qu'elle remonte à l'époque des premières épidémies de peste et de variole, quand il était plus commode de balancer les corps à l'eau que de les trimballer jusqu'au cimetière. Cette tradition se serait cristallisée avec le manque d'espace dans la cité : s'il n'y avait pas assez de place pour les vivants, il n'y en avait pas assez pour les morts.

La coutume s'était installée avec la force des sentiments qui entraînait les êtres aimés les uns à la suite des autres. Trop d'hommes disparus, trop de femmes qui disaient : « J'ai passé ma vie à l'attendre, j'ai point envie de passer l'autre vie loin de lui. Quand je serai partie, mettez-moi à ses côtés », c'est-à-dire en mer. Que le plongeon funèbre eût lieu en vue des côtes issoises ou à l'autre extrémité du monde, tous pouvaient se rejoindre dans cette immensité qui était à la fois partout et nulle part.

VIII.

Les falaises grises et obliques défilaient, les criques gardées de rocs déchiquetés au-devant de la grève. Ils virent un cap noir et altier implanté dans un brouet d'écumes, si imposant qu'il semblait coloniser le large. Enfin, ils avaient atteint le cap Nordant, ce bout de l'île pointant vers le pôle. Cet ultime promontoire où vivaient les plus riches des pauvres, où les gens récoltaient, disait-on, assez de superflu pour se consacrer au grand et à l'inutile. Où les riverains avaient le luxe de passer les équinoxes à l'abri des grandes marées dans l'ancienne Maison des pilotes.

Ils firent leur entrée à un moment où le village du cap Nordant était dans tous ses états. C'était le début de l'émoi qui désignerait cette année-là comme celle des morts. On marquait ainsi le temps, sur le rivage : l'année de la victoire, l'année de la peste, l'année du massacre. L'année des requins pour cette fois où de petits prédateurs bruns étaient venus rôder autour de la péninsule. L'année des oiseaux pour la nuée de volatiles égarés qui s'étaient réfugiés dans les replis de la côte jusqu'à devenir une espèce locale.

Cette fois-ci, c'était le Raz des Aïeux qui causait la surprise. Ce déplacement d'eau qu'on avait cru immuable avait modifié son cours. Depuis quatre jours, tout ce qui était rejeté dans le Raz venait refouler dans les affouillements à l'est du cap. Les morts-défunts venaient se mêler aux morts-débris et l'on ne savait plus si on allait tomber sur le corps d'un étranger à dévaliser ou sur le visage bouffi d'un être aimé à qui on avait déjà fait ses adieux. Ce changement faisait douter de tout ce qu'on tenait pour acquis, jusqu'à imaginer le vent contrariant le baromètre et le soleil se levant à l'ouest. Il faudrait des mois d'essais aux hydrographes de la cité à jeter des bouées et à en suivre le sillon avant de découvrir où le Raz s'était enfui. En attendant, les gens continuaient de vivre et donc de mourir. Les riverains étaient occupés à charrier des cadavres, à départager le désirable de l'indésirable, à parlementer sur le sens à donner à cette révolution sous-marine.

Enoc Martel et Danaé Poussin furent nourris, hébergés, ravitaillés pour la route, mais les habitants n'avaient aucune oreille à prêter à leur projet d'école. « Apprendre les lettres aux enfants ? On pourrait peut-être commencer par apprendre aux morts à rester morts. » Ils repartirent fouler le gravier de leurs savates et frôler la paroi rouge et brune comme une coulée de lave, contourner des rochers au dos rond, des éperons posés sur une mer verte comme des pattes de félins sur un tapis d'émeraude.

•

Ils cheminèrent pendant six heures sans croiser âme qui vive. L'océan changeait de couleur, prenait des teintes de plus en plus froides et foncées. Une voile se détachait parfois contre le bleu profond, toujours petite et éloignée. Ils débouchèrent sur une plage où s'ébattaient trois loups marins qui s'empressèrent de traîner leur ventre vers l'eau.

— Arrêtons-nous.

— Je crois que c'est ici, ce que les gens appellent les Sauvageries, supposa Danaé.

Le duelliste lança un coup d'œil au tonnelet d'eau douce sanglé qu'elle portait, remonta la barrique de cidre qui pesait lourd sur son dos.

— Et ça s'étire sur combien de lieues, les Sauvageries ?

Elle haussa les épaules, se départit de son bagage et courut ramasser une conque ensevelie dans le sable gris à quelques coudées.

— Bon sang, lâcha-t-il dans un murmure pour ne pas troubler l'insouciance de la fillette.

•

Le relief s'aplanit au bout d'une semaine de marche le long de ce littoral désert. Ils dépassèrent l'isthme qui reliait la péninsule des Échouements au reste de l'île, puis le massif rocheux. La grève n'était plus qu'un désert chaotique de roches rougeâtres et rondes. De près, elles étaient orange, vertes, grises, tachetées de noir. Les pas étaient laborieux et les chevilles éprouvées au milieu de cette macédoine de rubans de varech et de sphères de toutes les tailles. Danaé Poussin souvent s'appuyait sur les pierres les plus grandes.

— Ça ressemble à ça, tu penses, un œuf de baleine ?

Elle apprendrait bientôt que les baleines ne pondaient pas d'œufs, mais que, comme les humains, elles portaient en elles leurs petits et se lamentaient très fort quand on les assassinait.

Ici et là, des baraques de pêcheurs apparaissaient. Les cailloux de la grève rapetissaient, du sable se faufilait dans leurs souliers. Un matin, ils virent le soleil jaillir au-dessus de la mer et surent qu'ils avaient atteint la côte est. Le matin suivant, ils durent avancer dans un voile de brouillard. De larges monolithes sombres et couchés se découpaient comme des spectres allongés et surmontés d'une crête de coq. Une des roches se mit à bouger, se souleva. Ce n'était pas une roche, mais une chaloupe-abri virée quille en l'air et dont émergea une forme : une petite personne sous un bonnet de mauvaise laine et flottant dans une culotte de serge trop grande. À une de ses oreilles pendait une goutte d'or contrastant avec ses haillons comme une étoile sur un ciel d'encre. Une fille, peut-être. Un garçon, sans doute. Il se pencha et attrapa une large jarre à deux anses, s'arqua pour en avaler le nectar. Le duelliste lui demanda à boire. Il lui offrait cinq coquillages par gorgée.

— Qu'est-ce tu veux que je fasse avec une foison de coquilles vides ?

Ils n'étaient plus aux Échouements. Le gamin exigeait de la monnaie ou des boutons, rien de moins. Le duelliste arracha un des boutons ternis de sa redingote et le tendit.

— Tiens, ça doit bien valoir assez pour nous rassasier, ma fille et moi.

Il porta le goulot à ses lèvres. De l'eau-de-vie de contrebande qui avait dû croupir au fond de la vase pendant des semaines.

— C'est imbuvable, cracha le duelliste. Z'êtes trop jeunes pour boire ça.

— On est trop jeunes pour mourir de soif, rétorqua le gamin.

Il tendit la jarre à Danaé, qui y but en grimaçant.

— T'en as beaucoup, des boutons comme ça endessour de c'te tunique ? demanda la fille-garçon en les dévisageant.

D'un coup, il sembla qu'elle n'était plus une enfant, mais un adolescent au visage ravagé et à l'œil malfaisant. Dans sa main brilla un éclair. Elle avait sorti un couteau. Derrière, une chaloupe-abri se retourna, puis une autre. Ils étaient trois. Danaé se rapprocha du duelliste.

— Des sacripants, lâcha-t-elle d'une voix paniquée.

— Cours dans l'eau, marmonna le duelliste en déboutonnant son manteau.

Un bruit d'éclaboussures retentit du néant de brume. L'épée d'Enoc Martel apparut. Le premier sacripant sursauta sans comprendre où ni comment il avait été touché. Le deuxième recula en portant une main à sa joue. Le troisième tressaillit quand il sentit la lame soulever son menton.

— Toi, je ne te ferai pas de mal. T'auras point de cicatrice en souvenance de moi. Mais tu auras eu plus peur que les autres. Ma marque sera dans ta caboche. Maintenant, dis à tes camarades de dégager.

Les trois s'enfuirent en haletant, l'un d'eux en chignant. Le duelliste ne baissa sa garde que lorsque la blancheur du brouillard fût redevenue uniforme. Il rappela Danaé auprès de lui et se laissa tomber sur le sable dans un soupir.

•

Le soir, ils mangèrent en silence, se retournant au moindre bruit.

— Qu'est-ce qu'on va faire? osa Danaé.

Le duelliste ne répondit pas.

— Hier, tu disais qu'on a presque fait le tour de l'île.

— Chut.

Il ferma les yeux, se pinça l'arête du nez.

— On va l'ouvrir ici, notre école.

— Avec les sacripants ? s'inquiéta-t-elle.

— Pour les sacripants. De tous les orphelins, ce sont eux qui en ont le plus besoin.

La vérité, c'était qu'il eût souhaité éduquer des enfants qui avaient des parents pour le récompenser de ses services. L'autre vérité, c'était qu'avec les sacripants, personne ne pourrait lui faire la leçon sur quelle leçon leur faire.

•

Les sacripants étaient des enfants à qui l'on devait dire de cesser de courir le long des entrepôts du Grand Port et qu'on chassait d'un « pss » ou d'un mouvement de la main lorsqu'ils présentaient la leur pour quémander des piécettes. Ils aidaient les matelots à amarrer les aussières. Ils harponnaient les rats qui s'échappaient des navires. Ils ne cessaient leurs bousculades entre les jambes des badauds que lorsque des vaisseaux aux noms exotiques venaient mouiller et que des enfants de leur âge en sortaient. Alors, ils s'avançaient sur les quais et restaient immobiles à regarder les mousses étrangers sauter près d'eux. Les deux groupes se toisaient quelques minutes jusqu'à ce qu'un des gamins dît quelque chose dans une langue inconnue. Ils se mélangeaient et filaient ensemble entre les amoncellements de paquets, s'exprimant par gestes et riant de bon cœur. Puis le coup de sifflet d'un maître d'équipage retentissait et les petits matelots leur adressaient ce qui sonnait comme des au revoir.

Quand les temps étaient durs, les sacripants s'armaient de haches et de bâtons, confectionnaient des masques avec des poches de farine percées à la hauteur des yeux, allaient cogner aux portes des masures isolées à l'extérieur de la baie de Partance. Ils exigeaient qu'on leur donnât de la nourriture ou de quoi en acheter. Ils savaient allumer des feux et intimider les riverains qui ne pouvaient rien contre trente enfants munis de gourdins. Les plus vieux menaient les plus jeunes. Avoir onze ans donnait le droit d'opprimer ceux qui en avaient dix. Il y avait parmi eux des petits capitaines et des petits commandants, des petits amiraux et des petits coronaux prêts à défier tous les tabous. Ceux qui voulaient grimper la hiérarchie des ruelles se pliaient à des rituels brutaux comme de se taillader la paume devant tout le monde pour que le chef de la bande la léchât ou de rapporter un couteau souillé du sang d'un sacripant d'une faction rivale. Bien vite, un sacripant apprenait à couper et à trouer.

Ils se cachaient pour pleurer, mais hurlaient à s'en déchirer la gorge lorsqu'ils se faisaient pincer par les gendarmes pour chapardage de goudron ou de chanvre. Certains dépeignaient leurs larcins comme des gestes épiques, scandaient des « à moi, on m'enlève ! », des « z'allez le regretter ! » et des « vengeance ! ». On racontait en basse-ville qu'un garnement de onze ans arrêté pour le vol d'un sac de clous avait si bien parlé que son discours lui avait évité le fer rouge. « Écoutez, m'sieur le commissaire. On m'a toujours dit qu'il faut point laisser filer le butin quand on l'a sous les yeux même si ça veut dire risquer de se les faire crever. J'allais point rester les bras croisés devant pareille offrande. » Personne ne voulait tuer dans l'œuf la graine de corsaire qui bourgeonnait en cette racaille.

On ne savait jamais avec certitude lesquelles étaient filles et lesquels étaient garçons puisque tous portaient les mêmes cheveux longs infestés de poux et que bon nombre de filles s'habillaient en garçons et de garçons en filles. Ceux qui redoutaient d'avoir à faire l'indécence dans les encoignures de rues du port s'affublaient d'une culotte et d'une veste. Ceux qui rechignaient à tabasser les plus frêles revêtaient jupes et corsage. Certaines se travestissaient pour s'enrôler comme mousse, certains pour s'assurer qu'on ne les enrôlât pas comme mousse. Aucun ne restait éternellement sacripant et tous disparaissaient vers l'âge de douze ou treize ans, embarqués sur les bâtiments par des recruteurs ou dans les bouges par des beaux parleurs. Ils et elles resurgissaient sur le rivage de temps en temps avec de nouveaux tatouages, de nouvelles cicatrices, de nouveaux bijoux, avant de repartir on ne savait où. Quelques-unes devenaient des femmes du monde, invitées des plus illustres citoyens. Quelques-uns devenaient de grands mariniers, de grands capitaines. Des vies d'allers et de retours. Du port aux confins de la grande marmite, puis de nouveau en rade. Des taudis du Barachois aux hôtels vertigineux de la cité, puis de retour sur le rivage, et ainsi de suite.

IX.

L'école du rivage d'Enoc Martel se faisait au grand air, par le temps beau comme par le mauvais. Le chapiteau plus jaune que blanc semblait anguleux contre l'ocre de la grève, une toile de misaine tendue sur quatre poteaux. Le duelliste professait, élevant la voix pour imposer sa concurrence au ressac et aux rafales. Il ne sonnait la cloche pour annoncer le début de la classe que lorsque le brouillard se levait, lorsque la structure se fondait dans le laitage ambiant et que les enfants devaient la retrouver à l'estime. Les gamins qui s'y rendaient pour la première fois venaient souvent en groupe, le meneur au front qui demandait : « C'est ici qu'on peut apprendre à faire couler le premier sang ? » Le maître leur répondait : « Oui, à condition d'apprendre tout le reste d'abord. »

Chaque jour, les écoliers s'asseyaient sur le sol, jambes croisées. Le duelliste passait derrière eux avec son épée pour redresser leurs épaules. Le lundi, il leur montrait à fabriquer des casiers de rameaux et à pêcher le homard et le crabe pour qu'ils n'eussent plus à vivre de rapines. Le mardi, il leur enseignait l'alphabet. « Qui sait, peut-être un jour pourrez-vous gagner quelques deniers comme déchiffreurs pour les sans-lettres du Barachois. » Le mercredi, il leur apprenait à additionner et soustraire les coquillages qu'ils accumulaient. Ils n'avaient pas le droit d'en collectionner plus qu'ils n'en pouvaient compter, ce qui les incitait à compter toujours davantage. Le jeudi, il leur parlait d'histoire et de sciences. Ils avaient les yeux ronds lorsqu'il racontait que les premiers pêcheurs accostés à Ys avaient trouvé une île vierge, habitée de créatures volantes et nageuses et que, de toutes celles condamnées à terre, aucune ne dépassait la taille d'un porc. Le littoral était alors bordé d'épaisses forêts d'arbres minces et droits et le cœur montagneux était touffu de conifères. Une île saine, dépourvue de marécages putrides et d'insectes contaminateurs. Aucun rat ni mulot, ce à quoi il y avait toujours un élève pour s'exclamer : « Pardi, maître ! De quoi se nourrissaient les gens, alors ? » D'autres demandaient : « Maître, c'est quoi un arbre ? » Il leur expliquait qu'ils n'en avaient jamais vu parce que, depuis une centaine d'années, il n'y avait plus d'arbres sur Ys. « Il n'y en a plus que dans la cité », se corrigeait-il. Il trouvait un morceau de bois pour leur faire palper la texture, mais le bois n'était jamais vert. Il était brun pourri de l'humidité d'une cale ou blanchi à la saumure du large. « Les arbres, ce sont de grands mâts qui poussent dans la terre », devait-il se contenter d'imager. Le vendredi, il enseignait la contenance et l'escrime, quelques pas de menuet pour mieux exécuter la parade et l'estocade. « Pour être issois, voilà comment on doit agir. Mais ce n'est que la base. Vous devrez apprendre comment on pense itou. Il vous faudra développer le raffinement. »

— Maître, c'est quoi, le raffinement ?

— Le raffinement, c'est de pourfendre à coups d'épée au lieu de mordre avec ses dents. Si vous aviez à être un poisson, lequel voudriez-vous être ? Le requin, qui effraie avec sa mâchoire monstrueuse, mais qui ne peut rien contre le bordage d'un bateau ? Ou l'espadon, gracieux et rapide, qui perce les coques et pourchasse les marins sur les ponts ? Le raffiné est un esthète et non une brute. La brute veut éliminer son adversaire tandis que l'esthète veut le voir perdre. Le raffinement, c'est préférer l'humiliation de ses ennemis à leur trépas.

Il leur disait : « Évitez les armes à feu. Elles dépendent trop de la chance. Il ne faut jamais rien laisser au hasard quand on peut user d'adresse. » Pour les cours d'escrime, il armait les enfants d'oyats séchés ou de bâtons. Seuls ceux et celles qui s'habillaient en garçon avaient droit à ces leçons. « Aucun escrimeur ne voudrait se mesurer à un adversaire vêtu en femme. Leur corsage a beau être lacé de rubans de soie, garni de fleurs et faire pigeonner les seins, il n'en demeure pas moins une cuirasse. La vérité sur les représentantes du sexe faible, c'est qu'elles sont increvables. »

•

Enoc Martel avait l'habitude de dire à ses élèves : « Z'avez de la chance. Il est encore temps de vous faire marins. Pour moi, il est trop tard. »

Il se souvenait de l'année de ses quinze ans. Douze mois à ressentir chaque moment de joie comme le dernier. À admirer les arabesques au plafond en se disant qu'il allait bientôt contempler les cernes de moisissures d'une pension dans le Barachois. Douze mois à attendre la sonnerie de l'horloge annonçant l'heure de ses seize ans, le début de la majorité, la fin de l'immunité. Les garçons de son âge ne vivaient pas cette interminable chute. Ils étaient en mer pour apprendre à naviguer. Ils s'habituaient à l'inconfort, célébraient leurs blessures.

Enoc Martel n'aimait pas la mer, mais il aimait les marins. Il partageait le sort des filles de citoyens. Celles dont le père était riche s'installaient dans un logis en haute-ville, non loin des fortifications. Elles ouvraient un salon de causerie où recevoir poètes et philosophes, diplomates et explorateurs, marchands et officiers, ce qui leur fournissait un bassin perpétuel d'amants et d'amatelotages. Les autres devaient se contenter de se pavaner là où on voulait bien d'elles. Avoir quinze ans en tant que fille dans la cité, c'était se résigner à être choisie, à ne jamais rien choisir. C'était apprendre à tolérer l'impuissance plutôt qu'à dompter la puissance des flots. Se réfugier dans les fards et les couleurs criardes. Se pratiquer à entendre le couperet tomber, car il tomberait encore et encore, chaque fois qu'un galant dirait : « Baste ! Tu m'ennuies. »

Enoc Martel avait quinze ans quand un citoyen de trente ans son aîné avait posé les yeux sur lui, avait humé son angoisse de novice et s'était exclamé : « Comme tu es issois. » Il avait cru qu'il le jugeait valeureux. L'homme avait voulu dire qu'il le trouvait de son goût. Enoc Martel était devenu escrimeur parce qu'avant de savoir attaquer, il n'avait pas su se défendre.

•

Le duelliste exigeait de Danaé Poussin qu'elle sortît nager tous les après-midi, dès la fin de la classe, qu'il y eût débris ou non. Elle en récoltait parfois quelques gâteries, un éclat de faïence bien conservé ou une poignée de coquilles. « Quand tu reviens avec du bois de mer, je te paie, car c'est à moi que cela rapporte. Quand tu reviens avec rien, tu te paies toi-même. C'est à toi que cet entraînement rapportera. »

Elle ne connaissait pas ces eaux, ignorait leurs sentiers cachés, leurs courants de fonds qui vous saisissaient avant la fin des brisants et vous arrachaient à l'île. Un soir, elle fut emportée plus loin qu'elle ne l'eût voulu. Elle peinait à surmonter la houle et la panique. Elle réussit à regagner la grève et tomba à genoux. Elle cracha et toussa avec toute la force de ses poumons entre deux sanglots.

— J'ai eu très peur, dit-elle d'une voix encore vacillante devant le feu de varech qui lui séchait les larmes.

Le duelliste faisait face à la mer. Elle faisait face à la dune.

— Je sais, dit-il en évitant son regard de l'autre côté des flammes. J'étais inquiet.

— Je ne veux plus y aller. Je veux jouer sur la plage comme les autres.

— Et tu crois que c'est en faisant comme les autres que tu seras admise de l'autre côté du mur ? Tant que l'été durera, il faudra nager. Après, tu te reposeras.

— Non, c'est fini, la nage. C'est trop dangereux, par ici.

— Tu devras être vigilante, trouver le bon endroit et ne pas t'en éloigner.

— Non, tu ne comprends pas. Tu ne sais pas c'est quoi nager, toi.

— Je sais que tu as eu peur. Des moments comme cel-là, il y en aura encore. La mer essaiera toujours de t'effrayer. Mais elle ne t'effraiera jamais assez pour renoncer. Jamais assez pour laisser la peur dicter ta conduite.

— Alors, pourquoi t'y vas pas, toi, dans l'eau ? lança-t-elle d'une voix brisée. Pourquoi tu ne t'embarques pas en mer ? Tous les hommes le font, mais pas toi. C'est toi, le peureux.

— C'est point la peur qui m'empêche d'aller en mer, c'est autre chose. C'est la mer qui ne veut pas de moi. Passé un certain âge, on ne peut plus se leurrer. Mais la mer veut de toi, Danaé. C'est le don que tu as reçu et avec les dons viennent les devoirs.

Il avait parlé d'une voix autoritaire pour clore la discussion, mais il se grattait la barbe comme un homme en qui le débat se poursuivait. Derrière la fillette, l'enfer des vagues mugissait. Un enfer dans lequel il l'expédiait chaque jour en sachant qu'il ne pourrait pas l'en secourir et il s'endormait le soir en se disant : « Oui, vraiment, c'est terrible ce que cette côte nous fait faire. »

•

À force d'y river du bois d'épave, la tente-école se mit à ressembler à une véritable cabane dans laquelle les élèves pouvaient se réfugier du dehors, en plus de se construire en dedans. Sur sa devanture, il n'était pas écrit *École*, mais *Baude*. L'enseigne était un bout de bordage qui avait dû porter le nom d'un bâtiment depuis longtemps démantelé et éparpillé aux quatre vents, la *Ribaude* ou la *Thibaude*. Les enfants qui purent décoder ces quelques lettres réalisèrent en un clignement de paupières la puissance de leur nouvelle faculté : plus aucun navire ne leur serait jamais anonyme.

•

« Maître, racontez-nous votre plus grand duel », demanda un garçon qui était de retour après trois mois d'absence inexpliquée. La plupart des écoliers finissaient par ne plus se pointer, sans préavis. Ils étaient remplacés par d'autres, qui disparaissaient à leur tour. Il y en avait de tous les âges. Certains qui sentaient le tabac et d'autres qui jouaient encore au bilboquet.

Il prit le temps de réfléchir à la question, ce que les écoliers interprétèrent comme un refus.

— S'il vous plaît, le prièrent-ils.

— Je ne sais pas lequel de mes combats est le plus grand. Parfois, les affrontements que l'on pare sont plus grands que les ceux qu'on mène. Mais il y en a un que je veux bien faire entendre à vos jeunes oreilles.

Son adversaire était un nouveau venu dans la cité, un certain Kergoac, raconta-t-il. Dès son admission, cet inconnu des autres citadins se mit à recruter des élèves. Enoc Martel fut donc pressé d'en découdre avec ce soi-disant maître d'escrime. Il lui écrivit plusieurs lettres de doléances, auxquelles il ne reçut aucune réponse. Ces lettres virèrent à l'injure, toujours sans réaction. Cette correspondance à sens unique se faisait en privé. En public, Kergoac ne proférait aucun mot de travers à propos de l'école de Martel ni Martel à propos de l'école de Kergoac. « Voyez-vous, deux gentilshommes qui n'ont rien à se reprocher n'ont aucun outrage sur lequel fonder un combat. »

Martel envoya donc un de ses apprentis trouver les disciples de l'école rivale. Ils étaient une dizaine à s'exercer en l'absence de Kergoac. Il leur tint ce discours : « Dites à votre maître qu'il est inutile d'insister. Mon maître ne s'abaissera pas à se mesurer à un parvenu et bretteur improvisé comme le vôtre. Il ne verra point le reflet de sa lame. » Le soir même, Martel fut convoqué sur l'estran. Ils joutèrent dans la noirceur, éclairés par les torches de résine que tenaient les élèves et spectateurs. Martel le fit saigner du menton après une rude joute de près d'une heure, installant la supériorité de son école sur la sienne.

Les élèves du premier rang le regardaient sans comprendre.

— Mais pourquoi vous vouliez l'insulter s'il vous avait rien fait ?

Le duelliste secoua la tête.

— Peut-être êtes-vous encore trop jeunes... Oubliez cette histoire, les enfants. Souvenez-vous de ce que je vous disais la dernière fois. Que faut-il faire quand quelqu'un vous insulte ou vous accuse de l'avoir insulté ?

Danaé Poussin, toujours prompte, leva la main.

— Faut point avoir peur de le confronter.

— Bien. Et pourquoi ?

— Parce qu'il est noble de se présenter à un duel et ignoble de s'en sauver, récita la fillette. Parce qu'être issois, c'est devenir toujours plus habile et compétent, bon et droit. Parce qu'il y a une justice invisible qui orchestre le dénouement de toutes les luttes. Parce que l'amoureux fidèle aux sentiments sincères triomphera toujours du séducteur opportuniste. Parce qu'il faut se battre pour toutes les choses qui méritent que l'on se batte pour elles.

•

Le duel le plus déterminant d'Enoc Martel avait été son dernier. Sa lame avait transpercé l'abdomen de celui dont il refusait de prononcer le nom, le nouvel amant de son matelot. L'adversaire s'était effondré. Son matelot s'était jeté sur le corps, avait tourné un regard de haine vers lui. L'honneur de Martel était sauf. Sa place d'invité aux côtés de cet homme, perdue à jamais.

Sur l'estran, ce jour-là, il avait vaincu. Sur l'estran, il était resté.

•

Avant les grandes marées, Enoc Martel et Danaé Poussin partaient s'abriter en basse-ville. Ils arrivaient dans cette période de fébrilité précédant le retrait des eaux, quand on pouvait voir des recruteurs improviser un bureau de fortune près des débarcadères, planche montée sur deux caisses, des files de matelots s'étirant du port jusque dans les faubourgs. Des hommes qui espéraient se trouver un embarquement de dernière minute. Certains étaient assis sur leur coffre ou couchés au sol, la tête appuyée sur leur ballot. D'autres se battaient à coups de poing et de « j'étais là avant ».

Les commerçants érigeaient des digues de poches de sable autour de leur boutique, les autorités en empilaient dans le fond du port. C'était derrière ces remparts temporaires que s'abritaient le duelliste et la fillette. On n'y faisait pas payer les réfugiés puisqu'en cas de rupture, ils eussent été les premiers emportés. Les gerbes d'eau commençaient par se fracasser contre les quais de pierre, s'éclatant en éventail, arrosant toute la promenade d'une fine bruine. Rien ne protégeait les limites du Barachois, où parfois les flots s'engouffraient plus loin que prévu, faisaient exploser les vitres des échoppes les plus solides, emportaient les demeures chambranlantes. Les sinistrés se blotissaient contre le barrage qui se transformait en une sorte de tranchée étouffante.

Le duelliste et la fillette marchaient vers ce théâtre de noyades annoncées et de meurtres impunis. Ils transportaient sur leur dos les fondations de la cabane-école, les bouts de voile servant de toiture, le panneau *Baude*. Ils avançaient dans une aube de fin d'hiver qui déchirait lentement le linceul de brouillard, affublés de leurs couvertures, sacs et barils.

Le duelliste s'arrêta, frappé d'un constat soudain.

— Tu ne m'as jamais désobéi.

Danaé souriait, chercha sur le visage de l'homme le sourire qui devait accompagner le compliment. Il se remit à marcher, le front traversé d'une barre de doutes, puis s'arrêta de nouveau.

— Tu sais, petite, les meilleurs matelots ne font pas toujours les meilleurs capitaines.

— Et alors ? Puisque je ne serai jamais ni matelot ni capitaine.

— Non, mais quand je ne serai plus là pour te dire quoi faire, tu ne pourras pas toujours obéir aux ceux qui veulent te donner des ordres, Danaé.

— Et comment je suis censée faire pour savoir quand obéir et quand désobéir ?

— Tu obéis quand ce qu'on te demande est issois et tu désobéis quand ce l'est point.

— Ah, s'exclama-t-elle. C'est simple, alors.

•

Une nuit de juillet, un orage éclata en pleine maline d'été. Les eaux assaillirent la cabane comme on ne s'attendait pas à ce qu'elles le fissent entre les grandes marées. Le duelliste et la fillette se réfugièrent plus loin au sud, là où l'estran avait un plus fort dénivelé. À leur retour, l'école *Baude* avait disparu. Ils retrouvèrent le désert de cailloux rouges comme s'il n'y avait jamais eu de cabane à cet endroit. Des algues mortes et des déchets entremêlés à perte de vue. Danaé Poussin était transie au milieu du désoeuvrement de leur repaire envahi, infesté. Dans une raillerie suprême, la plage était jonchée de bouts de verre polis qui eussent pu servir de monnaie d'échange aux Échouements, mais qui ne valaient rien si près de la ville. Le duelliste fouillait les cavités du bout de son épée, projetait des filaments de varech par-dessus son épaule.

— Cesse de pleurnicher et va voir par là, pointa-t-il du menton en direction du haut de la grève.

Ils cherchaient des clous, des planches, le moindre éclat de bois utile. Il tassait le gravier de ses pieds, soulevait une roche de ses mains. Il releva la tête.

— Danaé, j'ai dit par là, plus haut.

Il suivit des yeux ses pas nerveux, hasardeux.

— Par là, fit-il en indiquant le sens opposé.

Elle le regarda d'un air égaré, puis descendit vers la laisse.

— Mais qu'est-ce que tu fais ? explosa-t-il en marchant vers elle. Tu fais n'importe quoi. Si je te dis de sauter d'une falaise, tu feras quoi ? Tu n'es pas prête. Après tout ce que je t'ai appris, tu n'es toujours pas capable de te défendre.

Elle se rua sur lui, le repoussa des mains, puis se détourna.

— Moi, je fais ce que tu me dis de faire et c'est tout, que ça te plaise ou non, cria-t-elle entre deux sanglots.

X.

Dès leur second été, ils découvrirent une banne de victuailles posée sur les roches, devant le chapiteau. Dedans, il y avait quelques morues séchées, des biscuits ou bouts de pain frais, comme si une vivandière passée par là eût oublié sa marchandise au pied des dormeurs. Ils y trouvaient parfois un sachet de tabac ou un morceau de fromage. Danaé Poussin ne cessait jamais de s'en émerveiller, trop vieille pour croire aux fées, trop jeune pour ne pas y voir un peu de magie.

— Ce sont des dons, supposait Enoc Martel, sans pouvoir en expliquer la raison.

Ses élèves n'avaient aucun parent, aucun protecteur pour le gratifier ainsi.

Il décida de dormir à la belle étoile afin de surprendre leur bienfaiteur. C'était un vieil homme levé aux aurores, un pêcheur au visage de cuir et aux doigts comme des grappins.

— Depuis que z'êtes là, ils me laissent tranquilles, les sacripants. J'ai pu régler mes dettes. Je n'ai plus peur de laisser ma chaumière sans surveillance. Je peux partir pêcher l'esprit en paix.

Il allait s'en retourner sans attendre de remerciement à ses remerciements quand il ajouta :

— On est plusieurs, vous savez.

Les années passèrent, le nombre de paniers augmenta. Enoc Martel en était à son septième équinoxe sur le rivage quand une femme marchant dans la même direction que lui le salua. Il hésita.

— Pardonnez-moi. Je ne crois pas qu'on se connaisse.

— Ah, ça se peut bien. Mais moi, je vous connais. Z'êtes le duelliste. Tout le monde sur la côte est a entendu parler de votre école.

•

Les enfants de la rue gagnaient à l'occasion quelques sous comme messagers. On leur mettait un denier dans une main et on les envoyait chez un parent répéter mot à mot un courrier ou chez le coquetier avec la mission de rapporter un paquet. Parfois, on leur donnait celle de porter une missive secrète avec la consigne de ne révéler à personne son existence. On faisait confiance aux gamins parce qu'ils ne savaient pas lire.

Lorsque l'Amirauté convoqua Enoc Martel pour la première fois en vue de la rotation du solstice de l'hiver de l'an neuf après le Massacre, les officiers confièrent l'avis au petit Balthazar Mâchefer. Le petit Balthazar était un des plus assidus écoliers du rivage. Entre sa première leçon et sa dernière, il avait eu le temps de pousser, de muer, de développer la capacité de déchiffrer le sens de presque toutes les phrases. Il décacheta la lettre, la piétina, la détruisit, croyant qu'en la faisant disparaître, son maître d'escrime ne disparaîtrait pas. Avec la seconde convocation, il fit l'inverse. Il la montra aux autres sacripants. La nouvelle se propagea parmi les élèves en même temps que la rancune qui germait dans le cœur des mal-aimés qui taisaient leurs espoirs en se disant que ce qui ne durait pas ne valait rien, que les pires traîtres n'étaient pas ceux qui vous abaissaient, mais ceux qui promettaient de vous élever et ne faisaient que s'élever eux-mêmes.

Le duelliste se retrouva donc un matin devant une classe vide. Il accusa d'abord le temps, scruta la mer striée de vaguelettes inoffensives, le gris clair d'un ciel ordinaire. Il envoya Danaé Poussin ratisser la grève pour l'occuper pendant qu'il rameutait les écoliers. Il revint avec la tombée du jour, s'enferma dans la baraque. Danaé l'y trouva assis au sol, adossé au panneau faisant office de mur.

— Sont où, les autres ?

— Ils ne viendront plus.

— Comment ça ?

Il se redressa en frottant le sable de sa culotte, croisa les bras sur sa poitrine, le regard fuyant.

— Ils ne viendront plus parce que je suis convoqué pour la Saine Rotation.

La fillette écarquilla les yeux.

— C'est vrai ?

— Oui. Et ça m'a tout l'air d'une convocation sérieuse.

— Qu'est-ce qu'on va faire ?

— Il ne peut pas y avoir d'école sans élèves, alors...

— Alors, on va aller dans la cité ?

Elle se jeta sur lui et l'enlaça comme elle ne l'avait jamais fait auparavant. Elle parla entre ses bras, énuméra toutes les choses qu'elle allait pouvoir admirer, les jardins, les fontaines, les bals et tous ces belvédères d'où saisir l'énormité du paysage. Il l'étreignait en silence. Elle se recula. Elle avait treize ans, mais elle souriait avec le sourire d'une enfant beaucoup plus jeune, encore plus jeune que la fillette qui l'avait surpris à son arrivée aux Échouements quatre ans plus tôt.

— Voyons, le citadin, pourquoi tu pleures ?

Il avala comme pour faire descendre les mots dans sa gorge encore douloureuse de la bile qu'il avait vomi une heure plus tôt.

— Écoute, petite...

Elle se dégagea d'un coup sec, il tenta de la retenir au poignet. Elle détala, il la suivit en débitant une longue liste de justifications, expliqua que seuls les enfants naturels des citoyens étaient admis dans la cité, que les gens là-bas le connaissaient, savaient qu'il n'était pas du genre à frayer avec les riveraines et qu'il était encore plus improbable qu'il eût une fille de son âge. Que cela ne valait pas la peine, qu'elle n'en aurait que pour trois ans avant de devoir refaire sa vie par elle-même, que de toute façon, elle ne devait pas se contenter d'être la fille ou l'invitée d'un citoyen, qu'elle devait nager tous les jours, qu'elle ne devait jamais cesser de nager parce que ce serait par la nage qu'elle entrerait dans la cité.

— Je ne te ferai pas ce qu'on m'a fait. Je ne te piégerai pas dans un cocon qui fera de toi une éternelle invitée.

— C'est ça, railla-t-elle. Les ceux qui partent, c'est toujours la même chose qu'ils disent : que c'est pour notre bien.

Elle avançait dans la bise de nordet, serrant ses bras sur lui-même.

— Attends, cria-t-il.

Elle finit par s'arrêter.

— Les escarpins.

Elle lui présentait son dos pour mieux cacher les larmes qu'elle essuyait à grands coups de jointures.

— J'en veux plus de tes souliers, le citadin.

•

Ils se mirent en route, longèrent la côte vers le sud, l'intérieur de la pointe du Vieux, traversèrent le Grand Port, le Barachois, dépassèrent l'isthme, doublèrent le Cul-de-l'Île, contournèrent les aplombs et foulèrent les plateaux. Elle devant, seule et boudeuse. Lui derrière, épiant ses mouvements, campant loin, mais s'approchant la nuit pour remonter l'édredon sur son épaule. Obéissante malgré tout, elle posa son ballot dans le havre bien gardé où on l'appellerait « la fille du maître d'école » longtemps avant de l'appeler Danaé. Il se plaça devant elle pour lui faire ses adieux.

« Salut », fit-elle, indifférente, tandis qu'il semblait incapable de cesser de lui tapoter l'épaule.

Le duelliste repartit en sens inverse, brava les averses, les vents insidieux qui vous pinçaient jusque sous l'épaisseur de vos couches et les embruns qui vous cinglaient à l'horizontal. Il s'engouffra dans les foules de la basse-ville, parmi les crieurs et les porteurs. Il se tint devant le jury de Saine Rotation, méconnaissable, amaigri, barbu dans son justaucorps défraîchi. Le jury déclara qu'il avait accompli ce que personne n'avait réussi avant lui : apprivoiser les sacripants.

« Nous avons remarqué que les orphelins qui sont passés par votre école font de formidables mousses, une fois embarqués, et deviennent d'excellents combattants. Vous étiez déjà un grand pédagogue quand vous n'étiez qu'invité. Vous avez montré par ce séjour sur le rivage que les vrais Issois le restent, peu importe de quel côté on les mure. »

Les lettres de l'alphabet tracées dans le sable rouge de la plage aux sacripants disparurent. La mer regagna pour de bon ses droits sur la cabane-école. La cloche dorée qui avait sonné les classes fut ramassée par un coureur de côtes, qui la vendit à un brocanteur, qui la fit fondre pour en tirer des anneaux d'amarre.

•

Enoc Martel mourut des séquelles d'un duel ayant mal tourné dans l'année suivant son admission comme citoyen, à l'âge de quarante-six ans. Il n'avait pas eu le choix des armes. Un coup de pistolet lui avait traversé la cuisse droite, la plaie s'était infectée. Ce ne fut pas son dernier duel. Il affronta également le chirurgien qui voulut lui amputer la jambe jusqu'à l'aine. La scie était déjà sortie. Elle se retrouva sous le menton du charcuteur, qui recula les mains en l'air.

— Mais vous allez pourrir, monsieur.

— Plutôt pourrir que raccourcir.

Deux semaines plus tard, il gisait dans son lit à tentures, le teint jaunâtre. Ses amis, élèves et quelques anciens adversaires se réunirent autour de lui. « Je sais que vous auriez préféré garder la souvenance d'une victoire plutôt que de ce malheureux incident. Mais on ne peut pas être virtuose et versatile à la fois, dit-il entre deux accès de fièvre. Cela devait arriver tôt ou tard. C'est arrivé plus tard que tôt. Réjouissez-vous. »

Il eut droit à la cérémonie funèbre réservée aux citoyens sur le navire amiral. Au-dessus du Raz des Aïeux, on récita la liste de ses faits d'armes, puis sa dépouille enveloppée de draperie rayée et lestée d'un boulet fut glissée le long d'une planche par-dessus bord. Un coup de canon fut tiré, criblant la quiétude du couchant. Aux Échouements, on parlait encore du duelliste et on en parlerait encore longtemps, décuplant le nombre de ses triomphes et disciples. On en parlerait d'abord comme d'une anecdote, ensuite comme d'une légende puisque tous les riverains qui parvenaient à se faufiler jusqu'à la citoyenneté faisaient l'objet de chansons que l'on se transmettait autour des feux.

Danaé Poussin ignorait encore la nouvelle de son décès quand un cotre mouilla devant le havre et qu'un homme emperruqué se présentant comme un élève d'Enoc Martel se courba devant elle. « Je suis chargé d'exécuter ses dernières volontés. Voici votre héritage, mademoiselle. » Il lui tendit une lettre, un paquet et un coffre qui ressemblait à un étui à violon, mais en plus long et plus étroit. L'homme l'ouvrit en prenant l'air pompeux d'un vendeur de montres exhibant sa marchandise. Sur le tapis de velours au fond de l'étui reposait l'épée du duelliste. Danaé la sortit de son fourreau, les mains tremblantes. Elle était fine et brillante, fraîchement affûtée. « Encore plus belle que dans ma mémoire », bégaya-t-elle. Dans le paquet, elle trouva un long objet en cuivre de forme cylindrique. Elle crut d'abord qu'il s'agissait d'un porte-voix et ne comprit pas pourquoi le fond était vitré. Elle découvrirait après moult essais qu'il s'agissait d'une lunette de calfat servant à observer les fonds marins depuis la surface.

Elle attendit d'être seule pour lire la lettre. Le duelliste y mentionnait avoir fait des recherches dans le registre des naissances de la cité. Il n'avait trouvé qu'une seule Danaé pouvant lui correspondre en âge et en qualité. « Ton vrai nom est Danaé Berrubé-Portanguen », révélait-il de son écriture ronde et soignée. Quant aux escarpins, ils se trouvaient au fond du paquet, le tissu élimé et les talons branlants. Elle les essaya, fit quelques pas hésitants, ne put avancer bien loin. Même adulte, elle n'aurait jamais les pieds assez grands pour chausser les souliers d'Enoc Martel.

LE PRINCE VOLEUR

La morue de personne

Sur une île, les habitants se connaissent. Insularité rime généralement avec honnêteté. La mer complique et simplifie tout : celui qui veut s'emparer du bien d'autrui est obligé de se dégoter un bateau et d'attendre les vents favorables avant de s'enfuir avec le fruit de son larcin. Ce qui est perdu ou dérobé sera retrouvé un jour ou l'autre, à moins d'avoir été confié à l'océan.

À Ys, c'était le contraire. L'île était trop grande, ses contours trop raboteux. Sa finitude contenait un infini de grandes caches qui en contenaient de plus petites. Dès la genèse, cette terre avait été un lieu d'avarice où il fallait protéger ses trésors de la convoitise, défendre son carré de galets de l'envahissement.

À Ys, les riverains étaient pêcheurs et la pêche était une activité collective. Celle des grands bancs était organisée par navire : l'ensemble de l'équipage se divisait la somme des revenus de la campagne. Tous partageaient les risques et les profits. La pêche côtière, quant à elle, était organisée par village. Les hommes ramenaient le poisson, les femmes le salaient. Personne ne demandait : « Il est à qui, c'te poisson-là ? », en brandissant une morue identique aux autres. On disait pour ces raisons que les sans-miroir respectaient peu la notion de propriété. On disait même, à certains endroits, qu'ils étaient des voleurs.

I.

Le rapport des gardes-côtes du cinquième jour du mois d'août de l'an dix-sept de notre ère faisait état d'un incident banal. Un pêcheur avait craché en direction de l'officier Michel Casavant qui, sur le coup, avait jugé l'offense mineure et choisi de ne pas intervenir. Moins banal était l'ajout que s'était permis le chef de la division du guet : « Ce genre d'accrochements arrive de plus en plus souvent », pouvait-on lire au-dessus de sa signature.

L'incident en question s'était déroulé trois jours après le naufrage du brigantin *Colombe Dorée* avec sa cargaison de clous de girofle et de grenades sucrées. En tenant compte des vents et des courants, l'Amirauté avait estimé que les débris seraient poussés vers la partie centrale de la côte des Échouements. Les gardes-côtes avaient sillonné les criques dans leur uniforme de drap gris à parement d'argent et à boutons de cuivre, fusil en bandoulière, mettant bien en évidence le pommeau de leur sabre sur leur hanche gauche et leur corne à poudre sur la droite. Le compte-rendu décrit la scène suivante : les sans-miroir, qui soulèvent leur chapeau, qui observent les mains des officiers, cherchent des yeux les doigts tachés d'encre pour identifier celui qui signe les rapports. Le lieutenant Casavant qui se râcle la gorge.

— Comme vous le savez sans doute déjà, la *Colombe Dorée* a coulé corps et biens. Les marchandises qui flotteront jusqu'ici sont la propriété de son armateur. Tout ce qui viendra s'échouer, si c'est point déjà fait, devra être rapporté au corps de garde le plus proche.

Les gens qui restent silencieux, les bras croisés, fixent le sol.

— Je sais que pour vous, la cité est un lieu lointain et abstrait et que certains se croient au-dessur de ses lois. Mais rappelez-vous que contrairement aux citoyens, vous n'êtes soumis à aucune taxe, aucun impôt. La cité ne touche pas à ce qui vous appartient. Alors ne venez pas toucher à ce qui appartient à la cité. Me suis-je bien fait comprendre ?

C'est alors qu'un pêcheur, le regard noir sous son chapeau de paille mou, envoya un jet de salive épaisse et mousseuse aux pieds de Casavant.

— Z'allons revenir. Et sachez que si vous cachez les débris de la *Colombe Dorée*, nous l'apprendrons tôt ou tard, déclara l'officier avant de se frayer un chemin à travers l'attroupement.

L'Amirauté n'y vit rien d'inquiétant. La salive portait chance aux marins. Il était de coutume de la projeter dans la direction d'un navire qui s'apprêtait à lever l'ancre pour lui souhaiter une paisible traversée ou encore sur ses propres filets afin de s'attirer une bonne pêche. En revanche, elle faisait fuir les poissons. Quiconque expectorait dans l'eau pouvait dire adieu aux belles prises pour un temps proportionnel à sa quantité de bave.

Les calculs de l'hydrologue au dossier étaient imprécis. Les fragments de la *Colombe Dorée* n'avaient peut-être pas encore touché terre et la culpabilité des riverains restait incertaine. En dehors des courants bien établis, qui pouvait prétendre connaître la marche exacte des bris ? On avait déjà vu le beaupré d'un vaisseau englouti au-delà de l'horizon fouler la grève après seulement six heures et on avait vu le gouvernail intact d'une frégate abîmée en plein milieu de la rade rebondir contre les quais un an plus tard.

L'Amirauté jugea tout aussi ordinaire un autre rapport rédigé le douze novembre suivant et faisant état de l'insubordination de riverains du sud de la péninsule. Ils avaient l'habitude de sécher le varech et de le réduire en cendres dans des trous creusés à marée basse afin d'en tirer du salpêtre, un procédé qui émettait une fumée âcre et piquante pour les yeux et la gorge. Cette activité était permise uniquement lorsque le vent soufflait vers le large pour éviter que les vapeurs alcalines ne vinssent incommoder les citadins vivant en hauteur de l'autre côté des remparts. Les pêcheurs avaient fait fi de cette règle trois nuits de suite. Les gardes-côtes s'étaient rendus sur place chaque matin après l'infraction pour y trouver les fosses désertées.

Ce n'est qu'au mois de janvier de l'an dix-huit que l'Amirauté tint son premier conseil d'urgence au sujet de la menace qui se tramait aux Échouements après la réception d'un rapport qui, lui, ne pouvait être ignoré. « La corvette garde-côte *Championne* a été drossée à la côte des Sauvageries dans des circonstances nébuleuses, à quelques encablures de l'épave du trois-mâts marchand *Alphéa*. Les trois officiers et les membres de l'équipage rapportent avoir manœuvré à travers un banc de brume afin de fuir ce qu'ils ont unanimement qualifié “ d'attaque imminente de sirènes ”. »

II.

Une vieille femme était assise sur la grève de Havre-Ouellau. Elle se massait les pieds, les ongles de ses orteils fossilisés d'une couche de corne épaisse comme les berniques. Planté près d'elle se dressait un bâton duquel pendaient des écharpes d'algues vertes ainsi qu'un corset et une chemise. Servanne Joriant, aînée du village, ne tenait plus assez sur ses jambes pour passer ses après-midi debout à éviscérer la morue, alors elle les passait à surveiller les abords de la crique, à compter les bâtiments défilant au large.

« Six jours sans la moindre voile à l'horizon. Six », se scandalisait-elle souvent pendant les mois d'hiver.

Pour l'heure, c'était l'été. Elle chantait les yeux fermés. Sa voix avait le tremblement de l'âge et son visage, la béatitude d'une ancienne jeunesse. Elle rouvrit les yeux et aperçut Danaé Poussin qui revenait de sa plongée quotidienne. La nageuse avançait d'un pas lourd contre les vagues lui barrant les cuisses. Ses cheveux dégoulinaient sur ses épaules, cachant mal ses seins nus. Elle portait des culottes d'homme qui lui moulaient les jambes, fermées d'un bouton derrière chaque genou. Un vêtement qui ne servait à rien sous l'eau, mais qui avait la qualité de ne pas trop la ralentir. De ses hanches pendaient un sac de jute et un filet rempli d'oursins, tous deux attachés à un cordon noué autour de sa taille. Elle en déballa le contenu parmi les galets : un tas de planches gorgées d'eau et deux cerceaux de barils, rouillés et incrustés de mollusques.

— Oh hé, la jeune. Où ce t'as trouvé pareilles merveilles ?

— Au large de l'îlot Certain.

— T'es allée plonger près de c'te marmite à bouillons ? C'est pas des idées à avoir. Mais c'est du beau morceau que tu as là.

Elle lui fit signe d'approcher, puis fouilla dans les poches de toile qu'elle arborait par-dessus son cotillon.

— Pour combien tu me laisses le bout de tronc, là ? demanda-t-elle à voix basse.

La jeune femme secoua la tête.

— Faites pas semblant, la mère. Savez très bien que c'est de l'épave.

— Et alors ? Que ce soit de l'épave ou de la souche... Tu vas encore aller porter tout ça aux gardes-côtes qui vont te faire un prix de misère. Autant bien les rejeter à la mer.

— Je vous jure, la Servanne. Plus vous vieillissez, plus c'est moi qui dois vous faire la morale. Imaginez si les autres vous entendaient...

•

Danaé Poussin, dix-huit ans, n'avait toujours pas porté de chaussures qui n'eussent appartenu à quelqu'un d'autre. Elle avait sa propre chaumière, une de ces cahutes trapues où tout était bas et rien n'était haut comme pour vivre au ras du plancher : le trou dans le mur servant d'âtre, la paillasse posée à même le sol, les bancs peu élevés pour mieux s'accroupir devant le feu. La sienne, étroite et garnie d'une lucarne, ne contenait pour tout mobilier qu'un lit et un coffre sur lequel s'asseoir et manger. Elle vivait à la manière des privilégiés et des sorcières : seule au milieu d'un hameau où les autres baraques étaient pleines à craquer.

Havre-Ouellau était un coin des Échouements où il y avait peu d'échouements. Ses environs avaient jadis attiré leur lot de naufrages, mais pendant une courte période seulement. C'était l'époque des tentatives de reboisement. Les Anglois y avaient planté des saules qui ne purent jamais pousser plus grand que des arbustes. De loin, les navigateurs prenaient ces arbres nains pour des arbres matures, se croyaient plus éloignés du littoral qu'ils ne l'étaient en réalité et venaient se fracasser sur la côte sans rien comprendre. Depuis qu'on avait abattu les saules, il n'y avait plus de débris à Havre-Ouellau.

Danaé repêchait donc de ces parages des congres, pieuvres et autres pactoles naturels. Plus elle s'éloignait, plus elle rapportait d'objets, des choses inertes qui dormaient sur les hauts-fonds comme dans un sépulcre. Personne au havre ne s'étonnait plus de voir chaque jour la fille du maître d'école traverser la crique à demi nue. « Faut point s'en faire. Les gens qui connaissent l'alphabet ont des usances étranges, ça va de soi. » Il y avait tout de même quelques saleuses revêches qui désapprouvaient son indécence.

— Ça fait point très issois, c't'attirail-là. Et puis, on porte bien notre corsage toute la journée à travailler dans le hangar ou à charrier des piles de poissons, nous. Pourquoi toi tu ne porterais pas le tien quand tu plonges ?

— Clairement, n'avez jamais essayé de plonger, vous autres, avait rigolé la nageuse. Je sais bien qu'il y a plein de gens dans c'te crique qui aimeraient mieux me voir garder mes jupes et me noyer dedans, mais je vais point leur faire c'te faveur.

Une fois par lune, elle se rendait à Ambouche pour la foire du vendredi. Elle y trouvait des riverains prêts à débourser une modeste fortune pour un concombre de mer tout frais. Ils ne pouvaient s'empêcher de lorgner le reste de sa marchandise, celle qu'elle réservait aux autorités. Ils cachaient mal leur admiration derrière des railleries comme : « Diantre, pourquoi pas nous ramener le trésor perdu des Incas, un coup parti ? » Ensuite, elle escaladait le sentier qui menait au corps de garde. Les officiers la connaissaient bien. Elle était la seule riveraine qui leur rapportait assidûment tous les morceaux d'épave qu'elle trouvait, tel que le prescrivait la Loi sur la propriété de bris, alors que la plupart des arpenteurs de plage enfouissaient leurs trouvailles ou les revendaient sur le marché noir.

Danaé Poussin était souvent accompagnée de son amie Alizée Quintal, qui l'aidait à transporter son chargement jusqu'à la cabane de pierres. Les guetteurs se donnaient des coups de coude quand ils voyaient Alizée apparaître sur le chemin. Ceux qui paressaient, leurs pieds nus croisés sur la table, s'empressaient de les rentrer dans leurs bottes. Le chef tendait à Danaé les piécettes qui lui revenaient, puis un de ses subalternes lançait un mot d'esprit, une farce, n'importe quoi pour retenir les deux riveraines encore un peu.

— Enfin, chef, pourriez lui donner un peu plus c'te fois-ci, pour tout le mal qu'elles se sont donné à les recueillir, les bouts de bois, disaient-ils en cherchant le regard de celle qui n'avait rien recueilli du tout.

•

Alizée Quintal était la plus jolie fille du havre. On le lui faisait savoir à coups de remarques échappées, même dans les moments où elle étripait de la morue et que ses boucles sortaient en désordre des lanières de son bandeau. « Où tu crois aller avec c'te sourire à décoiffer le perruquier ? » était la plus courante. « Quand ils vont se décider à te ravir, les matelots devront faire la file comme les corvettes à l'entrée de la baie au mois de mai », en était une autre.

Pendant les grandes marées, Danaé Poussin et Alizée Quintal partageaient la même criarde. Elles se serraient l'une contre l'autre pour se réchauffer, se parlaient d'avenir pour chasser l'angoisse du présent. Le jour où Alizée entrerait en ville, elle serait accueillie comme une reine en son royaume, prédisait Danaé. Un marinier au long cours, qui serait sans doute lieutenant ou peut-être même capitaine, allait tomber follement amoureux d'elle et en ferait son invitée, la chérissant du moment qu'elle pousserait les grilles jusqu'à l'immersion finale. Danaé, quant à elle, gagnerait sa place à force d'exploits et de loyauté. Elle amasserait un butin d'épaves si impressionnant que le jury des Saines Rotations lui ouvrirait les portes aussi grand que pour les corsaires qui revenaient au bercail chargés de richesses palatines. Tout le monde s'entendait pour dire que, plus que toutes les autres filles du havre, elles avaient d'excellentes chances de se faufiler jusqu'aux cimes de la cité.

« Pour sûr qu'on ne finira pas comme la Charlotte », se disaient les deux amies.

La Charlotte en question était une fille d'Ambouche bien connue sur la côte. Charlotte Kernuz, de son grand nom, faisait du colportage à pied le long du littoral. On la voyait monter les escarpements, longer les battures ou le pied des remparts, avec ses babioles dans une boîte qu'elle portait sur son dos, attachée avec des ganses en cuir d'otarie tressé croisées sur sa poitrine. Elle vendait des livres miniatures à reliure dorée, des oranges, des œufs de poule ou des chandelles de bonne cire. Toutes des choses que les habitants de Havre-Ouellau ne pouvaient se payer. D'ailleurs, qui aux Échouements le pouvait ? demanda un jour Danaé à la patronne des saleuses.

« Oh, y a personne de riche sur c'te rivage, répondit-elle. Mais y a des endroits où la soupe est plus épaisse qu'ailleurs. Au cap, il paraît que z'ont des armoires au lieu des coffres et des vaches qui leur jutent du lait. » Hormis à Ambouche et au cap Nordant, il n'y avait nulle part aux Échouements où prendre un coup, les sans-miroir ne pouvant débourser le vrai prix du vin ou de l'eau-de-vie. Il y avait pourtant près de Moyenne-Aiguade une masure où on pouvait entrer le soir et dont on ressortait en titubant.

La Charlotte était constamment enceinte, mais n'accouchait jamais d'aucun enfant. Les riverains touchaient leur tricorne lorsqu'ils la rencontraient, partageant la croyance qu'il fallait être poli envers une femme en gestation sans quoi son rejeton vous chercherait querelle. « Ça y est, je crois bien que c'est la bonne, c'te fois-ci », répondait-elle aux félicitations d'usage. Elle parlait souvent de son Jean. Personne ne lui demandait jamais de quel Jean il s'agissait, chaque crique en comptant quatre ou cinq. On tenait pour acquis qu'il s'agissait du père. Puis un soir de vent portant, on entendait un cri de douleur provenant d'un affouillement éloigné. Un autre fruit de perdu. Elle allait et venait dès le lendemain au fond des falaises, sur les quais, promenant sa boîte et ses sanglots avec une absence de retenue qui gênait les témoins. Le temps passait, ses larmes séchaient. Le rose de ses joues reparaissait, et l'enflure de sa panse avec. Les bouts de ses longs cheveux noirs gommés de sel se remettaient à flotter au vent. Elle recommençait à avancer bien droite, le poids sur son dos équilibrant celui de son ventre.

La seule chose que les autres riveraines enviaient à Charlotte Kernuz était la mystérieuse ressource, la liaison secrète qui lui permettait de disparaître juste avant les marées d'équinoxe. À ceux qui la questionnaient, elle disait aller faire un tour dans le Grand Port pour revoir son Jean. « Je parie qu'il existe point, son Jean. Je parie que c'est un nom générique pour les hommes qui se succèdent », disaient les mauvaises langues. « La Charlotte, c'est même pas une vraie riveraine, si tu veux mon avis. Elle a beau faire pitié la moitié du temps, quiconque passe à travers le déluge au sec ne peut pas se plaindre de vivre aux Échouements. Elle fait du rivage de petit marnage comme d'autres font de la marine de cabine. »

Cette année-là, le ventre de Charlotte Kernuz était devenu plus gros que jamais auparavant. Ses pieds n'enflaient plus, mais elle avançait avec les mains sur les reins en grimaçant. Les cycles s'étaient accélérés : aussitôt mort-né, le prochain commençait à pousser. Les riverains continuaient de la gratifier de condoléances, mais elle ne semblait plus autant affectée par ses fausses couches. Elle se contentait de répondre : « Oui, oui, merci. »

C'est Alizée qui la première devina le subterfuge, attrapa Danaé par le coude et pointa la colporteuse du menton.

— Elle n'est pas enceinte pour vrai.

— Quoi ?

— C'est de la contrebande.

Danaé fixa son amie, puis la Charlotte.

— Enfin, regarde-la, s'impatienta Alizée. C'est point un enfant qu'elle a dans le giron, c'est un tonneau. Du génie, quand on y pense. Y a pas un garde-côte qui oserait fouiller en-dessous des jupes d'une future mère.

III.

Le soleil dardait. Les riveraines et quelques enfants ratissaient le pertuis de la Roche perdue pour y trouver des coquillages vivants. À quatre pattes, elles raclaient la vase, s'épongeaient le front de leur avant-bras sous leur large chapeau de paille. Alizée Quintal se redressa d'un coup, comme piquée d'une révélation.

— Y a longtemps qu'on a vu la Levantine dans les parages.

— Ma foi, c'est vrai. Ça doit bien faire deux ans qu'elle a point retonti.

— Elle a réussi, vous croyez ?

La Levantine en question était une fille à peine plus vieille qu'Alizée. Elle passait en moyenne trois mois par année comme invitée dans la cité, son record étant de cinq. Elle semblait avoir un don pour y entrer, mais n'avait pas encore trouvé la clé pour y rester. Elle revenait au bout d'un certain temps, reprenait sa place dans le hangar à salage de Havre-Ouellau jusqu'à ce qu'elle décidât de repartir à la chasse d'un nouveau citoyen dans le Grand Port.

— Jamais compris ce qu'ils lui trouvaient, à c'te crécelle, dit une femme derrière elle.

Les autres haussèrent les épaules. Les riveraines avaient l'habitude de conjecturer sur les goûts et les humeurs des hommes comme sur ceux des nuages. Comment expliquer que des preux navigateurs se choisissaient pour compagne une fille qui parlait trop et avait le gabarit contraire à celui des figures potelées qu'arboraient les proues des grands vaisseaux ?

— Autant bien demander au vent pourquoi il souffle de c'te côté plutôt que de l'autre.

Alizée lâcha son outil en soupirant, fixa ses pieds envasés. Elle se leva, se frotta les mains, s'éloigna sans rien dire.

— Qu'est-ce qui lui prend ? demanda la patronne.

•

Les filles quittaient les Échouements vers quinze ou seize ans, à l'âge où l'on découvrait les souillures de l'amour et l'amour des souillures. Alizée Quintal avait repoussé le moment du départ pour mieux le savourer, clamait-elle. Plus elle attendait, plus l'enjeu grandissait, plus s'amenuisait la possibilité de revenir la tête haute en cas d'échec. Elle ne pourrait plus brandir l'excuse du « bah, je suis partie trop tôt, j'étais trop jeune pour manœuvrer ».

Certaines se mettaient en route quand leur ami de cœur les décevait, quand les reproches sur le nombre de morues pêchées commençaient à fuser. Quand les bancs de brume planaient un peu trop longtemps, que l'horizon semblait un peu trop bouché. « Eh bien, vas-y voir comment ce que c'est sur les quais. Vas-y voir si tu trouves mieux. Je parie que tu rappliqueras avant le solstice », se faisaient-elles répondre par leur matelot offusqué. Pour d'autres, c'était le galant qui décidait d'abandonner la pêche et de les abandonner du même coup pour s'embarquer dans la marine du commerce, rêvant de voir le monde ou autre chose que les récifs de son enfance. « Et je vais devenir quoi, moi, à t'attendre dix mois par année ? » Pour la plupart, la poussée venait de leur mère qui un jour regardait l'intérieur de leur bicoque avec découragement, la paillasse sur laquelle dormaient cinq enfants, la table sous laquelle les petits jouaient par gros grain. « Fille, serait temps que tu t'essaies de l'autre côté de l'île, tu crois pas ? » Ou peut-être était-ce seulement l'attrait du Grand Port et de l'idée qu'elles se faisaient des mariniers aux fortes mains qui vous souriaient en enroulant un cordage, exhibant leur torse et leurs tatouages sous leur chemise lâche.

Les riveraines s'y rendaient à pied. Elles déferlaient dans les faubourgs par vagues saisonnières, approchaient les navires à bord de canots pour vendre des vivres frais aux équipages, leur but étant d'être la première femme sur laquelle un aspirant poserait les yeux après des mois en mer. En général, elles s'éprenaient d'un gabier ou d'un forgeron bien avant d'avoir croisé le regard d'un parti prometteur. Elles devenaient blanchisseuses, battaient et essoraient culotte après culotte, répétant les mêmes gestes du matin au soir comme à l'époque où elles tranchaient, salaient, séchaient le poisson et finissaient par se dire « tout ça pour ça ».

•

Alizée Quintal eut droit aux traditionnelles célébrations de départ, mais les habitants y mirent plus d'enthousiasme que de coutume. Le rassemblement était grossi par l'équipage de l'*Aubade*, la goélette qui avitaillait le havre. Les noceurs se tenaient en rond, frappaient dans leurs mains, soulevaient leur tricorne. Alizée fut coiffée d'une couronne d'oyats sertie de coquillages. On lui perça les oreilles. Elle laissa aux cadettes ses colliers et bracelets de cailloux polis pour bien marquer qu'elle n'appartenait déjà plus au rivage. Les tricoteuses lui remirent un châle et un bonnet.

Le soleil commençait à descendre, elle devait se mettre en route. Il fallait au moins une dizaine de jours de marche pour atteindre la baie de Partance, avec tous les arrêts forcés par la marée. Elle monta dans sa chaumière pour attraper sa besace. Danaé Poussin surgit derrière elle.

— Tiens, un cadeau.

Alizée déballa le mouchoir, en sortit une moitié de médaillon en argent.

— Ça devrait pouvoir te payer un passage à bord de l'*Aubade* et te permettre de vivre que'que temps dans le Barachois.

Rares étaient les riveraines qui pouvaient se payer le luxe de se rendre à la voile, même si le voyage consistait à s'entasser entre une chèvre et un baril. Les caboteurs, réfractaires à embarquer des porte-malheur, demandaient le gros prix aux passagères.

— Mais non, Danaé. Tu dois tout remettre aux gardes-côtes.

— C'te fois-ci seulement.

— C'est ce que tous les fraudeurs disent la première fois, non ?

En cinq ans, Danaé Poussin n'avait caché qu'un seul bris aux officiers : une longue-vue. Les saleuses avaient approuvé cette entorse à la loi, pourvu que la lunette appartînt à tous. Elle pouvait être utile pour voir arriver les envahisseurs françois ou anglois ainsi que les colporteurs aux mœurs dissolues qui risquaient de corrompre la jeunesse du havre avec leurs marchandises illicites. En vérité, la longue-vue servait surtout aux adolescents qui espionnaient les adultes en train de forniquer derrière les rochers.

Les deux amies s'étreignirent.

— Tu vas me manquer.

— On va se retrouver de l'autre côté du mur. Et

que je te vois point rappliquer avant, dit Danaé entre deux reniflements.

•

Alizée Quintal revint à Havre-Ouellau six mois après son départ. Une pluie oblique flagellait la côte depuis quatre jours, chacun terré dans sa chaumière. On ne la reconnut pas tout de suite. Sa cape lui tombait sur le visage, dégouttait sur ses pieds nus et ensanglantés. Ce ne fut que le lendemain, quand le grain cessa, que Danaé Poussin sortit et la vit sur les galets en train d'étaler le poisson. Elle lui montrait son dos, les poings sur les hanches. Danaé appela son nom. Leurs regards se croisèrent, Alizée se détourna.

Dans le hangar, une saleuse tenta de la complimenter sur son tranchage qui n'avait rien perdu en précision. Elle effectua ledit geste avec un peu plus d'amplitude que nécessaire, chaque morue éviscérée subissant ce qu'elle semblait avoir envie d'infliger au monde entier.

— Pour sûr. C'est tout ce que je suis bonne à faire, éventrer le poisson.

Danaé alla trouver la patronne des saleuses, la talonna alors qu'elle achevait de laver l'étal.

— Est-ce qu'elle vous a parlé à vous ? Moi, elle m'ignore. Les filles qui reviennent d'habitude, elles ne cessent de jacasser, de décrire tout ce qu'elles ont vu. Ce n'est pas issois de se taire comme ça. C'est du gaspillage. Les autres pourraient profiter de son expérience, qu'elles sachent ce qu'il faut faire et point faire. Je vais aller la voir, je vais insister pour qu'elle me parle.

La patronne déposa son torchon.

— Écoute, la jeune. T'as déjà rencontré des naufragés ? Moi, oui. Quand j'étais au cap, on en hébergeait tout le temps. Ton Alizée, elle a le mutisme des rescapés. Ce qu'ils veulent, les rescapés, c'est un bon bol de bouillon et pas de questionnage. Laisse-la tranquille. Et profites-en pendant qu'elle est taiseuse parce que, si un jour elle se décide à parler, elle n'arrêtera plus de nous pleuvoir dans les oreilles.

•

Deux pêcheurs cognèrent à la porte de Danaé Poussin, tard un soir, avec les traits du malaise sur la figure.

— C'est à cause de votre amie. Elle est dans l'eau.

— On lui a dit de revenir, que c'était dangereux. Surtout vêtue comme elle est. Mais elle veut point nous écouter.

Danaé sortit en chemise, serrant une laine sur ses épaules. Elle dépassa la pointe et trouva Alizée de l'autre côté du havre. La nuit était calme et claire, les astres traçaient leurs constellations au-dessus de la baigneuse qui se découpait contre la voûte, contre ce ciel de navigateurs qui un jour avaient choisi le déni, la folie, qui avaient choisi de croire aux étoiles. Danaé laissa tomber son châle et entra dans l'eau.

— Où ce tu vas comme ça ?

— Où ce tu voudrais que j'aille ? Je sais point nager, moi.

Alizée semblait chercher l'immobilité au milieu des rouleaux qui la forçaient à avancer puis à reculer, ses jupes flottant derrière. Elle rebroussa chemin vers les galets, combattant le ressac dans sa robe gorgée.

— Qu'est-ce qui t'est arrivé, là-bas ?

Elle haussa une épaule.

— Pas grand-chose.

— C'est tout ? Voyons, ce n'est pas très grave. Tu pourras te réessayer à la prochaine saison.

Alizée émit un rire cynique.

•

Alizée Quintal ne se lavait plus. Quand les femmes profitaient de l'absence des hommes pour s'éclabousser en riant dans les flaques tièdes laissées par le jusant, elle s'éclipsait. Son odeur commençait à déranger dans le hangar, à supplanter celle du poisson. On lui en fit part, elle accusa le coup sans broncher. Le lendemain, le problème d'odeur était réglé, mais pas le problème d'attitude.

La patronne l'envoya virer les morues en séchage.

— C'est point mon boulot, objecta-t-elle.

— C'est ta punition.

— Punition pour quoi ?

— Pour nous pourrir l'ambiance.

Les saleuses tinrent conciliabule, parlant à voix basse entre les murs de toiles tendues. On interrogea Servanne Joriant, qui connaissait les allées et venues de tous : avait-elle vu Alizée Quintal se dénuder quelque part ?

— Ma foi, non.

— Elle s'encabane dès qu'on se déplume, mais elle trouve le moyen de se laver quand même. Si elle ne va nulle part le jour, alors je présume qu'elle se lave la nuit.

— Et z'avez remarqué comment elle garde toujours son casaquin, même quand elle sue à grosses gouttes ?

Les saleuses fondirent sur Alizée. La patronne l'attrapa par le bras, la tira vers l'estran. Les femmes la cernèrent en demi-cercle. Elle avait la mer pour seule issue, le choix entre la confrontation ou le large.

— Montre-nous ton épaule, ordonna la patronne.

— Ça vous regarde point, ce qu'il y a sur mon épaule.

— Si, ça nous regarde. C'est une crique honnête, ici. Ça suffit les cachotteries. Tu veux point nous montrer ton épaule ? Alors, parle.

— J'ai rien à vous dire d'autre que d'aller vous faire voir dans une lagune.

— Entends-tu comment tu jappes ? Toi qui étais notre fierté. Tu es allée te bousiller la destinée avec les malfaiteurs du Grand Port au lieu de garder le cap.

— Quelle destinée ? cria Alizée. Savez ce qu'ils disent de nous sur c'te côte ? Pas qu'on est droits ou ambitieux, ils disent qu'on est arriérés. Et z'ont raison. On n'a pas fait plus de citoyens ou plus de capitaines qu'ailleurs et notre blanchaille est payée autant chichement qu'ailleurs. Ils disent que la seule raison qui fait qu'on refuse la contrebande, c'est qu'on n'a rien à y offrir.

— Et alors ? s'insurgea la patronne. Ici, on n'a rien à faire des médisances. Ici, on mendie la tête haute plutôt que de voler la tête basse. Si tu crois que z'ont raison de se moquer de nous, tu peux aller les rejoindre, toi et ton épaule rougie.

Le lendemain, Alizée Quintal avait quitté Havre-Ouellau sans au revoir ni adieu.

La honte, plus puissante que la mort

Au temps de la Saine Rotation, il n'y avait plus d'exécutions à Ys. Encore de nos jours, ce fait ne cesse de surprendre les voyageurs habitués à être accueillis par la vision d'un squelette goudronné pendu près de l'embouchure de la Tamise ou par une guillotine ensanglantée aux portes de Paris. Les Issois de l'ère d'avant croyaient que ces épouvantails ne décourageaient que peu le crime. Avec leur âme chevaleresque et leur esprit marchand, ils préféraient l'émulation au châtiment, les promesses aux menaces. Il fallait néanmoins user de répression une fois de temps en temps. C'est pourquoi il existait une peine capitale : l'exclusion. Les condamnés perdaient à tout jamais la possibilité d'entrer un jour dans la cité, tant comme citoyens que comme invités. L'exécuteur leur imprimait la marque EX au fer rouge sur chacune des épaules pour s'assurer qu'on pût la reconnaître même en cas de mutilation d'un bras.

Certains trouvaient cette sanction trop clémente. Ils rappelaient le cas de ce tueur macabre qui, même exclu, put continuer d'égorger une dizaine de mousses dans les bas-quartiers jusqu'à ce qu'on se décidât à l'enfermer à vie sur le bateau-prison. D'autres la trouvaient trop sévère. C'était le cas des habitants de Vertemer où trente-quatre hommes, vingt-neuf femmes et dix-huit enfants passèrent sous le tisonnier pour possession de cargaisons échouées. Les gardes-côtes avaient remarqué qu'ils étaient tous vêtus de la même étoffe. Le même motif floral les habillait de la tête aux genoux, du petit foulard dans le cou aux tabliers graisseux. Les autorités en avaient déduit qu'ils s'étaient approprié des rouleaux de cotonnade échoués sur leur grève. Or, les riverains de cette bourgade prospectaient certes loin sur les battures, mais ne s'adonnaient à aucun trafic. Une fois la presque entièreté du village exclue, ses habitants n'eurent plus rien à perdre et Vertemer devint le repaire des plus ardents fraudeurs.

Nous considérons maintenant que le problème endémique de contrebande qui sévissait à cette époque était la preuve que le système de la Saine Rotation ratait sa visée, échouait à convaincre le voyou d'agir en gentilhomme. Le contrebandier, c'était le ratisseur de plages souffrant de rhumatismes qui priait la fureur océane de lui envoyer quelques débris de sciage pour se chauffer et ainsi mieux dormir l'hiver. C'était le cabaretier qui n'arrivait à couvrir ses pertes d'équinoxe qu'en se procurant quelques futailles de genièvre à moitié prix. C'était le maître-coq qui devait remplacer une partie de l'eau-de-vie de sa cambuse pour l'avoir lui-même bue avant l'appareillage. C'était le matelot en escale qui achetait des bijoux en échange de l'or obtenu d'indigènes dans un paradis en perdition afin d'éblouir une bien-aimée qui ne l'attendait plus. C'était le citoyen au bord de la banqueroute qui devait malgré tout fournir tabac de Virginie et vin de Porto à ses convives et regarnir la garde-robe de son invitée chaque saison.

La contrebande était un crime sans victime qui donnait lieu à des prouesses sans gloire. Elle nuisait à tous et profitait à chacun et chacun se disait que c'était la faute aux autres et aux circonstances, que de toute façon, il y en avait qui faisaient bien pire et personne n'avait tout à fait tort.

IV.

Les femmes déposèrent couteaux, salebardes et brancards, se hissèrent sur la pointe des pieds. Une goélette se découpait contre le scintillement de la mer. Contrairement à la Servanne, elles ne faisaient pas grand cas des bâtiments défilant au large, de ce trafic qui ne les concernait pas. Mais que l'un d'eux s'approchât, qu'il daignât relâcher chez elles, relevait de l'événement. Servanne Joriant avait l'oreille dure, mais le regard perçant. Elle interrogeait des yeux la fesse creuse, le beaupré saillant, les deux mâts, le déplacement des silhouettes sur le pont. Elle examinait les voiles écrues et uniformes à l'exception d'une bande plus foncée que le reste au centre de la misaine, petite imperfection qui faisait à ce navire ce qu'un grain de beauté eût été à une galante.

— À le voir se ranger si près de la côte, c'est un léger. Trop léger pour être guerrier. Ça n'a point de canons. Et c'est trop grand pour être du colporteur. Ça pourrait être du pêcheur de grands bancs, mais sont guère nombreux, sur c'te pont. M'est avis que c'est du caboteur, conclut l'aînée.

— Du caboteur honnête ou du caboteur malhonnête ? insista la patronne.

— On va le savoir bien assez vite.

Un canot se détachait de la hanche de la goélette, manié par un garçon et un homme dans un tricorne bien rigide. L'embarcation approchait. La quille n'avait pas encore touché le fond que l'homme en sautait à pieds joints. Il était jeune. Sa veste claire était de toile grossière, quoique taillée de vrai drap plutôt que de voile récupérée. Plus propre que la moyenne des pêcheurs, aussi rude que la moyenne des navigateurs, jaugea-t-on.

— C'est Renaud Bertiz, chuchota Danaé Poussin à sa voisine.

Il ne prit pas le temps de retirer son chapeau ou de procéder aux salutations d'usage. La *Diluvienne* prenait l'eau et ils étaient incapables de trouver la source du problème. Ils ne cessaient de pomper, en vain. Ils avaient besoin de l'aide de quelqu'un qui pût inspecter les coutures sous la ligne de flottaison.

— Je sais que y a une fille de chez vous qui sait plonger. Une jeune femme que j'ai croisée que'ques fois à Ambouche...

Danaé força les autres à s'écarter.

— C'est moi.

— Mademoiselle, fit-il en retirant son tricorne. Croyez-vous que pourriez nous rendre c'te service ?

— Oui, je vais le faire, s'empressa-t-elle de répondre

avant de se sauver vers le haut de la grève, tenant ses jupes pour mieux courir.

— Craignez pas, elle va revenir, dit Servanne Joriant avec des yeux rieurs. Elle est partie se mettre en habit de sirène.

•

Danaé Poussin plongea depuis la plage, toucha la coque du navire avant que le canot et ses deux rameurs ne l'atteignissent. Elle détecta l'avarie sur le flanc tribord, près de la poupe : une griffure de roche peu profonde mais longue. L'équipage se tenait contre le pavois, guettant ses mouvements, des têtes sombres dans le contre-jour. On lui passa par-dessus bord de quoi colmater la fuite. Elle cloua une plaque de cuivre sur la voie d'eau pour l'aveugler. Elle grimpa l'échelle de cordes, marteau en main, attrapa la forte poigne qu'on lui présentait. Dès qu'elle eut enjambé la rambarde, l'homme qui l'avait hissée s'éloigna en hâte, son large dos disparut dans l'ouverture carrée qui trouait le milieu de pont. Renaud Bertiz et le garçon patientaient sur le tillac, appuyés chacun sur un hauban. Ils regardaient partout sauf dans la direction de la jeune femme aux seins nus. Elle se tenait droite, retrouvant peu à peu son souffle, trop fière pour être consciente de son impudeur. Elle venait de sauver un bateau : aucun Issois n'eût pu lui dire de baisser les yeux. Le caboteur fit un signe de tête au mousse, qui se dépêcha de retirer sa chemise pour la lui tendre. Elle essora ses cheveux, enfila le vêtement tandis qu'un cri de joie retentissait sous leurs pieds. Le débit avait baissé, la réparation de fortune avait réussi et pouvait tenir jusqu'à leur port d'attache. Renaud Bertiz ferma les yeux de soulagement, tapota la lisse avec le plat de la main.

— Z'avez pas idée de ce que ça représente pour nous. On n'est pas des engagés, vous savez. C'te goélette, elle nous appartient.

L'autre homme remonta sur le pont. Il hochait du chef, radieux et gêné.

— Comment on peut faire pour vous remercier ?

— Oh, j'ai presque rien fait.

— Allons. Savez que y a des calfats dans le Grand Port qui demandent le gros prix pour c'te genre de boulot.

— À vrai dire... puisque z'insistez...

— Tout ce que vous voudrez, ajouta Renaud Bertiz avec transport.

— Eh bien, si c'était possible de m'embarquer que'ques jours avant le prochain équinoxe... Ça m'éviterait le désagrément d'une grande marée.

Les hommes échangèrent des regards. Ils s'attendaient visiblement à ce qu'elle demandât une récompense en doublons ou en nature, le genre qui se mesurait en futailles de liquide ou en rouleau de fibre.

Renaud Bertiz remontait ses manches pour occuper son trouble.

— Enfin, si ce n'est pas trop demander, ajouta-t-elle.

•

Il y avait de tout parmi les petits caboteurs qui acheminaient le poisson séché des Échouements au Grand Port. Des marins qui ne savaient pas lire mais qui savaient compter, qui dégageaient une odeur de morue pour le nez des citadins et une odeur d'argent pour celui des pêcheurs. Des hommes qui parlaient peu, commandaient avec leurs yeux et leurs sourcils. Forts en rouspétance, ils critiquaient durement la qualité des prises, avaient développé l'habileté à se faire aimer en ayant l'air de vouloir se faire détester. Il y avait aussi des aboyeurs charismatiques qui paraissaient être appréciés de tous, sauf de leur équipage, qui entretenaient une maîtresse dans chaque crique, se réclamaient d'une géniture allant de douze à quatre-vingts bâtards éparpillés sur la côte. Et puis, il y avait Renaud Bertiz et Jean Maubranches, tandem indivisible à la proue de la *Diluvienne*, régnant sur un équipage composé d'un seul et unique mousse. Personne ne savait lequel des deux était le patron, lequel pouvait se dire maître après Dieu - s'il existe - puisqu'au moment du déchargement, ils se retrouvaient tous deux les pieds dans l'eau à charrier les barriques.

Jean Maubranches était un gaillard aux mains larges qui lançait ses ordres du haut de ses six pieds. Sa grandeur lui conférait l'avantage de voir loin, de repousser la ligne d'horizon. Sa voix portait comme celle d'un bosseman, presque malgré lui. Dans les réunions secrètes, il fallait lui enjoindre de baisser le ton. Quant à Renaud Bertiz, les saleuses lui avaient octroyé le titre du plus courtois des caboteurs. Il éclairait la côte d'un sourire qui semblait dire « je pratique le plus beau métier du monde ». Il lançait des phrases comme « salut la compagnie, pardon madame, si vous permettez mademoiselle ». Les riverains appréciaient sa politesse parce qu'il l'étirait jusqu'à leur fournir du cidre à rabais. Il avait au majeur de la main droite un jonc d'argent ciselé de symboles qu'il fallait scruter de près pour en identifier l'origine. On pouvait deviner la trace d'une entaille à son lobe d'oreille, stigmate d'un amour passé, signature qu'une femme lui avait percée pour marquer son territoire, sachant que la cicatrice ne se refermerait pas avant qu'elle eût elle-même oublié l'homme qui la portait. Sa voix était grave et chaude : qualité subtile, qui exerçait son pouvoir de façon souterraine.

L'un se plaisait à diriger le navire à la vue de tous, l'autre à ourdir des opérations de contrebande en cachette. Face à l'adversaire, l'un bombait le torse, semblait signifier « je te buterai ». L'autre vous fixait d'un regard de fer, semblait promettre « je me vengerai ». Jean Maubranches vivait comme si la cité n'existait pas, tel un chef de tribu heureux d'ignorer la présence d'empires par-delà les limites de sa contrée. Renaud Bertiz se faisait un devoir d'aller pisser aux pieds de la muraille dès qu'une envie lui prenait, rituel sacré qu'il accomplissait en sifflotant.

Danaé Poussin avait l'habitude de les croiser lors de ses visites au corps de garde d'Ambouche. Renaud Bertiz ne manquait pas de s'enquérir de ses dernières trouvailles, de se permettre un œil au fond de son panier.

— Quelle moisson, mam'zelle ! Savez que je pourrais vous avoir un petit magot pour ces bouts de bordage. Encore plus s'ils sont bien secs. Et c'te piastre espagnole, je pourrais vous la changer pour dix sols.

— Allons, ce serait guère très issois, m'sieur Bertiz, répondait-elle alors qu'elle eût lancé un « dégage » à n'importe qui d'autre.

Les commères du Petit Port ne manquaient pas de le remarquer.

— L'amie des gardes-côtes qui en pince pour c'te jeune fraudeur... On aura tout vu.

— C'est sûrement parce qu'il a déjà été admis dans la cité. Les orgueilleuses dans son genre raffolent des histoires qui sonnent comme des ballades.

V.

Renaud Bertiz et Jean Maubranches venaient de L'Anse-à-Caprice, une bourgade nommée en souvenir d'un certain Caprice Beauregard. On racontait que cet homme des temps jadis avait récupéré une figure de proue en bon état, une femme ailée et dépoitraillée. Il la gardait amoureusement dans le fond de sa bicoque, fermait sa porte aux autres habitants pour qu'ils ne pussent poser les yeux sur sa dulcinée. La sculpture était trop imposante pour être traînée sur plusieurs lieues et soulevée jusqu'aux Criardes. Il mourut à la grande marée suivante, préférant se noyer avec son trésor de bois plutôt que de s'en départir.

Renaud Bertiz était né et avait grandi dans une crique voisine, jusqu'à ce que son père rejoignît l'équipage de la *Simoniaque*, une goélette armée pour la pêche errante, celle où on passait six mois par année dans le froid du large à saler le poisson à bord, jour et nuit. Les deux garçons se rencontrèrent pour la première fois alors qu'ils n'étaient encore que des gamins taquinant le hareng et ramassant le fretin qui refoulait sur les plages. Trop jeunes pour s'embarquer, trop vieux pour se cacher derrière les jupes de leur mère.

— Quel âge tu as ? avait demandé l'un.
— Huit ans, à ce qu'on dit, avait répondu l'autre.
— Moi itou !

Ils n'avaient jamais ni l'un ni l'autre rencontré de garçon ayant exactement le même âge qu'eux auparavant. Comme bien des gamins, ils se promirent une amitié vouée à résister à « toutes les vies et tous les trépassements », prédisant sans le savoir le destin funeste qui les unirait.

Près de deux décennies plus tard, Renaud Bertiz et Jean Maubranches étaient toujours persuadés d'avoir le même âge, mais ils n'avaient pas tenu le même compte. L'un affirmait avoir vingt-quatre ans et l'autre, vingt-six. Ils pouvaient se disputer régulièrement à ce propos jusqu'à ce qu'un des deux finît par lâcher : « Mais enfin, quelle importance ça peut avoir ? »

•

Dès le sevrage, les garçons comme Renaud Bertiz et Jean Maubranches étaient bercés par le roulis presque aussi tôt que par les bras d'une mère. À peine savaient-ils se tenir assis qu'ils apprenaient à godiller. Ils connaissaient si bien les contours hachurés de leur littoral qu'à dix ans ils pouvaient mener leur petite barque, savaient s'orienter lorsque cernés dans un banc de brume en sifflant, puis en écoutant la réverbération du son sur une paroi, renvoyé par un écueil étroit ou dispersé dans la chimère cotonneuse du large.

Ils rejoignirent la *Simoniaque* comme mousses à l'âge de neuf ans. Sous le tillac, ils se tenaient droit là où les hommes avançaient courbés pour éviter de cogner leur tête contre les poutres de bois mal éclairées. Les chaloupes étaient chaque matin mises à la mer avec deux pêcheurs dans chacune. Deux frères de chaloupe. Leurs pères étaient frères de chaloupe et ils seraient eux aussi frères de chaloupe un jour, se disaient-ils.

Ils étaient déjà amis. À onze ans, ils devinrent inséparables. Les embarcations étaient dispersées au loin. Les pêcheurs, engoncés dans leurs peaux de phoque et de mouton, remontaient les grappes de poiscaille. Un banc de brouillard opaque comme une chaudrée émergea de nulle part, enveloppa le navire. Le patron sortit une conque qui lui servait de corne de brume et se mit à souffler dedans afin que les hommes pussent retrouver leur chemin vers le bateau-mère. Toutes les équipes regagnèrent la goélette, sauf une. Renaud et Jean se prirent la main à travers la laine de leurs mitaines. Le son de la conque se perdait au loin, sans réponse. Ils ne pleurèrent pas. Les coups de conque s'espacèrent. On attendit jusqu'à la tombée de la nuit, on souffla dans l'instrument de ralliement une dernière fois. Ils ne crièrent pas. Le patron déclara qu'on ne pouvait gaspiller toute la campagne parce qu'une chaloupe était en dérive. « Faut continuer le boulot. Levez l'ancre. » Il regarda les deux garçons en replaçant son bonnet. « Z'avez plus de pères, on dirait.

Faudra travailler plus fort. » Même grands, même hommes, la vibration grave et répétitive de la conque hanterait encore leurs cauchemars.

À seize ans, les deux frères de chaloupe étaient persuadés qu'ils s'évanouiraient un jour dans le même néant, se disant qu'au moins ils seraient ensemble. Jean Maubranches était déjà un colosse aux larges épaules, Renaud Bertiz avait encore l'air d'un moussaillon aux pieds brunis par le soleil. Ils ne se disaient plus « Renaud » ou « Jean ». Ils avaient atteint cet âge où les blancs-becs délaissaient leur prénom pour se donner du « Bertiz » et du « Maubranches », sauf dans les moments graves. Quand ils rentraient à L'Anse-à-Caprice en octobre ou en novembre, ils avaient le loisir de lutiner les jeunes saleuses avant de se faire chasser par les matrones qui leur brandissaient un hachoir. Maubranches jouait au galant avec les filles les plus mûres ou celles qui avaient les plus belles voix, Bertiz se contentait des moins en chair ou plus discrètes. Maubranches choisissait dans quelle crique mener leur yole pour aller s'enivrer au vin d'épave, Bertiz ramait. Maubranches allait la nuit saboter les lignes apprêtées des équipages concurrents, Bertiz riait.

Tous deux alimentaient une rancune sourde envers le patron qui les avait faits orphelins. Maubranches lui tenait tête lorsqu'il ordonnait de sortir les chaloupes sous un ciel cendreux, Bertiz acquiesçait. Maubranches jurait entre ses dents, le critiquait devant les autres, parlait de l'assommer dans son sommeil, Bertiz le rabrouait à coups de : « Tais-toi, on va toujours bien pas se mettre en mutinerie. »

Mais ce fut Renaud Bertiz qui, à l'âge de dix-sept ans, fut admis comme citoyen. Ce fut lui qui fit de Jean Maubranches son invité, honorant la vieille tradition des frères de matelotage. Ils logeaient dans les entretoits d'une pension médiocre et hors de prix à l'intérieur des murs. Ils travaillaient comme débardeurs et porte-sacs. Ils passaient leurs soirées à faire la fête dans l'allée des ripailles ou à bord des navires ancrés en rade, à y boire de la cervoise et y fumer le tabac des équipages. Ils vivaient parmi la plèbe des faubourgs le jour, terminaient leurs nuits de l'autre côté, assis sur les remparts pour regarder le soleil se lever. Leur hiver était semblable à leur automne et leur printemps identique à leur hiver. Ce fut Bertiz qui après huit mois déclara : « On est trop verts pour c'te vie de terriens. La cité, c'est pour les vieux. »

Ils rejoignirent la *Petite Jeanne*, un bâtiment de grande pêche converti en corsaire. La Guerre des Deux Jaloux faisait rage depuis près de dix ans entre la République issoise de l'île d'Ys et l'alliance anglo-hollandoise. Bon nombre d'armateurs avaient garni leurs navires de canons et muni les patrons d'une lettre de marque donnant le droit d'attaquer tout rival anglois rencontré sur les bancs et de saisir le contenu de sa cale. L'équivalent de semaines de pêche pouvait ainsi être gagné en un après-midi. Maubranches et Bertiz savaient déjà comment gérer le tangage de la chaloupe quand elle débordait de morues gluantes et que ses plats-bords dépassaient à peine de la surface de l'eau. Ils apprirent alors à la manœuvrer quand on vous tirait dessus à coups de pierriers, découvrirent la texture des tripes humaines lorsqu'elles côtoyaient les entrailles de poisson. Ce fut Renaud Bertiz qui affirma : « Je me demande si je ne préfère pas c'te pêche-là à l'autre. »

Ils rentrèrent, le Tribunal des prises confisqua leur prise, la jugeant illégitime. Un traité avait mis un terme aux hostilités entre Ys et les Deux Jaloux. Il fallut contenir Jean Maubranches, qui menaçait de se ruer sur le fonctionnaire. « On est en mer depuis cinq mois. Comment on est censés savoir que la guerre est finie ? »

Quand vint le temps de retourner en pêche, ce fut Renaud Bertiz qui refusa, arguant que les bancs brumeux où frétillait la morue lui paraîtraient maintenant mornes sans ennemi à combattre. Ils s'embarquèrent à bord d'un baleinier dans le but de chasser le cachalot dans l'Atlantique Sud. Ils connurent l'émerveillement de se sentir minuscules avant de dominer le géant cracheur d'eau. Pouvait-il y avoir capture plus folle que celle-là ? Après un voyage de plus de seize mois, l'euphorie fit place à la routine. Le Leviathan avait perdu de son mystère à force d'être dépecé et réduit à sa graisse, fondue tonne par tonne.

Ce fut Renaud Bertiz qui dit : « Faut cesser de penser en prédateurs. Toutes les proies du monde se valent.

C'est à l'océan lui-même qu'il faut se coltailler. V'là un adversaire qu'on ne pourra jamais soumettre. » Ils s'enrôlèrent comme matelots à bord d'un marchand clandestin en direction du Chili pour le simple défi de doubler le cap Horn, ce bout du monde assailli par des tempêtes de fin du monde. Ils foncèrent dans la tourmente pendant vingt-sept jours sans interruption. Vingt-sept jours à tirer des bords sans dormir plus d'une heure d'affilée. Vingt-sept jours à faire du surplace comme des forcenés, retenus par une main invisible bloquant leur marche. Vingt-sept jours à gravir, puis à plonger le long de montagnes d'eau comme ils n'en avaient jamais vues auparavant. Des creux si profonds que le capitaine peinait à percevoir le soleil pour lire leur position sur l'octant. Eux qui avaient appris à grimper dans les mâts avant même de marcher découvrirent avec horreur qu'ils ne savaient pas comment arpenter le pont d'un navire transformé en patinoire de givre ou comment pleurer sans se geler le visage. Un comparse reçut par la tête un grêlon gros comme une brique et se mit à saigner comme une rivière. Bertiz souffrit d'engelures après avoir ferlé et rabanté des voiles raidies par le froid. Sur la table d'amputation, il se dit : « V'là le moment qui transformera à tout jamais qui je suis. » Il croyait qu'on lui enlèverait la main gauche. Le chirurgien se contenta de lui retirer la première phalange de l'index.

Au retour, ils contournèrent le cap en moins de dix jours, poussés vers l'est par le vent malgré une mer confuse qui ne semblait pas savoir à quel rythme battre sa houle. Ils croyaient presque en avoir terminé avec l'épreuve, commençaient à se féliciter quand, au milieu de nulle part, une vague immense leur tomba dessus, un mur d'eau épique comme seul pouvait le modeler le choc de deux océans. L'équipage parvint à garder le bâtiment à flot en se faisant aller aux pompes, jusqu'à atteindre les îles Malouines. Naufragés sur un désert de roches et de guano, ils survécurent pendant deux semaines en chassant albatros et manchots avant d'être secourus par un baleinier.

Débarqués dans un village de pêcheurs de l'Amérique, ils écarquillèrent les yeux de voir autant d'habitants vêtus de batiks colorés. Ce fut Jean Maubranches qui dit : « Rentrons à la maison. » Et Renaud Bertiz qui répondit : « Non, pas avant d'avoir mis le pied en Afrique. » D'ailleurs, elle était si proche, cette Afrique. Ils étaient sur le bout de cette bosse où les deux continents semblaient vouloir se lover l'un dans l'autre, ils n'avaient que quelques brasses d'Atlantique à franchir. Ce qui les intéressait sur le continent noir, c'était l'ivoire blanc dont étaient obsédés les Issois de l'époque. Les riches en faisaient des pendentifs, des peignes, des manches d'éventail et des pommeaux de fleuret. Ils décoraient leurs maisons de défenses d'éléphant et de dents de cachalot gravées de scènes de batailles. Des citadines dont le galant était en mer se procuraient des canines d'hippopotame pour se donner du plaisir. Les montants de leurs lits à baldaquin étaient fabriqués à partir d'excroissances de narval. Les plus modestes s'arrachaient les cornes des vaches naufragées pour en faire des récipients à tabac, les arboraient ensuite à leur taille ou autour de leur cou. Les enfants étaient bercés aux histoires de chasse de tous ces animaux aux dimensions fabuleuses et dont l'émail était le trophée.

Bertiz et Maubranches se cherchèrent un négociant d'ivoire, ne trouvèrent que des trafiquants d'esclaves. La traite humaine heurtait leurs sensibilités issoises. « Qu'il y ait de l'esclavage, je veux bien, mais seulement si c'est consenti », maugréaient-ils. Ils patientèrent pendant deux mois, leur pécule s'amenuisait. Ils n'eurent plus d'autre choix que de s'embarquer pour le commerce triangulaire. En escale aux Antilles, ils se frappèrent au malheur dont on ne se vantait pas : celui qui cloue les marins à leur branle et leur tord les boyaux. On leur avait répété qu'être un homme, c'était savoir se tenir debout devant la violence des autres et ne point faiblir à la vue du sang. Ils n'avaient jamais appris à endurer la violence des crampes et à rester droits à la vue de leurs diarrhées sanguinolentes. Les matelots tombèrent comme des mouches, le tiers de l'équipage y passa.

À peine rétablis, ils caressèrent le projet de déserter dès le sol africain foulé. Ils virent défiler le port de Nantes, qu'on leur avait décrit comme le plus sûr du royaume de France. Du haut de la hune, ils notèrent quelques bastions et une vieille ceinture de pierres aux allures féodales, mais ne trouvèrent nulle part le panache des fortifications issoises. Ils durent en découdre avec quelques matelots de la place après avoir partagé cette réflexion dans un cabaret, Maubranches laissant entendre que cette cité ne devait pas avoir grand-chose à protéger pour s'offrir si aisément aux ravisseurs.

Ils jetèrent l'ancre dans le golfe de Guinée, n'arrivant plus à dormir tant l'excitation les tenaillait. Ils manigançaient leur évasion en étudiant le relief de la côte, ses plages ocreuses et ses forêts de palmiers. Ils n'y toucheraient jamais. Ils se réveillèrent une nuit, terrassés par une fièvre bouillante qui les empêchait de distinguer le roulis du tangage et bâbord de tribord. Bertiz émergea de son hamac après deux jours et trouva un Maubranches qui frissonnait alors que la batterie était une fournaise. Entre deux épisodes de léthargie, il parlait et déparlait. Bertiz le força à boire une eau putride que Maubranches repissa sans s'en rendre compte. Il le veilla, lui fredonna des chants pendant une semaine, jusqu'à ce qu'il dût reprendre le travail sur le pont en vue de l'appareillage. On ne libérait aucun homme pour qu'il en soignât un autre. Les matelots de sa bordée avaient plus pitié du désespoir de Bertiz que de la maladie de Maubranches. « S'acharner comme ça... », soupiraient-ils.

Un soir, Jean Maubranches se leva, les cheveux collés aux tempes, la chemise plaquée de sueur, les yeux exorbités. Tous restèrent bouche bée en le voyant entrer dans le quartier. Il pointa un doigt accusateur en direction de Renaud Bertiz et parla lentement, comme possédé. « Toi, tu vas me regarder. C'est de ta faute, tout ça. Tu me vois, là ? Tu le vois que je suis en train de crever, n'est-ce pas ? »

Il n'avait pas été aussi vivant depuis des jours.

Lors d'une escale aux îles du Cap-Vert, ils désertèrent enfin, mais pour aller chacun de leur côté. Maubranches demanda à Bertiz comment il pouvait vouloir continuer après tout ce qu'ils avaient enduré. Bertiz demanda à Maubranches comment il pouvait renoncer avant d'avoir vu les Indes, source des plus grandes richesses et des plus grands dépaysements. Il n'y eut ni accolade ni adieu.

Maubranches accosta dans le Grand Port, s'en retourna aussitôt aux Échouements, n'osant pas user de son statut d'invité pour franchir seul les grilles de la cité. Bertiz accosta sur des terres appartenant à des sultans qui étaient nés simples pêcheurs et qui s'étaient élevés à force d'assassinats et de renversements. Pendant que Maubranches retrouvait avec délice le goût familier du chou bouilli et de la salicorne, Bertiz découvrait le parfum de la noix de muscade émanant des îles Banda. Maubranches redevint insensible à l'odeur écœurante de morue de L'Anse-à-Caprice, Bertiz s'habitua aux émanations putrides des canaux verdâtres de Batavia. Maubranches s'émut de constater que sa cousine s'était confectionné un tablier inspiré de celui que portait leur grand-mère. Bertiz s'émerveilla de voir des Indiennes corsetées de dentelles et des Européennes drapées de pagnes et de turbans. Maubranches s'enticha d'une amie d'enfance, Bertiz d'une femme dont il ne parlait pas la langue. Il assista à une parade d'éléphants habillés d'oriflammes alors que Maubranches ne s'intéressait même plus au prochain solstice. À bord d'un avitailleur qui le prit comme matelot, il s'étonnait encore de la dangerosité des récifs qui gardaient son île même s'il les avait évités mille fois, tandis que Bertiz se frottait à des atolls aux coraux effilés comme des rasoirs. Il se soûla à l'arak et goûta à du café dont les grains avaient été prédigérés, puis déféqués par une civette avant d'être moulus, alors que Maubranches ne voulait plus rien boire d'autre que le bon vieux cidre d'épave de chez lui. Il commit la folie de nourrir un chien vagabond afin d'en faire son chien, tandis que Bertiz se fit attaquer par des lézards gros comme des dragons et capables de renifler le sang comme les requins.

Quand il crut en avoir vu assez, Bertiz s'embarqua à bord d'un marchand anglois. Au sortir d'une escale à l'île de Gorée, le brigantin s'échoua contre un banc de sable. Les officiers ordonnèrent aux hommes de jeter les canons à l'eau afin d'alléger et de renflouer le navire. Le marchand sans défense continua de voguer vers le nord, puis tomba par le travers de corsaires barbaresques. Les pirates capturèrent le bâtiment, asservirent l'équipage. Bertiz fut d'abord vendu à un riche propriétaire d'orangeraies. Pendant trois mois, il ne fit que cueillir des fruits et éventer le vieil homme avec d'immenses feuillages. Il fut ensuite revendu à un despote qui tempêtait sans préavis et s'amusait à faire trancher la tête de ses domestiques au gré de ses humeurs. Pendant sept mois, Bertiz piocha vingt heures par jour pour construire une nouvelle aile à un palais éternellement inachevé. Un de ses frères de captivité flancha et accepta de se convertir. Il devint le maître de Bertiz, celui qui le fouettait quand les blocs de marbre n'étaient pas déplacés assez vite. Ses doigts se couvrirent de bagues et ceux de Bertiz, de plaies. Bertiz tenta de s'évader une première fois, la seconde fut la bonne. Camouflé sous une tunique, il se faufila dans les rues poussiéreuses de la casbah, vola un dromadaire, puis gagna la mer. Il s'échappa à bord d'un esquif qu'il gréa de ses vêtements en guise de voiles, parvint à rejoindre Gibraltar.

D'embarquement en embarquement, il se fraya un chemin jusqu'à Ys. Il vit la cité s'élever vers le ciel, sa base baignant dans un nuage velouté, l'arrogance magistrale de ses remparts, sa rade grouillante de nefs. Il tomba à genou et essuya de ses joues les larmes de joie. Il gravit la Grand-Rue menant aux portes du mur d'enceinte. Devant les grilles, deux gardes lui barrèrent la route, l'entraînèrent jusqu'au greffe. Il débita d'un trait les chapitres de sa bourlingue. Le fonctionnaire eut l'air désolé et lui expliqua que « la présente situation ne doit aucunement être interprétée comme un désaveu, mais comme l'application d'une règle de Saine Rotation qui assure l'équité entre citadins actuels et candidats potentiels ». Bertiz n'entendit pas très bien le reste, le sang lui bourdonnait dans les oreilles.

« Disparu... Parti trop longtemps... Déclaré mort aux yeux de l'Amirauté. » On lui avait retiré son statut huit semaines plus tôt. Pour être réadmis citoyen, Renaud Bertiz eût dû repasser par le processus de pétition et prouver à nouveau sa valeur issoise.

Toujours à recommencer

En l'an soixante-dix-huit avant notre ère, l'Amirauté inséra un premier amendement à sa Loi sur la citoyenneté. Tout citoyen absent depuis une période jugée déraisonnable était déclaré mort ou renonçant. Cette disposition était devenue nécessaire en raison du nombre de marins disparus sans qu'on ne sût ni où ni comment. Il fallait éviter les abus, comme celui de ce capitaine de frégate qui occupa pendant vingt-huit ans sa place dans la cité, sans y être. Son invitée, pour éviter de perdre ses privilèges, forgeait de fausses missives relatant les péripéties de son galant en mer de Chine et cachait ainsi son probable trépas.

En vertu de cette nouvelle règle, même les aventureux à qui le sol brûlait les pieds devaient faire acte de présence, prouver qu'ils étaient vifs entre chaque voyage. Rien ne les obligeait à s'attarder à la maison. D'ailleurs, ils n'en eussent pas été capables. Ils rêvaient d'Ys pendant des mois ou des années, puis le fait de la voir en vrai les laissait éthérisés. Ils n'éprouvaient rien, reconnaissaient leur roche natale sans la saisir. Plus ils avaient vu de ports, moins ils n'en avaient vu assez. Ils combattaient l'instabilité de l'existence par le refus de la terre ferme, se cloîtraient à bord pour éviter l'ivresse des possibilités, élisaient l'immensité du large pour fuir l'étroitesse du bercail, chassaient le vide du retour par l'excitation de la partance, le mal de vivre par le mal de mer, s'arrachaient à l'île bien-aimée comme on arrachait une balle au fond d'une plaie. Ils savaient rebrousser la houle, défaire leur chemin comme les mailles d'un tricot, souffrir pour atteindre la jouissance, se priver pour trouver l'abondance. Il fallait les protéger contre eux-mêmes, leur rappeler qu'ils ne trouveraient jamais cet endroit dans le monde qui faisait dire « voilà, je suis arrivé au bout », puisque la Terre est ronde.

VI.

Danaé Poussin patientait. Elle avait confectionné son propre hamac à partir d'une retaille de toile. Elle n'osait plus nager, n'osait plus s'éloigner de crainte de rater le passage de la *Diluvienne*. Elle fixait l'horizon, serrant son ballot contre elle. Servanne Joriant surgit derrière elle.

— Après-demain, petiote, faudra être partie. Il t'a oubliée, on dirait, le jeune caboteur.

— L'a qu'une seule parole. C'est un homme d'honneur.

— L'honneur, l'honneur. Pauvre enfant. Moi, si je m'étais enfargée là-dedans...

La goélette apparut contre le ciel grisonnant, marche paisible et voiles gonflées. Dans le canot, la jeune femme se retenait de sourire tandis que Jean Maubranches s'y efforçait. Renaud Bertiz lui tendit une main pour qu'elle surmontât le pavois. Elle reçut son ballot en pleine poitrine, lancé depuis l'embarcation. Le pont était encombré de tonneaux et d'empilements de chaloupes. Bertiz la fit descendre sous le pont, dans la cale qui servait aussi de quartier à l'équipage et de dortoir. Au centre, une grande table en bois gravée de dessins au couteau. Une lanterne à la chandelle éteinte et un filet bourré de pommes vertes pendaient au-dessus. Un quadrillé de rayons solaires filtrait à travers le caillebotis.

— Vous devez me promettre une chose, commença Bertiz. C'te goélette, elle ne fait pas que transporter du poisson...

— Je le sais que vous faites la contrebande. Je sais qu'à peu près tout le monde sur la côte s'y adonne. Mais je dirai rien, z'avez ma parole. Ce sont vos affaires.

— Bien. Je vous fais confiance.

Elle lâcha un soupir de satisfaction.

— C'est mieux maintenant que les choses sont dites, non? J'avais bien remarqué votre malaise l'autre fois quand je vous ai demandé de m'embarquer. Je croyais que c'était parce que je suis une fille et que je porte malheur.

— Oh, faut point s'inquiéter pour ça. On a l'habitude d'embarquer des filles.

— Ah.

Il attrapa l'échelle et posa le pied sur le premier barreau, redescendit.

— Attendez...

Il défit le foulard qu'il portait enroulé autour du cou.

— Tenez. Pour vous couvrir les yeux si jamais vous devez monter pour un mal de cœur. Pour le reste, faites comme chez vous.

•

Elle compta trois escales. Les hommes marchaient au-dessus, lançaient au mousse des ordres secs dont elle ne discernait pas les mots. Ils descendaient barrique après barrique en chantonnant, des tonneaux de morue reconnaissables à l'odeur. Une fois, ils effectuèrent l'opération contraire, tirant la marchandise des fonds de la cale pour la remonter. Des tonnelets, des paquets et sacs ficelés qui ne laissaient rien deviner de leur contenu.

Le soir venu, Danaé accrocha son couchage au fond du poste en même temps que l'équipage. Elle ne ferma pas l'œil de la nuit, tassée dans son hamac pendu juste assez haut pour que ses fesses ne touchassent pas les caisses superposées. Le lendemain, le manège du chargement se poursuivit. Entre deux mouillages, le mousse passa la tête par l'écoutille. Un petit gars de L'Anse-à-Caprice qu'on surnommait Boute-Selle parce qu'il avait eu la mauvaise idée d'avouer que la première chose qu'il ferait en tant que citadin serait de se promener à cheval sur les battures pour en mettre plein la vue aux copains de l'anse. « Et il va s'y rendre comment, ton cheval ? » s'étaient moqué les hommes.

— Toujours pas de nausée, mam'zelle ?

Il descendit l'échelle, replaça son bonnet.

— Z'avez déjà navigué, vous ? demanda Boute-Selle.

— Non.

— Eh bien, z'êtes une dure. Jamais vu une drôlesse qui passe point ses premiers jours en mer à dégobiller.

— C'est vrai ? Elles font quoi, les femmes que z'avez l'habitude d'embarquer ? Je veux dire, qui sont-elles ?

— Des gêneuses, si voulez mon avis. Ça chante faux, ça braille. On ne peut plus dormir quand sont là. Tout le monde se pile sur les pieds. La table, là, elle est point vissée parce qu'il faut la tasser pour leur faire de la place. Z'allez voir, ça devient un fouillis ici.

Le deuxième soir, Renaud Bertiz appela son nom avec la gaieté d'un marmot annonçant l'arrivée du capelan. Elle chercha le mouchoir pour se couvrir les yeux, il l'arrêta.

— Nul besoin. Le chenail est en vue.

À tribord, au-delà de la pointe du Vieux, une bande de crépuscule rose surlignait le niveau de la mer. Droit devant la proue, ils embouquèrent l'étroit mais profond passage menant à la rade du port d'Ys. Côté est, une suite de protubérances rocheuses surmontées d'une batterie. Côté ouest, un tentacule semi-immergé qui prolongeait la paroi du goulet dans la baie comme un avant-poste. Cette bande de gravier et de sable était le résultat de l'action des courants conjuguée à l'accumulation d'épaves échouées sur ses contreforts. On pouvait encore voir briller dans son épaisseur la bouche d'un canon enseveli, reflétant le soleil quand elle n'était pas camouflée par les algues. En creusant un trou en son centre, on eût réalisé que ce bras était moins une bande de terre qu'un ramassis d'échardes qui s'engraissaient toujours plus de leur propre action.

Au fond de l'échancrure, un désordre de lampes, torches et bougies formait un amphithéâtre de lumières, la ville se découpant contre le ciel presque noir. Danaé resta éblouie, les bras serrés sous sa cape de lin.

— C'est la première fois que la voyez ? demanda le caboteur.

— De c'te point de vue-là, oui.

Il attrapa l'étai pour mieux s'approcher du bord. Elle abaissa sa capuche.

— Ys est splendide, vue de la rade. Faut vraiment être en mer pour l'apprécier, parce qu'une fois qu'on est dedans, la ville empeste. Nul moyen de s'y promener sans se faire dévaliser ou se prendre les pieds dans un cadavre.

— J'imagine que c'est pareil pour la mer. Faut être sur terre pour en apprécier la beauté.

— Ah non, je suis point d'accord. Il me semble que la mer est toujours belle, même agitée ou courroucée.

— Vous trouvez ? Je la trouve hideuse, souvent. Je connais ses fonds et je peux dire qu'elle est point faite pour être admirée. Ce n'est pas pour rien qu'elle digère ses captures dans l'obscurité. C't'eau-là, elle nous nourrit pour mieux nous avaler.

Elle soupira en se collant un peu plus contre le pavois.

— Vous dites que la ville empeste. C'est vrai pour les faubourgs, mais ça doit être différent dans la cité, non ?

— La cité a d'autres défauts.

— Peut-être, concéda-t-elle avec un haussement d'épaules. Qu'est-ce que j'en sais ? Parfois, je voudrais y passer ne serait-ce qu'une nuit, juste pour en avoir la souvenance après.

— Moi, c'est le contraire. Je voudrais n'y avoir jamais été pour pouvoir l'oublier.

•

Ils entamaient leur deuxième après-midi à quai. Le douanier était passé, avait retroussé ses manches pour mieux faire sauter le couvercle des tonneaux de son couteau. Les barriques avaient été déchargées, roulées sur la passerelle du débarcadère, rembarquées sur d'autres ponts, la cale vidée. Dehors, les remparts de sacs de sable s'élevaient de plus en plus haut, avec quelques embrasures pour laisser circuler les équipages des navires en partance. Danaé Poussin s'était assoupie sur le tillac, calée dans l'ombre d'une chaloupe. Elle s'éveilla en sursaut. Le dernier bâtiment d'envergure appareillait, toué par deux canots de lamanage. La rade était presque aussi déserte que le mouillage d'une colonie abandonnée. Elle descendit sous le pont en panique.

— Qu'est-ce qu'on attend pour y aller ?

Jean Maubranches et Renaud Bertiz étaient assis, les bottes croisées sur la table et les doigts noués derrière la tête comme deux seigneurs en leur palais.

— On attend la nuit, répondit Bertiz.

— Mais pour quoi faire ? Dans trois marées, y aura plus une goutte d'eau dans c'te port.

Les hommes échangèrent un regard.

— On attend la brise de terre, dit Maubranches.

— On attend les filles, compléta Bertiz avec le ton posé d'un adulte avouant l'inavouable à un enfant. Z'inquiétez pas, on a l'habitude. On sera déjà loin quand les eaux vont se retirer.

— Et si le vent refuse ?

— On aura la brise du soir, assura Maubranches.

•

Des cris lointains de délation, des bruits de bouteilles cassées s'échappaient des ruelles du Barachois. Une première femme émergea de la noirceur, se mit à courir en direction de la *Diluvienne*. Une deuxième déboucha d'une autre artère.

— Je crois qu'un gendarme m'a repérée, dit-elle d'une voix angoissée.

— Allons, fit Renaud Bertiz, tu sais bien que z'ont d'autres mousses à fouetter.

Elles portaient leur fichu croisé sur la poitrine comme la plupart des Issoises de basse condition. L'une d'elles semblait cacher des objets dans le renflement des pans du tissu, prêts à déborder. Les hommes sortirent de longs avirons de galère pour déhaler la goélette du quai.

— Elles font quoi, les autres ? s'impatienta Jean Maubranches.

— Sonne, ordonna Renaud Bertiz au mousse.

Le garçon agita une cloche dont le tintement résonna dans le port. Des têtes apparurent. Bertiz tenait un falot en l'air pour éclairer la planche que les femmes foulèrent les unes après les autres.

— Envoyez, on bouge, brusqua-t-il. Amarres larguées !

Entassées sur le tillac, une douzaine de femmes ricanaient. Elles se nommaient Catheline Eyquem, Némésia Hamelin, Prestance Imbault, Cybèle Moure, Suzon Trépanier, Jovienne Otis, Fortunée Bazire, Valancine Rozec, Victoire Grout, Madelon Viad, Cornélie Leclerq.

Et Alizée Quintal.

Elles descendirent dans le poste tandis que la *Diluvienne* franchissait le goulet, puis se dirigeait vers l'ouverture de la baie. Elles déballèrent le contenu de leurs foulards, vidèrent leurs poches. La table fut remplie de bijoux variés, de cuillers d'argent et de tas de piécettes de toutes les couleurs de métal et de toutes les devises, d'autant plus étincelantes que la pénombre en dissimulait les détails. Alizée se tenait à une extrémité, sa face rayonnant au-dessus du halo d'une chandelle.

— T'as vu ça, Danaé ? C'est plus que tu repêcheras jamais en dix ans de plongée.

Les autres chapardeuses notèrent sa présence.

— C'est qui elle ? Qu'est-ce qu'elle a volé ?

— Laisse, intervint Bertiz. Elle nous a rendu un service. Sans elle, y aurait point eu de goélette ce soir pour vous accueillir.

•

Un grain battait la mature, ruisselait sur le pont et jusque dans le quartier. Les hommes se relayaient aux manœuvres, ramenant avec eux une moiteur que le poêle de la cambuse ne parvenait pas à compenser. Les filles dormaient étendues sur les bancs ou sous la table, recroquevillées entre deux balles de marchandise. Trois d'entre elles avaient choisi de rester au-dessus pour vomir sans ambages, dont Alizée Quintal, blême jusqu'aux prunelles. Boute-Selle allait les abreuver d'eau-de-vie toutes les heures au point de ne plus savoir si elles étaient malades du roulis ou du remontant. Au petit matin, Alizée descendit dans le poste, trempée.

Elle vint se blottir contre les genoux de Danaé comme elle avait l'habitude de le faire jadis à Havre-Ouellau, quand elle quittait sa chaumière par temps d'orage pour se réfugier dans celle de son amie entre deux déchirements du ciel.

— Pourquoi tu vas pas te réchauffer contre tes cousines, dans ta cabane ? avait-elle l'habitude de lui demander.

— Parce qu'elles puent le poisson.

— Toi itou, tu pues le poisson.

VII.

Seize mois plus tôt, Alizée Quintal avait fait son entrée en ville par un vendredi de mai sous un soleil radieux. Elle avait pénétré dans le vacarme de cris, des sifflements des transporteurs de lest et querelles de mouettes. Elle s'était trouvé une logeuse dans le Barachois, dormant pour la première fois de sa vie dans un lieu duquel la mer n'était pas visible, fébrile à côté des ronflements de la chambreuse qui partageait son lit. Le tintement des cloches annonçant les changements de quart laissait deviner la proximité du port.

Le lendemain, elle tenta de joindre sa corbeille à celle des vendeuses de mollusques aux abords des passerelles. On lui pila sur les pieds. Un bel officier en uniforme lui acheta une palourde, l'avala sans la regarder et lança ses deniers dans le fond de sa banne en même temps que les débris de coquilles. Après quinze jours, elle délaissa les quais. Il fallait se tenir là où les hommes avaient bu, se disait-elle. La musique et les rires s'échappaient par les portes ouvertes. Les tavernes se succédaient, leurs carreaux épais et embués. Elle se perdit dans les rues à la recherche d'un seuil qui ne fût déjà occupé par une autre crieuse. La concurrence, les bousculades la menaient toujours plus creux dans les lacis du Barachois. Elle tentait d'y annoncer sa marchandise, mais partout les matelots en boisson beuglaient plus fort qu'elle.

Elle poursuivit jusqu'aux cabarets de l'estran. On disait cabarets, mais ce n'étaient que des tentes formées de voiles auriques montées sur des bâtons. On pouvait y boire pour presque rien, au goulot, le cul assis dans la vase et les oreilles fouettées par le vent. À marée basse, la batture était vaste et pouvait accueillir une centaine de guinguettes. On y roulait en charrette, on coupait à travers la plage pour raccourcir son parcours du rivage de la baie aux contours de la rade. À marée haute, l'estran disparaissait, obligeant la plupart des tenanciers à décamper. Les premiers arrivés, les plus anciens, déployaient leurs toiles près du Barachois et faisaient le tour de l'horloge sans être inquiétés par les eaux. Les derniers plantaient leurs piquets dans la zone submersible et devaient rempaqueter toutes les six heures. Alizée repéra trois hommes s'imbibant en silence. Elle s'approchait quand une vision de rubans pastel lui barra la route, une vendeuse de fleurs surgie de l'obscurité avec sa corbeille dégageant un doux parfum de lilas. Alizée fut encore reléguée plus loin, toujours plus près de la mer où les épaves d'hommes soûls se mêlaient aux monceaux de varech.

Après deux mois, elle abandonna moules et palourdes. Il fallait en mettre plein la vue, investir dans le tape-à-l'œil : des rallonges boudinées, du fard à joue et une ombrelle pour la mise en scène. Elle se promenait dans les rues pavées, s'attardant près des groupements de tricornes. Plus le jour tombait, plus on l'abordait. Des aspirants de marine qui se mettaient à cinq pour lui adresser la parole, des journaliers du chantier naval assis sur le bord du chemin de ronde, sifflant les dames ou jouant de la turlurette. Un homme à la queue de cheval goudronnée la suivit pendant un quart d'heure avant de lui demander : « Combien pour une demi-heure ? » Elle terminait ses journées de plus en plus tôt, passait ses soirées blottie dans sa chambre à pleurer dans l'oreiller.

Après quatre mois, elle se mit à chaparder pour payer sa pension et maintenir une apparence issoise, espérant encore être invitée dans les salons huppés où les mondaines jouaient aux cartes avec les citadins. Elle ratissait l'estran pour attraper les manteaux et chapeaux que les buveurs oubliaient, occupés à chantonner à tue-gorge. Elle pigeait un navet ou un maquereau dans une caisse quand le vendeur avait le dos tourné, subtilisait les mouchoirs des poches. Elle vola un miroir sur l'étal d'un marchand de pacotilles. Elle le sortit de ses jupes et admira l'image nette que lui renvoyait la glace. Elle n'avait auparavant eu droit qu'à un reflet imprécis dans les eaux mortes du havre. Elle remarqua pour la première fois les rougeurs de sa peau, sa dentition crénelée comme une côte déchiquetée. « Alors, c't'arme-là que je suis censée me battre ? »

Un jour, un gentilhomme se plaça à ses côtés alors qu'elle affectait de contempler la rade, la regarda du coin de l'œil.

— Agréable matinée, n'est-ce pas ? Les femmes à Ys sont d'une telle beauté quand on revient de loin.

— Puisque vous le dites, répondit-elle en feignant le détachement.

Il poursuivit son chemin, mettant fin à sa plus longue conversation entretenue avec un citoyen en une demi-année de vie portuaire.

Bientôt, sa logeuse la jeta dehors. Elle dormait parmi les sacripants à l'extérieur de la baie, entre deux roches qu'elle recouvrait de sa cape, la tête enfoncée dans sa perruque. Avant longtemps, son ombrelle devint caduque, ses tiges rouillées par les embruns et varlopées par les bourrasques de suet. Elle n'était encore qu'une vide-gousset amatrice, elle n'avait pas développé l'art de confondre les témoins, de se mêler aux gens sans qu'ils ne la remarquassent puisqu'être remarquée était au fond ce qu'elle continuait de souhaiter.

Un jour, un gendarme la surprit à frôler le kiosque d'un marchand de gobelets d'un peu trop près, la pourchassa à la course. Elle se débarrassa du produit de son larcin dans un caniveau. Il ne trouva rien sur elle, mais l'avertit : « Je t'aurai à l'œil. » Elle se tenait les côtes pour faire taire sa crampe. « Beau gaspillage de battements de cœur », souffla-t-elle. Les sentinelles la coincèrent la semaine suivante alors qu'elle venait de dégrafer le collier à opale d'une vieille citadine assoupie sur un banc. Un témoin l'avait identifiée : cette fille à la robe verte et aux cheveux bon marché, qu'on voyait toujours errer sur les quais et qu'on soupçonnait de friponnerie depuis un bon moment. Quand le juge du Tribunal d'exclusion frappa le socle de bois de son maillet, elle ne dit rien pour sa défense. Quand l'exécuteur l'attacha sur une chaise dans la forge et que le fer fut sorti du feu, elle ne détourna pas les yeux. « Giflez-moi si je m'évanouis », exigea-t-elle.

Elle séduit, elle commande

Dans le Barachois vivait un personnage notoire à défaut d'être notable, Budoc Tassé dit le Quêteux. Un demi-homme qui eût été de taille moyenne si on ne lui avait coupé les deux jambes. Il avait la tête chauve, bandée d'un linge sale en permanence, le visage rongé par les marques de la petite vérole. Il se tenait sur deux béquilles de bois pour mendier sur les débarcadères ou assis sur un tonneau géant pour surveiller l'entrée d'un entrepôt. Il avait l'aspect d'un monstre, faisait fuir les mousses avec ses grimaces. Et puis, il se mettait à chanter : la voix d'un ange. Les jeunes mères l'entouraient le soir pour endormir leur nouveau-né, les chicaneurs des faubourgs se taisaient pour l'écouter.

La voix était un atout à Ys. Le marchand qui criait sa marchandise le plus fort vendait le plus. La saleuse qui sonnait le mieux donnait le ton, donnait du cœur à l'ouvrage à ses semblables. Elle avait ce qu'il fallait pour devenir patronne et négocier le prix du poisson. Le matelot qui savait faire porter sa voix pendant les chants à hisser avait le potentiel de donner des ordres, de s'élever dans la hiérarchie de la manœuvre. L'aspirant qui pouvait rugir plus fort que la stridence des rafales et le tapage des gerbes était promu officier. C'était par le haussement de la voix des adultes que les bambins apprenaient ce qu'ils devaient ou ne devaient pas faire. C'était le souvenir du rire, du timbre unique de l'être cher qui vous tordait le cœur au milieu d'une nuit de deuil ou des embardées d'une tempête d'automne. La voix était une arme à deux tranchants.

Budoc Tassé détenait le record du plus grand nombre de convocations devant le comité de Saine Rotation. Année après année, les petites gens soumettaient son nom sans que jamais le jury ne se décidât à l'élire. Nous considérons l'exemple de cet homme comme le symbole honteux de l'hypocrisie de ce régime dorénavant aboli. À sa mort en l'an quarante-deux, nous avons donc coulé une statue à son effigie. Le monument trône à l'angle de l'allée Saint-Elme et de la rue Vallerand.

VIII.

Jean Maubranches se tenait aux aguets près de la proue, braquant sa longue-vue à intervalles réguliers. La *Diluvienne* traversait l'archipel des Sablons, un serpentement d'îlots rendus impropres à l'habitation par la montée des eaux. Il n'y avait plus que les chasseurs de guillemots et cueilleurs d'œufs qui visitaient encore ces vallons jaunes et rouges en forme de déferlantes figées, surmontées de plateaux herbeux avec les cris, défécations de volatiles et ossements blanchis pour seuls indices de vie. Les dunes étaient suffocantes par temps ensoleillé, n'offrant aucun abri où se mettre à l'ombre, et glaciales par temps sombre, balayées par les vents de tous les sens de la rose. Chacune avait sa personnalité et son nom, toute une variété de la même chose.

Danaé Poussin monta sur le pont, contempla les sablons hérissés d'oyats et de genêts défilant sur tribord. Elle traînait partout un regard dur, évitait de croiser celui des patrons comme celui des chapardeuses. Elle s'approcha du mousse.

— Où ce qu'on va, au juste ?

— On va chez les puritains.

— Les quoi ?

Le garçon lui expliqua qu'il s'agissait de colons qui considéraient l'orgueil comme un péché.

— Diantre, s'étonna Danaé. Pour quoi vivent-ils alors ?

Il n'y eut plus de terre en vue pendant treize jours. Les hommes enchaînaient les quarts, entonnaient des chants pour rythmer le travail. Des airs connus, mélodies viriles et hymnes grivois magnifiés par l'explosion des fluides contre l'étrave. La moitié des paroles racontaient comment les marins détestaient la mer et l'autre moitié combien ils adoraient la mer. Les femmes attendaient le soir pour se réunir autour du grand mât et pousser la note à leur tour. Elles chantaient en harmonie ou se donnaient dans la complainte solitaire. Certaines improvisaient, ce qui leur valait les sifflements chaleureux de l'équipage. Quand un des patrons s'asseyait sur une caisse pour allumer sa pipe, elles quémandaient un récit. Renaud Bertiz narrait les exploits de Jean Maubranches et Jean Maubranches, les exploits de Renaud Bertiz. Parfois, la fable virait à la farce et ils relataient les insuccès de l'un et de l'autre.

« Attention à ce que tu vas dire, Bertiz, prévenait Maubranches. J'ai souvenance d'une époque où tu boudais comme un trousse-pet d'avoir perdu ta citoyenneté. Où tu passais tes jours le cul dans le sable de l'estran avec un cruchon de vinasse entre les genoux, où il fallait te réveiller à coups de pieds et de seaux d'eau par la tête. »

« Et moi j'ai souvenance de l'époque où tu suais du sang et que tu appelais ta mère pendant que je ramassais ta merde », rétorquait Bertiz.

Le premier soir, les filles voulurent savoir comment Bertiz avait fait pour être admis dans la cité.

« C'était pendant la Guerre des Deux Jaloux, commença Maubranches. Z'étions à bord de la *Simoniaque*, de retour des grands bancs. La cale remplie de six mois de morue, avec plus un seul sac de sel en réserve. On prend l'archipel par le chenail principal quand un coup de vent menace de nous drosser vers un sablon. Le patron décide de calanguer à l'abri dans un des havres. C'est là qu'on voit une série bien compacte d'agrès qui dépassent le sommet des dunes. Des vaisseaux et des frégates. Ça semblait être l'escadre anglo-hollandoise au grand complet, ancrée et cachée derrière les îlets, en train de se préparer pour la grande attaque. On s'empresse de faire demi-tour et de mettre le cap sur la baie de Partance. On n'est même pas encore dans la rade que l'on fait pétarader notre pierrier, qu'on hisse le pavillon de la panique pour que les gradés du port saisissent le péril de la situation.

« Les officiels nous abordent, avec le capitaine de frégate Larreguy en personne, le cel qui est devenu vice-amiral par après. Puis là, Larreguy qui nous annonce qu'il faut y retourner, mais faudrait point que les Deux Jaloux sachent qu'on sait qu'ils sont là. Et une fois dans l'archipel, faudrait envoyer une chaloupe pour se rapprocher encore plus. Pour y arriver, faudrait se faire passer pour des pêcheurs, ce que z'étions de toute façon. Faudrait que certains l'accompagnent et fassent semblant de remonter des lignes pendant qu'il étudie la flotte ennemie, leurs gréements, le nombre de leurs canons et tout ça. Alors, Larreguy demande : " Qui est volontaire ? " Et v'là-t'y pas mon frère de chaloupe qui s'avance. Fallait le voir parmi ces vingt hommes à la barbe fournie après des mois en mer, et lui avec pas un poil au menton. Le seul qui sort du rang et lève la main. Le capitaine Larreguy qui dit : " Mon garçon, Ys n'oubliera jamais ce sacrifice " ou que'que chose de la sorte. Le jury de Saine Rotation a jugé que c'était l'acte de bravoure le plus louable de la saison. »

Les femmes approuvèrent, commentèrent en hochant du chef.

— Je le méritais point, les coupa Bertiz.

— Allons donc, fit une des filles.

— Oui, j'étais jeune. Mais sans attache, sans possession. On a pris mon dévouement pour une preuve de courage, alors que j'avais rien à perdre. Peut-être avais-je tout à gagner en risquant ma vie. Peut-être même avais-je un peu envie de la risquer. Peut-être que mon geste de bravoure en était un de couardise déguisée. J'ai été récompensé pour une intention plutôt qu'un accomplissement. Il m'a fallu des années avant de me persuader que j'en étais digne.

— Mais là-bas, quand z'êtes retournés dans l'archipel, qu'est-ce qui est arrivé ?

— Rien. Z'y sommes point retournés. L'escadre a été repérée au large du Cul-de-l'Île avant même qu'on appareille.

•

À l'annonce de la terre, les filles se précipitèrent sur le pont pour observer la masse informe qui se découpait au loin, l'extrémité nette d'une péninsule. Des rives se dessinaient, des maisonnettes en bardeaux et des moulins à vent. La *Diluvienne* pénétra dans une baie, puis dans une baie plus modeste, presque fermée par un banc de sable, puis dans une autre encore plus petite. Ils jetèrent l'ancre devant une grève déserte, gardée par un mur d'arbres touffus en arrière-fond.

— C'est ça qu'on appelle une forêt ? demanda Danaé.

— Je crois bien, oui, répondit Boute-Selle.

— Dire que c'est avec ça qu'on fabrique les bateaux.

Les hommes firent des voyages en chaloupe pour décharger les barriques et caisses de marchandises, les transporter à l'orée du bois en attendant l'arrivée des complices. Marins et chapardeuses campèrent sur la plage, préférant le froid des nuits de septembre à l'entassement dans le quartier de la goélette. Quelques chaloupes renversées servaient d'abri, soutenues par des bâtons, disposées en cercle autour d'un feu.

La moitié du groupe dormait dans la pénombre, effleurée par le rougeoiement des flammes. Une cruchette de vin habillée de nasse passait de main en main, de bouche en bouche. Chacun faisait entendre une ballade à tour de rôle. Une chapardeuse laissa échapper une mélodie joviale et aiguë. Les regards se dirigèrent vers Danaé Poussin. Elle fit non de la tête, triturant le sable entre ses pieds avec un bout de branche. Une autre fille chanta, puis une autre, jusqu'au tour de Renaud Bertiz.

Il susurra les premières notes, puis le timbre se précisa. Une voix aux trémolos assumés. Parfois rocailleuse pour mieux remuer les tripes, parfois langoureuse pour captiver. Un air nostalgique et douloureux, dont on n'eût su dire s'il tirait ses origines des hautes plaines d'Écosse ou des montagnes du Pays basque. Même les respirations saccadées semblaient en faire partie pour que les chutes se fissent plus coupantes, les reprises plus douces. Quand il se tut, il n'y eut plus que le crépitement du feu. La voisine de Danaé lui envoya un coup de coude.

— Eh toi, la nouvelle. Tu pleures.

— Quoi ? Non, c'est à cause de la boucane, mentit-elle en essuyant une larme.

L'amour est une avarie

Avec la disparition des églises et des curés était venu le déclin des épousailles. Le dernier mariage recensé dans les archives issoises remontait à l'an vingt-cinq avant le Massacre des Premiers hommes. Depuis longtemps, seules les unions citadines étaient consignées, chaque nouvelle concubine intégrée par un citoyen devant être déclarée aux autorités afin qu'elle pût franchir les portes de la cité. De l'autre côté, le peuple du rivage se perpétuait à l'ombre des documents officiels. Les filiations de ces enfants conçus à marée basse n'étaient inscrites nulle part, sauf dans la mémoire des anciens au même titre que la hauteur des vagues de la tempête du siècle.

Les riverains avaient leur propre langage affectueux. La femme qui tricotait une paire de gants pour garnir le coffre de son matelot et la lui remettait au moment du départ. « Tu vas me manquer », devait-on comprendre. L'homme qui sculptait un morceau de bois pour en faire un manche de couteau pendant les jours de repos et le lui offrait dès son retour. « Tu m'as manquée », devait-on entendre. Sur cette côte où personne n'avait jamais dit je t'aime, il était mal vu de pleurer lors de la partance des navires. Si par inadvertance une larme débordait, il ne fallait surtout pas bouger. De loin, la goutte n'était pas visible, mais le geste d'essuyer sa joue, si.

Les riverains savaient qu'on pouvait trébucher sur la beauté de quelqu'un comme sur un récif. Ils parlaient d'amour comme d'une avarie. Il y a bien quelquefois l'ouragan qui vous chavire, disaient-ils, mais il y a surtout la voie d'eau qui se faufile par les petites ouvertures. Par le temps que vous la localisiez, vous êtes dans les bouillons jusqu'à la taille.

IX.

Une tourmente d'automne avait éventré la *Calypso* contre Locqnoir. Les vagues l'avaient prise d'assaut, la coque se désagrégeait à vue d'œil. L'avant du navire était accroché au récif par sa charpente, proue et beaupré pointés vers le ciel. Des lambeaux de toile séchaient sur les roches. Les subrécargues avaient été empêchés d'atteindre l'épave pendant trois jours, retenus à terre par une brume tenace et des vents contraires. Les plongeurs n'y trouvèrent que le tiers du chargement. La *Calypso* était partie avec ses cales remplies de pains de savon et d'huile d'olive. Mais surtout, avec une rare cargaison de corail rouge : deux coffres bourrés de branches miniatures destinées à égayer bijoux et joyaux, des larmes couleur de sang que de pauvres hères avaient recueillies dans le fond de la Méditerranée au péril de leur vie et qui valaient bien qu'on risquât d'autres vies à tenter de les récupérer.

Les gardes-côtes avaient ratissé le littoral des Échouements au grand complet, retournant les galets de leurs bottes, clamant fort les conséquences de garder le moindre débris. La colère de l'armateur avait résonné jusque dans les hautes sphères de l'Amirauté. « Où voulez-vous que ces coffres-là se trouvent si ce n'est sur la côte ? Vos hommes sont-ils incapables à ce point ? Que les ceux qu'on dit sans-miroir volent des planches et quelques poulies, on peut bien laisser faire. Qu'ils cachent du vin ou du goudron, passe encore. Mais qu'ils osent s'emparer d'une marchandise que tout le labeur de leur existence n'arrivera pas à égaler, voilà qui dépasse l'entendement. La cargaison de corail a peut-être été pillée ou peut-être qu'elle s'est échouée d'elle-même, peu importe. Mais une chose est sûre : elle se trouve quelque part aux Échouements. »

Les gardes-côtes déferlèrent pendant une semaine, accompagnés de dizaines de soldats, essaimant d'un hameau à l'autre. Ils entraient dans les chaumières, démêlaient les lignes et les filets, examinaient le fond des casseroles et des cuves. Les fusiliers retournaient les paillasses de varech, les perçaient de la lame de leur baïonnette, vidaient le contenu des bourriches sur le sol, répandaient l'huile de foie. Les saleuses et les pêcheurs qui s'opposaient étaient mis en joue.

Les habitants de Havre-Ouellau croyaient avoir été épargnés quand ils virent la *Championne* approcher et les troupes débarquer en armada, des canots occupés par huit hommes ramant au même rythme et relevant verticalement leurs avirons au même moment. Les riveraines rameutées se tenaient sur la plage, la main sur la bouche. Le lieutenant Casavant se dirigea vers la masure de Danaé Poussin et défonça la porte d'un coup de pied.

— Fouillez-la bien, c'te cabane-là.

— Qu'est-ce vous faites ? s'égosillait-elle en marchant derrière eux. Enfin, lieutenant, vous me connaissez. Savez bien que je cache rien. Je vous apporte toujours tout ce que je trouve.

Il la plaqua contre le mur.

— Ah ouais ? Qui d'autre que toi sur c'te côte aurait pu plonger jusque-là ? lui souffla-t-il au visage.

Il pointa du menton le coffre de marin rouillé, coincé entre le mur de pierres et la paillasse. Les hommes firent sauter le verrou.

— C'est quoi ça ?

Elle ne répondit rien, pantelante.

— C'est quoi ? répéta l'officier.

— C'est l'épée d'Enoc Martel.

— De qui ? Peu importe. Confisquée, décréta l'officier en lançant l'arme à un des soldats. Au moins, on repartira point les mains vides, c'te fois-ci.

Quand ils eurent mis sens dessus dessous le reste de la crique, ils remontèrent à bord de la *Championne* et levèrent l'ancre. Servanne Joriant s'attardait sur la grève, marmonnait des injures en les regardant s'éloigner.

•

C'est au cours de cette période que Renaud Bertiz tenta de convaincre Danaé Poussin de plonger pour lui et Danaé Poussin, de convaincre Renaud Bertiz de l'aimer. Ils allaient inévitablement trouver un terrain d'entente.

Elle revenait un soir vers sa chaumière quand elle s'arrêta devant la porte, intriguée par une odeur inhabituelle de tabac. Elle entra et tressaillit en le voyant assis sur la malle. Elle lui ordonna de sortir, attrapa un tabouret, menaça de le lui lancer par la tête. Il resta sans bouger et déclara :

— On va avoir besoin de vous.

— Je veux rien savoir de vos histoires.

— Z'étiez pas mal moins regardante la dernière fois.

— C'est pas de la contrebande, que vous faites. C'est du vol.

— Et vous trouvez que ce n'est pas du vol, quand vous risquez votre vie à nager pour récupérer des trucs qui pourrissent dans la vase depuis des années et de ne pas pouvoir en profiter ? Combien de fois les gardes-côtes ont promis de recommander votre nom pour la rotation et combien de fois l'ont fait pour vrai ?

Une seule fois, se retint-elle de répondre. Elle avait été convoquée, à l'âge de seize ans. Elle avait situé le lustre en or d'une épave françoise près de l'îlot Certain. Elle avait fait le pèlerinage jusqu'en ville avec Alizée, s'était pincé les joues pour les rosir. Les juges l'avaient félicitée, l'avaient encouragée à parfaire son don, mais avaient estimé qu'il était trop tôt pour l'élire citoyenne.

— C'est point de vos affaires.

Bertiz se leva et vissa son tricorne sur sa tête.

— On n'est pas obligés d'être d'accord. Pouvez continuer à vivre de coquilles et de têtes de morue, ça vous regarde. Mais, vous savez maintenant ce que ça fait de passer une grande marée au sec. Libre à vous de retourner dans les trous.

Un éclair passa sur le visage de Danaé, elle se détourna. Il s'approcha, posa une main sur son épaule.

— Je vous demande pardon. Je voulais point vous insulter. On veut tous la même chose. On veut juste être issois, au bout du compte.

•

Locqnoir était le nom donné à une chaîne d'étocs partant du cap Nordant et s'étirant dans l'océan en un long pointillé. Aux origines, on racontait que chaque écueil était apparu sous les pas de géant de Lucifer lorsqu'il s'était enfui d'Ys avant de se noyer au large, là où le soleil verdissait en s'enfonçant dans la mer. Locqnoir était aussi le nom donné au rocher le plus avancé, marqueur annonçant la sécurité terrienne et emblème préfigurant la traîtrise humaine. Chaque année, Locqnoir et sa chaussée piégeaient une vingtaine de navires, étrangers pour la plupart, issois quelquefois, lorsque vents et courants s'alliaient. L'écueil maudit semblait avoir un pouvoir aussi magnétique que le nord vers lequel il pointait. Les vieux avaient tous leur histoire de naufrage évité ou de drame avéré ayant le rocher plat pour protagoniste. Les mères qui voulaient mettre en garde les jeunots contre la tentation de bourlinguer trop tôt articulaient son nom comme une invocation : « Locq-noi-reuh. »

Deux matelots de la *Calypso* avaient survécu au naufrage en se réfugiant sur le plateau de Locqnoir. Ils retournèrent sur l'épave avant qu'elle ne sombrât dans l'espoir d'y trouver les futailles d'eau-de-vie et de se soûler à mort avant la mort. Et puis, ils changèrent d'idée. Quelques coups de hache leur ouvrirent la porte du chargement de corail. Ils empoignèrent les coffres par chaque bout, avançant à tâtons dans la brume, imitant la marche des pingouins pour transporter leur butin jusqu'au rocher. Ils lui construisirent un radeau, pagayèrent de récif en récif. Ils durent abdiquer à mi-parcours, tossés contre les monuments de granit par les haussements de la marée. Ils regardèrent les coffres couler avec la même douleur que les bulles exhalées par leurs camarades emportés. Le trésor de corail ne se trouvait donc ni dans l'épave ni aux Échouements, mais quelque part entre les deux dans la ligne des hauts-fonds.

Quand ils atteignirent le hameau du cap Nordant, la plage était jonchée des corps de leurs semblables, la mousse du savon de Marseille se mêlant à la broue des vagues. Partout, des riverains savonnaient les doigts gonflés des noyés pour en retirer les bagues. Les deux survivants furent recueillis par les habitants du cap, ces méchantes gens qui pillaient les cadavres, ces braves gens qui ne pillaient que les cadavres. Ils ne parlèrent à personne de leur tentative avortée. Les coffres avaient sombré dans la mer, il fallait maintenant les laisser sombrer dans l'oubli.

Ils furent témoin de la descente des gardes-côtes, des efforts déployés pour les recouvrer. Ils se détournaient pour qu'on ne les vît pas rougir au milieu des innocents. Ils entendaient les saleuses et les pêcheurs pérorer sur les courants, sur les créatures marines et autres hypothèses pouvant expliquer la disparition du chargement. Eux, ils savaient. Ils escaladaient le sentier menant à la Maison des pilotes, prétextant vouloir observer les nuages, mais ils ne pouvaient s'empêcher de focaliser leur attention sur la ligne de récifs et sur le lieu, sur la chose. Car ils savaient. La nuit, ils dormaient avec un couteau sous leur courtepointe, car ils savaient que l'autre savait. Un soir, leurs regards se croisèrent au-dessus de leur bol de chaudrée et, sans rien dire, ils surent.

Leurs noms étaient Mathieu Coffin et Péleg Bouchette.

•

La rencontre eut lieu la nuit sur une plage grise juste assez éloignée du village pour être déserte. Les deux hommes étaient encore vêtus de leurs hardes de naufragés, les culottes trouées au genou et les morceaux de manches de leur chemise noués. On voyait à peine leur visage sous l'ombre de leur grand tricorne emprunté. Ils tombèrent d'accord sur le partage des profits : l'équipage de la *Diluvienne* récolterait la moitié, le quart irait à Coffin et Bouchette, puis le dernier quart à Danaé Poussin. Aucune date ne pouvait être fixée, il fallait attendre les conditions idéales. Il leur fallait une brume épaisse qui pourrait signifier leur salut comme leur perte, le manteau qui cacherait leur forfait ou le linge qui les étranglerait pendant l'acte. Moins ils courraient le risque de se faire prendre, plus ils courraient celui d'être drossés vers la chaussée et de partager le sort de la *Calypso* plutôt que de s'en partager le trésor.

« Et comment je suis censée faire pour y voir que'que chose, moi, s'il y a du brouillard ? » demanda Danaé. Les hommes n'avaient pas pensé à la visibilité sous l'eau, car, de toute évidence, aucun d'entre eux n'avait jamais eu à y ouvrir les yeux.

Le signal convenu carillonna deux semaines plus tard avant l'aube : un cor sonnant deux coups courts suivis d'un long, annonçant que la *Diluvienne* patientait derrière la Roche perdue. Ils sondèrent pour se repérer. Ils mirent à l'eau une yole munie d'un palan, souquèrent jusqu'au plus près du lieu identifié par Péleg Bouchette et Mathieu Coffin. Danaé Poussin repéra l'endroit avec sa lunette de calfat, des prismes aux coins capitonnés reposant à six ou sept coudées sous la surface. Elle plongea à trois reprises, puis parvint à accrocher les lourds objets aux grappins de levage. Elle grelottait, serrant sa cape autour d'elle pendant que les hommes fixaient les coffres encore dégoulinants d'algues brunes entre les bancs de nage. Renaud Bertiz leva des yeux brillants vers elle : « Imaginez tout ce qu'on pourrait faire, vous et moi. »

Ils mirent le cap sur les Sablons, mouillèrent près d'un îlot de l'archipel. Une forte brise répandait des traînées de poudre, modelant et remodelant les dunes. À l'orée de l'une d'elles, ils ensevelirent les coffres.

— C'est rien qu'une précaution, rassura Bertiz. On peut camper ici pendant un mois sans apercevoir la moindre voile.

— Et comment vous le savez ? douta Bouchette.

— C'est point notre première transaction, figure-toi.

Ils dormirent sur le pont de la *Diluvienne*. Le fanal de proue était éteint pour ne pas dénoncer leur présence. Danaé Poussin se reposait dans la nuit sans lune, les yeux grands ouverts. Tant de scénarios étaient encore possibles. Une descente inopinée des gardes-côtes. Un orage électrique. Un assassinat pour s'emparer du butin, perpétré par Mathieu Coffin et Péleg Bouchette. Un assassinat perpétré par Renaud Bertiz. Un baiser de Renaud Bertiz.

À un moment, Boute-Selle s'assit pour toussoter. Bouchette se retourna brusquement. Maubranches se redressa sur un coude, ce qui alerta Bertiz et fit sursauter Coffin. Tous étaient réveillés à se demander ce qui se passait. Il ne se passait rien. Les hommes et le mousse allumèrent leur pipe.

— Alors, vous faisiez quoi à bord de la *Calypso* avant qu'elle ne fasse côte ? demanda Bertiz.

— Gabier, dit l'un.

— Aide-voilier, fit l'autre. On ne s'était jamais adressé la parole avant.

— Ma mère doit penser que je suis mort dans le naufrage, avoua Bouchette. Je ne sais pas ce que je vais pouvoir lui raconter quand je vais retontir. Je ne sais même pas ce que je vais faire dc l'argent.

— Nous, on le sait, dit Maubranches. Tout ce qu'on gagne va à la *Diluvienne*, pour son entretien.

Ils écoutèrent le vent et le ressac faiblir avec le retrait de la marée.

— C'est risqué, quand on y pense, commenta Danaé. Mettre tous ses avoirs dans une chose qui peut couler en un claquement de doigts.

— La *Diluvienne* est plus qu'une chose, corrigea Maubranches.

— Z'êtes à votre compte, souligna Coffin. Pas d'armateur, pas de patron pour vous dire quand et où aller. Ça fait rêver, ça.

Danaé était blottie contre le bastingage, les genoux ramenés contre la poitrine. Elle discernait à peine les hommes, ne devinait que les silhouettes, flairait les volutes de tabac. La conversation se faisait à l'aveugle. Il fallait lire les expressions dans les intonations. Chaque mot vibrait de tout son sens, les rires comme les feux fusaient plus fort dans la noirceur.

— Pourquoi le cabotage ? demanda Danaé. Pourquoi se contenter de côtoyer toujours le même rivage, alors qu'il y en a tant dans le monde ?

— On ne s'en contente pas, justement, répondit Maubranches, piqué.

— On revient toujours à Ys. Même quand on jure qu'on ne le fera plus. On se fait croire qu'on peut vivre n'importe où, que c'est partout égal. Que c'est mieux ailleurs, même. Qu'il y a des endroits où la grève est toujours sèche et les marches des palais ouverts à tous.

— Moi, j'ai essayé de devenir laboureur dans les colonies, abonda Bouchette. Après huit mois sans entendre le bruit de la mer, j'ai cru devenir fou.

Bertiz s'assit sur les talons.

— Quand je suis revenu à Ys, Jean était devenu un sale terrien et moi, un va-t-en-mer invétéré. Le cabotage, c'est le compromis qu'on a trouvé.

— En fait, ce que je me demande, c'est... Pourquoi être revenu ? L'autre fois, z'avez dit que ça vous a pris des années pour vous sentir issois. Comment z'avez su que z'étiez prêt à revenir ?

— J'étais parti trouver mon courage, expliqua Bertiz. Finalement, j'ai compris que pour grandir, fallait d'abord se faire petit. Fallait que je cherche la peur. Ce qui est la vraie mesure de la bravoure, c'est point le succès de nos actions, mais la force avec laquelle la voix dans notre tête nous crie de nous enfuir pendant qu'on tient bon. La vraie terreur, je l'ai connue à bord d'un marchand hollandois dans la mer de Java.

Il se rassit sur son séant, tira sur sa pipe comme si l'histoire s'arrêtait là.

— Y avait quoi là-bas ? s'impatienta Bouchette.

— Des sirènes.

Coffin manqua de s'étouffer.

— Enfin, je n'en sais rien. C'est la seule explication que j'ai trouvée. Z'étions encalminés depuis huit jours. Aucun vent dans les voiles, une chaleur torride. On n'entendait rien d'autre que le grincement des poulies. J'étais de quart sur le pont quand un brouillard humide nous a enveloppés. On voyait guère au-delà d'une toise. J'étais près de la proue et je pouvais point distinguer l'extrémité du beaupré. Toujours pas de brise, aucun mouvement de toile. Et puis autour de nous, un chant. Des chants. Des voix de femmes, sans paroles. Mélodieuses. Suaves, même. Les avons tous entendues. On était... médusés. Le bosco s'est pissé dessur. Un des gabiers s'est rapproché d'un autre et l'a attiré à lui comme un gamin contre sa mère. Et moi... je l'avoue, je me suis mis à prier. On pouvait se battre contre les avaries, les lames et les typhons, les pirates malais, les brutes et les fins finauds. Mais comment on fait pour se défendre contre que'que chose qu'on a presque souhaité ? À un moment, les voix se sont éteintes. Quelqu'un a eu la présence d'esprit de demander c'était quoi. Quelqu'un d'autre a répondu une banalité : un animal, une baleine, sans doute. Mais personne n'était dupe. C'tes voix-là étaient humaines. Z'avions peut-être rêvé, tous en même temps. Mais c'te mélodie-là, je sais maintenant qu'elle existe. Je peux encore me la rejouer quand je ferme les yeux. Je refuse de la chanter tout haut parce que j'ignore ce que ça pourrait réveiller. Et pour être bien honnête, une partie de moi aurait envie de l'entendre à nouveau. Parce que la seule chose qui serait pire que d'avoir été cerné par des sirènes, ce serait de devoir se résigner à l'idée que c'étaient point des sirènes.

Maubranches réprima un fou rire. Bertiz se tourna vers lui.

— Bon, ça va. Ce que tu penses de c't'histoire-là, je le sais.

— Un mirage. Z'êtes fait prendre dans un mirage, v'là ce qui est arrivé. Comme n'importe quel équipage encalminé depuis trop longtemps.

— Moi j'y crois, aux sirènes, le coupa Bouchette. Ceux qui disent avoir vu un mirage finissent toujours par réaliser que c'était un mirage. Mais je connais personne qui dit avoir entendu des sirènes conclure que c'était une illusion.

— On ne le saura jamais, ce que c'était, continua Bertiz. J'ai compris que la peur ne vient pas des choses qu'on voit, mais des choses qu'on voit point. C'est ça l'important.

•

Au matin, un bâtiment apparut dans le pertuis. Un canot s'en détachait, un homme seul approchait, s'activant aux avirons. Près de lui, un lévrier haletait, langue pendue. Le genre de chiens que les citadins faisaient courir sur l'estran entre deux parties de jeu de paume et une galopade à cheval. L'homme portait une longue redingote sombre et cirée, des bottes de marin. Aucun chapeau. Sobre accoutrement, qui annulait presque les boutons d'argent de sa veste et le ruban retenant ses cheveux. Il sauta de l'embarcation et avança dans les rouleaux en s'essuyant le front.

— C'est trop tôt, grogna-t-il en guise de salutations.

— Comment, trop tôt ? demanda Bertiz.

— Je n'appareille pas avant au moins deux semaines. Je n'ai même pas réuni les deux tiers de mon équipage, ni de l'armement. Je suis censé faire quoi, rester en rade avec la marchandise que tout le monde cherche dans ma cale ? Avec les douaniers qui peuvent me fouiller n'importe quand ? Fallait faire l'échange à l'endroit habituel.

— Trop risqué. On a de nouveaux partenaires, fit Bertiz en penchant la tête en direction de Coffin et Bouchette. Et puis, les plus grands risques, c'est nous qu'on les a pris.

L'acheteur se mordit la lèvre.

— Je t'avais averti, Renaud. Au moindre accroc, je débarque. Sur c'te coup, on a point droit à l'erreur.

— Attends de voir la cargaison, fit Bertiz en marchant vers le renflement de sable. Je suis sûr que ça te donnera l'inspiration pour trouver le bon pot-de-vin et la bonne excuse pour garder les douaniers à distance.

L'homme s'agenouilla, déterra le premier coffre, l'ouvrit lentement, comme craintif que quelque chose ne s'en échappât. Il resta un long moment sans bouger, puis se dépouilla de sa redingote.

— C'est pareil pour l'autre ?

— Oui. Avec tout ça, tu pourras t'acheter deux ou trois nouvelles goélettes, mon Pierre.

Il se mit à creuser vers la deuxième malle avec frénésie tandis que le chien reniflait le contenu de la première. Il toucha un des arbustes rouges du bout de ses doigts, le fit tourner devant ses yeux. Il se releva, échevelé, les mains encore couvertes de sable.

— C'est bon. Marché conclu.

Ils regardèrent le bâtiment s'éloigner, soupesant la lourde bourse qu'ils tenaient chacun dans leur main.

— Il fera quoi au juste, avec le corail ? demanda Boute-Selle.

— Il ira le vendre que'que part en Irlande ou en Angleterre. Pour sûr que c'te magot-là n'a pas fini de changer de mains.

— L'homme, c'était un citoyen, n'est-ce pas ? demanda Danaé. Pourquoi il a besoin de faire la contrebande ?

— Comment dire, réfléchit Bertiz. Tout coûte plus cher de l'autre côté du mur. Personne n'a davantage envie de frauder qu'un citadin.

Ils remontèrent sur la *Diluvienne*, chacun plus nanti qu'il ne l'avait jamais été. Les hommes souriaient aux astres pâles qui commençaient à percer le zénith. Ils étaient peu jasants, craignant de contrarier leur chance, tirant tout de même des bords pour chicaner le vent.

Les petites désaffections font les grands troubles

Beaucoup de choses ont été écrites sur Pierre Harneder depuis la Grande Rotation, même si le personnage intéresse moins la postérité que la demeure de la rue du Bordescarpe qu'il a habitée. C'était un logis de dimension modeste situé dans la zone fortifiée au-dessus de la côte des Échouements. Le bâtiment s'élevait sur quatre niveaux, avec une petite cour à l'arrière dans laquelle poussait un vieux pommier aux fruits acides. La plupart des édifices citadins de la péninsule affichaient la bigarrure des différents âges traversés, des maisonnettes datant d'avant l'instauration des Saines Rotations, transformées peu à peu en hôtels particuliers à coups d'annexes et d'étagements.

Pierre Harneder avait acheté cet hôtel en l'an trois avant le Massacre des Premiers hommes. Il y trouva, en plein centre de la cour, un puits désaffecté. Il examina la margelle, tâta les parois de briques rongées de moisissures, activa la manivelle pour remonter le baquet, puis le replongea pour écouter le son qu'il faisait en touchant le fond. Il alluma une torche de résine dans le seau et la descendit, sortit sa longue-vue, espérant capter un indice de la raison d'être de ce puits qui ne donnait sur aucune source. Quatre mois plus tard, en plein matin d'équinoxe, il entendit un clapotis provenant du trou, s'approcha et eut la surprise de voir son reflet dedans. Le conduit ne se remplissait que lors des grandes marées. Ne voyant pas l'utilité de puiser de l'eau salée, il condamna l'ouverture.

Ce puits n'existait nulle part dans les archives de la cité. Il était sans doute déjà ancien à ce moment-là, mais sa toute première mention n'apparaît qu'en l'an vingt-huit de notre ère, dans les mémoires rédigées par le citoyen Harneder lui-même quelques mois avant sa mort. Le conduit avait donc trôné au milieu de ce jardin de décennie en décennie et de propriétaire en propriétaire, sans qu'on sût qui l'avait construit ni quand ni pourquoi.

Quinze ans après son acquisition, Pierre Harneder était devenu armateur, s'adonnant au transport de morue issoise contre lainages européens et cotonnades des Indes. Il possédait une flotille de goélettes et de frégates. Deux de ses plus importantes cargaisons furent coulées au cours de la même année. Au bord de la ruine, Harneder dut se défaire d'une partie de ses actifs pour rembourser ses dettes. Les ventes se faisaient selon le procédé habituel. Il allumait une chandelle dans un cabaret non loin du Grand Port. Les acquéreurs potentiels se succédaient, déposaient leur offre. Quand la flamme s'éteignait, l'enchère prenait fin. Harneder décrit ainsi la scène dans ses mémoires : deux jeunes hommes qui entrent dans le cabaret, souriant comme des gamins se payant des confiseries. Ils proposent un montant ridicule. Hardener leur fait comprendre qu'ils n'ont aucune chance de remporter la mise. Il les regarde s'éloigner, puis les suit dans la rue, les rattrape quelque part dans le Barachois.

— Eh, vous deux, héla-t-il dans leur dos. Je sais que vous faites de la contrebande. Je ne vois pas comment vous avez pu réunir de quoi vous acheter une goélette avec deux salaires de pêcheurs, si ce n'est que vous faites commerce d'épaves.

— Et alors, si on n'a aucune chance de remporter votre bateau, en quoi ça vous regarde ?

— Ça me regarde parce que je crois qu'on pourrait bien s'entendre, vous et moi.

Pierre Harneder avouait donc dans ses mémoires avoir cédé à faible prix une de ses goélettes à deux riverains peu fortunés afin d'en faire ses complices dans un système élaboré de recel de produits de luxe. Toutes les cargaisons de valeur pouvaient être écoulées, pourvu qu'elles le fussent dans une autre contrée que celle où elles avaient été volées. Les contrebandiers recueillaient les fruits de petits larcins commis dans les faubourgs, saladiers en faïence, argenterie aux initiales gravées et autres objets uniques, partaient les revendre dans les colonies d'Amérique en échange de pelleteries laurentiennes, de chocolat antillais, de joailleries et cornes d'ivoire chapardées dans d'autres comptoirs. Ils revendaient les marchandises à Harneder, les passant par le puits.

De nos jours, la demeure de la rue du Bordescarpe et son puits sont bien connus pour avoir été rachetés par l'Amirauté et convertis en musée de la Grande Rotation. Chaque année y défilent des dizaines d'écoliers blasés qui auraient préféré visiter un phare auréolé de jets de mer, plutôt qu'un trou lugubre dans un parterre de mauvaises herbes.

X.

« Alors, lieutenant, qu'est-ce qui arrive avec mon épée ? » demanda Danaé Poussin en dévisageant le chef des gardes-côtes. Il balaya l'air de la main, signifiant qu'elle ne pouvait comprendre les exigences bureaucratiques auxquelles il était soumis. Elle laissa tomber sur le bureau son maigre butin de plongée de la dernière lune : un boulet ramé, une garcette de ris, une bouteille brune et deux écus d'argent. Elle tendit la main pour recevoir son dû. Dans sa chaumière, elle ouvrit sa malle, défit les lacets de la bourse pour y piger une piécette tirée de la vente du corail. Elle ajoutait chaque fois ce tribut secret à sa contribution à la caisse commune du village. Sans que les riverains le sussent, elle abreuvait la source du havre des deniers de la fraude, ignorant elle-même si c'était pour diluer son sacrilège ou pour le racheter.

L'équinoxe d'avril approchait. La *Diluvienne* mouilla à l'entrée de la baie un midi entre deux averses.

— Qu'est-ce tu as fait c'te coup-ci pour qu'ils te reprennent, les caboteurs ? demanda Servanne Joriant.

— Je suis leur calfate, vous savez bien.

— Ah ! Me prends point pour une pucelle. Moi ça m'est égal, ce que tu fabriques avec eux. Mais elles ? fit l'aînée avec un mouvement en direction du hangar à salage.

Mathieu Coffin et Péleg Bouchette s'étaient joints à l'équipage. L'ensemble des magouilleurs d'épave étaient réunis. Maîtres, matelots et mousse saluèrent Danaé d'un signe de tête lorsqu'elle enjamba la lisse. Dans le Grand Port, les chapardeuses embarquèrent à leur tour et la regardèrent avec encore plus d'étonnement que la fois précédente.

— Elle est encore là, elle ? se plaignit Valancine Rozec.

— Allez, va vider tes poches en bas, ordonna Jean Maubranches.

•

Elle somnolait entre deux barriques quand Alizée Quintal apparut au-dessus d'elle, bariolée de raies de lumière filtrant entre les planches. Elle se cala à ses côtés et lui tendit un gobelet de liqueur sucrée.

— Alors, qu'est-ce qui t'amène, c'te coup-ci ? demanda Alizée.

— Rien de spécial.

— Tu as bien dû faire que'que chose pour mériter ta place, non ?

— Pas vraiment.

— Danaé Poussin, je te connais depuis assez longtemps...

— J'ai pas le droit de le dire, Alizée, fit-elle avec un air désolé.

— Même pas à moi ? Tu pourrais au moins avouer que tu as volé que'que chose. Ici, on s'en fout, tout le monde vole. On s'en fait une fierté.

— J'ai point volé.

— Que'que chose de pire ?

— Non.

— Mais donne-moi un indice...

— Je te dis que je te peux rien te dire.

— Comment veux-tu qu'on soit amies, alors ?

Elle s'extirpa du coin et la toisa de haut.

— J'ai plus rien dans la vie à part les voyages d'équinoxe sur c'te goélette. Et toi qui as encore tout, qui ne voles pas, qui ne cours jamais le risque de te faire coincer par un uniforme ou assommer par la racaille, tu y as droit itou ?

Les chapardeuses n'adressèrent plus la parole à Danaé Poussin du reste de la journée. Elle les voyait chuchoter et se taire à son approche. Au moment du souper, Valancine Rozec s'éclaircit la gorge et la défia du regard.

— Alors, paraît que tu voles point, toi.

Personne ne parla. Danaé se retint de proclamer : « Non, je ne vole pas, moi. Je plonge. Vous vous contentez de faire passer les trésors d'une bourse à l'autre.

Moi, je les ramène à la surface, je les ramène à la vie. »

— Il y a sûrement une raison, suggéra la Valancine. C'est sans doute donnant-donnant. Tu rends de petits services aux maîtres, j'imagine. C'est ça qu'on est obligé de faire quand on sait point voler.

Les hommes surveillaient Danaé du coin de l'œil, nerveux à l'idée qu'elle pût cracher le morceau pour se laver de ces accusations. Les filles la lorgnaient avec amusement, prêtes à éclater de rire au moindre bond, à la première larme. Elle avait déjà pleuré la veille, touché le fond ou plutôt le sommet depuis lequel on accepte d'être seul et supérieur, renégat et vainqueur.

— Et alors ? finit-elle par rétorquer. À chacun son forfait.

•

Elle se réfugia sur le tillac tard dans la nuit. Renaud Bertiz lâcha la barre et se posta près d'elle.

— Z'avez eu du cran, tantôt. Y en a plus d'une qui aurait flanché.

— Y en a plus d'un qui aurait pris ma défense.

Il haussa les épaules en soupirant.

— Faut les comprendre, elles risquent l'exclusion.

— Et moi, je risque ma vie chaque fois que je plonge.

— Z'êtes issoise, y a pas de doute.

— Pour ce que ça me donne... Si vous saviez la vraie

raison qui m'a poussée à remonter sur c'te goélette, Renaud Bertiz, vous diriez que je suis une idiote.

— On a tous nos bonnes raisons et nos raisons idiotes, je suppose.

Il fit un signe en direction du gouvernail.

— Je dois y retourner.

— C'est pas moi qui vous retiens.

•

Un matin, Renaud Bertiz descendit de son hamac, se rendit dans la cambuse pour se couper un morceau de fromage et ne trouva pas le couteau qu'il portait en permanence au côté gauche. À chaque personne qu'il croisait, il demandait : « Z'avez pas vu mon couteau ? » Le soir, il en oublia de manger la bolée de haricots blancs qui refroidissait devant lui, occupé à se remémorer toutes les fois où il l'avait utilisé depuis le départ. Après deux jours de recherche infructueuse, il était devenu sombre, ne parlait plus. Jean Maubranches le prit à part.

— Qu'est-ce qui t'arrive ?

— On m'a volé mon couteau, chuchota-t-il.

— Qui ? Enfin, pour quoi faire ? Il vaut rien, c'te couteau...

— J'en sais rien.

Le troisième jour, les patrons décidèrent de réunir l'équipage sur le pont pour fouiller les besaces, branles et poches. Jean Maubranches enligna les chapardeuses et les dévisagea une à une. « La celle qui a pris le couteau est autant bien de se déclarer ou de se jeter à l'eau tout de suite. Ce sera moins pire que ce qui lui arrivera quand on l'aura pincée. »

Le quatrième jour, il n'y avait plus de veillées, plus de musique. On ne discutait plus qu'à voix basse. Des factions s'étaient créées. Certains croyaient que Renaud Bertiz avait simplement égaré le poignard et que tout l'équipage faisait injustement les frais de sa distraction. Certaines soupçonnaient une des chapardeuses de n'avoir pu se retenir de le chaparder, sans s'entendre sur laquelle arrêter leurs soupçons. D'autres étaient persuadés que c'était l'œuvre d'un maléfice, que Bertiz était maintenant porteur d'une sorte de mauvais pied qui le suivrait partout.

Le cinquième jour, Renaud Bertiz était assis contre le grand mât, occupé à recoudre un foc de rechange. Danaé Poussin marcha jusqu'à lui et lui tendit l'objet disparu par le manche.

— Le v'là, votre couteau.

Il releva la tête, confondu.

— C'est moi qui l'ai pris quand vous dormiez. Z'avez fouillé un peu vite dans mes affaires, on dirait. C'est comme si z'étiez certains d'avance que je suis incapable d'accomplir l'acte que tout le monde ici considère si important.

Il attrapa le couteau, le rangea d'un geste sec.

— Savez quel châtiment on réserve aux ceux qui volent leurs semblables ?

— C'était point du vol, puisque je vous le rends. C'était un exercice. Vous répétez tout le temps que la première règle du chapardage, c'est de ne pas se faire prendre. J'ai réussi.

— Z'avez surtout réussi à miner la confiance de l'équipage. Et la mienne.

— Désolée, alors. Je le referai plus.

Elle se retourna pour s'éloigner, menton bas.

— Ça vous a plu, au moins ? lança-t-il dans son dos.

— Qu'est-ce qui m'a plu ?

— De voler. Ça vous a procuré du plaisir ?

— Quel genre de plaisir on est censé avoir ?

— Un plaisir comme le cel d'écraser un coquillage encore vivant ou de défaire un château de sable à coups de pieds.

Elle hésita.

— Je crois que je préfère encore écraser les coquillages.

Les veillées reprirent, on ressortit les flûtes, la musette, le violon. On se réfugia dans la chaleur humide du quartier où l'odeur terreuse du tabac et celle boisée des futailles venaient adoucir les relents d'oignon, de moisi et de transpiration. On martelait les tables, les barils avec les doigts et les paumes, avec les ustensiles pour marquer le rythme des chants. On sifflait pour l'élever, pour qu'il fût moins martial et plus gai. On frappait du talon pour l'enraciner jusqu'à le faire résonner là où rien ne raisonne.

Le répertoire commençait à s'épuiser. L'heure des complaintes arrivait. On bâillait, on riait de guerre lasse pour combler le silence de transition.

— Et toi, tu chantes point ?

Renaud Bertiz était assis au bout de la table, les yeux fatigués, la chemise débraillée comme après un combat. Danaé souriait depuis l'autre bout de la table, le fichu autour de la tête pour en retenir la sueur. Il venait de la tutoyer pour la première fois. Elle avait mérité l'honneur d'être considérée, d'être avilie à son niveau.

— Tu ne chantes jamais ou c'est comme pour le vol ? Tu dis que tu le fais point, mais au fond tu le fais ?

— Y a pas de règle qui oblige à chanter, que je sache.

Ses pensées perdues à mi-chemin dans la griserie de fin de soirée, évaporées parmi la fumée des pipes et les vapeurs de soupe, il ne répliqua pas.

— Qu'est-ce tu regardes ? finit-il par demander.

— La bague que tu as au petit doigt. Elle vient d'où ?

— Je l'ai volée à mon maître barbaresque juste avant de m'évader, pour pouvoir la vendre et me nourrir. Finalement, j'ai préféré la garder pour moi. C'est vraiment ça qui t'intéresse, la bague que je porte ?

Elle haussa une épaule.

— Peut-être.

— Tu penses déjà comme une voleuse.

— Je n'ai pas dit que je voulais la voler. Peut-être juste l'emprunter. Ça commence quand exactement, le vol ? Tant que je ne l'aurai pas troquée ou échappée à l'eau, je pourrai encore changer d'idée.

Il se leva au ralenti, comme courbaturé, puis retira le bijou de son doigt. Il jeta un œil dans le coqueron derrière lui, petite cabine servant à entreposer la marchandise sèche. Il y lança la bague, elle tinta contre les planches.

— La v'là. T'as qu'à aller la chercher.

Danaé attrapa ses jupes et marcha droit, défiant le roulis. Elle s'arrêta devant lui.

— Je vais avoir besoin d'éclairage pour la trouver.

Il saisit une bougie, referma la porte du pied. Dans le quartier, certains pouffèrent de rire, d'autres vidèrent leur gobelet comme pour trinquer avec eux-mêmes. Jean Maubranches se mit à taper des mains pour que la musique reprît. Il fallait chanter et giguer fort. Il fallait faire vibrer la goélette de la pomme de mât au talon de la quille pour que de l'autre côté de la cloison, deux Issois pussent se faire face sans attaque ni défense. Qu'aucun des deux n'eût besoin de souffler la chandelle une fois les sabres et costumes envoyés parmi les fûts amarrés et les tas de cordages. Que le couteau de Renaud Bertiz pût sans crainte délacer le corsage de Danaé Poussin, que les remparts dansassent avec les canons.

XI.

Danaé Poussin ne vivait plus au rythme des marées, mais en fonction des va-et-vient du cabotage. Les herpes et les éclats de bouteille repêchés des hauts-fonds n'étaient plus qu'une récolte collatérale. Elle recherchait les vrais trésors, ceux qu'elle ne pouvait ramener à la surface sans Renaud Bertiz et que Renaud Bertiz ne pouvait ramener à la surface sans elle.

Il l'attendait dans sa yole derrière la Roche perdue. Ensemble, ils parcouraient le littoral, propulsés par le gonflement de leur voile bien bordée. Ils s'arrêtaient dans les criques inhabitées, sur les grèves isolées, pénétraient dans les cavernes en sifflant pour en évaluer l'écho, pour y découvrir de nouveaux repaires. Il y avait des grottes où l'eau ne se rendait pas et, pourtant, c'était l'eau qui les avait creusées. « Une fois, je suis resté à bivouaquer trois jours ici », disait-il d'une faille assez vaste pour héberger dix personnes et dont l'entrée n'était pas apparente depuis le large. « Pas vu âme qui vive. Excellent emplacement », avait-il conclu. Ils débarquaient dans des hameaux qu'il n'avait pas l'habitude d'avitailler pour se joindre à leurs veillées autour des feux. « C'est comme ça qu'on se crée des accointances, qu'on finit par apprendre qu'une telle en a assez du tabac moisi et qu'un tel vendrait sa chaloupe rien que pour mettre un peu de genièvre dans son grog. »

Ils s'endormaient sur de grands prismes empilés comme les marches d'un escalier géant. Elle avait toujours redouté les crépuscules, les cris de détresse naissant dans les cendres du jour. Elle commençait à apprécier les couchers de soleil maintenant qu'elle les contemplait entre deux bras d'homme, qu'ils annonçaient la venue des joies nocturnes, que les achèvements promettaient d'autres perpétuements. Ensemble, ils chantaient. « Le chant ne doit pas venir de la gorge, mais du ventre, disait Bertiz. La voix doit gémir, rire, cracher. Elle doit ébranler de colère, siler de chagrin, envelopper de désir. Elle doit battre la mesure comme une palpitation, arracher une douleur aux cels qui l'ouïssent comme un coup de bélier qui prend chaque fois qu'il donne. Elle secoue comme le rugissement d'une femme qui accouche ou le râlement d'un malade qui expire. Elle appelle une réponse. »

Parfois, elle essayait de l'entraîner dans les vagues, il tentait de la ramener sur la plage. Il finissait par céder, blâmant sa « joliesse d'outre-rivage ». Un soir, il lui avoua qu'au tout début il s'était interrogé sur sa nature, l'avait prise pour une sirène, elle qui se baignait partout, qui évitait de chanter comme pour ne pas ensorceler les mortels. Elle roula des yeux.

— Ce serait bien la pire des malédictions. Tu imagines ? Errer parmi des hordes de marins qui te désirent et n'en vouloir aucun.

Elle se recala contre son épaule, continua de boudiner les poils de sa poitrine autour de ses doigts.

— On fera de grandes choses, toi et moi.

— Grandes et basses, oui.

Ensuite revenait le moment où il devait partir en cabotage, quand les barriques de morues étaient pleines et celles de farine, vides. Il ne quittait que pour deux ou trois semaines et s'éloignait rarement de la côte. Avec un peu de chance, elle pouvait apercevoir l'ombre des agrès de la *Diluvienne* contre les falaises quelque part et c'était bien là le danger. « Le problème avec la mer, c'est point la mer comme telle ni la terre. Le problème, c'est qu'on ne sait jamais où elle finit et où l'autre commence. » Ils échangeaient des adieux comme pour une longue traversée, se disaient des choses folles comme « attends-moi » ou « reviens-moi ».

Un jour, elle lui proposa de lui apprendre à nager. « Comme ça, s'il t'arrivait malheur, tu aurais plus de chances de t'en sortir. » Il sourit, l'embrassa sur le front. Elle insista, il s'assombrit.

— Je peux point.

— Pourquoi ?

— Parce que si on fait naufrage et que je sais nager, alors Jean périra et pas moi.

•

Fin septembre, elle repéra une galiote presque complète, somnolant au fond de l'eau depuis des décennies. Ils en retirèrent un clavecin pourrissant dont ils purent récupérer l'émail des touches. En octobre, il lui montra le puits de Pierre Harneder. Ils entrèrent dans une crevasse, avancèrent dans la pénombre, penchés avant d'atteindre le trou où ils purent à nouveau se tenir debout. À leurs pieds traînait un baquet de bois cerclé de fer attaché à une corde qui se perdait au-dessus de leurs têtes. Bien au-delà, un petit rond de lumière. Elle éclata de rire, de joie, d'incrédulité devant ce coin de ciel qu'elle était en train de partager avec les gens de la cité. « Tu vois maintenant ? fit Bertiz. De l'autre côté, il est du même bleu que de c'te côté-ci. »

En novembre, ils tombèrent sur l'ébauche d'une épave aux Sauvageries. Un sloop couché sur le côté, là où le large devenait rivage et le rivage devenait large. Les décombres étaient entourés d'une flaque rose. Du sang, crurent-ils d'abord. Du vin, comprirent-ils.

En décembre, ils eurent une idée.

•

« Non », allait certainement assener Maubranches.

Elle avait été prévenue : Jean Maubranches commençait toujours par dire « non » avant de dire « oui, mais ». « Oui, on s'embarque pour les Indes, mais après c'est fini. » « Oui, on peut bien passer que'ques futailles de cidre en cachette, mais rien de gros. » « Oui, on achète une goélette, mais c'est moi le patron. » « Oui, on embarque des filles, mais on couche point avec. »

L'hiver à L'Anse-à-Caprice était rempli d'hommes, ces pêcheurs errants qui rentraient chaque année des grands bancs juste avant que les glaces n'y figeassent. Certains fumaient la pipe, emmitouflés dans des couvertures, les pieds nus dans le sable. Un cabestan trônait au milieu de la grève, qui servait à répartir l'effort des habitants lorsqu'ils halaient les navires au sec. La plupart se tenaient à l'ombre d'une goélette, tenue en équilibre sur des madriers pour qu'ils pussent bien la rabibocher et la cajoler en prévision du printemps. D'autres réparaient encore les dégâts de la dernière marée d'équinoxe sur leur maison. Ils jouaient du marteau en soupirant à l'idée de tout ce temps passé à retaper une cabane au lieu de retaper le bateau. Ils râlaient avec affection contre les belles qui leur avaient fait des petits, qui les obligeaient à isoler des murs au lieu de calfater des coques.

Les femmes ne savaient plus quoi faire de tous ces mâles qui leur traînaient dans les pattes jusqu'en mars, puis ne savaient plus quoi faire de leur absence qui s'éternisait jusqu'en octobre. Elles s'en plaignaient à voix haute, mais au fond elles appréciaient cette cadence. Elles aimaient ne pas avoir de poisson à saler chaque jour et confectionner des vanneries à la place, activité qui préservait mieux la douceur du toucher. Elles préféraient les amours d'hiver, quand leur homme devait les dépouiller de quatre couches de hardes avant d'atteindre leur peau. Parmi celles-là, Jean Maubranches s'était trouvé une femme qu'il appelait sa femme. Les chapardeuses de la *Diluvienne* ne l'avaient jamais vue puisqu'elle refusait de mettre le pied sur un navire. Elle préférait passer ses grandes marées au cap Nordant, dans la Maison des pilotes. Maubranches la mentionnait souvent, sans donner de détails. Elle existait, cela suffisait.

Renaud Bertiz et Danaé Poussin trouvèrent Jean Maubranches dans la chaumière qui avait appartenu à sa grand-mère avant lui. Il était assis devant une tasse de thé trop fine pour ses fortes mains. Des poutres du plafond pendaient poulies, grappins et sondes de plomb. Le cadre de la porte était surmonté d'une paire de raquettes qui devaient avoir été chaussées par quelque aïeul lors de périples sur d'autres terres. La neige tombait souvent à Ys, mais elle s'y accumulait rarement. Le seul couvert blanc était celui des émulsions d'écumes gélatineuses qui se collaient au relief des battures et grouillaient dans les rafales sans que la température leur fît ni chaud ni froid.

Bertiz exposa l'idée en tapotant la table pour appuyer ses arguments. Chaque année, des dizaines de cargaisons de grande valeur s'échouaient dans des criques reculées ou loin de la grève. Les riverains d'autrefois ne se gênaient pas pour s'y rendre et accaparer tout ce qu'ils pouvaient en vertu de leur droit de Lagan, cette loi immémoriale voulant que les choses réclamées par la mer n'appartinssent plus à personne. Le temps et le fer rouge avaient érodé ce droit, les riverains ne se contentaient plus que de repêcher ce qui flottait jusqu'à eux, les courants devaient se taper tout le travail. Or, il pouvait s'écouler des heures et, plus généralement, des jours entre le moment du naufrage et l'arrivée des représentants de l'armateur. « Le temps que les survivants gagnent la côte, qu'ils marchent jusqu'au corps de garde d'Ambouche ou qu'ils souquent jusqu'à la baie de Partance. Le temps que les sentinelles du haut des remparts aperçoivent l'épave. La plupart des bris surviennent la nuit et l'île est nimbée de brouillard un jour sur trois », énumérait-il. Hors équinoxe, les chapardeuses de la *Diluvienne* étaient des saleuses réparties dans trois hameaux. Elles pouvaient être réunies en moins de cinq heures si la brise coopérait. Douze femmes vêtues de noir, cachées dans un canot ou derrière un rocher. « V'là de quoi démâter les plus hostiles des ambitions. Personne ne viendrait nous déranger pendant qu'on pille. Même le plus brave des gardes-côtes serait désarçonné. Et s'il y en a un assez fou pour s'approcher, ce serait par curiosité. Il ne tenterait rien de dangereux contre douze voix qui chantent en harmonie. La seule chose qui nous empêche de prendre ce qui nous revient, c'est la peur. Et c'est de la peur que nous devons tirer avantage. »

Jean Maubranches leva les yeux vers Danaé Poussin, les ramena vers Renaud Bertiz, les reposa sur Danaé Poussin.

— Si je le connaissais pas si bien, je croirais que c'est toi qui lui mets des idées pareilles dans la tête.

— C'est un peu mon idée, en effet.

— C'est la pire idée qu'un Issois a jamais eue depuis que les Issois ont des idées.

XII.

Victoire Grout, trente-sept ans, avait la plus belle voix de toutes. Un son de femme dans lequel il ne restait rien de la fillette. Rauque souvent, grave et douce sans être complaisante. Sensuelle, disait-on avec un haussement de sourcils. Elle était saleuse dix mois par année, son visage buriné comme les structures de bois malmenées par le sel. Elle se défaisait de cette vie le temps d'un équinoxe, comme d'un manteau qu'on enlève et qu'on remet. Elle embrassait les trois enfants qu'elle avait eus de pères différents, les confiait à sa tante, puis se rendait dans le Grand Port pour voler. Elle les privait des bras de leur mère au moment où ils en avaient le plus besoin, où ils voyaient leur monde envahi par les eaux. Alors, elle sortait ce discours typique des partances : « Je vole pour que mes enfants aient tout ce qu'il leur faut pour être honnêtes. »

Jovienne Otis avait un registre et un timbre semblables, mais elle était jeune, elle n'avait pas encore connu la souffrance. Elle récitait les paroles des complaintes sans les comprendre. Elle volait parce qu'elle avait un jour caché le vase en grès d'une voisine dans son cabas et qu'elle ne s'était pas fait prendre. Elle s'était ensuite réessayée avec des bouts de pain, des engins de pêche et des moules récoltées par d'autres, avec le même résultat. Personne dans son hameau natal ne s'était jamais fait exclure. Les punitions qu'on réservait aux malfaiteurs lui semblaient lointaines, improbables. Sa chute était imminente. L'éclosion de sa voix aussi.

Catheline Eyquem, cinquante ans, avait une voix vibrante qu'elle maniait dans quatre langues pour mieux faire sonner les shillings, les pistoles, les louis et les ducats. Elle avait l'habitude de chanter dans les cabarets des faubourgs, remuant ses jupes et circulant entre les tables au milieu des ivrognes qui lui envoyaient des baisers et des bravos ! Elle soutenait leurs regards le temps d'un couplet, sautillait ailleurs pour le refrain, ses poches s'alourdissant au fil du numéro. Ex-cantatrice de l'Opéra issois, elle avait été faite invitée par un citoyen brutal qui la forçait à partager ses faveurs avec ses amis. Elle avait eu un deuxième citoyen qui lui interdisait de chanter devant d'autres que lui. Elle s'était crue inaltérable à force d'incarner les immortelles sur scène. Elle volait pour retrouver un semblant de triomphe.

Némésia Hamelin avait vécu pendant dix ans comme invitée dans la cité. Elle s'était imprégnée de la musique de chambre, des opéras allemands et italiens. Un professeur lui avait appris à atteindre les notes les plus aigües de la portée. Elle les utilisait rarement, mais elle chantait avec l'assurance de celles qui savent qu'elles le peuvent. Elle volait par amour des belles choses. Elle les eût achetées si elle eût pu.

Alizée Quintal était devenue une redoutable arnaqueuse. Dans les ruelles, elle cueillait les matelots fraîchement payés à qui il suffisait de tâter les bourses pour faire la poche. « Il est tellement plus facile de séduire un homme qu'on veut dérober qu'un homme qu'on veut aimer », constatait-elle. Elle traquait les uniformes bien propres qui dévalaient l'allée des ripailles, impatients de souiller quelque chose, quitte à en perdre quelques médailles avant même d'avoir ouvert leur braguette. Elle offrait aux dames de porter leur bagage quand elles atterrissaient sur les quais ou de tenir leur ombrelle. Elle usait de la naïveté des autres pour venger la sienne. Elle avait une voix guillerette et légère qui laissait entrevoir celle qu'elle avait été jadis au temps des espérances, avant que ne vînt le carnage des découvrances.

Cornélie Leclerq avait près de trente ans et n'avait jamais fait l'amour. Elle avait la voix la plus juste, la plus travaillée. Ses cordes vocales étaient une construction acharnée, un instrument qu'elle sculptait chaque jour. La profondeur de son interprétation était étudiée, sans cesse forée plus creux afin de recueillir toujours plus de compliments, d'être flattée autrement. Elle volait parce qu'après un certain temps les compliments ne faisaient plus effet.

Prestance Imbault avait quinze ou seize ans, venait d'une vieille famille de forbans qui se transmettaient les ruses de génération en génération comme d'autres les recettes, qui se léguaient la canaillerie comme un trousseau de clés en disant : « Ça te servira peut-être un jour. » Elle avait pris de l'avance. Attendre la nécessité ? Trop long. Elle gueulait des chansons grivoises, les employait comme une arme pour faire rougir les colosses. Ce n'était que seule ou avec quelques lampées de brandevin dans le corps que sa voix révélait une mélancolie façonnée par des siècles de persécution et d'exil.

Suzon Trépanier avait une fille de vingt ans évaporée dans la cité et un fils de trente ans disparu en mer. Elle avait une voix pâle et chevrotante et, à travers ce filet de timidité, on percevait quelque chose d'intime, de douloureux. Un chant qui ne souhaitait pas se livrer et qui divulguait ses secrets malgré lui. Elle volait par réflexe d'ajout, pour combler ce qu'elle avait perdu.

Cybèle Moure avait grandi à l'ombre des falaises coiffées de corniches et tachetées de blanc de la baie des Fientes. Quand la musette d'un pêcheur ne se faisait pas entendre, c'était le grognement des macareux, les appels gutturaux des fous de Bassan ou les criaillements des mouettes. Elle avait le timbre nasillard de celles qui cherchent à rejoindre plutôt qu'à plaire. On la disait un peu sotte et fort influençable, mais elle avait la liberté d'esprit de chanter sans complexe, de fredonner des madrigaux dans une langue inventée. Elle volait parce qu'on lui avait dit que c'est ce que font les oiseaux.

Il y avait également Valancine Rozec, Fortunée Bazire et Madelon Viad de Vertemer, où l'on avait développé le registre le plus étendu. Les filles de Vertemer étaient toujours promptes à meubler les silences, à sortir de leur tête une aria ou une chansonnette adaptées à la situation. Elles avaient compris la force du nombre, la puissance du chœur. Elles ne chantaient ni mieux ni plus juste que les autres, mais elles chantaient ensemble. Une voix de femme n'était rien. Il fallait être plusieurs pour transformer les projections en projectiles, pour décupler la tessiture et la portée des tirs, pour s'immiscer dans toutes les craques, faire éclater les barrières, noyauter les cœurs durcis.

XIII.

Jean Maubranches avait dit : « Oui, mais à la première voile qu'on voit, on se pousse. Je me fiche que ce soit un garde-côte ou un pêcheur de laitues. » En février, un brigantin aveuglé par la poudrerie s'était embourbé aux Sauvageries en tentant d'éviter le rocher Trentemil. La maline de pleine lune l'avait déposé avec fracas, puis s'était retirée. L'eau ne remonterait pas à cette hauteur avant des semaines. L'épave écorchée était condamnée à s'assécher autant qu'à s'affaisser.

Le pillage était aisé. Un coin désert, une cargaison accessible depuis la plage. Les chapardeuses se regroupèrent au cœur du vestige, se retinrent de pouffer. Elles savaient qu'un jour elles auraient aussi peur que ceux qu'elles tentaient d'épouvanter. Et si le stratagème échouait, que les patrouilleurs décodaient tout de suite que les lucioles virevoltant dans l'épave n'étaient rien d'autre que les lanternes de naufrageurs recouvertes de tissus rouges ? S'ils se montraient indifférents devant tous les cuirs de morue agrafés au bordage de leur canot pour en faire miroiter les écailles ? « Eh bien, y a rien dans la loi qui nous interdit de chanter près d'un navire abandonné », avait rétorqué Renaud Bertiz. Et si le plan opérait trop bien, que les hommes subjugués par leurs mélodies se mettaient à fondre sur elles pour les enlacer ? « D'accord, d'accord. On va vous trouver des coutelas à cacher sous vos jupes, comme ça vous pourrez les occire vous-mêmes », avait-il concédé.

Des cales du brigantin, l'équipage récupéra un chargement d'indigo et de safran. Ils avaient amassé assez d'écus pour acquérir une nouvelle goélette, plus grande, dans laquelle chacune et chacun pourrait étendre son branle, avec des sabords pour y installer des canons. Maubranches avait dit : « D'accord, mais on lui donne le nom de ma femme. » En juillet, la *Tristanne* fut mise à l'eau. Voguer avec une voilure entièrement neuve portait malheur, alors ils avaient hissé un des vieux perroquets roussâtres de la *Diluvienne* parmi la toile fraîchement tissée. On avait ensuite récité l'incantation visant à protéger des naufrages ce bâtiment payé avec le tribut des naufrages. En août, ils vendirent la *Diluvienne*, halée en cale sèche sur la plage de L'Anse-à-Caprice. Maubranches resta en-dessous à lui tapoter le flanc, incapable de consommer la séparation. « Si j'ai une fille un jour, je l'appellerai Diluvienne. »

La *Tristanne* sentait encore le goudron et le bois de pin frais quand vint la grande marée de septembre. Les chapardeuses en touchaient le vaigrage du bout des doigts en riant, en appréciaient la courbe. Bertiz vérifiait et revérifiait l'amarrage des barriques, étonné de voir autant d'espace encore inoccupé dans la cale. Sur le pont, Bouchette injuriait les écoutes, pestait contre ce bâtiment qui ne répondait pas à ses manœuvres comme il en avait l'habitude. Jean Maubranches s'enveloppa dans sa vareuse comme si le soleil n'eût pas encore chassé la nuit.

— Viens prendre la barre, ordonna-t-il au mousse.

Il ne remonta pas. Bertiz le trouva au fond de la cabine, effondré sur les ballots comme sur une paillasse, alternant entre les accès de tremblements et de déshabillage. On le vit entrer dans la cambuse, où deux filles préparaient le bouillon du soir. Elles reculèrent à son approche.

— Z'inquiétez pas. Je vais point vous la donner, ma fièvre.

Ils mouillèrent à l'endroit d'échange convenu. Maubranches fut couché sur la plage, un feu de gourbets allumé près de lui. Ils scièrent des arbres pour en faire des piquets, improvisèrent une tente pour le protéger de la pluie. « Ça va lui passer. Ça finit toujours par passer », assurait Bertiz en lui épongeant le front. « C'est le mal des marais. Ça nous reprend parfois. Dis, Jean, t'as connu pire, n'est-ce pas ? » Les chapardeuses échangèrent des regards inquiets.

Pendant cinq jours et cinq nuits, les membres de l'équipage se relayèrent à son chevet pour le forcer à boire ou l'empêcher de se dévêtir dans le froid. Le sixième matin, Boute-Selle somnolait près de lui, prêt à l'agripper au moindre mouvement. Il ouvrit un œil, puis l'autre. Une corneille croassa. Le malade reposait, paisible depuis trop longtemps. Le garçon remua l'épaule inerte. « Patron ? »

Jean Maubranches expira au bout de sa sueur le vingt-trois septembre de l'an dix-sept après le Massacre des Premiers hommes, quelque part dans un isolat du nouveau monde. Cybèle Moure pleurait, agenouillée dans le sable près du corps encore tiède. Boute-Selle se sauva à bord d'une chaloupe et se mit à pêcher, à faire ce que font les hommes quand la vie les maltraite. Il jetait les poissons dans le fond de l'embarcation avec la hargne qu'un terrien eût mis à bûcher du bois. Les autres étaient debout, égarés. Renaud Bertiz hochait de la tête sans rien dire. Il se leva d'un bond, marcha d'un pas étrangement lent, sans hâte ni but.

— Où ce tu vas ? demanda Danaé Poussin.

— Me promener.

La journée passa, chacun affairé dans le déni du corps de plus en plus mort, les endeuillés transis entre leur peine et l'attente qu'on leur dît quoi faire. Danaé fut prise de panique quand le soleil commença à baisser. « L'est pas revenu, sursauta-t-elle. Il est point parti se promener. Il est parti mourir. »

Il fallait organiser une battue pour retrouver Bertiz. Les autres la regardaient comme si elle parlait une langue inconnue, écumait d'une folie que leur torpeur n'entendait pas. « Vous ne comprenez pas. Je vous dis qu'il faut le ramener. Tout de suite. » Elle courut dans la direction qu'il avait prise, criant son nom vers le large, vers les dunes. Quatre chapardeuses avançaient à pas prudents dans le boisé, peu familières des forêts dont les mystères éveillaient une vieille terreur d'enfant. Les arbres semblaient absorber les « oh hé », les « Renaud ! » lancés vers l'antre. Ils regagnèrent le campement un à un avec la progression de la noirceur. Danaé était recroquevillée sur le sable face à la mer comme une roche découverte par le jusant, comme ces veuves minéralisées dans l'absence de leur marinier.

Il reparut au milieu de la nuit. Danaé marcha vers lui et le bombarda de mots, le martela de ses poings. Il la laissa faire. Il se contenta de donner des ordres : qu'on plaçât le tricorne du défunt sur sa face et qu'on recouvrît son corps d'un drap. « Dormons. Demain, z'allons l'immerger. » Ils acquiescèrent sans rien dire.

Ils enserrèrent le cadavre dans la voile ocre. Les visages étaient en larmes, le silence des sanglots refoulés couvert par le crépitement des flambeaux et le tapage du ressac. Sur la *Tristanne*, Bertiz récita l'oraison funèbre qui souhaitait un bon voyage au trépassé. On joua un air de lamentation à la cornemuse. Il fallut trois hommes pour passer la plateforme et faire glisser le corps. La dépouille éclaboussa les témoins en s'enfonçant dans une eau noire et étrangère.

Le premier arrivé et le plus fort

Aux temps jadis, le maître du premier navire arrivé chaque printemps était nommé Amiral de sa crique. Il avait pour rôle de dicter les règles de bonne entente et de juger les différends entre les équipages.

Personne ne remettait en question l'autorité de l'Amiral sauf en cas de guerre. Il fallait alors construire des corps de garde dans les hauteurs pour parer les invasions. Des milices de pêcheurs s'y relayaient pour surveiller le large. En cas d'incursion, ils allumaient un feu et sonnaient le tocsin pour avertir la crique voisine, qui devait en allumer un à son tour et ainsi de suite pour que toute la côte fût alertée. Il fallait un visionnaire pour penser à se cacher dans des carcasses de baleines échouées pour mieux surprendre l'ennemi, pour tenir en respect les troupes à coups de galets, de piques et de tirs d'un unique canon. Il fallait élire un Coronal, choisi parmi les pêcheurs comme étant le meilleur stratège, la voix la plus forte pour mener les hommes au combat. Certains coronaux ont laissé leur trace dans les livres d'histoire, comme ce patriarche d'Ambouche qui, venant de perdre ses deux jambes, demanda à être posé sur un tonneau pour continuer à crier des ordres.

Avec les décennies, la muraille complétée et les prédations étrangères essoufflées, les milices perdirent de leur pertinence. Chaque jour passé à scruter un océan vide de menace mais plein de poissons, semblait une journée gâchée. Les pères envoyaient leurs enfants faire le planton à leur place, les jeunes s'y rendaient pour tirer sur les oiseaux de mer ou fumer leur tabac en cachette. Les corps de garde furent peu à peu laissés à l'abandon, les patrouilles déléguées à des guetteurs rémunérés par l'Amirauté. On n'avait plus besoin de chefs de criques pour défendre l'île puisqu'on avait une marine d'État avec ses échelons et ses gages établis. Les seuls riverains qui osaient encore se dire « coronaux » étaient des agitateurs. Il y eut un coronal autoproclamé à l'origine d'un attentat manqué contre le navire amiral en l'an vingt avant notre ère. Il y eut sans doute un coronal improvisé à la tête des saccageurs du Massacre des Premiers hommes de l'an un.

Ainsi, l'idée du Coronal, cette figure du pêcheur vêtu d'une carapace de limule en guise de plastron, la conque de ralliement dans une main et le harpon d'assaut dans l'autre, continuait de vivre dans l'esprit des sans-miroir. Pour la cité, le Coronal était le symbole de la sédition côtière, de la barbarie des gens de peu. Quiconque croyait à l'ordre des choses ne prononçait jamais le mot. Même ceux qui rêvaient en secret de ce meneur de guerre élu par le rivage pour le rivage n'osaient invoquer cette icône surnageant à fleur d'eau.

XIV.

Les riverains vaquaient à leurs ouvrages : ramassage du varech, apprêtage des hameçons, séchage de la morue. On étendait vareuses et manteaux sur la grève, on faisait brûler des bougies pour en égoutter la cire et protéger l'étoffe. Les femmes affûtaient leur voix comme les hommes leur couteau. Les écueils se tenaient immobiles dans l'attente de la prochaine prise.

Un matin de novembre, des pêcheurs de la pointe des Malcontents eurent la surprise de ramer parmi des canards en désarroi. À l'angle d'une éminence rocheuse, ils découvrirent un trois-mâts échoué, des matelots qui jetaient les animaux par-dessus bord pour tenter de l'alléger. Sur le pont, on voyait des bœufs, des chèvres, des oies, des cochons. Le marchand semblait chargé du bétail destiné aux fines assiettes de la cité. Une cargaison vivante, trop instable pour être transférée sur de petites embarcations. Toute la journée, les habitants du coin affluèrent pour admirer l'épave en devenir, salivant déjà à l'idée de toute cette chair qu'ils allaient récolter. Les matelots les regardaient en armant leurs fusils, redoutant de devoir affronter les riverains en plus des flots. Naufragés et naufrageurs se toisaient. L'équipage abandonna le bâtiment à la fin de l'après-midi. À bord de leurs canots, ils s'éloignèrent de ce navire qui était en train de les tuer et de ce rivage qui semblait vouloir en faire autant.

Le mot se passa de havre en havre et de crique en crique. La marée de rumeurs atteignit Vertemer aux premières heures. Valancine Rozec courut, contourna les promontoires jusqu'à L'Anse-à-Caprice. Sur les lieux, la *Tristanne* ne se cacha même pas, trop de gens avaient été témoins du désastre. L'équipage passa la soirée à transborder les bêtes. La plage fut transformée en égorgerie, puis en rôtisserie.

— C'est-y pas beau, s'exclama une femme en contemplant la satisfaction de ses enfants en train de déguster du bœuf pour la première fois de leur vie.

— Moi ce que j'aimerais voir, c'est la face des citadins quand ils vont apprendre qu'ils devront se contenter de poisson pour un bout.

— Ou pire, de homard, renchérit un autre.

Ils éclatèrent de rire, certains y ajoutant une mine de dégoût.

— Peut-être bien qu'il y en a qui vont redevenir chrétiens, à force de manger de la bouffe de carême, ajouta une femme en gloussant.

Renaud Bertiz avait fait percer quelques futailles de vin dans le battage des violons, flûtes et tambourins. Les riverains dansaient dans la lumière jaune des lanternes posées sur le sable. Un jeune homme se tenait debout, l'air hagard entre deux bouchées de cuisse de volaille. Plus tard, il se souviendrait avec allégresse de cette nuit-là. Il s'en souviendrait aussi quand Bertiz lui proposerait de guetter les naufrages, d'allumer un feu pour signaler les épaves. Il dirait oui, comme tant d'autres un peu partout aux Échouements. Ils accepteraient de surveiller des caches bourrées de marchandises pillées, de tremper des voiles dans des cuves de café pour les assombrir, de faire brûler du varech dans les rainures du sol pour produire de la poudre à canon artisanale. D'héberger pendant des jours, des semaines, des membres de l'équipage de la *Tristanne* recherchés par l'Amirauté pour les soustraire aux fouilles des gardes-côtes.

•

On disait des gardes-côtes qu'ils étaient soit jeunes, soit couards. Ils sortaient en général de l'Académie navale avec l'intention de faire carrière dans la marine d'État. Ils avaient une vingtaine d'années, se dégotaient un poste dans la patrouille, qu'ils délaissaient à la première occasion pour un embarquement au long cours. Quiconque avait moindrement d'ambition ne pouvait se contenter de côtoyer la moitié du temps et de faire le guet dans une cabane de pierres l'autre moitié. Ceux qui végétaient dans ce poste étaient donc les moins vaillants. Ceux qui savaient très bien que cette crique-là se trouvait à une demi-lieue de tout hameau habité et qu'il n'y avait aucune raison licite pour qu'il y eût de la lumière en pleine nuit, mais qui se disaient « bah ». Ceux qui savaient que les casiers que ce pêcheur-ci remontait devaient contenir autre chose que des crustacés, mais qui se disaient « bof ». Ceux qu'on pouvait soudoyer avec quelques gorgées de cidre et quelques bouffées de tabac de qualité.

En décembre, les gardes-côtes de la corvette commandée par le lieutenant Casavant virent le profil d'une épave penchée contre les récifs prolongeant une pointe de terre aux Sauvageries, baignée dans une brume hivernale. Ils discernèrent d'étranges lueurs rougeâtres animant l'intérieur du navire, une scène occulte suggérant que l'équipage s'adonnait à un rituel de magie pour sauver le bâtiment du naufrage ou que des fées maléfiques tentaient d'en prendre le contrôle. Les gardes-côtes n'avaient pas discerné la *Tristanne* à quelques encablures, ses voiles couleur charbon se fondant dans la nuit sans lune.

Des années plus tard, ils raconteraient encore les détails de cet épisode. Ils diraient : « Moi non plus, avant, j'y croyais point. Mais j'ai vu ce que j'ai vu. Ou plutôt, j'ai ouï ce que j'ai ouï. » Certains diraient : « Il y avait un épais banc de brume. » D'autres : « Y avait point de brume. Point de nuage. Rien. »

Le lieutenant Casavant décrirait la stupéfaction des hommes dans son rapport. Leur hésitation à exécuter ses ordres, leur empressement à se chercher des bouts de chiffons à se mettre dans les oreilles. Leur maladresse lorsqu'ils finirent par obéir, par virer lof pour lof, les mains tremblantes. Ses supérieurs lui reprocheraient cette défilade, lui rappelleraient qu'Ys était une nation de raison et non de superstition. « Vous n'auriez pas dû fuir, peu importe ce que vous avez cru voir ou entendre », réprimanderait le chef de la division du guet. « Vous n'aviez qu'un devoir, le cel d'aller toiser l'assaillant dans le blanc des yeux, quitte à vous faire tuer... » Il clouerait un regard de mépris sur le lieutenant avant d'ajouter : « ... Ce qui n'aurait pas été une très grande perte pour la cité. »

Au bout du compte, Michel Casavant serait le seul emporté par le chant des sirènes. On le retrouverait mort de sa propre main deux lunes plus tard, couché dans la flaque de son sang.

•

De l'épave, ils tirèrent une douzaine de rouleaux de lin, une marchandise prisée et commune, facile à écouler sans que personne ne pût en identifier la provenance. En attendant leur prochaine croisière d'équinoxe, ils l'entreposèrent dans une des caches que Renaud Bertiz affectionnait précisément parce qu'elle n'avait guère l'apparence d'une cache. Ce n'était ni une grotte ni un havre, mais une longue plage fouettée par les embruns. Le sable gris y était attaqué par plusieurs étages d'eau turquoise et écumante. Au fond, trois masures de pierre en ruine leur faisaient face. Elles se fondaient dans la beauté farouche du paysage après des années d'oubli.

Bertiz avait nettoyé une des chaumières, lui avait rebricolé un toit et un âtre, y avait placé un lit. Il chargea Boute-Selle de surveiller la cargaison. Le garçon vivait en ermite devant l'océan, soupait entre quatre murs dans l'odeur de fibre du tissu. Les premiers soirs, il s'endormait les mains derrière la tête, fixant le plafond de varech bien avant que le feu ne s'éteignît dans la cheminée. Chaque matin, il partait pêcher son repas quotidien, seul à bord d'une chaloupe. Un après-midi, alors qu'il ramait pour rentrer, il vit au loin une mince colonne de fumée s'échapper. Il lâcha les avirons. Il avait mal éteint la flambée avant de partir. Il souqua de plus bel, pris d'un fort pressentiment. Sur place, il trouva un navire ancré au large et un canot sur la grève. Trois gardes-côtes fouillaient la masure.

— Qu'est-ce vous faites chez moi ? tonna le garçon.

— T'es qui, toi ?

— Je suis le cel qui habite ici. Et vous ?

— Ton nom ?

— Boute-Selle.

— Ton vrai nom ?

— J'en ai point.

— Qui habite avec toi ?

— Personne.

— Comment as-tu eu tous ces rouleaux de toile ?

— Les ai trouvés. Sont à moi maintenant.

— Trouvés comment ?

— Sur la batture. Y a plein de trucs qui flottent jusqu'ici.

— Sont secs, pourtant.

— Parce que je laisse le feu même quand je vais pêcher.

— Et tu habites vraiment seul ? À ton âge...

— Oui, tout seul parce que je veux voir personne. Comme vous par exemple, z'entrez ici sans cogner et vous me cherchez du trouble.

— Allons, lâche ta comédie. Pour qui tu travailles ?

— Personne.

— Avec qui tu vis ?

— Personne, que je vous dis.

— Alors c'est toi qui as volé tout ça ?

— Pas volé, sauvé. Je l'ai sauvée de la mer, la toile. Si elle pouvait parler, elle me remercierait.

Les officiers empoignèrent le garçon, le traînèrent à bord. Le seize de janvier de l'an dix-huit, Pasco Teulocq dit Boute-Selle, âgé de quinze ans, comparut devant le Tribunal d'exclusion. Il fut condamné pour avoir volé treize rouleaux de lin de l'épave de l'*Alphéa*. Jusque devant le juge et même devant le fer rougi, il refusa de révéler à quelle crique il appartenait.

À son retour à L'Anse-à-Caprice, il se fit enguirlander par tout le monde. Par sa mère, d'abord, pour avoir disparu sans laisser de trace pendant des semaines. Par Renaud Bertiz, ensuite, qui l'aperçut en train de piquer sans raison des méduses sur les rochers. Il marcha vers lui, l'attrapa avec rudesse.

— T'étais où ? Y a plus rien là-bas. Plus le moindre bout de toile.

Le garçon se dégagea.

— Tu veux savoir où j'étais ? V'là où j'étais, cria-t-il en étirant le col de sa chemise pour montrer son épaule.

Bertiz resta transi, saisit le garçon par la nuque.

— Le paieront cher, tu vas voir.

XV.

Renaud Bertiz ne parlait jamais de Jean Maubranches. C'était comme si Maubranches n'avait jamais existé et pourtant Maubranches était partout dans le fait que Bertiz ne parlait plus de lui. Mathieu Coffin et Péleg Bouchette étaient de quart cette nuit-là. Le premier tenait la barre, son regard alternant entre la courbure des voiles et la courbure de l'horizon, entre le miroitement de la mer et l'étoilement du ciel. Bouchette fumait sa pipe, appuyé entre deux taquets.

Il vantait la force des marées montantes, leur capacité à tout combler. La mer n'est vraiment elle-même que lorsqu'elle est pleine, disait-il. « C'est elle qui permet la partance. Sans elle, c'est au mieux le retard et au pire, l'envasement. La marée haute, c'est la vie, tandis que la plage dégarnie et ses résidus abandonnés, c'est la mort, la puanteur, la tristesse. Et puis, ça brasse les laminaires, on a plus de goémon pour se chauffer l'hiver. » Coffin le contredisait. « Tu oublies que la marée haute est dangereuse. Elle détruit tout, emporte tout. C'est la mer basse qui permet de souffler, de caréner, de construire, de se refaire, arguait-il. Le vrai niveau est celui qui révèle le fond. Et puis, je vois point comment on peut défendre les grandes marées, avec les hauteurs sans précédent qu'elles atteignent c'tes temps-ci. »

La voix de Renaud Bertiz émergea de l'obscurité. Il avait dû monter sur le tillac au cœur de leur conversation sans qu'ils ne l'entendissent.

— Z'êtes des frères de matelotage, vous deux.

— Quoi ?

— Vous êtes devenus des frères de matelotage et z'en rendez même pas compte. Z'avez de la chance. Moi, j'en n'aurai jamais plus.

Bouchette souffla à côté de son brûle-gueule.

— Vous vous trompez, patron. C'est point mon frère, cel-là.

— C'est vrai, renchérit Coffin. On se disputaille tout le temps.

— Savez ce que ma mère disait quand elle était encore vivante ? Elle disait que le travail d'une mère, c'est de garder son fils en vie. Le cel d'un père, d'en faire un homme. Le cel d'une amoureuse, de le rendre encore plus grand. Et le cel d'un frère, de veiller à ce qu'il ne s'enfle pas trop la tête après la victoire. Bonne nuit, les gars.

•

En février, ils tuèrent.

Un groupe de pêcheurs avaient capté une flûte dans leur lunette d'approche. Elle se croyait assez loin de la côte pour garder toute sa voilure déployée, sous-estimant le labyrinthe de pièges sous-marins tendus par Locqnoir, le contre-courant qui happait loin du danger pour mieux vous y ramener. Un œil expert savait reconnaître les signes, la ligne de flottaison qui grugeait la carène de plus en plus haut, l'agitation des silhouettes sur le pont : ce serait une mort lente, mais certaine. L'eau monterait lentement, au début. Ils auraient le temps de s'éloigner vers l'est, seraient face à un coin de littoral dépouillé de vie lorsque le débit se ferait insistant.

Il fallait aviser la *Tristanne* : une bonne affaire se dessinait.

Les contrebandiers trouvèrent la flûte en pleine nuit, déjà délaissée. Ils estimèrent avoir deux heures, peut-être trois, pour explorer l'épave avant qu'elle ne s'abîmât. Renaud Bertiz, Mathieu Coffin et Péleg Bouchette trouvèrent plusieurs coffres remplis d'ivoire : des cornes de toutes les longueurs et de toutes les largeurs. Ils se couvrirent la bouche, se pincèrent le menton, se frappèrent les épaules les uns des autres. Ils fouillèrent la cale, puis remontèrent vers la cabine à la recherche de monnaies à grappiller. Ils s'arrêtèrent au seuil de la porte. Un homme était agenouillé en prière sous un crucifix. Le capitaine, sans doute, qui s'en remettait au dernier recours pour sauver son bâtiment. Il tressauta, chercha son sabre des yeux. Il supplia dans une langue étrangère : portugais ou espagnol, ou peut-être était-ce encore des implorations en latin adressées au Créateur.

Les filles ne surent jamais qui de Bertiz, Coffin ou Bouchette avait souillé sa lame.

•

Danaé Poussin et Renaud Bertiz restèrent à bord de la *Tristanne*, étendus dans la couchette de la cabine arrière, incapables de fermer l'œil. « J'aurais voulu qu'il soit citadin, le capitaine. Ç'aurait été plus facile. »

Il reposait sur le dos, les yeux vers les lattes du pont supérieur, la mâchoire serrée. Danaé la vit pour la première fois, presque trop crue dans la lumière matinale filtrant entre les planches : sa rancœur contre les gardes-côtes, contre les subrécargues, contre les fonctionnaires, contre la cité au grand complet... Contre les bien-pensants à perruque qui mettaient des étampes sur leur vie en croyant comprendre comment se passaient les choses à l'autre bout de l'île ou à l'autre bout du monde. Sous ses traits rieurs, le plus courtois des caboteurs collectionnait ses morceaux de fiel comme ces matelots qui accumulaient leur portion quotidienne de grog pour se payer une vraie cuite à la fin de la semaine. Clandestin jusque dans sa haine. Elle entremêla ses doigts aux siens, effleura les lignes de sa paume pour en deviner les rigoles de sang.

— Renaud, tu avais déjà tué avant hier ?

Il ne répondit pas tout de suite.

— J'ai toujours fait ce qu'il fallait.

Elle soupira de fatigue en se lovant contre son aisselle.

— Z'avez bien fait. C'était lui ou vous. Lui ou nous tous.

Il la regarda avec étonnement.

— Ça te fait point peur, tout ça ?

— Un peu, mais c'est bien d'avoir peur, non ? Ça veut dire que les choses changent, qu'on s'en va que'que part.

Il acquiesça, puis se remit à regarder en l'air.

— C'est comme ça qu'il faut jouer, dit-il d'une voix éteinte. Y a les fausses règles, les celles qu'on nous a répétées toute notre enfance pour nous y garder dedans. Et puis y a les vraies règles, les celles qui salissent et qu'il faut suivre pour gagner ce que tout le monde désire sans jamais l'obtenir.

— Comme quoi ?

— Tout. L'amour des femmes, le respect des hommes. La richesse, le pouvoir. Y a point de muraille qui puisse nous contenir quand on craint plus de grimper.

— Tu parles comme si tu voulais devenir coron...

Il plaqua une main sur sa bouche avant qu'elle ne finît de prononcer le mot et l'embrassa pour qu'il ne franchît ses lèvres.

Les marins issois de l'époque étaient adeptes du tatouage. Les registres de l'Amirauté contiennent une foule d'exemples de citoyens ayant fait ajouter une note au registre mentionnant l'ancre, le nœud en huit ou l'espadon qu'ils arboraient sur leurs pectoraux. Ils s'assuraient ainsi que leur cadavre fût identifiable et convenablement honoré même dans le cas où leur visage fût rongé et leurs habits dérobés.

Se faire piquer de l'encre sous la peau était également une preuve de bravoure. On se souvenait de ces chrétiens de la Terre sainte qui, lors des croisades, se marquaient le buste d'une croix pour prouver leur allégeance. Des bourlingueurs qui avaient canoté les rivières du nouveau continent se souvenaient des chefs de tribu couverts de dessins de la tête aux pieds. Les Issois ne rechignaient pas à imiter ces guerriers qui en arboraient d'autant plus qu'ils étaient valeureux, et à se protéger grâce à des scarifications censées repousser le mauvais pied, le mauvais œil, le mauvais temps. Quand venait le moment de signer leur nom sur un rôle d'équipage, les illettrés reproduisaient leur plus singulier tatouage pour que personne ne pût contrefaire leur paraphe. Analphabètes, oui. Quelconques, jamais.

Des citoyens se disaient aventuriers de cœur et cachaient les traits d'une frégate sous leur chemise même s'ils n'avaient pas mis le pied sur un quai en vingt ans. Des marins qui juraient à chaque embarquement que c'était le dernier affichaient l'image de leur chaumière sur leur avant-bras. Ils disaient qu'ils « partaient en mer », même si leur vraie maison, celle où ils passaient les trois quarts de l'année, c'était la mer. Des riveraines se disaient « citadines pour toujours », même lorsque leur galant les larguait et qu'elles devaient retourner « vivre dans l'eau ». Beaucoup considéraient ce séjour au royaume des fluides comme un passage forcé, une parenthèse entre deux invitations, même si elles n'avaient effectué que trois brèves escales dans la cité sur une vie de cinquante ans. On les reconnaissait à la fausse mouche noire tatouée sur leur joue ou à la forteresse entre leurs omoplates.

Il serait facile de nos jours de se moquer de ces sans-miroir gravant leurs illusions jusque sur leur épiderme. Mais qui sommes-nous pour juger les fantaisies de ces gens soumis à l'instabilité d'une époque révolue ? Il fallait être téméraire pour se faire entailler la chair à l'aide d'un peigne en arêtes ou d'une coquille d'huître dans un monde où une simple écharde se transformait en gangrène. Il fallait être hardi pour s'orner de symboles permanents dans un monde où rien ne durait.

XVI.

La première à quitter la bande fut Némésia Hamelin. Les filles jouaient aux cartes dans le quartier. Elle avait guetté un trou dans les conversations, s'était raclé la gorge, avait annoncé qu'il s'agissait de son dernier voyage. Fini le chapardage, fini le pillage. Elle ne voulait pas subir ce que le mousse avait subi. Elle était prête à risquer sa vie, mais pas ses chances de retourner dans la cité. Les chapardeuses avaient opiné avec une mine dépitée, avaient marché vers elle pour l'entourer de leurs bras. Seule Alizée Quintal était restée loin des effusions.

— Tu comptes t'y prendre comment, au juste ?

Alizée fit un geste de la main englobant les vêtements de saleuse de Némésia, son cotillon taché de graisse et bruni de sang, ses doigts gercés de saumure.

— Non mais, regarde-toi. Oui, je sais, tu as une mauvaise robe que tu mets pour aller extravaguer en ville. Toujours la même. Elle va te durer combien de temps, tu penses ? Quoi, c'est vrai, s'exclama-t-elle devant l'expression outrée des autres filles.

— Tu ne sais pas de quoi tu parles, Alizée, rétorqua Némésia. J'ai point besoin d'être la plus ci ou la plus ça pour y retourner. J'ai la foi et c'est ce qui compte le plus. Tu es jeune, toi. C'est normal que tu t'appropries tous les espoirs. Mais tu n'y es pas encore allée. Moi, je la connais, la cité. C'est chez moi, plus que c'te côte ne le sera jamais.

— Tu te trompes. J'ai aucun espoir. L'espoir, c'est comme le lest. Ça sert à rien, à part nous plomber. Non, pour moi, l'exclusion, c'est la plus belle chose qui me soit jamais arrivée, lâcha-t-elle avant de se remettre à brasser les cartes.

•

Un matin, les treize femmes montèrent sur le pont, l'une à la suite de l'autre. Les hommes lâchèrent leurs cordages, leurs brosses et leurs lunettes, intrigués devant l'incongruité de la scène. Ces filles d'ordinaire oisives ou malades tout au long des traversées, qui allaient et venaient du tillac au quartier au gré du temps et de leurs envies, se tenaient là, droites et cordées en bloc avec Catheline Eyquem à l'avant.

— Z'avons une demande. Moi ça ne me concerne plus, mais y en n'a aucune autre qui est assez dessalée pour la faire en son nom, alors je la fais au nom de toutes.

Les femmes avaient l'habitude de laver les linges de leurs menstrues dans le poste, mais sous le pont, rien ne séchait, expliqua la porte-parole. Elles voulaient donc étendre leurs chiffons propres dans le gréement, lorsque cela serait nécessaire.

Renaud Bertiz approuva de la tête sans rien dire.

Plus tard, quand tout le monde aurait quelques gobelets d'eau-de-vie dans le nez, quelqu'un, on ne se souviendrait plus qui, lancerait :

— J'y pense... on pourrait en faire notre pavillon, des linges tachés du sang de nos sœurs de pillage.

— Oui, renchérirait Bertiz avec un entrain exalté. Que nos ennemis sachent qu'on n'a peur de rien, pas même des femmes et de leurs brouilleries du mois.

•

La *Tristanne* avait mouillé dans une petite baie, devant un fouillis d'herbes hautes. Un crachin tombait sur les vallons, la houle roulait loin, étendait son tapis de broue sur les battures. Danaé Poussin décida de dormir à bord de la goélette, fuyant l'inconfort de la mouillure qui suintait partout. Le lendemain matin, elle trouva le gros de l'équipage sur la plage, en train de jouer aux tatoueurs les uns sur les autres. Les matelots étaient nus jusqu'à la taille, frissonnant dans l'air encore mordu d'hiver, se couvrant à moitié dans leur capot, laissant sortir un bras comme d'une toge. Trois chapardeuses étaient assises sur des caisses, en corset, leurs épaules dévoilées. Les lettres EX y avaient été gravées à l'encre bleue. Alizée Quintal et Boute-Selle étaient les seuls à exhiber le vrai signe, celui de chair boursoufflée. Danaé Poussin vit Renaud Bertiz de dos, qui supervisait le déchargement, les mains sur les hanches. Il arborait la marque sur son biceps droit, presque sans bavure.

— Qu'est-ce vous faites ?

— Le mousse s'est fait marquer, alors nous itou. De toute façon, on n'en a rien à foutre de leur cité. Allez, viens, Prestance va s'occuper de toi.

Elle patienta parmi les filles qui passaient sous le peigne à arêtes, s'éloigna en douce et regagna la goélette à la nage. Elle s'enferma dans la cabine, les bras autour des genoux. Bertiz l'y trouva tard le soir et se mit à lui embrasser le cou, la gorge, l'épaule.

— Il est où, ton tatouage ?

Elle ne répondit pas. Elle fixait le vide, sur la lumière blafarde de la lampe.

— Je suis une idiote, murmura-t-elle. Complètement idiote. Enoc Martel m'avait dit : ne te contente jamais d'être une invitée.

Bertiz recula pour mieux la regarder de ses yeux embués d'ivresse.

— Quoi, tu croyais que j'allais finir par retourner de l'autre côté et t'emmener avec moi, ou que'que chose de la sorte ?

Il pouffa et recommença à lui bécoter le cou.

•

Le repaire favori de Danaé Poussin était un creux de falaise situé à distance égale entre Havre-Ouellau et L'Anse-à-Caprice. Elle y rejoignait Renaud Bertiz pour leurs escapades en yole ou s'y réfugiait seule quand il partait au cabotage. La petite caverne était peu profonde et bien éclairée par la lumière extérieure. On eût dit une vaste chambre ronde taillée dans le roc. Elle était baignée de l'effluve de tabac qui émanait des barriques. Le sol était recouvert de peaux de phoques et d'un tapis persan. À l'entrée traînait un cercle de galets où ils avaient l'habitude d'allumer un feu le soir, au-dessus duquel ils faisaient tourner un hareng ou un maquereau. La même flambée l'accueillait quand elle revenait de sa nage matinale. Bertiz l'attendait avec une couverture pour la réchauffer. Souvent, il jaugeait les humeurs du ciel avant qu'elle ne s'éveillât. « Ça regarde gris, ne va pas trop loin » ou encore « ça vente du noroît, tu devrais point y aller ».

Un matin où l'océan était strié de moutonnements, où les chaloupes des morutiers étaient restées sur la grève, elle décida de marcher jusqu'au refuge, de s'y rendre plus tôt qu'à l'habitude. Elle trouva Renaud Bertiz en grande conversation avec Mathieu Coffin et Péleg Bouchette. Ils étaient agenouillés et penchés sur une carte de l'île.

— Là, un véritable attrape-naufrages. Ici, une cache naturelle, tout près. Et là, c'est Chagueroque.

— Jusqu'où seraient-ils prêts à aller, eux autres ? demanda Bouchette.

— Jusqu'au bout.

— Et eux, là ? demanda Coffin en pointant un renflement de la côte.

— Moins sûr.

Danaé entra et avança jusqu'à faire de l'ombre sur la carte.

— Jusqu'au bout de quoi ?

Bertiz leva les yeux.

— Je t'expliquerai plus tard.

— Je suis là maintenant.

Il se redressa. Bouchette intervint.

— On avait dit qu'on ne disait rien aux filles pour tout de suite...

Bertiz planta son regard dans celui de son amante.

— Elle dira rien.

Danaé Poussin écouta en silence, assise sur un tonneau. Les hommes avaient estimé que le subterfuge des chants de sirènes ne durerait qu'un temps. Qu'un jour, un officier un peu moins poltron que les autres finirait par s'approcher, que l'Amirauté ne laisserait pas longtemps les côtes à la merci de pilleurs, aussi surnaturels semblassent-ils. Tôt ou tard, il faudrait mener bataille. La première phase du plan était de combattre les gardes-côtes qui les pinceraient en pleine rapine, de les couler au fur et à mesure. Ne laissant aucun survivant pour informer l'Amirauté, cela causerait un surcroît d'effroi pour une brève période et leur donnerait un délai pour se préparer à la deuxième phase. Ensuite, ce serait la destruction préventive : décimer la flotte de patrouille, une corvette à la fois. La troisième phase était d'armer les pêcheurs. Du haut des remparts, les canons de la cité pouvaient viser ce qui approchait du rivage, mais pas le rivage lui-même. Ils placeraient leurs propres canons à terre pour repousser les assaillants venus du large. En cas d'échec, ils avaient prévu une phase ultime : faire sauter la muraille. Bourrer le souterrain et le puits secret de poudre et l'allumer. Une partie de la péninsule s'effondrerait, les points les moins solides des fortifications avec. La cité serait vulnérable aux grandes marées comme l'était le rivage et tous deviendraient égaux devant la montée des eaux.

Danaé Poussin comprit alors pourquoi le repaire sentait de moins en moins la feuille et de plus en plus la poudre. Pourquoi les « précautions », comme les appelait Bertiz, prenaient de plus en plus d'espace. Le trou était encombré de fusils, d'espingoles et de vieilles hallebardes rouillées. Près des tonneaux s'entassaient maintenant des boulets pour alimenter les pièces de bronze installées sur la *Tristanne*.

Après le départ des matelots, ils se retrouvèrent face à face, les bras croisés.

— T'es fâchée ?

— T'avais dit que c'te cache était à nous deux.

— J'avais dit ça ?

Il marmonna des excuses. Il se mit à parler de voûtes scellées, de planques dans l'archipel des Sablons, d'abris fortifiés.

— Vous, les filles, vous serez en sécurité. On laissera rien vous arriver.

Elle descendit de son tonneau, puis attrapa son havresac, le plaça en bandoulière. Il la retint par le bras. Une scène brouillonne éclata.

— T'es qu'un menteur. Tu m'avais dit que je serais au sec pendant les grandes marées. On n'est jamais au sec sur ton bateau.

— T'es qu'une sotte. Quand vas-tu comprendre que tout ce qui appartient à quelqu'un a appartenu à quelqu'un d'autre avant ?

— T'es qu'un rejeton du rivage qui se fait accroire que c'est toi qui veux plus de la cité, alors que c'est elle qui n'en a rien à faire de toi.

— Au fond, t'es comme les autres. Z'êtes toutes cruelles et naïves, à vous figurer qu'il y a un prince qui vous attend de l'autre côté. Et pendant c'te temps-là, nous les pêcheurs, on n'est jamais assez bien pour vous.

— Tu veux savoir ce que j'en pense de votre plan ? J'en pense que z'êtes complètement fous.

— Et toi, c'est quoi ton plan ? « Oh oui, m'sieur l'Amiral, je suis tellement issoise, je sais nager. »

— Puisque t'en parles... Ça ne t'a jamais vraiment impressionné, le fait que je nage. Tout ce qui t'intéresse, c'est les objets que je remonte.

— Et toi, t'as jamais vraiment aimé ça, voler. Ni chanter, d'ailleurs.

— C'était notre idée à nous deux, les sirènes. Je pensais que c'était ça, le plan ultime. Mais non, on n'était rien qu'un chapitre. Quand je pense que je me suis amatelotée avec un voleur et un tueur...

— C'est pas toi qui me félicitais l'autre fois, quand on a égorgé le Portugais ?

— J'étais d'accord pour la chasse, pas pour la guerre.

— Elle aura lieu la guerre, que tu le veuilles ou non.

— Eh bien, compte point sur moi pour me terrer dans votre refuge à bonnes femmes. Si ça vire mal, je serai sur la grève, là où ça se passe. Je ferai partie des celles qui jettent des chaudières du haut des falaises pour ébouillanter les hommes. Et c'est sur vous que je les lâcherai. Moi, j'y suis jamais allée, dans la cité, alors je ne vais pas te laisser la bombarder avant. De toute façon, ils vont vous exterminer avec leurs frégates et leurs canons. Ils vont reconstruire le mur, encore et encore. Les vrais Issois vont toujours avoir le dernier mot.

— Y en n'a point, de vrais Issois. Y a personne qui aura le dernier mot. C'est la mer qui finit toujours par gagner, tôt ou tard. Elle se fiche de toutes les lois et de tous les remparts. Autant bien les faire sauter tout de suite.

XVII.

Les semaines passèrent, les voiles aussi. Servanne Joriant en avait compté dix-neuf.

— C'est un bel été. Un magnifique été, répétait-elle. Le plus bel été que j'ai vu depuis que j'ai souvenance.

Danaé Poussin aussi surveillait le large.

— J'aurais préféré un été pourri. Mais bon, ça fait moins de naufrages pour les pilleurs d'épave, lança la jeune femme en examinant ses ongles.

Parfois, elle se levait d'un bond et s'élançait en courant dans l'eau, méprenant une goélette quelconque pour la *Tristanne* ou même la *Diluvienne*. « Il viendra point, ton vaisseau fantôme. Tu peux arrêter de le craindre et de l'espérer », lui disait la Servanne. Elle aimait la piquer, lui rappeler qu'un caboteur était un bon parti. « Ton beau, il doit se dire la même chose que toi : qu'il ne doit pas céder en premier. Mais tu sais, parfois c'est point le cel qui capitule qui perd. »

Un soir, Danaé ralentit le pas devant sa porte, décelant une odeur de tabac. Elle trouva Boute-Selle assis sur son coffre. Il bourrait sa pipe sur une des caisses. Il sauta sur ses jambes et retira son bonnet pour la saluer, le tritura entre ses mains.

— Le patron m'a dit que je pouvais me cacher ici, que c'était un bon endroit, où les gardes-côtes viennent rarement. Je lui ai dit que je ne voulais pas déranger, mais lui il dit que z'accepteriez.

Elle déposa sa corbeille.

— Qu'est-ce t'ont fait faire, encore ?

— Rien. Mais il paraît qu'on me cherche. Paraît que l'Amirauté se doute que que'que chose se trame sur la côte et comme y a que moi qu'ils peuvent identifier, alors... Le patron dit que s'ils m'attrapent, c'te fois-ci ils me feront parler et que si je parle, on est tous cuits. Et puis, il paraît que ce n'est pas beau, quand l'Amirauté fait parler les gens. Paraît qu'ils arrachent des ongles et plein de calvaires de la sorte. Alors, je me cache. Ce sera point pour longtemps. Je change de place tous les sept ou huit jours. Il m'envoie seulement chez des gens de confiance.

Elle lui improvisa un couchage, s'assura qu'il n'avait besoin de rien, lui souhaita bonne nuit. Elle se retint de dire le fond de sa pensée. « Te fais pas trop d'illusion : ton patron a point confiance en moi. S'il t'envoie ici, c'est pour que je me fasse prendre et exclure moi itou, pour que je coule avec vous autres », ruminait-elle.

Elle hébergea et nourrit l'adolescent pendant une semaine, puis il prit le chemin d'un nouveau refuge. Elle l'équipa d'une gourde, d'une miche de pain, de quelques palourdes.

— N'oublie pas de boire. Et dis à Renaud Bertiz que je le déteste.

•

La *Tristanne* apparut à l'entrée de Havre-Ouellau avant la grande marée de septembre. Danaé Poussin pouvait deviner le dos de Renaud Bertiz malgré les rideaux de cordages qui en bloquaient la vue. « Quoi, j'allais toujours bien pas te laisser croupir dans une criarde. »

Elle descendit dans le quartier, croisa Alizée Quintal au bas de l'échelle. Elle lut d'abord la surprise sur son visage. Et puis, elle vit un éclat nouveau dans ses yeux, quelque chose qu'elle n'avait jamais vu du temps de leur amitié, quelque chose comme le regard triomphateur de celle qui pige dans les bris en clamant « c'est mon tour, maintenant ».

Danaé monta sur le pont même s'il ventait à rendre sourd. Boute-Selle la rejoignit.

— Ça fraîchit. Devriez descendre.

— Toi itou, t'as fini ton quart.

— Je préfère point. Si je veille avec les autres, je vais me mettre à pleurer parce que bientôt je les reverrai plus.

La traque aux Échouements se resserrait, l'adolescent avait aperçu des officiers de l'Amirauté accoster dans la crique où il logeait. Quelqu'un quelque part avait dû parler. Il s'était éclipsé à temps, s'était terré dans un creux de paroi avant de se sauver durant la nuit.

Il avait décidé qu'après cette traversée d'équinoxe, il resterait sur le continent. Les complices d'Amérique allaient lui trouver un port, un embarquement. Elle réprima un sanglot à l'idée que plus personne ne saurait ce que cet enfant allait devenir. À l'idée que chaque jour, chaque minute, il pourrait être soit mort, soit toujours plus grand et plus dur. Disparu, dans tous les cas.

— Je vais devenir un vrai marin, dit-il avec gravité.

— Tu l'étais point déjà ?

Il remua la tête, puis replaça la laine sur son crâne.

— Être un vrai marin, c'est savoir faire ses adieux.

•

Jean Maubranches avait dit : « Faut s'en tenir aux rations. Pas de beuverie. Et puis avec les filles, faut s'en tenir aux convenances. Tu sais très bien c'est quoi la vraie raison derrière les fables qui disent que les femmes sont des porte-malheur. Pas vrai que mon bateau va devenir un bordel flottant. »

Le voyage de retour fut arrosé de peu de pluie et de beaucoup du reste. Les rires étaient forcés à l'eau-de-vie, la musique gonflée au grog pour en sortir un peu de gaieté, la tristesse noyée à grandes gorgées. La danse était hissée par le vin, on montait sur la table, on se penchait pour taper du pied. Les futailles étaient percées les unes après les autres. On en avalait le contenu à même la bonde, comme les sans-miroir dans leurs bacchanales d'après-naufrage. Il fallait tout vider avant qu'il n'y eût plus rien. Les matelots feignaient la sobriété pendant les manœuvres, les chapardeuses ne feignaient plus du tout. Fortunée Bazire jouait du violon en solitaire. Un couple était en plein ébat, tapi dans l'ombre au fond du quartier. Sur le pont, Danaé Poussin trouva Prestance Imbault appuyée contre les haubans, Mathieu Coffin affairé dans son décolleté. Renaud Bertiz était affalé contre le mât de misaine, un cruchon dans une main. Dans l'autre, la nuque d'Alizée Quintal, assise à califourchon sur ses cuisses. Ils s'embrassaient à pleine bouche. Danaé courut jusqu'à la lisse de tribord, prise d'une soudaine nausée.

•

Aux premières lueurs, elle claqua la porte de la cabine derrière elle. Deux personnes étaient entremêlées dans les draps de la couchette. Elle leur ordonna de se rhabiller. Alizée enfila une chemise, Bertiz, une culotte. Danaé leur assena son aveu.

— C'est moi qui ai vendu Boute-Selle quand il est parti de chez moi. Tu pensais que tu pouvais me faire faire n'importe quoi, que tu pouvais me l'envoyer comme ça, sans rien demander ? Eh bien, t'avais tort.

Les deux amants restèrent cois.

— Je te crois point, articula Bertiz. T'aurais jamais fait ça au mousse.

— Tu penses ?

— Voyons, t'aurais jamais envoyé Boute-Selle se faire torturer par les questionneurs de la république.

— C'était qui, alors ?

Alizée la dévisagea, chercha dans ses traits un signe, une confirmation que celle qui avait jadis été sa sœur de matelotage était incapable d'une chose pareille. Elle ne trouva rien d'autre que le regard enflammé de Danaé lui renvoyant le reflet de son propre culot.

Elle leur lança un sac de jute qui s'effondra dans un bruit de métal.

— Ça, c'est toutes les choses que je t'ai volées depuis que je suis embarquée. Et celle-là, c'était la plus facile, ivre comme t'étais hier, dit-elle en lui jetant la bague maure qu'il n'avait pas conscience de ne plus avoir au doigt.

•

Les membres de l'équipage ne saisirent pas tout de suite ce qu'il se passait. Renaud Bertiz avait mis le cap sur les Sablons et mouillé à l'extrémité ouest de l'archipel, dans les environs les moins fréquentés. Il força Danaé Poussin à descendre dans un canot avec lui. Il souqua jusqu'à une plage ravagée, encore couverte d'algues et d'écornures de bois. Les foins salés sur les plateaux des dunes étaient tapissés de goémons et de poissons morts qui n'avaient pas retrouvé leur chemin avec le repliement de la marée. Il avait à peine attendu que l'embarcation touchât terre pour en tirer Danaé vers la grève. Il se retourna, marcha vers le canot d'un pas lourd, ralenti par la résistance des lames. Elle s'accrocha à ses jambes, baisa ses mains, tandis que ses jupes se gonflaient d'eau.

Depuis la goélette, les autres observaient la dispute avec le même envoûtement que lorsqu'ils étaient jeunes et contemplaient un naufrage au loin, juste avant qu'on ne plaçât une main sur leurs yeux. Ils finirent par comprendre : Danaé se faisait maronner, c'est-à-dire abandonner sur un îlot désert où nulle voile ne passait, avec quelques balles de mousquet à sucer pour atténuer la soif et le fusil pour en finir au besoin. La punition capitale pour traîtrise au sein d'un équipage. Du navire, ils discernaient les cris et supplications. Ils pouvaient deviner les « tais-toi », les « attends ». Certains feignaient d'enrouler un cordage pour se tenir occupés.

— On dirait que le vent est en train de forcir, lança Mathieu Coffin.

Prestance Imbault fixait la scène sans cligner des yeux.

— Le fera pas, prédit-elle. Il sera point capable.

Danaé Poussin et Renaud Bertiz revinrent tous deux dans le canot, les cheveux en bataille, les vêtements détrempés. Il mit le pied le premier, lui tendit la main en esquivant son regard, puis celui de tous les autres. Il replaça son frac en reniflant, s'essuya le visage de la manche.

— Alors, voilà. Y aura point de maronnage pour ce jourd'hui. Mais je la garde à l'œil, décréta-t-il en affectant un ton autoritaire.

•

Elle flancha une première fois, quand les pluies d'hiver laissèrent un brouillard jauni au-dessus de la mer, que le cidre oublié au fond de chopines se recouvrit d'une fine couche de givre un matin. Quand plus aucun feu ne réchauffait. Elle avait marché jusqu'au repaire avec une intention sourde, chaotique. Regarder de loin, entrer avec fracas, tout démolir, ne plus y aller, rebrousser chemin, y aller quand même. Elle trouva la caverne vide, sans aucune trace de présence humaine. Plus de bidons, plus de tapis, plus d'odeurs sauf celles du dehors. Pendant des heures, elle sanglota sur la roche humide. Elle y retourna plusieurs fois. Elle y retournerait toute sa vie pour pleurer d'autres gens, d'autres pertes. Elle y chanterait aussi, parfois les deux en même temps.

Un jour, elle poussa un cri. Renaud Bertiz était accroupi au fond de la cavité. Il avait le teint livide, comme si la fraîcheur n'arrivait plus à rosir ses joues. Il se releva lentement, retira son chapeau.

— Je suis venu te dire que la *Tristanne* ne passera pas te prendre pour le prochain équinoxe.

Elle scrutait ses pieds sans rien dire.

— Évidemment. T'es venu juste pour ça ?

— En fait, y aura plus de voyages d'équinoxe pour personne. Y aura plus de contrebande. Je vais embaucher quelqu'un d'autre comme patron de la *Tristanne.* Avec les fièvres qui reviennent tout le temps, je peux plus naviguer. Pas avant d'être remis, en tout cas.

Il attendit sa réaction, elle continuait de fixer le sol.

— Je voulais te le dire avant que tu l'apprennes de quelqu'un d'autre. Je... J'ai conclu un marché avec l'Amirauté. Ils m'ont réadmis. Je laisse tomber les attaques, les pillages et, en échange, je vais avoir une place dans la cité.

Alors, elle braqua les yeux vers lui.

— Et ton invitée, ce sera qui ?

— Alizée.

— Alizée est exclue.

Il haussa une épaule.

— Une formalité. Et puis, elle est enceinte. Elle va avoir notre petit dans quatre lunes, ajouta-t-il avec un sourire ému.

Il sortit un mouchoir de sa poche, se tamponna le front.

— Je suis fatigué, tu comprends ? De toute façon, mes hommes me détestent. Z'ont plus aucun respect pour moi. Je sais que Bouchette attend la première occasion de faire éclater une mutinerie, raconta-t-il avec un rire de lassitude. C'est lui qui a tué le Portugais, sur la flûte, au cas où tu l'ignorais. Moi, j'avais essayé de l'en empêcher, peux-tu croire ?

Il avala en silence.

— Enfin, dis que'que chose.

— Tu es un lâche. Et un traître. Tu nous as tous trahis.

Il croisa les bras, adossé à la paroi rocheuse.

— Moi itou je t'ai trahi, décocha-t-elle.

— Arrête, Danaé. Tu dis n'importe quoi.

— Si, je l'ai fait.

— Je sais que c'est faux. Je le sais qui a vendu Boute-Selle. C'est un pêcheur du Cul-de-l'Île. T'as rien fait du tout.

— Mais moi, j'étais prête à aller plus loin. Je voulais qu'ils t'attrapent et qu'ils t'excluent pour vrai et c'est moi qui étais censée avoir une place dans la cité en échange. C'te place, tu la mérites point. D'ailleurs, si tu m'avais demandé d'être ton invitée, j'aurais dit non.

Il secouait la tête dans le vide.

— Tu mens.

Il se redressa, referma son manteau et sortit en recentrant son tricorne. Il s'arrêta comme pour ajouter un mot, puis se ravisa. Pendant quelques minutes, il y eut le son de ses bottes sur les roches de l'éboulis qu'il descendait à lentes enjambées, puis il n'y eut plus que le braillement des goélands.

LE PRINCE JOUEUR

Ceux qu'on ne veut pas voir voient des choses qu'on ne peut pas voir

La peste de l'an cent-dix-neuf avant le Massacre des Premiers hommes fut si meurtrière qu'elle persuada les habitants de la cité de s'attaquer au problème du tout-à-la-rue, c'est-à-dire des immondices qui s'accumulaient partout et n'importe où, du contenu des vases d'aisance balancés depuis les fenêtres, des gadoues qui transformaient la voie publique en canaux de fange. Il fallait commencer à traiter le devant de sa porte comme le dedans de sa maison. Il fallait cesser de bâtir en bois d'épave pour freiner l'élan des incendies, qui n'étaient qu'une sorte d'épidémie comme une autre. On promulgua un édit obligeant toute nouvelle construction intra-muros à être érigée en pierres, on pava les artères de la cité et les principales avenues qui y menaient. On décida de prélever une nouvelle taxe pour payer les services de charretiers qui collecteraient les indésirables de toutes catégories : rebuts, étrons et cadavres contagieux. Le travail était exigeant. On voyait les charretiers pousser leur tombereau ou claquer un fouet sur le dos de l'âne qui tirait leur voiture nauséabonde. Il leur fallait arpenter les ruelles inclinées et se rendre jusqu'à un des quatre bastions d'où les ordures étaient précipitées dans la mer. Les lieux de cette activité sont encore visibles depuis le large, des décennies de jetage ayant bruni la partie extérieure de la muraille.

La fonction de charretier procurait l'avantage d'avoir un abri pendant les grandes marées, mais impliquait en contrepartie de renoncer à toute prétention d'être un jour admis citoyen. Sans cela, se faire élire par le jury de Saine Rotation eût été trop facile. Les charretiers savaient tout ce que les citadins cachaient aux autres et ignoraient sur eux-mêmes. Ils pouvaient lire les secrets de ménage dans les lettres à moitié brûlées qui se mêlaient aux cendres des cheminées, dans les fioles vides qui exhalaient un reste de laudanum ou de mercure, un soupçon d'ambre gris dans un fond de chocolat. Ils pouvaient dire qui menait grand train rien qu'à recueillir leurs verts de poireaux, pieds d'asperges ou os de canards et qui tentait d'économiser, à en juger par leurs cœurs de chou-rave, coquilles d'œufs et arêtes de morue. Le contenu des pots de chambre annonçait qui était malade, qui était enceinte, qui ne l'était pas. Ils savaient jusqu'à la quantité et la longueur des cheveux naturels que les bourgeois perdaient. Par temps d'éclosion, ils pouvaient tisser une toile d'araignée comme une carte géographique de la transmission, révélant qui fréquentait qui, qui couchait avec qui, qui jouait double jeu. Les sources de chantage potentiel leur eussent été infinies s'il y eût eu quelque chose à en tirer.

Les charretiers étaient donc les seuls riverains autorisés à entrer dans la cité et à en sortir, les seuls à pouvoir osciller entre les deux mondes. Honnis dans les deux, acceptés nulle part. Les citadins les évitaient pour des raisons évidentes de puanteur. Les riverains les prenaient de haut parce que leur privilège les avilissait : se faire charretier, c'était abandonner tout espoir de se distinguer, c'était se livrer à la paresse. La plupart étaient des femmes, des laides. Les hommes laids, eux, préféraient s'enrôler comme matelots. Ils pouvaient ainsi blâmer la marine de les garder en mer pour expliquer que personne ne les aimât. Bien des charretières eussent fait ce choix si elles eussent pu. À bord, on pouvait éviter la flagellation au fouet à neuf lanières en se comportant bien. À terre, il était impossible de se dérober au fouet du dégoût dans le regard d'autrui.

I.

Il y avait aux Échouements une vieille femme qui se disait devineresse, une ancienne charretière devenue aveugle. Elle avait fait son travail de ramassage pendant des années en ne se fiant qu'à son flair, avant que la cheffe des charretières ne découvrît sa cécité. Elle se prénommait Maravédis. « Mara, pour les intimes », spécifiait-elle, bien qu'on ne lui connût aucun intime. On avait volontairement oublié son patronyme pour ne pas mettre dans l'embarras les nombreux riverains qui partageaient le même sang qu'elle.

Elle vivait à la Valdraque, un de ces lieux qui rappelaient qu'on avait tort de toujours opposer terre et mer. Ce sont les montagnes qui rejettent les eaux qui forment les estuaires, puis les océans. Ce sont les eaux qui, à force de pousser les sédiments dans le même sens, créent les littoraux. Même la terre est en mouvement, avec ses îlots qui apparaissent et disparaissent, avec ses alluvions sans cesse redessinés. Il y a des endroits dans le monde qui ont jadis été des mers et qui sont devenus des déserts. La Valdraque avait été une crique semblable aux autres criques jusqu'à son comblement total par l'action d'une tempête d'équinoxe. Là où il y avait jadis eu une baie, il y avait alors un banc de galets.

Ceux qui se rendaient à la Valdraque pour la première fois s'attendaient à y trouver une harpie aux ongles crochus et aux mèches sales. Ils étaient plutôt accueillis par une dame endimanchée dans une robe à la françoise avec un ruban autour du cou. L'aveugle avait au-dessus de ses yeux opaques deux sourcils peints si parfaitement qu'on se demandait qui pouvait bien les avoir dessinés. Derrière son regard vide, on décelait une intelligence farouche et c'était peut-être ce qui faisait le plus peur. Elle portait sur sa tête une perruque vertigineuse érigée autour d'une cage à perruche rouillée. Quand on lui demandait si un oiseau y avait déjà été enfermé, elle s'offusquait, répondait sèchement : « Jamais. »

On virait de bord quand on l'apercevait au tournant d'un angle de falaise ou surplombant le vide depuis l'extrémité d'un promontoire. Des enfants la croisaient parfois, quand elle était assise dans les mortes-eaux, parmi les roches luisantes. Enveloppée dans une cape d'un rose violacé, elle tenait dans ses bras un goéland, lui chantait une berceuse. On disait que c'était grâce aux oiseaux que la devineresse pouvait prédire les coups de vent et les orages, qu'elle pouvait voir au-delà de l'horizon. On racontait qu'elle avait été chassée de toutes les criques les unes après les autres, qu'elle rendait les villages prospères dans un premier temps parce qu'elle provoquait les naufrages de marchands chargés jusqu'aux hiloires et les échouages de baleines grasses, et puis qu'ils étaient maudits dans un deuxième temps parce qu'elle faisait fuir la morue. On racontait qu'elle invoquait la foudre grâce aux longues épingles de métal qui retenaient son édifice de cheveux. Ceux qui visitaient l'ancienne charretière le faisaient en cachette. Consulter Maravédis de la Valdraque, c'était au pire jouer avec le feu de la malchance et, au mieux, tricher.

•

Les équinoxes étaient des épreuves auxquelles aucun riverain ne s'accoutumait. Ce qui mettait les nerfs à vif, c'était de savoir qu'on ne pouvait jamais savoir ce qui allait arriver. Un moment vous étiez au sec et l'autre, vous nagiez au milieu des bouillons. Les novices évaluaient le rythme des giclées et finissaient par se dire « bon, ça devrait aller », tandis que les riverains expérimentés n'étaient plus dupes. La montée de la mer n'est pas comme le gonflement de la rivière : elle ne progresse pas, elle gifle. Elle se donne des élans, elle se replie pour mieux attaquer. Elle arrache des bouts à la terre pour mieux les lui relancer. On dirait parfois que la mer veut jouer.

Danaé Poussin n'avait plus personne avec qui partager sa criarde depuis le décès de Servanne Joriant. Elle l'avait trouvée, après trois jours d'absence sur la plage, toussotant dans sa chaumière, le dos tourné à la porte. « Qu'est-ce vous regardez, bande d'abougris de chalands ? » avait éructé l'aînée d'une voix essoufflée en direction des habitants venus la veiller. « Vous croyiez que j'allais vivre toujours, peut-être? Vous devrez les compter vous-mêmes dorénavant, les bateaux. Et que je vous voie point pleurer. » Ses paupières fatiguées avaient résisté dans un dernier effort de vigie pendant quelques heures avant de se clore sur un serein trépas.

La grande marée du mois de mars de l'an vingt-et-un après le Massacre des Premiers hommes s'était alliée au ciel pour mieux agresser la côte. Les crevasses étaient bourrées de gens. Des cris de terreur humaine venant s'ajouter au chant aigu des ogives et des parois fouaillées de l'intérieur par des eaux huant pour se sortir du gouffre. Une quinzaine d'occupants furent emportés des trous les plus exposés. Des vents sifflant jusqu'au plus creux des cavités, un grain lacérant les visages de quiconque s'approchait du bord. Même pendant les quelques heures de basse mer, les averses avaient mitraillé l'estran, décourageant les incursions hors des grottes pour attraper quelques crevettes oubliées.

Danaé avait passé la journée à gémir. Au plus fort du torrent, elle s'était demandé si le sel qu'elle goûtait sur ses lèvres venait des embruns ou de ses propres larmes, si c'était la montée des eaux qui la faisait pleurer ou ses pleurs qui faisaient monter les eaux. Après le reflux, elle avait regagné sa chaumière, nettoyé l'intérieur ravagé. On lui avait réparé le toit, remplacé le varech arraché. L'océan avait retrouvé sa place habituelle, arrosant encore et encore les mêmes galets, frôlant la même borne diffuse. « La mer change tout le temps et pourtant rien ne change », avait-elle lancé en guise de bavardage aux pêcheurs venus lui donner un coup de main. « Tant qu'à tout détruire, elle aurait autant bien pu rester. L'aurait pu faire différent, pour une fois. »

•

Danaé Poussin, vingt-cinq ans, n'avait toujours pas porté de souliers neufs, mais elle possédait maintenant une coquille à voile et à avirons, vestige de sa fortune amassée pendant ses jours de contrebande. Elle rejoignait des endroits inaccessibles depuis la grève, plongeait plus loin qu'avant. Par bon vent, elle ralliait le corps de garde d'Ambouche en une demi-journée. Elle pouvait gagner le fort du Matin et ses affleurements garnis de bigorneaux et de patelles. Elle pouvait se rendre aux atterrages blanchis des laitances de hareng de la Valdraque sans que personne s'en doutât.

Le sol autour de la masure était jonché de tas d'algues, recouverts de mousse marron et de carapaces de homards. Le toit en pente était moucheté de fientes de mouettes. Il n'y avait pas de porte, rien qu'un rideau de coquillages que personne n'osait voler. L'intérieur était encombré d'objets disparates. Des chandeliers dégoulinant de cire éclairaient la pièce depuis tous ses racoins. Danaé sortit trois œufs de son ballot et les déposa sur la table ronde en guise de paiement. La devineresse lui tendit une tasse de porcelaine remplie d'un café visqueux et fumant.

— Crache là-dedans.

— Vous me demandez point ce que je veux savoir ?

— Je sais ce que tu veux savoir. Tout le monde veut savoir la même chose.

— Mais moi-même, je ne suis pas certaine de savoir ce que je veux savoir. J'ai peut-être guère besoin de connaître l'avenir. Voyez-vous, j'ai essayé d'être issoise. Et puis, j'ai essayé de ne pas l'être. J'ai l'impression que ça ne change pas grand-chose. Peut-être que vous pourriez simplement me dire ce que les gens qui réussissent font pour réussir.

— Ça suffirait point. Les ceux qui réussissent dans un monde où les règles sont imprécises sont toujours un peu magiciens. Maintenant, assieds-toi et crache. Ensuite, bois.

Danaé sirota le breuvage en grimaçant. La vieille femme retira sa perruque à deux mains, révélant un crâne rasé et croûté. Quand il ne resta que le marc, elle se mit à faire tourner la tasse, à renifler les résidus.

— Je vois rien. Trop de brouillard, grommela-t-elle.

— Qu'est-ce que ça signifie ?

— Ça veut dire que rien n'est écrit. Que ton avenir

dépend de l'avenir des autres et que leur avenir dépend du cel des autres. C'est presque toujours le cas. C'est la loi de la cité : il faut qu'un invité soit congédié ou qu'un citoyen meure pour qu'une place se libère.

Elle continua de faire tournoyer le fond de sirop.

— Je vois peut-être une épave.

Danaé soupira.

— Quoi, t'aimes point les épaves ? Toute bonne chose vient d'abord d'une épave. À chaque naufrage, ses débris. À chaque mort, ses soulagements. À chaque fléau, ses réformes. À chaque guerre, ses médailles.

— J'en vois tous les jours, des épaves. Une de plus ou de moins...

Elle attrapa ses mains. Les yeux fermés, la vieille femme effleurait les lignes de ses paumes du bout de ses ongles.

— Oh oui, je vois des possibilités. Des avenues dans les hauteurs. Je vois de fortes bourrasques. Je vois des rafales meurtrières. Je vois de grands, de beaux naufrages.

— Dans les hauteurs ? Voulez dire...

— Je vois des dalles noires, des dalles blanches, des colonnes de marbre. Un sol stable. Je vois des dizaines de paires de souliers. Je vois tes pieds chaussés d'escarpins de soie, de mules brodées de passementerie, de chaussons de fourrure.

Elle se mit à serrer ses poignes jusqu'à la meurtrir.

— Je vois tes pieds en sang... Tes pieds ! Tes pauvres pieds... Mais tu les remettras, les souliers, encore et encore.

Danaé souriait derrière l'écran de ses larmes. La vieille femme sortit de sa transe et se raidit sur son séant.

— C'est vrai alors ? Je serai acceptée de l'autre côté ?

— C'est point ce que j'ai dit. J'ai dit que c'était possible.

— Z'avez vraiment vu toutes ces choses-là ?

— Tu me paies pour que je dise ce que je vois. Je n'accepterais pas qu'on me paie pour que je mente, parole d'Issoise. Oh, mais je sens que tu pleures.

La femme saisit son visage, caressa sa joue pour en recueillir une larme et la porta à sa langue pour la goûter. Elle parut perplexe et lâcha tout, remua la tête.

— Quoi, qu'est-ce z'ont, mes larmes ?

— Tu es née dans la cité. Tu n'es pas une créature du rivage. V'là qui complique tout. Tu es un oiseau qui hiverne l'été et qui estive l'hiver. Tu es condamnée à voir les autres voler dans le sens contraire. Tout t'est dû, mais rien ne t'est réservé. Il faudrait que le vent vire, que la marée s'inverse, que ce qui est englouti remonte à la surface et que ce qui flotte coule. Tu es un galion échoué, trop lourd de richesses pour être renfloué. Il te faudra invoquer le déluge ou tout jeter.

La devineresse avait le visage tourné comme si elle contemplait un point lointain au fond de la pièce. Danaé la fixait, attendant la suite. Elle ramena ses mains sur ses cuisses, déglutit.

— Qu'est-ce que je dois faire ?

— Je peux te le dire, mais est-ce vraiment ce que tu veux ?

— Pourquoi je ne le voudrais pas ?

— Parce qu'on se rend tous au même endroit et qu'on a plus de chances de tomber en courant qu'en marchant. Le temps égalise tout. Tôt ou tard, riverains et citadins, élégants et sans-miroir se rejoignent, de la même façon que beaux et laids, forts et frêles s'équivalent un jour dans la vieillesse. Et puis, en aurais-tu la force ? Tu gagnerais tout ce que tu n'as jamais eu, mais tu perdrais tout ce que tu possèdes.

— J'ai rien à moi, sauf un vulgaire canot.

— En es-tu sûre ? Tu ne pourras plus nager, une fois que tu seras de l'autre côté.

— J'en ai assez, de nager.

— Tu ne pourras plus chanter.

— Je m'en fiche.

— Très bien. Je peux invoquer les éléments. Mais il te faudra payer d'avance. Laisse-moi palper ta tignasse. Oui, parfait, je vais la prendre, fit-elle avant de sortir de longs ciseaux.

Danaé eut un mouvement de recul.

— C'est le prix à payer pour c'te genre de services. Les cheveux repoussent. Si tu n'es pas prête à te départir de tes cheveux, tu seras encore moins capable de te départir du reste.

— Et qu'est-ce je vais dire aux autres ?

— Tu leur diras ce que tu veux. Que tu les as vendus, que tu avais les poux, ça te regarde.

— Et je dois faire quoi, après ?

— Après, tu patientes. Je m'occupe d'orienter le vent en ta faveur. Ça pourra prendre des jours, peut-être des semaines. En attendant, fais ce que tu fais le mieux : nage. Ne cesse jamais de nager.

II.

À Havre-Ouellau, peu de vent. Les souffles qui cinglaient le reste de la côte semblaient glisser sur cette entaille sans y pénétrer. Au sommet du poteau dressé au-dessus du hangar à salage, on avait placé un morceau de linge clair et uni. Un pavillon sans armoirie, mais un pavillon tout de même. Il pendait comme une loque. Il était en berne forcée la veille et le serait encore le lendemain. Au cœur de la nuit, le pavillon s'agite. C'est le petit Colin, dix ans, qui l'entend claquer en premier. Il sort avec une couverture sur les épaules et l'observe osciller avec mollesse. D'un coup, le vent est là. Le haillon se déploie dans toute sa dignité de drapeau. Puis le garçon voit les points flottants qui parsèment les flots : des débris, poussés vers la rive. Vers leur rive. Ce qui n'arrive jamais arrive parfois.

Le garçon se mit à crier. Tous les habitants eurent le même soubresaut, interpellés par cette faille dans la tranquillité de la nuit. Les riverains en chemise s'attroupèrent dans la pâleur que projetait la lune, scrutant l'incandescence du désastre. Ils se tenaient serrés, les bras croisés, frottant leurs coudes pour occuper leurs mains. Au loin, un navire gîtant sur bâbord se vidait de son contenu et de son équipage. Quelques fragments de chêne refoulaient déjà. Un homme entra dans l'eau pour les extraire, un autre tenta de l'en empêcher.

— Après la dernière marée que j'ai subie, y a personne qui va me dire quoi faire, ragea le premier en le repoussant.

La scène vira en dispute, puis en bagarre générale.

— Mais qu'est-ce z'avez ? tonna une femme. Ça vaut quoi, nos belles résolutions, si on s'oublie à la vue de que'ques planches ?

— Justement, il serait peut-être temps qu'on soit un peu récompensés, après toutes ces années de vertu.

Danaé sortit de sa torpeur et se dirigea vers son esquif, commença à le tirer vers la laisse.

— Aidez-moi.

Un autre courut vers elle, empoigna l'embarcation pour la soulever.

— Oui, oui, répétait la patronne des saleuses. C'est ce qu'il faut faire, faut secourir les naufragés pour avoir la licence morale de profiter de la catastrophe. Le secours annulera le pillage.

— C'est folie de sortir par un temps pareil en pleine nuit, répliqua un pêcheur.

— Qu'elle y aille, elle, fusa une voix quelque part dans la foule comme un appel au sacrifice. Qu'une seule personne y aille et on aura tous le droit de glaner dans c'te marée de trésors.

•

Cette nuit-là, Danaé Poussin repêcha sa plus précieuse et plus encombrante épave : un homme. Il lui était déjà arrivé d'extirper des humains des flots par le passé. Petite, elle avait trouvé le corps d'une dame de la haute société. Ses membres étaient ballotés par les vagues avec ce mélange de souplesse et de rigidité qu'avait la mort. Les étoffes de la robe s'étalaient à la surface comme les feuilles d'un nénuphar, le corsage triangulaire affleurait plus haut que les hanches immergées. La dentelle blanche des manchettes dansait sur la dentelle d'écume. Les chaussures avaient disparu. La mer avait pris quelque chose qui ne lui appartenait pas, se souvenait-elle avoir pensé.

Elle ramait comme une forcenée. Elle se rapprochait de l'épave, mais le courant l'en éloignait dès qu'elle relâchait pour souffler. Partout, des bouts de mâts et de coque ondoyaient. Trois hommes s'y agrippaient tant bien que mal. Ces noyés en plein combat étaient comme des grenades, des périls à retardement moulinant tout autour d'eux. Cela suffoquait, cela agitait. Cela voulait vivre.

« Cela était beau, dirait-elle un jour de celui qu'elle décida de sauver. Un beau capitaine. C'est ce que j'ai cru en le voyant. »

L'homme était accroché à un morceau de platbord, presque inconscient. Il disparaissait dans les creux de la houle, puis reparaissait sur les crêtes. Elle dut rugir pour se donner l'énergie de souquer jusqu'à lui et lui tendre un aviron. L'esquif chavira avant d'atteindre les premiers brisants devant une plage isolée. Elle plongea et remonta l'homme, le traîna jusqu'à la grève. Il toussa, cracha à quatre pattes. Le ruban qui retenait encore sa chevelure lui tombait derrière l'oreille, menaçait de lâcher pendant qu'il graillonnait comme un manant. Il s'effondra sur le dos dans un râle d'épuisement. Elle l'observa sans bouger. La chemise défaite et la culotte trempée moulaient un corps svelte, mais découpé par ce mélange d'athlétisme et d'oisiveté typique de ceux qui exerçaient leurs muscles lorsqu'ils le voulaient et non parce qu'ils le devaient. Elle fouilla ses poches, ne trouva rien. Elle arracha avec ses dents les boutons festonnés de fil d'argent qui enserraient ses poignets et ses genoux. Elle resta accroupie quelques instants à le regarder respirer, haletant dans l'obscurité, puis elle détala au premier mouvement.

•

L'homme survécut. À l'aube, il marcha dans la mauvaise direction, s'enfonçant toujours plus loin sur des rivages inhabités. Il tomba sur un adolescent qui réparait sa voilure, lui promit une fortune s'il acceptait de le mener dans un port.

L'homme revint presque tous les jours longer les Échouements à bord de la pinasse d'un camelot. Il inspectait le littoral avec sa longue-vue, tentant de reconnaître la configuration d'un troupeau de rochers ou la morphologie d'une falaise, soupirait entre chaque balayage. Il ne restait plus rien de l'épave, plus de point de repère. Tout paraissait si différent sous la lumière diurne. Il descendait dans les hameaux, interrogeait les saleuses.

— Vous souvenez-vous de quoi elle avait l'air, votre sauveuse ? lui demandait-on.

— Il faisait noir, très noir, regrettait-il.

Parfois, on poussait une jeune fille jusqu'à lui.

— La voici. C'est-y pas vrai, Mélite, que c'est toi qui a secouru monsieur?

Alors, il se détournait.

— Non, non. Ce n'est pas elle.

Deux semaines avaient passé quand il accosta à Havre-Ouellau et refit le récit de son naufrage. Les saleuses se mirent à jubiler, à battre des paumes. On tira Danaé Poussin de sa cabane en lui demandant pourquoi elle ne leur avait pas dit qu'elle avait fait un rescapé.

L'homme la dévisagea.

— C'est vous, souffla-t-il en tombant à genoux.

— Je crois que vous vous méprenez, m'sieur.

— Je vous reconnais. Je vous ai retrouvée. Oh mademoiselle, je vous dois la vie. Je vous dois tout.

— Enfin, relevez-vous, ricana-t-elle.

— Que puis-je faire pour vous remercier ? Pour vous récompenser, sachant que je ne pourrai jamais vous rendre un service à la hauteur du cel que vous m'avez rendu ?

— Oh, c'est point la peine, fit-elle en lissant son tablier. Z'étiez là dans l'eau, j'y étais itou, rien de plus.

— Dites-moi. Je suis votre obligé.

— M'sieur, vous me gênez...

Il se redressa sans la quitter des yeux.

— Pardonnez-moi. Dites-moi seulement votre nom, alors.

Elle rit encore, timidement.

— Très bien. Je m'appelle Danaé Poussin.

— Danaé Poussin. Quel merveilleux nom pour une riveraine !

Il parcourut la foule de femmes et d'enfants des yeux.

— Eh bien, ne vous étonnez point si vous entendez ce nom prononcé lors de la prochaine rotation.

— Ah non, m'sieur, j'ai rien fait qui mérite autant d'honneur, je vous assure.

Une saleuse lui envoya une taloche derrière la tête et lui chuchota : « Mais enfin, qu'est-ce qui te prend ? »

— Je sais, je sais, fit le rescapé. Vous êtes un ange et les anges ne veulent pas qu'on les applaudisse pour n'avoir fait que voler.

Il attrapa sa main, en baisa les jointures avant de se relever.

— Et vous m'sieur, votre nom ?

Il salua de la tête comme pour esquisser une révérence.

— Artimon Phélan.

•

Le rescapé revint avec le flux d'un après-midi de printemps. Danaé se recueillait de l'autre côté du bras de terre qui cerclait le havre, au sommet de l'éboulis de blocs de granit polis. Elle tricotait, fredonnait un air sans parole, se croyant seule.

— Vous avez une si belle voix.

Elle tressauta, puis sourit en le jaugeant du coin de l'œil.

— Vous chantez itou, m'sieur ?

— Moi ? fit-il, étouffant un rire. Non, je ne chante pas.

Ils se promenèrent, séparés par une distance courtoise. L'homme inspira en fermant les yeux, humant l'air salin. Il avait ôté son frac, se baladait sans veste, la chemise en ralingue. Elle serrait son fichu de laine autour de ses épaules, se protégeait des indiscrétions du vent qui engourdissaient les membres et assourdissaient les oreilles.

— Alors, qu'est-ce qui vous amenait dans nos parages ? Il transportait quoi, votre bateau ?

— Oh, rien de grande valeur.

— Z'êtes armateur ? Vous importez quoi au juste ?

Il ne répondit pas. Elle n'insista pas.

— Z'êtes drôlement muet. Vous qui parliez si bien, la dernière fois...

— Je contemple. Tout est si simple, ici. Si clair. Toute cette pureté... Il suffit de passer quelques heures loin de la ville pour que mes pensées retrouvent leur ordre. Ça m'étonne chaque fois, à quel point le charme du rivage opère. Et que dire du ressac... Ce n'est ni le bruit ni le silence. Ou plutôt du silence vivant, de la musique sans notes.

Elle avançait pieds nus, il avait gardé ses bottes à la hussarde. Le sable était humide et plat, agréable à épouser des orteils. Le rescapé marchait plus haut, sur le terrain jonché d'écorces et d'os de seiches, tenant en respect la lisière incertaine de l'immensité. « Z'avez peur que la mer vous gobe à nouveau, ou quoi ? Z'inquiétez pas, je suis là », faillit-elle se moquer. Elle n'osa pas. Elle eut envie de l'éclabousser, de lui lancer des gerbes d'eau pour effacer la déférence qui les éloignait. Elle n'osa pas.

— La cité doit bien avoir ses charmes, elle itou.

Elle s'efforçait de bien articuler, tentait de cacher la rusticité de sa langue en posant ses mots.

— Pour sûr. Elle a plus de charmes qu'aucune autre qu'il m'a été donné de visiter. Mais je n'y suis pas toujours à l'aise. Un peu comme vous, ici.

— Ah bon ?

— Vous n'êtes pas comme les autres, ça se voit au premier coup d'œil. Vous vivez à l'écart des saleuses, même si vous partagez leur pitance. Vous êtes point des leurs. Vous avez les mains douces, vous.

— Vous me flattez, m'sieur.

Il la dépassa, puis se planta devant elle pour lui bloquer le chemin.

— Soyez mon invitée.

— Monsieur !

Elle appuya sur sa gorge, comme pour ralentir les battements de son cœur, se détourna. Une lame se brisa contre ses mollets, mouilla l'ourlet de ses jupes. Elle resta immobile dans cette mare, puis bredouilla quelque chose.

— Je suis point gréée, je suis guère présentable...

— Vous serez parfaite.

Elle lui fit face après avoir retrouvé sa contenance.

— Je vous remercie de l'invitation, m'sieur Phélan, mais je peux point accepter.

— Pourquoi ? Vous avez déjà un matelot ? Je comprends... Puis-je tout de même vous rendre visite de temps en temps ?

— Oh si, je vous en prie. Revenez souvent, puisque l'air du large vous fait tant de bien.

Il soupira, prit ses mains dans les siennes.

— Ah, si vous n'étiez pas un ange, je dirais que vous êtes cruelle. Je reviendrai. Pour l'air du large, un peu. Pour vous, surtout.

Elle eut l'impulsion de courir, de se dénuder sur place, puis de filer en riant pour se cacher derrière les rochers et le pousser à la pourchasser. Elle n'osa pas.

•

Tous les mercredis après-midi, Artimon Phélan faisait ses promenades à Havre-Ouellau. Il aimait jouer de la cornemuse. « Un instrument mille fois moins suave que le vôtre », s'excusait-il. Il s'asseyait à l'extrémité de l'amas de rocs, juste assez haut pour surplomber l'endroit où l'eau s'émouvait en contrebas. Il rendait hommage à la grandeur des éléments de ses airs lents, accompagnait la chute du soleil ou l'embellie du vent.

Il retentait son invitation, Danaé réitérait son refus.

— Je vous connais si peu... Vous ne me connaissez pas bien bien non plus.

— Et vous ne me connaissiez pas quand vous avez décidé de risquer votre vie pour sauver la mienne.

— D'accord, mais ça ne fait pas forcément de moi une bonne compagne. Pourquoi moi ?

— Parce qu'il n'y a que vous. Les femmes que je fréquente sont des hypocrites et leurs prédilections esthétiques sont risibles. Je pourrais vous parler pendant des heures de leurs mesquineries. Mais vous... Vous avez mouillé mes lèvres de votre bienveillance et maintenant j'en ai soif.

Un matin, la barque d'un colporteur qui approchait rarement de la côte du havre vint en échouage sur la grève. Le marchand, accueilli avec la réserve habituelle des saleuses, leur promit qu'il ne venait ni vendre ni acheter. Il avait seulement un paquet à remettre à Danaé Poussin. Elle déplia le billet qui y était attaché. Elle commença par apprécier l'écriture, fine et rapide.

Mademoiselle, recevez ce modeste présent, qui rendra visible aux yeux de tous la grâce que vous dégagez déjà et que je semble être seul à percevoir. Je ne puis contenir mon impatience de vous voir vêtue de cet attirail lors de notre prochaine rencontre. Je ne connais pas encore vos goûts, j'ai donc opté pour la simplicité en attendant de découvrir la tournure que vous choisirez au gré de vos propres fantaisies. En espérant que vous partagerez l'allégresse qui m'habite à l'idée de cette ébauche de bonheur.

Artimon

P.S. Merci de bien vouloir transmettre votre décision au colporteur qui vous a livré le paquet. Il s'assurera de me faire parvenir votre réponse, que je me languis déjà de recevoir.

Danaé défit les cordons du ballot, en sortit des boîtes cubiques, d'autres cylindriques, dans lesquelles il y avait des jupes à n'en plus savoir l'ordre, du satin chatoyant, ainsi qu'une paire de souliers brodés, cambrés sur leurs talons. Elle éclata en sanglots. « Dites à m'sieur Phélan que c'est un bien beau cadeau, le plus beau, mais que ça change rien. Je peux point accepter d'être son invitée », fit-elle en séchant ses larmes avec le coin rêche de son tablier.

Le coup de grâce fut porté deux semaines plus tard, lorsque le rescapé débarqua en personne avec un mince étui de cuir, long comme une moitié d'aviron. « Vous me pardonnerez, mademoiselle, si ce présent-là a nécessité que j'intrigue un peu à vos dépens. Vous verrez que les saleuses de votre crique m'ont bien informé. »

Elle attrapa le coffret, fébrile. Elle lâcha un petit cri en l'ouvrant : la lame d'Enoc Martel y gisait dans un tapis de velours. Artimon Phélan avait enquêté pour la retracer, avait usé de ses relations dans l'administration, avait tour à tour tenté de soudoyer un fonctionnaire et d'écrire à ses supérieurs pour s'en plaindre, puis avait réussi à racheter l'arme pour la restituer à Danaé Poussin, ignorant qu'elle essaierait un jour de l'assassiner avec.

L'enlèvement des terriennes

Quand jadis les premiers pêcheurs décidèrent de s'installer de façon permanente à Ys, ils emmenèrent avec eux des femmes. Certains débarquèrent avec épouse et marmaille. Certains arrivèrent célibataires, durent attendre que la marmaille des autres devînt nubile avant de s'amateloter. Les pêcheurs de morue verte, qui passaient des mois sans voir ni toucher de créatures, ne manquaient pas de lorgner ces belles quand elles surgissaient dans la lentille de leur lunette. Il n'était pas rare qu'ils organisassent des rapts afin d'assouvir leur jalousie. Certains historiens avancent même que ces maraudages seraient à l'origine de la sédentarité des aventuriers. Qu'à force de forcer des terriennes, ils seraient eux-mêmes devenus terriens. Une chose est sûre, c'est que même établis sur la côte, ils continuèrent de procéder par rapines, les défricheurs de longue date voyant régulièrement leurs pucelles disparaître au profit des nouveaux colons.

Selon les sources à tendance terrienne, il s'agirait d'une tache honteuse sur la mémoire issoise, qui doit reconnaître que les fondements de son ascendance sont basés sur le viol. « Pleurons le sort de nos aïeules, qui ont dû apprendre à aimer une progéniture issue de crimes horribles commis par des porcs ignobles. » Selon les sources à tendance aventurière, il s'agirait au contraire d'une astuce visant à préserver l'honneur des filles qui avaient une préférence pour ces jeunes et solides marins avec qui elles entretenaient une liaison secrète que leur famille n'eût jamais approuvée. « La supériorité issoise vient du fait que les mères de nos mères ont été les complices de leurs enfantements, alors qu'ailleurs le viol était partout camouflé sous le sceau du mariage. »

Au temps de la Saine Rotation, le rapt était une pratique galante encore répandue. La femme s'attendait à ce qu'on la ravît, preuve qu'on n'avait peu d'intérêt pour sa dot et qu'on se souciait davantage de ses sentiments que des intérêts de son père. L'homme, en revanche, s'attendait à ce qu'on lui résistât un peu. Il était après tout fils de guerrier et grand joueur : il lui fallait livrer bataille ou, à tout le moins, disputer une partie.

III.

Une date fut convenue pour l'enlèvement de Danaé Poussin par Artimon Phélan. Ce matin-là, elle vaqua à ses ablutions avec une solennité inspirée. Elle s'étira, se lava le visage, l'épongea avec des gestes coquets comme pour plaire à un miroir imaginaire. Elle apposa son nouveau corset baleiné par-dessus sa chemise, s'étonna de le voir monter si haut sur sa gorge. « Sont prudes, c'tes citadines », marmonna-t-elle. Elle tenta de le fermer comme elle avait l'habitude de le faire pour son vieux corsage de toile, puis réalisa qu'il était à l'envers : il se laçait dans le dos, quelqu'un devait le faire pour elle. On la vit courir sur la grève, tenant le vêtement contre son buste à la recherche de saleuses pour l'aider. Elles gloussèrent en la voyant passer autant d'épaisseurs sous la robe. Elles placèrent le petit chapeau de paille rond garni de fleurs sur sa tête, s'assurèrent que les deux larges rubans de dentelle qui en sortaient tombaient bien le long de sa nuque. Elle chassa ensuite ses assistantes, puisqu'il ne lui restait qu'à enfiler bas et chaussures. On la vit de nouveau courir sur la grève pour les rappeler quand elle réalisa qu'elle était incapable de se pencher.

Elle faisait les cent pas dans sa chaumière quand apparut au large les deux mâts d'une bélandre. Un canot s'en détacha, rempli d'hommes vêtus de capes noires, leur visage caché sous un loup. Elle attrapa ses jupes et se réfugia dans le hangar où les filles sautillèrent d'excitation avec elle. Les figures sombres approchaient d'un pas menaçant. Danaé leur tourna le dos en se mordant la lèvre. Des mains gantées lui enserrèrent la taille, lui bandèrent les yeux, la soulevèrent du sol. Elle reconnut la sensation de roulis avant de retrouver pied sur les planches du bâtiment.

« Voilà votre ravisseur, mademoiselle », déclara une voix par-dessus son épaule. Elle défit son bandeau pendant que l'homme devant elle retirait sa cagoule. Artimon souriait, les cheveux encore noués en catogan, mais quelque peu ébouriffés par tout ce cirque. Ils s'embrassèrent sous les applaudissements de l'équipage. Elle se souviendrait longtemps de cette vision dorée de son rescapé déguisé en bourreau, se tenant à contre-jour dans le crépuscule.

•

La brume matinale commençait à se dégager sur le Grand Port. Les mouettes glapissaient, le goudron fumait. Danaé s'appuya sur la main gantée d'Artimon pour enjamber la passerelle menant au quai. Ils commencèrent leur ascension de la Grand-Rue, escaladèrent une à une les dalles irrégulières du pavé, propre pour les souliers, périlleux pour les chevilles. Ils passèrent les masures de bois et de verre où commerçaient les chiffonniers et receleurs de poulies. Bientôt, les façades affichaient leurs pierres : parfumeries et perruqueries, auberges et maisons de jeu. Plus ils montaient, plus elle percevait un changement dans l'air, un répit de moiteur et de stagnance.

Elle s'accrocha de plus bel au bras d'Artimon quand apparut la muraille. Ils s'arrêtèrent devant le grillage de fer forgé gardé par deux uniformes faisant le premier tri dans les identités et marchandises. Ils débouchèrent dans une cour carrée qu'aspergeait une fontaine. En son centre s'élevait une statue à l'effigie du premier amiral d'Ys, défiant la gravité à la proue d'un navire renversé, les timides jets d'eau évoquant ceux qui avaient englouti le héros. Les côtés de la cour donnaient sur les différents bureaux de l'Amirauté. On les fit attendre dans une antichambre au plafond bas, cernée d'étagères remplies de livres à la couverture rigide, à l'image des règles qu'ils avaient pour fonction de faire appliquer. Ils patientèrent, chacun assis dans un fauteuil, main dans la main. Artimon allait dire quelque chose pour briser le silence quand Danaé porta un doigt à ses lèvres.

— Chut, écoutez.

— Quoi, qu'entendez-vous ?

— Rien. J'entends rien. Point de vent, point de ressac.

Un greffier à l'air encore endormi et muni d'un monocle déposa devant eux un épais volume relié d'or dans lequel étaient consignées toutes les inscriptions au dossier des citadins dont le patronyme était compris entre Pi et Pr : recommandations, admissions, invitations, évictions, condamnations, exclusions.

« Poussin, Danaé... Je ne trouve rien, fit le secrétaire, agacé. Êtes-vous sûre qu'on a déjà pétitionné pour vous par le passé ? »

Elle révéla son nom complet. Artimon s'avança sur son siège, étonné. À côté de l'entrée *Danaé Berrubé-Portanguen*, l'homme ajouta : *invitée par le citoyen Artimon Phélan*, juste avant la date du dix de juin de l'an vingt-et-un après le Massacre des Premiers hommes.

Ils franchirent ensuite le dernier portail. Une nouvelle odeur prit le relais, celle des écuries. La cité ne pouvait donc pas être un paradis puisqu'elle vous accueillait avec des émanations de crottin.

•

Danaé entra dans sa nouvelle demeure et s'arrêta devant l'escalier en colimaçon bordé d'une rampe de ferronnerie aux motifs aériens. Elle passa un long moment au pied des marches à contempler la spirale qui s'élevait au-dessus de sa tête. Artimon l'observait avec un sourire en coin.

« Comme il est bon d'assister à l'émerveillement de quelqu'un d'autre devant une chose que l'on voit tous les jours. »

Les hôtels particuliers issois pouvaient rivaliser avec le faste de n'importe quel équivalent européen, mais ils avaient l'originalité d'être construits en hauteur afin de composer avec le manque d'espace. Érigés sur quatre à sept étages, les immeubles comprenaient à chaque palier deux, trois pièces tout au plus. On pouvait oublier cet effet d'infini que créait la succession de chambres et d'antichambres des manoirs continentaux. « Ici, point d'enfilade. Que de l'empilade », rigolait-on. Les citadins investissaient donc dans les balustres et murs de leur escalier principal. Ils y réservaient leurs plus beaux marbres et boiseries, y accrochaient les figures de leurs ancêtres immortalisés dans leur rectangle de dorure. Ils avaient d'ailleurs la réputation d'avoir le mollet bien galbé à force de monter et descendre sans cesse.

— Maintenant ma chère, passons aux choses sérieuses.

Il dénoua le cordon qui retenait la cape de Danaé sur sa gorge, la laissa glisser sur ses épaules.

— Où aimeriez-vous que nous fassions plus ample connoissance ? Vous avez le droit de suggérer n'importe quel lieu, sauf la chambre à coucher, qui est d'un ennui mortel.

— Je ne sais pas trop. Il serait peut-être préférable que je fasse le tour de la maison avant de choisir ?

— Trop long.

— Eh bien, ici même, sur le plancher, peut-être. C'tes dalles-ci sont magnifiques. Et z'ont l'air point sales du tout.

— Vous avez raison, elles sont impeccables. Mais elles sont trop froides.

— Aux cuisines, alors ?

— Trop chaud.

— Au salon, sur un canapé ?

— Trop doux.

— Oh, attendez, j'ai une idée. On m'a déjà raconté que les plus belles tours avaient toutes une pièce d'où l'on peut voir arriver les bateaux, que tous les gens importants en ont une.

Il l'attrapa par la main et ils grimpèrent deux échelons à la fois, aboutirent essoufflés dans une salle où des cartes roulées sortaient d'un coffre posé au sol. Sur un pupitre garni de casiers, un livre était ouvert sur une charte de petits symboles colorés, signaux et codes qu'arboraient les navires sur leur pavillon afin d'informer l'armateur de la réussite ou de l'échec de leur voyage avant même de mouiller l'ancre. Une saillie vitrée sur trois de ses côtés donnait une vue sur le large. On pouvait deviner l'azur de la mer, mais l'essentiel de l'horizon était bouché par la ouate du brouillard. Danaé colla son nez contre le carreau, puis s'en détourna, reporta sa curiosité sur l'escalier.

— C'est tout ? lâcha-t-elle. C'est le plus haut qu'on peut monter ?

— Oui, à quoi vous attendiez-vous ? C'est le dernier étage.

Artimon s'avança vers elle, effleura sa mâchoire du bout de l'index, parcourut son front, fit tomber le chapeau, révélant ses mèches courtes, fusant dans tous les sens. Il resta interdit, elle baissa les yeux.

— Z'êtes déçu ?

— Je... Je suppose que cela repoussera.

•

Danaé avait son étage à elle, comprenant une penderie avec paravent pour se vêtir et un boudoir pour bouder. Elle y trouva une femme de chambre, qu'elle demanda à faire renvoyer. Artimon roula des yeux.

« Laissez-moi deviner : vous ne voulez pas de domestique, car ils représentent pour vous la déliquescence du peuple et heurtent vos principes de riveraine ? Vous croyez que les gens de maison sont tous des opportunistes paresseux qui préfèrent entrer dans le service douillet plutôt que de s'illustrer à la dure ? Qu'ils s'arrogent une place bien au sec et que les braves Issois seraient plus nombreux à être admis dans la cité si seulement il n'y avait pas tous ces intrus pour la saturer ? Que les descendants des fondateurs doivent subir le désastre équinoxial tandis que des étrangers sont logés au chaud ? Oublié-je quelque chose ? Allons, faites point cette tête, je vous taquine. Je sais bien que c'est point votre faute si vous ignorez les usances d'ici, si vous avez été abreuvée de toutes les inepties qui circulent à l'autre bout de l'île. Mais il est temps d'arriver en ville, ma mie. »

Il prit ses mains entre les siennes. « Je vous assure que vous n'avez rien à envier à cette femme ni à ses semblables. Oui, elle jouit de la sécurité de la cité, mais elle n'a pas le droit d'en sortir. Elle n'est pas citadine, elle est prisonnière. Maintenant, je pourrais toujours la congédier, si vous y tenez, mais il faudrait quand même la remplacer. Sans cela, qui cuisinera votre déjeuner, qui lacera l'étreinte de votre corps le matin et peinturera votre visage le soir ? Pensez-y : tout cela doit être donnant-donnant. À quoi bon servir Ys toute sa vie si on ne peut s'y faire servir ? »

•

C'était un mardi. Ils mangeaient autour d'une table remplie de plats protégés par des cloches, certains surélevés sur des piédestaux comme pour souligner leur condition de haute nourriture. La vaisselle était de porcelaine de Chine décorée de dragons et de fleurs d'aubépine bleu cobalt sur fond blanc. Pas la moindre brèche, constata Danaé, qui n'avait jusque-là connu que des morceaux de faïence épars. « Fini, les fragments de bonheur. Maintenant, j'ai droit à l'expérience complète. » Les visages des convives étaient éclairés par les girandoles de bougies posées devant les couverts, le reste de la salle relégué dans la pénombre où se discernait à peine la forme des valets statufiés en attendant le prochain service. Artimon avait organisé ce souper dans le but de présenter sa nouvelle flamme à ses amis et anciens confrères de l'Académie navale.

Face à Danaé Poussin, Josse Michaud découpait méticuleusement sa pièce de viande. Il était né avec un bec de lièvre, malformation trop prononcée pour être présentée comme une cicatrice d'escarmouche. Il avait commencé sa carrière comme secrétaire pour le vice-amiral. Il était alors chargé de recopier des ordres de douze à quinze fois afin qu'ils fussent redistribués aux commandants de toute la flotte. Il avait été amoureux d'une fille dont il fit son invitée dès qu'il fut admis citoyen. Il passait ses nuits en mer dans le poste des enseignes à s'abîmer les yeux au-dessus d'une chandelle et à se salir les doigts d'encre pour lui relater la moindre anecdote du bord. Il reproduisait chaque lettre en trois exemplaires, les envoyait par trois navires différents pour s'assurer qu'elles se rendissent. Après six ans de vie commune entrecoupée de longs voyages, sa favorite fut faite citoyenne à son tour. Elle le quitta, expliquant qu'elle avait maintenant « la longitude de se choisir un amant de sa préférence », laissant entendre qu'elle avait toujours préféré sa position à sa personne. Depuis, il n'invitait plus que des comédiennes ou des chanteuses de l'opéra. « Toutes des actrices, de toute façon », balayait-il en réponse aux accusations d'inconstance. Ayant passé sa jeunesse à user de son esprit pour faire oublier son apparence, il était devenu amateur de formes plus que de contenus. « Il y a beaucoup de vérité dans les surfaces, se défendait-il. Un trémolo dans la voix parle plus que des paroles bien choisies. Le tremblement d'une plume, les taches de suif et les bavures de larmes révèlent mieux l'état d'esprit d'un correspondant que les mots écrits sur le papier. » Il consignait dans un carnet chacune de ses aventures galantes et collectionnait un objet ayant appartenu à chacune de ses amantes. De cet archivage il tirait plus de plaisir que de ses conquêtes, chuchotait-on. À ses côtés était assise la mezzo-soprano, sa favorite du moment, dont la blondeur des boudins tranchait avec le noir des sourcils, un contraste assumé, semblant claironner qu'aucun pigment ne l'eût empêchée d'arborer quelque apparat que ce fût. Danaé ne saurait jamais son véritable nom.

De biais, Félix-Antoine Lebouban était perdu dans ses pensées, laissant tourner un verre de claret dans sa main. L'ancêtre Lebouban avait fait fortune en exploitant les dunes de l'archipel des Sablons. Là où tous ne voyaient qu'un désert englouti, il avait vu une étendue gratuite et infinie de granules à mortier, de silice à verrerie et de matière à remplir les poches pouvant endiguer les grandes marées hors des faubourgs. Le jeune Félix-Antoine avait passé son enfance à surprendre son père en train de culbuter les domestiques, à entendre sa mère sangloter de n'avoir que des pauvresses pour rivales. « Il ne comprend pas qu'en s'abaissant ainsi, c'est moi qu'il abaisse », se plaignait-elle. Adulte, il ne s'intéressa qu'aux femmes déjà prises ou imprenables. Il séduisait les invitées des autres pour en faire ses invitées. Et quand une femme était admise citoyenne, événement à la rare occurrence, il en faisait une obsession. « Je n'ai de goût que pour les celles qui pourraient se passer de moi. Le vrai amour, le pur amour, est comme le luxe : peu abordable et sans utilité. » Sa matelote du moment était absente, occupée par un autre souper.

À la droite de Danaé était assise Sophie Ramsdelle, qui, dès son arrivée, s'était ruée sur elle pour la prendre bras-dessus-dessous et l'entretenir des ragots de circonstance. Cette femme pétulante aux joues roses était pleine de sa troisième grossesse. Elle savait combler les silences de ses questions aux hôtes et tirer un éclat de rire de ses mots d'esprit. Elle était l'invitée d'Edmé Languidic, un de ces navigants austères et toujours partis, jamais vraiment là. En société, il dépendait entièrement de sa matelote pour entretenir les conversations. Elle n'hésitait pas à le rabrouer en public, à railler ses maladresses, à lui faire une scène au point où certains se demandaient qui était l'invité de qui. Quand on l'interrogeait sur les longues absences de son Edmé, elle répondait : « Je les savoure. J'ai toujours su que je serais une femme de grand marin. J'ai beaucoup trop à faire pour avoir le temps de m'occuper d'un homme tous les jours. Je préfère m'en ennuyer que de m'ennuyer de l'époque où il m'ennuyait point. »

C'est elle qui apprendrait à Danaé tout ce qu'il fallait savoir, qui lui dirait un jour : « Vous êtes trop soumise, ma chère. Vos attentions vous nuisent. Savez-vous que la première fois qu'on a accordé la moindre importance à la plupart de ces hommes, c'était sur un bateau-école, lorsqu'on leur a dénudé le derrière devant tout le monde pour que le maître d'équipage les fouette ? La gentillesse vous mènera peut-être jusqu'à la chambre, mais une fois la porte fermée, ces messieurs veulent être maltraités et humiliés. C'est le seul langage qu'ils comprennent et il n'y a que le langage qui excite vraiment. »

Au bout de la table se trouvait Modéré-Nestor Duthil. Il portait aussi bien son premier prénom que l'océan qui pouvait être le plus violent du monde et qui se nommait Pacifique. Il était ingénieur d'artillerie. Rien ne le passionnait plus que de calculer la trajectoire d'un boulet ou de faire exploser un mur de briques pour comparer sa résistance à celle d'un mur de granit. À la manière dont Artimon parlait de lui, Danaé s'était imaginé un homme grand à mâchoire carrée. Il était de taille moyenne et plutôt élancé. Les traits de son visage étaient fins et son regard voilé derrière une paire de binocles teintés, de nuit comme de jour. « Pour cacher ses yeux cernés », chuchota Sophie

Ramsdelle en se penchant vers Danaé. Il était vêtu de noir du cou aux genoux, au-dessus de ses bas immaculés. Figure blanchie, perruque brune. Un jabot de dentelle lui couvrait le torse comme une bavette. Sur son justaucorps brillaient trois macarons d'orfèvrerie qu'il avait fait ciseler en souvenir de trois adversaires occis en duel. Il avait l'habitude de faire servir ses soupers à minuit afin d'affamer ses convives et de pouvoir distinguer ceux qui avaient la faiblesse de dévorer leur repas de ceux qui conservaient leur désinvolture. On le disait exigeant envers ses invitées : il ne tolérait pas les crises de nerfs, dédaignait les imperfections et les excès de fanfreluches. « Ah, si les femmes pouvaient être d'albâtre, tout le monde serait plus heureux, elles y comprises », postulait-il.

Pour l'heure, Modéré-Nestor Duthil était en deuil. Appolline Meyrac, sa dernière invitée, avait été foudroyée par la petite vérole un an plus tôt. Dans les jours suivant son trépas, il avait été pris d'un accès de rage et avait arraché tous les tableaux ornant ses murs, incluant les siens, racontait-on pour expliquer la nudité de son escalier. « C'est qu'il n'a pas eu le temps de faire peindre le portrait de sa bien-aimée avant qu'elle n'expire. » Pendant la cérémonie funèbre, il avait insisté pour activer lui-même le mécanisme faisant basculer la planche sur laquelle avait glissé la dépouille jusque dans les abîmes comme on taillade une plaie pour la faire saigner davantage. De tout le repas, il ouvrit à peine la bouche. « Lui qui était si bavard avant. C'est qu'il ne se bat plus, alors il n'a plus grand-chose à raconter. Mais au moins, il ne nous coupe plus la parole. » Artimon disait de Modéré qu'il était son frère de matelotage et qu'il l'aimerait toujours, qu'il fût fringant ou apathique. « Mais il faut avouer qu'il est bien plus agréable à côtoyer depuis qu'il n'est plus lui-même », affirmait-il du bout des lèvres.

La soirée se déroula sans anicroche jusqu'à ce que Josse Michaud brandît son verre. « J'ai une annonce à vous faire. » Il repartait bientôt en mer chasser les ennemis diplomatiques de la République issoise quelque part dans l'océan Indien. Tous se levèrent pour trinquer à sa bonne fortune, sauf la mezzo-soprano. Elle resta assise en fixant le centre de la table, contenant sa respiration. « Excusez-moi », fit-elle en repoussant sa chaise. Josse Michaud la regarda s'éloigner. « La pauvre, j'aurais dû le lui dire avant », lâcha-t-il en avalant cul sec.

Lorsqu'un laquais referma la porte derrière les derniers convives, Artimon se tourna vers Danaé, attrapa sa main et lui baisa les jointures.

— Ils vous ont adorée.

— Vous croyez ? Me semble qu'ils m'ont à peine regardée.

— Le contraire m'aurait inquiété. Vous verrez, avec un peu de temps, ils auront pour vous les éloges que vous méritez.

Elle se colla contre lui, appuya son oreille contre sa poitrine.

— Comme c'était triste, c'te scène entre Josse et sa matelote. La partance... J'avais oublié que ça venait avec le fait d'aimer un Issois.

— Oh, rassurez-vous, ma mie, souffla Artimon à la racine de ses cheveux. Moi, je ne vais nulle part.

IV.

Artimon Phélan, vingt-neuf ans, était assureur de marine.

Il était né dans le confort et l'opulence de la maison Phélan, avait grandi dans la poussière des livres de comptes. Alors que ses amis baillaient dans les cours de mathématiques, Artimon se découvrait une passion pour cet art à la perfection atteignable. À chaque question, il y avait une panoplie de mauvaises réponses et une seule qui fût bonne et exacte. « Les nombres ne trompent pas, contrairement aux gens », se plaisait-il à rappeler. Là où d'autres ne voyaient que des colonnes de symboles stériles, il voyait le spectre fécond des possibilités. Pendant que ses pairs obtenaient lieutenances et commandements à bord, se démarquaient par leurs faits d'armes et leurs prises, Artimon Phélan se distinguait par la précocité de ses divinations probabilistes.

Depuis longtemps, les armateurs issois tentaient de rendre les traversées plus sûres. On leur vendait des coques aux bordages toujours plus épais et des traités de navigation toujours plus fiables, avec des résultats mitigés. Artimon Phélan ne faisait croire à personne que ses services les prémuniraient contre la fortune de mer. On ne pouvait contrôler les océans et leurs dangers, mais on pouvait les prédire. On pouvait traduire le domaine du risque en chiffres comme on pouvait traduire l'empire des ondes en cartes, prêchait-il.

Il avait commencé avec de petites embarcations : « Donne-moi vingt livres pour protéger ta barge, je t'en donnerai vingt-deux si le gros temps la coule. » Il avait ensuite misé sur des hourques, des goélettes, puis des corvettes et des brigantins. Il avait suffi des avaries de quelques marchands influents, de leur gratitude de n'avoir pas été ruinés malgré le naufrage pour que son nom commençât à circuler. « Cet Artimon Phélan nous a sauvés de la banqueroute. Il nous a d'abord saignés pendant des mois, mais ensuite, il nous a sauvés. » Ainsi devint-il, à l'âge de vingt-cinq ans, le plus jeune de sa lignée à être admis dans la cité.

Les Phélan étaient à l'origine des gens de peu. Le grand-père d'Artimon avait été marin, comme les autres, mais il était devenu invalide après la perte de son bras droit. Il s'était fait désinformateur, payé pour traîner dans les tavernes et faciliter le recrutement en bonimentant sur les qualités de tel commandeur ou de tel bâtiment et médire de ses compétiteurs, distribuer des cartes erronées aux étrangers dirigeant des vaisseaux ennemis. Il avait fini par ouvrir son propre cabaret sur l'estran. De marée en marée, le grand-père d'Artimon s'était rapproché de la terre ferme jusqu'à monter dans la colline et ouvrir un café respectable. On pouvait y lire les dépêches des deux continents avec beaucoup de retard. On y menait les négociations entre armateurs et affréteurs. À force d'être témoin de toutes ces transactions, il avait appris à placer ses pions dans les aventures les plus rentables.

« C'est point sorcier, en fait. Il suffit de multiplier les affaires, de ne pas mettre tous ses actifs dans le même navire. Ou, pour parler terrien, ne pas mettre tous ses œufs dans le même panier. » Ce conseil, Phélan l'avait répété à son fils et à son petit-fils, puis Artimon l'avait répété à ses amis qui, eux, le répétaient à leurs bien-aimées comme justification lorsqu'elles les surprenaient sur un canapé en train d'échanger un baiser langoureux avec une autre galante.

•

Mercredi, jour des visites de politesse. Danaé trouva Artimon dans son cabinet-bibliothèque, vêtu d'une étrange robe soyeuse aux motifs arboricoles.

— Z'allez sortir comme ça ?

— Quoi ? Non, pour sûr que non. Je ne suis pas habillé, ma mie. Ceci n'est qu'un peignoir, puisque faut tout vous expliquer.

Ils firent acte de présence dans les demeures de diverses connaissances, le temps d'un goûter ou d'une partie de dés, accueillis partout par une hôtesse « en-chan-tée » de rencontrer la nouvelle invitée d'Artimon. Chez les citoyens de moindre importance, ils ne pénétraient pas plus loin que le couloir, se contentant de signer leurs noms dans le livre des visites et de saluer le laquais. « Vous direz à votre maître qu'on est passés. »

•

Jeudi soir, réunion du club des Capiteux. Artimon nouait une cravate de mousseline devant le miroir. Danaé lui demanda si elle devait aussi se préparer à sortir. Elle apprit alors que les invitées n'y étaient pas invitées. Le club n'était ouvert qu'à ses membres, une liste sélecte de douze hommes qui devaient tous être nés dans la cité. « Les clubs sont des lieux où nous nous rassemblons pour faire toutes les choses que les gens de votre sexe ou de votre rang réprouvent. » Il se retourna, lui caressa la joue. « Allons, vous en faites point, ma douce. La plupart du temps, on ne fait que se bander les yeux pour deviner le cépage des grands crus qu'on déguste. »

Elle connut son premier moment de solitude dans la cité. Elle enfila le peignoir d'Artimon et passa la soirée à monter et descendre l'escalier, chandelier à la main. Elle explora chaque étage dans le menu détail, effleura le velours d'une ottomane, le relief d'une moulure. Elle s'amusait de son reflet fugace dans les glaces, de l'image que renvoyaient deux portes vitrées face à face, du dédoublement de sa figure.

•

Vendredi, journée ensoleillée. Les goélands piaillaient au-dessus de leur tête, la canne d'Artimon Phélan tintait contre le pavé. Danaé Poussin souriait sous l'ombre d'un tricorne galonné acheté pour l'occasion. Dans les rues les plus étroites, les bords de sa large robe frôlaient les parois de la pierre de taille. Au bout d'une artère, elle vit une porte cochère qui lui semblait familière. Elle attrapa le bras d'Artimon.

— Où vous m'emmenez ?

— Au salon de madame Trevalyan, je vous l'ai dit. Un des plus influents de l'île.

— M'aviez point dit que c'te salon est à l'extérieur des murs.

— Tous les salons bien en vue sont situés à l'extérieur. Il faut bien se mêler aux riverains de la plume, aux philosophes des faubourgs une fois de temps en temps pour qu'il y ait une saine rotation des idées.

— Je ne veux pas sortir de la cité.

— Et pourquoi ça ? On en sort et puis on rentre et c'est tout.

Elle tenta de faire demi-tour, il la tira par le coude. Ils se chamaillèrent, elle se mit à hurler. Artimon la dévisageait, paniqué.

— Mais enfin, qu'est-ce qui vous prend ?

Ils rentrèrent à la maison, elle s'enferma dans son boudoir, pleura sur le sol, s'endormit à même le tapis. Le lendemain, elle s'assit à table en évitant le regard d'Artimon, qui avait commencé à déjeuner sans elle. « Et moi qui étais si fier de vous. » Il déposa sa fourchette, son couteau, s'essuya le menton avec un mouchoir. « Je n'ai rien contre les caprices des femmes, mais je m'attends à ce que vous soyez raisonnable. Une invitée qui refuse de se montrer, c'est une invitée qui existe point. Et bien vite, à force de paraître sans compagne, les aspirantes croiront que la place est libre et se remettront à tourner autour de moi. Vous comprenez ce que je vous dis ? »

Elle acquiesça en silence. Pour la première fois depuis son arrivée, elle crut entendre les cris des mouettes malgré les fenêtres fermées.

V.

Souvent, Danaé Poussin se réveillait en sursaut au plus noir de la nuit, se croyant encore sur le rivage comme ces marins brusqués par le bruit d'une cloche ou une impression de tangage qui leur rappelaient le bateau. La plupart des couples citadins dormaient dans un lit en niche, encastré dans une alcôve, cernés par un mur de chaque côté sauf aux pieds. En plus de préserver des courants d'air, ce type d'aménagement rappelait l'exiguïté des cabines de navire. Quand Artimon Phélan était devenu maître des lieux, il avait exigé qu'on démolît les cloisons. « Assez de cette ambiance de cale. Je veux me réveiller avec le soleil, pardi ! » Il avait fait installer un lit à la romaine, surélevé sur une estrade à deux paliers avec un ciel de fines étoffes dominant le centre du couchage.

Les lueurs d'un candélabre éclairèrent la batiste diaphane des tentures, se rapprochèrent des colonnes.

— Qu'est-ce qui se passe ? s'inquiéta Danaé d'une voix enrouée.

Artimon se redressa sur un coude.

— Pas encore, pesta-t-il en se laissant retomber. Lequel, cette fois-ci ? demanda-t-il au valet qui semblait hésiter à écarter les rideaux du baldaquin.

— C'est monsieur Lebouban, monsieur.

— Évidemment, ragea-t-il en repoussant les draps.

— Le message indique qu'il a été convoqué à l'aube par le citoyen Lucien Leonnec, qui a découvert sa liaison avec son invitée. Le jusant est prévu pour cinq heures, monsieur.

— Quelle heure il fait ?

— Deux heures, monsieur.

— Très bien. Dis aux gens de Félix que je le rejoins chez lui, lança-t-il avant de lâcher un juron bien senti.

Artimon rentra vers les neuf heures du matin, pénétra dans la salle à dîner où Danaé contemplait les bégaiements d'un feu de foyer, les bras croisés. La manche droite de son justaucorps était tachée d'écarlate. Il retira le vêtement et le lança au sol avec nonchalance, révélant de longues traces moites sur sa veste et sa chemise. Elle se précipita sur lui.

— Tout va bien. Tout le monde est vivant.

— Et c'te sang, c'est quoi ? s'émut Danaé.

— Pas le mien. Le cel de Félix-Antoine. Il a été touché à la cuisse, rien de grave. À vrai dire, je m'attendais à plus d'ardeur de la part d'un offensé, vu son empressement à demander réparation. Faut croire qu'il ne tenait pas tant que ça à sa matelote... Je crois même que Félix-Antoine était un peu déçu de son manque de zèle. C'est ce que j'appelle un duel pour la forme.

Elle le serra fort.

— Enfin, matelote chérie, ce n'est pas moi qui étais en danger.

Elle rit dans le creux de son cou, le toisa en ajustant son col.

— Et si un prétendant venait à rivaliser pour mes faveurs à moi, qu'est-ce vous feriez ?

— Je le défierais sur-le-champ et je lui logerais une balle dans le cœur.

— Au risque d'être tué ?

— Absolument.

— L'avez déjà fait pour une autre avant moi ?

Il lui releva le menton d'un doigt et déclara : « Jamais. »

Ils s'embrassèrent jusqu'à ce que la blancheur de leurs chemises se mêlât, que l'une absorbât les souillures rouges de l'autre.

•

Danaé contemplait les vaguelettes qui agitaient la mer, distante et muette depuis la chambre de vue. L'océan n'était plus une menace, il était un paysage. Elle chantait sa ballade préférée. Une bouffée d'euphorie s'empara d'elle et elle se mit à tournoyer et à sautiller. Elle faisait voler ses jupes et tapait du talon pour marquer un rythme imaginaire. Une danse spontanée, à la riveraine. Au milieu de sa vrille, elle vit Artimon qui se tenait contre le cadre de porte et perdit l'équilibre en freinant son élan. Il la fixait avec un sourire en coin, les bras dans le dos. « Bien. Cette démonstration me fait penser qu'il faudra vous embaucher un maître de danse pour vous apprendre les pas. Pour ce qui est du chant, je vous demanderais simplement de fermer les volets quand vous vous y adonnez, par respect pour les voisins.

— Je chante si mal que ça ?

— Non, non point.

— Je croyais que z'aimiez ma voix.

— Je l'adore, vous le savez. Seulement, on n'est pas sur le rivage, ici. Avec les vibrations, les échos et tout ça. Le son ne se perd pas, il résonne. C'est pourquoi nous avons une façon plus... urbaine de chanter. Plus issoise. Je vous amènerai dans un récital bientôt, vous verrez. »

À partir de ce moment, elle ne dansa plus et ne chanta que lorsqu'elle était triste. Et encore, elle le faisait un peu moins fort, comme si elle eût craint d'ébranler le coffrage de la tourelle. Pendant ce temps, elle devait endurer le croassement de la cornemuse d'Artimon, qu'il pratiquait pendant des heures chaque semaine. Il n'y avait pas une seule pièce où elle pût s'enfermer sans être agressée par un contre-ut strident. Elle feignait l'indifférence, se retenait de lui lancer : « S'il y a un instrument qui sied point aux espaces clos, c'est bien cel-là. » Elle ne se gênait pas pour recourir au claquement de porte, qui pouvait toujours être attribué à un courant d'air.

•

Danaé se rendait presque chaque jour chez Sophie Ramsdelle sous prétexte de pratiquer le menuet et la gavotte. En réalité, sa nouvelle amie passait le plus clair de son temps à parfaire son éducation dans tous les autres domaines. Les deux femmes fumaient la pipe au salon, se tiraient les cartes sans y prêter grande attention.

— Il vous faudra beaucoup de patience, ma chère. Apprivoiser un aventurier présente ses défis, mais les terriens sont les pires, à mon avis. Avec eux, vous n'avez aucun répit. Ils n'ont jamais l'occasion de s'ennuyer de vous, puisqu'ils ne sont jamais en mer. Ils sont toujours là à vous souffler dans le cou, à vous écorcher de jugements et vous accabler de reproches. Et parmi les terriens, le vôtre est un sacré terrien.

— Je croyais qu'Artimon était membre du Parti aventurier.

— Ça ne veut rien dire. La plupart des aventuriers en politique sont des terriens en privé, et vice versa. Vous n'avez aucune idée de toutes les contradictions avec lesquelles il vous faudra composer pour durer. Vous avez réussi l'abordage, maintenant il vous faut maîtriser la manœuvre. Si votre citoyen se montre affectueux en public, paraissez froide. S'il se montre distant, câlinez-le. Le bateau peut gîter du côté de votre galant, mais pas trop. Il faut un minimum d'équilibre pour que votre ménage flotte. Une invitée doit s'afficher comme la complice et l'égale de son hôte, mais c'est elle qui doit se plier à ses règles à lui. On ne peut pas être joueur sans accepter d'être parfois jouet. L'idée, c'est de lui obéir sans qu'il s'en aperçoive et de lui laisser croire que c'est son idée quand vous lui désobéissez. Soyez contrariée de faire ce qui vous plaît et indifférente de faire ce qui vous déplaît. Ne soyez jamais prévisible. Eux ne le seront pas. Il n'a jamais été autant passionné avec vous ? C'est qu'il vient d'être excité par une autre. Il semble comblé, n'a plus de critiques ou d'exigences à vous adresser ? C'est qu'il s'apprête à vous quitter.

Danaé soupira.

— Et moi qui croyais que le fait d'être née dans la cité me donnerait une longueur d'avance. J'ai l'impression d'avoir accumulé une éternité de retard.

— Pour sûr, il vous faudra apprendre vite. Plus on passe de temps dans la cité, plus on a de chances d'y être admis. Pour devenir Issoise, il faut observer l'Issois de près. Si vous demandez à un citoyen pourquoi il change d'invitée, il vous dira que c'est pour avoir une favorite toujours plus belle que la précédente. Cela est inexact : ce qu'il veut, c'est une maîtresse qui le fasse bander plus que la précédente. S'il vous dit qu'il veut une femme pour satisfaire ses besoins charnels, c'est faux : il veut être aimé. Et s'il vous dit qu'il veut être aimé, alors là, fuyez : il veut vous emprisonner. Mais vous verrez, le plus dur, c'est point ce que nos citoyens nous font subir. On peut tout supporter avec panache quand on sait que cela en vaut la peine. Non, ce qui nous mine, c'est de ne jamais trouver mieux.

— Je ne sais pas ce que je ferais sans vous. Pourquoi vous m'aidez ?

Le regard de Sophie, perdu entre le guéridon et la console, tomba sur Danaé.

— Parce que j'en ai assez de changer de sœur de matelotage tous les six mois.

•

Ils reçurent la mère d'Artimon alors que des averses martelaient les carreaux, les gouttières continuant de pleuvoir leur soûl pendant les éclaircies. Hortense Nadeau dégoulinait dans le couloir, appuyée sur un parapluie fermé. Elle défit les boutons de sa redingote d'écuyère un à un, appela le valet pour qu'il s'occupât du vêtement trempé. Elle connaissait le nom de tous les domestiques de son fils comme s'il se fût agi des siens. Dans la pénombre d'après-midi, la blancheur de son maquillage du soir paraissait intacte sous un grand chapeau dont jaillissait une éruption de plumes. Le décolleté poudré de sa poitrine de matrone semblait déborder de l'entonnoir de sa taille de jeune fille.

Elle revenait d'un voyage en Europe pour les obsèques d'une lointaine parente. Autour d'une tasse de chocolat chaud, elle décrivit sans interruption les cérémonies catholiques auxquelles elle avait pris part. « Un rituel dégoûtant. J'ai dû m'éventer à me fatiguer le poignet pour point défaillir. Ils séquestrent l'être aimé sous leurs pieds comme un prisonnier dans un cachot. Que dis-je, un cachot... Une boîte ! Pour qu'il ne fasse rien d'autre que pourrir. Ces chrétiens, qui se disent préoccupés par le salut des âmes, s'accrochent aux cadavres de chair froide de leurs proches. Et puis, il faut voir de quoi ont l'air leurs cimetières. C'est d'un lugubre. Des sépultures monumentales côtoient des tombes mal entretenues que tout le monde piétine. Jusque dans la mort, ces gens s'assurent de ne pas être égaux », relata-t-elle avec un petit hoquet d'indignation.

« Et devinez ce que ma cousine s'est permise de me passer comme commentaire ? Quelque chose comme " je ne sais pas comment vous faites, vous les Issois, pour laisser sombrer vos êtres chers sans avoir nulle part où vous recueillir ou sans savoir ce qu'il advient de leurs restes ". J'avoue que cela m'a piquée sur le coup. J'aurais dû lui répondre que nous faisons peindre leur portrait, ce qui est un hommage bien plus grand que le cel d'une épitaphe sur une pierre qui gèle en hiver. »

Elle ne remarquait guère les roulements d'yeux de son fils. À un certain moment, elle demanda d'une voix enjouée : « Comme elle est charmante, votre nouvelle invitée. Quel est son nom ? Où l'avez-vous trouvée ? »

VI.

Le club des Capiteux était un lieu où rigoler entre amis, le seul endroit où les membres pouvaient se gausser des non-membres ou de leurs favorites sans craindre de les offenser. On pouvait s'esclaffer à gorge déployée et faire saillir sa pomme d'Adam en toute impunité. Les Issois ne partageaient pas l'idée qu'il fût raffiné de garder la bouche fermée. Contrairement aux Anglois et aux François, ils croyaient que ce qui différenciait le gentilhomme du rustre n'était pas l'hilarité en soi, mais son contexte. La vulgarité, c'était de lancer un verre contre un mur dans un accès de colère. Le raffinement, c'était de faire venir une coupe de cristal de l'autre bout du monde, qu'elle ressortît intacte du voyage, puis de la fracasser au sol pour le plaisir.

On gardait un éclairage tamisé, sans bougies. On se contentait de placer une grosse bûche dans l'âtre et de laisser la lumière chaude esquisser les visages, révéler l'éclat des dents dans la presque noirceur. On s'adonnait surtout aux paris. On prédisait la banqueroute de tel armateur ou le naufrage de tel brigantin. On misait sur l'issue du prochain duel : lequel serait blessé légèrement, grièvement ou tué sur le coup. On projetait que la favorite d'untel allait mourir en couches ou que le rejeton d'un autre n'allait pas vivre passé l'âge de cinq ans.

Les membres avaient le droit de parler de la nature de ces amusements à l'extérieur, pourvu que le contenu des paris restât secret. Aux non-membres qui s'indignaient, ils répondaient : « Allons, c'est rien qu'un jeu inoffensif. C'est point parce que nous misons sur le trépas de quelqu'un que cel-ci aura lieu. Si je vous disais que nous gageons que les galets de l'île se changeront en louis d'or, seriez-vous si scandalisée ? Et puis, pensez à ces Anglois, qui vont se mettre à miser sans scrupules sur la mort d'un homme qui vient de s'évanouir dans la pièce où ils se trouvent. Et que dire de ces aristocrates françois, qui ont inventé le moyen de railler leurs souffre-douleurs publiquement en les flattant, de sorte que tout le monde sache que la victime se ridiculise, sauf elle-même. Nous sommes bien gentils, en comparaison. »

Ce soir-là, Modéré-Nestor Duthil était assis, un bras rabattu sur le dossier du canapé, les jambes croisées, un pied pointant les franges du tapis. « Je gage vingt florins que Face-de-Bronze expirera d'ici la fin de l'année. » Ses confrères le chahutèrent quelque peu.

— Oh, v'là qui est facile.

— C'est trop évident. Tout le monde sait que Face-de-Bronze est au bord du trépas.

— Face-de-Bronze est mon beau-père, assena une voix au fond du cercle.

Artimon Phélan se leva de son siège, sa silhouette verdie dans la faible lueur des flammes.

— Mon frère, z'êtes bien à cran, ce soir, lâcha Modéré Duthil.

— Retirez votre gageure, insista Artimon.

— Peut-être le citoyen Duthil ignorait-il que Face-de-Bronze était le beau-père du citoyen Phélan, tenta le secrétaire du club. Moi-même, je l'ignorais.

— Il le savait très bien. Face-de-Bronze est le citoyen de ma mère depuis un quart de siècle.

— Peut-être le citoyen Duthil avait-il oublié...

Le silence se fit dans le salon. En quinze ans d'amitié, personne ne se souvenait avoir vu Modéré-Nestor Duthil reconnaître qu'il avait eu tort ou commis une erreur.

— Je maintiens ma gageure.

— Je demande réparation.

— Demain, sur l'estran, à la mer basse. Et faites-moi plaisir, Artimon, lâchez le pommeau de cette épée. Tout le monde sait quelle arme vous allez choisir. Tiens, j'en fais un second pari : je gage qu'Artimon Phélan choisira le pistolet pour m'occire.

L'offensé disparut dans la noirceur au fond de la pièce, on entendit une porte se fermer.

— À la bonne heure. Moi qui cherchais justement de quoi me sortir de l'ennuyance.

•

Modéré-Nestor Duthil n'avait pas combattu depuis dix-huit mois, mais était d'ordinaire abonné aux duels. Artimon Phélan, abonné à servir de témoin pour ses amis, n'en avait encore jamais disputé. Il faisait les cent pas dans son cabinet, allant et venant entre la colère et l'abattement. Il ouvrait son coffre à pistolets d'un geste nerveux, le refermait d'un coup sec. Danaé Poussin serrait les pans de son peignoir sur elle, le suivait dans son circuit autour du bureau.

— Mais à quoi avez-vous pensé ?

— Allez dormir, ma mie. Y a rien que vous puissiez faire.

— Dormir ! Comment vous voulez que je dorme ? Z'allez affronter un duelliste notoire pour une peccadille.

— C'est mon frère de matelotage. Je ne le tuerai point et il ne me tuera point.

— Z'en êtes sûr ?

Il hésita.

— Non.

Il attrapa le bord de la table, balaya d'une main une pile de papiers ficelés. Danaé s'effondra sur un fauteuil.

— C'est un cauchemar.

— Oh, taisez-vous. Vous vous inquiétez pour ma vie ou pour votre place de citadine ?

Elle bondit sur ses pantoufles.

— Comment osez-vous dire ça ?

Il ferma les yeux, sans desserrer les mâchoires.

— Laissez-moi.

•

Artimon Phélan et Modéré-Nestor Duthil étaient chacun nés dans une famille de fervents sympathisants du Parti aventurier. Ils avaient été promis à une brillante carrière de marins. Il fallait du cœur au ventre pour commander dans le chaos du combat doublé du chaos des flots. Il fallait être un mathématicien rigoureux pour déterminer sa position en mer à l'aide d'un octant et de cartes approximatives. Les deux adolescents s'étaient plutôt retrouvés côte à côte, cramponnés au même pavois, incapables de dominer une série de haut-le-cœur sans appel. « Allons les gars, z'allez vous amariner bientôt, avait assuré le maître d'équipage. Ça ira mieux dans que'ques jours. Ou dans un an. »

— Un an ? s'était révolté le jeune Modéré.

— Je vais mourir, avait balbutié Artimon.

— Je veux mourir, avait renchéri Modéré.

Ils s'étaient en outre découvert un intérêt commun pour les armes à feu, passe-temps qui leur permettait d'affirmer leur virilité sans vomir comme une femme enceinte. Après des années d'entraînement en tandem, l'un s'était contenté de nettoyer ses jouets avec assiduité tandis que l'autre s'exerçait, souffletant leurs opposants du Parti terrien à la première occasion.

Modéré-Nestor Duthil s'affairait à concevoir et perfectionner toutes sortes de machines de guerre. Il avait notamment inventé un dispositif permettant de pivoter les canons légers de droite à gauche. « Vous savez, les gens itou sont des machines. On peut miser sur leurs comportements comme sur n'importe quelle entreprise », commenta une fois Artimon, alors que les deux amis s'amusaient à démonter un nouveau bijou à feu sorti des fabriques angloises.

Artimon Phélan voyait dans le pistolet une science exigeant mesures et stratégies. Pour prédire l'issue d'un duel, il fallait tenir compte d'une panoplie de facteurs : l'humidité de l'air, qui pouvait rendre la poudre inopérante ; la visibilité, puisque aucun banc de brume n'avait jamais empêché un affrontement ; le talent et l'expérience, l'assurance ou le tremblement de la main ; la largeur et l'épaisseur des cibles, c'est-à-dire des protagonistes. Si personne n'était atteint au premier tour, les deux adversaires devaient se rapprocher à mi-distance et recharger. Au second tour, les probabilités que l'arme s'enrayât fondaient et celles de viser juste se décuplaient. En somme, Modéré-Nestor Duthil savait tirer et Artimon Phélan savait calculer ses chances.

•

Chacun débarqua de sa monture. On paya un garçon du rivage pour qu'il rassemblât les brides et gardât les chevaux. La mer avait laissé des stries de sable vaseux. Le moutonnement des étages d'écume formait une lointaine limite au champ de bataille. Ils se placèrent dos à dos, puis marchèrent les vingt pas réglementaires. Modéré se plaça de côté pour offrir le moins de surface possible. Raide, ses doigts gantés pointaient le sol comme un soldat au garde-à-vous. Il respirait plus fort que ce que l'arrogance prescrivait. Artimon tira en l'air. Modéré fit de même. Ils se toisèrent sans bouger, l'arme toujours fumante. Les témoins se balançaient sur une jambe puis sur l'autre, ne comprenant pas pourquoi les deux adversaires avaient choisi de ne pas s'entretuer.

— Je ne croyais pas que z'iriez jusque-là, cria Artimon pour que sa voix se rendît à son opposant.

— Je pourrais en dire autant de vous.

— Mon insolence n'est rien comparée à la vôtre.

— Et pourtant, vous avez choisi de jouer mon jeu.

— Nous nous sommes tous deux sous-estimés.

Chacun repartit au trot, laissant derrière le grondement du tonnerre d'un orage qui éclaterait quelque part au large sans toucher Ys.

•

Artimon poussa la porte avec fracas, ses clameurs réveillèrent toute la maisonnée. Danaé dévala les marches jusqu'au premier palier. Artimon se dévêtit au pied de l'escalier avec un air dévorateur comme si ses habits le brûlaient. Danaé gloussa et se délesta de sa chemise. Ils se coururent après, flambant nus, d'une pièce à l'autre.

— Je vous ai attrapée.

— Non, c'est moi qui vous ai attrapé.

— Non, c'est moi.

•

Le lendemain, Danaé se rendit chez Sophie. Elles s'étaient installées dans un boudoir meublé de chaises longues et de lits canapés garnis de traversins. Les deux femmes se prélassaient, sans gaine ni paniers, aspiraient à tour de rôle dans un narguilé.

— Vous croyez donc que j'ai mal réagi en me morfondant ?

— Point du tout. Vous seriez-vous montrée insensible qu'on vous aurait soupçonnée d'infidélité. Non, je dirais plutôt que votre réaction était incomplète. Une Issoise doit se féliciter que son citoyen se montre à la hauteur du code de l'honneur. Une grande amoureuse doit dire : « Va toujours plus loin, rends-moi fière, quitte à ne jamais me revenir. Ta gloire m'importe plus que mon confort. »

— Peut-être, quand la cause est juste. Mais quand elle l'est point...

— Les duels sont toujours futiles. Leur futilité est leur raison d'être. À quoi bon vivre, de toute façon ? Critiquez-le pour tout et n'importe quoi, mais pas avant un duel. Il s'apprête à affronter une mort probable. Il a besoin qu'on chauffe un peu son orgueil pour faire bouillir sa vaillance. Bon, j'admets qu'une telle situation ne risque guère de se reproduire de sitôt pour vous. C'est bien ce qui m'amuse le plus dans cette histoire : à quel point le courage de votre matelot est friable. Mais rassurez-vous, je ne le dirai à personne.

— Artimon est un homme d'honneur, mais ça lui coûte de l'être. Ça ne fait-il pas de lui un homme d'autant plus honorable ?

Sophie la regarda, hébétée pendant un instant, puis pouffa de rire.

— Oh ma chère, comme z'êtes rafraîchissante.

•

— Méfiez-vous de cette femme, la Sophie, lui envoya Artimon pendant le souper. Mon ami Edmé a toujours eu un faible pour elle et les enfants qu'elle lui donne, alors je me garde de la confronter, mais elle est vilaine.

— Vilaine comment ?

— Elle est ingrate. Elle se complait des absences de son matelot.

— Mais... une invitée ne se doit-elle pas d'être fière de son citoyen ? De l'encourager à braver les dangers ? Comme moi, par exemple, l'autre jour, il aurait été plus issois que je vous applaudisse pour votre hardiesse plutôt que de me plaindre.

— Mais non, ma mie, soupira-t-il en secouant la tête. Ça, c'est le rôle du frère de matelotage. Vous avez très bien agi. Le rôle d'une invitée, c'est de craindre pour la vie de son amant, de pleurer, d'implorer, de se jeter devant la porte pour l'empêcher de sortir. Vous terminez point votre assiette ?

VII.

Le treize du mois de février de l'an vingt-deux après le Massacre des Premiers hommes, l'invitée Danaé Berrubé-Portanguen dite Poussin fut appelée au siège de l'Amirauté sans qu'on lui précisât le but de l'audience. Un administrateur à perruque grise l'accueillit, lui fit signe de s'asseoir. Il bavarda avec bonhommie pendant quelques minutes, la questionna sur ses loisirs et la santé de son citoyen. Puis il approcha sa chaise, joignit ses mains sur le bureau. « Que faisiez-vous, mademoiselle Poussin, dans la nuit du dix-huit de mai de l'an dernier ? »

L'enquête sur les circonstances nébuleuses du naufrage de la *Thoinette* touchait à sa fin. Sur les cinq membres de l'équipage, deux avaient survécu, en plus d'Artimon Phélan, propriétaire du yacht. Le timonier et le matelot racontaient avoir vu d'étranges lueurs au loin, juste avant le premier choc contre les écueils. La *Thoinette* était dirigée par un pilote d'expérience qui connaissait tous les amers de l'île. Il estimait être tombé dans le piège de feux trompeurs, probablement un brasier alimenté à l'huile ou des fanaux ballotés au bout de bâtons depuis le rivage pour faire croire à la présence d'un navire tanguant au large et ainsi attirer le voilier vers les étocs. Le naufrage n'eût jamais eu lieu sans la supercherie perfide de sans-miroir qu'on tentait toujours d'identifier, avaient donc conclu les commissaires.

— Alors, où étiez-vous et que faisiez-vous ce soir-là ? répéta l'enquêteur.

— Je dormais, comme le reste de la crique. On ne veille pas très tard, aux Échouements. N'avons point assez de bougies.

— Vous dormiez. Avec qui ?

— Seule. J'avais ma propre chaumière, à Havre-Ouellau.

— Donc, personne pour corroborer ce fait ?

Elle haussa les épaules.

— Les autres habitants, peut-être. Je suis sortie sur la batture en même temps que tout le monde.

— Très bien. Connaissez-vous quelqu'un parmi ces habitants qui aurait pu ou voulu allumer des feux trompeurs ?

Danaé écarquilla les yeux.

— Quoi, quelqu'un à Havre-Ouellau ? Oh non. C'est le plus honnête des hameaux de la côte.

Il se leva, marcha de long et large entre sa chaise et l'immense tableau d'une bataille navale couvrant l'entièreté du mur derrière lui.

— Pourtant, ces lanternes ont bien été allumées par quelqu'un. Et il n'y a aucune autre crique habitée dans les parages du drame. Qu'est-ce qui me dit que vous vous êtes point levée en pleine nuit pour causer le naufrage avant de rentrer vous coucher une fois le mal accompli ?

— C'est insensé. Sauf votre respect, m'sieur le commissaire, où ça, des feux ? Où auraient-ils été placés exactement ? En avez-vous retrouvé la trace ? Parce que de mémoire de riveraine, les enquêteurs débarquent souvent des jours après les gardes-côtes et, alors, il ne reste plus grand-chose.

— Vous reconnaissez donc que des brasiers auraient pu être allumés et leurs cendres enterrées avant l'arrivée des enquêteurs ?

Elle se cramponna aux bras de sa chaise.

— Je reconnais surtout que les pilotes mettent souvent la faute sur de supposés feux trompeurs pour point avoir à avouer leur incompétence.

— Et les naufrageurs mettent toujours la faute sur la supposée incompétence des pilotes pour ne pas avouer leurs crimes. Seriez-vous en train de douter des conclusions d'une enquête de l'Amirauté, mademoiselle ?

— Je mets en doute le jugement de quiconque ose douter de mon honneur d'Issoise, commissaire.

•

Elle trouva Artimon assis devant le foyer du salon, les jambes croisées. Une main tenait sa tempe, l'autre, une lettre décachetée. Elle lui raconta son entrevue avec l'enquêteur, il ne réagit pas.

— C'est un crime passible d'exclusion, vous savez, dit-il sans la regarder.

— J'espère que vous prêtez point foi à c'tes théories farfelues, mon ami, fit-elle en se calant dans le fauteuil conjoint au sien. Ils ne font que leur travail, ils retournent toutes les pierres.

— Certaines pierres plus que d'autres.

Elle se raidit, se pencha vers lui.

— Pourquoi vous dites ça ? Vous croyez vraiment qu'ils me suspectent ? Je suis point accusée de rien, que je sache.

— Pour l'instant, siffla-t-il en fixant la danse des flammes dans la cheminée.

Il chiffonna la missive dans sa paume.

— Bon sang, Artimon, qu'avez-vous ?

— Vous vous êtes bien joué de moi, n'est-ce pas ? Un naufrage est une chose atroce, d'une violence à peine supportable. Et moi, j'y ai vu de la beauté, pouvez-vous croire ? Parce que c'était un accident, le fruit du hasard. Mais tout était faux. Tout était arrangé. J'étais rien que votre proie. Comme z'avez dû vous moquer...

Elle s'agenouilla près de lui.

— Artimon, vous divaguez. J'ai vécu toute ma vie sur le rivage. J'ai vu de tout : des pillages, des meurtres.

Mais des brasiers allumés pour tromper les navigateurs ? Jamais. Ça existe point.

— Pourquoi pas ? Qu'est-ce qui retiendrait vos semblables de le faire ? Dites-moi donc quel genre de grandeur d'âme ou de noblesse les habite pour qu'ils s'en abstiennent ? Les riverains n'attendent que ça, s'accaparer tout ce qui passe près de leur coin de terre.

— D'accord, même si quelqu'un que'que part l'avait fait, qu'est-ce que cela aurait à voir avec moi ?

— Ce naufrage vous a profité. Il y a quelques mois, vous n'étiez encore qu'une fille de rien. Vous voilà une dame. Je vous ai trouvée pieds nus. Maintenant, non seulement vous avez des talons, mais grâce à ma générosité, vous payez des porteurs de chaise pour ne pas les salir. C'est moi qui vous ai fait passer de la lie à la mousse en vous croyant différente des autres.

Elle se leva avec la fierté arborescente des gens de peu qui s'agrippent aux racines de leur désœuvrement pour mieux se dresser.

— Jamais de ma vie je n'ai allumé de feux trompeurs et jamais je le ferai. Savez pourquoi ? Parce qu'aucun marin n'est assez idiot pour confondre un feu de plage avec une lanterne de bateau. Vous le sauriez si z'étiez autant aventurier que vous prétendez l'être.

•

Elle courut chez Sophie, en larmes. L'amie la tira du jardin par le bras, ferma la porte et verrouilla le loquet pour tenir à distance les oreilles indiscrètes des domestiques. Elle saisit Danaé par les épaules.

— Il faut vous trouver un nouveau protecteur. Vous n'avez pas une minute à perdre.

— J'ai point envie de me trouver un autre galant.

Sophie lui fit signe de baisser le ton.

— Z'avez une meilleure idée ?

— Non. Je veux seulement lui prouver qu'il a tort.

— Vous ne pourrez jamais le convaincre qu'il a tort : c'est un citoyen.

— Alors je devrais lui donner raison, peut-être ? Lui jouer dans le dos ? Parce que s'il se rend compte que je fais les yeux doux à d'autres, pour sûr que oui, il me jettera dehors.

— Je sais, c'est un risque à prendre. C'est ce qu'on appelle : jouer quitte ou double.

Danaé s'éloigna, se laissa choir sur un canapé. Elle renifla, concéda une ébauche de rictus.

— C'est donc ça. C'est un jeu.

Sophie fit glisser son châle de ses épaules et en entoura celles de l'éplorée.

— Tenez, réchauffez-vous.

Danaé fouilla au fond de ses jupes, sortit un éventail de sa poche, se mit à en gratter le manche de son ongle, sans l'ouvrir.

— Qu'est-ce qu'il faut, comme qualités, pour bien jouer ?

— Une absence totale de scrupules et une indifférence à l'idée de perdre. Il faut aimer le jeu pour le jeu. Pour nous, les invitées, la première règle est toujours la même : ne pas mettre tous ses œufs dans le même panier. C'est Artimon lui-même qui le répète. Vous pourrez toujours vous justifier en disant que vous n'avez fait que suivre ses conseils.

— Je viens des Échouements. Là-bas, on se félicite d'avoir ne serait-ce qu'un panier.

•

Elle avait séché ses joues avant de rentrer. Elle trouva une lettre sur son oreiller, qu'elle lut de ses yeux bouffis. Artimon lui demandait pardon, s'épanchait sur sa pureté à elle et son usure à lui.

J'ai appris à me méfier de toutes les femmes, à tort et à raison. S'il y a quelqu'un qui puisse me guérir de ce cynisme, c'est vous.

Elle replia le papier et l'étreignit sur son cœur. Puis elle ne sut pas quoi en faire. Elle n'avait nulle part où le ranger, contrairement aux citadines qui possédaient un pupitre cachant des compartiments à verrou où classer les mots tendres de leurs amants.

•

Cette période avait vu les salles de toilette se multiplier dans les appartements. Les citadins se faisaient installer une baignoire recouverte d'un drap dans laquelle ils pouvaient mijoter jusqu'à y ratatiner. Certains importaient d'Europe de larges tonneaux ouverts qui servaient à l'origine au pressage du raisin chez les vignerons. Ils pouvaient y recevoir leurs hôtes, s'adonner à la trempette entre amis. « Dire qu'il fut un temps où il fallait résister aux tentations qui assaillent le corps, bavardait Sophie Ramsdelle dans un nuage de vapeur, verre de Madère en main. Nous, c'est le spectre des angoisses qu'il faut refouler, prendre des bains apaisants le plus souvent possible et s'adonner à tous les vices pour résister aux sirènes qui affligent l'esprit. »

Elle avait convié à cette ablution une vieille marchande de mode dont les goûts étaient caducs mais les anecdotes croustillantes. « J'ai connu la Claudette, vous savez. » On fit un bref résumé du personnage pour Danaé Poussin, qui n'en avait jamais entendu parler : Claudette-Marie Bastaven, tête d'affiche de l'Opéra issois dans la décennie précédant le Massacre des Premiers hommes et la plus célèbre mangeuse d'hommes de la cité. On ne comptait pas le nombre de citoyens qui s'étaient battus pour elle. Deux en étaient morts, à moins d'un an d'intervalle.

« Une beauté incendiaire, raconta la modiste. Je l'ai tout de suite reconnue, la première fois qu'elle est entrée dans ma boutique. J'ai cru qu'elle allait agir en impératrice, comme elle le faisait partout ailleurs. Mais elle n'en fit rien. Elle était nerveuse, incertaine. Elle s'en remettait complètement à mon jugement. Et encore, elle doutait. " Mais c'te couleur, n'est-elle point trop vive ? Et c'te rayure superposée sur une autre rayure, êtes-vous certaine qu'on se moquera point de moi ? " Elle avait pourtant porté des costumes ridicules devant des centaines de personnes. Elle avait été nue devant tant d'officiers, d'amiraux, d'hommes puissants. Mais elle était désemparée quant à la façon de s'habiller en société. Elle maîtrisait les codes de la séduction comme une harpiste d'élite, mais n'entendait rien au style.

« Vous vous souvenez sans doute de cet épisode où elle s'était entichée d'un explorateur ? L'Amirauté avait accepté qu'elle l'accompagne dans son voyage autour du monde, déguisée en homme, rappela la modiste. Cela s'était su, les caricaturistes s'en étaient donné à cœur joie, dépeignant la Claudette en matelot, la chemise ouverte sur une poitrine plantureuse et tout autour, les marins du bord, la langue sortie. Une de mes clientes avait brandi le dessin pour me demander un escompte. " Voulez-vous bien me dire à quoi sert de s'enfermer dans des corsets et des souliers de verre si ce qui rend vraiment fous les hommes, ce sont les celles qui voguent face au vent attifées en diablesses ? " »

Les convives gloussèrent, puis reposèrent leur tête contre le bord de la cuve.

•

Le passe-temps préféré de Danaé était celui de parfaire sa garde-robe. Elle se rendait chaque semaine chez une modiste pour se procurer de nouvelles boucles et arrangements floraux à épingler sur ses corsages, découvrir de nouvelles espèces d'oiseaux dont les plumes garniraient ses coiffures. Puisqu'elle n'avait aucune dette de jeu, Artimon lui remettait son attribution hebdomadaire en lui disant : « Faites-vous plaisir. » Elle étalait ses soies aux reflets argentés et damas à l'orgie de motifs sur une méridienne, se vautrant dans l'abondance. Parfois, elle paradait devant Artimon, qui levait un œil attentif, secouait la tête en signe de découragement. « Pauvre chérie, la vanité ne vous va pas très bien. Savez-vous pourquoi les tendances changent si vite ? Pour que les citadines reconnaissent tout de suite les celles qui viennent de passer six mois sur le rivage entre deux invitations. »

Elle se trouvait dans l'échoppe en train d'essayer un triangle d'estomac derrière le paravent, quand elle entendit le chuchotement d'autres clientes. « C'est l'invitée du citoyen Phélan. Z'avez remarqué comment elle ne prend aucun risque ? Elle ne s'habille que pour plaire à son citoyen. C'est pitoyable. »

Un jour, elle revint à la maison avec un échafaudage de cheveux.

— Ah non, pas ça, s'exclama Artimon. Vous ne voyez pas qu'elles rient à vos dépens, les modistes ?

— Je pense que c'est vous qui craignez que j'attire l'attention et qu'un autre galant me remarque.

— Pff. Attirer l'attention de qui ? D'un autre sans-miroir, peut-être.

Il retourna à la pile de feuilles et de comptes sur sa table de travail. Elle eut envie de jeter le postiche dans le feu et de déclarer « tant pis alors, c'est votre argent ». Elle n'osa pas.

Elle monta à son étage, plaça le monument de cheveux sur une commode, comme un vase. Elle scruta l'édifice savamment gommé de farine, l'enchevêtrement de perles et de boudins. Certaines citadines encastraient dans leur coiffure le modèle réduit d'un navire qu'avait commandé leur amant pour rendre hommage à ses aventures. Quel bateau eût-elle pu inclure dans la sienne ? Un yacht depuis longtemps coulé et dont elle ignorait toujours la fonction exacte ? Elle songea à redescendre couronnée du pouf, à faire face à Artimon et à lui lancer : « Cela ne vous concerne pas. Vous croyez que je porte c'te perruque pour ressembler aux autres femmes ? C'est le contraire. Je veux m'en distinguer. Et ça, vous pouvez point le supporter. Vous voudriez que je ressemble à vos fantasmes et à rien d'autre. Ce casque m'amuse, c'est ma façon de jouer. C'est c'te plaisir-là que vous voulez m'enlever. Vous me castrez, monsieur. »

Elle n'osa pas.

Mieux vaut être mort que de vivre du mauvais côté de la vie

Pour les néophytes, une éclipse solaire a toujours le caractère d'une loterie. Une telle synchronie des astres ne peut se produire qu'à une fréquence irrégulière : la prochaine occultation à un endroit précis du globe peut avoir lieu dans six mois, deux ans, comme dans sept ans. Chaque fois qu'une éclipse partielle ou totale obscurcissait le ciel d'Ys, le comité de Saine Rotation organisait une grande loterie pour célébrer le phénomène.

Deux participants étaient recrutés au hasard parmi une foule de riverains qui se bousculaient pour être choisis. Les deux volontaires montaient sur une scène érigée pour l'occasion, retiraient leur tricorne. Un fusilier se plaçait derrière chaque concurrent. La dernière citoyenne admise ou encore la favorite d'un citoyen illustre s'avançait sur la plateforme. Elle épinglait une cocarde noire à la veste d'un des participants, une blanche à l'autre. Elle enlevait son chapeau, y plaçait une boule noire et une boule blanche, les mélangeait, les yeux fermés. Elle tirait ensuite la couleur du volontaire qui serait abattu sur-le-champ. Les gens placés loin de l'estrade voyaient le perdant s'effondrer avant d'entendre le coup de feu. Le champion levait les bras bien haut. Il venait de gagner une place dans la cité pour avoir eu le courage de se prêter à ce jeu extrême. Certains lauréats se mettaient à pleurer de joie, tombaient à genou d'émotion, au point où les spectateurs n'étaient plus sûrs de qui était qui.

Nous avons depuis aboli ce divertissement barbare. En revanche, nous avons rétabli la pratique des exécutions publiques, car, même s'il n'y a plus de course à la citoyenneté, la populace aime se faire rappeler qu'il y a des gagnants et des perdants.

VIII.

Artimon Phélan fréquentait le salon d'Irène Trevalyan avec Danaé Poussin à son bras tous les vendredis. L'activité principale y était la conversation, l'activité obligatoire y était le jeu. « Comment, vous ne jouez pas ? Quel excentrique vous faites », disait-on d'un convive qui rechignait à sortir ses piécettes. Partout où l'abstinent mettait les pieds, on le présentait comme « le cel qui ne joue point ». Le mot se répandait comme de la vermine dans un magasin, les portes se fermaient devant lui au rythme où se propageait sa disgrâce.

Les Issois étaient prévenus dès l'enfance : ne tombe pas dans le piège sans fond du jeu. Pourtant, on jouait partout. On jouait dans la rue, où la petite vendeuse de beignets se laissait convaincre de miser sur les numéros d'un biribi ambulant. De toute façon, elle devait remettre l'entièreté de ses profits à un patron aux exigences rapaces et à la poigne abusive, alors aussi bien tenter le tout pour le tout, miser sur le gros lot et la grande évasion. On jouait dans les tripots, où le matelot jetait des dés sur un baril en avalant le contenu de sa chopine. Il avait bien tenté de se sortir du cercle vicieux qui le forçait à toujours rembarquer, il avait dit « ça y est, j'arrête de boire toutes mes avances de solde avant la partance ». Mais où cacher ses sous sur un navire où une centaine de marins vivaient entassés sans espace à eux ? Chaque fois, il s'était fait voler ses économies dès qu'il avait le dos tourné. Alors, finies les belles résolutions. Dorénavant, il dépensait tout avant l'appareillage. On jouait dans les auberges, où l'aspirant qui n'avait pas reçu la promotion promise au rang d'officier vidait ses poches. La nomination était allée à un autre avec de meilleures relations, mieux nanti quoique moins expérimenté. Alors, aussi bien s'abandonner à l'ivresse du genièvre et des cartes de pharaon. Aussi bien s'en remettre au Hasard quand le Mérite ne veut plus rien dire. On jouait dans les salons, où la maîtresse dilapidait la fortune de son citoyen avant qu'il ne changeât de favorite. Aussi bien dépenser ces doublons d'or qui ne lui appartenaient pas et récolter des gains qui lui appartiendraient.

Le salon était l'endroit de prédilection où faire des accointances. Artistes à la recherche de mécènes, écrivains en manque de public et élégantes en quête d'un ravisseur n'avaient d'autre choix que de courir ces grandes salles où il fallait briller par sa causerie, coudoyer pour se rapprocher du foyer en hiver. Gagner la confiance des grands passait donc par l'endettement. Ceux qui faisaient déjà partie de la caste des citoyens étaient d'encore plus fervents joueurs. Il n'était pas rare de voir un armateur sortir du salon tout guilleret, gambadant après avoir perdu huit-mille livres en une soirée. On se ruinait pour montrer qu'on n'avait pas peur de se ruiner, parce qu'il fallait continuer à afficher son courage et si ce n'était en larguant des ris, c'était en prenant des risques financiers. On perdait pour le simple plaisir de prouver qu'on savait tenir parole, c'est-à-dire payer ses créances. On perdait pour montrer son honnêteté, puisque seuls les filous ne perdaient jamais.

« Personne ne joue que pour gagner, au même titre que personne n'aime que pour être aimé ou ne vit que pour survivre », lui avait expliqué Sophie Ramsdelle.

Danaé Poussin avait été bien contente, au début, qu'on ne l'invitât pas à jouer. Elle avait encore trop de règles à apprendre, ne fût-ce que les subtilités de la parure nocturne. On troquait les pastels diurnes pour des étoffes aux couleurs pleines et aux reflets moirés. Le maquillage se devait d'être discret lorsqu'il était confronté aux rayons du soleil, mais théâtral lorsqu'il fallait rutiler dans le halo ténu des lustres. Échouer était moins gênant derrière un masque de poudre. Rougir, moins flagrant sous des pommettes fardées de vermillon. Le faciès du midi se cristallisait en visage de poupée en prévision des ténèbres. Le décolleté modeste au lever s'abaissait avec le passage des heures. Ce qui était couvert le jour se découvrait le soir, et vice versa.

Elle se tenait debout derrière Artimon, gorge et front blanc se découpant au-dessus de son corsage à l'instar des bustes de marbre qui peuplaient le couloir. Elle applaudissait quand il remportait sa mise, faisait la moue quand il s'inclinait. « Oh, matelote de mon cœur, vous en faites point pour moi. » Il évitait autant que possible le pharaon et les jeux de trop grand hasard. « Quand on s'y connaît moindrement en probabilités, il est évident que ces jeux favorisent le banquier, lui exposa-t-il en privé. Mais ne le dites à personne, on me taxerait de couardise. Les gens n'aiment pas qu'on juge leurs plaisirs. » Quand il devait décaisser plus que prévu, Artimon se crispait. Il enfonçait ses ongles dans la main de Danaé tandis qu'il forgeait un sourire dans le talc de son visage. « Ne bougonnez pas, ma mie. C'est rien qu'un jeu. »

•

Quatre joueurs étaient assis autour d'une partie de whist. Artimon, sourcils froncés, reniflait en visualisant ses cartes, se grattait le menton.

« Mon ami, loin de moi l'idée de nuire à vos savants calculs, mais tout cela prend un temps fou », dit Sophie en pianotant sur la table.

Il leva un doigt pour exiger sa patience. Elle se recula sur sa chaise en soupirant, déploya son éventail. « C'est trop long », finit-elle par lâcher. Artimon cloua un regard hargneux vers elle, le soutint en misant ses jetons. Il se cala sur sa chaise, croisa ses mains sur sa panse en faisant tourner ses pouces, la mâchoire serrée.

Le lendemain, il passa la journée en peignoir, de longues heures assis dans le fauteuil de son cabinet, absorbé par l'agencement des lattes du parquet ou des fractales du tapis. « C'est une malédiction, n'est-ce pas ? Que d'aimer jouer contre des gens qui n'apprécient pas de jouer avec vous », dit-il à Danaé alors qu'elle lui massait les épaules. « Mais bon, cela n'a aucune importance, ce qu'ils pensent. Ce sont rien que des perdants », ajouta-t-il en se faisant sourire lui-même.

Il se leva d'un mouvement sec. « Je ne veux plus que vous voyiez cette femme, la Sophie. Plus d'entretiens seule avec elle. Dorénavant, vous ne la croiserez plus qu'en société. »

•

Artimon avait développé une passion pour les instruments à vent. Il se procura une bombarde. Le mois d'après, ce fut un cor françois. Il disait manquer d'espace dans son cabinet pour tout contenir. Il demanda à Danaé s'il pouvait ranger ses vieilles cornemuses dans ses appartements. Puis ce furent le cor françois et la bombarde, détrônés par un basson.

Un matin, elle ne trouva pas Toussine, sa femme de chambre, après l'avoir cherchée dans toute la maison. « Renvoyée, s'exclama Artimon. Figurez-vous que les Chabosseau lui versaient quelques pots-de-vin pour qu'elle nous espionne. Je me doutais depuis quelque temps qu'ils ambitionnaient de me faire concurrence. »

— Mais, Toussine... Où ce qu'elle va aller ? Que fera-t-elle ?

Il haussa les épaules.

— Je croyais que vous la détestiez. On vous en trouvera une autre.

— Vous me disiez qu'elle est point libre de sortir.

— C'est exact. Elle devra se placer ailleurs dans la cité. Et avec la réputation que je vais lui faire, y aura que les tortionnaires qui accepteront de l'embaucher.

•

Après quinze mois de pratique méticuleuse, Artimon se désintéressa peu à peu de la musique. Souvent, il rentrait aux aurores. Le matin, il maudissait ce soleil qu'il avait tant désiré de le déranger dans son sommeil tardif. Il coupa les rentes de Danaé de moitié. « Nous sommes riches, ma mie, mais vous savez comment sont les affaires. Cela va, cela vient. » Après avoir contracté une dette dont il refusa de révéler le montant, il obligea Danaé à vendre plusieurs de ses parures. Sa garde-robe fondait. Elle eût souhaité être en visite du matin au soir pour fuir cette ambiance morose, mais elle n'avait plus rien de neuf à se mettre sur le dos. Aucune chambrière n'avait été engagée, elle faisait lacer son corset par la cuisinière.

Un après-midi, Artimon débarqua dans le boudoir de Danaé avec une nouvelle requête, un besoin de liquider sa rivière de perles. Elle protesta, l'empêcha d'atteindre ses tiroirs.

— Et vos instruments, eux ? Toutes ces musettes qui traînent et dont vous jouez même plus ?

— Mes instruments ont une utilité, contrairement à vos chiffons. Et ils ne deviendront pas désuets avec le prochain solstice.

Il ouvrit la malle dans laquelle elle avait apporté ses objets d'avant.

— Pourquoi garder ça ? Et ça ? Une culotte d'homme si défraîchie que même un palefrenier en voudrait guère.

— C'est pour nager. C'est un souvenir.

— Et quand avez-vous nagé la dernière fois ? Vous avez l'intention de barboter prochainement ?

— Z'avez raison. J'en ai plus besoin. Mais laissez-moi au moins que'ques-unes de mes affaires...

— On dit « quelque ». Enfin, Danaé, quand allez-vous parler issois ?

Le soir, elle resta transie devant sa table de toilette, plus immobile que la flamme vacillante des bougies. La glace lui renvoyait le reflet de son visage pâle sur sa chemise pâle, son image figée sur le fond noir à l'intérieur de l'ovale du miroir comme sur un médaillon dont le contenu s'affadissait.

L'habit ne fait pas le moine mais l'amputation fait le guerrier

À Ys, les mendiants exhibaient leurs moignons et leurs pilons de bois non pour attirer la pitié, mais pour inspirer le respect. Ils ne disaient pas « j'ai faim », mais plutôt « j'ai combattu ».

Le jury de Saine Rotation se retrouvait régulièrement devant un dilemme : comment choisir entre plusieurs convoqués dont les succès étaient comparables et dont le seul gage de véracité était les dires de camarades ou de subordonnés ? On en vint peu à peu à reconnaître les lésions corporelles, la perte d'un membre ou d'un sens comme des marques tangibles d'affrontement. À candidature égale, celui qui avait perdu deux bras avait sans doute réellement guerroyé et avait donc plus de chances d'être admis citoyen que celui qui n'en avait perdu qu'un. Les bancs du Conseil des Septantes étaient bien garnis en vieux loups de mer qui n'avaient plus d'ongles à la main droite ni de jambe au côté gauche, qui radotaient que « les jeunes de ce jourd'hui manquent de témérité ». Ceux-là portaient leur uniforme galonné jusqu'à leur lit de mort et semblaient dire : « Regardez-moi, v'là à quoi ressemble un héros. Si vous êtes intacts, si vous vous tenez encore debout, c'est que z'êtes point allés au bout ». On commença donc à voir des estropiés attribuer leurs malformations et leurs blessures à des batailles qui n'avaient jamais eu lieu. Certains se faisaient amputer un doigt ou enlever une narine dans le but de hausser leur profil.

Les femmes avaient plus de difficulté à faire reconnaître leurs mutilations comme les stigmates de leurs faits d'armes. « Allons donc. Cette balafre a pu être obtenue de mille manières. Qui nous dit que c'est point votre matelot qui vous a rudoyée avec raison ? Contre quel adversaire vous seriez-vous battue ? Au nom de quoi ? Sur quelle frégate interdite aux dames vous seriez-vous trouvée ? Y a-t-il des témoins de cette affaire ? »

Ce scepticisme à géométrie variable était de plus en plus dénoncé par les salonnières et commençait à faire couler beaucoup d'encre. « La plupart des Issois ont été mis au monde et élevés par leur mère tandis que leur père était en mer, donc absent. D'où viendrait la vaillance issoise si ce n'est des femmes qui la transmettent aux enfants ? » Les amputations des femmes étaient d'autant plus sérieuses que celles qui s'infligeaient volontairement de tels dommages en visant la citoyenneté compromettaient du même coup leurs chances de séduire, donc d'être invitées. « Il est grand temps que l'on cesse de douter de notre courage. »

De nos jours, ni les Issoises ni les Issois ne sont sous-estimés ni sur-estimés puisque nous n'avons plus besoin de jury pour estimer qui que ce soit.

IX.

Jean-Maurice Cazenave, dit Face-de-Bronze, était un homme qui avait perdu son visage mais jamais la face. Ce héros de la guerre des Deux Jaloux avait eu la mâchoire arrachée par un boulet dans les dernières minutes d'un combat mené simultanément contre deux frégates angloises. L'Amirauté l'avait décoré de l'Ordre de l'Étoile de bronze. On lui avait passé une écharpe blanche en travers du corps et piqué l'insigne d'airain à la poitrine, bien qu'il fût alité en permanence et nourri à l'entonnoir. Deux décennies plus tard, des dignitaires se présentaient encore à son chevet pour lui rendre hommage. Les gens conviés par Hortense Nadeau défilaient au pied du lit-caravane pour l'admirer, comme on admirait l'œuvre maîtresse d'une galerie. Afin de ne pas les rebuter, elle apposait sur son absence de nez et de menton un grand masque en alliage de cuivre et d'étain.

Dans la semaine du quinze d'octobre de l'an vingt-deux de notre ère, l'état de Jean-Maurice Cazenave se dégrada. Un bruit d'asphyxie émanait de la chambre dès qu'on ouvrait une porte. Dans la salle adjacente,

Hortense Nadeau marchait de long en large, son affolement trop vif pour être contenu dans la pièce, colorant son cou de plaques de rougeurs.

— Il ne peut pas mourir.

— Tout le monde meurt, répliqua Artimon Phélan, couché sur un canapé, lançant une balle au chiot qui s'ébrouait à ses pieds.

— Il ne peut pas mourir avant moi.

— Franchement, mère, je me demande qui de lui ou de moi vous décideriez de garder en vie, s'il vous fallait choisir.

Danaé Poussin, assise de l'autre côté de la table à café, lui fit les gros yeux.

— Allons, tout le monde sait que vous vous souciez peu de cet éternel convalescent. Sa principale qualité pendant toutes ces années a été de n'avoir pas eu la parole pour vous désinviter.

— Ah, vous osez plaisanter. Cela vous indiffère que votre mère soit jetée à la rue ?

— Oh, ça m'indiffère point. Je souffre déjà d'avoir à en entendre parler sans arrêt. Ça fait quinze ans que cet homme se meurt. Quinze ans que vous êtes la compagne d'un des marins les plus respectés de l'île. Vous êtes encore une femme magnifique, tout le monde s'accorde pour le dire. Et malgré tout, vous n'avez pas réussi à vous dénicher une place de citoyenne ni même à vous trouver un nouveau matelot. V'là qui est risible. Un observateur impartial dirait que le jour où vous serez évincée, ce sera l'accomplissement d'une rotation parmi les plus saines qu'il puisse y avoir.

Elle se tourna vers Danaé.

— Dites-moi, ma colombe, trouvez-vous qu'un fils devrait prendre la liberté de parler ainsi à sa mère ?

Elle n'attendit pas la réponse, s'effondra sur un fauteuil, agita son éventail avec lassitude.

— C'est plus difficile pour nous, les femmes.

— Je vous en prie, coupa-t-il. Vous aviez tout ce qu'il fallait pour ouvrir votre propre salon de causerie. Et on ne peut pas dire que c'est une façon désagréable de s'élever. Vous en connaissez beaucoup des hommes qui ont fait leur chemin jusqu'à la citoyenneté en étant assis bien au chaud à siroter leur tasse de thé ?

« Vous, Artimon, c'est votre cas », faillit interférer Danaé.

— Oh attendez, que dis-je ! J'oubliais que pour mener un salon avec succès, il faut être appréciée des autres femmes et des gens en général. Ah non, mère, désolé. N'auriez jamais pu y parvenir.

— Cela peut bien vous sembler aisé, à vous... Dites-moi, Artimon. Votre matelote, ici, que ferait-elle si vous veniez à mourir demain ? Quelle ressource pourrait-elle si facilement mettre en œuvre pour impressionner les messieurs du comité ?

— Eh bien, je... Je peux nager.

Artimon se mit à ricaner.

— Vous entendez ça ? Ma matelote chérie, elle peut nager. Elle n'a même pas besoin de bateau, elle. Et vous, madame ma mère, au cours de votre longue vie, vous est-il déjà arrivé de nager ?

•

Les obsèques de Jean-Maurice Cazenave dit Face-de-Bronze eurent lieu à marée haute dans un matin frais et embrouillé. On avait hissé le hunier cérémonial au grand-mât du vaisseau amiral, larges étendards émeraude brodés de l'armoirie dorée d'Ys, une morue transpercée d'une rapière. Les endeuillés portaient des manteaux de velours à rayures horizontales, des robes de damas à rayures verticales, des justaucorps de basin à rayures obliques. Ensemble, ils formaient l'éclatement de lignes de la parure nationale. Hortense Nadeau ne pleura pas pendant les funérailles. Elle se tint droite, le menton fier, tressaillit à peine lorsque fusa le coup de canon marquant le plongeon du corps dans la fosse liquide, opaque et multicolore jusqu'à en être sombre comme la surface d'un miroir.

Le soir, Danaé trouva Artimon immobile devant le lit-caravane désormais vide. En la voyant approcher, il s'agenouilla à ses pieds, lui enserra les jambes, puis la taille. Elle lui caressa les cheveux. Il versa quelques larmes en silence, la joue contre son ventre.

— Il était le seul père que j'aie connu. Un muet. C'était un grand marin. Et moi, je suis quoi ? Un courtisan qui sait compter, rien de plus.

— Pourriez lui rendre hommage, pour que l'idée de lui continue à vivre.

— Lui rendre hommage... comment ? renifla-t-il.

— Je sais pas. Un buste à son effigie, peut-être. Une sculpture que vous pourriez contempler pour vous donner du courage.

— Un navire, murmura-t-il.

Il attrapa les mains de Danaé, les baisa avec ardeur.

— Merci, merci.

Il décida de faire construire le plus beau yacht de l'île et de le nommer *Face-de-Bronze*.

•

Le lendemain, le cocher cogna à la porte avant l'arrivée de l'huissier.

« Il pleut encore », se plaignit Hortense Nadeau de sa voix chantante. Bientôt, le fiacre déborda de boîtes et de coffres qui s'empilaient à l'arrière et sur le toit. On les recouvrit d'une bâche sur laquelle dégoulinait l'averse. Les chevaux écumaient dans le froid, une vapeur blanche se dégageait de leurs nasaux. Artimon et Danaé grelottaient debout sous le porche tandis que la femme jetait un dernier coup d'œil à sa maison des vingt-cinq dernières années. L'hôtel serait vendu, sans doute à fort prix à un citoyen désirant progresser dans la hiérarchie du faste et se vanter de posséder la demeure du grand Face-de-Bronze. La table de réception, les armoires de boiseries ouvragées, les commodes laquées de dessins de pagodes, les tableaux des précédents Cazenave : tout resterait en place. Les profits de la transaction iraient à l'Amirauté. L'invitée déchue déménagerait dans un logement petit mais coquet dans un quartier propre des faubourgs. Le loyer et les dépenses courantes seraient payés par Artimon. Au moment de monter dans la voiture, Hortense Nadeau éclata en sanglots. Le fouet du cocher claqua.

X.

Au cœur de cette période d'intenses travaux, de plans déroulés sur les tables, d'embauche d'ingénieurs et de charpentiers, Danaé Poussin commença à recevoir des lettres étranges de la part de Modéré-Nestor Duthil.

> *Madame,*
>
> *Je désire m'entretenir avec vous en privé. Vous me trouverez au fond des Jardins du Siège ce mardi à midi. N'en dites rien à Artimon.*
>
> *M.-N. D.*

Elle froissa le papier et le jeta dans le feu comme s'il lui eût brûlé les mains. Il récidiva la semaine suivante. Elle considérait ces missives comme des curiosités, s'amusait de ce petit jeu auquel elle croyait ne pas jouer, mais elle dormait de moins en moins bien. Si seulement les mots avaient été anonymes ou signés d'une autre main, elle les eût partagés avec Artimon. « Regardez, mon ami, le genre de présomptueux qui se permet de m'écrire », et puis ils eussent ri ensemble.

Elle reçut au total quatre messages, tous dépourvus de flatterie ou de sentiment. *Je vous assure que je ne veux que votre bien*, répétait-il dans les deux derniers. Quand les envois cessèrent, elle réalisa que c'était le simple fait d'en recevoir qui était flatteur.

•

Le yacht fut lancé en grande pompe. Une quarantaine de personnes étaient présentes près de la cale de mise à l'eau. « Quelle élégance. Avez-vous vu la ligne de son étrave ? Très gracieuse », avait-on félicité au moment de faire glisser le drap recouvrant l'ouvrage. Les gens placés à tribord émirent un « oh ! » de surprise en voyant les lettres argentées du nom. Ce yacht ne s'appelait pas *Face-de-Bronze*, mais *Danaé*.

« J'ai changé d'idée », lâcha Artimon avec légèreté.

Danaé pleura de joie, on fit exploser la bouteille de champagne contre la coque. Une dizaine d'invités de marque avaient été choisis pour participer au voyage inaugural autour de l'île. Cinq musiciens avaient été embauchés pour tenir récital, quatre matelots et un patron pour manœuvrer la *Danaé*. Sept serviteurs maladroits, des garçons de taverne peu habitués aux usages des grands s'étaient joints à la troupe.

Artimon buvait plus qu'à l'habitude. « Pour annuler l'effet du roulis », disait-il. Sur le pont illuminé d'une chaîne de lanternes, on entreprit un menuet autour du mât. Artimon se plia en révérence devant la muse du bateau, lui baisa la main.

— M'accorderez-vous la première danse, ma mie ?

— Oh, matelot chéri. Je m'y entends guère en menuet.

Il se redressa.

— Comment, vous ne vous y entendez guère ?

— C'est que j'en connais point les pas. Je connais l'issoise, la polonaise et la contredanse, mais pas le menuet.

— Et tout ce temps chez Sophie Ramsdelle, il a servi à quoi ? V'là deux ans que vous êtes dans la cité, Danaé. Deux ans. Je ne vous demandais pourtant pas l'impossible.

Il avait haussé le ton. Les convives en plein mouvement regardaient dans sa direction. Artimon attrapa un verre sur le plateau que tenait en équilibre un garçon et alla s'enfermer dans la cabine. De l'autre côté du pont, Modéré-Nestor Duthil se tenait les bras croisés, la silhouette aussi noire que la nuit derrière lui. Entre le passage de deux danseurs qui se rapprochaient puis s'éloignaient, il lui fit un signe de la tête.

•

Le mois de mai arriva et, avec lui, l'invitation pour un bal que tenait chez lui Modéré-Nestor Duthil. « J'ai bien hâte de voir les allures de l'événement cette année, avait commenté Artimon. Ce bal de printemps, c'était le projet d'Appolline. Le cel qu'elle organisait était chaque fois le plus couru de la saison. »

De génération en génération, les Duthil avaient occupé un des plus vieux hôtels particuliers de la cité. Un palais martial et froid, étouffé d'ornements. Il n'y avait pas un mur exempt de sombres boiseries et de gravures aux détails aussi denses que ceux d'un retable. Des dorures de sarcophage, des colonnes de marbre rouge, des tapisseries vert forêt qui absorbaient tant de lumière qu'on avait envie de s'y éclairer au flambeau. « Cette demeure est magistrale, mais quelque peu... démodée, avait prévenu Artimon. Il se pourrait que vous ayiez la nausée. »

Pour son premier bal sans compagne, Modéré avait fait redécorer la salle de réception au goût du jour. On avait gardé le carrelage de losanges noirs et blancs, mais tout avait été aéré de teintes claires, de moulures fines et élancées. « C'est ce qu'Appolline aurait voulu », répétait l'endeuillé à chaque compliment. Du haut des balustrades, on avait vue sur une étendue de chevelures blanches et grises folâtrant comme une bande d'enfants qui se fussent déguisés en vieillards pour mieux rire du temps qui passait en faisant tout ce que la sagesse ne commandait pas. On se para des fleurs poussées dans la serre du jardin, glissées dans les corsages, posées en couronne sur les têtes. Des guirlandes de roses traversaient la salle, suspendues d'un coin à l'autre. On piétina des pétales toute la soirée.

Danaé avait passé le mois entier à apprendre et pratiquer les danses à exécuter. Elle suait à l'idée d'un faux pas, d'un toussotement de mémoire. Elle tremblait à l'idée de se retrouver face à face avec l'hôte le temps d'une cabriole. Cela arriva pendant une issoise dans le bref moment où les danseurs devaient changer de partenaire. « Vous êtes en danger », marmonna Modéré. Elle l'ignora, mais faillit manquer le prochain pas de gavotte.

Plus tard, un laquais lui remit un billet qu'elle déroula avant de le cacher dans son décolleté. *Prétextez une chaleur et rejoignez-moi dans le jardin, derrière le bosquet de cyprès. Après, je promets de vous laisser tranquille.*

Elle put à peine le distinguer dans l'obscurité. La pâleur de sa perruque et de son visage captait les rayons de la lune, troués des deux cercles noirs de ses verres fumés.

— Z'êtes un effronté, monsieur. Artimon est votre frère de matelotage et vous vous jouez de lui en m'abordant ainsi.

— Je joue point, madame. Je veux seulement vous informer. Votre position est en danger. Vous devez vous trouver un nouveau protecteur au plus vite.

— Encore ça, souffla-t-elle. C'est donc tout ce que z'avez comme moyen pour séduire les femmes, médire de leur galant ?

— Je ne tente pas de vous courtiser. Je ne cherche pas d'invitée ni même de maîtresse. Maintenant, écoutez-moi. Artimon vous remplacera. Dans deux semaines, deux mois, trois peut-être. J'ignore quand, mais il le fera.

— Qu'est-ce qui vous fait croire ça ? Jamais il ne m'a montré autant d'affection. Il s'irrite parfois de mes maladresses, mais c'est bien normal. C'est ma première fois dans la cité et, lui, sa première fois avec une riveraine.

— C'est ce qu'il vous a dit ?

— C'est évident.

— Danaé, Artimon trouve toutes ses invitées sur le rivage. Il les prend dans le dénuement complet pour en faire de parfaites petites citadines. Et quand elles deviennent trop citadines à son goût, qu'elles se mettent à comprendre les règles implicites et à s'adonner aux intrigues, il les jette.

Elle expira sèchement.

— Intéressant. C'est ce que vous êtes en train de me pousser à faire : intriguer.

— Il n'en saura rien. Je ne chercherai plus à vous parler après ce soir.

— Pourquoi m'avertir seulement maintenant ?

— Parce qu'il a un navire. Artimon déteste naviguer. Il n'a rien à faire d'un bâtiment de plaisance, sauf pour aller pêcher la sans-miroir aux Échouements. Vous êtes-vous déjà demandé ce qu'il y faisait le soir du naufrage de la *Thoinette* ? Et qui était cette Thoinette dont on n'entend plus parler ?

Elle s'accrocha tant bien que mal à un arbuste, faible prise pour une défaillance.

— Si vous dites vrai... Qu'est-ce vous gagnez à m'aider de la sorte ?

— Rien. Mais j'ai déjà été à votre place. Excusez-moi, je dois retourner à mes convives. Bonne soirée, madame.

XI.

Artimon Phélan était occupé à assembler les pièces d'un grand puzzle, une invention angloise qui consistait à disséquer les cartes géographiques en mille morceaux afin de les reconstituer. Devant lui se devinaient déjà les formes de l'Atlantique, avec Ys trônant haut en son centre comme le soleil au nord d'un tableau. Danaé Poussin entra dans le cabinet, vêtue de sa robe-redingote, les mains dans des gants de cuir.

— Où allez-vous comme ça ?

— À cheval, même si ça m'ennuie terriblement. Matelot chéri, commença-t-elle en s'approchant, que diriez-vous qu'on fasse une sortie à bord du yacht, prochainement ?

Il refusa, invoquant le boulot et les beaux jours d'été qui tardaient.

— Et si j'y allais seule, ça vous dérangerait beaucoup ?

Il releva la tête, intrigué.

— Vous voulez faire une sortie en mer ?

— Et aller flâner sur la côte.

Il haussa les épaules, fit venir son intendant, lui ordonna de trouver trois journaliers en guise d'équipage pour le lendemain.

— Vous êtes libre de faire ce que vous voulez, ma mie. Vous n'êtes pas ma possession, conclut-il avant de retourner à son casse-tête.

Elle balaya le cabinet-bibliothèque du regard : les statues de bois qui avaient servi de figures de proue au temps des galions, les modèles réduits de frégates embouteillées, les tableaux de navires éclaboussés, toiles à voile figées sur une toile à huile, côte à côte avec les portraits d'aïeules enrubannées tenant une rose, petit doigt levé.

« Je sais bien, faillit-elle répondre. Je ne suis pas votre chose, donc je ne suis rien. »

•

Le bas des falaises avait disparu sous une épaisse couronne de brume qui ruisselait sur les caps comme de l'eau sur une chute, et faisait flotter les fortifications au-dessus d'un disque de mélasse blanchâtre. « Là, indiqua Danaé en pointant le vague entre deux promontoires dépassant la chape de brouillard. Je veux me promener là. »

— La Valdraque ? Y a rien par là-bas. Z'êtes sûre de vouloir y aller, m'dame ? Faudrait point vous égarer, s'inquiéta le patron.

— Je connais bien c'te côte.

On descendit un canot. Un des hommes la porta dans ses bras jusqu'à la partie sèche de la grève pour éviter qu'elle ne mouillât ses habits. Galanterie futile, savait-elle. Sa robe serait bientôt salie d'une bordure sablonneuse, quoi qu'elle fît.

— Je serai de retour quand le soleil sera à trois doigts au-dessur de la mer, précisa-t-elle en retirant ses escarpins.

Elle disparut dans le nuage. Ses orteils lui faisaient mal. La corne s'était adoucie, n'avait plus l'habitude des cailloux. Elle reconnut l'endroit au cri des mouettes qui s'intensifiait. La devineresse était assise sur un billot près de sa porte-rideau, la traîne de sa robe rabattue sous ses pieds comme un tapis.

— Qui va là, fit l'aveugle en levant le menton, soutenant sa perruque d'une main. J'entends le froufroutement du satin. Qui êtes-vous ?

— C'est moi.

La vieille se leva, palpa les épaules, les pommettes, puis inspecta le front de ses pouces.

— Ah, c'est toi. Je te reconnais.

Elle lui fit signe de la suivre à l'intérieur, l'odeur de cire la prit à la gorge.

— Alors, que veux-tu savoir, petiote ?

— Voyez-vous, j'ai rencontré mon citoyen grâce à un naufrage. M'aviez dit qu'il faudrait un naufrage pour me sortir des Échouements. J'aimerais savoir si z'en êtes la cause, si z'avez allumé des feux trompeurs.

— C'est le passé ou l'avenir qui t'intéresse ? s'étonna la femme.

— J'ai besoin de savoir...

— Fille, regarde-moi. Regarde mes yeux. Je peux à peine voir la lumière des chandelles qui éclairent c'te pièce.

— Alors comment vous faites pour les allumer ? Quelqu'un le fait à votre place ? Et à quoi bon, si z'y voyez rien ?

La vieille parut réfléchir.

— J'entends de la culpabilité dans ta voix. J'entends surtout de la colère, de la panique. Tu as encore besoin de moi. Oublie le naufrage, dis-moi ce qui t'inquiète.

Danaé opina, croisa ses mains sur ses cuisses.

— J'aimerais savoir si mon citoyen va me larguer. Et si oui, dans combien de temps.

— Le temps ! Je peux point répondre à c'te question. Qu'est-ce que le temps ? L'avenir est jalonné d'événements, pas de dates. Je peux te dire qu'un jour tu ne seras plus la matelote de c'te homme-là, mais quand ? Dans deux jours ou dans deux décennies, cela revient au même pour les astres.

— Je crois qu'il va bientôt se lasser de moi.

— Ça arrive.

— Je voudrais demeurer dans la cité pour toujours, mais je n'ai pas envie de me trouver un autre citoyen. De tout reprendre à zéro avec un autre, qui se fatiguera de moi itou, puis de devoir recommencer encore et encore. Y a-t-il un moyen de l'empêcher, tout en restant moi-même ?

— Oh oui, il y a un moyen, mais tu ne l'aimeras pas. Il te faudrait porter des culottes d'homme.

— Mais je l'ai déjà fait, porter des culottes d'hommes. C'est vraiment tout ce qu'il faudrait ?

— Non, ça c'est la partie facile. La partie ardue, ce sera de le tuer. Tu devras assassiner ton matelot en secret, sans l'aide de personne. Je m'assurerai que la charretière passe c'te jour-là et se débarrasse du corps. Ensuite, tu prendras la place de ton citoyen. Tu porteras ses vêtements, son nom, ses titres. Tu agiras comme lui, parleras comme lui. Tu deviendras lui. Tu pourras faire tout ce qui te plaira et on ne pourra plus te sortir de la cité. Alors, qu'en penses-tu ? Je t'entends soupirer, mais tu ne dis rien.

— C'est complètement absurde.

— D'autres l'ont fait, tu sais.

— Je vous remercie, dit-elle en se levant. Qu'est-ce que je vous dois ?

— Rien. Je ne t'ai rien dit qui ne s'appliquerait à une autre. Mais tu sembles soulagée, et pourtant tu n'es pas satisfaite de ma proposition. Pourquoi es-tu soulagée ?

— Parce que maintenant je sais que vos pouvoirs ne sont pas ce que j'ai cru. Et que ça veut dire que z'avez point allumé de feux trompeurs pour moi. Merci pour vos conseils.

Elle retourna sur ses pas en direction de la *Danaé*. En chemin, elle s'arrêta quelques minutes sur un monticule rocheux. Elle chanta un air, profita du néant de brume pour s'envelopper du manteau de sa propre voix.

•

Mercredi, souper aux huîtres chez Modéré-Nestor Duthil. On aspirait le mollusque entre deux lampées de vin blanc, on abandonnait les coquilles vides qui se mêlaient aux miettes de pain sur la table, jonchaient le sol et craquaient sous les talons des valets. Le repas tirait à sa fin, la conversation s'égrenait en petits papotages. Danaé Poussin était perdue dans ses pensées. Elle profita d'une accalmie et lança :

— Dites-moi, comment était Appolline ?

Les convives se crispèrent, se raclèrent la gorge, jetèrent des coups d'œil incommodés en direction de Modéré.

— Je préfère point en parler.

— Moi, je le peux, intervint Sophie Ramsdelle. Appolline était la meilleure d'entre nous. Elle excellait en tout. Elle chevauchait comme une amazone, gagnait toutes les courses qu'on improvisait. Quand elle chantait, elle atteignait des graves de baryton et des aigus de soprano. Elle maniait le fleuret comme le fuseau, dessinait les plans de ses propres corvettes et rêvait de s'envoler en montgolfière. La seule raison pour laquelle

elle n'y est jamais parvenue est que quelqu'un, que je ne nommerai pas, s'amusait à percer les prototypes de ses ballons. Oh, et si vous ne le saviez pas déjà, c'est elle qui écrivait les discours que prononçait Modéré au parlement. Évidemment, c'était une hôtesse hors pair. Mais son plus grand exploit était de composer au quotidien avec un être invivable. Appolline avait tout de la citoyenne, sauf le titre.

Modéré avait cessé de mastiquer sa bouchée.

— C'est à peu près ce que je pense, abonda-t-il avant d'avaler et de s'envoyer une rasade.

Danaé le dévisagea. Ses manières démaniérées, son timbre emprunté, ses vêtements obstinément noirs alors que le symbole issois du deuil était la rayure, ses binocles teintés, son jabot trop volumineux, sa figure trop blanche, non point pour cacher une barbe forte mais son absence. Le Modéré-Nestor Duthil qu'elle avait devant les yeux était une femme.

— Comme j'aurais aimé la connaître, dit Danaé avant d'être prise d'une faiblesse.

Sophie se mit à l'éventer, l'entraîna dans le salon adjacent pour prendre l'air. Affalée sur un fauteuil, Danaé éclata d'un rire nerveux qui devint incontrôlable. Elle dut accepter le mouchoir de Sophie pour s'essuyer l'œil.

•

Cette nuit-là, la lame brilla. Au plus sombre, elle s'était levée et avait marché sur les orteils. Elle avait emporté le chandelier posé sur la console de l'escalier, déplaçant ombres et lueurs à son profit. Elle entra dans la chambre, l'épée d'Enoc Martel au poing.

Le souffle d'Artimon était régulier et langoureux, se régalant de son inconscience. Elle écarta le voilage. Il dormait sur le dos, sans chemise, un bras replié sur l'édredon. Le halo des bougies s'écoulait sur la courbe de son épaule, sur le torse qui se soulevait, puis se rétractait à son lit. Le clair-obscur soulignait la ligne de la mâchoire. Danaé se tint immobile au pied de l'estrade, le fer brandi. Puis elle laissa redescendre l'arme le long de sa jambe.

« Demain, peut-être. »

La nuit suivante, elle s'arrêta à l'escalier, resta recroquevillée sur la plus haute marche du palier pendant une heure avec l'épée sur les cuisses, puis retourna se coucher. La nuit d'après, elle resta étendue, les yeux ouverts dans la noirceur. Une nuit, un jour, elle ne s'en rendit pas compte, elle se remit à dormir comme avant.

Le langage de la tyrannie

Depuis plus d'un siècle, les instituteurs tentaient de déraciner de la tête des écoliers les mythes hérités des systèmes monarchiques. Là où on aspirait à être citoyen, traiter quelqu'un de « sujet » était devenu une insulte. Bien vite, les jeunes comprenaient que les termes de « roi » et de « reine » étaient synonymes de « despote ». Déjà dans les années trente avant le Massacre des Premiers hommes, les Issois n'entendaient plus rien à tous ces titres que les Européens se donnaient : ducs, marquis, barons, chevaliers. Tous des princes, à peu de choses près.

L'image de la princesse et de son prince destinés à se trouver et à s'amateloter pour l'éternité avait toutefois la vie dure. On leur répétait qu'être prince, c'était bien souvent mourir assassiné par ses propres oncles convoiteurs de couronnes avant d'atteindre l'âge de convoler avec sa promise consanguine. Qu'être princesse, c'était surtout quitter sa famille pour ne plus jamais la revoir, s'expatrier dans une contrée dont on ne parlait pas la langue pour épouser un inconnu qu'on n'avait pas choisi. « Être princesse, c'est précisément coucher avec quelqu'un que l'on n'aime point », martelaient les précepteurs. Rien n'y faisait, les jouvencelles persistaient à rêver d'être subjuguées, c'est-à-dire placées sous le joug de matelots de sang royal.

Nous avons cessé de chercher à décourager ces élucubrations, car, à bien y penser, il y a une certaine lucidité dans cet usage du langage des empires pour traduire la tyrannie des sentiments.

XII.

« J'ai entendu tant de bien de vous. » C'était la première fois qu'Irène Trevalyan s'adressait à Danaé Poussin pour lui parler d'autre chose que de la pluie et du beau temps. Peut-être parce que, pour la première fois, elle se présentait à son salon sans Artimon Phélan.

— Il répète à tout le monde que vous êtes la meilleure invitée qu'il n'a jamais eue, poursuivit-elle. Que vous êtes incapable de mentir ou de faire du mal à qui que ce soit.

— J'ai ouï la même chose, abonda Félix-Antoine Lebouban. Personnellement, je n'oserais pas me montrer autant attaché à une invitée. Mais Artimon est d'une telle candeur.

Danaé se cacha derrière son éventail.

— Oh ma chère, vous voilà prise d'une émotion, s'étonna la salonnière.

— Excusez-moi. Je crois que je pleure de joie, mentit-elle.

De retour à la maison, Danaé se précipita dans son boudoir, rangea l'épée d'Enoc Martel qui traînait sous un tas de vêtements, plaça l'étui au fond d'un tiroir et s'empressa de le refermer.

•

Un soir, Artimon Phélan revint avec six-mille livres de plus qu'il n'en avait au moment de sortir. Il attrapa Danaé Poussin par la taille, l'assit sur ses genoux. Elle eut droit à une marée de baisers, de mots tendres. Elle lui prit les mains.

— Matelot chéri, j'ai quelque chose à vous dire. C'est point facile à avouer...

— Je vous écoute.

— C'est quelque chose qui me pèse depuis longtemps, qui concerne la nuit du naufrage.

— Dites.

— Je vous ai volé. Quand vous retrouviez vos esprits sur la plage, j'ai arraché vos boutons et je me suis sauvée. Je sais que c'est mal... C'est que, mon esquif, c'est tout ce que j'avais au monde et je l'ai perdu en vous secourant, alors... Voilà. Je l'ai fait.

Il haussa une épaule.

— Et alors ? Vous étiez une sans-miroir. Évidemment que vous m'avez dérobé ce que vous pouviez. Et puis, je ne suis pas un sot. Je me doutais bien que c'était point les crabes qui me déboutonnaient.

— Donc... vous saviez ?

— Bien sûr.

— Alors, pourquoi avoir recommandé mon nom pour la rotation alors que vous me saviez voleuse ?

Il éclata de rire.

— Z'avez vraiment cru que j'avais pétitionné pour vous au comité de Saine Rotation ? Oh, quelle naïvité, ma mie. Naïveté et bassesse, de la grande riveraine.

Elle se dégagea dans un sursaut.

— M'avez menti et z'en êtes fier !

— Enfin, vous ne croyez tout de même pas qu'il suffise d'une seule recommandation pour que quelqu'un soit admis citoyen ? De nos jours, il faut un concert, que dis-je, un vacarme de recommandations.

Elle dévala l'escalier. Elle claqua toutes les portes qu'elle put, y compris celles des pièces où elle n'avait rien à faire. Il la suivit, s'arrêta contre la balustrade, appela son nom qui se perdit en écho dans les rampes de fer forgé de la spirale. Le lendemain, elle ne lui adressa pas la parole de toute la journée. Il la rejoignit à son étage alors qu'elle se brossait les cheveux devant sa table de toilette. Elle jeta un coup d'œil rapide derrière elle pour s'assurer que l'étui de son épée était rangé.

— Je sors, annonça-t-il.

— Grand bien z'en fasse.

— Vous boudez toujours ?

— Pourquoi je me retiendrais de bouder ? Je croyais vivre avec un prince. Me v'là avec un scélérat.

— Oh, calmez-vous avec cette histoire. Puisque vous n'en démordez pas, entendez ceci : j'avais promis de vous recommander, certes. Une perte de temps. J'ai donc fait mieux, je vous ai invitée. J'ai fait tout en mon pouvoir pour que vous soyez où vous êtes ce jourd'hui. Alors désarmez ces grands canons et taisez-vous. C'est encore ce que vous réussissez de mieux ces temps-ci.

Elle déposa son peigne.

— Toute ma vie, j'ai attendu qu'on me fasse citoyenne, pas invitée. J'aurais préféré que vous me recommandiez et que vous m'invitiez point, monsieur.

Il marcha vers le fond de la chambre, ouvrit la porte et pointa le gouffre de noirceur de l'autre côté.

— Très bien, rien ne vous retient. Il y a tant de femmes qui aimeraient être à votre place.

Elle ne bougea pas, le regarda s'éloigner dans le miroir. Elle vit son propre reflet. Sa gorge palpitait, ses joues flambaient. Une roche, vivante comme jamais, roulant vers le précipice.

•

Un nouveau modèle de cartes à jouer, conçues et peintes par un artisan issois, avait été présenté dans les salons. Le roi était remplacé par l'amiral, la reine par le capitaine et le valet par le gabier. Le trèfle, trop agricole pour l'esprit insulaire, était devenu le poisson. Le cœur, trop sentimental, avait fait place à l'ancre. Les citadins s'arrachèrent les premières impressions du jeu. Après trois mois, les vieux paquets avaient disparu des salons et le nouveau commençait à se répandre dans les tripots. On racontait qu'on avait tant pétitionné pour son inventeur qu'il se trouvait en bonne posture pour la prochaine rotation.

« Ah oui, quel courageux, c'te cartonnier, avait raillé Danaé lorsqu'Artimon lui avait relaté tout cela. Même vous, z'avez été fait citoyen en prenant plus de risques. C'est tout dire. »

Contre toute attente, Artimon s'était effondré. « Oui, d'accord, je sais. Je suis rien qu'un produit de la décadence issoise, je ne survivrais pas deux semaines sur le rivage. C'est ce que vous pensez ? Z'avez raison. Mes ancêtres étaient pêcheurs, ils n'avaient rien à faire de toutes ces babioles, avait-il craché en englobant son environnement de la main. Je ne serais pas tout le temps en train de perdre si je n'avais pas autant besoin de gagner. »

•

L'Amirauté annonça la tenue prochaine d'un grand bal masqué sur l'estran. La liste des danses qui auraient lieu commençait à circuler. Artimon avait embauché un tuteur pour que Danaé et lui missent à jour leur connaissance des nouveautés chorégraphiques. « C'est d'une telle ennuyance, toutes ces gesticulations décidées d'avance », soupira Danaé.

Artimon lui paya des sessions supplémentaires, ne serait-ce que pour parfaire son maintien. Il revenait d'une promenade à cheval, redingote sur le dos, bottes boueuses, cravache en main. Il rentra au moment où le maître de danse sortait, son violon sous le bras. « Madame refuse la leçon. »

Artimon grimpa deux à deux les marches en criant le nom de Danaé, la trouva dans la chambre de vue.

— Vous voulez qu'on se moque de nous, c'est ça ?

— Ce sera un bal masqué, mon chéri. Ils sauront point de qui ils se moquent.

Il l'attrapa par le bras, la força à descendre, la traîna jusque dans la chambre à coucher, la poussa sur le lit, puis se débarrassa de sa redingote.

— Vous voulez point danser ? Alors vous danserez point.

Il lui fouetta la plante des pieds jusqu'au sang. Elle hoquetait dans l'oreiller. Quand il eut terminé, elle décolla sa joue et articula :

— Vous êtes un monstre.

Il se releva, haletant, se passa une main sur le visage pour en dégager une mèche, replaça son gilet.

— Peut-être. Mais je suis le seul que vous avez.

•

L'ironie voulait que ceux qui possédaient un miroir rêvassent d'enfiler un masque. Les citadins adoraient le carnaval d'Ys : c'était le seul moment où ils pouvaient retirer le masque invisible qu'ils portaient le restant de l'année. On avait érigé des chapiteaux géants sur l'estran, des tables de banquet recouvertes de pyramides de dragées et de fruits confits. Des feux d'artifice fusèrent depuis les pointes du Vieux et du Longcouchant pour marquer le coup d'envoi des festivités. Le carnaval durait six heures, le temps d'une marée. Ensuite, ceux qui voulaient poursuivre la bombance devaient se déplacer sur des barges, sur des nacelles. On pouvait voir des buveurs niant le lever du soleil, debout sur leur baleinière, vider bidon après bidon et chanter sous un visage de papier mâché mimant la tristesse.

L'accès à l'estran avait été barré par des clôtures dont l'entrée était gardée. Le bal était ouvert à tous, pourvu que les noceurs fussent bien habillés. Le but était de se faire passer pour le membre d'un autre rang que le sien. Il fallait beaucoup de flair et de moyens pour arriver à convaincre que l'on était un citoyen quand on ne l'était pas. C'était la victoire carnavalesque ultime. Il fallait aussi un fin sens de l'observation et de la dérision, voire une certaine sensibilité, pour passer pour un riverain quand on ne l'avait jamais été. Se vulgariser sans tomber dans le grotesque relevait du grand art. Aux premières éditions de cette mascarade, il était facile de départager qui appartenait à quelle caste, chacun essayant de ressembler à son contraire. Puis le jeu s'était corsé. Un riverain devait maintenant se faire passer pour un citadin qui tentait d'incarner un riverain, et vice-versa. Pour bien deviner, il fallait s'arrêter aux détails. Le choix du moindre ruban, la hauteur du talon, le parfum un peu trop prononcé pour camoufler une puanteur un peu trop présente, l'emplacement d'un faux grain de beauté, la brillance discrète ou exagérée d'une boucle de soulier.

Danaé avait laissé Artimon partir dans son costume de financier qui personnifiait un gueux se faisant passer pour un capitaine vêtu en portefaix pomponné. Elle avait bandé ses pieds de coton pour absorber les gouttes de sang qui perlaient, puis avait enfilé une robe jamais portée. Les mains tremblantes, elle avait rosi son teint livide. Elle posa sur son nez un loup noir qui cachait son front et ses joues, ne laissait dépasser que la bouche et le menton. Elle s'était voilée d'une longue dentelle qui lui tombait jusqu'au nombril. Elle ne cherchait pas à camper une citadine ou une riveraine, seulement à cacher ses sueurs de douleur lorsqu'elle tenterait de marcher, appuyée sur une canne à pommeau d'argent.

Au moment de la danse, on exécuta la sarabande et l'allemande. Des juges prenaient des notes, évaluaient chaque phrasé et demi-coupé pour identifier les mystérieux farceurs. Un homme dont on pouvait imaginer les traits agréables derrière son bec de perroquet lui tendit la main pour une issoise. Elle dansa en grimaçant à chaque mouvement, s'affala sur un banc dès la dernière note jouée. Elle resta assise aux côtés des culs-de-jatte et des doyens souffrant de la goutte à contempler le défilé de masques, les sourcils peinturés pour former le froncement de la cruauté, les joues moulées pour imiter l'affaissement de la terreur. Les bouches pincées, les bouches béantes, les bouches absentes. Les grimaces figées, les paroles prononcées sans qu'aucune lèvre remuât. Des masques pour cacher une difformité repoussante, pour cacher une beauté encombrante, pour cacher le trop-plein comme l'absence d'émotions. Les hommes aux lourdes rallonges tressées qui se balançaient comme des queues, les chevelures formant deux mottes distinctes sur le crâne. Les perruques hautes qui montaient vers le ciel, les perruques basses et frisées qui cascadaient jusqu'aux reins. Les montagnes d'artifices qui camouflaient des volcans de honte qui finiraient par éructer d'un pet de mépris.

Artimon se planta devant elle.

— Je sais que c'est vous.

— Ah bon. Qu'est-ce qui m'a trahie ?

Il se pencha vers son oreille.

— Vous sentez le poisson.

Danaé Poussin et Artimon Phélan se détestaient. Mais au moins, ils se détestaient pour ce qu'ils étaient vraiment.

•

Le naufrage de l'*Ortive*, déroutée par une mousson du sud-ouest, fit grand bruit. Une société réunissant des Maheut, des Larreguy, des Trépanier, venait de perdre un de leurs plus précieux chargements. Ils avaient réclamé une somme sans précédent à leur assureur, Artimon Phélan.

Danaé Poussin l'entendit gémir, seul dans son cabinet. Elle colla une oreille contre la porte et réalisa qu'il riait. Il riait de cette statistique, d'avoir prévu le coup. Il riait de tous ces marins noyés, de toutes ces petites feuilles de thé qui avaient été minutieusement cueillies avant d'aller infuser une flaque dans l'océan Indien. Il riait de la police d'assurance de la société des Maheut, Larreguy et Trépanier qui allait doubler. Il riait de faire partie des gagnants même quand le monde perdait.

•

Félix-Antoine Lebouban réunit ses amis pour leur faire part d'une « grande nouvelle », avait-il titillé sans plus de précisions dans son invitation. Quand tous furent installés autour de la table, il demeura debout, leva son verre, puis annonça qu'il se joignait à la prochaine expédition de Sinago Vallerand.

Vallerand était l'explorateur issois le plus prometteur de sa génération. Il avait été le premier à rapporter du caviar frais de la mer Noire. Il était aussi doué dans l'art de la navigation que dans celui de relater ses aventures. Les salonnières étaient prêtes à user de toutes les manigances pour le recevoir en premier dès qu'il revenait d'un voyage de découvrance. Pendant les mois qu'il passait à terre, ses frasques amoureuses défrayaient la chronique. On racontait toutes sortes de choses : que ses longues absences attisaient une passion furieuse chez ses maîtresses, qu'il était plus épris de la conquête que des conquises, qu'il multipliait les amantes de façade, mais ne s'abandonnait qu'à son véritable amour, une citoyenne dont on ne connaissait que les initiales... et qui ne correspondaient à celles d'aucune citoyenne vivante. Il portait parfois un casque de fourrure, de peaux de loutre ou de raton laveur. On se disputait à savoir s'il s'accoutrait « à la canadienne » ou « à la russe ». Sinago Vallerand était un condensé d'antidote à l'ennui citadin. Cette fois, il avait reçu la mission de l'Amirauté d'aller cartographier les rives du grand continent austral. Et Félix-Antoine Lebouban allait faire partie de ce périple historique.

— Mais dites-moi, qu'allez-vous faire exactement sur ce navire ? demanda Sophie Ramsdelle.

— Rien. J'agirai à titre d'observateur-philosophe-scientifique. J'aurai point de gages, voyez-vous. C'est moi qui ai payé l'Amirauté pour obtenir cette place. Et à fort prix, dois-je préciser.

— Incroyable. Vous serez la coqueluche de tous les salons.

— Comme s'il l'était point déjà, maugréa Artimon.

Il ressortit de ce souper irritable, retomba dans l'aigreur léthargique que son cabinet-bibliothèque connaissait si bien. Le soir, il se rendit dans un tripot et perdit au lansquenet contre « trois écoliers et un tricheur », se plaignit-il à Danaé lorsqu'elle le trouva le lendemain matin, assis à la table à dîner, le front sur les mains.

— Je hais le jeu. Je hais ce qui est frivole. Je hais cette chance qui balance tout le temps d'un côté ou de l'autre.

— Mais vous gagnez quand même plus souvent que la moyenne, non ? Grâce à vos calculs...

— À peine. Je contrôle point le hasard. Je ne contrôle rien. Pas même qui je suis. Je ne sais pas pourquoi vous restez avec moi. Vous devriez me laisser, vous trouver un autre citoyen, un vrai Issois.

— Je vais point faire ça, Artimon.

— Et moi je vous dis que vous devriez.

Elle se tira une chaise, s'assit à ses côtés, le dos droit, les mains jointes, attendant des explications. Il regarda vers les fenêtres en se grattant le menton.

— Z'êtes point la première, avoua-t-il. J'ai eu d'autres invitées que j'avais rencontrées sur le rivage avant vous. Et vous savez pourquoi j'aime tant les sans-miroir ? Parce que vous ne savez pas tromper les gens. Je laisse mes invitées avant qu'elles me quittent pour un autre afin de ne pas avoir à me battre en duel pour elles. V'là la grandeur de mes sentiments.

— Pourquoi vous me dites tout ça maintenant ?

— Parce que vous êtes encore là. Parce que vous êtes différente. Vous ne vous êtes pas jetée à mes pieds comme les autres, qui étaient prêtes à n'importe quoi pour qu'on les invite. Vous avez fait ce que personne n'a jamais fait pour moi : me sauver. Je voudrais tellement être le genre d'homme qui puisse vous sauver en retour.

Elle entoura ses doigts des siens.

— Écoutez-moi, Artimon. Je suis ici, je suis déjà sauvée. Je vous serai toujours fidèle et vous n'aurez jamais à affronter quiconque pour moi.

— C'est vrai ? émit-il, les yeux mouillés.

— Oui. J'ai nul besoin de me chercher un autre citoyen. Je sais que vous ne me remplacerez jamais. Je suis la seule qui puisse vous endurer.

— Z'avez bien raison. Comme nous nous aimons, souffla-t-il.

Ils s'embrassèrent comme avant un départ pour une traversée, pour une guerre, pour un tour du monde dont on ne revient pas.

Les traits d'union

Un rapide examen des archives de la cité révèle que, dès les années quatre-vingt avant notre ère, presque plus personne à Ys ne se targuait de porter un nom issu de la vieille noblesse. Les de La Rochette étaient devenus Rochette, de La Chauvignerie était devenu Chauvignerie et d'Entremont, Dentremont. Les Issois de cette époque n'avaient plus de raison de souligner ce « de » qui rattachait l'aristocrate à son fief, qui liait l'élite à la terre.

En revanche, ils se faisaient une fierté de s'appeler Savarre-Galocheau ou Robineau-Guilmeaure. Les règles de la Saine Rotation stipulaient que seuls les citoyens pouvaient transmettre leur nom de famille. Il fallait être né d'une mère citoyenne et d'un père citoyen pour faire partie des rares à hériter du matronyme autant que du patronyme, avoir été conçu dans l'égalité pour s'enorgueillir de son interminable signature. Le trait d'union était aux Issois ce que la particule était aux continentaux. Les anoblis de là-bas s'inventaient une lointaine seigneurie pour se présenter en tant que du Hérisson ou de La Bellefrange. Les faussaires d'ici s'inventaient une grande dame pour génitrice, un Chaumartin se faisait Chaux-Martin et un Deschambault se faisait Deschamps-Bault.

Beaucoup de parents se rabattaient sur les prénoms doubles pour étoffer la marque de leurs rejetons. Rien ne sonnait plus distingué qu'une petite Rose-Henriette ou un petit Louis-Arnaud. On atteignait le comble de la classe en combinant deux noms de héros ou de divinités antiques qui n'avaient pas encore appartenu à un navire pour bien montrer que sa culture provenait des livres et non des ports, tels que Léarque-Athanase ou Junon-Astérodia. Ici comme ailleurs, on misait sur l'envergure du nom pour promettre le grand déploiement du sang.

XIII.

Depuis plus d'un an, Danaé Poussin et Artimon Phélan vivaient en harmonie grâce à un véritable amatelotage : ils partageaient tout, mais se croisaient rarement. Danaé s'était découvert une passion pour l'équitation. Elle chevauchait sur l'estran plusieurs heures chaque jour, revenait au moment du flux, éclaboussée jusqu'aux épaules, le galop fendant les eaux telle une étrave. Elle en perdait parfois son chapeau, une petite riveraine accourait derrière elle pour le lui redonner. Elle lui tendait une miette de fortune, quelques piécettes, pour la remercier de lui rappeler le spectre de son ancienne vie plus que pour le service rendu. Elle rentrait ensuite se réfugier dans sa citadelle au cœur de la citadelle, se sécher devant le feu dans son palace glacial.

« On croit qu'en mettant le pied dans la cité, on ne souffrira plus jamais du froid. C'est faux. Ces hôtels, avec leurs grandes salles et leurs hauts plafonds, sont inchauffables. On y frissonne tout le temps. Et ce sont point les couches de taffetas dont on se drape qui y changent grand-chose », remarqua-t-elle alors qu'elle jouait aux dés chez Sophie Ramsdelle.

L'amie avait organisé une soirée pour dames afin de mieux connaître la nouvelle invitée de Josse Michaud. Cette dernière était réputée pour sa véhémence au jeu, du genre à miser ses perles quand elle avait épuisé ses écus, et ses habits quand il ne lui restait plus de bijoux.

— Voyons, ma chère, vous ne misez pas davantage ? lança-t-elle en direction de Danaé. Moi, je préfère tout risquer, quitte à tout perdre. Se contenter d'une demi-fortune, voilà qui est pathétiquement terrien. Nous méritons mieux.

— Et où est-il, ce mieux ? intervint Sophie. À moins que z'ayiez une paire de dés à huit faces cachée quelque part...

— Je joue depuis assez longtemps pour savoir que les grands vainqueurs sont les ceux qui ne renoncent jamais. Même ruinés, ils trouvent quelque denier à emprunter, puis à rejouer. C'est ainsi qu'ils finissent par empocher les sommes les plus folles.

— Est-ce que ça fait vraiment d'eux des gens plus riches ? demanda Danaé.

— Ça dépend à quel moment de la journée vous posez la question, répondit Sophie, ce qui suscita les gloussements de toute la compagnie. Non, moi je ne joue plus que de prudence, ajouta-t-elle en déposant une bourse lourde de ducats et de guinées au milieu de la table. Avec mon Edmé, je sais à quoi m'attendre. La vérité, c'est que j'en ai assez des hommes et de leurs esbroufes. J'ai bien cru à leur spectacle, à leur appétit manifeste. Mais c'est toujours de courte durée, sans conséquence, comme le fracas des vagues contre les rochers. Ça ne peut pas être que ça. Il me semble que le vrai désir devrait être invisible comme une lame de fond qui déplace les objets sur des lieues et qui façonne les littoraux sous la surface, qui bouleverse l'alignement du monde.

•

Danaé Poussin croyait avoir tout vu, tout compris de la cité jusqu'à la grande pêche au thon du milieu de l'été de l'an vingt-cinq après le Massacre des Premiers hommes. On n'avait pas aperçu de spécimens de cette espèce dans la baie de Partance depuis des lustres. Ce fut une fête. Les dames et damoiseaux fardés et mouchetés se tenaient en cercle sur des allèges. Leur visage assombri sous une ombrelle, ils montaient sur la pointe des pieds pour observer la partie. Au centre, les chasseurs capturaient les poissons à la senne, certains les saisissaient de leurs mains nues.

Danaé et Artimon se prélassaient sur des coussins au fond d'une barge couverte. Il n'osait s'approcher du bord. Elle n'accordait aucune attention au spectacle.

— Enfin, matelote chérie, pourquoi être venue si ça vous ennuie tant ?

— Par gourmandise. J'ai déjà goûté toute la poiscaille qui nage dans ces eaux, mais à du thon, jamais.

— Quoi, vous croyez qu'on va déguster les prises ?

— À quoi bon les pêcher, si c'est point pour les manger ?

— C'est un divertissement, ma mie. C'est ce que les Anglois appellent le « sport ». Car enfin, on ne fait pas la guerre si on peut se contenter de jouer et on ne mange pas du poisson sans y être contraint. Qu'est-ce que c'est que ça ? s'exclama-t-il en reportant son regard sur l'arène aquatique.

Aux chasseurs s'était mêlée une femme qui ne semblait ni riveraine ni citadine. Elle agrippait le coin d'un filet tandis qu'un homme près d'elle remontait un gros mâle blanc et frétillant. Elle se faisait éclabousser et en riait de bon cœur. Elle se nommait Léonore Darrache, apprendraient-ils bientôt. Cette fille d'armateur avait grandi dans la cité. Les invitations se succédant, elle n'avait jamais eu à vivre à l'extérieur du rideau de pierres jusqu'à ce que son dernier citoyen mourût de la fièvre jaune quelque part dans le détroit de la Sonde. Son affliction avait été si grande que le fait d'être rejetée extra-muros l'avait à peine dérangée, raconta-t-elle dans le salon d'Irène Trevalyan. « Mourir de chagrin ici ou là, quelle différence ? » Elle était partie vivre son deuil quelque part aux Échouements pendant cinq mois, puis en était revenue transformée.

Sa parure était dépourvue de volants et de pompons, sa taille ceinturée d'une simple écharpe de soie. Ses cheveux étaient entourés d'un bandeau de gaze, dont débordaient quelques mèches à la manière des femmes qui se couvraient les oreilles pour les protéger du vent. Ses boucles étaient étrangement courtes. « Sur le rivage, j'ai dû vendre ma chevelure pour arriver à me nourrir », avoua-t-elle, ce qui ne manqua pas de tirer des « oh ! » et des « ah ! » de la part des causeurs.

« Nous sommes tous riverains, affirmait-elle. Regardez autour de vous. Lesquelles de ces élégantes seront encore là dans deux ans ? Dans deux mois ? À quoi bon se la jouer éternelle quand on n'est qu'une étoile filante ? Après ce passage aux Échouements, je ne serai plus jamais la même. J'ose dire que, par moments, j'ai été plus heureuse sur le rivage que je ne l'ai jamais été dans la cité. »

— Je la trouve fascinante, commenta Artimon.

— Quelques mois sur le rivage et là v'là riveraine, celle-là, pouffa Danaé en faisant tourner son vin de Saintonge dans une coupe ciselée. J'ai bien hâte d'entendre le récit de sa seule et unique marée d'équinoxe.

— Z'êtes bien hautaine, ce soir. Envers une de vos semblables, qui plus est. Cette femme resplendit. Elle est si authentique. Pourquoi n'êtes-vous point comme elle ?

Danaé roula des yeux, battit de l'éventail.

•

On attribua à Léonore Darrache la genèse de la mode du tout-à-la-riveraine qui se répandit comme un feu de brûlot. Les hôtesses adoptèrent le serre-tête, les maîtres à danser intégrèrent des coups de talons dans leurs chorégraphies, les compositeurs incitèrent leurs solistes à des improvisations. Nouvelle coqueluche des salons, Léonore Darrache fut admise comme citoyenne dès le second solstice suivant son retour. Elle ne prit pas d'invité. La place restait libre, convoitée. Les jeunes hommes incertains de gravir les échelons par leurs prouesses en mer vantaient leurs prouesses au lit, la couvraient de compliments et de cadeaux. « Il est beaucoup plus amusant de recevoir toutes ces attentions que d'accorder mes faveurs à l'un de ces novices. »

Avec Artimon, elle partageait l'amour du whist, du bon vin et de la médisance. Ensemble, ils se gaussaient des arrivistes qui se garnissaient comme des friandises pour se rendre appétissantes. « Voyez-vous la celle là-bas ? Robe crème, guirlandes vanille, fleurs roses et bleues dignes des meilleures pâtes d'amande. On dirait un gâteau. »

Artimon mentionnait rarement le nom de Danaé, son invitée, mais il insérait souvent celui de la *Danaé*, son yacht. « J'adore les Échouements. Ces falaises, cet air pur », s'enthousiasmait-il. « C'est ce qui m'a charmé chez lui », expliquait parfois Léonore en caressant la main d'Artimon pendant les soupers. « Comme moi, il a une véritable affection pour le rivage. Comment ne pas succomber ? Je sais qu'il a point besoin de moi, puisqu'il est déjà citoyen. Et lui, il sait que mon amour est sincère, puisque je n'attends aucune invitation de lui. »

Bientôt, ils parlèrent de mettre au monde des petits Phélan-Darrache.

•

C'était un jeudi soir, Artimon était au club des Capiteux. Léonore faisait aller son coupe-papier, décachetait les mots de politesse dépêchés par les candidats qui n'avaient pas été retenus lors de la dernière rotation et qui prenaient de ses nouvelles en rappelant subtilement qu'ils comptaient sur elle pour pétitionner en leur faveur en vue de la prochaine. Un domestique entra et annonça qu'une dénommée Danaé Poussin demandait à être reçue.

Léonore invita l'invitée de son matelot à monter la rejoindre. Les deux femmes s'installèrent sur de larges coussins aménagés à même le plancher.

— J'ai gardé de mon séjour aux Échouements le goût d'être près du sol, expliqua l'hôtesse.

Elles burent leur thé autour d'une table basse.

— Votre présence m'étonne, avoua Léonore. J'avais l'impression que vous vous efforciez de m'éviter. Enfin, ça se comprend. Il y en a plus d'une qui m'aurait déjà arraché les yeux, à votre place.

— Je ne vous en veux pas, assura Danaé. Du moins, je ne vous en veux plus. Je suis si heureuse pour Artimon.

— Vous m'en voyez ravie. J'aimerais tant que nous puissions être amies. Et vous pouvez parler librement ici, j'adore la parlure de chez vous.

Danaé prit une gorgée.

— À vrai dire, vous me rendez service. Artimon peut parfois être... difficile à vivre. J'ai enfin la paix.

Léonore pouffa.

— Tout de même, il vous a fallu piler sur votre orgueil pour me rendre c'te visite.

— C'est mon orgueil qui m'envoie.

Léonore se raidit.

— Z'êtes la seule citoyenne que je connais. Je me disais qu'à votre contact, je pourrais apprendre comment le devenir, moi itou. Je crois que vous seriez un meilleur gage de réussite pour moi que ne l'est Artimon.

Léonore déposa sa tasse.

— Pour sûr ! C'tes messieurs ne comprennent pas qu'on se satisfasse point de leurs invitations. Plus nous serons nombreuses parmi eux, plus nous ferons d'autres citoyennes et ainsi de suite. Oh, ma chère, je suis honorée de votre requête. Nous ferons de vous une citoyenne dans le temps de le dire.

•

L'été se pointa et Artimon Phélan dut céder aux supplications de Léonore Darrache d'aller en escapade à bord de la *Danaé*. « Et amenez donc votre adorable invitée, elle nous servira de guide. » Ils observèrent avec une longue-vue les riverains qui cueillaient le varech près de la baie des Fientes, leur tricorne de feutre mou, de paille hérissée, les pans de leur veste comme deux lambeaux sur leur chemise assombrie par le trempage. Ils s'émurent devant les loups de mer, leur tête ronde et luisante qui émergeait des eaux au large des Sauvageries. Artimon combattait le mal de mer par le brandevin et la nostalgie, relatant les anecdotes de ses années d'études à l'Académie navale. Le soir, ils soupèrent au maquereau, s'émerveillant de la simplicité de ses saveurs autour de bougies en cire d'abeille qui valaient à elles seules le salaire d'un des hommes manœuvrant le yacht. Enhardie par la liqueur, Danaé toisa Léonore et lui parla comme à une vieille camarade.

— Z'avez point peur, citoyenne, qu'Artimon cherche à me remplacer ? Je veux dire... Si j'étais admise, il pourrait s'offrir une nouvelle invitée. Ça en ferait votre rivale.

— Je le lui interdis, articula-t-elle en déposant son verre comme on frappe du poing. Je ne partage pas les hommes qui partagent mon lit. Tant que vous serez point mon égale, s'il veut me garder, il doit vous garder itou. D'ailleurs, qu'en ferait-il de c'te matelote, avec le peu de répit que je lui laisse ?

— Eh bien, moi, je sais ce que j'en ferais, de cette place, dit Artimon, les yeux vitreux.

Les deux femmes se tournèrent vers lui.

— J'inviterais ma mère, la pauvre Hortense.

Elles se regardèrent, puis éclatèrent d'un rire gras, qui s'essouffla après de longues minutes avant de reprendre par saccades. Le lendemain, ils se levèrent tard, montèrent sur le pont pour s'étirer. La mer était grise, comme apaisée par le baume des nuages. Le garçon leur servit un punch. Léonore pressa Danaé pour une démonstration de natation.

— Je n'ai jamais vu personne nager. Comme ça doit être excitant.

— Je n'ai pas nagé depuis cinq ans.

— Il faudra vous y remettre si vous voulez au moins vous rendre à la candidature. C'est ce qui vous distingue. C'est votre carte maîtresse.

Danaé haussa une épaule, vida son verre avant de le tendre à Artimon.

— Voyons voir.

Elle se dévêtit avec nonchalance.

— Je vais vous montrer comment nagent les vrais Issois.

Artimon semblait absent d'esprit. On n'eût su dire s'il était indifférent ou absorbé par la scène, son invitée qui se tenait dos à son amante tandis qu'elle l'aidait à délacer les intrications de son corset.

— Enfin, Artimon. Je sais qu'il est tard, mais il est quand même tôt pour boire autant, fit Danaé.

Elle resta immobile pendant un instant, fixant la pellicule ondoyante qu'elle devait percer comme un abcès. Elle plongea. Passé le choc initial du froid, elle nagea avec frénésie, comme on crie, comme on pleure. Elle flotta sur le dos pour reprendre son souffle, oubliant le temps. Elle se retourna vers la *Danaé*. Un sillage d'écume se dessinait derrière l'étambot, les voiles gonflées comme des ballons. Ils avaient levé l'ancre sans elle. Prise de panique, elle se mit à patauger en petit chien.

LE PRINCE NAGEUR

Le premier homme

On disait des pilotes côtiers qu'ils étaient les premiers hommes. Ils tiraient ce surnom du fait qu'ils étaient les premiers à être vus d'un équipage à la fin d'une traversée. Aux origines, ils n'étaient que des pêcheurs locaux qui offraient leurs services aux navigants pour les guider jusqu'à un mouillage sûr. On était encore au large qu'on apercevait leur minuscule chaloupe brune. Une silhouette se levait et faisait de grands signes. On montait le pêcheur à bord, puis il saluait de la main en direction de son fils ou de son frère en contrebas, qui manierait la chaloupe jusqu'au port. Alors commençait le travail. Le pilote disait : « Attention, là ce sont les deux Glaives. Et là, le banc du milieu. Regardez là-haut. Pour emboucher la passe, faut aligner c'te clocher avec c'te rocher en forme de taquet, sinon c'est droit sur la barre. »

Avec le temps, les navires devinrent de plus en plus nombreux et les pilotes aussi. Ils se faisaient compétition pour obtenir le pilotage des plus gros bâtiments, construisaient leur cotre pour qu'il fût plus rapide que celui de leurs rivaux. On disait du vainqueur qu'il était le premier homme, car le premier arrivé.

Les pilotes furent les premiers à cartographier les côtes. Ils tentaient de reproduire les courbes et les angles de l'île sur le papier comme le fil conducteur d'une histoire revenant à son point de départ. Ils griffonnaient des croquis ressemblant à des dessins d'enfants, imprécis comme le souvenir d'un songe qu'on eût tenté de calquer sur la réalité, décorés de montagnes magnétiques et de monstres fabuleux qui pouvaient seuls expliquer toutes les choses inexplicables survenant en mer. Les parchemins originaux allaient s'empoussiérer dans la bibliothèque du siège de l'Amirauté. On en faisait des duplicatas à la main qu'on revendait à prix d'or pour être emportés sur les navires, des exemplaires à la durée de vie réduite par l'humidité des gaillards et les rasades océanes qui balayaient tout, sans égard au minutieux travail des copistes.

Les riverains regardaient les pilotes et leurs barbouillages avec suspicion.

— À quoi bon noter tout ça ? N'as-t'y point des yeux pour voir et une mémoire pour retenir ?

— Moi, oui, imagine-t-on le premier homme répondre. Mais les autres, les ceux qui n'ont point la connoissance de nos parages, z'ont besoin de nos yeux et de notre mémoire pour s'y repérer.

Les pilotes employaient des objets étranges afin de réaliser leurs triangulations, des bâtons de bois et de fer agencés en tiers de cercle qu'ils pointaient vers le soleil ou les étoiles, des instruments non naturels comme ceux de la sorcellerie. Ils furent d'ailleurs les premiers à bousculer les aumôniers qui administraient l'extrême-onction pour tenter de réanimer les rescapés. On disait que c'était un métier du diable, qu'il ne plaisait guère à Dieu qu'on déjouât ses plans d'accident, que d'expulser l'eau des poumons revenait à ressusciter les noyés. Les pilotes étaient les premiers hommes, car les premiers à plonger pour vérifier l'ancrage des paniers d'osier qui servaient de bouées balisant les hauts-fonds à l'entrée des chenaux. Les premiers à souquer au-devant du danger, à faire fi de la tempête et à pousser leur canot pour aller secourir un équipage en péril sur les lieux d'un naufrage. Les premiers à clamer : hardi, les gars ! Il y a des vies en jeu. La vie est si importante qu'il faut être prêt à mourir pour elle.

I.

De prime abord, Jacques Duval était un pilote côtier comme les autres. Mais dès qu'on le voyait attraper l'échelle de corde et gravir le flanc d'un navire, on se disait qu'il devait être un homme redoutable et pacifique. Redoutable, parce qu'il traînait sur son dos un long fusil et sur sa hanche, une corne de poudre. L'attirail du soldat sans l'uniforme. Le franc arbitre du mercenaire, l'indépendance du chasseur.

Chasseur, il était. Il pouvait attendre trois jours dans son cotre transformé en hochet, remué de bâbord à tribord avec l'eau qui s'infiltrait en bas, fuyait le long du cardan, ruisselait sur le falot et les sacs suspendus, qui se balançaient dans le vide puis vous gouttaient dessus, tandis que vous essayiez de dormir en grelottant lorsque la mer était trop grosse pour allumer le poêle. Il guettait les navires. Son fusil n'était pas l'arme d'un tueur cherchant à abattre les vivants, mais celle d'un ange servant à leur envoyer des signes. Un instrument à détonation pour se repérer en cas de brouillard. À cette époque, on canonnait pour tout et pour rien, pour ameuter l'équipage au moment de l'appareillage, pour appeler le pilote au moment de l'arrivée, pour saluer un autre bâtiment. On tirait des salves de mousquet dans les airs pendant les réjouissances d'enlèvements. La félicité des trouvailles et retrouvailles devait faire du bruit, rompre la monotonie du fleuve silencieux des désirs inassouvis et des quêtes sans étoiles, comme lorsqu'on chantait « hourra, la brise se lève ! » après des semaines de calme.

Pacifique, il l'était. Il avait tout de ces sombres personnages qu'on appelait « promeneurs de jetées », ceux qui se baladaient jusqu'au bout des môles sans raison. Sa peau était tannée par toutes ces heures passées sous les assauts du soleil et du vent, des sillons se dessinaient dans le cuir de sa nuque. Il ne restait de son enfance que les pâles picots dans les clairières hâlées de son visage, quelques taches de son ou de rousseur. Il n'était pas encore vieux, mais il semblait n'avoir jamais été jeune. Il avait le regard aiguisé du marin, la vue habituée à porter loin comme celle du rapace, qui pouvait enserrer de ses yeux un point de fuite comme un objet entre des griffes. Dans le même temps, il semblait parfois absent à ce qui se déroulait à quelques pas de lui. Le genre qui ne répondait rien quand on l'insultait, qui regardait ailleurs, pensif, comme un oiseau ayant trouvé un perchoir assez élevé pour se foutre des cailloux qu'on lui lançait. Peut-être avait-ce été sa seule tuerie que d'achever quelque part sur les battures un cormoran agonisant, la patte tremblante et le plumage ébouriffé. Il avait la droiture bien effilée, tranchante comme une arme.

•

Sous le pont de la *Clardeye*, une cabine unique et exigüe, le vaigrage peint en blanc pour renvoyer le peu de lumière qui y pénétrait. Un poêle, une table et deux bannettes cachées par un rideau de lin écru, coulissant sur un fil lâche. Un miroir ovale et un plat à barbe servant au rasage quotidien, qui se faisait souvent à l'eau froide et en plein roulis. Cet espace était étroit, mais contrairement à la plupart des bateaux, il n'était envahi par aucune cargaison, aucun butin. Il était entièrement dédié à vivre et à dormir.

Jacques Duval avait acheté le cotre en mauvais état. Couture par couture, boulon par boulon, il avait remplacé, étanchéifié, câliné au point où il avait l'impression d'avoir lui-même construit cette coque et cette toile d'araignée d'étais et de haubans. Après cinq ans, il s'extasiait encore : un chef-d'œuvre, ce rafiot. Conçu pour fendre les flots à la moindre poussée, pour naviguer au plus près, frôler le sens interdit par le vent comme on frôle la perfection.

Il lui arrivait d'admirer ses belles voiles ocre se gonflant au grand largue et de ressentir un pincement. Il n'y avait qu'elles pour connaître des épousailles aussi harmonieuses entre la nature et le génie.

Avec les femmes, par exemple, il fallait se contenter de réglages approximatifs. Elles ne se réduisaient qu'à deux catégories : celles qui savaient nager et celles qui ne savaient pas. La plupart appartenaient à la seconde, n'ayant connu que des eaux dont elles pouvaient toucher le fond. Il était condamné à vouloir l'exception, à se réfugier en mer pour oublier à quel point le reste de la vie était mal gréé.

•

La vie de pilote dans le Grand Port était douce. On ne manquait de rien, même quand il fallait passer deux jours complets au large pour attendre les clients. Des vivandières poussaient leur yole jusqu'à l'extérieur de la baie afin de les ravitailler. Il y en avait de plus téméraires que d'autres, comme cette nageuse qu'il avait connue avant de posséder la *Clardeye*, quand il était encore matelot sur la pilotine d'un autre. Elle vendait des pommes, des courges, des citrouilles. Depuis son esquif, elle les lui lançait pour le surprendre, comme on jette une pierre dans une fenêtre. Magnanime, il attrapait. Elle sautait à l'eau avec la même complicité, le même vandalisme. Il lui avait un jour demandé comment elle avait appris à nager. « J'sais pas. J'ai juste jamais eu de mère pour me dire " va pas là ". » Elle nageait dans des endroits toujours plus houleux et éloignés du littoral. Elle le faisait exprès pour l'obliger à la suivre, pour qu'à force de la sauver d'une submersion certaine, il s'épuisât autant qu'elle.

Il lui arrivait de plonger dans les eaux du port d'Ys pour secourir les gens ivres qui perdaient pied. Les douaniers étaient munis de grappins pour les repêcher, mais la longueur de leurs gaffes était limitée. C'est ainsi qu'il avait rencontré une autre nageuse, la fille d'un éminent chirurgien qui étudiait la noyade. Les noyés étaient transportés dans le cabinet du médecin où il tentait de les réanimer en leur insérant un tuyau dans l'anus pour leur insuffler de la fumée de tabac dans les intestins. Le chirurgien s'était assuré que sa fille sût nager. Un enseignement de sûreté. Elle avait une technique impeccable, un répertoire de mouvements que même Jacques Duval ne maîtrisait pas. Elle plongeait comme les fous de Bassan, en ne laissant qu'une mince éclaboussure au moment de l'impact. Elle se mouvait avec des gestes fluides, se moulait à l'eau avant de la tailler. Il prenait parfois congé pour lui tenir compagnie. On les voyait se balader sur la promenade, fille de docteur et pilote breveté, bras dessus bras dessous. Ensemble, ils nageaient de la pointe du Longcouchant au Fort françois, rendu inaccessible aux marcheurs par la marée haute. Ils avaient la forteresse à eux seuls pour quelques heures. Elle refusait de s'en éloigner. Pendant trois ans, il avait tenté de la persuader de nager ailleurs, de perdre le rivage de vue. « Pour quoi faire ? Pour aller où ? » s'étonnait-elle.

Ainsi, il nageait seul. À trente-six ans, il était assez convaincu que lui, Jacques Duval, personne ne pourrait le secourir.

•

Quand on lui demandait ce qui l'avait poussé à s'installer au cap Nordant, il ne savait par où commencer. Ses débuts devaient être tus, alors il commençait par la fin. Ce jour-là, le client l'avait passablement énervé. « Au prix que je vous paie », avait grogné le capitaine de la *Beltégeuse*.

La *Beltégeuse* était sortie de rade par temps clair, avait quitté la baie de Partance avec le jusant, franchi la barre sans problème. Et puis la purée de pois leur était tombée dessus, les enveloppant comme un cocon douillet pour mieux les précipiter vers les récifs. Elle était si dense que le gréement baignait dans un néant laiteux, le mât de misaine apparaissait comme une tige courte et floue. Un matelot agitait une cloche pour signaler leur présence. Loin à bâbord et devant, on entendait les coups de canon des vaisseaux, les sourdes explosions voyageant sur la mer d'huile. On eût pu se croire au milieu d'une bataille, mais sans l'érubescence du ciel lorsqu'il est chauffé par en bas comme l'antre infernal d'une forge. Il n'y avait que le blanc vaporeux de la chape qui jaunissait tout. On ne distinguait pas le soleil et pourtant il fallait plisser les yeux. Trop de lumière et aucune visibilité.

Le pilote les avait éloignés de l'île grâce à l'unique mesure que le brouillard ne brouillait pas : celle des fonds. « Trente brasses. Quarante brasses. Cinquante-cinq brasses », avait crié un matelot après chaque coup de sonde. Le pilote avait opiné sans s'inquiéter. On pouvait naviguer dans ces parages avec rien d'autre que ces chiffres quand on connaissait par cœur la carte de l'invisible. Pour les autres, ceux qui n'avaient que les apparences pour se guider, c'était l'échouement presque assuré. Il avait attendu qu'on eût dépassé le plateau de l'île, que la corvette eût plus d'eau que nécessaire sous la quille pour la déclarer libre. Le pilote avait terminé son travail, il ne restait plus qu'à le débarquer. Mais pour cela, il fallait qu'il pût rejoindre son cotre ou plutôt que son cotre pût le rejoindre, alors qu'on ne discernait même pas l'autre extrémité du bâtiment. Le capitaine approcha et ordonna qu'on déroulât l'échelle de corde.

— J'ai bien peur qu'elle ne serve à rien, dans ces conditions, fit le pilote. Il faudra sans doute descendre un de vos canots pour éviter la collision.

— Et votre pilotine ? N'avez-vous pas quelqu'un qui puisse venir vous chercher ?

— Je n'ai qu'un seul matelot.

— Au prix que je vous paie, monsieur Duval...

Les deux hommes se tenaient côte à côte sans se regarder, tournés vers le point imaginaire d'où le cotre devait apparaître.

— Très bien, rétorqua le pilote. Je me débrouillerai par mes propres moyens.

Il retira son chapeau, commença à déboutonner son caban.

— Vous vous moquez, monsieur Duval. N'allez tout de même pas vous jeter à l'eau.

— Pourquoi pas ? Je vous demanderais seulement de me dédommager pour ma vêture et mon fusil.

Le commandant se détourna. Il s'apprêtait à donner l'ordre de descendre une embarcation quand le bout-dehors de la *Clardeye* perça le brouillard et vint se ranger à tribord. Le pilote se rhabilla, salua d'un bref mouvement de tête et descendit l'échelle qui plongeait dans le vide.

— Sale boucaille, tout de même, maugréa le matelot de la pilotine en guise d'accueil.

— Sale ingrat, murmura Jacques Duval avec un dernier regard vers la *Beltégeuse*.

Il en avait croisé, des têtes brûlées de ce genre, qui, même par temps houleux, croyaient pouvoir se diriger seuls dans les atterrages de l'île, attendaient le dernier moment pour embarquer un pilote. Bon nombre avaient refusé ses services de pilotage à midi pour accepter ses services de secoureur à deux heures. Le capitaine déplaisant croyait lui avoir concédé une sorte de victoire en autorisant la descente d'un canot, mais il avait tort. Jacques Duval eût voulu nager. Il eût voulu montrer à ce méprisant personnage qui pensait pouvoir se passer de pilote que le pilote non plus n'avait pas besoin de lui. Il continuait de ruminer sa mauvaise humeur quand apparurent les pans gris cendré du cap Nordant, l'ancien point de ralliement des gens de son espèce. Il donna un coup de barre. Rien de planifié, une éruption soudaine après un trop-plein de rancœur. Il mit le cap sur les falaises proscrites comme on succombe aux hallucinations d'une vieille fièvre jamais totalement éteinte. « Ce soir, on relâche aux Échouements », annonça-t-il au matelot.

II.

La Maison des pilotes n'abritait plus de pilote. Trapue et grise de sa pierraille, adossée aux fortifications comme acculée à un mur, elle tirait sa superbe de son emplacement. Perchée au sommet du cap Nordant, on y avait une vue imprenable sur la chaussée de Locqnoir et sur tout ce qui affluait. Le pointillé infini de cailloux divisait l'horizon en deux. Les navires devaient choisir leur camp, nordet ou noroît. Pas de milieu possible avec ce régiment de rochers que les lames enveloppaient comme un engloutissement perpétuel.

La Maison des pilotes servait de cabaret et d'auberge. Pendant les équinoxes, des riverains de toute la côte faisaient la file pour s'y réfugier. Il fallait payer avec de la vraie monnaie. Cinq écus d'argent pour une chambre, soixante sous pour une chaise dans la salle principale enclose entre deux cheminées qui fumaient en hiver et servaient de reposoirs à goélands en été. Pendant trois jours, la grande salle était alors bondée, remplie de pleurs d'enfants et de quintes de toux de vieux. Entre les grandes marées, quelques piliers venaient boire du cidre dans le cabaret trop vaste. Ils montaient dans cette demeure à la toiture de bardeaux qui eût pu se trouver n'importe où sur les continents, au milieu d'un bois ou sur le bord d'un chemin. Ils s'y rendaient pour prendre une pause de l'odeur iodée des algues, oublier le tonnerre du ressac. La plupart tiraient en silence sur leur pipe. Puis ils se levaient tous d'un même mouvement, ayant senti un bruissement dans l'air ou un changement dans leurs rhumatismes. « Le temps est là », disaient-ils comme s'il n'y en avait pas le reste du temps.

Sur le support de sa façade pendait une poulie de levage servant à hisser les barriques depuis la plage. C'est elle qui se balançait dans le vent et qu'on entendait grincer en lieu et place d'une enseigne. La Maison des pilotes n'avait pas de concurrent. À l'intérieur, on y découvrait une lourde charpente, des solives basses qui se croisaient au plafond, signe de l'aisance ultime : on n'avait jamais eu assez froid pour y bûcher de quoi se chauffer.

Les chambres étaient situées à l'étage supérieur. L'une d'elles avait été condamnée, cadenassée de chaînes et de planches, comme l'oubliette d'un monstre ou la cachette d'un trésor. Il y avait quelque chose de hargneux dans cette barrure. On avait bouché cette porte de la même façon qu'on détruit une possession avant de ne plus la posséder, qu'on s'attache les mains pour résister à une tentation. Quelqu'un un jour allait la défoncer, cela sautait aux yeux.

En bas reposait le village, non point au pied du cap lui-même, mais dans un repli de la côte formant une rade quasi fermée par une langue de brisants obliques assaillie de gerbes comme un brise-lames. Un havre au seuil de l'enfer. Les habitants avaient construit un appontement de bois, sorte de jetée de déchargement et de quai auquel on s'amarrait lâchement pour laisser les chaloupes descendre avec le baissant. Cela faisait du cap Nordant un port. Un port comme dans port altier, comme dans port de tête. Ainsi, les gens d'Ambouche ne pouvaient plus se targuer d'avoir le seul « petit port » des Échouements.

•

Les habitants du cap Nordant excellaient dans l'art de dissimuler les choses de valeur. Ils les fourraient dans leurs malles parmi leurs engins de pêche et quand les décombres d'un bâtiment crachaient un coffre entier, ils le traînaient sur la grève, puis creusaient le sol de leur chaumière pour l'ensevelir avec son contenu. Pour vendre leurs prises, ils passaient par la tenancière de la Maison des pilotes. Ils s'accoudaient au comptoir et disaient tout bas : « j'ai une belle pièce pour toi, une belle daurade » ou toute autre espèce qui ne nageait pas dans leurs latitudes. Quand on les traitait de sans-miroir, ils ne pouvaient s'empêcher de sourire : ils en avaient, des miroirs. Des glaces cachées là où nul reflet ne pouvait être capté. En attendant qu'on leur dégotât un acheteur, les habitants marchaient sur leurs trouvailles. Ils les dérobaient à la vue des inconnus, des naufragés surtout. Ils évitaient ainsi les moments gênants, comme cette fois où un rescapé, entre deux bolées de bouillon, avait écarquillé les yeux d'effroi et prononcé : « Le sac de toile accroché au mur, là... je le reconnais. C'était la musette de mon frère. » Beaucoup de ces survivants, de ces visiteurs venus d'ailleurs restaient, puis devenaient eux-mêmes des naufrageurs et un jour se levait où on ne pouvait plus distinguer les pilleurs des pillés.

Certains disaient qu'il fallait être un peu fêlé pour vivre au cap, terré derrière Locqnoir comme derrière une bête qui pouvait à tout moment se retourner contre vous. On disait que les débris les rendaient cupides, qu'il en allait des épaves comme du vin : plus on en consomme, plus on en veut. Mais les habitants du cap jalousaient un secret plus précieux que les piécettes enfouies sous leurs pieds : les poissons aussi aiment les naufrages. Leurs lieux de pêche étaient les plus féconds de l'île, des bancs si denses qu'ils absorbaient la lumière et obscurcissaient la mer.

La seule chose qu'on affichait au cap c'étaient les ancres. Des ancres en fer, des ancres en cuivre, des ancres artisanales composées d'un caillou emprisonné dans une pyramide de bâtons. Des ancres plates, en grappin, en soc de charrue, en godet. On en trouvait en trop grand nombre pour les cacher. On les appuyait contre les murs extérieurs des masures, pointant la terre comme pour souligner le sens de la pluie. On les amoncelait au fond de la crique sur des roches, comme un entrepôt à ciel ouvert. On en laissait rouiller parmi les galets, au milieu de la grève, parce qu'en vérité on ne savait plus qu'en faire, de toutes ces ancres.

•

Cléden Roussy arriva après les autres. Son pardessus et son bonnet étaient trempés d'avoir gravi le sentier du pied au sommet, vent debout et mouillure drue. Il avait guetté l'éclaircie, alors que les autres s'étaient résignés dès le matin. La mer était trop agitée pour sortir les chaloupes, se massait en rouleaux dans une bruine confuse, vallons d'eau et vallons de roc mêlés dans une bouillie d'écume.

Les buveurs étaient attablés, ressassant les souvenirs d'avaries et de tempêtes que ce crachin automnal leur rappelait. Ils parlaient de la nuée de pétrels qui s'étaient réfugiés partout dans la crique juste avant le cyclone de l'an huit. Des crucifix que portaient les passagers étrangers au moment de se noyer, de toutes ces croix qui devaient joncher les fonds des alentours comme un cimetière sous-marin. De ce capitaine qui les avait un jour repoussés à coups de canon quand ils avaient encerclé son navire. Les habitants avaient juré qu'ils ne feraient de mal à personne, qu'ils allaient les aider à gagner la grève en échange de quelques bouts de cordage. Le capitaine avait préféré sombrer avec son bâtiment, ses hommes et sa cargaison. Les gens du cap avaient haussé les épaules. « Tant mieux. Quand vous serez tous morts, on n'aura plus aucun scrupule à se payer à coups de hache dans ce qui restera d'agrès. »

Cléden Roussy se leva. Le chanvre de ses larges culottes était encore sombre de taches humides. Il replaça son bonnet sur son crâne. Les autres le suivaient du regard, interloqués de le voir s'éloigner, alors qu'il venait à peine de s'asseoir.

— Naufrage, toujours naufrage, rugit-il. Viendrez me chercher quand vous parlerez d'autre chose.

•

Cléden Roussy était le meilleur pêcheur du village, en quintaux comme en prouesses. Il fallait le voir, plié en deux dans son embarcation en train d'assommer un flétan de deux-cents livres qu'on pendrait ensuite haut par la gueule pour en admirer le gigantisme. On racontait qu'il avait capturé des poissons si gros qu'il fallait les étêter à la scie, qu'il avait une fois attrapé de ses mains nues l'épée d'un espadon que personne n'arrivait à maîtriser. Cet homme court sur pattes était en ménage avec une femme plus grande que lui, ce qui n'étonnait personne puisqu'il était du genre à ramener des marsouins dépassant la longueur de sa chaloupe. C'était lui qui avait cueilli le plus imposant débris jamais repêché au cap Nordant : une horloge grand-père qu'il avait transportée jusqu'au sommet du promontoire avec l'aide de ses fils. Elle trônait encore dans le coin sud-sud-est de la grande salle de la Maison des pilotes, sonnant l'heure d'une terre lointaine et d'une autre époque.

La seule chose qu'on reprochait à Cléden Roussy était de faire paraître ses exploits comme élémentaires. Les gens d'Ambouche, animés par une immémoriale rivalité, terminaient tous leurs commentaires par « oui, mais bon, z'ont la vie facile, au cap ». Roussy s'était une fois indigné en pleine foire : « Facile ? Vous pensez que c'est facile à gérer, un vaisseau avec deux-cents déportés qui coule par-devant chez vous ? »

On avait depuis quelques mois remarqué ses vagues à l'âme, quelques craquelures dans ses sourires, le genre de lézardes dont on ne s'inquiète guère avant que la falaise s'écroule. On ne pouvait même plus le flatter sans qu'il ne s'en irritât. « Vous dites que je suis le meilleur. Le meilleur de quoi ? Le meilleur du pire. »

Ce soir-là, sa femme Nuala Parcoeur le trouva en train d'écarter les branches d'une paire de verres ronds. Des besicles de capitaine, trouvées sur les battures dans un étui de galuchat. Il était assis dans le carré de lumière projetée par la porte ouverte, nettoyait les verres, puis regardait à travers comme s'il eût espéré y découvrir un univers transformé. Nuala pétrissait une boule de pâte.

— Quand vas-tu te décider à les vendre ?

Il haussa les épaules, plaça les lunettes sur son nez.

— J'sais pas. Ça pourrait peut-être servir.

Elle secoua la tête.

— Y a personne qui est à la veille de savoir lire, par ici.

Il les rangea dans l'étui, puis le rejeta loin sur la table, détourna son visage vers l'ombre de la pièce.

— Tu crois qu'on pourrait s'en passer, Nuala ?

— Se passer de quoi ?

— De tout. Est-ce qu'on a vraiment besoin d'accumuler d'autres lingots de plomb ? On ramasse tellement d'ancres qu'on pourrait mettre le forgeron du Grand Port en ruinance. Je veux dire, le capelan refoule, l'encornet s'agglutine, la morue donne. Peut-être que les gens d'Ambouche ont raison.

— Qu'est-ce tu racontes ? Tu voudrais qu'on laisse pourrir sur la grève les largesses que nous réserve la grande marmite ?

— Je te parle point des débris, mais des gens. Les gens qui nous haïssent. Qui nous toisent comme si on était des voleurs, parce que dans leur usance à eux, ce n'est pas vrai que ce qui appartient à la mer n'appartient à personne. Ça te fait rien, à toi ? Moi, j'haïs ça, qu'on me haïsse.

Deux mois plus tard, lors d'une saute de vent de fin d'hiver, un brigantin s'empala sur les rochers avec ses cales remplies de genièvre et de beurre. Cléden Roussy souqua comme un enragé sur les avirons, brusqua l'équipage contre les pavois pour les inciter à s'entasser dans la barque de secours. Sans saluer personne, il s'engouffra dans la soute pour en extirper la cargaison. Le soir, il se soûla comme on ne l'avait pas vu faire depuis la naissance de son aîné, chopine d'eau-de-vie après chopine, fuyant le regard des autres.

« Je crois bien qu'on n'en entendra plus parler de ses rembrunissements, se félicita Madeleine Ezkarre, la cabaretière. Y a rien comme un beau naufrage pour requinquer un homme. »

III.

Elle arriva en été, en même temps que le capelan. Nue, comme si elle eût été éjectée du ventre de sa mère ou de celui d'une baleine. Une saleuse qui remplissait un récipient d'appâts la prit d'abord pour une roche touffue d'algues, puis vit qu'il s'agissait d'une tête et de cheveux. Elle lâcha son seau pour courir vers elle tandis que les capelans libérés retournaient grouiller sur les galets.

Nuala Parcoeur tassa la foule qui se formait et attrapa la femme par les épaules. « C'est bon, elle respire. Ce n'est pas une noyée, elle est juste fatiguée. » Les saleuses la portèrent dans la chaumière des Roussy. On la frictionna avec des couvertures, Nuala battit un briquet de silex pour allumer un feu dans l'âtre. On l'habilla d'une chemise trop grande. On la gifla pour la garder éveillée.

— Parle, crie, mais dors point. Le sommeil de la froidure, c'est la mort du naufragé, tu m'entends ? tonnait Nuala en lui prenant le menton. Raconte des choses. D'où tu viens ?

Elle peinait à articuler entre ses claquements de dents.

— De la cité.

Les saleuses se regardèrent. On en avait vu, des citadins vivants s'échouer au cap et on en avait vu, des corps dévêtus. Mais jamais les deux en même temps.

Quand la rescapée eut réussi à avaler assez de vin chaud, les femmes la laissèrent s'assoupir devant le foyer. Nuala observa ce relâchement paisible qui concordait avec la tombée du crépuscule. Derrière ces paupières devaient se dérouler des souvenirs éthérés de tourelles, de rires gras et d'airs joyeux s'échappant d'un clavecin. « Pauvre petite. Une autre qui est esclave de ses espérances. Elle doit venir de ces criques où l'on fait des promesses de juchoir aux enfants, où on envoie les filles vagabonder dans les rues et les garçons sur les mers au lieu de leur apprendre à saisir ce qui est devant eux. »

Danaé Berrubé-Portanguen dite Poussin, trente ans, avait porté des dizaines de paires de chaussures, en avait eu au point de ne plus savoir lesquelles enfiler, mais en ce soir du mois de juin de l'an vingt-six après le Massacre des Premiers hommes, elle ne possédait rien, pas même la chemise qu'elle avait sur le dos.

•

Le lendemain matin, on l'invita à partager un bout de miche et un peu de raie bouillie. Les hommes étaient partis en mer, il n'y avait plus que Nuala et son plus jeune fils, Mathurin le cadet, que tout le monde appelait « le cadet », car les deux fils Roussy se nommaient Mathurin. Les parents avaient donné le même nom à leurs enfants en espérant qu'un des deux survécût. Les deux avaient survécu.

De l'autre côté de la table, le garçon dévisageait la rescapée.

« Mais je te reconnais, maintenant qu'il fait jour ! Je t'ai vue souvent à Ambouche. C'est toi la plongeuse, la fille qui vend des étoiles de mer aux gardes-côtes. »

Il se tourna vers sa mère, lui expliqua que cette femme pouvait nager dans des endroits impossibles et extraire des débris qui ne se rendaient jamais à eux, trop bien enfermés entre les crocs de la vase.

— Ça doit être dangereux, des fois, de nager sans rien, sans bateau.

Danaé força un sourire en fixant les miettes de son pain, les épaules affaissées.

— Nager... Je pense point qu'on va m'y reprendre.

•

Elle marchait sur la grève quand elle vit une forme humaine au sommet du promontoire. Une forme sombre et féminine, avec la pointe d'un châle qui volait dans le vent.

— Qu'est-ce qu'elle fait ? demanda Danaé à deux pêcheurs qui ravaudaient leurs filets.

— C'est Madeleine, la cabaretière. Elle attend sûrement une cargaison de rhum.

— Pour sûr, abonda l'autre pêcheur. Qu'est-ce tu voudrais qu'elle fasse comme ça, sur le bord du précipice ? On dira ce qu'on voudra d'elle, mais une chose qu'on ne peut pas dire, c'est qu'elle est folle.

— Non, y a point de doute. Elle a toute sa tête, la Madeleine.

Danaé apprit alors que Madeleine Ezkarre avait perdu tous ses hommes en mer et qu'aucun de leurs corps n'avait jamais été retrouvé. Contrairement à d'autres veuves, on ne l'avait jamais entendue se parler tout haut ou s'emballer pour de faux présages annonçant le soi-disant retour d'un de ses disparus.

— Tu peux même la mettre à l'épreuve. Demande-lui : « Madeleine, crois-tu qu'un de tes hommes pourrait s'aller retontir un jour ? Après tout, avec la mer, tout est possible. » Tu vas voir ce qu'elle va te répondre. Elle va te dire : « J'espère que non. Ce n'est pas très beau à voir, un cadavre de plus de cinq ans. »

Danaé passa ensuite devant un vieil homme assis sur une vertèbre de cachalot. Il se leva, s'approcha jusqu'à lui exhaler son haleine de chique. « Faites excuse, vouvoya-t-il. Pourriez-vous me dire par où le vent souffle ce jourd'hui ? » Elle haussa les épaules. C'était la troisième fois qu'elle le croisait dans la matinée et qu'il lui posait la même question.

On lui expliqua qu'il s'agissait de Joachim Galbarette. « Le pauvre, il est empêché de la tête. » On omit de mentionner que le vieux Galbarette avait jadis été la seule personne au cap Nordant qui sût lire et écrire. Depuis son dérangement, les habitants avaient accumulé pour deux ans de missives et de dépêches. Ils ouvraient les lettres des êtres chers, les parcouraient du doigt, s'imprégnaient de leur odeur, imaginaient ce que les symboles pouvaient bien signifier en attendant que quelqu'un un jour pût leur en faire la lecture.

•

Trois mois avaient passé et Danaé Poussin avait encore froid. On la voyait se frotter les bras, serrer sur ses épaules une laine qui traînait partout son odeur d'huile rance. On lui avait donné des vêtements sans motifs : du rouge délavé, du bleu foncé, du jaune terne. Des bas troués au talon et usés au niveau du genou. Des hardes unies et tristes comme la surface d'un lac gelé, qui avaient sans doute appartenu à une autre noyée avant elle. Elle n'eût pu taxer les gens du cap de pingrerie : ils ne demandaient rien en retour. Rien, sauf le droit de rappeler à leurs détracteurs qu'il n'y eût pas eu de fripes pour habiller les survivants si on n'eût point volé les moins vivants.

Danaé causait peu et ne chantait pas, alors on l'avait affectée aux goémons. « C'est vrai, je m'y connais un peu en algues », avait-elle acquiescé, réussissant la politesse mieux que l'enthousiasme. Elle s'occupait de la fenaison du varech, de le trier, de l'épandre sur les rochers pour l'aérer, de l'entasser en vue de l'hiver. Des travaux de grand air qui ne manqueraient pas de ramener le rose sur ses joues, supposait-on. Mieux que l'encabanage du hangar, en tout cas. Mieux que de fixer à répétition les caisses de morues gisant bouche ouverte, ces empilades de trous, monticules de « oh » et de « ah » que semblaient vouloir émettre les poissons frappés de mutisme.

Elle n'était pas aussi fainéante que ce à quoi on s'attendait d'une citadine, mais elle avait d'étranges habitudes, comme celle de partir entre la fin de l'ouvrage et le début du couchant pour marcher vers les Sauvageries. Elle allait les mains vides et revenait les mains vides. « On dirait qu'elle cherche des débris qui n'existent pas. De toute façon, si c'étaient vraiment les débris qui l'intéressaient, c'est point par là qu'elle irait. »

Le soir, elle écartait les doigts sur ses cuisses pour constater le gercement de ses mains, puis regardait ses hôtes, les yeux humides. « Z'êtes de bonnes personnes, les Roussy. » D'autres fois, quand un des fils revenait à la maison en charriant une nouvelle ancre, elle les toisait durement, par en-dessous. « Et si je les avais eues sur moi, mes jupes de soie et mes poches remplies de ducats, qu'est-ce qui me serait arrivé ? »

— Oh hé, la citadine. On dirait que t'y crois pas encore, que t'es ici, remarqua Nuala dans un de ces moments de triste méditation.

— Oh si, j'y crois. Quand j'étais de l'autre côté, c'était toujours un peu irréel. Alors qu'ici, on peut point se tromper. Quand on est aux Échouements, on est aux Échouements.

Il fut une époque où les savants issois se disputaient à propos de la vague scélérate, un phénomène dont tout le monde avait entendu parler, mais que personne n'avait jamais étudié. Les navigateurs décrivaient ce type de vagues comme un mur d'eau sorti de nulle part pour aucune raison apparente, une déferlante sans commune mesure avec les autres lames. Elle était l'argument du marin contre l'arrogance, la preuve que même avec la plus grande rigueur et une extrême prévoyance la mer pouvait avoir le dessus sur vos plans et qu'une volonté surnaturelle sous-tendait les mouvements de sa houle.

Écartant ces fables populaires, les scientifiques émirent des hypothèses. La vague scélérate pouvait être due à la présence d'un écueil sous-marin ou d'un abysse solitaire qui venait boulcverser le rythme du flot à l'endroit de son occurrence. L'accident en surface n'était peut-être que le reflet d'un fond accidenté. La vague scélérate pouvait aussi être le résultat d'une accumulation de vagues normales, une sorte de chevauchement rare, telle la combinaison d'une loterie chanceuse. Certaines conditions devaient favoriser son apparition, comme un vent de résistance qui ralentissait les vagues de devant pour que celles de derrière les rejoignissent et que toute cette masse liquide se dressât au même moment. Après tout, on avait vu dans l'histoire des ponts s'écrouler sans autre explication que d'avoir été traversés par une armée de fantassins dont la cadence de marche avait épousé l'onde de fracture de la structure.

En l'an dix-neuf après le Massacre des Premiers hommes, un citoyen hydrographe fut mandaté par l'Amirauté pour approfondir la question, un grand voilier et un équipage mis à sa disposition. Il se rendit au large du cap de Bonne-Espérance, censé être propice au phénomène. Pendant quatre mois, l'hydrographe passa ses jours en mer, cahier blanc en main, cordage autour de la taille pour le relier au navire, les bras en croix, prêt à accueillir le monstre. Il fut lavé à souhait, mais seulement par des lames grégaires, toutes formées sur le même moule. Le bosseman lui expliqua : « Si tu la cherches, tu la trouves point. La vague scélérate, c'est elle qui te trouve. »

Au terme de cette expédition, l'Amirauté conclut que la vague scélérate était un mythe. Mais était-ce raisonnable de reléguer au rang de superstition une vague que tous les vieux marins disaient avoir rencontrée au moins une fois dans leur vie ? Improbable, elle était. Inévitable, aussi. Nous estimons pour notre part qu'elle existe, car nous souhaiterions qu'elle existe davantage.

IV.

Il était déjà tard quand on remarqua l'intrus, un voilier de taille modeste au fond de la rade. Une lanterne ballotait dans l'obscurité vaporeuse du soir. Un épais couvert de nuages rampants disputait le ciel à une lune gibbeuse. Cette dernière était en train de gagner, on voyait de mieux en mieux le mât solitaire, la courbe véloce de la coque, la forme diffuse de son occupant. Un tricorne aux bords retroussés et un manteau qui se perdait dans la nuit comme une cape. Un personnage et un bateau respectables, se disait-on de toute chose dont on ne voyait que les contours. « M'est avis que c'est du quelqu'un », résumait-on.

Danaé Poussin joua du coude jusqu'à la première rangée de l'attroupement. Elle déchiffra les lettres dorées qui brillaient sur le flanc du navire. « La *Clardeye*. Ça vous dit que'que chose ? », tenta-t-elle.

« Fi donc, elle sait lire, celle-là », s'exclama une riveraine.

On avait répondu à la lumière de l'intrus avec d'autres lumières, les habitants massés sur la grève tenant leur propre falot. On ne s'expliquait pas cet ancrage discret mais flagrant. Un garde-côte eût fait sa descente sur-le-champ ou se fût planqué pour ne pas être aperçu. Un acheteur de bris eût déjà crié dans un porte-voix les codes secrets. Un pêcheur en dérive d'une autre crique n'êut pas possédé un navire aussi fier.

« Une avarie. Pour sûr que c'est une avarie. Il a décidé de calanguer le temps de réparer que'que chose », supposait-on. Quelques « bonne nuit » fusèrent, l'attroupement se dispersa. Il ne resta plus que la lueur provenant de l'intrus, le grondement lointain du ressac et Cléden Roussy, fumant sa pipe sur les galets sans lâcher la rade des yeux. Danaé s'approcha de lui.

— C'est point une avarie, dit-il en indiquant le mystérieux bâtiment du menton. Demande-moi pas ce que c'est, mais je te parie qu'on n'aura pas le temps d'ouïr un seul coup de maillet, qu'il aura disparu avant qu'on se réveille demain.

— On devrait s'inquiéter, tu penses ?

— Qu'est-ce j'en sais ? Quand bien même ce serait de bon ou de mauvais augure... Y a-t'y vraiment en ce monde des événements complètement bons et des événements complètement mauvais ? Rien n'est jamais gratuit dans la vie. Quand on a le vent dans le dos à l'aller, on l'a dans la face au retour.

— Dommage, réagit Danaé sans préciser qu'elle était justement à la recherche d'un signe qui lui eût indiqué qu'elle ne s'était pas noyée pour rien, d'un présage, d'un astre-guide, d'un amer quelconque pour chenaler le reste de sa vie.

Jusqu'alors, les habitants du cap Nordant avaient gardé Danaé parmi eux comme ils gardaient tous les naufragés : pour la nouveauté, pour le rachat des crimes, pour le plaisir d'accumuler en attendant de tout perdre. Les gens comme les débris étaient les bienvenus, sans qu'on se posât de questions. Or, les riverains savaient maintenant que Danaé Poussin savait lire. Ils ne la lâcheraient plus. Cela eût pu lui suffire. Être acceptée au cap, c'était une victoire sur les grandes marées, c'était aboutir sur un échelon supérieur à celui des Criardes. Mais celui qui lui avait donné ses lettres ne lui avait pas enseigné à s'arrêter à mi-chemin.

•

L'intrus revint, de jour cette fois, mais personne ne le remarqua. La côte était enveloppée dans une bruine glaciale et statique qui dégoulinait sur les filets suspendus. Les pêcheurs étaient déjà enfermés dans la mouillure du large, les saleuses encore endormies dans l'humidité des chaumières. Personne pour apercevoir son cotre ou les chocs sourds de son annexe contre la jetée ni le bruit de ses bottes, leur frottement sur les galets ou leur succion dans la boue du sentier.

Madeleine Ezkarre entendit la lourde porte du cabaret se refermer. Elle sursauta en voyant un homme, de dos, dans un long caban gouttant sur les lattes de son plancher. Un homme qui pouvait être n'importe lequel de ces hommes qu'on imaginait ressurgir après des années. Il était là, dans un accoutrement qui demandait ces petites attentions qu'appréciaient tant les revenants de voyage. Des bas à faire sécher. Un bord de chausse à décrotter de sa glaise durcie. Un bouton de braguette à remplacer.

L'homme se retourna. Un inconnu. Ce n'était ni Jean Ezkarre, ni Bastien Forristal, ni le beau Majoric ou le grand Nicolas. Il n'avait les traits d'aucun, mais il avait l'âge moyen de tous ces hommes réunis. Il retira son tricorne, révélant une chevelure liée en queue de cheval par un ruban. La solennité de l'officiel. Elle le débarrassa de son pardessus trempé. En-dessous, une veste ordinaire. Point d'uniforme, point de fioriture.

Il voulait savoir si elle avait une chambre à louer pour l'hiver. Elle resta sonnée pendant un moment. Il y avait longtemps que quelqu'un avait voulu se loger dans l'ancienne Maison des pilotes pour d'autres raisons que de fuir la grande marée. Ce n'était pas pour tout de suite, précisa-t-il. Il ne prendrait possession de la chambre qu'en décembre, quand le trafic aurait diminué de moitié, quand les navires en partance de l'ouest seraient tous en hivernage dans leurs ports de Terre-Neuve, du Canada ou de la Nouvelle-Angleterre où l'on risquait de voir son bateau se transformer en sculpture de givre. L'hiver américain, c'était l'avantage des morutiers de l'île : les Issois pouvaient continuer à alimenter le monde chrétien en boustifaille de vendredi grâce à leurs eaux froides, mais libres de glace à l'année. L'hiver, la valeur du poisson doublait dans les criées. C'était la saison haute des Échouements et la saison basse du cabaret, quand il y avait trop de travail en bas pour qu'on eût le temps de monter s'enivrer. La saison détestée de tous ceux qui aimaient la lumière et redoutaient le silence.

Madeleine Ezkarre retrouva la désinvolture des gens de son métier qui se préoccupaient de tous en ayant l'air de ne se soucier de personne. Déjà, elle sortait pichets et chopines.

— Adonc, tu es pilote. Tu sais, c'est point la place qui manque ici. C'est la volonté. Moi, j'ai point de rouspétances envers les personnes de ton activité, mais les autres en bas par contre...

— Vous pensez que les habitants du cap s'y opposeraient ?

— Déjà, je te le dis d'emblée, c'est une crique de tutoyeurs.

— Entendu.

— Mais surtout, c'est une crique de pilleurs.

— Je m'en doute bien.

— Alors tu comprendras les réticences.

— Je ne suis pas ici pour les déranger ou les changer. Je suis ici pour la hauteur, pour la vision. Parce que cette maison-ci a été construite pour ça et parce que je pense qu'assez d'eau a passé sous les quilles pour que les gens de leur sorte et les ceux de la mienne, on oublie nos différends.

— Eh bien, faudra leur demander. Je peux rien promettre. Sont issois, les gens d'ici, dans les deux sens du terme.

•

La forme concave de Madeleine Ezkarre apparut à contre-jour dans le carré de morne lumière à l'extérieur du hangar. Les saleuses lâchèrent leur couteau pour détailler la mante qui lui ombrageait le visage. Elle portait une robe sombre ornée d'arabesques fleuries qui laissaient une impression de ciel étoilé ou de jardin nocturne. La fête en avant-plan, le deuil en arrière-plan. Une moitié de tablier tombait sur la devanture de ses jupes, léger rectangle blanc qui rappelait que, même si on l'appelait « l'élégante d'en haut », elle n'avait pas son pareil pour sortir les clients tapageurs en les tirant par l'oreille.

— Vous direz à Cléden de monter me voir.

Les saleuses s'étirèrent le cou pour la regarder qui s'éloignait.

— Depuis quand elle descend jusqu'ici, celle-là ? lança Berthe Maheut dite l'Allemande, parce qu'elle connaissait des bribes de paroles d'une chanson dans cette langue.

Les regards se rivèrent sur Nuala Parcoeur.

— Voyons, cessez de me regarder comme ça. Je suis point jalouse, vous le savez. Le passé, c'est le passé. Surtout le passé qui date d'il y a vingt-cinq ans. Et puis, mon Cléden avec la cabaretière, ça n'aurait jamais marché. Le meilleur des pêcheurs avec la figure de proue de l'auberge ? Non, c'est bien beau c'te bateau-là, mais ça étale point. Ça manque d'équilibre quand les plus pesants se mettent ensemble. Alors que, maintenant, tout le monde est content.

— Sauf les cels qui sont morts, ajouta une saleuse qui n'avait rien dit jusqu'ici.

— Tu fais bien de point être jalouse, Nuala, approuva l'Allemande. De toute façon, y a plus un homme du coin qui prendrait encore le risque de s'adouer avec c'te femme-là.

•

Madeleine Ezkarre avait abouti au cap Nordant peu de temps après le Massacre des Premiers hommes, accompagnée de son galant, Jean Ezkarre. On racontait qu'elle avait pris le nom de son homme comme les femmes le faisaient dans les contrées où l'on s'épousait. En réalité, ils étaient cousins lointains. Lui, un Ezkarre de Vertemer. Elle, une Ezkarre d'Ambouche.

L'Amirauté avait mis la Maison des pilotes aux enchères, les Ezkarre l'avaient remportée. Lui, dans sa jupe-culotte de marin qui avait peut-être été un sac de pommes de terre. Elle, avec ses mains de marinière, précocement fendillées pour une fille de dix-sept ans. Personne n'avait su comment ces deux jouvenceaux avaient gagné une fortune assez grande pour acheter l'auberge. Jean Ezkarre avait continué de pêcher, preuve que leur fortune était le fruit d'une rentrée d'argent soudaine comme cela n'arrivait qu'une fois dans une vie de riverain. Il mourut en mer huit mois plus tard. Une ligne enroulée autour de sa cheville, une prise féroce qui avait décidé de faire une proie de son prédateur.

Après une année de deuil, la cabaretière s'amouracha de Cléden Roussy, jeune et vaillant morutier toujours prêt à se faire arroser avant les autres. Pendant des semaines, il avait eu droit à une visite approfondie de toutes les chambres de l'étage. Et puis du jour au lendemain, il s'était assis sur le bord du lit et avait déclaré : « Madeleine, je ne sais pas ce que Jean et toi z'avez fait pour vous payer c't'auberge-là, mais je le sais que z'avez fait que'que chose de pas net et je pense que j'aime mieux point savoir c'est quoi. » Il était redescendu au village et avait repris sa vie de pêcheur, puis avait fini par s'amateloter avec Nuala Parcoeur.

Ensuite, il y eut Bastien Forristal. Leur vie commune dura trois ans avant qu'il ne s'évaporât en pleine nuit pour une escapade clandestine à bord d'un canot revenu au cap sans lui. Il y eut aussi le beau Nicolas.

Avec lui, c'était du sérieux. Il avait cessé de pêcher, ne se consacrait plus qu'à l'auberge. De chaque côté des cheminées, il avait construit des annexes en bois accessibles par échelle afin de rentabiliser ce petit coin de promontoire : des cabanes convoitées pendant les quelques jours d'équinoxe, puis inhabitées cinquante semaines par année. En bas, on se mit à l'appeler « l'aubergiste ». Il n'allait plus en mer, mais trouva quand même le moyen de disparaître. Parti courir les épaves à pied sur les battures, jamais rentré.

À cette époque, les piliers du cap se disputaient les faveurs de la cabaretière pour être le prochain. Ceux qui n'avaient aucune chance la visitaient quand même pour le simple plaisir de contempler une beauté familière et toujours nouvelle, car jamais possédée. Pour la sensation d'être frôlés lorsqu'elle remplissait leur chope, pour admirer sa façon de repiquer les épingles dans ses cheveux au-dessus de sa nuque. Pour lui lancer des phrases incomplètes comme « ah Madeleine, si tu savais... » Parmi ceux qui prétendaient être fidèles à leur matelote, certains finissaient, avec une pinte excédentaire dans le nez, par lui susurrer des « Madeleine, ma belle Madeleine » avant de recevoir une tape derrière la tête, ce qui était un contact aussi valable qu'un autre. Pendant les grandes marées, les hommes du cap se faisaient gardiens de sa vertu, paraient les compliments des riverains d'ailleurs et corrigeaient les insolents qui lui pinçaient le gras du bras. « Tu vois pas qu'elle est occupée, la dame ? C'est point une gargote à créatures, ici. »

Ensuite, il y eut Majoric Leonnec, perdu en mer après un record de seulement trois mois. Les chuchotements se firent rumeurs et les rumeurs se firent bruit : une malédiction planait sur la tête de Madeleine Ezkarre, un terrible châtiment relié au crime d'origine commis avec Jean Ezkarre. Personne, pas même ses amants avant leur disparition, n'avait réussi à la faire avouer son secret. Elle repoussait la pitié avec des phrases assassines. « De toute façon, vous autres, quand vous ne disparaissez pas, vous vous mettez à nous donner des ordres. Je suis peut-être condamnée à être seule sur ma butte, mais je trouve ça préférable au malheur que vivent vos pauvresses de femmes en bas. »

Les saleuses du cap lui avaient attribué le fameux adage qu'elles lançaient comme pour la consoler, mais qui finissait toujours par laisser un goût acide : un de perdu, dix de retrouvés. Les disparus ne se remplacent pas, ils s'accumulent, se retenait-elle de leur cracher. La seule chose qu'elle retrouvait après chaque mort, c'était le souvenir de tous ces autres péris, l'éclosion de toutes les anciennes plaies.

Le juste adage eût été : un de perdu, dix de perdus.

Quant aux hommes, ils continuaient de s'enivrer chez elle avec la même assiduité, mais ils ne la suivaient plus des yeux quand elle se penchait pour les servir. Peut-être étaient-ils refroidis par la malédiction associée à tous ses défunts. Peut-être était-ce l'autre malédiction, celle de l'âge et de l'affaissement de la peau. Seuls les étrangers ignorant ses malheurs continuaient d'apprécier sa beauté crépusculaire et généreuse comme le point culminant de la pleine mer. Les hommes du cap, eux, ne se déplaçaient plus que pour la boisson.

V.

Au cap Nordant, c'étaient les hommes qui menaient, car les plus précieuses richesses se rendaient directement de la mer au cabaret sans passer par les mains des femmes. C'étaient les maîtres de chaloupe qui chaque jour tenaient la barre, qui lisaient entre les leurres du ciel et dans les jaspures de la surface pour prédire : « le poisson est là » ou « non, pas ici, ailleurs ». Ceux qui tenaient le gouvernail en mer gouvernaient aussi sur terre. Quand un Cléden Roussy déclamait « tout le monde en haut », tout le monde y allait.

Les saleuses s'étaient regardées, les yeux ronds.

« Ça doit être grave, s'étonna l'Allemande. Ils n'ont pas fait mander le village en haut depuis l'année de la baleine. » Huit ans plus tôt, une grosse baleine à bosse s'était échouée à marée basse. Elle était toute noire, luisante et graveleuse comme les rochers l'entourant. Pendant une semaine, on avait tranché du lard de géant et brûlé de la graisse de mammifère. Il avait fallu distribuer les rôles, établir le partage des profits. « M'est avis que ce ne sera pas le même genre de poisson, c'te fois-ci. »

Un cordon de lueurs serpentait dans le sentier, la populace grimpant en file avec des lanternes en main. Les hommes suspendaient leur chapeau aux crochets sous les fenêtres, alternance de grands ronds et petits triangles. On avait apporté de l'ouvrage au cas où l'assemblée s'éternisât : des bannes à tresser, des couteaux à limer, des tricots à compléter.

Cléden Roussy s'assit sur une table, les pieds en appui contre un banc. Un vieillard porta une corne à son oreille pour mieux entendre.

— Je présume que vous vous doutez de ce qui se passe. V'là l'affaire : le cel qu'on appelle l'intrus, le cel du cotre qu'on a vu apparaître il y a que'ques nuits, il s'appelle Jacques Duval et c'est un pilote côtier du Grand Port. Il paraît qu'il y a de plus en plus de navigateurs qui demandent à ce que le pilotage débute au large avant que Locqnoir soit en vue, comme ça se faisait anciennement. Alors, ce monsieur Duval, il voudrait passer l'hiver ici, d'où il pourrait voir venir les bâtiments. Autrement dit, il y a un pilote qui veut se réinstaller dans la Maison des pilotes.

Un murmure parcourut la salle.

— On a bien réfléchi, nous, les maîtres de chaloupe, poursuivit Roussy. On ne peut pas lui interdire de se payer une chambre ici, puisque l'auberge appartient à Madeleine. On ne peut pas lui interdire de mouiller dans notre rade non plus, puisqu'elle appartient à la mer. Mais, on pourrait refuser de l'aider dans ses radoubs. On pourrait lui interdire d'utiliser notre jetée, qui nous demande beaucoup d'efforts et exige son comptant de clous. On pourrait lui interdire d'emprunter notre chemin pour grimper la falaise, parce que c'est grâce à nos pieds qu'il est débroussaillé, par notre habitude et notre amour des spiritueux. Eh bien nous, les maîtres de chaloupe du cap, on a résolu de n'en rien faire et de l'accepter, le pilote.

Le brouhaha de l'assemblée monta d'un cran. Une quinte de toux grasse s'empara d'un pêcheur au fond de la salle. Un homme se leva de sa chaise et resta debout, figé dans un tressaillement de colère.

— Je peux pas croire ce que j'entends. Z'avez reçu une bôme par la tête ou quoi ?

L'homme qui avait parlé était Jean Malloy, un pêcheur d'expérience qui excellait à l'appâtage et impressionnait par la précision de son harpon devant l'aileron d'un cétacé, mais n'avait jamais eu assez de flair pour repérer les bancs de morues.

— Si on invite un pilote parmi nous, plus rien ne sera comme avant. Ou plutôt si, tout redeviendra comme avant. Ça veut dire moins de débris et des tours à feux allumées toute la nuit pour nous éblouir le sommeil et nous gâcher la moisson d'épaves.

— N'a jamais été question de rallumer les feux. On parle d'un seul homme ici, intervint Roussy.

— Un seul homme, que tu dis ! Faut être sot comme un passe-volant pour croire ça. C'est comme découvrir un nouveau banc : on profite de la manne au début, mais ça ne prend pas longtemps avant que tout le monde vire dessur. Qu'est-ce vous croyez qu'ils vont faire, les autres pilotes, quand ils vont réaliser que c'est le même qui est toujours le premier homme arrivé aux bâtiments qui terrissent par le noroît, jour après jour ? Et quand ils vont comprendre que des riverains que'que part aux Échouements ont accepté d'héberger un des leurs ?

— Le croiront point, pouffa une saleuse.

— Il a raison, lança l'Allemande. C'est simple, il me semble : ça fait vingt-cinq ans qu'on vit sans pilote et depuis vingt-cinq ans, on n'a jamais été autant bien.

Roussy les fit taire d'un geste.

— Premièrement, vous savez que les pilotes de ce jourd'hui sont guère comme les pilotes d'hier. Deuxièmement, la raison pour laquelle on est autant bien, ce n'est pas parce qu'il n'y a plus de pilote. C'est parce qu'il y a plus de naufrages qu'avant. Les courants changent, les fonds se déplacent, les cartes errent. Et ce n'est pas un pilote tout seul qui va prévenir toutes les fortunes de mer. Troisièmement, le jour où l'Amirauté voudra rallumer les tours à feux, ils ne nous demanderont pas notre permission, alors que c'te quelqu'un-là, il nous la demande.

— Mais on gagne quoi, nous, dans tout ça ?

Cléden Roussy regarda en direction de Madeleine Ezkarre, qui faisait profil bas, appuyée contre son vaisselier. Il lui envoya un sourire malicieux.

— C'est elle qui a le meilleur argument.

Les têtes se tournèrent vers la cabaretière. Elle, cette receleuse d'épaves par excellence qui fumait du tabac de Virginie et s'éclairait avec la même huile que les bourgeois, avait accepté qu'un empêcheur de naufrages dormît sous son toît ? Elle se racla la gorge.

— Vous vous plaignez toujours que j'ai point de guildive à vous servir et rarement de sapinette laurentienne en basse saison. Avec un pensionnaire pendant cinq mois, ça me ferait un revenu régulier. Je vais pouvoir vous en verser, de la sapinette.

Jean Malloy se rassit, l'air pensif. L'Allemande, en revanche, se leva.

— Ah bien ça parle aux malines. Qu'est-ce que ça peut nous faire, à nous, que tu leur serves de la sapinette, aux hommes ? On n'est pas une crique d'assoiffés au point de s'assujettir pour que'ques fûts de remontant.

D'autres femmes ajoutèrent leur voix à celle de l'Allemande.

— C'est beau, c'est beau, on les a entendues, vos navrances, tenta de calmer Roussy.

— Non, z'avez rien entendu du tout. La peste soit de vos cachotteries, à la Madeleine et toi. C'est quoi la vraie raison, Cléden ? Combien il vous a payés, le pilote, pour nous faire avaler tout ça ?

Roussy se leva et saisit les bords de la table devant lui comme pour se retenir de bondir.

— La vérité ? Je vais te la dire. La vérité, c'est que des naufrages, y en a trop. Chaque matin quand je me lève, je repousse le moment de regarder la mer. Pas parce que j'ai peur du grain ou du grand vent fou. Non, parce que j'ai peur de voir que'que chose flotter puis que ce soit un corps avec des doigts filandreux et des crabes à la place des yeux. Et je le sais que y a personne ici qui aime ça être le premier à regarder la mer, le matin. Ceux qui diront le contraire sont des menteurs ou des sans-cœur. Alors oui, il se pourrait qu'il y ait moins de naufrages parce qu'on dit oui à un pilote. Si ça peut faire en sorte qu'il y ait que'ques jours de moins dans nos vies où on se réveille devant une marée d'agonie, eh bien tant mieux.

L'avenir appartient aux peuples éclairés

Les premiers phares n'étaient pas des phares, mais de simples brûlages au grand air produisant plus de fumée que de lumière. Ces feux servaient surtout à adoucir le travail des sentinelles obligées de veiller dans le froid des longues nuits de janvier. Les Issois de ces temps-là croyaient peu aux balises et encore moins aux secours. Ils s'en remettaient à la prière et, même quand ils cessaient de prier, ils continuaient de se soumettre à la toute-puissance de l'ogresse océane comme à une bête qui requiert son tribut annuel de victimes. Crier « un homme à la mer », c'était crier « un homme de perdu ». Aller à la rescousse d'un noyé, c'était lui offrir un second noyé sur un plateau d'argent. Ériger des tours à feux, c'était un coup de flambée dans le ciel aussi efficace qu'un coup d'épée dans l'eau.

Et pourtant, en ces temps obscurs, l'entrée de la baie de Partance était déjà encadrée par deux brasiers dont les volutes cendreuses se rejoignaient dans les hautes atmosphères. Quand le bois vint à manquer sur l'île, on remplaça les bûchers ouverts par des lampes à huile de poisson. Puisque ces deux lumières avaient toujours été là, on ne pouvait plus se repérer sans elles.

Après avoir déventé les Anglois hors de l'île, la jeune République issoise de l'île d'Ys voulut solenniser son indépendance et entreprit de démolir le vieux fort portugais sur la pointe du Vieux afin d'y construire le phare de la Victoire. Ce serait le plus beau phare du monde depuis celui d'Alexandrie, ambitionnait-on. Un phare comme un palais, décoré de sculptures luxuriantes, orné de colonnes doriques et de galeries à balustres. Une tour large et circulaire en pierre de taille claire, d'un blanc plus franc que celui de la muraille de la cité, d'un ivoire plus chaud que celui des voiles qui passeraient devant. Un ouvrage vaste et somptueux où recevoir et épater les dignitaires étrangers, avec vue sur le fourmillement de la rade autant que sur les fureurs de la mer.

Après la fin de la Guerre de Reprise, Ys entra dans la phase des grands projets, cette époque où toutes les puissances rivalisaient d'audaces architecturales pour prouver leur supériorité. Les négociants et armateurs déploraient encore beaucoup de pertes en mer, avançaient qu'en balisant mieux les parages de l'île, la nation n'en serait que plus riche. En éclairant les principaux écueils, le trafic pourrait se poursuivre la nuit et s'en trouverait augmenté, salivait-on. D'ailleurs, il y avait belle lurette que la chambre de vue à l'étage supérieur de la Maison des pilotes du cap Nordant avait été transformée en salle de lampes. L'Amirauté décida donc d'ériger six nouveaux phares sur le pourtour d'Ys ou sur ses îlots environnants.

« Folie dépensière ! Mégalomanie ! » s'indignèrent les critiques. « Avant-gardisme », rétorqua l'influente Ligue des Premiers hommes, qui prédisait que l'avenir appartiendrait aux peuples éclairés. « Un nageur sauve une personne à la fois. Un pilote, un navire à la fois. Mais un phare peut sauver une centaine de bateaux avec un seul feu. »

Quinze ans plus tard, Ys comptait neuf phares. Le dernier achevé, celui de la pointe du Raz des Aïeux, fut allumé pour la première fois le huit septembre de l'an quatre-vingt-quatre avant le Massacre des Premiers hommes. Ce moment fut immortalisé par la célèbre peinture montrant l'amiral de l'époque sous un énorme chapeau à plumes, appuyé sur un sceptre d'une main et pointant de l'autre une rangée de tours sans égard aux proportions réelles de l'île, surmontées d'une luminance à réchauffer le cœur du plus froid des contemplateurs. « Si les Romains avaient été un peu plus marins, pareil ils auraient fait », avait-il déclaré.

VI.

Le pilote entra dans le cabaret et posa son falot sur le comptoir. Un silence se fit dans les conversations. Il jeta un coup d'œil aux buveurs, leur envoya un salut du menton, puis se détourna sans attendre leur réponse. L'hiver était bien entamé et Jacques Duval se butait encore à l'accueil revêche des gens du cap. « J'ai l'habitude », assurait-il quand il se retrouvait seul dans la grande salle avec Madeleine Ezkarre après le départ des villageois. À l'approche d'une côte, un commandant se méfie toujours du premier homme qu'il fait monter à bord, expliqua-t-il. Cet inconnu est-il compétent ou charlatan ? Consciencieux ou ivre ? Va-t-il les mener à bon port ou les jeter contre les écueils ? Le premier homme aussi se méfie des équipages qu'il sert. Le commandant se laissera-t-il guider ou en fera-t-il à sa tête ? Paiera-t-il son dû ou inventera-t-il quelque accrochage pour se débarrasser de la note ? Est-ce vraiment un navire de négociant ou un envahisseur avec pavillon de complaisance qui veut l'obliger à piloter l'attaque contre sa propre patrie ?

La plupart du temps, Duval était déjà installé dans un coin de la pièce, occupé à d'étranges bricolages de bouts de bois, de bouchons et de tissus. Les pêcheurs s'attablaient en bougonnant, aussi loin que possible, car on ne pouvait pas discuter librement en présence d'un intrus même si c'était pour parler d'un ciel qui les chapeautait tous.

Ce soir-là, Cléden Roussy était présent et les hommes semblaient n'avoir rien à se dire.

— Le pilote, héla-t-il. Viens donc t'asseoir avec nous autres.

Il attrapa son broc et son gobelet, se joignit aux buveurs. Il se mit à parler bateau. Il avait remarqué la vieille barque qui gisait sur les galets et qui devait être renflouée à la force des bras. Une grosse coque ventrue et cerclée de fer comme un tonneau, avec un poteau mal équarri et encombré de cordages en guise de mât.

— Elle m'a l'air solide, la barque en bas.

— Pour sûr. C'est la barque qu'on utilise par gros temps pour aller aux naufrages, dit Jean Malloy.

Le pêcheur le regardait avec un air de défi, le fourneau de sa pipe entre les doigts.

— C'est à ça qu'elles servent, les coques têtues, acquiesça le pilote. Faciles de virure, dures de chavirage. Parfaites pour affronter le pire.

À partir de ce jour, les pêcheurs commencèrent à baisser la garde. Quant aux saleuses, il les gagna à sa cause en descendant au hangar pour se présenter. La patronne avait débité le surnom de chacune.

— Je vais probablement tout oublier, s'excusa-t-il à l'avance. Je n'ai pas la mémoire des noms.

— On s'en doute, le pilote. Tu dois plutôt avoir la mémoire des cailloux.

— Des cailloux, oui. Des visages, un peu.

Il réussit pourtant à retenir le surnom de la plupart d'entre elles. On commença à l'inviter à souper dans les chaumières.

En s'installant au cap Nordant, le pilote avait dû congédier son apprenti. Le matelot n'avait rien voulu savoir de troquer l'effervescence du Grand Port pour un exil aux Échouements. Il avait donc recherché un nouveau matelot parmi les pêcheurs, quelqu'un d'assez bon marin pour manœuvrer le cotre seul alors qu'il piloterait les navires de clients qui se présenteraient pendant l'hiver. Aucun des maîtres de chaloupe n'avait consenti à se départir d'un de ses hommes, sauf Cléden Roussy, qui avait recommandé son aîné, Mathurin dit M'as-tu-vu. Il avait offert son fils en apprentissage comme un sultan eût offert sa fille en mariage. M'as-tu-vu était ainsi surnommé en souvenir de l'époque où il pavoisait autour du hangar, drapé d'un ramassis de filets comme d'une écharpe royale, cherchant le regard des jouvencelles. Dès son premier retour du Grand Port en tant que matelot de pilotine, les habitants l'avaient pressé de questions.

« Pas grand-chose à dire sur le pilote. C'est un taiseux. »

Le jeune homme en avait beaucoup plus à dire sur la *Clardeye*. Des voiles uniformes, dont on ne pouvait distinguer les bandes vieilles des bandes neuves. Un pont lisse, des lattes bien cordées. Rien à voir avec ces senaux aux planches inégales et leurs toiles rapiécées comme des courtepointes. « On dirait qu'il vole, c'te cotre. Un forceur d'allure comme j'en ai jamais vu », s'extasia Mathurin.

On continuait de dire « le pilote », mais on l'appelait de plus en plus par son nom. On cessa de l'appeler « l'intrus ». On ignorait encore beaucoup de choses de lui. Il ne parlait jamais de son passé ou de ses exploits. On ne le voyait jamais soûl, même dans les veillées. Il pouvait violonner des airs gais jusqu'aux petites heures, jusqu'à en avoir la chemise trempée, puis il s'éclipsait au plus fort du festoiement sans qu'on s'en rendît compte, allait respirer l'air du large ou décrypter les étoiles.

Les habitants ignoraient que son vrai nom était Jacques Daligaut-Dutremble, qu'il avait appris à tutoyer les gens bien avant son arrivée au cap, car avant d'être pilote, matelot ou mousse, il avait été orphelin du rivage. Et bien avant cela, il avait su nager. Il n'avait pas appris à barboter par la force des choses, tombé à l'eau par erreur comme les quelques Issois qui pouvaient s'y débrouiller. Il avait appris à nager bien avant de tutoyer, avant de parler, avant de respirer.

•

Danaé Poussin le croisait parfois dans le sentier menant au sommet de la falaise. « La citadine », saluait-il en pinçant la corne de son chapeau avec la même courtoisie furtive qu'il réservait à tous les villageois. Elle le voyait souvent longer la grève, une grosse besace de cuir bien bourrée en bandoulière. Il avançait vers les grandes plages découvertes et dépourvues de bris ou de bigorneaux, surmontées d'abrupts infranchissables. Il repassait trois ou quatre heures plus tard, les souliers dans une main, les pieds rugueux de grains de sable gris. Des pieds de gabier habitués de mordre dans les enfléchures de haubans.

Il n'y avait pas de doute : lorsqu'il revenait des Sauvageries, cet homme avait invariablement les cheveux mouillés.

La folie, c'était de le suivre, de l'épier. De faire fi de tous ces rochers à la forme humaine qui avaient, disait-on, été des indiscrets pétrifiés pour avoir contemplé une scène interdite. Elle attendit qu'il disparût au loin, puis avança dans la même direction, retournant les galets de son bâton pour se donner l'air de chercher quelque chose. Elle ne trouva rien : ni lui ni ses vêtements. Et puis, quelle idée, se secoua-t-elle. Il faisait trop froid pour nager. Il avait sans doute vagabondé très loin, rien de plus.

Une fois, ce fut lui qui la surprit. Elle était penchée sur une carcasse d'hirondelle de mer dont elle fouillait le plumage. Une ombre l'enveloppa.

— Bonjour.

Elle se couvrit les yeux pour bloquer le soleil qui dardait au-dessus de son épaule.

— Qu'est-ce tu fais ?

— Je le plume pour en tirer des plumes à écrire.

— Tu sais comment les tailler ?

— Oui. Et toi, qu'est-ce tu fais ?

— Rien.

— Je peux t'en garder, si tu veux.

— Quoi ça ?

— Des plumes.

— Oh, non merci. J'en ai.

Il ne parlait plus, mais il ne partait pas.

— C'est quoi ton vrai nom ?

Elle figea.

— Je veux dire... Ce n'est sûrement pas « citadine ».

Elle émit un gloussement nerveux.

— Danaé.

— Danaé, répéta-t-il.

— Danaé Poussin.

— Eh bien, Danaé Poussin, bonne journée.

— Attends. Toi, c'est quoi ton vrai nom ?

À son tour, il resta perplexe, presque déçu.

— Jacques. Jacques Duval, laissa-t-il tomber.

Elle le savait déjà. Elle n'osa pas se reprendre pour préciser sa demande. Elle n'osa pas lui avouer que ses parents à elle avaient eux aussi été pilotes ni lui demander si ses parents à lui étaient morts dans le Massacre des Premiers hommes. Une telle question ne se posait pas de façon directe, pas dans une conversation aussi triviale, même s'ils allaient revivre cette conversation intérieurement chacun de leur côté, en s'interrogeant sur ce que l'autre avait voulu dire et sur le sens à accorder à chaque réaction. C'était le début d'une autre sorte de folie. Celle du remplissage des silences et des non-dits par des « peut-être » qui pouvaient virer de « oui, absolument » à « non, point du tout » comme la girouette qui oscillait sur le toit du cabaret.

•

« Il est issois, le pilote. Faut lui donner ça. »

Il se faisait tard dans le cabaret, l'inépuisable soleil d'été avait capitulé. Les buveurs commentaient le dernier événement du coin. La veille, Jacques Duval avait plongé à la rescousse d'un garçon et l'avait ainsi sauvé d'une noyade probable. Le petit de quatre ans avait décidé d'emprunter l'esquif de son grand frère. Un jouet plus qu'un bateau, qui pouvait soutenir le poids d'un enfant, mais pas celui d'un adulte. La mère ne s'était pas inquiétée en voyant l'embarcation s'éloigner vers le goulet. Puis elle avait vu le plus vieux de ses enfants sur la grève, mais pas le plus jeune. Elle s'était mise à crier, les hommes à attaquer les aussières retenant une chaloupe. « Trop long », avait lancé le pilote. Il s'était noué un cordage autour de la taille et avait plongé, rejoint le petit en dérive, l'avait pris en remorque et nagé vers la grève avec l'esquif dans son sillage.

Les buveurs, pensifs, marmonnèrent chacun de leur côté. L'un d'eux renchérit un peu trop fort.

— On dira ce qu'on voudra, mais il a du courage, y a pas de doute.

— Ce n'est pas ça, le courage, objecta une voix provenant d'une table plus éloignée.

Les hommes se retournèrent. Le vieux Galbarette avait parlé.

Quand un revif d'énergie le prenait, Joachim Galbarette suivait les hommes dans le sentier pour écouter leurs conversations et faire des politesses à Madeleine Ezkarre. En temps normal, il ne disait rien tant qu'on ne l'abordait pas et on ne l'abordait jamais, parce qu'alors il ne faisait que répéter « grand bien z'en fasse » ou « oui, oui, je vous remercie infiniment ».

Une bougie solitaire éclairait le fourneau de sa pipe mieux que son visage, son bonnet aussi invisible que le fond de la pièce. On devinait les extrémités de sa barbe qui avait été celle de la sagesse avant d'être celle de la négligence, qui avait été blanche vénérable avant d'être jaune carencé.

« Vous autres, pêcheurs côtiers, accusa-t-il de sa voix tremblante. Vous autres, vous vous prenez pour de grands marins parce que z'affrontez les éléments avec un petit triangle de toile dans un bateau creux. Mais n'avez jamais connu le pot-au-noir des tropiques. Ça paraît, à vous ouïr parler de courage comme des garçonnets. Vous courez au-devant du danger, au mépris de la vie, pour le gain ou pour la gloire, mais les vrais actes de bravoure, on ne s'en vante point. Moi, je l'ai connue, c'te vaillance-là. La celle des calmes qui s'éternisent. Quand les voiles sont des oripeaux flasques, que la mer est un miroir renvoyant aux hommes l'image de leurs joues creuses et qu'on y crache pour y forcer une risée, même si ça nous coûte de la précieuse salive. Quand les trous des poulies se mettent à ressembler à des yeux menaçants et qu'on joue avec les filins pour occuper nos neuf doigts, qu'on se surprend à s'être noué un nœud de pendu sans faire exprès.

« Au début, on en rit. Enfin, un peu de tranquillité, qu'on se dit. On se repose, on brique le pont jusqu'à le faire briller. Ensuite, c'est l'ennuyance qui prend le dessur. On n'a plus rien à se raconter, plus rien à s'affairer. Bientôt, il faut rationner. Les hommes descendent de leur branle de plus en plus lentement, ils rechignent à la moindre tâche, sont pris d'une apathie de canicule. Il est trop tôt pour parler de folie. Sont seulement démoralisés. Mais c'est dans c'tes moments-là que se fomentent les mutineries. Car, voyez-vous, rares sont les mutineries qui éclatent en pleine tempête. Non, c'est dans l'attente interminable de la brise que les sangs s'échauffent, qu'un morceau de biscuit égaré ou un regard de travers se transforment en bagarre. Que les murmures se mettent à parcourir l'entrepont et se mêlent aux grattements des rats. Que les officiers surprennent les hommes en train de discuter à voix basse et de se taire à leur approche. À c'te moment-là, on croit encore à des choses raisonnables, comme l'idée qu'en changeant de commandeur, tout irait mieux. Et puis vient le moment fatidique, le cel où l'on se dit : ça ne se terminera jamais, le vent nous a abandonnés pour toujours. On se met à chercher des coupables, parce qu'il doit bien y avoir une source à c'te malédiction. C'est qui le cel qui a offensé la mer, qu'on le jette en pâture aux flots ? D'autres se mettent à voir des choses qui sont point là. La ligne d'horizon, stagnante depuis des semaines, s'anime. Là, une île, une pointe de continent. Là, un navire, toutes voiles dehors. Non, c'est une flotte ! Le même bâtiment répété à l'infini. On se met à croire aux mirages, parce que les mirages, c'est la plus belle chose, la seule, qui nous arrive. Certains se parlent tout haut, ne serait-ce que pour couvrir les gémissements des malades. Ils parlent à des camarades passés outre-bord depuis longtemps et quand on leur demande à qui ils s'adressent, ils vous énoncent leurs noms le plus naturellement du monde. Et que dire du vent ? À lui itou, on parle. On le supplie de revenir et on le maudit dans le même élan. On lui jure soumission, on lui promet des ex-voto et des offrandes de cerfs-volants. On le menace de détruire toute la toile du monde, de consacrer le restant de nos jours à construire des murs et des digues pour l'enfermer, pour qu'il connaisse la captivité pareillement. On regarde nos propres doigts, nos ongles, nos poignets et on jurerait que ce sont les mains d'un autre quelqu'un tellement sont squelettiques. Le vrai courage, c'est quand il est plus facile de s'abandonner à la mort que de continuer à vivre. Quand on souhaiterait que viennent les requins, les pirates, les ouragans, toutes ces choses effrayantes qui pourraient nous délivrer. C'est dire oui, je vais passer un jour de plus sans eau, sans mangeaille, une heure de plus à endurer mes plaies vives, brûlées par le sel. C'est ça, la bravoure des grandes personnes, la celle dont on ne parle pas aux enfants. Elle est moins jolie, celle-là. »

VII.

Les pêcheurs avaient remonté plus de poissons en un après-midi qu'en trois jours. Les hommes s'étaient donc attardés en mer plus longtemps qu'à l'habitude. Ils étaient sur le chemin du retour, les compartiments des chaloupes débordant de ventres blancs et d'écailles argentées, quand le vent fraîchit. Un nordet se mit à souffler son haleine de Groenland par la face des pêcheurs, s'engouffra jusque sous les bonnets. Le ciel se gangrenait, un bataillon de noirceur jouant ses ombres sur la mer, la découpant en deux parties : celle qui résiste et celle qui tombe. Les maîtres de chaloupe décidèrent de ranger de la toile pour réduire la prise des rafales et de presser à force de bras leur marche vers la crique. Tous ôtaient leur mâtereau et sortaient les avirons, sauf dans l'embarcation de Cléden Roussy, qui avait pris la décision contraire : augmenter la voilure, profiter de la brise et fuir vers le large.

Du haut du promontoire, Jacques Duval ferma sa lunette d'un coup sec. Il estima que le choc du soulèvement allait se réverbérer contre le courant de renverse, créer une houle hachée qui barrerait l'entrée du goulet, entraînant les chaloupes vers l'est. Le pilote dévala le sentier jusqu'au hangar, n'y trouva personne. Il courut jusqu'à la masure des Roussy, entra avec la bourrasque, chercha les visages pâles dans l'obscurité subite de la pièce, repéra celui de Nuala Parcoeur. « Faut rassembler tous les hommes qu'on peut, tous les cels qui sont restés à terre. J'ai besoin d'au moins dix rameurs, mais je peux faire avec sept. »

Les femmes pénétrèrent dans les chaumières sans cogner, en tirèrent trois riverains en état de souquer. Pendant ce temps, une des chaloupes avait réussi à franchir le goulet. Trois figures anxieuses en descendirent pour être immédiatement entraînées vers la barque et la mettre à l'eau. Les hommes, dos contre la lourde carène, grimaçaient sous l'effort, enfonçaient leurs pieds dans les galets pour la pousser jusqu'à ce qu'elle se mît à flotter. Six hommes, sept en incluant le pilote. Il s'installait déjà à l'arrière pour prendre la barre.

— Il vous manque encore un rameur, le talonna Danaé Poussin.

— On fera sans, lança Duval.

Ils souquèrent pendant une heure pour rejoindre les chaloupes refoulées toujours plus loin au large ou toujours plus près de la chaussée. De l'une des embarcations, les hommes jetaient de la morue par-dessus bord. Une autre avait chaviré, les naufragés agrippés à la quille. Deux autres chaloupes en détresse furent abandonnées dès que l'étrave de la barque les frôla pour cueillir les occupants. La barque s'alourdissait, mais elle gagnait des bras.

La chaloupe de Cléden Roussy n'était nulle part en vue. Ils ramèrent encore. Un triangle clair apparut au loin, un petit foc flouté par les embruns. Les gars avaient couvert les compartiments de toile pour éviter de prendre trop d'eau. La houle rendait impossible toute proximité, mais on put s'approcher assez pour se parler par signes. Roussy pointait la côte, fouettait l'air comme pour dire à Duval de le laisser tranquille. Il refusait de cracher sur une aussi bonne pêche et croyait pouvoir étaler jusqu'à l'accalmie. « Un imprudent de la pire espèce », maugréa Duval entre ses dents. Il lui signifia que cela était trop risqué, qu'ils ne partiraient pas sans eux, quitte à les escorter, la barque endurant mieux les remous que la chaloupe. « Une vraie tête de granit, le pilote », ragea Roussy.

Les deux bateaux rentrèrent avec l'aurore, une mince ligne de lueur prise en étau entre deux plaques sombres. Les hommes éreintés escaladèrent la grève de leurs pas lourds. Il y eut quelques tapes dans le dos ou saisies d'épaule entre secoureurs et secourus. Les portes des chaumières volèrent, les femmes se précipitant sur leurs hommes pour les tirer vers la chaleur. Les plus mal en point furent transportés chez les Roussy. Ils embuaient le carreau, remplissaient l'unique pièce de leurs larges épaules et d'une odeur de laine mouillée. Un chaudron de vin pendait dans l'âtre, des bandes de goémon chauffaient sur la crémaillère pour en faire des cataplasmes pour les ampoules aux mains. Nuala Parcoeur donnait des ordres à Danaé Poussin en chuchotant. Cléden Roussy et Jacques Duval étaient prostrés côte à côte sur un banc devant le foyer.

« Z'êtes fous, pesta Nuala en secouant de la tête. Tous les deux. Des fous furieux. »

Ils buvaient en fixant le fond de leur gobelet pour cacher leur absence de repentir. Le pilote ouvrait et fermait sa main droite pour la détendre, engourdie d'avoir barré dans le froid pendant dix heures. Un homme toussa du fond de la pièce. Danaé épongeait le sang d'une arcade sourcilière avec un chiffon.

« Ce n'est pas ça, la folie, se retint-elle de clamer. » La folie, c'était d'avoir noté dans la pénombre que Jacques Duval avait une cicatrice qui lui entaillait la paume, semblable à celle des vieux pêcheurs qui ont un jour retenu un poisson trop fort pour eux. La sienne était différente. Plus large, elle lui mangeait le gras du pouce. Une peau ravinée à répétition par un filin assez gros pour tirer son propre poids. La folie, c'était de lui avoir trouvé une tasse de poterie pour transvider son vin pour qu'il lui fût plus agréable de se réchauffer les mains autour de son breuvage et d'avoir pendant quelques instants senti les doigts du pilote s'attarder sur son poignet. De l'avoir entendu dire merci, et puis plus rien. La folie, c'était d'avoir remarqué qu'il était toujours soigneusement rasé. D'avoir une fois pris acte de sa barbe de trois jours alors qu'il descendait de la *Clardeye* et d'avoir lâché un « diantre, la mer a dû être énorme ». C'était de se dire le matin que l'existence n'a de sens que si l'on plonge régulièrement et le soir, de se jurer de ne plus jamais se mouiller le bout du gros orteil. La folie, c'était de croire à la chaleur d'un soleil d'hiver juste parce qu'il brille.

Aux grands citoyens les grands secours

Au temps des Saines Rotations, les gens n'avaient pas encore renoué avec l'idée que l'on pût soustraire les marins au péril des flots. Deux fois sur trois, mettre un canot à l'eau signifiait sacrifier quatre matelots pour en sauver un. Certains Issois particulièrement orgueilleux jugeaient même honteux d'avoir été secourus, d'avoir obligé autrui à risquer sa vie pour la leur. Être secouru, c'était être redevable. Le héros valeureux savait seul se tirer d'affaire ou couler avec dignité. Les Issois étaient fiers de servir de chair à canon pour la gloire de la patrie et embarrassés d'en être les boulets. On avait vu des capitaines repousser les assauts de secoureurs, se débattre pour qu'on les laissât sombrer avec leur bâtiment. « Si vous souhaitez naviguer en ayant l'assurance qu'on viendra vous sortir du trouble, allez godiller dans le Barachois ou restez assis sur la jetée », raillaient les pourfendeurs de la bienfaisance en mer.

Les pilotes côtiers avaient plus de chance de mourir noyés que n'importe quels autres marins. Ils devaient sortir dans toutes les conditions, se transborder d'une petite embarcation à des navires hauturiers dans une mer démontée. Ils devaient se faire acrobates, sauter d'un esquif tossé par la houle pour attraper une échelle de cordes se balançant au-dessus de leur tête, comme tendue par le ciel, et bardassée par des mouvements contraires, risquant d'être écrasés entre les deux parois. Encore fallait-il que le canot malmené ne se fût pas retourné avec ses occupants avant. Comme ils naviguaient en famille et que les parents avaient la fâcheuse habitude de plonger à la rescousse de leur progéniture même dans les situations désespérées, l'idée avait peu à peu fait son chemin parmi les pilotes qu'il leur fallait savoir flotter le plus tôt possible.

Il en aura fallu du temps pour que cette sagesse antique revive. De nos jours, nous ne considérons plus qu'il soit honteux d'avoir été secouru, surtout lorsqu'on s'est exposé au péril pour secourir autrui. Il n'y a plus de distinction entre aidants et aidés quand tous font partie de la même suite de salut, au même titre qu'on ne peut plus départager pilleurs et pillés lorsque tout le monde s'entre-pille. La natation fait désormais partie de tous les programmes de l'Académie navale issoise. Quant à ceux qui refusent encore d'apprendre à nager, ceux qui s'accrochent à leurs vieux dogmes rancuniers pour camoufler leur peur, ceux-là sont un danger pour eux-mêmes et pour tous. Nous espérons qu'ils ne crieront pas « au secours » au moment de filer leur dernier nœud et, en attendant, nous les invitons à rougir.

VIII.

Cléden Roussy avait quelque peu menti quand il disait redouter le moment de regarder la mer, le matin. En vérité, il n'avait jamais à le faire. Sa femme s'en chargeait à sa place. C'était la première chose qu'elle faisait en se levant. « Point de retardage. Autant régler le cas des noyés droit en partant. »

Nuala Parcoeur attrapa une clé qui pendait à sa taille. Elle trimballait partout un trousseau de fer qui lui donnait des airs de gardienne de geôles ou d'intendante de manoir. Elle déverrouilla un coffre recouvert d'une peau de mouton et en sortit une nappe blanche aux coins brodés. Elle rangea hors de vue la lampe qui empestait l'huile de sardine et inséra une longue bougie jaune dans un chandelier d'argent. Derrière, Danaé Poussin ne cessait de lisser son cotillon, de replacer son bandeau. La maisonnée s'apprêtait à recevoir le pilote à souper.

« Ne va pas croire que j'essaie de l'impressionner, avertit Nuala. M'ont jamais impressionnée, moi, les pilotes. Seulement, c'est le patron de mon fils. Pas que ça me plaise, pour dire vrai. »

Avec ses gages de matelot de pilotine, M'as-tu-vu s'était fait confectionner un nouvel habit à la mode dès son premier passage en ville. Depuis, c'était en tricorne de feutre et jabot de dentelle qu'il paradait autour du hangar des saleuses. Son père avait explosé de colère en le voyant attifé en bourgeois. Nuala lui avait enjoint de se calmer. « C'est la première fois qu'il a de vrais écus à lui, Cléden. C'est déjà mieux ça que de dépenser son pécule chez les larronnesses du Grand Port. »

— Sont pas à lui, c'tes écus-là. Sont à nous tous. Sans nous, sans moi, l'aurait jamais pu se dégoter c'te boulot-là.

On entendit un crissement de galets à l'extérieur, puis Jacques Duval apparut au seuil de la catalogne, son chapeau sous le bras. Il portait son foulard bien serré sur le col et bien rangé dans sa veste comme les commis de boutique, faisant presque oublier qu'en dessous se cachait un corps rompu aux manœuvres quotidiennes, taillé pour l'endurance plus que pour la puissance.

Ils étaient tous attablés, la soupe encore fumante lorsque M'as-tu-vu annonça son intention de demeurer matelot de la *Clardeye* au-delà de l'hiver. Le silence se fit et les yeux se tournèrent vers le père Roussy, absorbé par le trempage de son pain.

— C'est vrai que ça rapporte, approuva-t-il. Tant que tu ne seras pas maître de ta propre chaloupe, c'est plus payant comme ça.

— Il ne sera jamais maître de sa propre chaloupe s'il passe l'année au grand complet sur une pilotine, releva Nuala.

— Moi, ça me chagrine point.

— De quoi ça ?

— De ne pas devenir maître de chaloupe. En fait, ce serait point pour me déplaire que de passer le restant de ma vie sur un vrai bateau ponté.

Cléden Roussy leva sur son fils des yeux terribles, les yeux qu'il devait faire en mer lorsqu'il humait un coup de chien. Il se replongea dans son bol.

— On en reparlera plus tard.

L'invité se racla la gorge.

— De toute façon, c'est peut-être plus prudent ainsi.

— Prudent, comment ?

— C'est plus prudent de répartir les familles, de ne pas embarquer les hommes d'un même feu dans une même chaloupe. Parce que si jamais ça tournait mal...

— On a toujours pêché en famille. Les frères avec les frères et les fils avec les pères. Les frères, ça se comprend mieux que les étrangers. Pas besoin d'expliquer en long et en large.

— Évidemment. Mais il y a des criques où z'ont changé leurs usances. Suffit d'une seule fois, d'une seule tempête pour que...

— C'est vrai, intervint Danaé. Quand j'étais à

Havre-Ouellau, c'était la règle : jamais deux proches dans la même chaloupe.

Le cadet aspirait sa soupe bruyamment. Nuala avait cessé de manger. Elle se tenait le dos droit, les mains autour de son bol.

— Les pilotes, avant, ils naviguaient avec leur femme et leurs enfants. Tout ce qu'ils faisaient, le faisaient en famille, rappela-t-elle tout bas, desserrant à peine les lèvres.

Jacques Duval esquissa un sourire gêné comme pour excuser la dureté de ses propos.

— C'est pour ça qu'ils sont tous morts.

•

Le lendemain, Danaé entra dans la chaumière, un baquet d'eau entravant sa marche, le déversa dans une marmite plus grande tandis que Nuala astiquait un chaudron de cuivre avec de la cendre. Elle le frottait avec vigueur, suspendait son geste, puis reprenait son briquage en soupirant.

— Ça m'étonne que Mathurin parle d'abandonner la pêche. Il a toujours été comme son père. Et son père, s'il passe trois jours sans pêcher, il devient grincheux.

— Peut-être qu'il sent qu'il ne pourra jamais l'égaler, suggéra Danaé en s'installant près du feu. Je me suis toujours demandé ce qui faisait qu'un pêcheur était meilleur qu'un autre.

— Va savoir. Mon Cléden, il dit qu'en mer, on peut flairer la morue. Il s'emballe pour des idées de bancs potentiels jamais avérées, il accourt vers le large avec une frénésie telle que parfois je pourrais croire qu'il y a une femme qui l'appâte là-bas. On pense que c'est le poisson qui les enthousiasme, mais j'ai fini par comprendre, avec les années. C'est point le poisson, c'est l'inconnu. C'est le plaisir de lever un voile qu'on ne peut jamais tout à fait déchirer. Si on pouvait lui garantir d'avance la présence du poisson, il irait point. En tout cas, une chose est sûre, c'est que mon fils ne deviendra pas pilote. J'en fais mon affaire. Duval a beau se donner des airs d'honnête homme, ne faut pas oublier ce qu'il est.

Danaé était occupée à décrasser ses ongles à l'aide d'une brindille.

— J'ai jamais compris pourquoi les gens détestaient autant les anciens pilotes.

— Tu es trop jeune pour avoir la souvenance, c'est pour ça. C'est dangereux, un pilote. Ceux d'avant, en tout cas, l'étaient. Ça vous racontait que l'héroïsme était possible par temps de paix et toutes sortes d'ennuyances. Ils avaient une obsession : la survie. Z'étaient toujours là à parler d'éviter les accidents, z'insistaient pour enseigner la nage aux enfants. Fallait vraiment avoir une tête de terrien pour adhérer à des idées pareilles. Tout le monde sait que les bourlingueurs, c'est pas de noyade qu'ils meurent, c'est de maladie et de blessures. Et quiconque a moindrement navigué sait que c'est presque impossible de retrouver quelqu'un tombé à l'eau. De toute façon, la plupart des naufragés meurent point noyés, ils meurent de soif ou de froid. Nager, c'est souffrir plus longtemps et survivre, c'est mourir plus lentement. Mais quand on se met à croire une chose, on se met à en croire une autre. C'étaient de belles histoires, tout de même. C'est pour ça qu'il fallait s'en défendre.

Nuala vint s'asseoir sur la chaise face à la sienne, se pencha au-dessus de la marmite pour en remuer le contenu.

— Mais bon, parlons de choses plus réjouissantes. Qu'as-tu appris de bon ce jourd'hui ?

Danaé était devenue la nouvelle scribe-lectrice du village du cap Nordant. On lui faisait rédiger billet après billet. Des mises en demeure, surtout. On lui énumérait les faits d'un litige réglé depuis des années pour le simple plaisir de rouvrir les hostilités. Des mots d'amour également, comme ceux à l'adresse d'une fille rencontrée une fois dans le Grand Port et plus jamais revue. Des correspondances confidentielles cachant toutes sortes de trahisons, comme celle qu'entretenait une saleuse du cap avec un pêcheur d'Ambouche amateloté avec une autre.

Depuis que Danaé jouait ce rôle, on s'arrêtait moins à ses habitudes singulières. On la laissait vaquer à ses promenades sans destination. On lui ouvrait la porte des chaumières comme on le faisait pour ce guérisseur du Cul-de-l'Île qui effectuait sa tournée des Échouements une fois l'an. On se moquait de lui la plupart du temps, mais on le redoutait dès qu'il terrissait. Les maux dont on s'était plaints pendant les onze mois précédents disparaissaient soudainement. On craignait Danaé Poussin tout autant. On se penchait par-dessus son épaule pour scruter les gribouillis d'encre qui noircissaient le papier et on disait : « Es-tu sûre que tu as inscrit ce que je t'ai dicté ? » Parfois, elle se fâchait. « Si t'es pas content, tu as juste à l'aller écrire toi-même. » D'autres fois, elle leur proposait de leur apprendre l'alphabet ou de l'enseigner à leurs enfants. Les habitants secouaient la tête. « On touche point à ça, nous autres. Quand on voit comment Galbarette a tourné... »

Nuala insista, lui tapota un genou.

— Allons, tu as bien dû taquiner un ragot ou deux.

Danaé haussa une épaule.

— Il y a une chose qui me chicote à propos des gens d'ici. Ils me livrent leurs arrière-pensées, mais ils ne me parlent jamais de la cité. J'avais jamais vu ça avant. Et pourtant, j'en ai connu, des criques. Comme orpheline, j'ai dû bouger souventefois. Partout, tout le monde parle de la cité, même si c'est pour la maudire. Ici, c'est comme si elle existait point.

— Oh, elle existe, la cité, même pour nous autres. On ne peut aller nulle part sur c'te rivage sans être nargué par les remparts dessur nos têtes. Mais on a une meilleure idée de ce qu'il s'y passe en vivant à l'extérieur qu'à l'intérieur, à force de récolter tout ce qu'elle rejette. Pas juste les babioles et les bris, les gens itou. Il y en a eu d'autres avant toi. De braves gens qui n'avaient rien fait de mal. C'te muraille, elle a beau être magnifique et imposante, elle ne sert pas vraiment à protéger la cité. Elle sert à camoufler ses vices. Ça me fait rire que ces gens de la haute, qui ont gagné leur place parce que quelqu'un d'autre a perdu la sienne, osent nous traiter de pilleurs. Ici, on préfère posséder les raclures de la gloire que de louer sa pulpe pourrie. Les espoirs que nous fait miroiter c'te république-là ne sont pas mieux que les chants des sirènes qui appellent nos hommes. La solidité de la cité, elle est là, fit Nuala en pointant son cœur.

•

Chaque fois que le caboteur débarquait, Danaé Poussin se rendait à la Maison des pilotes pour faire la lecture à Madeleine Ezkarre. Elle voulait connaître chaque ligne de la *Gazette des événements ordinaires et extraordinaires* du Grand Port, de la première à la dernière page incluant la liste des partances et arrivées de bâtiments. Elle s'intéressait surtout à la rubrique des fortunes de mer.

La cabaretière s'asseyait devant elle, croisait ses mains sur la table. Elle approuvait de la tête en écoutant avec le sérieux d'une suffragante. Elle ne montrait aucune émotion, sauf lorsque la chronique rapportait un fait inouï. Un marinier qui se tient sur le pont d'un vaisseau à la sortie de la baie pendant la tempête de janvier, enlevé par une lame, jeté à l'eau, puis repris par une deuxième lame si haute qu'elle le dépose sur le pont d'un autre vaisseau de la flotte. Une lavandière qui laisse son enfant sur l'estran, le moïse emporté par la marée dans un moment d'inattention. La mère qui hurle, pleure de voir le radeau de son nourrisson disparaître dans les flots. Le berceau qui vogue comme une corvette, la fillette recueillie saine et sauve de l'autre côté de la baie.

Alors, la cabaretière se plaçait de biais sur sa chaise pour cacher son trouble. « Ça c'est des histoires inventées. Moi, j'y crois point. » Elle inspirait profondément et se penchait vers la gazette. « On achève ? »

•

Les craintes des riverains ne s'étaient pas matérialisées : l'arrivée de Jacques Duval n'avait amené aucun afflux de pilotes côtiers. Il demeurait le seul premier homme au sommet du cap, unique pensionnaire d'un gîte pouvant en accueillir une trentaine. La cabaretière en était déçue.

— Ne le dis pas aux autres, mais moi, ça n'irait pas pour me déplaire de voir mon auberge remplie tout l'hiver, même si ça implique que je m'échinerais derrière mes fourneaux à longueur de journée.

Elle le lui avait avoué lors d'une de ces soirées mornes et humides qui décourageaient les villageois de monter jusqu'à elle.

— Espère pas trop, avait lancé Duval.

— Mais pourquoi ? s'indigna-t-elle. Pourquoi les autres pilotes ne suivent pas ton exemple ?

À cette question, il lâcha un profond soupir.

— Je t'en prie, Madeleine. Ne me demande pas de parler des autres pilotes.

•

Le pilotage côtier avait jadis été l'un des plus exigeants métiers de la mer. Depuis le Massacre des Premiers hommes, il était pratiqué par des marins d'expérience qui choisissaient cette activité comme un projet de retraite et l'exerçaient dans sa forme la plus facile, en perdant rarement de vue l'entrée de la baie de Partance. Jacques Duval s'était échappé une fois dans un de ces cafés du Grand Port, où les officiers venaient lire avec beaucoup de retard les gazettes des deux rives de l'Atlantique et fumer leur tabac dans des pipes à la tige interminable. L'un d'eux se plaignait de l'incompétence de certains commandants, qui ne savaient pas discerner les situations dramatiques dont même le plus futé des guides n'eût pu les sortir. Comme lorsque le courant vous poussait vers les rochers, qu'il fallait le contrer en augmentant la voilure et que le grand mât se brisait sous la pression.

— Et ils sont là, à nous regarder et à dire « mais faites quelque chose ».

— Ou encore, quand leur rafiot est si pourri de tarets que je ne laisserais pas mon pire ennemi s'y embarquer et qu'ensuite ils vous blâment parce que ça tourne mal.

L'autre s'était mis à glousser.

— Un peu plus et ils s'attendent à ce qu'on plonge pour secourir leurs matelots qui se jettent à l'eau par eux-mêmes.

Duval, jusque-là occupé à sa lecture, était intervenu.

— Vous ne pouvez les secourir parce que vous ne savez pas nager ou bien avez-vous omis d'apprendre à nager pour être sûrs de n'avoir jamais à secourir personne ?

Les pilotes s'étaient retournés vers lui, intrigués.

— Vous savez nager, jeune homme ?

— Oui.

— Et vous vous croyez meilleur que nous, je suppose ?

L'autre derrière ne disait rien, il se crispait comme un fauve avant l'attaque. Duval avait réalisé qu'il venait de les insulter, de les traiter de lâches, que s'il ne jetait pas du lest, ces messieurs le convoqueraient en duel.

— Simple question que je me pose parfois. Je dis ça comme ça. Je ne m'adressais à personne en particulier.

Cette scène, il se l'était rejouée en boucle pendant des jours. Qu'eût-il choisi s'ils eussent demandé réparation ? Faire face à une honte implacable ou à une mort stupide ? Il en était arrivé à la conclusion que c'est lui qui avait été lâche ce soir-là. Le vrai courage, c'était d'être convoqué en duel et de le refuser par principe.

•

Avec le printemps et le retour du trafic, on ne voyait presque plus la *Clardeye*. Jacques Duval et M'as-tu-vu passaient par le cap une fois par lune. Madeleine Ezkarre allumait le soir une bougie et la plaçait devant une des fenêtres de l'étage afin que le pilote retrouvât son chemin jusqu'au sommet du sentier, ne sachant quand il ferait irruption. Il montait à l'auberge avec une poche de linge. Pendant deux jours, la cabaretière ne faisait rien d'autre que la lessive. Elle courait d'une cuve à l'autre, tout sourire, s'épongeait le front de son avant-bras. Elle lavait les chemises, battait les justaucorps, puis s'arrêtait pour souffler, les mains sur les hanches. Elle suspendait les vêtements de son pensionnaire devant l'auberge comme un étendard signalant « ici habite un homme ». Après deux nuits, le pilote redescendait, tirait M'as-tu-vu du nid familial et repartait sur la *Clardeye* pour une autre campagne d'allers et de retours entre le Grand Port et le large.

— Ma foi, Madeleine, tu resplendis, lui disaient les habitués. Ça te va bien, l'air du printemps.

— C'est-t'y vrai ? s'étonnait-elle.

Peut-être rayonnait-elle le jour, mais la nuit, elle dormait mal. Depuis quelques mois, les cauchemars se succédaient. Elle rêvait qu'elle perdait une dent. Parfois, toutes ses dents. Un matin, elle fit un long songe vif en couleurs et en sensations. La pierre de l'auberge est baignée de soleil. Elle est vêtue de sa robe verte et de son petit tablier et s'affaire à étendre le contenu d'un panier. Les bas, culottes et vestes du pilote sèchent sur la corde. Ils s'agitent doucement dans la brise. Elle rentre à l'intérieur allumer la bougie avant la tombée du soir, puis le vent se lève, fait claquer les volets. Elle sort, les hardes du pilote s'envolent. Elle court les rattraper, ils la mènent à l'avant de la maison.

« Voyons, le vent, calme-toi », dit-elle d'un ton amusé comme à un plaisantin.

Il mugit de plus en plus fort, elle peine à garder les yeux ouverts. Elle continue de suivre les habits qui s'animent comme des pantins, papillonnent et s'éloignent. Les voilà qui franchissent la limite de la falaise, se sauvent au-delà de la frontière. « Non », crie-t-elle en s'effondrant à genoux au bord du précipice. Elle se met à gémir et le vent se lamente avec elle. Elle suffoque, elle supplie, elle ne sait plus si elle hurle ou si elle pleure. Soudain, le vent fait un tour de compas. L'océan se gonfle, poussé vers elle, se brise à ses pieds. Il lui souffle si bien le visage qu'il lui sèche les larmes.

« Oui, murmure-t-elle. Oui, le vent, tu as raison. Viens-t'en. Fais-les venir à moi. Viens remplir ma cave de futailles et ma maison de naufragés. J'aime ça, quand tu t'emballes. J'aime ça, quand tu vires en tempête pour nous venger, nous les impuissants. »

Elle parle tout bas, le son de sa voix à peine audible au milieu de l'assourdissement. Elle n'a plus que sa chemise de nuit sur le dos. Elle s'arque au-dessus du vide pour sentir la bise l'envelopper, la transpercer. « Oui, lâche-t-elle dans un long geignement. Vas-y, punis-les. Tous ces mâts et ces vergues croisés comme les branches d'un crucifix, tous ces navires et ces hommes qui rentrent saufs, mais jamais pour moi. Tous ces vantards, ces insensibles et ces immodestes qui vivent leurs insupportables retrouvailles à la vue de tous et affichent leur bonheur comme s'il se partageait. Comme le jeune qui est monté l'autre jour boire un coup, seul, parce qu'il venait d'apprendre que sa matelote attend leur premier marmot et qui m'a imposé ses larmes de joie en plein après-midi. Ou comme c'te rescapée galloise qui pleurnichait dans ma face parce qu'elle avait perdu son mari dans le naufrage. Un seul ! Comment ose-t-elle se plaindre de n'avoir perdu qu'un homme ? Fais-les venir à moi. Viens peupler ma butte de cadavres, que je sois moins seule. Viens faire en sorte que les autres soient toutes autant veuves que moi. Viens mettre fin à la dictature du bonheur et ramène le règne de la souffrance. La souffrance pour tous. Qu'on puisse enfin se faire martyr, se glorifier de notre propre douleur. Fais que chaque jour soit une grande marée, que mon auberge déborde de marins tatoués d'encre, de cicatrices de guerre et d'égratignures d'ongles, qui m'implorent de me donner à eux, qui tirent sur mes jupes pour être le prochain. Oh, le prochain, ricane-t-elle. Le prochain, je ne le raterai pas. Je ne résisterai plus. Je vais le saccager, le dévorer, l'enserrer, l'enfermer dans mes hauteurs venteuses pour qu'il ne disparaisse jamais. Ou bien, non, tiens. Qu'il s'échappe, qu'il parte comme les autres. Qu'est-ce ça peut bien me faire qu'il soit frappé par la foudre de ma malédiction, puisque la mer est pleine de matelots jeunes, musclés et avides ? »

Elle se réveilla courbaturée, le visage réchauffé par la lumière crue du jour. Près de la fenêtre, la bougie allumée pour le pilote continuait de brûler sans vaciller dans un restant de cire molle.

On peut avoir la guerre ou l'éclairage, mais pas les deux

En l'an cent-vingt-sept avant notre ère, les espions de l'Amirauté eurent vent d'une attaque imminente de la part des Anglois. Pendant une semaine, citadins et riverains de la baie de Partance s'abstinrent de tout feu dès la nuit tombée. Cette semaine-là fut surnommée la Grande Noirceur. Huit nuits de réjouissances secrètes, de complicité non dite entre les habitants des deux côtés de la muraille, tout le monde uni dans la même pénombre. Les assaillants, qui s'attendaient à trouver une ville illuminée de milliers de bougies et de flambeaux, ne trouvèrent qu'une montagne d'obscurité et furent confondus dans leurs amers. Au neuvième jour, l'escadre ennemie était là, le tiers de ses navires crevés contre les récifs ou échoués sur un banc de sable.

Ensuite vint la Guerre de Reprise, et avec elle, l'extinction du phare de la Victoire. Même les pilotes-gardiens étaient d'accord : on n'allait tout de même pas aiguiller les envahisseurs avec des feux de bienvenue leur montrant la voie. Il fallut attendre la signature du traité de paix pour voir le rallumage des flammes, coordonné avec le lancement de quelques feux d'artifices.

Dans la décennie précédant le Massacre des Premiers hommes, les élus du Parti terrien se mirent à parler de faire des économies et ceux du Parti aventurier, à parler de repartir en guerre. Ys devait établir sa suprématie sur toutes les mers et s'il fallait se coltailler aux Anglois et aux Hollandois pour y parvenir, soit. On ne pouvait plus faire construire les frégates en Hollande puisqu'on voulait tirer sur du Hollandois. Il fallait mettre en place un chantier naval pour que le bâtiment issois fût produit en terre issoise, créer un endroit où charpenter des squelettes de vaisseaux géants que les oiseaux prendraient pour des carcasses de baleines. Il fallait construire un système de digues pour protéger le chantier des grandes marées, fondre canons et boulets à foisons pour alimenter l'artillerie de la flotte. On pouvait se payer tout cela, mais il fallait couper ailleurs. Il fallait couper dans les phares.

Les phares coûtaient cher, l'édification d'une ultime sentinelle de mer sur Locqnoir saignait le Trésor. Même achevées, ces maçonneries attaquées par les flots, érodées par le sel et ébranlées par la foudre devaient être entretenues. Les gardiens qui en surveillaient le brasier devaient être rémunérés. On annonça donc un moratoire sur la construction et l'opération des tours à feu le temps que les coffres de l'Amirauté se regarnissent. Les pilotes-gardiens militèrent sans répit pour convaincre les élus qu'ils commettaient une terrible erreur. Ils se faisaient généralement rabrouer par une formule à la mode : « Rappelez-vous, messieurs, que trop de lumière aveugle. »

IX.

Jacques Daligaut-Dutremble n'avait jamais eu de frère de matelotage. Tôt, la vie requit de lui qu'il menât sa barque seul. Enfant, il pouvait passer des heures à jouer sur les battures, à regarder les vagues se briser. Chacune avait sa vie propre : elle naissait, atteignait son apogée, puis mourait dans un jaillissement d'écume. Chacune avait sa personnalité : la timide qui s'éteignait trop vite, la rebelle qui s'avançait en oblique des autres, la magistrale qui se gonflait haut pour garder l'observateur en haleine, la virulente qui vous explosait en plein visage, vous attrapait aux jarrets alors que vous vous croyiez hors de sa portée. Chaque rouleau était un événement. Le petit Jacques leur parlait, à ces lames, et il s'amusait à croire qu'elles lui répondaient.

Il avait un père qui scrutait sans cesse le large, les sourcils froncés, ce qui lui creusait des pattes d'oie prématurées. Un père qui lui avait appris à lire et à compter en laissant traîner les livres partout et en déclamant des vers aussi bien que des extraits de traités d'astronomie. Un homme qui ne mangeait jamais à la même heure et pouvait sans préavis se dévêtir et plonger dans l'eau parce qu'elle lui paraissait bonne. Dans ses temps libres, en attendant le prochain navire à guider, il fabriquait des archets à violon qu'il caressait du pouce, sentant d'avance comment il allait faire vibrer les cordes. Il n'obéissait à personne, sauf aux nécessités orchestrées par les ondes, par les craquements du chêne et le gonflement du lin. Figure souple et indomptable qui ne se soumettait qu'à la plus difficile des maîtresses, celle qui n'avait rien à faire de votre soumission.

Du jour au lendemain, Jacques Daligaut-Dutremble cessa de parler aux vagues. À l'âge de onze ans, le Massacre des Premiers hommes fit de lui un orphelin de ses deux parents. Trop jeune pour chercher à se venger, trop vieux pour oublier. Il se renomma Jacques Duval et se joignit aux sacripants, aux enfants qui avaient été orphelins plus longtemps que lui. Il reçut des coups de pied dans les côtes et apprit à en donner, à se servir de gourdins pour menacer les vieillards et les obliger à laisser tomber leurs quignons de pain. Une bande régie par aucune loi sauf celle du plus fort, donc du plus cruel puisqu'ils étaient tous faibles. Vite savoir se battre pour ne plus avoir à se battre. Ils et elles allaient de par le rivage et de par les ruelles dans leur chemise trop petite qui leur révélait le nombril car portée depuis des années ou encore dans leur chemise trop grande car volée et dont l'ouverture du col leur tombait sur le sternum. Elles et ils se nommaient Mauviette, Caboche, Rit-Pour-Rien, Frappe-d'abord. Celle à qui il manquait un avant-bras se nommait Moignon. Celui qui avait un bandeau sur l'œil droit se nommait Petit-Borgne, petit pour ne pas le confondre avec Louis-Borgne et Double-Borgne. Jacques Duval fut nommé Jolie-Mine parce qu'il n'avait pas de cicatrices de variole sur le visage et parce qu'on tenait à l'humilier : aucun gaillard de onze ans ne voulait se faire appeler joli.

Triste-Mine eût été plus exact. Quand il se rendait dans le Grand Port, il marchait vers les quais comme un assoiffé vers le puits, comme les autres garnements marchaient vers la brochette de rongeurs. Il regardait les navires s'éloigner vers le couchant jusqu'à ce qu'ils ne fussent plus qu'un point minuscule. Un autre sacripant lui disait « allons », le tirait par le bras, Jacques se démenait pour continuer à le suivre des yeux jusqu'à ce qu'il se fondît dans le nadir du ciel comme pour oublier le nadir de sa vie. Il se faufilait entre les piles de ballots, se rapprochait le plus possible des passerelles. Les châteaux flottants étaient trois, dix fois plus grands que le cotre de ses parents. Un jour, il monta clandestinement à bord de l'un d'eux et se cacha dans la cale.

« Eh bien, t'as point attendu qu'on t'enrôle de force, toi », rigola le commis aux vivres qui le trouva recroquevillé entre deux fûts.

Il devint ainsi mousse sur les vaisseaux de la Marine issoise. Il ne s'en plaignait pas. Il avait sa place, même s'il n'était supérieur à personne sauf le chat du bord. Il appréciait sans le savoir la discipline salutaire aux cœurs brisés. Des années plus tard, il se moquerait des gens qui prétendaient que la Marine faisait de vous un homme. S'embarquer comme matelot, c'est redevenir enfant, corrigeait-il. Vous êtes claustré sur un navire qui vous berce, emmailloté dans un horaire strict où vous n'avez rien à décider, seulement à obéir. On tempère vos excès à votre place en limitant votre quantité de grog à téter. Chaque incartade est flagellée sur-le-champ, contrairement aux délais et à l'inconstance des punitions que vous réserve la vie terrestre, imageait-il.

Pieds nus et figure noircie, il devait courir dans la batterie entre les canonniers aux torses ruisselants pour leur porter gargousse après gargousse. Il percevait les conversations des hommes et les ordres qui leur étaient donnés. Il fallait viser la mâture de l'autre vaisseau et non son équipage, avait-il un jour compris. Le gréement qui explosait en mille brindilles de bois venait se ficher dans les chairs de l'ennemi. Un mort, on ne faisait que le piétiner. Un blessé, en revanche, réquisitionnait l'attention et les soins de ses camarades. Un blessé, cela hurlait de douleur et démoralisait les troupes adverses. Un blessé grave valait deux morts.

« Et c'est pour ça qu'on a éteint les phares ? » se dégoûtait en silence le jeune Jacques du haut de ses douze ans.

Il avait l'âge où les ambitions sont énoncées comme des promesses. Les « non, m'sieur » dans sa tête résonnaient plus fort que les « oui, m'sieur » qui sortaient de sa bouche. Quand il lâchait un « à vos ordres, m'sieur », il pensait « toi, je te méprise, je ferai tout ce que tu commandes, mais je ne t'estimerai jamais ». Chaque parole non sollicitée lui valait un « tais-toi donc, le morveux ». Le silence fut d'abord l'outil de son obéissance avant de devenir son arme de résistance.

Il résistait lors de ces douces soirées où l'équipage se rassemblait sur le pont pour entonner des chants à répondre, où chacun insérait son impromptu à tour de rôle, qu'il fût premier maître de la route du navire ou dernier responsable de la soute aux câbles. Pendant ces veillées, les pupilles des mousses brillaient. Enfin, ils existaient sans qu'on les raillât, sans qu'on les remît à leur place. Certains s'emballaient, se mettaient à danser une matelote, étaient prêts à n'importe quel salto pour tirer des hourras et des applaudissements de la horde qui les entourait. Jacques Duval misait sur l'approche contraire : il se fondait dans le vaigrage, se cachait derrière les poutres pour qu'on l'oubliât. Quand son tour de chanter venait, il haussait les épaules. « Il est muet cel-là, ou quoi ? » On ricanait, on passait au suivant.

« Vous n'aurez pas ma voix », se jurait-il.

En des temps plus reculés, on flagellait les mousses pour réveiller le vent. On ne recourait plus à cette pratique, le règlement interdisant tout châtiment basé sur un motif superstitieux. Les officiers trouvaient donc des broutilles, un pot de cendres négligé ou un salut bâclé, pour punir les jeunots et ainsi continuer en toute légalité à invoquer le vent à coups de garcette. Quand on fouettait Jacques Duval, il encaissait, les lèvres serrées. Les larmes lui coulaient jusqu'au menton, mais personne n'osait se moquer d'un gamin cinglé à vif qui grognait sa douleur sans émettre le moindre mot de supplication.

— C'est un fier, remarquait-on.

— Ou bien, comme je le disais l'autre jour, un muet.

À l'âge de quatorze ans, il servit à bord de la frégate *Belle-Échappée*, commandée par le lieutenant Benoît Zémard. Perruque poudrée, bicorne imposant, épaulettes chatoyantes. Mâchoire carrée et regard ardent. Un dur, se disait-on au premier coup d'œil. Dur il était, mais à la façon des visionnaires qui savaient faire voir la lune plutôt que le doigt qui la pointait. Avec lui, on ne craignait plus le fouet, on craignait de décevoir. Le jeune Jacques en oubliait presque de ruminer son mépris contre ce commandant aussi taiseux que lui-même, sans cesse absorbé par quelque plan mijoté sur sa dunette. Il se retrouva un jour avec un sabre dans une poigne, juste avant un abordage. Zémard fixa chaque homme dans les yeux en scandant un discours à faire monter le sang aux oreilles et résonner les trompettes dans le cœur. Alors, Jacques Duval lâcha sa voix comme on lâche les chiens dans un féroce cri de guerre.

« Les terriens pensent que les matelots veulent être dirigés de molle main pour se la couler douce, dirait-il des années plus tard. On pense qu'ils ont plus de chance de s'en sortir en un morceau sous les ordres d'un maître compatissant, mais c'est faux. Les hommes, ce qu'ils veulent, c'est un capitaine qui sache se faire aimer, c'est-à-dire faire en sorte que les troupes se précipitent de leur plein gré vers leur propre mort. Bref, un capitaine avec qui sombrer. »

On commençait à l'envoyer dans les haubans pour en faire un gabier. Même à quai, il grimpait jusqu'à la grande hune afin de nourrir les oiseaux qui s'y nichaient. Il osait monter de plus en plus haut et explorer de plus en plus bas, même dans le carré des aspirants. Des jeunes de son âge et d'autres plus jeunes encore, vêtus en officiers miniatures, qui jappaient des ordres de leur voix à peine muée à des matelots adultes, puis redescendaient se faire insulter par un maître d'école toujours ivre et somnolent. Ils s'efforçaient d'étudier leurs leçons d'espagnol et de mathématiques à la lueur d'une bougie entre deux ponts et entre deux bombardements. Il ne pouvait s'empêcher de les espionner, d'écouter leurs soupirs quand ils butaient sur un problème de géométrie. Il les observait dans leurs jeux bizarres, des amusettes d'enfants qui pouvaient passer pour des concours de recrues. Dans la pénombre de leur quartier, les tables sans pattes étaient suspendues au pont supérieur et se balançaient avec la gîte comme des hamacs. Ils y plaçaient leurs gobelets remplis de grog et tentaient de les rattraper entre le moment où ils glissaient du bord et celui où ils atteignaient les planches, le but étant de laisser éclabousser le moins de liquide possible.

« Dégage de là, Duval », lui envoyait-on quand on le découvrait tapi sur la plus haute marche de l'échelle. « Qu'est-ce tu nous veux, à la fin ? » Un jour, il leur débita les réponses qui leur faisaient défaut juste avant de s'éclipser. On le rattrapa par le collet râpé de sa veste et on l'assit sur le banc. Il devint leur tuteur informel jusqu'à ce qu'un officier les surprît en pleine séance de révision. Il fut amplement puni, les fesses bien rougies, mais il fut également remarqué. Le lieutenant Zémard en fit son protégé. Jacques Duval fut inscrit à l'Académie navale et, bientôt, il fut lui aussi habillé en officier miniature avec vareuse à boutons dorés et culotte blanche. Les matelots devaient l'appeler « monsieur Duval » et les autres aspirants ne pouvaient plus l'appeler « petite crotte ». Il était devenu l'égal de ces fils de citoyens qui ne s'intéressaient qu'aux sabres et aux récits d'abordage. « L'équivalent des sacripants, mais en mieux nourris », avait-il conclu du haut de ses seize ans.

•

La noyade est la pire de toutes les morts, non pas pour la victime, mais pour les autres, ceux qui restent. Ce petit point blanc qui est une tête, qui est une vie, il monte et descend sur les montagnes d'eau. Un moment on le voit, et le moment d'après, on ne le voit plus. Disparu, le temps d'un battement de paupières.

Hier encore, le matelot était là, dans son branle à raconter l'histoire de la femme du forgeron. « Elle était détenue, il était forgeron. Il brisa ses chaînes, elle ne l'a plus quitté depuis. » Ce jourd'hui, le matelot est mort. Au début, on n'y croit pas vraiment. C'est après, quand on remarque son hamac gîtant sans que son poids l'arrondisse ou sa place inoccupée à table, que la mort se dessine. Quand après un paquet de mer, son soulier flotte dans le gaillard parce qu'il n'est plus là pour le repêcher. La mort résumée à son essence : le vide.

L'ironie avec la marine de guerre, c'est qu'on obligeait Jacques Duval à risquer sa vie dans les combats et qu'on l'empêchait de la risquer pour sauver ses compagnons passés outre-bord. Comme cette fois où le troisième lieutenant tomba dans les eaux glaciales de la mer du Nord sans qu'on sût comment. Duval le repéra, braqua son attention sans cligner des yeux. « Il est là, je le vois », cria-t-il, suspendu d'une oreille aux indications du second qui tardait à donner l'ordre de mettre en panne. « C'est inutile, décréta l'officier. Avec ce froid, par le temps qu'on se rende, il sera déjà gelé. » Il ne pouvait se résoudre à relâcher la tenaille de son regard.

— Monsieur Duval, insista le second dans son dos. Retournez à vos devoirs. Et informez le capitaine de la situation. Il voudra sans doute procéder à la cérémonie ce soir.

— Oui, m'sieur, répondit-il, fixant toujours le point de moins en moins visible. Le second dut lui mettre une main sur l'épaule pour qu'il consentît à se détourner.

Un jour, un gabier tomba du haut du grand-mât pendant une gîte. L'homme semblait flotter inerte à la surface de l'eau. Il commença à déboutonner sa vareuse, le capitaine Zémard barra son élan d'un bras.

— Je vous l'interdis, monsieur Duval.

— Mais, m'sieur...

— Je vous l'interdis, répéta-t-il plus bas. On n'a point le temps.

Il disait vrai. La *Belle-Échappée* poursuivait une frégate angloise depuis trois jours, elle était enfin à leur portée. Ils allaient canonner, fusiller, déchirer. Ils se feraient pilonner, transpercer, démembrer, mais ils triompheraient, repartiraient avec leur précieuse capture. Les marins issois ne capitulaient devant rien ni personne. Rien, sauf la mer elle-même. Chacun allait un jour creuser son trou dans l'océan sans se débattre. Il y avait pourtant tant de choses qu'on pouvait faire pour soustraire une chance sur les mille que la mer s'octroyait : laisser traîner un long filin derrière pour que l'homme tombé pût l'attraper dans le sillon d'écume de l'étambot, garder des barriques vides sur le pont et reliées par un cordage au navire, jeter des bouées comme des harpons plantés dans le dos de son omnipotence, ériger des brise-lames comme des épines dans le pied de sa violence. « La mer est une adversaire, une amante comme les autres, se disait-il. Elle doit préférer se mesurer à ceux qui ripostent. »

•

Deux jours avant l'examen pour le grade de lieutenant, Jacques Duval remit sa démission et s'inscrivit à l'École d'hydrographie afin d'obtenir son brevet d'officier de la marine marchande. Il se trouva un garni bruyant dans le Barachois jusqu'où montaient les cris des vendeuses de poisson, les cris des enfants et ceux des couples qui s'injuriaient. Il cuvait son mal de terre en se massant les tempes, le plancher tanguant sous ses pieds après plus de sept mois passés en mer. On cogna à la porte. Il crut avoir affaire à la logeuse, ouvrit sans prendre la peine de fourrer sa chemise dans sa culotte. Devant lui se tenait le capitaine Zémard, flamboyant dans un habit civil, appuyé sur une canne à pommeau d'argent comme s'il se dirigeait vers l'opéra. Duval retourna s'asseoir à sa table. L'homme resta debout, retira ses gants, un doigt à la fois.

— J'irai point par quatre chemins. Je suis venu vous dire en personne que je suis fort désappointé, monsieur Duval. Vous aviez une brillante carrière devant vous.

Z'aviez tout ce qu'il fallait pour monter en grade, et vite. Z'aviez de l'audace et peu d'intérêt pour les honneurs, la soif au bon endroit. Et vous êtes bon marin, malgré votre jeune âge. Cet examen, z'y étiez plus que prêt, et vous le savez.

— Vous me flattez, m'sieur.

— Et vous, vous me décevez. Que croyez-vous faire, au juste ? Qu'est-ce que c'est que cela ? fit-il avec un geste ample de la main désignant la pièce.

— Je veux pouvoir sacrifier ma vie quand je le veux et pour les causes que je veux.

— Causes. Quelles causes ? Voulez choisir vos combats ? Soit. Il n'y a qu'une façon d'y arriver : monter. C'est guère dans la marine marchande que vous serez libre de faire à votre tête. Z'aurez des armateurs, des affréteurs, des subrécargues. Vous ne pourrez jamais vous élever plus haut que la limite de votre richesse, alors qu'à la guerre, vous n'auriez pour limite que la celle de vos capacités. Mais je devine le fond de vos pensées. Vous détestez la médiocrité qu'endosse la hiérarchie. Vous souhaitez risquer votre peau à votre guise, vous croyez que c'est la chose issoise à faire. Mais savez-vous comment les gens en viennent à agir en Issois ? À force de se convaincre de l'être. Vous m'avez peut-être un peu trop bien cru. Z'êtes doué, mais vous n'êtes pas spécial.

— Sauf votre respect, m'sieur, je n'ai pas besoin qu'on me dise que je suis issois.

— Vous ne l'étiez guère avant d'être sous mes ordres. Vous vous cachiez, vous rampiez pour disparaître.

— Avant que je sois sous vos ordres, m'sieur, vous ne me connaissiez pas.

— Mais je vous connais maintenant. Je vois de l'ambition et je vois du sabotage. Oui, vous vous sabotez, v'là ce que vous faites. Vous jetez aux retailles vos chances de devenir citoyen. Dans la marine marchande, il n'y a point de héros. Vous ne serez personne, vous ne serez rien.

— Je préfère être rien qu'être soldat.

— Vous ne cesserez jamais d'être un soldat comme vous ne cesserez jamais d'être marin. Vos nuits continueront d'être rythmées par le bruit imaginaire de la cloche, vous vous réveillerez aux quatre heures, asservi jusque dans l'inconscience du sommeil. Vous continuerez d'entendre le roulement des tambours. Vous aurez soixante ans et vous serez encore incapable de vous retenir de rattraper les verres qui roulent, même en vous répétant : « J'aurais dû le laisser tomber. » Ce verre, ce sera vous. Quand vous viendra l'envie de trébucher, de vous renverser, il sera toujours trop tard : il n'y aura plus rien, plus de gobelet, plus de vin, plus de réjouissances. Tout le monde aura migré ailleurs. Pourquoi ? Parce qu'il faudra toujours le son de la cloche pour vous prescrire quand vous reposer et vous réjouir et quand plus rien ne vous sera interdit, vous ne saurez plus comment jouir. Mais surtout, vous aurez toujours le goût du danger. Z'en aurez besoin, même. Et ce besoin-là, les flûtes de commerce que vous commanderez dans leurs petits voyages penauds n'y répondront que peu. Vous deviendrez ridicule, vous prendrez des risques insensés pour vous mesurer à quelque chose.

— Je n'ai pas l'intention de commander des flûtes marchandes. Je ferai mon temps comme officier, mais je vise à me faire pilote.

— Pilote. Pilote hauturier ? C'est pire ! Vous dirigerez le navire, mais tout le monde vous dirigera.

— Pilote côtier.

— Ah, lâcha-t-il sèchement. Je vois. V'là qui est différent. Ainsi...

Zémard ne termina pas sa phrase. Il se déplaça vers la fenêtre. Il écarta le rideau, observa l'extérieur.

— J'aurais dû m'en douter. Pilote côtier... Duval, un nom trop commun, trop facile.

Il se retourna et fixa le jeune homme.

— Adonc, vous voulez vous faire pilote côtier. À chacun ses lubies. Mais c'est point une lubie, n'est-ce pas ? Vous croyez avoir une mission. D'où vous vient-elle, cette mission ? Qui vous la donne ?

Il gloussa.

— Pauvre garçon. Il y a des bienfaits dont personne ne veut. Vous croyez que les gens tiennent à la vie ? C'est que vous ne les comprenez pas. Vous serez comme ces évangélisateurs qui pensent sauver les âmes de païens qui sont parfaitement heureux d'être mortels.

— Je le ferai quand même. L'avenir me donnera raison. Je le ferai même si je suis le seul à en apprécier la valeur.

— C'est ce que je disais : z'êtes un inconséquent.

— Je ne suis plus sous vos ordres, m'sieur. N'avez plus le droit de m'insulter.

— L'inconséquence, ce n'est pas une insulte, pour un guerrier.

Il frappa le sol avec le bout de sa canne et s'avança vers la porte. Il allait la franchir quand il s'arrêta.

— Je vois clair maintenant dans ce que vous tentez de faire. Mais êtes-vous certain que cela en vaille la peine ? Vous dites que l'avenir vous donnera raison, mais s'il vous donnait tort ? Ou s'il vous donnait d'abord raison, puis qu'ensuite l'avenir de l'avenir vous donnait tort ? Enfin, je vois bien que je perds mon temps. Je vous ai assez ennuyé comme ça. Après tout, je ne suis qu'un vulgaire tueur d'hommes persuadé que la vie est faite pour être vécue et non survécue.

X.

Nuala Parcoeur s'était essuyé les mains pour recevoir la missive que l'avitailleur lui tendait. Elle l'avait rangée dans son tablier. Elle s'était précipitée chez elle pour s'en débarrasser avant de retourner au hangar pour tenter de l'oublier. Le carré de papier clair qui trônait sur la table de la chaumière des Roussy confirmait que quelque chose avait été bousculé dans l'écoulement du temps. Le changement ne venait aux Échouements que par à-coups, ficelé en paquet de nouvelles. On n'avait pas le loisir de siroter le progrès et les dérangements du monde, il fallait se les envoyer par lampées en une seule soirée.

Danaé Poussin pénétra dans la pièce déjà enfumée. Nuala était assise sur une chaise de paille.

— Regarde, fit-elle en pointant la table du menton.

Danaé attrapa la lettre, examina le cachet de cire.

— C'est le sceau de l'Amirauté.

— C'est ce que je pensais. Veux-tu bien me dire ce que l'Amirauté nous veut ?

Danaé déplia la feuille, la parcourut des yeux.

— C'est adressé à Cléden, en tant que patron de la barque du cap Nordant. C'est une convocation. On lui recommande de se présenter au prochain solstice. Tu sais ce que ça signifie, Nuala ? s'excita Danaé.

Nuala se détourna et se mit à souffleter les flammes. Dans les derniers mois, les pêcheurs avaient mis la barque à l'eau plus souvent que par les hivers passés. On s'était écorné les mains sur les avirons pour des situations qu'on se fût contenté d'admirer de loin auparavant. On avait même secouru des chasseurs de loups marins réfugiés dans des canots empestant le cuir et la charogne. Les riverains les avaient aidés, même s'ils n'aimaient pas les chasseurs de phoques, des bêtes qui ressemblaient trop aux hommes pour être abattues de sang-froid, avec leurs moustaches, leur tête chauve et leurs yeux exprimant la tristesse de mille adieux.

On avait aussi assisté un charbonnier échoué sur le gravier d'une plage des Sauvageries. On avait d'abord convoité l'épais bois de membrure de l'épave, imaginé ses cales noircies de houille, de sédiments grattés d'un souterrain par des mineurs risquant la mort, puisque le moindre courant d'air pouvait éteindre la flamme de leurs chandelles et les plonger dans une obscurité totale et sans issue. Puis on s'était ravisés en parlant avec l'équipage. « Le capitaine dit que tant que son navire ne sera pas amarré à un quai dans le Grand Port, il va rester avec et qu'il y restera même si personne ne vient le radouber. Et il le fera, vous pouvez me croire. C'est le plus vaillant maître qu'on n'a jamais eu », avait déclaré l'émissaire des naufragés, tandis que les autres matelots approuvaient de la tête. Cléden Roussy s'était avancé jusqu'au porte-parole, l'avait attrapé par une épaule et avait levé un doigt. Il avait promis d'envoyer quelqu'un quérir l'armateur, en plus de leur apporter des vivres frais et bidons de cidre.

Cléden Roussy trouva les deux femmes affairées dans un étrange mutisme, la missive ouverte sur la table.

— C'est quoi ça ?

Danaé se frotta le bout des doigts, attrapa la lettre et prit un ton solennel pour en lire le contenu. Il la lui arracha, la contempla comme s'il eût pu la lire lui-même.

— Crénom de mâtin, murmura-t-il. Ça faisait longtemps que je l'attendais celle-là. Tu ne dis rien, la mère ?

Nuala leur montrait son dos, penchée sur un navet. Elle taillait le silence de ses coups de couteau.

— C'est juste une convocation. C'est point gagné d'avance. Ça ne veut pas dire que c'est toi qu'ils vont choisir.

— Non mais, quand même, c'est pas rien, d'être admissible. Ça te fait quoi, qu'on puisse peut-être devenir des citoyens ?

— Ce serait toi, le citoyen. Moi, je serais juste ton invitée.

— Oh, arrête. Tu sais très bien que c'est la même chose.

Elle haussa une épaule.

— On ferait quoi là-bas ? Tu dis toujours qu'on est le meilleur du pire. On deviendrait le pire du meilleur. Je vois point il est où l'honneur, là-dedans.

Il replaça le papier devant ses yeux, le retourna, palpa le sceau de l'Amirauté de son pouce.

— Tout de même... C'est pas donné à tout le monde, une chance pareille.

— Tu t'imagines vivre en ville, toi ? Avoir demeurance sur une rue, ne rien mirer d'autre que la maison d'en face. Nul bord de l'eau. Et puis, penses-y, Cléden. On ferait comment ? Même si tu pouvais pêcher dans la baie de Partance... J'aimerais bien savoir comment ça se débrouille, un pêcheur dans une cité. On ne pourrait même pas habiter avec nos fils, on ne les verrait plus.

— On pourra voir M'as-tu-vu, quand il accostera dans le Grand Port avec Jacques.

Elle lâcha son couteau et agrippa sa planche. Il passa ses jambes par-dessus le banc et resta un moment assis sans rien dire, dos à sa femme. Il finit par se lever, plia la lettre en quatre, puis en huit, se dirigea vers la paillasse conjugale, la souleva, puis en sortit un coffre. Il tendit la main vers Nuala, qui décrocha une des clés pendues à sa ceinture. Il rangea la lettre parmi un pot-pourri de petits trésors, ceux dont on n'avait ni l'intention de se servir ni de se départir.

•

La nuit débutait, la lune était haute, faible blancheur éclairant les dormeurs assoupis. Nuala s'assit d'un bond sur son couchage.

— Cléden, dors-tu ?

Elle secoua son bras. Il grogna, puis se retourna vers elle. Danaé se redressa sur un coude, le cadet se frotta les yeux.

— J'ai changé d'idée.

— Sur quoi ?

— Sur la cité.

— Qu'est-ce tu dis ?

— Je dis qu'on devrait essayer d'y aller, dans la cité.

•

Ils partirent à la mi-juin. Cléden Roussy avait boutonné sa veste jusqu'au col et rentré les pans de son foulard à l'intérieur. Nuala Parcoeur avait repêché dans le fond d'une malle une paire de demi-gants de dentelles dans lesquels elle faisait jaillir ses doigts pour la première fois. Elle avait laissé sa chevelure libre comme celle des jeunes filles, fantaisie sans précédent pour cette femme qui la tirait en chignon serré tous les matins depuis vingt ans. Elle étreignit le cadet pendant une longue minute, replaça le bonnet sur la tête de son fils. « Demande à la citadine de nous écrire le plus souvent possible. »

Le village s'était massé sur la jetée pour leur dire adieu. Nuala Parcoeur agitait une main, Cléden Roussy bordait la voile. La chaloupe s'éloigna. « On va s'en souvenir longtemps, de c'te fois-là », lança l'Allemande en les saluant.

La possible ascension des Roussy devint l'objet de toutes les supputations, dans le hangar comme au cabaret. La grande question était de déterminer qui avait bien pu pétitionner pour que le nom de Cléden Roussy fût retenu par le comité de Saine Rotation.

•

La *Clardeye* accosta au cap Nordant au début juillet. Jacques Duval monta au cabaret avec sa besace, sa poche de vêtements et un long bâton sur les épaules, garni de barriques vides comme un porteur d'eau. Les buveurs l'assaillirent de questions. Il répondit en s'asseyant près de la fenêtre, les fesses sur une chaise et les pieds croisés sur une autre. Il n'en savait rien. Rien sur le départ des Roussy, rien sur la décision du jury de rotation, rien sur la pétition.

— T'es sûr, le pilote, que ce n'est pas toi qui as recommandé notre Cléden ? Tu dois avoir plein d'accointances là-bas.

— Ce n'est pas dans mes habitudes, se défendit Duval. Si j'avais à pétitionner, ce serait point pour des histoires de rotation qui n'affectent qu'une ou deux personnes. Ce serait pour des problèmes plus graves.

— Comme quoi ?

Il se cala dans son dossier et fixa le plafond, fouillant sa mémoire.

— Comme le haut-fond Olifante, par exemple.

Il y avait dans la baie de Partance un banc de sable qui changeait d'emplacement au gré des tourmentes et des crues, expliqua le pilote. Invisible à l'œil, les petites embarcations pouvaient le passer sans problème, mais les navires à plus fort tirant d'eau avaient une chance sur trois de s'y coincer à marée basse. Il pouvait disparaître pendant deux ans, juste assez longtemps pour se faire oublier, puis réapparaître la troisième année pour quelques mois seulement. Il figurait sur la moitié des cartes, identifié avec des lettres minuscules, à la mesure de sa petitesse. Le premier bâtiment à s'y échouer trente ans plus tôt avait été la frégate *Olifante*. Une douzaine s'étaient fait prendre depuis.

— Il y eut un temps où on aurait simplement installé une bouée pour le signaler. Mais non, de nos jours, on n'installe plus de nouvelle balise. Car chaque fois que la quille d'un bateau accroche Olifante, cela se dit, cela se sait. Le haut-fond mouvant est passé d'inconnu à connu jusqu'à en devenir fameux. Donc, tout le monde devrait savoir qu'il se trouve là où il se cache. C'est ce qu'on semble croire à l'Amirauté, en tout cas. Plus le nombre de bateaux qui s'y échouent augmente, plus la honte est grande pour le capitaine qui fait l'erreur de s'y frotter.

Le pilote fixait sa pipe entre ses doigts en secouant la tête.

— J'en ai vu, des navigateurs désespérés, buvant leur honte dans un bouge anonyme pour éviter le jugement des autres. De sacrés bons marins qui répétaient comme une flagellation morbide : « J'aurais dû savoir, j'aurais dû me rappeler, j'aurais dû... »

•

Danaé Poussin longeait une mer scintillante au ressac paresseux dans le midi d'un jour pur, sans nuage, sans aucun signe annonciateur de surprise, quand elle tomba sur les effets du pilote. Elle trouva la besace, les souliers, les vêtements roulés en boule derrière une roche, comme un animal étrange et endormi qu'on observe et qu'on tâte pour en jauger la matérialité.

Au large, nulle tête, nul corps. Le pilote devait avoir nagé loin, là où l'œil ne se rendait pas, jusqu'à ces îlots de rocaille qui entravaient l'horizon. La besace était ouverte, un bout de drap de laine fine en sortait. Il devait s'en servir pour éponger l'eau sur son corps avant de se rhabiller. Elle éventra le tas du bout de son bâton, sépara la laine des hauts-de-chausse du coton du gilet, se pencha pour toucher le lin de la chemise, la porta à son nez.

Elle se ressaisit, se leva d'un bond. Ces effets abandonnés ne voulaient rien dire. Peut-être le pilote n'était-il qu'un adepte de l'hygiène qui allait se tremper dans l'eau souterraine de quelque grotte. Peut-être ne se mouillait-il même pas, se baladant nu sous le soleil quelque part. Mais il était déjà trop tard, elle était déjà convaincue que cet homme était nageur. Elle était déjà balayée par cet élan qui la poussait jusqu'à la Maison des pilotes avec l'assurance celtique de ses aïeules qui un jour avaient toutes marché jusqu'à la hutte de leur galant pour déclarer : « C'est toi que je veux. Si tu veux bien m'enlever, je ne repartirai plus d'ici. »

Elle avait enfin trouvé son égal. Alors elle se mit à craindre de ne pas être à la hauteur.

Elle attendit le lendemain et, dès que la *Clardeye* se fut éloignée, elle retourna aux Sauvageries, drap de laine en mains, se dévêtit et plongea dans les rouleaux. Elle s'exerça tous les jours, se rendant chaque fois plus au nord ou plus à l'est. Un matin, elle atteignit l'îlot Sainte-Marie, escalada le contrefort, évalua à l'œil la distance parcourue. Elle éclata d'un rire hachuré, conclut qu'elle n'avait jamais nagé aussi loin de sa vie. Le lendemain, elle visa le rocher Trentemil. Elle dut rebrousser chemin à la moitié, quelque peu paniquée à l'idée de n'avoir nulle part où reprendre haleine dans la houle bien formée avant de se retaper tout le trajet inverse. Elle s'effondra sur les galets dans ses culottes d'hommes bouffantes. « Assez, dit-elle tout haut. Je me fais ridicule. »

•

Elle entra dans le cabaret et figea. Le pilote était assis seul dans un coin de la salle. Il avait retardé le départ de la *Clardeye*, attendant l'essoufflement de vents contraires. Un rayon éclairait les poussières en suspension dans l'air. Il était absorbé dans une opération de découpage de toile et de bouchons. Elle s'approcha.

— Tout le monde se demande ce que tu fabriques avec tout c'te liège.

— Ils n'ont qu'à me le demander, ce que je fabrique. C'est un gilet de flottaison, une invention de ma grand-mère. J'essaie de la perfectionner.

Il souleva le vêtement par le col, révélant sa forme de veste. Il expliqua qu'en le rembourrant de liège, une personne de taille moyenne pouvait flotter sur l'eau comme un bout de bois.

— Le plus dur, c'est d'amener les gens à le porter. Mon grand-père, il avait présenté un prototype à l'Amirauté. Il proposait d'en confectionner pour tous les équipages de la Marine. Z'ont jamais voulu l'adopter. Ils disaient que le risque était trop grand, le risque de désertion. Ils disaient que les hommes allaient utiliser les gilets pour s'enfuir des navires.

— Tu crois que si tu les améliores, l'Amirauté changera d'avis ?

— Pour sûr que non. Je les améliore pour les pêcheurs. Convaincre chaque pêcheur, un à la fois, ce sera long, mais ce sera moins long que de convaincre la Marine de la République issoise.

Madeleine Ezkarre surgit avec la dernière gazette entre ses mains. Le pilote releva la tête, Danaé la suivit des yeux. La cabaretière avait l'indifférence souveraine de celle qui se sait au-dessus, de celle qui dit : « Tu veux coucher avec cet homme ? Le plus proche que tu le pourrais, c'est en dormant devant ma porte comme un chien. »

Danaé lui fit la lecture en butant sur les mots, distraite par la présence du pilote au fond de la pièce. À un moment, il disparut à l'étage supérieur, reparut avec son chapeau sur la tête et sa besace sur l'épaule. Elle s'excusa auprès de la cabaretière. Il descendait le chemin tortueux, se dirigeait vers le goulet et les vives-eaux qui s'ourlaient de concert avec le vent. Il dépassa le promontoire, fonça dans le poudrin. La folie, c'était de le suivre, une bonne fois pour toutes. C'était d'accélérer le pas et de crier son nom : « Jacques ! » Il n'entendit pas du premier coup. Elle cria à nouveau, il se retourna.

— Il faut que je te parle. Ça fait longtemps que j'y pense.

Ils étaient là, face à face dans la brise qui leur battait les oreilles et faisait faseyer ses cheveux à elle et son foulard à lui et tout ce qui sans attaches se fût déjà envolé.

— J'y pense depuis cet hiver... Tu te souviens quand tu es sorti avec la barque pour ramener les pêcheurs ? Tu disais avoir besoin de dix canotiers, t'en avais même pas sept. Je me demandais... Aurais-tu accepté que je me joigne à la barque ? Je sais qu'il y en a des plus costaudes que moi, mais supposons que je sois la seule. Je veux dire... Je sais bien que les autres pêcheurs auraient refusé de toute façon, mais maintenant que Cléden est parti... Supposons que ça venait à se reproduire ?

— Ce n'est pas moi le patron de la barque, coupa-t-il. Même sans Cléden, ça reste la barque des pêcheurs du cap. Je peux point décider pour eux.

— Mais si tu le pouvais, tu dirais quoi ? Est-ce que selon toi, une femme serait plus utile en fournissant la paire de bras qui manque ou en restant à terre pour recevoir les rescapés ?

Elle lui demandait en d'autres mots s'il était du genre à préférer les figures de proue parfaitement lisses et immobiles ou les créatures sans-miroir qui s'esquintaient aux avirons au grand dam de leur joliesse. Celles qui éteignaient les bougies en les soufflant, la bouche en cœur, ou celles qui osaient pincer la flamme entre leur pouce et leur index au risque de se brûler. Celles qui disaient « je t'attendrai toujours » avec bienveillance ou « je ne t'attendrai jamais » avec défi.

Il se gratta la nuque, puis laissa tomber son bras.

— Écoute, y a point de bonne réponse à ça. Tu fais comme tu veux.

Il poursuivit son chemin. Elle se laissa choir, poussa un amas de galets du talon en se retenant de lui lancer qu'on ne fait jamais ce que l'on veut quand on est amoureux.

Les drôlesses amphibies

De toutes les choses étranges que s'autorisaient les pilotes côtiers, la plus impensable était sans contredit celle d'embarquer leur femme, celle qui faisait dire aux riverains que, vraiment, ces gens-là ne faisaient rien comme tout le monde.

Nous ignorons presque tout des premiers pilotes. Nous ignorons pourquoi certains ont abandonné la pêche pour se consacrer à l'assistance des navires étrangers. Peut-être étaient-ils mauvais pêcheurs ou avaient-ils le mauvais pied. Nous savons qu'ils étaient avares et belliqueux, qu'ils se construisaient des voiliers toujours plus rapides. Ils se tenaient tous dans les mêmes parages, au sud-est et au nord-ouest de l'île, là où il y avait le plus de profits à empocher. Un bâtiment qui se présentait à l'est de l'archipel des Sablons se frappait à une surabondance de locaux se chamaillant pour le guider, tandis que, s'il arrivait par l'est du cap Nordant, il ne trouvait d'autre chamaillage que celui des mouettes et pouvait patienter pendant huit heures sans que la moindre pilotine daignât le rejoindre.

Nous imaginons un couple sans enfants ou sans mâle. Quatre filles, six bouches à nourrir et l'unique fils qui vient de décéder. Qui va le remplacer sur le cotre pendant que le père monte à bord des clients pour rapporter les écus qui paient le pain et le poisson ? Il faut bien gagner sa vie. La crainte de crever de faim l'emporte sur la crainte d'embarquer une porte-malheur. Alors, le père dit à l'aînée : « Fille, tu vas prendre la place de ton frère. » Ou encore c'est elle qui se propose, qui dit : « Père, montrez-moi. »

Quelques générations plus tard, la solution de rechange était devenue la tradition. La baie de Partance grouillait de cotres et de goélettes menées par des drôlesses amphibies, corsetées du haut et culottées du bas. Certaines étaient même de fieffées mangeuses d'écoutes, se tenant pavillon haut et cheveux au vent dans les rafales. C'était peut-être l'influence des femmes ou c'était peut-être la marche du temps, mais les pilotes lâchèrent la course sauvage. Ils s'accordèrent entre rivaux, formèrent une alliance. Ils présentèrent à l'Amirauté un projet de pilotage organisé qui contribuerait à l'image civilisée que les Issois voulaient donner à leur île. On créa la Ligue des Premiers hommes, on instaura un brevet garantissant aux maîtres de navires que le pilote embarqué fût sérieux. On embrassait tous les parages de l'île, ne laissant plus aucun bâtiment sans l'accueil d'un traducteur de récifs, d'un ambassadeur d'atterrage. Le pilotage devint obligatoire, son prix fixé d'avance, une taxe que tous les navires de plus de cinquante tonneaux devaient débourser. Les profits étaient redistribués également entre les différentes familles de pilotes. Chacune avait sa portion d'horizon à couvrir. Les Gachod-Réaume dans la branche nord-nord-est, les Levasseur dans le sud-est, les Mescam dans le sud-sud-est, les Hulcoq au sud des Sablons, les Sagean-Bourdas dans le sud-sud-ouest, les Berrubé-Gueveuder dans l'ouest-sud-ouest, les Portanguen dans l'ouest-nord-ouest et les Dutremble dans le nord-nord-ouest.

En contrepartie de leurs nobles services, chaque pilote et chaque patronne de pilotine obtenaient leur citoyenneté. Chaque clan avait sa gentilhommière quelque part dans la cité, où ses membres se rendaient rarement, leur principale demeure étant la mer. Même les vieux préféraient se retirer dans un phare, continuer de veiller sur l'immensité des flots. On allait dans la cité comme pour des vacances, le temps de voter au conseil ou d'accoucher du prochain apprenti. Ces marins présentables n'avaient plus grand-chose à voir avec les ermites du large qu'avaient été leurs ancêtres. Leurs familles s'étaient métamorphosées en dynasties, comme celles des chefs de tribu aux casques ornés de cornes et couverts de peaux de moutons qui, de décennie en décennie, avaient engendré des lignages de monarques couronnés de pierreries et drapés d'hermine.

XI.

La mer était basse, la lampe dessinait un champ de pierres magnifiées par leurs ombres géantes. Cléden Roussy était adossé à un large rocher, à peine discernable dans la noirceur qui nivelait hommes et cailloux. Il tirait sur sa pipe dont le fourneau était une coquille de bigorneau, le résultat d'un bidouillage artisanal qu'arboraient de nombreux riverains à leur bec. Danaé Poussin déposa la lanterne à ses pieds.

— C'est Nuala qui m'envoie. Elle te croyait au cabaret avec les autres et les autres te croyaient à la maison.

— C'est plus tranquille ici.

— Tu es déçu ?

Le comité de Saine Rotation ne l'avait pas fait citoyen. Le jury l'avait fortement encouragé à « persévérer dans ses braves actions ». Les Roussy étaient revenus au cap au début août.

Il secoua la tête, lentement.

— Nah. Nuala a raison.

Sa femme avait retrouvé le hangar à poissons, la précision du piquage de chair et du décollage de langues, le papotage des saleuses auquel elle pouvait maintenant ajouter une série d'anecdotes portuaires. « Les gens disent que nos bateaux puent, mais devriez sentir leurs bateaux-prisons », racontait Nuala Parcoeur à qui voulait entendre. Elle évoquait les gréements transformés en cordes à faire sécher les haillons de détenus émaciés qui vivaient entassés avec les rats et qui avaient une démarche de morts-vivants quand on les extirpait des entrailles du ponton pour les dorer à la lumière du soleil une heure par jour. « Non, vraiment, j'ai toujours su que ce n'était pas pour nous, la ville, mais à c'te point-là, j'aurais jamais deviné. » Cléden Roussy se contentait d'approuver en silence, avec cet air qu'avaient les marins encore hantés par le souvenir des ailleurs.

— On se serait mal accommodés là-bas.

— Le genre de choses qu'on peut se répéter toute une vie et ne jamais y croire vraiment, commenta Danaé.

— Crains point pour moi, la citadine. On a fait le voyage, mais je le savais que ça ne se passerait pas. Pas c'te fois-ci.

— Cléden, t'est-il déjà arrivé de sentir que le poisson était que'que part, de le sentir très fort, de te rendre sur place et puis... rien. Ça ne mord juste pas.

Il retira sa pipe d'entre ses lèvres et la garda dans sa main, joua avec l'embout.

— C'est arrivé, oui.

— Souvent ?

— Si fait.

— Alors, c'est quoi la différence entre toi et Jean Malloy ? Pourquoi toi tu sais trouver la morue et pas lui ?

— La chance, ma fille. Les autres aiment ça, inventer des histoires de dons et de bénédictions, mais c'est rien que de l'expérience et de la bonne fortune.

— Donc, demain matin, Malloy pourrait rapporter autant que toi ?

— Pour sûr.

Elle se remit sur pieds, resserra les pans de son manteau sur sa gorge.

— Tu sais, Cléden, t'es peut-être un maudit bon pêcheur, mais t'es pas un très bon menteur.

•

La folie, c'était d'éviter le cabaret quand elle devait y aller de crainte d'y croiser Jacques Duval et d'y monter pour un prétexte inventé en espérant l'y croiser. C'était d'être encore plus blême en fin d'été que l'automne précédent, de traîner partout des yeux rougis, de ne plus savoir si c'était par l'abrasion du chagrin ou du sel. C'était d'avoir pris la résolution de ne plus jamais nager, mais de se plonger la tête dans l'eau dès que la *Clardeye* approchait pour que le pilote remarquât ses cheveux mouillés. Puis, de se surprendre un jour, dans une rafale d'audace, à retenter une traversée vers le rocher Trentemil et, « sacrebleu ! », y parvenir. D'avoir épuisé toutes ses forces à se rendre et de n'en avoir conservé aucune pour rentrer. C'était d'avoir écrit une lettre à Jacques Duval pour lui annoncer son intention de quitter le cap, à lui qui n'en avait sans doute rien à faire. La folie, c'était de se croire capable de crocher dans l'armure sans faille d'un chevalier des mers. C'était d'avoir eu une certitude dans un monde incertain.

•

Nuala Parcoeur découvrit Danaé Poussin calée entre deux citrouilles derrière la chaumière en train de se coudre un sac, le genre de ballot dans lequel on transportait tous ses avoirs quand on n'en avait que peu. Elle l'interrogea, réussit à lui tirer des explications en même temps qu'un sourire désolé.

— Je pars, Nuala. Dès que j'aurai fini mon ballot.

— Quoi, t'es pas bien ici ?

— C'est point une question d'être bien, mais une question d'être rien. Ici, je suis une citadine sans cité. Une diseuse de correspondances qui n'en reçoit aucune. Je ne sais pas où je vais aller. Il faut juste que je parte. Je pense que j'ai le mal du vent.

Le mal du vent, c'était le délire qui saisissait un gardien de phare lorsqu'il n'en pouvait plus de l'entendre siffler et qu'il se mettait à clouer des planches dans les fenêtres et à barricader les portes jusqu'à ne plus voir l'extérieur et à devenir d'autant plus fou.

— Il vente tellement au cap, continua-t-elle. Je voudrais juste qu'il arrête de venter, des fois.

Elle se rendit au cabaret pour faire sa dernière lecture de la gazette à Madeleine Ezkarre. Elle lui lut une rubrique qui parlait d'un problème de pollinisation dont se plaignaient les jardiniers de la cité. Il fallait importer plus d'abeilles, proposaient-ils. Or, on manquait d'apiculteurs pour élever ces dangereuses bestioles. Car dès qu'on l'attaque, l'abeille pique, même si elle doit y laisser son dard et sa vie.

Danaé cessa de lire et se mit à fixer le vide.

— Quel gâchis ! Si elle se défend, elle meurt.

— Quelle perte de miel, surtout, acquiesça la cabaretière.

— Mais peut-être que c'est point une perte pour elle. Peut-être que c'est une victoire de périr en attaquant.

Danaé s'en alla en pressant l'extrait contre elle à l'intérieur de son manteau, habitée par tous les questionnements qu'il faisait surgir. Qu'est-ce qui poussait l'abeille à piquer au prix de sa vie, sinon un sens de l'honneur incompatible avec ce qu'on attend d'un insecte ? Qu'est-ce qui poussait les humains à aimer, sinon une force autodestructrice inconciliable avec le fait d'être doté de raison ?

•

La falaise était noire contre le dégradé de couleurs du matin. Le ciel était marbré de filaments de nuages s'étirant en même temps que les habitants sur leur paillasse. L'air était léger. Danaé s'éveilla plus tôt qu'à l'habitude.

Elle avait terminé son ballot.

Elle attrapa un baquet et sortit avec l'intention d'accomplir sa dernière randonnée jusqu'au puits. La *Clardeye* reposait près de la jetée. M'as-tu-vu émergea sur le pont, puis Jacques Duval derrière lui. Ils riaient en se disant des choses qui ne parvenaient pas au rivage. Le pilote enroula une aussière autour d'une bite d'amarrage, les manches relevées au-dessus des coudes. Un sourire d'amusement flottait sur son visage. Il se redressa, un bout de cordage dans les mains. Danaé se tenait dans la pénombre encore bleuâtre du pied de falaise. Il releva la tête, quelque part dans sa direction.

Elle foula la rosée du sentier, entra dans le cabaret sans attendre qu'on vînt lui ouvrir. Les premiers rayons du levant traversaient la salle de bord en bord. Elle fouilla le vaisselier, monta à l'étage, s'arrêta devant la chambre du pilote. Madeleine Ezkarre ouvrit enfin sa porte, alertée.

— Elle est où, ma lettre ? demanda Danaé. Je dois la réécrire.

— Je l'ai glissée sous sa porte. Faudrait que je l'ouvre pour la récupérer.

— Vite, avant qu'il monte.

La cabaretière roula des yeux fatigués sous son bonnet de nuit. Elle déverrouilla la serrure d'en-face en serrant son châle sur ses épaules. Danaé descendit dans la cuisine où traînaient les pyramides de tonneaux couchés et de gobelets de fer-blanc. Elle sortit l'encrier et le papier. La plume entre ses doigts s'agitait, elle la trempait avec empressement. Elle recopia mot à mot le début de la première version.

Chèr Jaque,

Tu doi bien te demandé pour quoi une fille que tu conné mème pas le vré nom técry. Cest que voit tu, je suy folle. Avant hyer jai najé jusqua Trantemil par ce que je me dysé que cest là que un najeur voudré se repozé. Je tai attandu mais tu est pouin venu. Hyer jai najé jusquo for du Matin. Tu est pouin venu non plu.

Délyvre moi de ma folly et dys moi tout suite que je me suy tronpé, que tu fai juste patojé quand tu va dans la mer. Sy cest le ca, je sesseré de najé a tout jamé. Ou peutète que je vé nagé une dernerre foi pour ne jamé revenyr car je ne voi pas otre choze a fair.

Mais sy je me suis pas tronpé sy tu es vrémant lecel que je croi, lecel qui naje pour najé, alor je suy pouin folle. Si cest le ca, je te demande rien. Je seré juste ereuze que tu egziste.

Danaé Poussin dyte la cytadyne

On vit Danaé Poussin travailler sans relâche comme toute personne encalminée entre le oui et le non. À cette heure-là, la réponse attendue ne pouvait être que oui. Toute la matinée, elle ramassa le goémon à pleines poignées, ne s'arrêtant que pour s'éponger le front de son avant-bras. Ceux qui avaient appris son départ imminent s'étonnaient qu'elle se donnât autant à l'ouvrage.

À midi, il n'y avait plus de goémon à pelleter. Elle s'offrit pour charroyer les traîneaux de morues déjà salées. Une réponse qui tardait autant ne pouvait qu'être un mauvais signe. En fin d'après-midi, il ne lui restait plus pour s'occuper qu'à éventer le poisson en séchage pour en faire fuir les mouches. On racontait qu'à l'origine, il n'y avait pas de moustiques sur Ys et on maudissait l'idée de ce navire qui avait transporté la première larve. Danaé pestait, mais pas contre les mouches. Si seulement le pilote avait le courage de faire tomber le couperet, grognait-elle. À cette heure-là, la réponse ne pouvait qu'être non.

Elle envoya un gamin s'enquérir de ce qui se passait à l'auberge. Il revint avec trois mots, qu'il lui chuchota à l'oreille : « Le pilote dort. » Elle inspira. Il avait dû veiller à la proue de son cotre toute la nuit précédente. Le soir dans la chaumière, on rangeait les écuelles, on passait le balai de fanons sur la table. Elle était campée devant la fenêtre, guettant l'apparition d'une ombre plus dense que la nuit ou le faisceau d'une lanterne. La réponse était un insoutenable peut-être.

Pendant ce temps, dans l'auberge, Madeleine Ezkarre faisait brûler la lettre qu'avait écrite Danaé Poussin à Jacques Duval. Elle jouait avec son pendant d'oreille en contemplant le noircissement des mots, le rétrécissement du papier sur lui-même, la réduction des dernières espérances en cendres.

•

Les gobelets se vidaient dans une ambiance de fin de quart. Il ne restait plus que la cabaretière et son pensionnaire. Elle enleva ses pendeloques, il croisa ses pieds sous la table et ses mains derrière la tête. La veillée s'étirait, Madeleine Ezkarre remplissait le gobelet de Jacques Duval et Jacques Duval remplissait celui de Madeleine Ezkarre. La vinasse déliait les langues, distordait les distances. Il parlait de ses jours dans la rue, de ses années dans la marine, de sa trajectoire déviée, de tout ce temps passé à faire semblant.

« Comme je te comprends, lâcha-t-elle. On dirait bien qu'il faille toujours devenir quelqu'un d'autre pour obtenir ce que l'on désire. Et quand on l'a, on ne sait plus très bien ce que ça vaut puisqu'on n'est plus la personne qui le voulait tant. » Elle évoqua l'histoire d'une « amie » qui avait été jeune et amoureuse d'un grand gars qui faisait soupirer les filles parce qu'il les dardait droit dans les yeux, qu'il ne craignait ni les empoignades ni les épinglages. L'amie en était si éprise que, pour l'impressionner, elle prétendait se moquer des règles autant que des poltrons scrupuleux. Le brigand, qui n'avait jamais connu une femme aussi insolente que lui-même, tomba sous le charme.

« Eh bien, maintenant tout le monde raconte qu'il y a une malédiction qui pèse sur sa tête. Tout le monde croit qu'elle a perpétré que'que chose de terrible. » Elle faisait distraitement rouler un bouchon sur la table, le tassant d'un doigt et le repoussant de l'autre. « Mais la vérité, c'est que le crime qu'on pense qu'elle a commis, elle l'a point commis. C'est son matelot qui l'a commis tout seul. Son seul crime à elle est d'avoir approuvé. Elle a feint de vouloir l'or, alors qu'elle le voulait, lui. Pour le garder, elle devait jouer la désinvolte, la sans-vergogne qui se fiche du trépas des autres, qui se frotte les mains après la victoire et qui pisse sur les vaincus. Son beau, ce n'était même pas elle qu'il aimait, c'était l'autre : l'effrontée, la cruelle. Alors, quand le vent l'a emporté, elle a remercié le vent. Elle s'est dit qu'avec le prochain elle serait bonne, douce, généreuse. Mais c'était trop tard, la malédiction s'était déjà abattue. Le vent a pris ses hommes les uns après les autres. Par la force des choses, elle est devenue c'te femme-là, la cruelle, la désinvolte. Et c'est peut-être ça le pire. »

Sa voix s'était brisée sur la dernière phrase. Elle se ressaisit.

— C'est-y plein de désolance, tout de même. Elle est condamnée à ne plus jamais aimer personne. On dit que la seule chose qui pourrait rompre le sortilège, ce serait qu'un de ses disparus revienne vivant.

Le pilote s'éclaircit la gorge, se pencha pour la resservir.

— Cette amie... J'espère qu'elle ne prend pas ces superstitions-là trop au sérieux. Ce serait dommage de s'empêcher de s'attendrir quand on a tant à offrir.

— Oh, ça dépend des jours. Mais elle serait contente d'entendre un homme galant comme toi parler de la sorte.

— Je suis sûr qu'il y a plein de galants qui seraient prêts à lui faire oublier les commérages.

Il cala le contenu de son gobelet en la fixant, elle l'attrapa pour le remplir à nouveau. Son châle glissa au sol. Sa main se fit lourde sur la sienne. Une ombre de frayeur passa sur son visage. Elle se leva et se précipita à l'étage, une porte claqua. Il monta l'escalier, une bougie dans une main, le châle tombé dans l'autre.

— Madeleine, ça va ? Ai-je dit quelque chose ?

— Non, rien. C'est point de ta faute.

— Tu n'es pas mal, au moins ?

Il approcha son oreille de la porte, se recula. Il resta immobile dans le silence qui se prolongeait. Des bruits de pas retentirent de l'autre côté. Elle ouvrit la porte d'un coup sec.

— L'amie dont je parlais, c'est moi.

— Je sais.

— On ne t'a pas averti sur mon cas ?

— Si.

— Alors, qu'est-ce tu fais ? Qu'est-ce tu attends pour fuir ?

— Je m'en fiche de ce qu'on raconte.

Elle émit un rire cynique.

— Je suis habituée qu'on médise de moi, mais je tolère point qu'on me raille.

— Je raille point.

— Vraiment ? Si je te disais d'entrer, tu entrerais ?

— Oui.

— Si je me dénudais devant toi, tu resterais ?

— Je n'attends que ça.

— Et si je te disais de me prendre dans tes bras, tu le ferais ?

— Absolument.

Elle s'effondra contre lui. Il tenta de garder l'équilibre, d'entourer ses épaules tout en éloignant la bougie. Elle sanglota dans son cou, écartant les pans de sa chemise pour mieux plaquer sa joue sur son torse.

— Tu ne crois pas à la malédiction ? hoqueta-t-elle.

— Non, Madeleine, j'y crois point.

Elle recula soudainement, le visage radieux et baigné de larmes.

— Alors, tu crois qu'ils pourraient revenir, mon Nicolas, mon Majoric, mon Bastien ?

— Je crois qu'avec la mer, tout est possible. Dans le Grand Port, on a déjà remonté une bouteille qui venait d'une île appelée Japon et qui avait traversé trois océans avant de terrir. La mer parfois s'agite tant qu'elle se régurgite elle-même, comme la mort qui crache ses âmes. Il y a des pêcheurs assommés qui ont dérivé jusqu'en Irlande et qui ont fait leur vie là-bas jusqu'à ce qu'ils retrouvent la mémoire et leur chemin vers Ys. Il y a des gens qu'on croyait trépassés et qui se cachaient à Terre-Neuve et, un jour, qui ont cessé d'avoir peur qu'on les tue et qui sont revenus à la maison.

— Dieu soit loué, craqua-t-elle.

Elle se précipita au pied de son lit, s'agenouilla, les doigts noués en prière qu'elle frappa de son front.

— Oui, ils vont revenir. Mon Majoric, mon Bastien, mon Nicolas. Je le sens. Je l'ai toujours su. Ils sont là que'que part. Merci. Merci, mon Dieu.

Elle continua de pleurer et de jubiler. Il resta quelques instants dans l'encadrement, puis referma la porte sans bruit, sans déranger l'élan de ses incantations.

Ce n'est pas en crachant dans l'océan pour le dessaler qu'on obtient de l'eau de source

Depuis que les parages d'Ys étaient éclairés, le nombre d'accidents avait décliné, l'impact bienfaisant des phares ne pouvait plus être nié. Mais la brillance des neuf lumières ne faisait qu'entamer le compte des avaries, le plus meurtrier des écueils continuant de sévir, c'est-à-dire Locqnoir et sa chaussée. « Pour anéantir le naufrage, il faudrait éclairer cet avant-poste du malheur, aborder ce rocher inabordable, bâtir sur cette base immergée la moitié du temps, balayée par des tempêtes même lorsque le soleil rayonne sur l'île », se moquaient les critiques. Ces adversaires de l'éclairage croyaient ainsi décrire l'infaisable. La Ligue des Premiers hommes répondit : faisons-le. Donnons-nous un dixième phare, le plus haut, le plus solide, le plus important.

Locqnoir était une roche lisse et légèrement arrondie comme le dos d'une baleine. Elle semblait avoir été polie par des millénaires de caresses, taillée par la nature pour que l'humain ne pût résister à l'idée de s'y installer. Ce socle accueillant n'était qu'une illusion : Locqnoir se révélerait aussi inhospitalier pour les constructeurs que menaçant pour les navigateurs.

Les travaux débutèrent à l'été de l'an vingt-six avant le Massacre des Premiers hommes. On débarquait sur Locqnoir quand la marée se retirait, puis on se retirait quand elle revenait. Dès le deuxième jour, un des hommes se cassa une jambe en glissant dans le mélange d'embruns et de guano. Il fallut d'abord creuser les fondations. On piochait, puis on s'éloignait avec regret, regardant le flux recouvrir le travail des quatre dernières heures. Quand le temps était mauvais, la roche était hors d'atteinte. On patientait pendant des jours dans un navire ancré au nord-ouest de l'écueil, les grains et les brumes stagnant au-dessus de cette zone comme les nuages au col d'une montagne.

Les tragédies commencèrent dès le premier du mois d'août. Un des canots transportant le matériel se perdit dans un coup de vent avec ses huit occupants. L'année suivante, on commença à convoyer des blocs de granit d'une tonne sur des allèges dans une houle sans merci. Un des ouvriers fut écrasé lors d'un levage, le haut de son corps réduit en bouillie. En septembre de la troisième année, une tempête s'allia à la marée d'équinoxe pour tout raser. Quand les hommes purent reposer le pied sur le socle, la plupart des blocs avaient disparu, comme si un géant fût passé par là pour les subtiliser. Il fallut repartir à zéro. Les ingénieurs durent aussi revoir leurs calculs, réestimer la puissance océane.

Chaque année, une poignée d'ouvriers mouraient sur Locqnoir pour avoir perdu pied ou parce qu'ils se trouvaient au mauvais endroit lorsque frappait une gerbe déviante, malgré l'embauche d'un crieur dont le seul rôle était de surveiller la mer et d'avertir les travailleurs de l'approche d'une lame. Mais la pire catastrophe survint pendant la douzième année. Un grain inattendu, des eaux brassées comme le contenu d'un chaudron. Sur le rocher, les embarcations emportées. Sans refuge ni échappatoire, vingt-trois maçons, neuf carriers et trois charpentiers périrent noyés, rattrapés par la marée.

Le mot commença à circuler que la construction du phare avait causé plus de morts que l'écueil lui-même, ce que les pilotes-gardiens s'époumonaient à démentir. Plus personne ne voulait se rendre sur la roche maudite. Il fallut recourir à des étrangers ou à des criminels faisant face à l'exclusion, leur promettant le pardon en échange de leurs services. Après vingt ans de travaux, la tour était encore loin d'être terminée. On avait passé la moitié du temps à refaire le boulot de l'année précédente et l'autre moitié à attendre que le ciel fût clément. Même ceux qui avaient défendu le projet à ses débuts poussèrent un soupir de soulagement quand, au mois d'avril de l'an six avant notre ère, l'Amirauté annonça la fin de la saga Locqnoir. Tous avaient rallié le camp de l'évidence : édifier un phare sur ce roc-là était impossible. Tous, sauf ceux qu'on appelait désormais les obstineurs de bon sens, les buveurs de chimères, les croisés de l'éclairage, c'est-à-dire les pilotes-gardiens de la Ligue des Premiers hommes.

XII.

Le vent se leva durant la nuit. Les volets se mirent à claquer. Le sifflement cernait la chaumière, cherchant le moindre interstice. À midi, les hommes sortirent pour haler plus haut les chaloupes sur la grève. La mer, blanchie de mousse, ne s'en tiendrait pas longtemps à ses quartiers habituels, augurait-on. Le gris du ciel se fondait dans le gris du large. Les masures et les galets étaient souillés de broue sèche et brunâtre comme si l'océan leur eût craché dessus. Des riverains montaient dans des échelles pour ajouter des ficelles garnies de galets sur les lits de varech afin de stabiliser les toits. Les premiers coups de marteau retentissaient, certains barricadant les fenêtres. À la tombée du soir, on pouvait encore se tenir debout dans le vent, mais il fallait de plus en plus ployer.

Cléden Roussy referma derrière lui, les deux paumes plaquées sur la porte. Les deux Mathurin pinçaient chacun les cordes d'un violon. Nuala Parcoeur se berçait dans le fond de la pièce, un air d'insouciance forcée sur le visage. Danaé Poussin refaisait sans cesse les mêmes mailles d'un tricot. Une rafale plus aigüe que les autres fit tressaillir la maisonnée, tous retinrent leur souffle en regardant vers le plafond.

— On se croirait en mer, dit le cadet.

— Tu ne sais pas de quoi tu parles, le fit taire son père.

Roussy se débarrassa de son capot, essuya son nez qui gouttait et ses joues refroidies. Il marcha vers l'âtre et alluma un feu pour chasser l'humidité. Il le fixait sans bouger, les mains sur le manteau de la cheminée, le visage rougi par les flammes. Il notait les bruits du dehors, le martèlement des plus petits galets projetés contre les masures comme de vulgaires grains de sable. L'absence de tonnerre, qui annonçait une lutte sans éclatement imminent, une guerre d'usure.

— C'est un vent de baptême, déclara Roussy au milieu du silence.

Il énonçait ce que tout le monde savait déjà, comme si, jusque-là, il eût été possible de renverser le verdict. Les Issois disaient vent de baptême pour parler du vent qu'il fallait avoir affronté pour ne plus se dire mousse, pour pouvoir se déclarer marin avec aplomb. Aucune initiation en mer, aucun passage costumé de la ligne équatoriale ou tout autre rituel n'était aussi déterminant que le moment où l'on percevait pour la première fois la crevaison d'une voile. Quand on avait atteint le point de rupture du lin, par imprévoyance ou par malchance. La prudence commandait de réduire la voilure dès que le temps forcissait, mais dans une vie, on rencontrait toujours un maître fou qui ordonnait de ne rien ferler pour profiter de l'allure ou encore une envolée furieuse qui ne tolérait la résistance d'aucune toile. Ce n'est pas un bruit comme les autres, disaient les mariniers. Il vous blesse dans toutes vos membranes, du cœur au tympan. Vous entendez comme une explosion de papier et c'est après que vous comprenez : le grand hunier a éclaté. Le vent a assassiné une voile, elle qui n'était là que pour lui, comme un coup de poing dans la peau d'un tambour qui ne prétendait qu'à la musique. Le vrai baptême du marin, c'était la déchirure.

•

Il fallait de l'imagination pour reconnaître le jour levé dans la clarté blafarde qui avait plus en commun avec la nuit. Ils sursautèrent. On frappait à la porte. Un martèlement impérieux, cogné non pas avec les jointures, mais avec le gras du poing. Jacques Duval entra, douché de la corne de son chapeau au bout de son caban. Il paraissait mince et imposant comme ces moines fantomatiques qui, des siècles plus tôt, avaient préfiguré les gardiens de phare en s'exilant sur des roches inaccessibles pour que rien ne dérangeât leurs prières sauf le courroux de Dieu. Il fouilla la pièce des yeux.

« Il y a une épave à la côte. »

C'était un euphémisme de marin. Il avait dit une. Il y en avait douze.

•

Les hommes couraient de porte en porte pour réveiller les canotiers. Danaé sortit en même temps, serra son châle sur sa tête, gravit à grandes enjambées le sentier boueux, s'aidait de ses mains jusqu'au sommet où se révéla un panorama brumeux. Sur la plage à l'ouest, une goélette et deux chaloupes. Sur la plage à l'est, une barcasse de pêche. Sur le premier tiers du cordon Locqnoir, un senau et une autre goélette. À la moitié de la chaussée était éventré ce qui ressemblait à un grand trois-mâts, mais comment savoir son nombre exact de mâts dans cet enchevêtrement d'espars effondrés ? Le reste de l'horizon était plongé dans une bruine embrouillant les dégâts. Les ombres plus foncées qui en émergeaient pouvaient être des épaves comme des rochers. Le ressac sonnait fort, déchargeant le tumulte des vingt dernières heures.

Toute la journée, on fit des allers-retours. Les femmes avaient improvisé des brancards avec des toiles pour transporter les survivants blessés jusqu'au fond de la crique. On parla de transformer l'auberge en hôpital, mais la pente était trop abrupte. On entassa les naufragés dans les chaumières, dans les lits, sur des couvertures à même le sol. Les pêcheurs avaient mis la barque à l'eau. Ils partaient en mer pendant deux ou trois heures, faisaient le plein de rescapés, les larguaient sur la grève, puis rembarquaient.

Une querelle éclata à la fin de leur quatrième voyage. Les rameurs paraissaient presque aussi transis que les rescapés, enveloppés dans l'humidité de leur propre sueur. Leurs yeux étaient rougis par le sel. Leurs avirons, barbouillés de traces rouges, le sang qui commençait à suinter des craquelures de leurs paumes. Duval voulait retourner au large une dernière fois, les autres ne voulaient plus. Roussy, derrière la barre, ne disait rien. La lumière du jour, déjà faible, déclinait. Il restait sans doute des dizaines de matelots marronnés sur le socle de Locqnoir, insistait Duval. D'accord, mais le vent reprenait et les canotiers couraient le risque de rejoindre les naufragés dans leur malheur, rétorquaient les autres.

— Moi, j'ai assez donné, dit un pêcheur. Je débarque.

— Non.

La voix de Roussy avait retenti du fond de l'embarcation.

— On y retourne.

— Laisse-nous au moins manger un morceau avant, soupira l'autre.

— Pas le temps, intervint Duval. Attendre, c'est revenir avec la noirceur.

Jean Malloy se leva et sauta à pieds joints dans l'eau.

— Où tu vas, Malloy ?

— Je vais là où ça me chante.

— C'est moi le patron de c'te bateau. On va débarquer quand j'en aurai décidé ainsi.

— Facile à dire pour toi, Cléden. Nous, ça fait douze heures qu'on souque. C'te bateau-là, ce n'est plus une barque. C'est une galère.

— Il a raison. Que les cels qui ont des os de trente ans le fassent. Moi, mes os de soixante ans n'en peuvent plus.

— Adonc, vous voudriez que vos fils se risquent à votre place, c'est ça ? accusa Roussy.

Les hommes se levèrent les uns après les autres.

— Attendez, cria le pilote. Vous serez récompensés, j'en ferai mon affaire. Je m'arrangerai pour parler aux armateurs des trois-mâts. Je vous paierai de ma poche, s'il le faut. Et si c'est des pétitions que vous voulez, z'allez en avoir.

Trois hommes hésitèrent. Deux se rassirent, puis deux autres jusqu'à ce que le mouvement eût gagné le reste de la barque.

— Et toi, Malloy ? lança Roussy.

— J'ai passé l'âge de croire aux récompenses, fit-il en s'éloignant.

Roussy cracha dans l'eau. Duval se pencha vers lui.

— Il nous manque un rameur. On est trop fatigués pour y aller avec un homme en moins.

— Bougez point.

Il déplia son corps avec douleur, passa le plat-bord et marcha jusqu'à sa chaumière. Il revint accompagné de M'as-tu-vu, qui replaçait un bonnet sur son crâne et boutonnait un capot avec des doigts agiles que lui envièrent les rameurs engourdis. La barque disparut pour son dernier voyage dans la mélasse blanche qui s'épaississait autour du goulet.

•

L'obscurité était totale. La barque des secoureurs n'était toujours pas revenue.

Nulle part ne filtrait la lune censée être pleine dans ce ciel placardé. Les sanglots des rescapés perçaient le silence. La plupart étaient des hommes, des membres d'équipage, des chasseurs de gibier marin de toutes sortes qui avaient autant de vies que de doigts et qui les vivaient dans une absence perpétuelle aux yeux des terriens. Ils étaient en naufrage comme en escale. Ceux-là avaient perdu des camarades comme on perdait des plumes. Mais il y avait parmi eux des femmes et des hommes qui étaient des passagers, qui avaient vu leurs proches et leurs espoirs périr sous leurs yeux. On les avait d'abord consolés, puis laissés à eux-mêmes. Plus la nuit avançait, plus on se bouchait les oreilles pour bloquer ces pleurs qui faisaient écho aux pleurs futurs des riveraines du cap.

Le matin amena une marée de barriques, de bouts

de vergues et de longs cordages flottant comme des serpents. Les habitants de cette péninsule acérée qui en avait pourfendu d'autres n'avaient jamais compté autant de débris ni vu un tel déversement de victimes, le produit d'une telle digestion. Il allait falloir des semaines pour nettoyer les grèves, l'abondance se transformait en fardeau. Ils éloignaient les charognards à coups de salebardes et d'avirons. Ils retournaient les cadavres, les repoussaient sans même vérifier s'ils avaient des dents en or. Ils les touchaient seulement pour se donner de la force, se prouver que les corps n'étaient pas ceux des leurs.

Au deuxième jour, il ne restait de traces de la tempête que cette charpie de membrures et de planches. Le soleil réchauffait une mer calme, quelques arcs-en-ciel effrontés irisaient l'air autour des rochers. Dans la chaumière, Danaé Poussin surveillait le feu qui servirait à faire bouillir le vin. Nuala Parcoeur entra, la tassa d'un coup de hanche et jeta un seau de sable sur les flammes.

— Qu'est-ce tu fais ?

— Sont morts, déclara Nuala.

— On n'en sait rien.

— Si, on le sait. On a tous vu l'état de la mer hier et on a tous vu l'état des hommes.

— Mais ça fait seulement deux jours. Sont peut-être échoués sur une batture. Z'ont peut-être dérivé à l'autre bout de l'île. Et même s'ils sont encore au large, le pire est passé. Tout est encore possible.

— Possible. Et pendant combien de temps ça va rester possible ? C'tes hommes-là étaient des marins, on a toujours su que ça finirait ainsi. Après, c'est chacun sa limite. Il y a des femmes ici qui vont attendre un mois, d'autres un an. Il y a des enfants qui vont attendre après leur père toute leur vie. Crois-moi, le plus tôt on retrouve les corps, le mieux c'est.

Danaé courut dans le sentier, aveuglée par les larmes, pilant sur ses jupes. Elle poussa la porte du cabaret. La salle était vide, un bruit de butoir résonnait partout depuis l'étage supérieur. Elle trouva Madeleine Ezkarre en train d'arracher les barrures de la chambre des lanternes.

— J'aère, expliqua-t-elle. Ça doit puer le renfermé là-dedans.

— Madeleine, écoute-moi. Nuala dit qu'il est trop tard, qu'il y a plus de chances que les hommes soient morts que vivants. Alors j'ai vraiment besoin de savoir, au cas où il ne revienne pas : le pilote, comment il a agi quand tu lui as remis ma lettre ? Est-ce qu'il a dit que'que chose ? Il a semblé content, agacé, intrigué ?

— Ta lettre ? Ma pauvre enfant, je l'ai brûlée, ta lettre.

— Quoi ? Mais pourquoi ?

— Parce que j'étais possédée. C'était avant que je ne voie clair. Mais c'est fini maintenant, je ne te veux plus aucun mal.

— Adonc, il l'a point lue ? Il ne sait même pas que je l'ai écrite ? Et je ne saurai jamais ce qu'il en aurait pensé ?

— Oh, ne crains pas, ma petite Danaé. Il va revenir, ton pilote. Et mes pêcheurs itou, ils vont revenir. Nous serons toutes comblées. Un amant pour chaque amante. Nous serons toutes égales.

Elle se remit à piocher contre l'anneau d'un cadenas. Danaé descendit les marches une à une, au ralenti. Ses pas la menèrent dehors. Elle se trouva au bord de la falaise comme une coque démâtée qui se laissait entraîner sans volonté vers les brisants. Il n'y avait plus de vent. Le moindre son se répercutait avec écho. Le faible ressac, le glapissement de mouettes. Un soleil de plomb éclairait la crique. Un temps de pique-nique, eût dit un citadin. Ce soleil bon pour l'inspiration des peintres et la multiplication des mouches rayonnait sur la calamité, rendait encore plus crus les contours des épaves et des pieux verticaux croisant la ligne d'horizon. Et le vent, lui, où était-il passé ? Comment osait-il se mettre lui-même en berne ? Que faisait-il ailleurs au lieu de couvrir les craquements de la désintégration des décombres ? Danaé s'effondra, postérieur dans l'herbe et dos voûté, les souliers pointant vers le ciel parsemé de nuages en forme de chérubins et de têtes de violon.

« Le vent s'en fout, prononça-t-elle à voix haute. Le vent s'en fout complètement. » Le choc du silence éclatait de partout. Il suffisait d'une fois pour ne jamais l'oublier. Même quand il se remettrait à siffler, qu'il se donnerait à nouveau des airs de déterminé, elle se méfierait. Elle ne pourrait plus compter sur lui maintenant qu'elle avait vu clair dans son absence de jeu. Elle finit par se relever, par secouer les brindilles de ses hardes, par redescendre le sentier dans une trajectoire aléatoire, sans doute la même que celle des petits requins qui venaient parfois s'échouer par dizaines et qu'on recevait comme un cadeau providentiel.

Personne n'est à l'abri d'un massacre

Aux Échouements, on disait des pilotes côtiers qu'ils étaient les premiers hommes car les premiers servis, les premiers à piger dans les cales remplies de bois, de poivre, de lin et de tout ce qui manquait sur l'île. On disait aux garçons qui se faisaient matelots qu'au bout des traversées, il ne fallait pas se laisser distraire par la vue du premier homme, car ce n'était que le début du danger, même si le pilote apportait avec lui les effluves de la terre, la promesse de la fin du scorbut, la fin des privations. On rappelait aux filles que l'apparition du premier homme signifiait l'approche des premiers écueils.

On se transmettait de génération en génération la rancœur d'origine des pêcheurs d'autrefois frustrés de ne plus pouvoir remplir leurs poches par quelques pilotages improvisés, parce qu'ils étaient dorénavant considérés comme des amateurs en comparaison des pilotes de métier. On pestait quand la saison était de mauvaises pêches et de faibles débris, quand on avait déchiré toute la toile et que la seule chose qu'il restait à enverguer, c'était le drap de lit des enfants et qu'alors on apercevait une pilotine aux voiles neuves. Quand on accueillait le caboteur avec des fourches à goémon pour se révolter contre la cherté des provisions et qu'il répondait que ce n'était pas sa faute, qu'il était saigné par les redevances à verser à la Ligue des Premiers hommes, dont il n'avait rien à foutre puisqu'il connaissait la côte aussi bien qu'eux, qu'il était étranglé par les taxes servant à financer leurs projets délirants de tours à feux. On déposait les fourches et les harpons, mais on se réveillait la nuit pour détester les coupables, les « dynasties de sangsues » et les « bougres de secourus ».

On crachait entre ses dents quand parvenaient les racontars sur le nombre de morts sur le chantier de Locqnoir, quand on connaissait le frère de la cousine d'untel qui y besognait pour obtenir sa rédemption de fraudeur dans des conditions de misère. Quand on entendit qu'à Marneux, les pêcheurs avaient accueilli les Sagean-Bourdas avec des coups de hache dans la coque. La pincée sourde de l'envie se transforma en colère quand on apprit que toute la populace adulte de Marneux avait été punie d'exclusion pour ses méfaits envers les Sagean-Bourdas. L'émotion se transforma en émeute, en pèlerinage de représailles, tandis qu'on avançait armés de piques et de gaffes jusqu'au Grand Port, une masse de riverains si compacte qu'on eût dit que c'était le rivage lui-même qui était en marche tel un grain blanc couchant tout sur son passage. Dans les officines de l'Amirauté, on fut tant sidérés par leur advenue qu'on leur accorda ce qu'ils demandaient : on annula l'exclusion des riverains de Marneux. On croyait qu'une fois satisfaits, ils partiraient et que tout rentrerait dans l'ordre. Une poignée de durs à l'âme sombre, galvanisés par les noces de colère, traînèrent derrière. Ils avaient ouï dire que les pilotes-gardiens allaient se réunir pour préparer leur énième riposte politique à l'extinction des tours à feux, qu'ils tiendraient bientôt la rencontre annuelle qui les conviait tous : retraités-veilleurs, adolescents en apprentissage, patronnes de pilotines et pilotes brevetés. Seuls les plus jeunes n'étant pas encore en âge de manœuvrer un cotre par eux-mêmes resteraient à la maison, sur le bateau ou sur le rivage.

Ils étaient tous là-haut dans la grande salle de l'avant-dernier étage du phare de la Victoire : les Gachod, les Réaume, les Levasseur, les Portanguen, les Mescam, les Sagean, les Bourdas, les Hulcoq, les Gueveuder, les Berrubé et les Dutremble. Les émeutiers enfoncèrent la porte à coups de bélier, mirent le feu à l'escalier de bois massif qui tournoyait au centre de la structure. Ils rallumèrent en quelque sorte le phare qui n'avait pas brillé depuis six ans, attisèrent l'incendie qui noircit la pierre ivoire et étouffa les occupants. La mer était basse, ceux qui sautèrent moururent sur le coup. Les autres, asphyxiés par la fumée. Le Massacre du dix-neuf janvier de l'an un fit mieux que n'importe quelle tempête : dix-huit navires à l'abandon et deux-cents orphelins en une soirée.

Des navires que l'Amirauté réquisitionna. Des orphelins que l'on recueillit dans les chaumières, à qui l'on donna des noms d'animaux pour continuer d'avilir le souvenir de leur caste ou pour taire la culpabilité qu'éveillait leur vrai patronyme.

Depuis la Grande Rotation, nous avons abandonné le calendrier continental pour créer notre calendrier issois. Nous aurions pu fixer l'an un de cette nouvelle ère au renversement du régime de la Saine Rotation, mais nous avons préféré remonter plus loin, reculer ce jalon de quarante ans en arrière afin de ne jamais oublier ce carnage inutile et d'honorer la mémoire de ces pilotes assassinés, de ces premières femmes et premiers hommes qui personnifiaient avant l'heure l'héroïsme tel que nous le concevons ce jourd'hui.

XIII.

Jacques Duval reparut au cap Nordant au milieu du troisième jour, arrivant par la grève comme s'il revenait d'une de ses séances de nage. Il chancelait, traînait ses pieds salis jusqu'aux mollets. Il n'avait plus ni bottes ni caban, rien que sa culotte et une chemise qui lui tombait lâche sur le dos comme les voiles empêtrées d'un trois-mâts brisé. Des naufragés qui prenaient soin d'autres naufragés le virent et coururent le soutenir. Il s'effondra sur une paillasse dans la première chaumière. Nuala Parcoeur fut informée de son retour, les cailloux tintèrent sous son pas martial.

— Sont où ?

Le pilote était assis sur le bord du couchage, les coudes appuyés sur ses genoux écartés. La tête basse, il se massait la nuque.

— Parle, ordonna-t-elle.

La barque avait pris à son bord huit rescapés, expliqua-t-il. Les hommes n'avaient pas réussi à contrer le courant qui les poussaient vers le large, les rameurs trop épuisés. Ils s'étaient laissé porter vers le nord-est, puis la nuit était tombée. Ils n'y voyaient plus rien, pouvaient à peine deviner les crêtes des vagues à leur blancheur.

— On s'est retrouvés dans un fouillis de lames croisées. Je le sais même pas où on était quand on a dessalé.

— Alors, sont morts ? Tous les autres sont morts, et toi t'es là ?

— Je n'ai pu sauver personne, tout est arrivé trop vite.

— Et tu oses te montrer ici ? C'est à cause de toi, tout ça. Ils seraient jamais sortis par un temps pareil si t'étais pas venu avec tes histoires de récompenses et d'issoiseries.

— Je sais point quoi te dire, Nuala.

Elle se détourna, porta ses doigts tremblants sur ses lèvres.

— Cléden était le meilleur marin que j'aie rencontré, ça je peux te le dire, tenta-t-il. Je pense qu'il était le plus proche que j'ai jamais eu d'un frère de matelotage.

— Tais-toi. J'ai nul besoin d'entendre ça. J'imagine bien que vous vous accordiez, les deux fêlés ensemble. Le meilleur marin... Et mon fils ? Mon p'tit Mathurin, il était quoi ?

Elle attrapa le pilote par le coude et le tira. Il se laissa varloper de taloches et de cris. Elle le poussa hors de la chaumière.

— Va-t'en. Je ne veux plus jamais te voir par ici. Y a plus aucun riverain qui va accepter que tu mouilles sur c'te côte, ni au cap ni nulle part ailleurs aux Échouements. Tu peux compter sur moi. Peste soit les déceveurs dans ton genre avec leurs fabulations. Mon fils, le dernier qu'il me reste, il aura la souvenance de tout ça et les fils que mon fils aura un jour itou.

Il retrouva son équilibre en acquiesçant.

— Je serai parti demain, avec la marée. Mais tu es injuste, Nuala. J'ai jamais obligé personne à faire quoi que ce soit.

— Va-t'en, cracha-t-elle.

•

Le village du cap Nordant ne se remit jamais tout à fait de la tragédie. On cessa d'entretenir la jetée, le bassin redevint un port d'échouage. Les meilleurs pêcheurs engloutis, le hameau n'eut plus de quoi vivre hormis les débris et morceaux d'épaves. Les rescapés venus d'ailleurs apprirent à pêcher, petit à petit, mais sans vrais maîtres pour leur apprendre les astuces et les grandes leçons. Ils portaient les cabans des disparus et mangeaient assis à leur place. Parfois, on avait envie de leur griffer le visage, de les jeter aux quatre vents, mais ils étaient tout ce qu'il restait des hommes d'avant.

Nuala Parcoeur ne cessa jamais de maudire le nom, le titre et la descendance de Jacques Duval. Sur sa langue, il devint un juron qu'elle éructait pour donner du souffle à sa haine. Il lui arrivait de déterrer le coffre et d'en sortir la vieille lettre de convocation de l'Amirauté. La note se désagrégeait au niveau des plis. Elle l'admirait en silence, la tâtait. Ce bout de papier devint son plus précieux trésor.

Au sommet de la falaise, une lueur brillait. Tous les soirs, Madeleine Ezkarre continuait d'installer une bougie devant une des fenêtres du cabaret pour que le pilote, pour que quelqu'un, retrouvât son chemin. « Ça y est, la Madeleine est virée folle », avaient décrété les gens du cap.

LE BÂTISSEUR

I.

Augustin Joybert construisait un château de sable. On n'eût su dire ce qui était le plus impressionnant : la petitesse du gamin, plus court que la hauteur du palais qu'il avait façonné, ou les escaliers tournants, les tunnels et les toits en pente, tous ces recoins qui donnaient envie de se faire miniature pour s'y nicher. Il faisait aller sa pelle et son grattoir, l'air absorbé, gravait une étoile de mer dans l'épaisseur d'un muret, la langue pointant dans le creux d'une joue, inconscient du sourire qui lui animait le visage.

Bientôt, ce garçon serait mousse sur la *Clardeye*. Il serait en mesure, dès son jeune âge, d'apprécier les qualités des meilleurs voiliers. Devenu homme, il construirait des goélettes, des frégates, des vaisseaux. Il exercerait ce qui, sur une île, était un métier révéré, celui de bâtisseur de navires, faiseur de flottaison, fournisseur d'épopées. On l'honorerait du titre de charpentier de la Marine issoise. On l'appellerait Citoyen Joybert. Il aurait l'allure du richard et les mains ravinées aux ongles fendus du touche-à-tout.

Pour l'instant, il n'était encore qu'un orphelin du rivage qui s'amusait à durcir le sable en le frappant, à laisser filer sa douceur entre ses doigts. Il avait des plaques de vase jusque dans le cou. Il était prêt à se salir pour que ses tourelles s'élevassent davantage. Il n'avait pas encore compris que tout ce qui était bâti sur le rivage était voué à être démoli. Il y mettait trop de passion, donnait trop de prises à la marée. Il ne songeait pas à l'impact, à l'eau débordant des douves, éclatant les redents, enlevant tout, jusqu'au drapeau d'algues du sommet de l'échauguette. Là où les autres gamins se contentaient d'ériger une motte, de fournir à la mer une opportunité d'incident, il se mitonnait une tragédie.

Il disait encore : « Quand je serai grand, je serai le plus courageux de tous ». C'était bien avant qu'il fît ce constat : il n'avait aucun courage. Il lui manquait cette devise fondamentale qui dictait le cours intrinsèque de la valeur d'un Issois. Il avait choisi de fabriquer des bateaux parce qu'il n'avait pas ce qu'il fallait pour naviguer dessus. Il dessinait et gréait des coques pour qu'elles emportassent d'autres que lui.

Ensuite viendrait un moment où il n'aurait plus peur de rien, où il réaliserait qu'il n'avait jamais été couard, seulement différent. Comme ces arbres tors poussés croche en bordure d'un chemin et loin de la densité d'une forêt, éloignés de leurs semblables, puis prisés des constructeurs de navires pour faire de leurs courbes les meilleures carènes. Il avait toujours eu en lui un grand courage, mais il l'avait réservé pour une cause qui en valût la peine.

Tous les livres sont sacrés

Il y avait parmi les mendiants un prophète rachitique aux idées hirsutes, le sieur Guglielmo Damalfi. Les ongles de ses orteils nécrosés de champignons perçaient ses souliers. Il portait encore son long postiche de rouleaux blancs du temps où il était astronome. Il avait été expulsé de l'Académie issoise des sciences, car il s'entêtait à prédire l'avenir au lieu de se contenter de mesurer l'univers. Il eût pu gagner décemment sa vie dans le Barachois puisque ses habitants ne demandaient que cela, qu'on leur parlât de leur futur. Une matrone le priait de lui dire si ses fils embarqués sur tel brigantin allaient revenir, un porteur de falots l'interrogeait sur ses chances de séduire telle vendeuse de soufflets. « Mais comment voulez-vous que je réponde à ces insignifiances-là ? Les étoiles parlent de tremblements de terre, de sécheresses, d'invasions massives. J'ai dans mon jeune temps conseillé des commodores, des ministres, des généraux. Plutôt mourir de faim que de conjecturer sur les amourettes de quidams », les repoussait-il.

Il attirait les foules lorsqu'il déclamait que des rivières de sang allaient bientôt couler dans les rues de la cité tandis que les flots allaient submerger ses remparts. « Ceci n'est rien. Quand les eaux magnétisées par l'équinoxe se ruent par-dessur vos barrières, vous avez l'impression d'affronter le déluge, mais ce n'est qu'une infime variation, le vulgaire ronflement d'un océan endormi. Le vrai renversement, vous l'avez point encore vécu. »

Une poignée de fidèles buvaient ses paroles. Des charrieurs de brouettes, des dégraisseuses de culottes, des ramasseurs de crottin, des chasseurs de vermines, des marchandes d'huile de foie, des clochetteuses de trépassés, des défaiseurs de filasse, des écosseuses de pois, des tout-commerces qui vendaient le sexe aux passants et la mamelle aux héritiers, des gratte-deniers qui alternaient entre le ramonage et le jeûne, entre le scorbut et la syphilis. Quand ils le suivaient d'un peu trop près, s'accrochaient un peu trop à la bure de sa toge, il les boutait de son bâton. « Cessez de me harceler, bande de sans-destin. Vous ne voyez pas que je vous berne chaque fois que j'ouvre la bouche ? Les révolutions, ça existe point. Il n'y a que l'enchaînement des saisons et la lente marche des astres vers leur extinction. Ces événements que vous attendez ne sont que les éclaboussures qui font tourner la roue d'un moulin : toujours distinctes mais toujours les mêmes. »

Un jour, il annonça qu'il quittait le Grand Port afin de mourir en paix. Il claudiqua vers le sud, longea les anfractuosités de la pointe du Longcouchant jusqu'à se cacher dans une grotte isolée. Une blanchisseuse lui tenait la main tandis qu'il suffoquait. En larmes, elle le suppliait.

— Oh *signor*, qu'est-ce qu'on va faire sans vous ? Vous pouvez point nous laisser comme ça. Dites-nous au moins le secret de la cité. Dites-nous ce qu'il faut faire pour y entrer.

— Y a point de secret, toussa-t-il. Même les membres du comité qui désigne les élus ne pourraient vous donner une juste recette puisqu'ils sont soumis à des influences qui les dépassent. La seule façon qu'il y aurait de tirer des règles générales de ce fouillis, de ce carrousel, serait de lire d'un bout à l'autre les registres de convocation et d'admission depuis les prémices de la Saine Rotation jusqu'à ce jourd'hui.

Le mot se répandit de la grotte à la grève, de la grève aux quais et des quais aux tavernes : la clé que tout le monde cherchait existait et il suffisait de voler les livres d'or de l'Amirauté pour qu'enfin elle apparût en toutes lettres. Des gens qui n'avaient jamais lu une phrase de leur vie se mirent à croire que la vérité se trouvait contenue dans les pages d'un bouquin. Cette idée ne comptait que quelques adeptes en l'an trente-six, puis une centaine un an plus tard, et puis le double l'année suivante. Elle s'insinuait dans la tête des désespérés comme l'image de l'aube dans le cœur d'un aveugle. C'est ainsi que le registre, liste platonique de noms, de dates et de faits répartis en trois-cent-vingt-huit volumes et rangés par ordre alphabétique sur les tablettes poussiéreuses d'un fonctionnaire à col à rabat devint un livre sacré.

Lors du carnaval de l'an trente-huit, une bande de ferventes profitèrent du bal masqué pour se faire passer pour les invitées qu'elles n'étaient pas et s'infiltrèrent dans les bureaux du greffe pour subtiliser les registres. Trois d'entre elles furent arrêtées, mais l'une réussit à s'enfuir avec deux volumes : celui de Fe à Fr et celui de Ro à Ru. On ne les récupéra jamais dans leur version intégrale. Pendant des mois, on repêcha des feuilles déchiquetées dans le creux des roches, on en découvrit des lambeaux cachés sous les vêtements des croyants arrêtés, collés contre leur peau comme pour en absorber la sagesse.

Les mauvais chroniqueurs établissent un lien entre les membres de cette secte et les pionniers de la Grande Rotation. Nous considérons qu'il s'agit d'un raccourci simpliste. Oui, le vol des registres a favorisé l'avènement de la Grande Rotation, mais de façon indirecte seulement. Si des contestataires sérieux et organisés ont pu renverser le régime de la Saine Rotation et prendre le contrôle de l'Amirauté, ce n'est pas grâce aux cabaleurs affectionnant les morceaux de répertoire. C'est grâce au chaos administratif que le trou dans les registres a entraîné. Des intrus prétendaient s'appeler Rotival ou Feagan, jurant qu'ils étaient citoyens et qu'il eût suffi d'un coup d'œil dans le livre manquant pour confirmer l'affront qu'on leur faisait en leur refusant le passage. Les imposteurs qui usèrent de la faille n'étaient pas forcément des fidèles du damalfisme, ces derniers étant plus occupés à déchiffrer des bouts de papier qu'à ruser. Mais grâce au désordre, des malfrats purent se faufiler de l'autre côté de la muraille, obtenir ce que l'honnêteté et la hardiesse n'avaient pu leur procurer. Pendant ce temps, des citadins véritables nommés Froissard ou Roeland se retrouvaient à la rue en attendant de pouvoir prouver leur citoyenneté. Après un tel gâchis, plus personne n'osa défendre la bureaucratie issoise contre les accusations de corruption, de népotisme, d'aberrations.

Nous ne referons pas ici le portrait des rotationnaires qui ont mené la charge contre les Saines Rotations. Ceux-là appartiennent à une Histoire déjà maintes fois écrites. Nous tentons plutôt d'éclairer les zones d'ombre de cet éclatant épisode que fut la Grande Rotation. Contrairement au sieur Damalfi, nous nous intéressons aux personnages secondaires qui, doit-on le rappeler, sont les personnages principaux de leur propre histoire.

II.

Jacques Daligaut-Dutremble dit Duval se dirigea vers sa *Clardeye*. Au premier coup d'œil, elle se trouvait telle qu'il l'avait laissée, amarrée à la jetée, doublement enchaînée pour faire face au soulèvement des flots. Lorsqu'il descendit sous le pont, il la trouva changée. Des livres et des chaudrons étaient tombés des étagères, un gobelet de fer avait roulé sur les planches. Dans sa bannette était couchée une femme. Il reconnut la chevelure de Danaé Poussin, qu'il avait maintes fois vu voler et qui reposait inerte et mêlée en pain sur l'oreiller.

Il leur fallut tous deux s'expliquer. Elle, sur ce qu'elle faisait là, sur son bateau. Lui, sur ce qu'il faisait là, parmi les vivants. Elle fit court : « Je ne savais pas trop où aller et j'ai eu l'intuition que c'te bateau non plus. » Il débita sans émotion les péripéties des derniers jours, le chavirement, la marche, le bannissement. Elle se mit à pleurer en souriant de le voir épuisé, sale et debout. Abîmé, en chair, en os et en cernes, mille fois préférable au souvenir sans défauts qu'on se tissait d'un disparu. Elle pleurait comme un seau qui déborde pour l'excès de trépas, les deuils des onze pêcheurs, trop nombreux pour que chacun eût sa juste part d'oraison, noyé dans la masse des noyés. Il ouvrit sèchement le rideau qui cachait l'autre bannette, se mit à fourrager parmi les chemises et les vestes qui y traînaient.

— Et ça, les hardes à M'as-tu-vu. J'irais voir Nuala pour les lui rendre qu'elle m'enverrait sa pelle par le galbord de la mâchoire.

— J'irai, moi, proposa Danaé en les réunissant en tas.

Il continuait d'écumer, de pester contre ces gens qui ne comprenaient rien, qu'il avait voulu aider et qui lui reprochaient ce jourd'hui la cruauté de la mer, alors qu'avant-hier ils l'acceptaient avec le pire fatalisme.

— On ne peut pas être pour le secours quand il réussit et contre quand il échoue, éructa-t-il en arpentant la cabine, semi-voûté pour en replacer les objets éparpillés.

Elle le suivait de ses yeux remplis d'eau, sans bouger.

— Je suis d'accord.

— Tu es d'accord. Tu es d'accord pour quoi ?

— D'accord avec ce que tu dis.

Ils se toisèrent. Elle pleurait, il rageait, ce qui revenait au même. Que la giclée vînt du ciel ou du ressac, tout se mélangeait dans la tourmente. Les bras, les doigts, les têtes, les lèvres. Elle avait imaginé cette scène si souvent, une découverte lente et étirée sur tout un après-midi, une douce paresse de mer basse, nageant parmi les méduses et les harengs jusqu'à la grève déserte de l'îlot Sainte-Marie, se prélassant main dans la main, léchant le sel du corps de l'un et de l'autre.

Ce ne fut qu'un abordage torrentiel qui ne leur laissa même pas le temps de se dévêtir au complet. Un assaut fiévreux visant à chasser la mort comme un coup de balai, un pied de nez à la Faucheuse qui, au fond, se délectait de ce rituel qui lui générait lune après lune son lot de futurs noyés. Ils tombèrent d'épuisement, chacun dans sa moitié de couchette. Il se mit à pleurer et elle se mit à rager en silence. Il pleurait la joie d'être en vie, l'injustice d'être en vie. Elle rageait d'avoir été dérobée de ce moment qui eût pu être les retrouvailles sacrées entre deux inconnus. Elle ne saurait jamais si, dans cet instant-là, il l'avait prise parce qu'elle était elle ou parce qu'elle était là.

•

Vers le milieu du mois de novembre de l'an vingt-sept après le Massacre des Premiers hommes, Danaé Poussin et Jacques Duval entreprirent leur premier et unique voyage, le genre de périple qu'on ne pouvait revivre deux fois. Ils ne finiraient jamais de le relater. Ils en parleraient toujours, par fragments. Des morceaux de souvenirs disparates, ressurgissant au fil du présent sans qu'on pût les reconstituer dans un ordre précis.

Au sud-ouest, ils attrapèrent des poissons volants et pêchèrent de grands spécimens d'un rouge plus vif que le feu. Ils s'embourbèrent dans d'immenses prairies de sargasses flottantes, cinglèrent au milieu de lagons à l'eau si translucide qu'on eût dit que la coque de la *Clardeye* volait au-dessus des coraux. Au sud-est, ils reçurent au visage une averse biblique barbouillant le cotre de sang, les voiles maculées de coulisses brunes comme un pavillon en plein combat. Ce ne fut qu'en longeant la côte désertique qu'ils comprirent que les nuages s'étaient chargés de sable rouge avant d'éclater en pluie. Au sud du sud, ils virent une colonie d'étranges oiseaux dodus qui se dandinaient sur leurs palmes, maladroits comme des nourrissons apprenant à marcher. Aucun ne s'envolait. Certains rampaient, promenant leur ventre sur la glace. Les oiseaux les plus pathétiques jamais aperçus, jugèrent-ils avant de ravaler leurs paroles quand les bêtes se mirent à plonger dans l'eau et à sauter dans les vagues avec une prestesse de dauphin.

Ni le chemin ni la destination n'avaient été définis. Rien n'était solide, sauf le pont qu'ils partageaient, briquaient, lavaient à grands baquets d'eau salée. Il fallait sans cesse combattre les fissures et renforcer les épissures. Personne de censé n'eût choisi de naviguer et pourtant tout le monde le faisait. Danaé devait maîtriser l'art de manœuvrer et Jacques, celui de libérer de la place. Elle parvenait à ravauder et à rabanter les voiles, il acceptait de se débarrasser de certains des bouts de bois accumulés au fil des ans et qui obstruaient les déplacements dans la cabine. Elle s'entraînait à grimper, sachant que le niveau de difficulté serait décuplé lorsqu'il faudrait affaler la grand-voile dans un fort coup de gîte. Il s'exerçait à plonger, lui qui n'avait jamais retenu son souffle assez longtemps pour s'enfoncer jusqu'à ce que le cotre ne fût plus qu'un petit ovale. Souvent, ils descendaient consulter leurs cartes parce qu'une île imprévue se trouvait sur leur route et qu'ils ignoraient s'ils s'étaient fourvoyés dans leurs calculs ou si c'était l'île qui n'avait pas été répertoriée. Parfois, ils embarquaient un pilote local et Jacques dépoussiérait ses rudiments d'espagnol et d'anglois.

— C'est si injuste, soupira Danaé. J'ai tout à apprendre et toi, t'as rien à apprendre.

— C'est faux. J'ai bien plus à apprendre que toi.

— Comme quoi ?

Il hésita, sembla chercher la réponse au loin dans le contraste entre le bleu profond de la houle et le blanc crémeux de l'écume.

— Je dois désapprendre.

Leur premier différend survint dès le départ, alors que la côte des Échouements était encore en vue. Ils passèrent devant une plage de bateaux en échouage. Certains étaient retournés quille en l'air, d'autres montés sur des béquilles. Elle y voyait un repos bien mérité, l'occasion de faire respirer ces carènes qui n'avaient pas été caressées par le soleil depuis des mois. Il y voyait un enfermement, un refus de baignade, une punition imposée à ces pauvres coques pour s'être aventurées trop haut. Parfois, elle découvrait un monstre, quand il refusait de rentrer de la toile sous un ciel de suie, quand il s'accrochait à une idée fixe comme on persiste à s'envoyer un vent contraire, comme un dément prêt à risquer la vie de son équipage pour ne pas se soumettre à l'autorité des flots. Parfois, c'était lui qui découvrait un monstre, quand elle parlait à coups de « pour toujours » et d'« à jamais » comme un poulpe qui engouffre sa proie en l'enlaçant de ses tentacules. Ils tenaient bon, ils ajustaient leurs pas au gré d'un équilibre qui n'était pas immobile, mus par l'instinct neptunien qui poussait à chercher l'issue et le repos au milieu du trouble.

Chaque jour, Jacques avait peur. Il craignait que Danaé ne se blessât, qu'elle ne tombât du haut du mât, qu'elle changeât d'idée. Il avait peur comme au nord du nord quand ils s'étaient trouvés entourés de glaciers, menacés de toutes parts par ces monuments de blancheur, de crevasses turquoise et de lueurs mauves. « C'était tellement beau, se remémorerait-il. Angoissant, itou. On aurait pu en heurter un toutes les minutes. Mais c'était beau à en pleurer. »

Jacques découvrait le plaisir de se lover dans une bannette déjà réchauffée par un autre corps. À l'ouest, il réveilla Danaé en pleine nuit. La cabine était éclairée par la lumière de la lune filtrant à travers le grillage au-dessus de leur tête. « Y a une surprise pour toi là-haut. » Elle monta l'échelle, encore engourdie de fatigue. À bâbord, au loin, s'élevait une longue colonne blanche. À son sommet, l'éclat d'un assemblage de lampes faisait briller les yeux de Jacques lorsqu'elle se retourna pour l'embrasser. Il prit son visage et écrasa de ses doigts les larmes qui ruisselaient sur ses joues. Elle ne put se résoudre à redescendre tant que le phare fut en vue.

— Il faut rentrer maintenant, suggéra-t-elle.

En un an et demi, ils avaient parcouru l'Atlantique dans tous les sens, frisé presque tous ses littoraux.

— Oui, faut rentrer, admit-il. Comment savoir si on est prêts ?

— On est prêts parce qu'il le faut.

•

Ils vivaient de bateau en bateau, d'adieux au petit matin et de retrouvailles au crépuscule, séjournaient dans le Grand Port juste assez longtemps pour s'approvisionner, puis repartir au large. Une vie sans terre ou presque et pourtant dédiée aux atterrissages des autres.

Les doigts de Danaé se crispaient sur la barre quand Jacques enjambait la lisse dans ce moment de battement, juste avant qu'il n'attrapât l'échelle de corde et ne la saluât d'un signe de la main. Elle reconnaissait le son de ses bottes sur les planches lorsqu'il la rejoignait sur les quais. Entre ce point et l'autre, le vent et la mer se choisissaient de nouvelles combinaisons à chaque chute du baromètre. Un voyage sans cesse recommencé, une routine toujours réinventée. Quand il pleuvait, ils se lavaient. Quand il n'y avait pas de navire à guider, ils entretenaient le cotre. Une fois la peinture rafraîchie, les poulies huilées et la rouille piquée, il ne restait rien à faire sauf l'amour et alors, ils se disaient que les superstitieux qui gardaient les femmes clouées au sol ne savaient pas ce qu'ils manquaient.

Un jour, Danaé fit face à une avarie. Le safran du gouvernail s'était rompu, plus rien ne dirigeait le navire. Elle mit au point un nouveau safran avec les planches qui traînaient dans la cabine. Elle ne se moquerait plus de l'affection que vouaient les marins au matériel. Le bateau d'abord, les camarades ensuite. Parce qu'on ne pouvait sauver personne sans sauver le bateau.

Dans les débuts, elle disait « tempête » pour désigner le coup de vent. Jacques la corrigeait.

— Tu dis ça juste pour me rabrouer. Je sais bien qu'il peut y en avoir des pires, mais c'est une tempête quand même.

Il ne répondait pas. Elle se mesurerait à des turbulences toujours plus violentes, les extrêmes seraient bientôt relégués au milieu de son échelle par la force de l'expérience. Quand elle connut sa première vraie tempête en mer, elle ne dit rien. L'évidence commandait qu'on se tût. Elle avait grandi dans les hangars où les saleuses ne pouvaient s'empêcher de babiller, de rire, de chanter. Elles raillaient leur taiseux de matelot qui n'osait pas non plus prononcer le mot et se contentait de dire : « La mer est grosse ce jourd'hui. » En mer, on avait d'autres combats à mener que de remplir le silence. Elle se rangeait peu à peu à cette retenue, à la pudeur des secourus qui évitaient de nommer l'évidence lorsqu'ils les remerciaient en tremblant : « Je ne sais ce qui nous serait arrivé si z'étiez point venus. »

Elle découvrait la texture des moments qui passent et ne reviennent pas. À terre non plus, ils ne revenaient pas, mais on les voyait moins disparaître, on les voyait moins s'éloigner.

•

La plus longue période que Danaé avait eu à patienter à quai était de quatre jours. Elle commença à s'inquiéter dès le cinquième jour après que Jacques fut monté à bord de la *Chézine*. Une forte saute de vent avait empêché le marchand de franchir la barre au même moment que le cotre, ce qui n'était pas inhabituel pour la mi-novembre. La *Chézine* avait sans doute déradé en attendant que le crachin d'embruns et de neige s'essoufflât. Le calme était rétabli dans la baie de Partance, mais la *Chézine* n'était nulle part en vue.

Relevant d'un armement étranger, le navire était inconnu des officiers du port. On ignorait sa provenance autant que sa destination qui, à en juger par son nom, pouvait être Saint-Pierre autant que Nantes ou Saint-Domingue. Danaé était la seule à Ys à se faire du mauvais sang pour ce bâtiment que personne n'attendait. Elle sillonna les méandres de l'archipel des Sablons, côtoya le littoral des Échouements, recommençant semaine après semaine son tour de l'île dans l'espoir de repérer un débris, un indice sur le lieu d'épave de la *Chézine*. En février, elle cessa de chercher le navire et se mit à chercher Jacques dans les recoins de la *Clardeye*. Cela lui prenait comme une toux, quand elle refusait de ne plus jamais le revoir et qu'elle avait un besoin irrépressible de le sentir. Elle plongeait dans tout ce qui lui avait appartenu, se vautrait dans ses vêtements pour absorber ses larmes. Elle se berçait avec son violon, dormait enroulée autour d'un aviron dont il n'avait pas fini de sculpter la poignée, s'excusait auprès de toutes les retailles de bois qu'elle n'avait pas réussi à lui faire jeter.

Dans un de ces accès, elle dévalisa le coffre de cuir inséré sous leur couchette. Elle en exhuma des papiers de toutes sortes, des lettres et des dessins. Elle figea sur un paquet de missives qui n'avaient pas été décachetées et portaient toutes le même sceau, celui de l'Amirauté. Elle les compta, il y en avait cinq. Elle les ouvrit dans une série de gestes nerveux, soupçonnant déjà ce qu'elle allait y lire. Une convocation à se présenter à la Saine Rotation du prochain solstice, datée de l'an dix-neuf. Une autre de l'an vingt-trois, de l'an vingt-quatre, de l'an vingt-cinq. Jacques n'en avait jamais fait mention. Il avait de toute évidence passé la dernière décennie à ignorer les échelles qu'on lui avait déroulées vers la citoyenneté.

L'abdicataire

Les archives de la Saine Rotation révèlent qu'à chaque solstice, environ un convoqué sur cinq ne se présentait pas à son audition. Nous pouvons inférer une panoplie de raisons à ces absences : décès prématuré, maladie retenant le candidat à son lit, embarquement sur un navire au long cours et, plus rarement, désintérêt. Le plus souvent, la lettre de convocation ne s'était tout simplement pas rendue à la personne pressentie.

Les archives ne comptent toutefois qu'un seul cas d'abdication de citoyenneté. Il s'agit du dénommé Joseph-Louis Raqueliffe, gradé de la Marine issoise et lieutenant de frégate. Le vingt-neuf du mois de mai de l'an vingt après le Massacre des Premiers hommes, il se présenta devant l'Amirauté avec une requête sans précédent, celle de renoncer à son statut de citoyen afin de céder sa place à quelqu'un d'autre. L'argumentaire derrière ce choix ne figure nulle part dans les documents officiels, mais on raconte que Raqueliffe fut un jour trouvé en état de désarroi par un groupe de débardeurs quelque part dans une ruelle. On raconte qu'il larmoyait en fixant la forêt de mâts barrant l'horizon comme les grilles d'une geôle. Prostré au sol, il portait encore son uniforme à gallons et ne semblait guère se soucier de salir sa culotte blanche. On le secoua, on l'interrogea.

— Qu'est-ce que t'as ? Ton navire a coulé ? Ton équipage est parti sans toi ? Ta matelote matelotine avec un autre ? Tu as vu que'que chose dont on ne revient pas, comme des naufragés s'entre-dévorer ?

On lui fit boire un peu de cidre, il se mit à parler.

— J'ai fait trois tours du monde. J'ai foulé des îles volcaniques où le jardin d'Éden est intact. J'ai rencontré des peuplades de géants et des peuplades de nains. J'ai séjourné dans des royaumes où on vous offre un navire parce que z'avez un sabre, une flotte parce que z'avez un navire et un royaume parce que z'avez une flotte. J'ai connu des froids qui donnent envie de se pisser dessur pour se réchauffer. Trois révolutions de bouclées, avec des calmines à s'arracher les cheveux et des typhons à arracher les agrès. Et dans mon dernier tour du monde, j'ai beau cherché, je n'ai rien appris de nouveau.

Les porte-sacs et arrimeurs se grattèrent la hanche, changèrent leur pipe de côté de bouche. Un seul osa s'exclamer : « Ça, c'est grave. » On raconte qu'après son abdication, Joseph-Louis Raqueliffe se fit tonnelier et ne remit plus jamais le pied sur un navire.

III.

Augustin Joybert avait toujours aimé le bois. Son cheval à bascule, ce jouet en pin verni sur lequel il s'amusait à hennir. Les bûches grésillant dans le foyer avec Nanette, sa nourrice, qui courait au-devant pour fermer la grille. La table de chêne massif trônant au centre de la salle à manger. Elle était posée sur des piliers modelés en pattes de félin et de boules en forme de gueules de lion qui l'effrayaient quand il se cachait dessous, mais qui ne l'intimidaient pas autant que l'homme assis à son extrémité.

À l'origine, il n'aimait pas les bateaux, car le bateau était cette chose qui occupait son père la majeure partie de l'année et qui rendait sa mère aigre de jalousie. La première fois qu'il était lui-même monté sur un vrai navire, c'était pour les obsèques dudit père. Il se rappelait d'un homme qui ne souriait jamais, faisait coïncider ses devoirs parentaux avec ses pauses dinatoires, s'essuyait le coin des lèvres du bout de son mouchoir avant de l'interroger. « Alors, fils, comment va votre maîtrise du grec et du latin ? » Il questionnait sa nourrice, ne cherchait que des réponses précises. « Combien pèset-il ? Jusqu'à combien peut-il compter ? Sait-il prononcer le mot circumnavigation ? » À aucun moment il ne demandait : « Est-il vaillant ? A-t-il de l'ambition ? »

Augustin n'avait vu de feuillus que dans les livres, mais il avait déjà deviné que les forêts étaient supérieures aux jardins. Sa mère, assise à sa table de toilette, discutait avec sa femme de chambre. « C'est point la mort que je crains. C'est le flétrissement. Ce sont tous ces charmes qu'on nous a donnés et que l'âge nous vole alors qu'on a à peine eu le temps d'en profiter. Nous durons si peu que les hommes préfèrent nous prendre en bouquets, nous renouveler sans cesse. Je m'insurge de n'avoir été qu'une fleur alors que j'aurais voulu être un arbre. »

Augustin n'avait jamais dit à sa mère qu'il la trouvait belle, mais il l'avait souvent dit à sa nourrice. Il le dirait une fois à Danaé Poussin, juste avant d'être trop vieux pour ce genre de candeur.

•

Augustin vivait dans un univers tapissé de velours, meublé de chaises rembourrées, centré sur la poitrine rebondie de Nanette, un monde où il n'y avait nulle part où se cogner. Et puis une semaine plus tard, il habitait une masure au toit renfoncé qui lui gouttait dessus par temps d'averses.

« Allons, courage. On va se revoir bientôt, avait menti la nourrice au moment des adieux. C'est rien qu'un petit voyage aux Échouements que tu t'en vas faire. Tu te souviens des histoires que je te racontais ? Tu aimes ça, les voyages, non ? »

Il se retrouva sur le rivage, à marcher encore et encore, seul avec cette femme qu'il appelait « mère », comme on donnait du « majesté » aux rois médiocres. Au détour d'une saillie, ses narines avaient flairé un effluve sylvestre, la plus douce odeur du monde : celle du charbon de bois. « Un feu, mère », s'était-il écrié. Pas un feu de broussailles et de goémons qui étouffait avec ses émanations âcres plus qu'il ne réchauffait. « Un vrai feu », avait-il répété, les larmes aux yeux. Quand ils crurent ne plus être capables d'avancer, ils marchèrent encore. C'était ainsi qu'on se savait sur le mauvais versant de la vie, quand vous ressentiez jusque dans vos jambes la supériorité des oiseaux.

Ils longèrent le littoral jusqu'à aboutir dans un hameau de femmes aux pieds nus, assises sur des paniers renversés ou courbées sous une hotte remplie de patelles. Elles recueillaient l'eau de pluie dans des coquillages, cheminaient penchées sous leur chargement à la manière des escargots. Leur seule richesse était un chien nommé Bamboche qui accourait dans les rouleaux pour leur rapporter des débris dans sa gueule. « C'est ici que je suis née », déclara sa mère.

C'était une crique sans nom, ce qui en disait davantage que n'importe quel nom. Une petite plage de grandes roches aux strates parallèles comme des rayures, un champ de marbres et de mousses que révélait le retrait d'une eau cristalline. Autrefois, ce hameau avait compté huit familles, mais il ne restait plus que trois veuves et leur marmaille. Leurs hommes étaient disparus des années plus tôt, leur goélette de pêche jamais retrouvée. Les autres femmes avaient quitté le coin, une à une, ne voyant plus comment y survivre.

La doyenne se faisait appeler Pétronelle. Elle dévisagea sa mère. « C'est toi, Guignotte, la fille de Cathel ? Par le bon vent de la poulaine ! C'est vraiment toi. Ça fait bien une décennie qu'on ne t'a pas vue sur la côte. »

Ensuite, il fallut recommencer à marcher en vue de l'équinoxe. Les femmes de la crique sans nom se mettaient en route tôt en raison de la distance et de l'infirmité d'Églantine, la fille au pied tordu. Elle avait une quinzaine d'années à l'époque. Un feu de vindicte brûlait dans ses yeux aux teintes de tourbe, une flamme qui l'eût poussée loin, jusqu'à Ambouche ou plus loin encore, à tout le moins dans un hameau qui avait un nom à défaut d'autre chose, si seulement son pied le lui eût permis. Églantine parlait peu. Elle était flanquée de sa mère qui parlait sans cesse. Quand on lui demandait d'où elle tenait sa déformation, sa mère secouait la tête et répondait à sa place. « Un accident. Un bien bel accident. »

Le matin du départ, la mère d'Augustin avait disparu. Elle avait sans doute jugé que son fils était entre de bonnes mains, préféré tenter sa chance vers l'est plutôt que l'ouest, vers la ville des promesses plutôt que la falaise des culs-de-sac. Aucune tempête, aucun cataclysme n'était à l'origine du malheur d'Augustin Joybert. Son délaissement avait été un acte délibéré.

On avait choisi de l'abandonner.

La nuit, il peinait à fermer les yeux, se retournant sans cesse contre les cailloux qui lui démangeaient le dos. Il rêva qu'il avait perdu ses deux jambes. Il n'avait plus que deux moignons ressemblant à des bouts de saucissons et sa nourrice s'exclamait : « Enfin. » Il se réveilla d'un coup, se tâta les mollets, se laissa retomber, déçu. Il faudrait encore marcher.

IV.

Un cotre apparut devant la crique sans nom, solitaire et incongru au milieu de ce paysage de rocs et de déferlantes qui semblait avoir été conçu pour décourager les navires d'y terrir. Une femme en descendit, pataugea dans le ressac en se tenant le ventre. Toute la soirée, elle hurla dans la chaumière à côté. On expliqua à Augustin que la femme mettait un enfant au monde.

— Et il est où son matelot ? demanda-t-il à Églantine.

La mère d'Églantine répondit :

— Ça n'a pas d'importance où ce qu'il est. Nous sommes une race qui se perpétue à coups de brouillard. Un jour, on croit voir que'que chose en quelqu'un, puis neuf mois plus tard, on éjecte un nouveau quelqu'un. Et qu'est-ce qu'il reste de l'autre, une fois le brouillard dissipé ? Si y avait point de brumasse sur c'te côte, y aurait plus âme qui vive sur c't'île.

Au bout de la nuit, il n'y eut pas de cris de nourrisson, rien que des sanglots d'adulte qui s'égrenèrent sur plusieurs jours. La femme finit par se pointer dehors après une semaine. Elle se nommait Danaé. Elle disait que son nouveau-né était parti rejoindre son matelot dans les abîmes. Son Jacques, qu'elle l'appelait. Peut-être se trouvaient-ils tous au même endroit : le Jacques et le bébé, la goélette des pêcheurs de la crique sans nom, tous les pères, mères et nourrices disparus.

•

Danaé Poussin avait de bonnes et de mauvaises journées. Dans les bonnes, elle se contentait de pousser des soupirs. « Je ne sais pas quoi faire. J'ai un voilier et nulle part où le mener. » Dans les mauvaises, elle sortait et jetait des galets en direction de son bateau comme pour le faire fuir. La Pétronelle s'approchait d'elle, lui disait « cesse, tu vas faire monter le niveau de l'eau », et alors elle se laissait entraîner vers la grève.

Un matin, Augustin Joybert la trouva seule sur les rochers. Il s'assit à ses côtés.

— Est-ce que ça va bien ce jourd'hui ?

Danaé ne répondit pas, lui caressa la joue. C'était la première fois depuis son arrivée qu'un sourire perçait le couvert de ses larmes.

— Comme tu es issois, toi.

C'était la première fois que quelqu'un disait cela d'Augustin.

La grande marée d'avril approchait. Danaé suggéra que tous se réfugiassent à bord de son cotre au lieu d'effectuer le pèlerinage jusqu'aux grottes. « Je sais maintenant à quoi elle va servir, ma *Clardeye.* » Elle embarquerait les femmes et les enfants du hameau et les gens qui n'avaient pas la force de se mettre à l'abri pendant les équinoxes. Le pilote avait été un marin qui aidait les autres marins. Elle serait une riveraine qui aiderait les autres riverains.

•

Les femmes, les adolescentes serraient leur ballot en se pinçant la lèvre. Elles n'avaient jamais mis le pied sur un navire avant. La Pétronelle restait à l'arrière, bâton noueux à la main. Elle refusa de rejoindre l'embarcation.

— Mais y a de la place, insista Danaé.

— Non, non. Je la laisse à d'autres qui en ont vraiment besoin.

— C'est à peine si tu tiens sur tes jambes.

— Je vais me rendre. Je dois continuer à montrer l'exemple. Faut jamais cesser de montrer l'exemple.

Elle leur fit un signe, puis leur tourna le dos, entama sa claudication jusqu'aux Criardes. « Pauvre vieille », murmura Danaé en regardant la femme qui s'accrochait à la menace des eaux comme à la menace de chiens prêts à vous mordre pour se donner la rage de grimper.

Un silence tendu, imprégné de l'absence de l'aînée, régnait dans le canot. Danaé souquait. Augustin jetait des coups d'œil au cotre ancré au-delà des brisants, point de mire oscillant au gré des ondes.

— Il est petit, c'te bateau, remarqua-t-il. Mais, il est quand même assez gros pour qu'on ait besoin d'un bateau plus petit pour s'y rendre.

— Pour sûr, approuva Danaé. Tous les navires doivent porter en eux de plus petits, sans quoi y a point de moyen d'approcher les côtes. Ça ferait d'eux des navires stériles. C'est pourquoi il y a des yoles et des baleinières accrochées aux bâtiments comme il y a des baleineaux après les baleines.

•

La *Clardeye* progressait sous un ciel chargé de nuages sombres aux ventres roses. Une mouette tenait un poisson gigotant dans son bec. Les femmes virent un point mouvant, une forme arpentant la bande côtière d'un pas énergique.

— Il n'a pas l'air d'avoir besoin de nous, cel-là.

— Mais nous, on va avoir besoin de lui, dit Danaé. Ça m'a l'air d'un déserteur. Ce serait bien que je ne sois pas la seule sur c'te bateau à savoir naviguer. Oh hé, du rivage ! cria-t-elle. Tu sais barrer ?

Le déserteur n'était pas un homme, mais une femme grande et forte. Elle avait le crâne rasé, avec une dague tatouée au-dessus de la nuque. Une goutte d'or pendait de son oreille droite. Elle portait des vêtements de matelot, une chemise à fines rayures, des manches roulées dont sortaient des poignes maganées, sculptées par ses années dans l'industrie du muscle.

— Cornecul ! lâcha la marinière en toisant les pêcheuses et gamins au teint crayeux. Alors, c'est comme ça qu'on améliore l'ordinaire des gens maintenant, en les rendant malades ? C'est à peine si ça roule, se moqua-t-elle.

On mit en panne au milieu du néant, là où la marche des eaux d'équinoxe et les voix humaines émanant des Criardes leur seraient imperceptibles. Il fallait aller loin au large pour que le voyage du son s'épuisât, pour oublier qu'on assistait à un naufrage inversé, avec la sûreté trouvée en haute mer et les cris de détresse provenant de la terre. Les femmes s'accroupirent autour du mât, défirent les nœuds de tissus protégeant les victuailles au fond des paniers. On mangea dans la bise qui piquait la peau, engourdissait les mains et la cervelle, faisait pleurer les yeux.

La déserteuse scrutait Danaé Poussin entre deux gorgées de cidre.

— Je te connais, toi.

Elle leva la tête, étonnée. Elle la scruta en retour.

— Cherche point, ça fait longtemps. J'ai trop changé. Toi par contre, t'as pas changé. Je parie que t'es toujours autant balourde avec une épée.

Les yeux de Danaé s'illuminèrent.

— Tu as été une élève du rivage ?

La femme acquiesça.

— On dirait bien que ça t'a réussi, pour une sacripante. Te vl'à un vrai matelot et tout. Tu n'as pas eu trop de difficulté à te faire enrôler, avec tes attributs de porte-malheur ?

— J'ai eu mon lot de tracas. Mais je me suis bien reprise. Je peux parer n'importe quel coup : sabre, hache, couteau. J'ai occis mon comptant d'hommerie. J'ai pu voir le monde. J'ai jamais eu à lever le petit doigt pour convaincre un galant de se laisser chevaucher, étant toujours la seule drôlesse de la place. Ça vient un peu ensemble, le don de posséder et le don de tuer. Il en tombe toujours d'autres. L'homme est une ressource inépuisable.

— Et les lettres, ça t'a servi ?

— Les lettres ? Tu veux dire les gribouillis qui, mis ensemble, se mettent à vous signifier des choses ? Non, ça je sais plus le faire. De toute façon, on se rend vite compte que ce qui importe, avec les navires, c'est point le nom qu'ils affichent, mais la cargaison qu'ils contiennent. On m'avait mise en garde d'ailleurs. Les lettres, c'est pareil que les constellations dans le ciel. Quand on s'efforce à voir dans le dessin des étoiles par-ci par-là une casserole ou un gros ours, impossible de ne pas les remarquer après. Impossible de ne pas lire les mots qui apparaissent devant ses yeux quand on connaît ses lettres. Et après, on cherche des dessins partout, même quand y en a point. Non, même en mer, j'ai les pieds sur terre, moi. Et toi, ça t'a bien réussi, l'école du rivage ?

— J'ai un bateau, alors je suppose que oui.

La femme prit un air songeur, fixa la biffure floue de l'horizon au-delà de la proue.

— Je me souviens, dans le temps... Je te regardais et je me disais : celle-là, elle va réussir, elle va traverser de l'autre côté. Tu étais sa favorite, au maître d'école. Alors, de te voir ici dans la même barque que moi, je me dis qu'ils avaient raison, les autres : c'était un fou, le duelliste. C'est toujours plein de fous dans le Grand Port.

•

Les femmes dormaient à tour de rôle, casées dans une couchette avec un ou deux bambins. La déserteuse descendit au milieu de l'après-midi. La goutte d'or à son oreille droite brillait dans la pénombre. Elle ne portait rien à l'oreille gauche. Augustin Joybert ne pouvait détacher son regard de ce bijou unique comme on en laissait aux enfants avant de les quitter, cette marque dont on les décorait dans l'espoir de les retrouver. À lui, on n'avait laissé aucun joyau, aucun bout de ruban. Nulle moitié de paire à compléter.

Cette nuit-là, il se lova contre Danaé Poussin, sanglota contre son dos. Elle lui fredonna les berceuses qu'elle avait pratiquées pendant des mois pour un enfant beaucoup plus jeune.

— Est-ce que tu te souviens des animaux qu'il y avait dans les jardins de la cité, Augustin ? Non ? De quoi tu te souviens alors ?

— Je n'ai pas envie de me souvenir de rien.

— Mais tu dois bien te souvenir du silence un peu. Il sera avec toi pour toujours, c'te silence. Peu importe où tu iras, même au milieu de la tourmente, tu te rappelleras qu'il existe un endroit où on peut choisir de ne plus entendre le ressac. Un endroit fait pour remplir les vacuités, pour dormir en même temps que son matelot. Un endroit sans quarts ni demis.

Il était encore vêtu de ses habits de petit prince. Ils étaient argileux et usés, mais dans la noirceur, le blanc paraissait plus blanc, les signes d'aisance se donnaient une dernière rutilance. Danaé tentait de le distraire en lui parlant des merveilles qui se cachaient de l'autre côté de la muraille, mais en vérité, ce garçon y avait passé plus de temps qu'elle.

— Moi itou, tu sais, quand j'avais à peu près ton âge, on a choisi de m'abandonner sur le rivage.

Il renifla.

— Mais tu disais l'autre fois que tes parents étaient morts dans le Massacre.

— Mes parents ? Oui, c'est vrai. Mes parents, eux, ils sont juste morts.

•

Les femmes tirèrent le canot parmi les cailloux, entre les mottes de mousse jaune qui avaient la texture des gelées aux fruits. Il n'y eut pas de remerciements à l'attention de Danaé, de la même manière qu'on ne remerciait pas les Criardes d'exister. Les déchets et le limon avaient pris la place des toits de varech séché, des mèches d'algues tombaient du haut des murs de galets. La *Clardeye* ne faisait que les ramener sur la même grève désolée, les rendait à leurs vies ratées.

•

Augustin Joybert, neuf ans, fut nommé mousse de la *Clardeye*. Danaé Poussin lui enseigna les rudiments de la voile et de la nage, comment virer lof pour lof, comment flotter sur le dos, quand prendre des ris et quand choquer les écoutes. « Tu es là pour apprendre, profites-en. Sur c'te cotre, tu peux encore te tromper. » Cette mère sans enfant et cet enfant sans mère avaient décidé sans se le dire qu'ils embarqueraient ensemble et débarqueraient ensemble. L'un ne pourrait disparaître sans l'autre.

Puis un matin, sans avertissement ni bouée, elle le poussa à l'eau. Il s'affola, gigota, réussit à refaire surface en geignant. Elle dut le serrer longtemps contre elle pour le consoler. « Voyons, je savais que tu étais capable. T'en fais pas, jamais je ne te mettrai à l'épreuve de la sorte sans que tu ne sois prêt. »

Les gamins aux yeux bandés

Il vient toujours un moment où les observateurs étrangers s'interrogent sur la découvrance de l'île. Ils veulent savoir à quel explorateur Ys doit de s'inscrire au tableau des lieux civilisés. La réponse est simple : nous, Issois, faisons peu de cas de ces personnages commandités. En trois siècles, chaque royaume a envoyé son représentant pour y planter un drapeau dans une partie différente de l'île. Toutes les statues à leur image ont été détruites par les changements de régime ou réclamées par la montée des eaux. D'ailleurs, qu'ont-ils réalisé, ces aventuriers, si ce n'est de se fier aux ouï-dire des pêcheurs qui s'y rendaient déjà ? Que cherchez-vous à célébrer, pauvres continentaux, en soulignant les prouesses de ces gamins qui ont avancé les yeux bandés et qui ont eu la chance de viser juste ? Quel besoin ont les terres d'être nommées et fixées sur les cartes puisqu'elles existent sans nous ? Il suffit, pour s'en convaincre, d'énumérer les gagnants et les perdants dans la quête d'un passage de l'Atlantique vers le Pacifique.

Par le sud, un explorateur au caractère abrasif, détesté de son équipage, est parvenu à se faufiler dans un détroit sinueux délaissé par les générations suivantes de navigateurs, car jugé impraticable. Le tour du monde qui a rendu son expédition célèbre s'est terminé sans lui. Il est mort quelque part sur une île en combattant des indigènes avant même de compléter l'exploit qui est entré dans la postérité comme un des plus glorieux accomplissements du genre humain. Tout cela, parce qu'il a réussi à déboucher.

Par le nord, des explorateurs, qui ont tenté deux fois, trois fois, quatre fois de traverser par l'enfer glacé de l'Arctique, de percer encore et encore par le haut du globe, se sont frottés à des hivers catastrophiques, au scorbut, à la mutinerie. L'un d'eux, juste et humble, aimé et respecté de ses hommes, est rentré à bord d'un sloop conçu pour être manié par dix-huit marins, mais l'a fait avec les deux seuls survivants de son équipage. Il a été emprisonné, méprisé des nobles de sa patrie, dédaigné par son roi. D'autres avant et après lui moururent, disparurent, devinrent fous. Tout cela, parce qu'ils n'avaient pas réussi à déboucher.

Vous affirmez que l'un était meilleur que les autres, que nos succès et nos échecs disent tout de qui nous sommes, alors qu'ils dépendent d'une ouverture qui existe ou n'existe pas.

V.

Augustin Joybert jouait avec Bamboche, qui délaissa un morceau de pieuvre et se mit à japper. C'était l'heure où le soleil bas aveuglait d'un côté et faisait ressortir le vif des couleurs de l'autre. L'homme arriva par le côté éblouissant, auréolé par le couchant. Il ne portait ni veste ni caban, rien qu'un fusil en bandoulière. Danaé Poussin plissa les yeux, se couvrit le front pour observer la figure qui se précisait. Elle figea, bouche ouverte.

— T'es point contente de me revoir ? dit l'homme, tout sourire.

Elle marcha vers lui au ralenti, les bras inertes, puis s'accrocha à son cou.

— J'en reviens pas, souffla-t-elle.

Ils se serrèrent longuement, se berçant dans un sens puis l'autre.

— Ça fait des semaines que je te cherche.

— Et moi donc. Je pensais que tu étais mort. Où ce t'étais ?

— En Europe.

— Comment, en Europe ?

— Je t'expliquerai.

Par-dessus son épaule, l'homme balaya la batture du regard, semblait y chercher quelque chose.

— Le petit ? lui demanda-t-il à l'oreille.

Elle se recula, fit non de la tête sans desserrer les lèvres. Le regard de l'homme tomba sur Augustin, qui le fixait en retour avec curiosité.

— Et lui ?

Elle lui fit signe d'approcher.

— C'est mon orphelin. Notre orphelin. Il s'appelle Augustin. Je suis déjà en train d'en faire un pas pire nageur.

L'homme posa une main sur la tête du garçon, se pencha pour le détailler à sa hauteur. Il souriait d'un sourire sincère, chaleureux, comme ceux qui imprègnent la mémoire après les séparations.

Le fameux Jacques. Comme il allait le détester.

•

Un des risques du pilotage côtier était l'embarquement forcé. Forcé par un capitaine fourbe en manque de bras, mais le plus souvent forcé par la fureur des éléments qui empêchait l'entrée en baie de Partance. Quand l'entêtement du vent se prolongeait, que le bâtiment ne pouvait se permettre d'étirer le séjour, que les glaces menaçaient de figer autour du port de destination, alors bien des navigants décidaient de s'abandonner aux alizés, de rentrer là d'où ils venaient ou de filer là où ils allaient. Il arrivait donc qu'un commandant prît à son bord le premier homme et décidât ensuite de sauter l'escale issoise. Le cas de figure le plus courant était celui du changement de temps subit, du pilote embarqué dans le Grand Port et puis jamais débarqué une fois au large. C'est ce que les pilotes côtiers appelaient « l'inconvénience ».

Bon nombre de pilotes tiraient leur surnom d'une inconvénience notoire qu'ils avaient vécue. On appelait Yankee celui qui avait fait le détour par Boston, Goddam celui qui s'était retrouvé à Plymouth et Grenouille, celui qui avait atterri à Bordeaux. Sans moyen d'avertir leur famille et souvent sans argent, ayant laissé tous leurs deniers à leur matelote, les pilotes devaient travailler pendant des mois dans leur lieu d'inconvénience pour se payer le passage de retour ou attendre la prochaine traversée vers Ys.

Jacques Duval et Danaé Poussin tombèrent d'accord pour faire de la crique sans nom leur lieu de rendez-vous en cas d'inconvénience. Il lui en ferait subir plusieurs, à Danaé. Bien d'autres nuits sans fermer l'œil à guetter le bruit d'une rame libératrice sur l'eau ou habitées de rêves prémonitoires, d'images de tourbillons dans la mer, d'airs de violon émanant du vide. De crises de larmes et de crises de joie jaillissant de la visite d'un pressentiment ou d'une claque de réalisme. Il lui faudrait des années et bien de l'usure pour vivre en paix avec l'inconvénience. « Peut-être est-il vivant, peut-être est-il mort. On verra. » Et puis un jour viendrait où Jacques surgirait de la boucaille après six mois d'absence et elle dirait simplement : « Ah, te rev'là, toi. »

•

La *Clardeye* fonçait dans une nuit noire de pics se déversant de bord en bord et refoulant dans tous les sens sur le pont. On avait serré le foc et hissé le tourmentin. Dans la cabine, on avait collé la chandelle à la table avec un peu de cire fondue pour la garder en place, garrotté les chaudrons pour éviter le tintamarre. Il fallait prévoir ses déplacements, projeter sa trajectoire de l'échelle à la table, puis de la table à la couchette. Augustin somnolait, face enfouie dans son couchage, quand il entendit au-dessus de sa tête de nouveaux pas s'ajouter à ceux de Danaé et de Jacques. Des voix inconnues, une gigue de piétinements. Bientôt, la cabine fut remplie de matelots à la tresse goudronnée. Ils se serraient dans leur vareuse, se frottaient les mains ou soufflaient dans leurs paumes. Un des hommes ouvrit les pans de son manteau, en extirpa une lourde bouteille opaque. Les autres s'exclamèrent avec plus de joie que s'il eût allumé le poêle. « Qu'est-ce vous croyiez ? J'allais point laisser ça sombrer avec le rafiot. » Ils burent au goulot, se la passèrent de voisin en voisin.

Un des hommes aperçut le visage froissé d'Augustin dans l'obscurité. « Eh, regardez, z'ont un petiot avec eux. » On attrapa Augstin, on le souleva, faisant fi de ses boyaux déjà remuées.

— Tes parents, ce sont de vrais Issois, garçon. Sans eux, on serait tous par le fond au moment où on se parle.

— Faut quand même être un peu fêlé pour sortir par un temps pareil avec un bateau de c'te taille, commenta un des matelots. Et tout ça, rien que pour aider des marauds comme vous autres.

Le goût de la révolte naquit chez Augustin dès le lendemain. Jacques ouvrit une trappe et descendit dans la sentine, ce compartiment ténébreux où il n'allait jamais que pour vérifier le niveau de l'eau et l'état de la coque. Augustin lui tenait une bougie tandis qu'il pompait.

— Jacques, dis-moi, c'est vrai qu'on est des héros ?

— Non, on n'est pas des héros. Nous, on ne fait que notre devoir. Ce qu'on a fait pour les naufragés, beaucoup l'auraient fait pour nous.

— Mais justement, eux autres disaient le contraire. Ils disaient que personne l'aurait fait.

— Je sais. On vit dans un monde de naufrageurs, mais faut faire comme si.

— Comme si quoi ?

— Comme si on vivait dans un monde où les principes servent à nous grandir plutôt qu'à nous épaissir.

Il enchaîna en grommelant des propos hors sujet, sur telle gerçure à colmater et sur cette satanée pompe qui faisait encore des siennes.

— Jacques, si nous, on n'est pas des héros, alors c'est quoi, un héros ?

— Ça existe point. L'héroïsme est le mythe des pauvres et des incultes, de ceux qui n'ont rien d'autre que leur vie à mettre en jeu.

•

Les enseignements de Jacques étaient plus complexes que les leçons pratiques de Danaé. Avec lui, il fallait calculer la dérive du courant, mesurer la hauteur du soleil, évaluer la correction due à la réfraction. Une fois, Augustin déposa le sextant, puis croisa les bras.

— Mais je le sais, où on est. À quoi ça peut servir tout ça, puisqu'on reste toujours dans les mêmes parages ?

— Ça te servira quand tu seras poussé au large du large et que t'auras plus aucun repère. Parce que oui, un jour viendra où la mer décidera que tu ne décides plus rien. Après la tempête de l'an vingt-sept, il y a des gardes-côtes qui se sont réveillés dans la mer de Norvège. Alors, quand tu te retrouveras devant un désordre endiablé avec l'infini à tribord et l'infini à bâbord, tu me remercieras de t'avoir fait saigner du nez avec mes fourniments et mes problèmes mathématiques.

Dans les temps morts, ils s'adonnaient à la pêche à la ligne, assis à califourchon sur le boute-hors. Augustin posait les questions qui le taraudaient. Il se demandait d'où venait le vent. Pourquoi se mettait-il en mouvement tout d'un coup ? Pourquoi se contentait-il d'exister mollement et l'instant d'après, se transformait-il en flèche pour attaquer une direction ?

— Jacques, qu'est-ce qui arrive si tu tombes sur une tempête plus grosse que les autres ? Si tu te retrouves face à une lame que tu ne peux pas négocier ?

— C'est point une question de si, mais une question de quand.

Augustin resta interdit. Jacques lui ébouriffa les cheveux.

— Je sais, ça fait peur, mais c'est comme ça. La mer gagne tout le temps. Elle est éternelle et indestructible. Regarde les fortifications là-bas. Un mur de pierres contre un mur d'eau. Le premier se croit plus fort que le second. La maçonnerie résiste, conserve sa droiture tandis que le paquet de mer se pulvérise. Mais chaque année, la mer entame la muraille ici et là, soulève une brique. Sa victoire est lente mais inévitable. Et parfois, quand la mer fulmine, elle est rapide. On a vu des dunes rasées en une seule tempête. On a vu des phares construits en dix ans disparaître en une nuit. Et nous, on est là sur notre petit bateau... On va tous chuter un jour. La seule façon de naviguer, c'est de l'accepter. D'ici là, on se rend le plus loin qu'on peut, on soustrait à la mer tout ce qu'elle tente de nous enlever. On n'a jamais le dernier mot, mais on en place autant qu'elle.

•

Augustin avait onze ans lors de sa première révolte affirmée. Il venait de comprendre que Jacques et Danaé voulaient faire de lui un pilote à l'ancienne. Toutes ces notions de trigonométrie et d'astronomie, elles ne lui serviraient pas sur la *Clardeye*, mais sur d'autres navires.

C'était l'heure de la pratique de natation. Jacques pointa la cible, une vieille bouée désuète à peine visible au seuil de l'archipel des Sablons. « Je déteste nager », rugit Augustin, se dépêchant de grimper dans les haubans avant qu'on pût l'attraper. Il se retourna à mi-chemin et ajouta : « Je déteste ton bateau. Et je déteste la mer. »

C'était de bonne guerre. Jacques ne se gênait pas pour lui crier après quand il jugeait qu'il ne capelait pas les drisses assez vite ou s'égarait dans ses pensées en maniant la barre au lieu de maintenir le cap. « Je ne sais pas ce qu'il a, Jacques, observa un jour Danaé. Avec toi, il a toujours sa voix autoritaire des naufrages, quand il faut hurler par-dessur les trombes et la panique des rescapés. »

•

Pendant les absences de Jacques, Danaé lui donnait des leçons d'escrime. Il se décourageait dès que la pointe du bout de bois leur servant de fer le frôlait. « Allons, personne ne réussit quoi que ce soit du premier coup. Tu crois que nos ancêtres se seraient rendus jusqu'ici s'ils s'étaient arrêtés à la ligne d'horizon ? Tu crois que les phares se sont élevés en un jour ? » Augustin n'avait jamais vu de phare briller, rien que des colonnes à moitié démolies parsemant le littoral, les ruines d'une époque qui semblait appartenir aux contes de fées. Danaé lui avait trouvé un livre dans lequel étaient illustrées toutes les anciennes tours à feu de l'île pour cultiver chez lui une admiration des grandes édifications, une nostalgie pour cette idée de lumière dans la nuit. « Regarde ce qu'on peut accomplir. On peut étendre les appendices de la terre en construisant des jetées, en asséchant des marais, en détournant des rivières. Sois des ceux qui voient plus loin que ce qui est déjà là, des ceux qui s'en remettent à leur volonté plutôt qu'à la celle du vent. »

Quand ils patientaient dans la crique sans nom et qu'il avait l'impression que le toit de la chaumière allait s'envoler, Augustin doutait des fondements de l'île. Il se disait que son attachement n'était rien qu'un ancrage, qu'il eût suffi d'un bon coup sec pour le briser. D'autres fois, quand il apercevait les contours du cap Nordant pilonner les vagues, il lui semblait que le roc triomphait, qu'il n'y eût pas eu toutes ces effusions sans la sévérité de la terre qui imposait son barrage et qui cassait le mouvement en disant : Non !

•

Augustin avait treize ans lorsqu'il balança sa plus fumante réplique, qu'il continuerait de chérir longtemps après l'avoir envoyée. Il s'était trompé dans le calcul de leur position. « Apprends de tes erreurs », lui répéta Jacques.

« Je ne veux plus apprendre. Je veux arriver. »

Il en avait plein son bonnet, de toutes ces fautes qui s'additionnaient, de toutes ces imprécisions de latitude qui vous éloignaient de votre destination et vous faisaient accoster en pays hostile. Il avait accumulé assez d'erreurs pour retourner un océan de « j'aurais dû » contre lui-même. Pendant ce temps, un poupon placé dans un panier pouvait être emporté par la marée et sans effort terminer sa croisière sur une rive aimante, enviait-il. Pourquoi celui-là avait-il trouvé le plus doux des atterrages, alors que nous, marins aguerris à toutes les déchirures, devons encore errer ?

•

Danaé et Augustin accostaient dans les baies désertées, exploraient les grottes effondrées d'où jaillissaient des geysers à marée haute. Elle l'introduisit dans un tunnel dans lequel il fallait se pencher, puis avancer à quatre pattes. L'extrémité était baignée de lumière. Il se trouva au fond d'un puits comme au pied d'un escalier vers la voûte céleste.

« Il paraît que c'te puits-là mène à une maison dans la cité. Pierre quelque chose, qu'il s'appelait le citoyen. Le cel qui me l'a fait découvrir, il racontait toutes sortes d'histoires passionnantes sur les ailleurs. Il y en a qui disent que nos marins sont les plus issois à cause des batailles qu'ils ont gagnées, mais parfois je me dis que c'est à cause de toutes les anecdotes qu'ils rapportent. »

Elle lui parla de ces contrées où les gens vénéraient un dieu à la fois créateur et destructeur. Un dieu à l'image de la mousson qui venait ravager, irriguer leurs terres. Que là-bas, quand il se mettait à pleuvoir, les collines arides se transformaient du jour au lendemain en vallées verdoyantes. Que les rivières et les lacs sortaient chaque année de leur lit, tuant les insectes en plein vol comme les hippopotames en pleine nage. Que les villageois cantonnés dans leurs baraques sur pilotis patientaient dans la poussière jusqu'à ce qu'enfin le fleuve dévalât le terrain et refît d'eux des pêcheurs. Que les petits quittaient l'antre aqueux du ventre de leur mère afin de naître pour un jour finir noyés dans une crue.

•

Augustin avait quatorze ans quand il se fit stratège, estimant que les plans de Jacques et Danaé étaient trop odieux pour s'en révolter ouvertement. On disait de lui qu'il était prêt, on commençait à parler de lui dénicher un poste de mousse sur un marchand au long cours auprès d'un armateur de confiance. Les apprentis-pilotes devaient passer par là, lui expliquait-on. Puisqu'il guiderait des bâtiments de toutes les tailles et de tous les types, il se devait d'avoir de l'expérience sur les trois-mâts à phares carrés comme matelot, puis idéalement comme officier. « Mon père à moi, il a navigué au commerce pendant quinze ans avant de se faire pilote, rappelait Jacques. Tu peux sans doute t'en tirer avec dix, si l'île te manque. »

Il attendit que Jacques fût hors de portée de voix, bien installé au loin sur la dunette d'une flûte pour se ruer vers Danaé et l'enserrer comme il n'avait plus l'habitude de le faire. Il ne savait plus très bien s'y prendre, il dut pencher la tête pour la caler dans son cou. « Je veux point te quitter. Et toi itou, je sais que tu veux point que je parte. » Elle l'étreignit quelques instants, lui prit les épaules, l'écarta doucement. Elle avait les yeux embués. « Ce sera très dur, quand tu partiras. Mais il le faut, Augustin », dit-elle avant de le ramener contre elle.

Il cessa de parler. Il exécutait toutes les manœuvres que lui commandait Danaé, puis l'ignorait le reste du temps. Elle lui touchait le front quand il était étendu dans sa bannette, il se détournait. Il se mit à fumer avec une pipe en terre cuite qui lui donnait des airs de vieux mutin. Après une semaine, Danaé lui arracha le brûle-gueule.

— Mais parle, morbleu !

Il lui décocha son sourire le plus narquois.

— Pour dire quoi ? Ça ne me dérange plus, vos histoires de long cours.

Il lui reprit la pipe des mains.

— Non, j'aurai juste à me sauver, continua-t-il. N'avez pas pensé à tout, Jacques et toi. Si vous vouliez vraiment me faire embarquer de force, fallait point me montrer à nager.

Ce fut sa première victoire. Le soir, il les entendit chuchoter dans la cabine. « Peut-être qu'on devrait attendre un an de plus, le laisser mûrir encore un peu. »

En parallèle, Augustin surveillait ses arrières. Il construisait son propre bateau pour fuir au moment opportun. Il ajointait les vestiges d'une goélette à des barriques flottées pour faire naître une biscayenne, il enterrait les bouts de ferraille sous les dunes de la crique sans nom pour avoir une banque de clous à river. Les autres l'encourageaient, n'y voyaient que du feu. La *Clardeye* tirait régulièrement dans son sillage un nouvel esquif qu'il revendait au riverain le plus offrant. Jacques se dit impressionné par la maniabilité de sa première barque. « À c'te rythme, quand tu finiras par bâtir ton propre cotre, ce sera un vilain requin. »

•

Jacques disait souvent : « Oui, je sais que ce serait plus simple de filer grand largue, mais tu es pris avec un vent de face. Tu dois louvoyer avec ce que tu as. Arrête de chercher le vent que tu voudrais avoir ou le cel que tu crois mériter. La seule façon d'avancer, c'est avec le vent qui est là. »

•

Pendant trois ans, ils conspirèrent pour le persuader.

— Il y aura d'autres mousses à bord. Tu te feras des camarades, proposait Danaé.

— Tu auras un frère de matelotage, abondait Jacques. Avoir un compagnon sur qui compter pour le restant de la vie, ça n'a pas de prix.

Danaé usa des arguments de la poésie.

— C'est par les mers que vient la connaissance. En ne naviguant point, on ne connaît rien d'autre que le bout de son nez.

Il attendit qu'ils fussent tous deux à cours de propositions et rétorqua :

— Je préfère l'ignorance.

C'est ce qu'il se répéterait des années plus tard quand il serait entouré d'autres charpentiers mus par l'idée d'exploits hors de leur portée, qui délaisseraient le chantier à la première occasion d'embarquement sur un corsaire pour combattre de lointains adversaires qui n'étaient rien de plus que les ennemis de nos alliés, puisqu'Ys n'était plus en guerre contre quiconque. C'est ce qu'il se répéterait aussi lorsqu'il capterait une conversation entre deux élégantes feignant de s'intéresser au dévoilement d'une jolie corvette bien coupée. « Comment, il s'attend encore à ce qu'on pétitionne pour lui, cel-là ? C'est point qu'il soit mauvais, c'est juste qu'il n'est pas tout à fait assez bon. Au bout d'un certain nombre d'essais, un riverain doit se questionner. Peut-être n'est-il tout simplement pas fait pour la cité. » Quel terrible verdict, ressasserait-il, même s'il ne savait pas de qui elles parlaient. Essayer, quel risque ! Réessayer, quelle folie ! La connaissance vient des mers, lui disait-on. Mais la mer était plus belle avant, quand on ne la connaissait pas, quand on la peuplait encore de monstres et de sirènes.

•

Il venait de terminer une yole, raboutée à partir des décombres d'un senau crevé. Il testait l'embarcation, portée par sa voile à livarde. Il descendit près du Cul-de-l'Île le temps de cueillir quelques œufs d'oiseaux. Du haut de l'éminence menant aux rochers à nids, il vit la scène : un vaisseau en feu. Le bois des membrures, le bois des ponts, le bois des espars, tout ce combustible gorgé de peinture, réuni comme les bases d'un feu de joie. Des matelots qui s'arrachent les planches, le brasier s'assurant qu'il n'y ait pas assez de copeaux pour tout le monde. Ceux qui ne savent pas nager s'accrochant à ceux qui le savent, grimpant par-dessus, édifice de panique les condamnant tous à couler. L'odeur de roussi qui alourdit l'air jusqu'au rivage, le rougeoiement des flammes qui se reflète dans les pupilles. Il a une barque. Il sait nager. Il ne bouge pas. Il est incapable de se détourner du spectacle comme si un rire maléfique en provenait, car il y a de quoi rire à l'idée que les incendies qui se déclarent sur l'eau sont tout aussi impitoyables que ceux sur terre.

Il demeurera planté devant le méchoui en se promettant de ne jamais en parler à personne, surtout pas aux sauveurs de profession qui l'attendaient pour souper.

Il avait quinze ans. L'heure de vérité approchait.

L'ouverture

Pour pénétrer dans la cité, il fallait franchir trois étapes. La première, celle des grilles gardées par les portiers, où on examinait les papiers et le contenu des chargements, refoulait les malvenus et signalait les symptômes de peste. La deuxième, celle de la grande porte taillée en arche dans le mur d'enceinte. On s'arrêtait à la guérite des clercs qui consignaient les entrées et sorties, vérifiaient qu'il n'y eût pas deux personnes prétendant incarner le même citoyen ou le même invité. Ensuite, on pouvait traverser sous le fronton triangulaire arborant les armoiries issoises et atteindre la troisième, celle des bureaux où on enregistrait les arrivants. C'est à cet endroit que logeait le gros des fusiliers et des canonniers de terre en service. Depuis le Massacre des Premiers hommes, le nombre de fusiliers ne cessait de grimper et celui des canonniers, de diminuer. On pointait de moins en moins les bouches à feu sur l'océan et de plus en plus sur la ville. Les élus savaient qu'à Ys comme ailleurs, la menace qui grondait n'était plus celle de l'invasion extérieure mais celle de l'émotion.

L'hiver de l'an quarante avait été rude, le moral était à son plus bas. Une mystérieuse affection avait décimé les cheptels de moutons anglois et réduit les importations de laine. Dans les salons, on n'avait plus de fromage de brebis à servir ni de bas de mérinos à enfiler, tandis que les citadins continuaient de se farcir des carrés d'agneau en croûte. Le niveau des marées d'équinoxe montait tandis que l'admission de nouveaux candidats stagnait. Grâce à la paix, il y avait moins de morts, donc moins de places disponibles à chaque solstice. Les fils de citoyens s'agglutinaient du côté indésiré de la muraille à la recherche d'un adversaire qui leur permît de s'élever ou, à tout le moins, d'en finir. Les filles de citoyens abaissaient leurs critères, se pinçaient le nez en acceptant les invitations puisque la moyenne d'âge des galants s'éloignait toujours plus de la leur.

En basse-ville, on se pilait sur les pieds, le prix des logis avait explosé. Entre deux voyages, les enseignes de vaisseaux continuaient de vivre en nomades, érigeaient des tentes sur l'estran, incapables de se payer le moindre trou à rats sans s'endetter. Les cadets voyaient leurs frères aînés monter en grade, se tuer à la tâche, se tuer dans des duels insensés, ne jamais être élus ni même convoqués. Ils n'allaient plus à l'Académie chercher un passeport pour l'aventure, ils y allaient comme au bagne de l'esprit, leur éducation n'étant plus qu'une série de devoirs. Les cas d'insubordination se multipliaient dans les entreponts, les discours prônant une hérésie antiméritocratique proliféraient dans les cabarets. Les aventuriers accusaient les terriens de décourager toute implication issoise dans les guerres continentales, alors qu'un nouveau conflit eût pu générer la mortalité et l'assainissement nécessaire. Les terriens accusaient les aventuriers de bloquer tous leurs projets de densification et d'élargissement de la cité qui eussent permis de hausser le nombre de places vacantes. Pendant ce temps, la jeunesse croupissait dans son moût de colère, perdait foi en l'idée que tout était possible grâce à la Saine Rotation, puisque des rotations, il n'y en avait plus. Lors du solstice précédent, seulement douze places s'étaient libérées. Douze, un chiffre assez proche du zéro pour en devenir synonyme.

Dès le printemps, les services de renseignement avaient averti l'Amirauté d'un risque accru de révolte. La garnison avait été grossie de trente hommes pour contenir les débordements. Le quart de travail des sentinelles avait été prolongé de sorte qu'à la moindre agitation près des remparts, la cloche pût retentir. Le système de défense était prêt à tout, sauf à ce qui se déroula le dix-huit juin de l'an quarante.

Il y avait souvent de l'attente devant les grilles. Un alignement de promeneurs et de carrosses s'étirait alors dans les rues des faubourgs, attirant les vivandières et fournisseurs de bancs sur lesquels se reposer le postérieur en s'éventant. Ce jour-là, la file s'était rapidement allongée comme si des dizaines de citadins eussent décidé de rentrer à la même heure. « Arrêtez. Circulez », enjoignaient les portiers. Les badauds amassés étaient jeunes et pour la plupart vêtus à la nouvelle mode, cheveux courts, bottes de cavaliers et robes-redingotes. Ils et elles portaient sur leur corps leur désir de rompre avec l'idéal marin de leurs prédécesseurs. Dans leur besace, ils traînaient les armes qu'ils avaient appris à manier pour défendre la République issoise et qu'ils s'apprêtaient à retourner contre elle. L'officier-guetteur qui surveillait le mouvement remarqua que quelque chose clochait dans cet attroupement de filles et de fils de bonne famille parlant à voix basse, s'esclaffant entre deux regards complices. Personne ne tapait du pied devant les délais imprévus.

Le guetteur sentit son estomac se nouer. Le pressentiment se précisa : ils attendaient que quelque chose se passât. Ils savaient donc que quelque chose allait se passer. Ses yeux s'agrandirent, il fit volte-face pour sonner l'alarme quand il entendit la détonation et vit le nuage de fumée noire de la poudrière qui explosait derrière les casernes. La cité était attaquée de l'intérieur. Une quinzaine d'insurgés étaient entrés par on ne savait où et avaient pris la garnison à revers. Les fusiliers furent fusillés avant d'avoir pu monter leur baïonnette, les rues assiégées jusqu'au siège de l'Amirauté, d'autant plus envahies que le mot se propageait dans le Barachois, sur les quais, sur les battures des deux pointes. « Les grilles sont ouvertes ! Tout le monde dans la cité ! »

Nul besoin d'être informé de ce qui se passait pour que l'appel résonnât. Des jeunes qui ne faisaient pas partie des conspirateurs se transformèrent sur-le-champ en rotationnaires.

Le rotationnaire, c'était d'abord le garçon qui surpassait l'adresse de ses père, grand-père et arrière-grand-père, mais n'avait plus aucune chance de voir son portrait trôner à leurs côtés. C'était la fille qui savait argumenter et ferrailler, chanter l'aria, réciter la tirade, qui pouvait jouer de l'astrolabe aussi bien que de la mandoline, la fille dotée de tout sauf de beauté et qui était boudée par les galants tandis que des filles de rien, incultes, superstitieuses et de goût douteux étaient faites invitées. C'était celui qui ingurgitait de la poiscaille pour la première fois de sa vie un midi et qui, le soir, frappait dans la glace pour briser l'écart entre la réalité et ce qu'on lui avait fait miroiter. C'était la jeunesse convaincue à l'avance de sa faillibilité, terrienne dans son pessimisme et aventurière dans son désir de tout casser.

Le rotationnaire, ce fut ensuite l'orphelin qui vit tout le monde courir dans la même direction et qui décida de suivre le courant pour appartenir à quelque chose. Ce fut le sacripant qui n'avait jamais imaginé qu'il pût un jour franchir la grille et qui écarquillait les yeux à l'idée de tout ce qu'il y avait à chaparder de l'autre côté. Le rotationnaire, c'était le portefaix qui n'était promis à rien sauf à une succession de bagarres et qui venait de percevoir les échos d'une bagarre suprême. C'était la sirène devenue vieille qui avait jadis rêvé de faire exploser la muraille et qui applaudissait en répétant : « Je le savais, je vous l'avais dit que ça arriverait. » C'était le riverain qui crachait dans le dos des gardes-côtes parce qu'il en avait assez de se cracher dessus, assez de se faire répéter que s'il était riverain, c'était parce qu'il n'était pas assez issois et qui, le temps d'un soulèvement, s'était plu à croire que tous les échecs étaient égaux.

Il fallut par la suite effectuer un grand nettoyage, une traque intensive aux sans-miroir qui refusaient de ressortir et se cachaient avec la vermine dans les bastions, les caves et les greniers. Il fallut instaurer de nouvelles lois, de nouveaux principes : il n'y aurait plus de Saines Rotations. Dorénavant, seuls les îliens issus d'au moins un parent citoyen dont la lignée remontait à trois générations pourraient se prévaloir du titre de citoyen.

La question qui fut sur toutes les lèvres dans les mois suivants fut de savoir comment les rotationnaires avaient réussi à pénétrer dans la cité sans qu'aucune sentinelle s'en rendît compte. Tous savent maintenant qu'il y avait une brèche dans l'étanchéité de la frontière : un passage secret reliant une grotte des Échouements au puits d'une demeure privée de la rue du Bordescarpe ayant appartenu à Pierre Harneder. Nous pouvons donc affirmer que c'est grâce à ce trou que nous avons mis fin à la corruption et à l'hypocrisie afin de réinstaurer le règne des vrais Issois. Nous avons aboli ces règles archaïques qui empêchaient les héritiers d'hériter du sort de leur père, ces règles qui poussaient les mères à s'arracher à leurs petits et à dire sans cesse adieu à leurs plus vieux. Nous sommes désolés pour les fils de pêcheurs qui se sont battus lors de la Grande Rotation en pensant qu'elle profiterait à tous. Nous regrettons l'amertume causée aux filles de saleuses qui nous accusent d'avoir tué l'essence d'une république, qui préfèrent l'incertitude des concours au déterminisme des gênes. Mais nous croyons que c'est le fait d'être Issois qui rend issois, et non le fait d'être issois qui rend Issois. Les citoyens ont leur place en ces murs grâce au sang qui coule dans leurs veines et non au sang qu'ils font couler.

VI.

À l'âge de dix-sept ans, Augustin Joybert se fit apprenti sur un chantier de radoub, une vaste aire encombrée de cabestans et de bâtiments couchés sur le flanc. Il débuta au bas de l'échelle, c'est-à-dire au bas de la scie. Le tronçonnage d'un billot nécessitait la force de deux hommes : un se tenait au-dessus de l'échafaudage et l'autre au-dessous. C'est ce dernier qui se prenait tout le bran par la figure et mouchait de la sciure le soir. Augustin faisait honneur à son surnom de Rabat-Joybert. « Le cel qui va se mettre à vanter la beauté de la mer, je l'étripe », avait-il l'habitude de lancer en guise d'avertissement aux nouveaux journaliers.

Il se révoltait contre cette immensité qui cachait ses trajets, qui entretenait ses mystères pour faire croire qu'elle était insaisissable, qui s'assurait qu'on terminât toutes les histoires avec un haussement d'épaules, un « c'est comme ça, ainsi va la mer ». Il n'acceptait pas d'être un jouet, un débris. « Si la mer est autant insondable et incontrôlable qu'on le dit, alors voyons-la pour ce qu'elle est : cruelle. Tournons-lui le dos, à la mer. Exploitons ce qu'elle nous offre, mais cessons d'attendre qu'elle nous comble », disait-il en jasant de tout et de rien, avec un maillet à la main et deux clous derrière l'oreille.

« Oui, nos aïeux étaient tous marins. Ils avaient besoin des vents portants pour se rendre jusqu'ici. Mais nous v'là enracinés depuis des siècles. Faut cesser de pêcher et commencer à cultiver. La hauteur vaut plus que la distance. Sur terre, on peut atteindre la perfection. Sur mer, on n'est que de passage. »

Pour le faire taire, il suffisait de le questionner sur la phalange qui lui manquait au majeur de la main gauche. Il avait peu à raconter sur l'erreur d'inattention qu'il avait commise pendant un équarrissage et qui lui avait valu la perte d'une extrémité. Augustin Joybert ne s'était jamais battu, sauf contre lui-même. Il n'y avait pas de quoi se vanter. « Je suis point obligé de connaître les détails, avait un jour approuvé un collègue. Être issois, c'est parfois laisser partir des bouts de soi au nom de la cause. » Augustin avait opiné avec un sourire en coin, puis les mots de l'autre s'étaient insinués plus profondément que prévu. Il avait martelé une planche pour mieux refouler les souvenirs de la défaite qui lui avait coûté bien plus que des morceaux de chair. Celle dont il ne parlait à personne. Le drame de ses seize ans.

•

Augustin n'avait connu que des femmes à payer. Des femmes qui n'offraient aucune promesse de fidélité et que l'on retrouvait chaque jour au même angle de ruelle et à la même heure. Des créatures dont il fallait se méfier avec leur bouche aimante, leurs lèvres tendres et lisses qui dissimulaient des incisives prêtes à blesser. Il passait un doigt sur la dentition des objets de son désir pour étouffer le plus faux des appels, le plus doux des poisons, celui qui vous chantait que parce que vous aviez été aimé une fois, vous le seriez toujours.

Il construisait des bateaux avec la rage que d'autres mettaient à les endommager. Lors des lancements, il eût voulu les garder auprès de lui. Qu'ils fussent toujours à portée d'yeux comme l'était l'*Apogée*, cet ouvrage rasé de ses mâts, servant d'entrepôt et de bureau, amarré à un dock flottant du Grand Port. Assez bon pour se maintenir sur l'eau, trop vieux pour voguer. Et alors, il réalisait : l'*Apogée* n'était plus un navire, c'était une chose. Une chose sans âme qui ne dût pas avoir le droit de posséder un nom.

Les jours de chômage, quand le ciel se déversait sur le chantier ou que la livraison des madriers tardait, il traînait dans les rues, dans les cabarets. Il croisait des étudiants querelleurs et bruyants, leurs livres sous le bras et leurs cruchons de vannerie aux lèvres. Ils gambadaient dans leur veste de satin débraillée, déclamaient des vers séditieux ou des chansonnettes grivoises. Augustin les mémorisait, puis les sifflait à son retour au chantier entre deux éternuements. Des airs connus, régénérés de décennie en décennie par de nouvelles paroles, des comptines transformées en satires. Il affectionnait particulièrement celle qui racontait les mésaventures d'un capitaine de l'âge de Mathusalem, *dondaine bedondaine, tombé raide mort au pied de sa misaine*. Il lui arrivait d'en fredonner de sa propre composition, de les recopier sur des bouts de papier qu'il laissait sur les tables des cafés, sous les verres dans les bouges, sous les oreillers du bordel. Certains des agitateurs le connaissaient, lui lançaient « approche, viens boire avec nous », en le voyant dans l'encadrement de la porte.

— Regarde, toi-même tu es né d'un père citoyen et tu n'as aucune chance de l'être à ton tour, lui disait-on. Parce que tu es moins méritant qu'il ne l'était, peut-être ? Non. Parce que les vieux ne meurent plus, v'là le problème.

— Saviez que dans le temps de la Guerre de Reprise, on faisait plusieurs centaines de nouveaux citoyens à chaque solstice ? abondait un autre.

— Non, tu exagères.

— Si. En l'an quatre-ving-dix-neuf avant le Massacre des Premiers hommes, z'en ont fait trois-cent-huit d'un seul coup.

— Tudieu, s'exclama Augustin. De quoi sortir des eaux la populace de trois criques complètes.

— Je déteste la paix. C'est elle qui perd la cité.

Comment veux-tu qu'on prouve notre vaillance en n'ayant aucun vrai ennemi à trucider ?

— Je déteste la guerre, ronchonna l'autre. J'en ai assez de leurs beaux discours qui disent que c'est le plus fort qui est le plus issois. Moi, je dis que le plus issois, ça devrait être le premier arrivé, comme dans le temps des premiers amiraux. Je suis né à la mauvaise époque.

— Et moi, je suis né sur la mauvaise île, lança Augustin avec gravité.

Il fut aux premières loges, le huit octobre de l'an trente-neuf, lorsque le rotationnaire qui deviendrait le premier amiral de la nouvelle ère se hissa sur un tonneau et déclara la guerre à tous les minables que les « Malsaines Rotations » faisaient admettre dans la cité, à tous les sans-vergogne qui détrônaient les sans-peur, parce qu'il valait mieux « se faire maître des boudoirs que de s'illustrer sur les gaillards ».

« Toutes ces relèves fantoches, ce carnaval de médiocrité en dentelles, il suffirait d'une seule rotation, d'une Grande Rotation, pour les annuler toutes. »

Augustin était parmi les tambours et parmi les vivats lorsqu'on s'amusa à brûler des poupées à l'effigie des élus du Conseil, plantées sur de longs bâtons et boucanant comme des encensoirs au-dessus de la foule exaltée. Il était là, dans l'obscurité du feu de plage autour duquel on décida de chercher des appuis étrangers pour financer le renversement, pour garantir que le prochain régime fût reconnu du reste du monde. Il se proposa pour tous les voyages, toutes les missions, et on l'eût peut-être envoyé si seulement il eût parlé une autre langue que l'issois.

Augustin menait sa plus grande révolte, sa plus belle. C'était une histoire d'amour, avec son saccage du passé et sa procréation de nouveautés. Il était là quand il fallut défoncer des portes et égorger du soldat, quand il fallut enfermer les élus dans la Chambre des citoyens assez longtemps pour qu'ils acceptassent de tout signer, de tout abdiquer afin de ne pas mourir de soif. Quand il fallut faire parader l'amiral Trevalyan de par les rues, bâillonné, couvert de goudron et de plumes, ligoté sur un plateau comme une pièce de boucherie. Il était de ceux qui criaient : « Vous nous avez appris à risquer notre vie, à brandir l'épée pour prouver notre audace. Faut point vous étonner qu'on prenne les armes et tout le monde par surprise pour conquérir notre droit de cité. »

Il était de toutes les conspirations, de tous les grabuges pour abolir tout ce qui ne durait pas, pour que vînt le changement qui ferait qu'enfin, plus rien ne changeât.

•

Dans les heures qui suivirent le coup d'État, chaque insurgé put jouir de son triomphe personnel tandis que chaque citadin goûtait à la finitude de ses privilèges.

Augustin Joybert se dirigea vers les jardins, qu'on lui avait décrits comme luxuriants et scandaleux, occupant un espace exorbitant en plein cœur de la cité. Un octogone de verdure qui eût pu contenir des centaines de bâtisses et ainsi changer des milliers de riverains en citoyens. Il avançait dans le silence du grand parc, dans le bourdonnement des moustiques et le bruissement des feuilles, presque isolé des clameurs et pétarades lointaines de l'insurrection. Il colla son nez contre la vitre des serres, se promena parmi les rangées de cyprès et les parterres d'œillets. Il eût pu déraciner, fendre, entailler. Il se contenta de déambuler avec son herminette bien aiguisée dans une main, guilleret et sifflotant.

•

Églantine Melançon clopina jusqu'à la rue des Ormeaux, entra sans cogner dans un des hauts garnis entassés à l'ombre. Elle traîna son pied crochu d'une pièce à l'autre en s'appuyant aux murs. Elle cherchait celui qui avait été son premier ami, puis son premier amant. Elle le trouva en pleine séance d'épilation nasale. Elle sortit un pistolet de ses jupes, le pointa entre les yeux de l'homme.

— Salut Adrien. Tu te souviens de moi ?

Il écarta ses mains tremblantes en fixant le canon. Elle avança, le menton relevé. Elle tenait l'arme au bout de son bras tendu comme une vergue, la grâce dans le haut de son corps compensant la souplesse perdue dans le bas.

— Je... Je te croyais morte.

— Tu me croyais morte parce que tu m'as poussée du Sommet des Amoureux. Mais crains rien, je fais point les choses à moitié, moi.

Elle resta là à le regarder se vider de son sang jusqu'à ce qu'il fît trop noir pour y voir quoi que ce fût.

•

Charles-Honoré Languidic, deuxième fils de Sophie Ramsdelle et Edmé Languidic, se rendit rue de la Montée, frappa du marteau d'argent. Il bouscula la servante qui ouvrit, fracassa toutes les autres portes les unes après les autres, stupéfiant les domestiques sur son passage. Il cherchait le capitaine qui l'avait commandé lors de son tout premier voyage. Le vieil homme était en pleine crise de goutte, une jambe enflée et sanguinolente surélevée sur un tabouret. « M'aviez dit que je n'aurais jamais ce qu'il faut pour passer de ce côté-ci. On verra bien si z'avez ce qu'il faut pour y rester. » Le capitaine tressaillit, une sueur de panique vint s'ajouter à ses sueurs de douleur. Il urina dans son froc. Languidic éclata de rire en se tapant les cuisses avec le plat de son sabre.

•

Alizée Quintal préparait sa toilette au moment où retentit une série de coups de feu. Elle poudrait ses épaules afin de cacher les lettres infâmes, comme elle camouflait les traces de vieillesse naissantes sur son visage. Elle ne savait pas encore qu'elle s'apprêtait à tout perdre, que les règles du futur régime l'excluraient à nouveau et excluraient ses enfants à tout jamais. Elle se ferait lavandière dans la baie de Partance, passerait le restant de sa vie à battre et à essorer les chemises des autres lavandières. Ses enfants auraient honte de leur mère qui avait été si belle et lui diraient : « Enfin, regardez de quoi z'avez l'air. » Ils nourriraient une colère rouge contre les rotationnaires qui avaient causé leur déchéance, qui avaient volé leurs parents de leur statut. Oui, volé.

•

Léonore Darrache jouait au billard avec son invité, un chef d'escadre pour qui elle avait peu de sentiments, mais dont elle détestait la précédente maîtresse et qui valait donc la peine qu'on mît le grappin dessus. « Vengeance, vengeance. Mon ami, vous n'avez que ce mot-là à la bouche. Mais ne trouvez-vous pas que ce qu'il manque sur cette île profane, c'est un peu de cette idée du pardon, un peu de capitulation ? Un peu de repos, car il est épuisant à la fin de devoir tout rendre pièce pour pièce », devisait-elle juste avant d'entendre la poudrière exploser. Elle apprendrait bien vite que ni elle ni ses fils ne seraient inquiétés, que sa descendance faisait partie des gagnants de la Grande Rotation. Malgré cela, elle deviendrait une fervente critique des nouvelles règles qui privaient les jeunes de tout incitatif à expérimenter l'existence loin des miroirs. Elle fonderait une école du rivage où les petits citoyens pourraient redécouvrir les vraies choses de la vie, où apprendre à identifier les différents types de sables et de roches, de crustacés et vertébrés aquatiques, où ils pourraient s'extasier en mangeant dans des carapaces de limules. Puis, à l'âge de cinquante-trois ans, elle ne retournerait plus sur le rivage, ne quitterait plus les limites de la cité. La simple vue d'une grève lui lèverait le cœur et la précipiterait dans une crise léthargique. Ses deux fils se seraient entretués sur l'estran dans une dispute à propos de l'héritage d'Artimon. L'ère des Saines Rotations avait été l'époque des duels entre frères de matelotage. L'ère de la Grande Rotation serait celle des duels entre frères de sang. Léonore Darrache n'aurait plus aucun courage, pas même celui de résister à la bouteille.

Le mal du novice

De toutes les indispositions qui peuvent frapper en mer, il n'y en a qu'une qui sévit depuis la nuit des temps et continue de sévir de nos jours avec une incidence égale sur les bâtiments de toutes les mers, sans que quiconque ne comprenne pourquoi elle s'acharne sur telle personne plutôt qu'une autre : le mal du novice. Ce rejet viscéral, ce dérangement fondamental que les peuples d'ailleurs nomment bêtement « mal de mer ». Aucun remède ne le guérit, aucune incantation ne l'exorcise. À l'époque, les marins se lamentaient derrière la cloison du barbier, le priaient de ne rien divulguer de leur indigence gastrique. Les saleuses se rendaient à la Valdraque dans l'espoir d'acheter une potion pour en débarrasser leur aîné, en vain. On remarquait bien que les femmes et les enfants en étaient particulièrement atteints, on le prenait pour un symptôme de faiblesse. Aucun rituel ne le soulignait. Aucun nostalgique ne s'était jamais exclamé : « Ô, être jeune et vomir. » On se contentait de vous balancer un bac d'eau froide par la tête et de vous envoyer une botte au cul. Il fallait vivre son malaise de hale-bouline comme une tare, en cachette si possible et obligatoirement sous le vent. Puis, du jour au lendemain, plus rien. Le novice s'était amariné, ses boyaux devenus imperturbables. Un rétablissement aussi inexplicable que l'océan lui-même. Les loups de mer à barbe blanche souffrant de tous les maux de la vieillesse étaient au moins libérés de celui-là.

Les chirurgiens s'étaient peu intéressés au mal du novice. Ils avaient d'autres lésions à soigner, des balles à extraire, des pestes à juguler. Il fallut attendre la fin de la Guerre des Deux Jaloux pour qu'on l'étudiât sérieusement. Après tout, la nation qui réussirait à éradiquer ce mal universel aurait un avantage indéniable sur toutes les marines du monde. Les savants testèrent l'absorption d'eau de mélisse, l'application de sachets de safran et de cannelle sur l'épigastre, le mâchage de racines de gingembre. Aucune de leurs expériences ne fut satisfaisante. C'était à croire qu'une portion de l'humanité n'était pas faite pour naviguer. Dans le traité qui en découla, l'un des chirurgiens y théorisait que le mal du novice était un reflet de l'âme, qu'il incarnait l'horreur du vide, le refus du mouvement, la douleur de la séparation. Qu'il fallait du temps à un mousse pour accepter de ne plus être le fils de sa mère, qu'il en fallait encore plus à une femme pour se résoudre à ne plus vivre en femme.

En l'an douze, le mal du novice devint une maladie reconnue par l'Amirauté, qui conclut que de toutes les afflictions, elle était la moins issoise que l'on pût contracter.

VII.

Augustin Joybert se souvenait de son premier renvoi, lors de sa toute première balade d'équinoxe sur la *Clardeye*. De cette impression de ne pas avancer, de seulement monter, descendre, monter, descendre, monter, descendre. De sa course jusqu'au pavois, de son jabot de dentelle déjà sale qui allait bientôt puer la bile. De la bouillie de poisson qu'il avait avalée quelques heures plus tôt, rendue aux poissons dans une forme prédigérée. De Danaé Poussin qui lui disait : « C'est commun, tu sais. C'est bon signe. Ça veut dire que tu es vivant. »

Chaque fois qu'il dégobillerait, il ne pourrait s'empêcher de hoqueter : « Vivant, vivant. C'est bien beau, se sentir vivant, mais faudrait point exagérer. »

•

Il se souvenait de son apprentissage à la dure, de Jacques Duval qui lui martelait que la seule façon de combattre le mal de mer, c'était de s'exposer à davantage de mer. Il se souvenait avoir salué l'apparition d'un bâtiment, ses détails encore estompés dans les tréfonds de la poudrerie, de le voir comme la promesse d'une délivrance portuaire même si cela signifiait filer douze nœuds pour s'y rendre et subir encore plus de haut-le-cœur jusque-là.

Avec novembre venaient les tempêtes et les gageures. Les clients se faisaient de plus en plus rares, on balayait la mer vide et on pariait sur la venue du prochain. Bientôt, on passerait des semaines sans croiser la moindre corvette et alors il ne resterait que le jeu, la pêche et les chicanes pour se désennuyer. Lors des veillées d'hiver, ils allumaient le poêle et s'affrontaient au piquet. Le triangle de joueurs était attablé sous le halo jaune de la lanterne, chacun concentré sur ses cartes placées en éventail. Ils affichaient l'air sérieux de ceux qui s'apprêtaient à miser des sommes pharaoniques, le rire de perdants qui ne perdaient rien du tout. La *Clardeye* qui portait en elle autant de camaraderie que le gaillard d'un marchand de boulets, autant de vie et d'amour qu'une maisonnée terrestre. C'était un navire qui ne servait ni à tuer, ni à négocier, ni à exploiter. Il était possible de ne pas choisir entre aimer sa femme et aimer son bateau, possible d'aimer un marin et de lui souhaiter bonne journée plutôt que de lui faire des adieux.

Un soir, ils envoyèrent Augustin au lit et il les entendit murmurer de l'autre côté du rideau.

— Je pense qu'on devrait le descendre à terre pour l'hiver.

— L'hiver, c'est la meilleure école.

— Mais tu as vu comment il est malocœureux à rien ?

— Il est jeune. Débarquer, ce serait la pire chose pour lui. Ce serait toujours à recommencer. Non, il va s'amariner. Il n'a pas encore onze ans, c'est l'âge parfait. Un jour, il va nous remercier de lui avoir bigorné un estomac de fer.

— Tu as raison. De toute façon, je serais guère capable de passer la saison complète loin de lui. Je serais toujours là à m'inquiéter... Il faudrait débarquer tous ensemble, séjourner tout l'hiver sur un plateau de falaise où voir venir l'ouvrage. Mais une telle falaise, y en a qu'une seule et c'est celle du cap Nordant. Les gens comme nous, on n'a plus nulle part à nous, c'est ça la vérité.

Augustin se souvenait de toutes ces fois où il avait fixé la danse des flots pour apaiser le remuement de ses viscères jusqu'au point de sentir la raison lui échapper. La tête lui tournait, les rafales lui soufflaient qu'on était bien dans l'eau, qu'il eût suffi de se marier aux ondes, de sauter pour que tous ses problèmes disparussent. Puis il sentait la main de Jacques ou de Danaé s'alourdir sur son épaule, le ramenant à la réalité du pont, du froid, de la nausée.

•

Danaé rentrait du marché aux poissons avec son panier sur la tête. Augustin lui tendit une lettre qu'un courrier venait de lui remettre.

— Il y a le sceau de l'Amirauté. Qu'est-ce ça peut être ?

— Oh, sans doute un nouvel avis aux travailleurs du port, mentit-elle en attrapant la missive.

Elle descendit dans la cabine, resta assise quelques instants devant la lettre encore pliée. Elle en avait reçu une semblable à l'âge de seize ans. À l'époque, elle avait sauté de joie, embrassé le cachet. Elle ignorait alors à quel point ses chances étaient minces. Cette fois-ci, c'était différent. Après quatre ans et huit grandes marées, les réfugiés d'équinoxe de la *Clardeye* se multipliaient, certains occasionnels, d'autres devenus des habitués. Les témoignages de gratitude s'accumulaient. Elle déplia la convocation, la lut, la replia. Elle eût pu la montrer à Jacques avec légèreté pour s'en gausser. « Regarde la drôle de suggestion que m'envoie l'Amirauté. » Elle eût pu la brûler devant lui comme on casse de la faïence. « Regarde jusqu'où je suis prête à aller pour toi, pour vous. »

Elle ouvrit le coffre dans lequel Jacques rangeait ses propres appels ignorés. Elle avait osé l'interroger, une fois. « Bah, qu'est-ce j'en ferais, de leur citoyenneté ? Je laisse la terre aux terriens. Et la politique avec », avait-il répondu. Bouder une convocation, Jacques Duval l'avait fait à répétition. Il avait placé ses lettres dans le coffre comme on remisait un outil dans son tiroir. Mais peut-être n'était-ce qu'une façade, peut-être les avait-il envoyées rudement par le fond de la malle avec une satisfaction mesquine ou avec l'irritation sourde d'un ulcère. Sans cela, il les eût jetées. Il eût conservé la première ou la dernière, mais pas les cinq. Peut-être s'était-il même juré de ne jamais prêter serment à ceux qui avaient éteint les phares, ceux qui avaient laissé les sans-miroir voler leur avenir. Peut-être avait-il décidé de s'employer à sauver le plus de gens possible pour venger ses parents assassinés pour en avoir sauvé trop. Peut-être que celui qui se moquait des rites de vengeance des autres avait fait de toute sa vie une vengeance.

Gagner la cité, c'était perdre Jacques. Choisir la cité, c'était rejeter Augustin.

Elle enfouit sa propre convocation dans le coffre avec des gestes lents. Elle referma le couvercle, garda longuement ses mains posées dessus, l'air absent. Ce soir-là, elle ne trouva pas l'appétit. Elle ne mangea pas.

•

Ils venaient de récupérer Jacques dans le Grand Port quand l'air se mit à tousser. Ils lofèrent pour harnacher le vent, mordirent dans une houle fermentée. Rien de singulier pour un vingt-deuxième jour de février, rien d'insurmontable. Ils trouvèrent Danaé endormie dans la bannette bâbord, encore habillée de ses hardes trempées, les souliers aux pieds. « Si je me dévêts, je me vide. » Jacques la toisa, les poings sur les hanches, le sourire fier.

— Tu es enceinte.

Elle fit non avant de laisser retomber sa tête dans l'oreiller.

— C'est le mal du novice, qu'elle a, affirma Augustin du haut de l'échelle.

— Le mal du novice ? Elle l'a jamais eu. Même quand elle était novice, réfuta Jacques.

Après deux semaines de grosse mer, il fallut se rendre à l'évidence. Dès que le vent forcissait, Danaé était envahie par l'apathie. « Je vous jure, c'est comme si mes entrailles avaient piraté mon esprit », s'exclamait-elle pendant ses quelques éclairs de vie, tout de suite après avoir rendu son malaise par le haut.

Danaé Berrubé-Portanguen dite Poussin, qui avait bataillé seule contre des vents à faire sancir, qui avait enduré sans faiblir les gênes de la grossesse, qui avait essuyé sans broncher toutes les saletés que le ciel pouvait envoyer, souffrait à l'âge de trente-neuf ans d'un mal du novice aussi débilitant que tenace. « Mais enfin, ça ne peut pas être que ça. A-t-on jamais entendu parler de quelqu'un qui en est frappé au mitan de la vie, après des années de cinglage ? » regimbait Jacques. « Ça ne se peut pas, Danaé. Rien ne naît de rien. Pas que je doute que le mal du novice puisse apparaître et disparaître, mais il doit y avoir une cause. J'ai besoin d'une raison, d'une explication. »

•

Ploc.

Augustin Joybert n'oublierait jamais le bruit perçu sur tribord arrière tandis que le cotre filait grand largue et bâbord amure, le soleil voilé par un rideau de pluie. La mer était verte sur ses crêtes, jaune blé dans ses creux, le lointain tamisé par le filtre gris des nuages. Il entendit le « ploc », puis le son éraillé et invraisemblable de sa propre voix criant « un homme à la mer ». Il n'eût sans doute pas pu ouvrir la bouche sans toutes les simulations auxquelles Jacques l'avait soumis dix fois, cent fois sans que personne tombât jamais vraiment à l'eau. Sans cet entraînement, il n'eût pas pu prononcer les mots, car le seul homme qui pût être tombé à l'eau en cet instant, c'était Danaé.

Tout se passa très vite : Augustin qui entend le choc, qui crie, lance une barrique vide pour marquer l'endroit de la chute, se jette sur les écoutes, ajuste les voiles pour mettre à la cape. Jacques qui émerge de la cabine, demande s'il l'a vue, retire ses bottes puis franchit le pavois, paré à plonger. Il scrute les lames avec un regard de fauve, un regard de fou. Danaé qui se rapproche à coups de bras à un rythme trop constant pour être celui d'une femme assommée. Elle attrape la ligne à l'arrière du cotre, se hisse entre les bras de Jacques en précipitant ses explications.

— Je suis désolée, je sais point ce qui m'a prise.

Jacques, qui l'enveloppe dans une couverture, s'agenouille et la prend par les épaules.

— J'ai juste sauté, grelotte-t-elle. C'était plus fort que moi.

Augustin qui lâche un ricanement étouffé.

— Ça itou, c'est le mal du novice.

Danaé qui s'essuie le menton en tremblant. Jacques qui s'effondre sur son séant, se frotte le visage, se relève lentement, se déplie de son angoisse puis lance :

— Il y a une dizaine de bonnes raisons d'abandonner un navire. À ce que je sache, le mal du novice en fait point partie.

•

Augustin avait quinze ans. Il fumait sa pipe près du mât en feignant de ne pas écouter les bribes de phrases qui s'échappaient à travers le caillebotis, maugréant pour lui-même qu'il n'avait plus rien à faire de ce que ces deux-là tramaient à son insu. Il exhalait des volutes de fumée pour se créer un endroit à lui puisqu'il n'y avait nulle part où se cacher sur ce foutu navire qui n'allait jamais nulle part. Il perçut les mots « danger », « trop atteinte ». Jacques implorait Danaé de débarquer le temps qu'elle retrouvât ses forces.

— Augustin peut très bien manœuvrer le cotre seul. Le fait pratiquement déjà.

— Tu sais bien que si je descends, il va descendre avec moi.

Elle avait parlé à voix basse et pourtant Augustin avait entendu ces mots qui semblaient sortir des recoins les plus secrets de sa propre pensée.

— Si je descends, il va descendre avec moi et plus jamais il ne remontera sur c'te bateau ni sur aucun autre.

Jacques haussa le ton.

— Et alors, qu'est-ce ça changerait ? Il ne veut rien savoir de naviguer sur un trois-mâts, rien savoir de devenir pilote. On n'arrive à rien avec lui.

— Toi, tu n'arrives à rien. Moi, je vais le convaincre. Ça s'en vient, je sens que parfois il y a un peu d'issoiseté qui germe en lui. Mais pour aboutir, il ne faut surtout pas que je vous laisse seuls, tous les deux. Non, j'en fais mon affaire. Je ne descendrai pas de c'te cotre tant que lui ne sera pas descendu avant, tant que le nom d'Augustin Joybert n'apparaîtra pas sur le rôle d'équipage d'un long cours.

•

Danaé avait maigri. Augustin aussi, mais c'était parce qu'il grandissait. Il prenait de plus en plus de place dans sa couchette tandis que Danaé en occupait de moins en moins.

La chaleur du printemps avait séché les lattes fraîchement lavées du tillac, faisait tomber les couches de lainage sur les dos, révélait les clavicules saillantes de Danaé. Jacques le remarquait quand il rentrait d'un pilotage, l'absence de quelques jours rehaussait le contraste entre la femme de chair et de vivacité qu'elle avait été et l'émaciée qu'elle devenait. À la fin des repas, il surveillait l'évolution de son émietté de biscuit, guettait l'apparition du fond de l'assiette. Il faisait tourner un fond de thé dans son gobelet en silence, puis commentait dès qu'elle repoussait le plat.

— C'est à peine si tu as pris deux bouchées.

— J'avale ce que je peux.

— Faudra que tu te forces un peu sinon tu ne reprendras jamais.

Elle soupira.

— Veux-tu bien me foutre la paix ? Tu es toujours là avec tes sentences de vilaines senteuses qui déclarent que le poisson est point frais.

À la mi-juillet, Augustin remarqua une tache étrange sur le dessus de sa main, un cercle de peau qui brunissait et s'écaillait. « C'est rien. C'est un coup de soleil », fit-elle en rabattant sa manche sur la plaie.

Trois semaines plus tard, elle claquait des dents au fond de sa bannette. « J'ai froid. J'ai tout le temps froid. » Jacques envoya Augustin chercher un reste d'huile de foie de morue. « Crains point, ma mie, on va trouver ce que tu as », répétait-il en la frictionnant.

Elle finit par s'assoupir en marmonnant des salves incompréhensibles entre lesquelles fusaient quelques « je vais bien, je vais bien ». Jacques et Augustin se regardèrent sans rien dire.

•

« La Marine quémande rarement mes services pour traiter ce genre de syndrome. Les hommes en ont trop honte pour s'en plaindre et les femmes considèrent que c'est un malaise naturel. »

Le cabinet de l'ami chirurgien de Jacques Duval puait le sel d'ammoniac et le suif des chandelles. Les murs étaient décorés de squelettes de cétacés et de prothèses pour unijambistes, les étagères encombrées de seringues longues comme des coutelas et de flacons opaques. Une salle qui n'était pas aménagée pour accueillir ou ausculter les patients, mais pour expérimenter, disséquer et révéler des vérités plus redoutables que les faussetés. Les bruits du port, les rires, les cloches filtraient à travers les volets. Danaé Poussin était assise sur la table entre deux piles de livres, ses pieds nus dépassaient de l'extrémité de sa chemise. Jacques se tenait au fond de la pièce, les bras croisés.

« Le corps de la femelle humaine est point fait pour la navigation. Il est déjà soumis à trop de cycles, trop de perturbations internes pour pouvoir supporter les roulements externes, exposait le chirurgien. En revanche, il est très bien conçu pour la flottaison en raison de sa répartition de graisses et liquides. »

Danaé lui demanda pourquoi le mal ne s'était jamais présenté auparavant et pourquoi il était indélogeable maintenant. Le chirurgien déblatéra sur les chocs sentimentaux, sur les dérèglements de la matrice, sur les mystères et inconstances de son sexe et autres ascendances du caractère. « En somme, voici mon diagnostic : vous étiez aventurière, vous v'là terrienne. »

Il prit Jacques à part, lui chuchota des précisions. Il revint vers elle et lui recommanda une bonne saignée pour équilibrer ses humeurs bilieuses. Jacques alla quérir Augustin qui patientait à l'extérieur pour qu'il tînt la main de Danaé, puis s'excusa. Il sortit, obligea la foule à s'écarter. Il se mit à courir. Les mots prononcés par le chirurgien résonnaient en boucle. « Si c'est grave ? J'aimerais te rassurer et te dire qu'aucun mousse n'est jamais mort du mal du novice, mais il faudrait en être sûr et je le suis guère. Ta femme, elle a plusieurs symptômes que présentent ceux qui ont dépassé le stade de la faim et franchi celui de la famine. »

Il dévala l'échelle de la pilotine, fouilla sous la bannette de tribord jusqu'à en extirper un pic. Il retira sa veste, ses souliers, remonta sur le pont avec l'outil en main. Il attendit que personne ne regardât dans sa direction puis plongea. Jacques Daligault-Dutremble dit Duval, qui avait passé des jours entiers à parfaire, à cajoler, caresser la carène de la *Clardeye* se mit à piocher dedans à grands coups, perça une série de trous dans le bordage. Il faudrait envoyer le cotre en cale sèche pour le rabibocher. Ils attendraient après le calfat pendant un bon mois en raison de l'achalandage estival. Avec autant de semaines à se tourner les pouces à terre, Danaé n'aurait d'autre choix que de se refaire une santé.

•

En août, elle retrouva l'appétit, même pour le poisson. En septembre, ils remontèrent à bord de la *Clardeye*, équinoxe obligeait. Le temps fut clément, l'estomac de Danaé incertain mais assagi. En octobre, Jacques disparut de nouveau. Dans leur chaumière de la crique sans nom, Danaé brûlait de l'éclairage pour qu'Augustin continuât de réviser ses notions de navigation astronomique.

— À quoi bon ? C'est trop tard pour faire de moi un grand marin. Jamais je vais aimer la mer. Regarde dans quel état elle t'a mise.

— Mais ce n'est pas que ça, la mer. Allez, cesse de t'en faire pour moi et concentre-toi.

Elle lui demandait d'estimer le temps nécessaire pour couvrir des distances imaginaires parcourues en fonction des données d'un loch fictif. Le matin, elle le poussait dehors, lui commandait d'observer le ciel, de sentir l'air dans ses poumons d'abord, de décrire le temps présent pour mieux en évaluer le futur. Augustin gravissait le Sommet des Amoureux en courant. Danaé, essouflée, le rejoignait. L'océan se révélait dans sa courbure et son immensité, son fracas en bas et sa tranquillité au loin.

« La mer parle, il faut savoir l'écouter. Ce n'est pas un langage comme le nôtre, construit de syllabes et de voyelles qui se succèdent. Ses sons se superposent et s'agencent comme les éléments d'un orchestre. Il faut être sensible au tableau qu'elle crée, à l'harmonie de sa cacophonie. Elle a plus de dimensions que nous autres, qui ne connaissons que bâbord et tribord, nord et sud. Ce qui fait que la mer est mer, c'est que toutes ses contradictions y existent en même temps. »

•

Ils passèrent l'hiver à réparer les chaloupes des riverains. Augustin lui indiquait quoi faire, Danaé exécutait. Ils clouaient des planches, limaient des pinces de poupe, sablaient des membrures déjà sablées par les virevoltes du temps.

— Un jour, tu seras citoyen, Augustin.

— Arrête de dire ça. T'en sais rien.

— Mais tu le pourrais, si tu y mettais du tien.

— Pff. Jacques itou s'il était là, il te dirait d'arrêter de dire ça.

— Jacques, il voudrait que tu apprennes à remplir ton devoir, à accomplir les choses parce qu'elles doivent être faites et non pour obtenir une récompense. Mais moi, j'arrive guère à m'y résoudre. Je n'arrive pas à accepter qu'il faille sans cesse recommencer. Je continue de rêver de la cité encore et encore, même si ce n'est plus pour moi-même. Il y a des soifs qui sont plus impérieuses que la faim.

— C'est toi qui devrais devenir citoyenne, Danaé. Quoi, tu penses que je ne les ai pas vues, tes lettres de convocation ? C'est depuis que tu en reçois, que tu as le mal du novice.

Elle serra les mâchoires, ses yeux se remplirent d'eau.

— Oui, mais moi je ne vais pas te faire ce qu'on m'a fait. Je vais point t'abandonner pour aller dans la cité.

•

En mars, ils remontèrent à bord de la *Clardeye* avec les femmes de la crique sans nom et une poignée d'éclopés en vue de la grande marée. Ils essuyèrent une tempête d'équinoxe, avec les rafales qui sifflaient leur démence aigüe, la pluie qui dégoulinait des mentons. Dans la cabine, une eau saumâtre et noire roulait sur les planches, agrippait les chevilles. « Y a point d'équilibre en ce bas monde, palabrait la mère d'Églantine. Même quand les jours sont autant longs que les nuits, il faut que le ciel nous envoie de la gronderie pendant que la grande chaudière nous envoie ses pires montants. »

La bête tapie au fond de la panse de Danaé s'éveilla, grugea les couleurs de son visage comme l'humidité dans le cuir. Le mauvais temps dura six jours. Cent-cinquante heures sans que le moindre rayon de lumière ne colorât le ciel. Ils en sortirent comme d'une longue nuit polaire et quand il n'y eut plus que le battage d'une pluie molle sur la mâture, Danaé se laissa glisser le long de l'échelle. Les riveraines qui avaient souffert de leurs propres remuements tout au long du voyage s'inclinèrent devant la supériorité de son combat, saisirent leurs effets, leur marmaille et lui libérèrent une bannette où s'effondrer. Le cotre déversa ses passagers sur la batture de la crique sans nom, Danaé resta incrustée au fond de son couchage comme un mollusque après le jusant.

VIII.

En Amérique, Jacques Duval purgeait la plus longue inconvénience de sa carrière de pilote. Il se disait : « Plus longtemps je serai parti, plus longtemps ils devront patienter à terre et mieux Danaé se portera. »

Il paressait sur une île plate et grise où galopaient des chevaux sauvages et où l'on séchait des morues maigres sur les galets. Il faisait exprès de laisser les navires appareiller sans lui. Quand il décida de rentrer, l'automne était trop entamé, plus aucun bâtiment n'allait vers l'est. Il se dégota un passage vers une autre île, plus grande, un carrefour où il avait plus de chance de se trouver une traversée pour Ys. Il embarqua sur un brigantin qui fit naufrage sur une île de sapins peuplée de croix blanches pour marquer les tombes improvisées, où les mouches devaient s'étonner lorsqu'elles goûtaient le sang humain, où les plages étaient jonchées de cadavres d'étalons comme un piège aspirant les armées. Jacques se disait : « Je serai absent plus longtemps que prévu, ils vont s'inquiéter. Mais à mon retour, elle sera complètement remise. »

Avec ses compagnons de naufrage, il construisit une cabane en rondins pour affronter l'hiver. Les hommes allaient et venaient de l'épave qui gisait dans sa prison de glace, vidaient le contenu de la cambuse, un tonneau à la fois. Quand les vivres furent épuisés, ils chassèrent le cerf, puis le petit gibier. Quand il n'y eut plus de balles pour tirer, ils expirèrent les uns après les autres. La faim se fraya un chemin dans l'esprit de Jacques. Il dissipait d'une main les apparitions, les gens morts depuis longtemps, le lieutenant Zémard qui s'esclaffait dans un rictus victorieux. Les survivants se tordaient sous les crampes, faisaient bouillir les semelles des souliers et la peau des culottes des défunts pour s'alimenter. Jacques se disait : « Je dépéris, je ne les reverrai jamais. Eux seront heureux sans moi. Ils n'auront plus de raison de naviguer et ne seront plus jamais malades. »

En avril, ils furent sauvés par un second naufrage, une goélette qu'ils purent réparer et renflouer, avec laquelle ils gagnèrent une île imposante comme un continent, un port où chaque jour sonnaient les coups de canons de nouveaux bâtiments. « Ça y est, je vais rentrer. Je vais trouver un Augustin qui aura encore grandi, moins ténébreux peut-être. Une Danaé presque comme avant, qui sautera sur ses pieds pour courir à mon cou. »

Les saleuses piétinaient l'estran, leur silhouette inversée se reflétant dans la vase mouillée comme sur un miroir mal poli. Le chien jappa entre ses jambes, trop joyeux pour la scène que Jacques avait devant les yeux : une mer couleur de fer, sans bois ni voile. Il interrogea les femmes.

— La *Clardeye* ? On ne l'a pas vue depuis la grande marée.

— On s'est pris un sacré coup de tabac.

— L'avait pas l'air bien, ta matelote.

Jacques chemina jusqu'au Cul-de-l'Île, offrit tout ce qu'il lui restait de sols contre un esquif mâté. Il longea le littoral, accosta partout, à Ambouche, à Travades, à Vertemer. Au bout de quatre jours, après avoir contourné Locqnoir, parcouru les deux tiers des Sauvageries, il vit la *Clardeye*, au mouillage derrière les écueils d'un havre avancé que frôlait le Raz des Aïeux. La grand-voile était carguée, le tillac désert.

« Oh hé ! » Il eut droit à une torpeur de quarantaine pour toute réponse.

Dans la cabine, il trouva un garçon grand comme un homme, terrorisé comme un enfant. Une femme immobile et délirante, rapetissée par la faiblesse. Augustin était assis à la table, la tête enfouie au creux des bras. Jacques prononça son nom, Augustin releva le front lentement. Il se jeta sur lui, se mit à pleurer en balbutiant. « Je m'excuse, je m'excuse, je m'excuse. »

Il narra tout ce qui s'était passé depuis le moment où Danaé avait refusé de s'extirper de sa couchette à la fin de la tempête d'équinoxe. Il répéta les ordres qu'elle lui avait lancés. « Que tout le monde descende, nous deux on reste. Ça suffit, c'te vie de terriens. » Ils avaient erré au large pendant trois semaines, brassé de la toile pour brasser de la toile. Et puis elle s'était mise à mélanger les jours du calendrier, à se cogner partout quand elle se déplaçait. Elle disait qu'il y avait un problème avec ses yeux. D'autres fois, elle disait qu'il y avait un problème avec ses oreilles parce qu'elle avait plongé trop profond trop souvent dans sa vie et que cela abîmait les branchies. Augustin avait profité d'un de ses sommeils agités de rêves lancinants pour mettre le cap sur le Grand Port et aller chercher les secours du chirurgien. Elle s'était réveillée en sursaut, avait reconnu les apostrophes des portefaix, le caquètement des poules, le grondement des charrettes sur les pavés. « Qu'est-ce qu'on fait ici? Tu ne vas toujours bien pas me débarquer de force ? » C'est alors qu'elle s'était mise à pousser des hurlements qui lui cornaient encore l'ouïe. Il l'avait laissée crier pendant une éternité, puis il était parti acheter du laudanum pour l'endormir. À son retour, elle était assise, frêle mais droite, furieuse mais lucide. Elle lui avait énoncé les mots terribles entre ses lèvres gercées :

— Si tu me débarques de force, tu ne me reverras jamais.

Le filet de voix était rauque mais ferme.

— Pourquoi tu dis ça ? Je ne te crois pas.

— Je le ferai, tu peux me croire. Je le ferai pour ton bien. Je te renierai et tu ne pourras rien y faire parce que les orphelins, ça se renie en un claquement de doigts. C'est la loi du rivage. C'est ça que tu veux ?

Il avait éclaté : « Non, non. C'est point ce que je veux. Je veux seulement que tu guérisses. »

— Alors, tu vas m'écouter. Y a qu'une seule façon que toi et moi on descende de c'te bateau et c'est que tu en descendes en premier, que tu ailles chercher un recruteur, que tu te trouves une place de mousse sur un navire de commerce qui appareille ce jourd'hui même. Fais-le et je débarquerai moi itou. Si tu ne veux pas que je te quitte, Augustin, il faut que ce soit toi qui me quittes.

Il avait supplié : « Non, non, je t'en prie Danaé. Ça fait deux jours que je te nourris à la cuiller. Si je m'en vais, tu vas mourir. »

— Et si je reste ici, je vais mourir itou. Mais on peut partir la tête haute. À toi de choisir.

Alors, quelque chose s'était déchiré en lui et il était demeuré sanglotant au milieu de la cabine, pétrifié dans la seule décision que son être était capable de prendre, à savoir de n'en prendre aucune.

•

Jacques la souleva. Elle était trop faible pour se débattre. Dans ses divagations, elle parlait de rester dans « sa tour de retraite », dans « son beau phare de muraille au milieu des flots ». Ils la portèrent jusqu'à une bande sablonneuse, l'allongèrent avec la douceur de l'urgence, posèrent sa nuque sur un billot. « Regarde, disait Augustin. Un beau bois de mer tout blanc et poli, juste pour toi. Pas une planche, Danaé, une branche. Un vrai bois qui vient de là où poussent les arbres. »

Elle le remercia de son menton cireux. Jacques la pressait dans une couverture, l'embrassait à la racine des cheveux. « Ici, tu seras bien. On va te gaver, tu vas voir, tu vas prendre du mieux. » Le jusant découvrait la laisse, les roches calées dans leur épais tapis de varech. L'air était lourd de l'iode des algues vertes, du soufre des algues noires carbonisées par le midi. Un festival de goélands tournoyait et criaillait au-dessus de leur tête. Après quelques heures d'un sommeil agité, elle put avaler un peu de bouillon. Le soir venu, ils la relevèrent en position assise. Jacques se plaça derrière elle, la soutenant entre ses cuisses.

« Tu te souviens de la goélette aux albatros ? se remémora-t-il. Une goélette manœuvrée par un homme seul, un timonier étrange. Il était encapuchonné dans un casque de peau de castor malgré la canicule à faire tourner le vin en vinaigre. Des albatros pendaient des vergues, attachés par le cou, leurs longues ailes blanches recourbées sur le pont. D'autres étaient emprisonnés dans des cages en guise de volaille à engraisser. Derrière l'étambot flottait un chapelet de barriques prolongeant le navire en une sorte de queue. Interrogé au porte-voix, l'homme expliqua que sa cargaison lui portait trop malheur pour la garder à bord, mais qu'il ne se résolvait pas à s'en départir, alors il la traînait comme une annexe.

« Je lui demande : cargaison de quoi ? C'est point de vos affaires, qu'il me dit. Alors, je lui rappelle que les douaniers, eux, se gêneront point d'en faire leur affaire, quel que soit le port où il va. Il me répond que c'est pour ça qu'il ne va dans aucun port. C'est là que j'ai pris peur, un peu. C'était bizarre, son histoire. J'étais persuadé que c'te bonhomme était perturbé de la tête. Et tu te souviens ce que tu m'as dit, Danaé ? Tu m'as dit : peut-être qu'on le jugerait parfaitement sensé si on savait ce que contiennent ses barriques. »

Elle sourit sans rien dire, les paupières lourdes.

•

Elle trépassa vers les quatre heures du matin. Jacques et Augustin restèrent accroupis près d'elle, lui serrant la main dans la noirceur. Ils furent léchés par les premiers rayons annonçant que la page de la veille était déjà tournée, qu'il était trop tard pour changer de conclusion. Une aurore de fin de nuit des temps se levait, toute en froidure et en restes d'obscurité. Le profil sombre de la *Clardeye* se détachait contre les fondements orangés du jour. Une mer docile grimpait l'estran à coups de langue. C'était le début de la maline de mai. L'eau comblait la batture. Dans la rosée et les embruns, ils grelottaient, mais pas Danaé. Elle se laissait envelopper par les flots, par les larmes versées. Ils pleurèrent encore après qu'elle se fût raidie du sommeil des pierres. Quand les rouleaux se brisèrent sur leur dos, ils s'arrachèrent au rivage, regagnèrent le cotre à la nage. Elle flottait.

IX.

Augustin Joybert était penché sur un plan déroulé, les coins rivés par des cailloux. Il vit la silhouette à l'autre bout du chantier, la reconnut à travers la poussière et la fumée de goudron. Il n'avait pas son fusil avec lui, rien qu'un tricorne dans une main. Jacques Duval avait vieilli. Il portait une perruque noire qui lui faisait les traits sévères. Augustin avait embelli. Il avait gagné en coffre, se tenait avec assurance, en bras de chemise et veste croisée. Cheveux courts, bottes de cavalier. Il lui fit signe de le suivre. Ils traversèrent le hangar qui servait de salle de traçage où étaler les gabarits grandeur nature des navires. Ils débouchèrent sur une demi-cabane ouverte sur l'extérieur avec une table usée en son centre.

— Ça fait longtemps, dit Jacques.

Il déposa son chapeau sur la table. Augustin plaça un broc de cidre devant lui, se cala sur une chaise.

— Six ans.

Augustin sortit sa tabatière, son silex.

— Je n'étais pas sûr que tu accepterais de me parler, avoua Jacques.

Augustin haussa une épaule.

— Moi non plus, j'aurais point osé.

Jacques, le dos droit, les doigts enroulés autour de sa chopine, ne bougeait pas. Il étira un sourire gêné, scrutant la surface de son breuvage.

— Tu as obtenu ton titre de maître-charpentier ? C'est bien. J'ai vu que c'était un vaisseau, sur tes plans. Ce n'est pas rien. Vas-tu essayer de te faire ingénieur ?

Augustin alluma sa pipe, fixa le dehors. Il avait participé à trois voyages d'approvisionnement pour superviser le choix du bois, en Norvège, en Russie, au Canada. Il avait senti l'odeur de résine fraîche. Mille-deux-cents chênes avaient été abattus pour fournir la matière d'une seule frégate. On rasait des forêts millénaires, coupait des arbres centenaires pour en faire des bâtiments d'une longévité de trois décennies au plus. Et ensuite, on leur perçait des sabords pour qu'ils canonnassent d'autres navires qui avaient eux aussi nécessité le déracinement de milliers de pins et de chênes. Des chefs-d'œuvre défiant un océan qui s'évertuait à les couler et qui, eux, préféraient se couler les uns les autres. Dieu, s'il existe, devait être mort de rire.

— En fait, je songe à m'embarquer. Aller voir un peu ailleurs, un peu plus loin que le bout de mon nez, comme elle disait. J'aurais peut-être une place de charpentier à bord d'un brick. Faudrait que je réapprenne les bases du métier parce que menuiser une poutre de six pieds avec les coups de roulis, ce n'est pas tout à fait la même chose qu'à terre. Enfin, je sais pas encore, on verra. Et toi, fais-tu toujours du pilotage de fou furieux ?

— Du pilotage, oui. J'ai vendu la *Clardeye*, par contre.

Vendu était un grand mot. Il l'avait pratiquement cédée aux riveraines de la crique sans nom en échange de la promesse de toujours l'utiliser comme arche lors des grandes marées.

— Il avait de l'âme, c'te bateau, lâcha Augustin.

— Vers la fin, il en avait un peu trop à mon goût.

Un silence tendu s'installa. Augustin détourna le regard avant de parler.

— J'ai appris que tu avais refusé la citoyenneté, même si tu y avais droit selon les nouvelles lois.

Il acquiesça, les lèvres serrées.

— T'as bien fait.

Jacques leva des yeux étonnés.

— Oui, j'ai fait partie des rotationnaires, admit Augustin. Que veux-tu, j'y ai cru. J'ai cru que la Grande Rotation, ça voudrait dire plein de choses, comme plus de gens dans la cité et moins de sans-miroir engloutis pendant les équinoxes. Y en a pas moins. Ce ne sont juste pas les mêmes. Je me rends compte que faire les révolutions, ça ne sert à rien.

— Les empêcher itou, compléta Jacques.

Une mouette piailla depuis la toiture. Plus distant, un sifflet de contremaître retentit.

— C'est drôle que tu dises ça, fit Jacques. Tu trouves que j'ai bien fait de refuser la citoyenneté. Depuis quelque temps, je songe justement à l'accepter. Z'ont rallumé les phares, faut leur donner ça. Et puis,

Danaé, elle aurait tellement aimé...

— Je sais où tu veux en venir, le coupa Augustin. Mais si elle avait su ce que j'en ferais de son puits, je ne suis pas sûr qu'elle me l'aurait montré.

Jacques s'éclaircit la gorge, se leva d'un bond, cherchant où poser son regard embué.

— C'est bien de te revoir, Augustin. Merci de m'avoir fait visiter.

— Jacques, c'est quoi que tu voulais me dire ?

— C'est vrai, j'oubliais. Ça fait des années que j'essayais de me rappeler... Elle m'avait parlé d'une épée qui lui a appartenu, mais qui est restée dans la cité. C'est sûrement à toi qu'elle l'aurait léguée. Je me disais qu'avec ta position, tu pourrais la retracer, sauf que j'avais point souvenance du nom. Et puis ce matin, je ne sais pas pourquoi, ça m'est revenu. Enoc Martel, qu'il s'appelait. C'était l'épée d'Enoc Martel.

Il se recoiffa de son tricorne et salua. Il s'éloigna, quitta comme il était arrivé, figure muette parmi les coups de marteau sur les enclumes. Toujours parti, jamais très loin.

•

« Citoyen Joybert. »

On le recevait dans la salle d'entre toutes les salles, là où on tenait les cours martiales, où on faisait et défaisait les capitaines de vaisseaux. Un lieu vaste et sérieux où l'écho des voix se réverbérait sur les murs, les globes terrestres géants, les boiseries ornées de moutonnements de lichen, de cambrage des queues de dauphins, des ondulations de la mer et des vallons de la terre. Il patientait dans l'antichambre, sorte de galerie où étaient exposées les figures de proue des bâtiments déclassés. Il marchait, les mains dans le dos, contemplant ce catalogue de femmes de bois. « Ah, si les gens savaient », soupira-t-il. Ces nymphes incarnant un idéal de grâce et de vertu, elles étaient façonnées sur le modèle de prostituées édentées et de mignonnes vérolées, les seules qui consentaient à offrir leur nudité anonyme à la postérité et à poser pendant huit heures en échange de quelques piécettes. Le laid était la matière du beau et ainsi la gueuserie accédait à l'immortalité.

Il connaissait déjà la réponse qu'il était venu chercher : ce serait non. Il avait déposé une requête pour reconnaissance posthume en l'honneur de Danaé Berrubé-Portanguen dite Poussin. On l'avait déjà récompensé pour le rôle-clé qu'il avait joué dans les événements ayant permis le coup d'État de la Grande Rotation en lui donnant le titre de charpentier de la Marine issoise. On l'avait remercié d'avoir informé les rotationnaires de l'existence du souterrain menant au puits de la rue du Bordescarpe. Le comité avait toutefois conclu que Danaé Berrubé-Portanguen était décédée plusieurs années avant l'avènement de la Grande Rotation et, de fait, que son rôle à elle n'y avait été qu'indirect, mineur et involontaire. C'était sa troisième tentative. Cette fois-ci, on ajouterait que les nouveaux éléments apportés au dossier sur un supposé legs d'épée d'Enoc Martel ne changeaient rien à l'affaire : non, le nouveau vaisseau amiral de la flotte de la République issoise de l'île d'Ys ne se nommerait point *Danaé*.

Il recommencerait. Augustin Joybert aurait le toupet de se réessayer encore et encore jusqu'au prochain changement d'humeur, prochain changement de règne, changement d'ère. En attendant, il déambulait parmi les icônes.

Beaucoup de ces œuvres dataient d'une autre époque, celle où l'on surchargeait les tableaux arrière de sculptures et de dorures. On avait depuis débarrassé les navires de toutes leurs fioritures et guirlandes pour n'en garder que l'utilitaire. Plus rien n'était qu'esthétique, plus rien n'était futile. La beauté dépouillée parlait d'elle-même dans la perfection de ses lignes et le déploiement de ses voiles. Il n'y avait plus que les figures de proue qui résistaient, qui survivaient. On faisait encore galoper des muses sur le museau des frégates. Des femmes couronnées de fleurs ou ensoleillées de flammes, armées de griffes ou dénuées de jambes, casquées de plumes ou coiffées de vent, panachées comme des diablesses ou cornues comme des licornes, des faces de lionnes et des faces de pucelles. Enrobées de vignes et de lierres ou drapées de la cascade de leur chevelure, elles chevauchaient des serpents de mer ou brandissaient le sceptre, volaient avec les ailes de l'aigle ou avec les ailes de l'ange. Des têtes sans corps et des corps sans tête, des queues de poisson uniques et des queues de poisson divisées. Sages et rebelles, souveraines et prisonnières, muettes et rugissantes, chastes et séduisantes, douces et vengeresses, elles continuaient de fendre les flots et les mariniers et les marinières dans leurs moments d'égarement continuaient de ramper jusqu'à elles et de supplier : quand m'aimeras-tu ? Quand me détruiras-tu ?

TABLE DES MATIÈRES

LE PRINCE JOUEUR

LE PRINCE NAGEUR

LE BÂTISSEUR

REMERCIEMENTS

Merci à Mylène Bouchard et Paul Kawczak pour leurs précieuses lumières ; à mon frère de relecture, Raphaël Scali ; à mon moussaillon-lecteur, Pierre Bonald ; à ma sœur de matelotage, Ana Gavrancic ; à Bertrand Laverdure et Noémie Pomerleau-Cloutier pour leurs conseils.

Merci à ma famille, à mes amis et à mes collègues pour leur soutien et leur patience.

Ce livre a été écrit grâce au soutien du Conseil des arts du Canada.

DANS LA MÊME COLLECTION

FICTIONS

BOUCHARD, Mylène, *Ma guerre sera avec toi*, 2006
BOUCHARD, Mylène, *La garçonnière*, 2009; 2013; 2020
BOUCHARD, Mylène, *Ciel mon mari*, 2013
BOUCHARD, Mylène, *L'imparfaite amitié*, 2018
BOUCHARD, Sophie, *Cookie*, 2008
BOUCHARD, Sophie, *Les bouteilles*, 2010
BOUCHET, David, *Soleil*, 2015
CANTY, Daniel, *Wigrum*, 2011
CARON, Jean-François, *Nos échoueries*, 2010
CARON, Jean-François, *Rose Brouillard, le film*, 2012
CARON, Jean-François, *De bois debout*, 2017
D., Louise-Amada, *Au temps sublime*, 2022
DeCHAMPLAIN, Virginie, *Les falaises*, 2020
DESJARDINS, Antoine, *Indice des feux*, 2021
DESCHÊNES, Marjolaine, *Fleurs au fusil*, 2013
DROUIN, Marisol, *Quai 31*, 2011
GAGNÉ, Mireille, *Le lièvre d'Amérique*, 2020
GUAY-POLIQUIN, Christian, *Les ombres filantes*, 2021
KAWCZAK, Paul, *Ténèbre*, 2020
LAVERDURE, Bertrand, *Bureau universel des copyrights*, 2011
LAVERDURE, Bertrand, *La chambre Neptune*, 2016

LEBLANC, Suzanne, *La maison à penser de P.*, 2010
LÉTOURNEAU, Sophie, *Chasse à l'homme*, 2020
LÉVEILLÉ-TRUDEL, Juliana, *Nirliit*, 2018
MARCOUX-CHABOT, Gabriel, *La Scouine*, 2018
Mc CABE, Alexandre, *Chez la Reine*, 2014
Mc CABE, Alexandre, *Une vie neuve*, 2017
NASRALLAH, Dimitri, *Niko*, 2018
(traduit de l'anglais par Daniel Grenier)
NASRALLAH, Dimitri, *Les Bleed*, 2019
(traduit de l'anglais par Daniel Grenier)
SCALI, Dominique, *Les marins ne savent pas nager*, 2022
TANNAHILL, Jordan, *Liminal*, 2019
(traduit de l'anglais par Mélissa Verreault)
THÉORET, France, *Les querelleurs,* 2018
TREMBLAY, Larry, *Tableau final de l'amour,* 2021
TUCKER, Aaron, *Oppenheimer*, 2020
(traduit de l'anglais par Rachel Martinez)
VERREAULT, Mélissa, *Voyage léger*, 2011
VERREAULT, Mélissa, *Point d'équilibre*, 2012
VERREAULT, Mélissa, *L'angoisse du poisson rouge*, 2014
VERREAULT, Mélissa, *Les voies de la disparition,* 2016
VILLENEUVE, Mathieu, *Borealium tremens*, 2017

La Peuplade a été fondée
par Mylène Bouchard
& Simon Philippe Turcot.

Design graphique et mise en page
Atelier Mille Mille

Direction littéraire
Mylène Bouchard

Édition
Mylène Bouchard & Paul Kawczak

Révision linguistique
Vicky Gauthier

Correction d'épreuves
Pierrette Tostivint

•

Illustration en couverture
Stéphane Poirier

Les marins ne savent pas nager a été mis en page en Lyon,
caractère dessiné par Kai Bernau
en 2009 et en Din Next, caractère dessiné
par Akira Kobayashi en 2009.

Achevé d'imprimer en France
par CPI en septembre 2022.

No. d'impression : 2067212